中西叙事传统比较研究

总主编 傅修延

戏剧卷

欧阳江琳 等著

北京大学出版社
PEKING UNIVERSITY PRESS

图书在版编目(CIP)数据

中西叙事传统比较研究.戏剧卷/傅修延总主编;欧阳江琳等著.--北京:北京大学出版社,2024.10.
ISBN 978-7-301-35651-7
Ⅰ.I0-03
中国国家版本馆CIP数据核字第2024U99T05号

书　　　名	中西叙事传统比较研究·戏剧卷 ZHONGXI XUSHI CHUANTONG BIJIAO YANJIU·XIJU JUAN
著作责任者	傅修延　总主编　欧阳江琳　等著
组稿编辑	张　冰
责任编辑	郝妮娜
标准书号	ISBN 978-7-301-35651-7
出版发行	北京大学出版社
地　　　址	北京市海淀区成府路205号　100871
网　　　址	http://www.pup.cn　　新浪微博:@北京大学出版社
电子邮箱	编辑部 pupwaiwen@pup.cn　总编室 zpup@pup.cn
电　　　话	邮购部 010-62752015　发行部 010-62750672　编辑部 010-62759634
印　刷　者	涿州市星河印刷有限公司
经　销　者	新华书店
	720毫米×1020毫米　16开本　24印张　496千字 2024年10月第1版　2024年10月第1次印刷
定　　　价	138.00元

未经许可,不得以任何方式复制或抄袭本书之部分或全部内容。
版权所有,侵权必究
举报电话: 010-62752024　电子邮箱: fd@pup.cn
图书如有印装质量问题,请与出版部联系,电话: 010-62756370

内容简介

本书以中西戏剧叙事传统为研究对象，采用专题研究形式，通过中西戏剧的对读，探讨中西戏剧叙事形式的异同。

中西戏剧叙事各自经历了漫长的发生与演进过程。中国戏剧叙事以表演为中心，戏剧叙事沿着从弱到强，从"故事演歌舞"到"歌舞演故事"的轨迹发展。西方戏剧积淀出以故事叙述为主导的深厚叙事传统，进入20世纪后，传统整一性戏剧叙事朝着消解情节冲突的叙事新方向发展。中西戏剧皆形成了角色叙事传统，中国戏剧的独特性在于出现了"脚色"的中间媒介，用表演符号系统调配人物叙事功能，西方角色则侧重角色的具象性，孕育出角色性格类型化与角色人性化的两种叙事传统。中西戏剧皆存在演示框架叙述者，中国戏剧中的框架叙述者随意进出"破框"，显示出戏剧虚拟观念与游戏精神；西方戏剧因逼真幻觉的戏剧观念与镜框舞台观演传统，叙述者一般隐匿在框架后面，而民间演剧传统则延续了古希腊戏剧框架叙述者的传统。中西戏剧都发展出多种多样的文类形式，通过中西戏剧话语形态、短剧形式、开场词、人物哭诉情节的对比，可以发现双方在共有叙事形态下，存在话语隐喻、叙事节奏、空间结构等方面诸多差异。符号视域的考察，有助于揭示出中西戏剧演出媒介符号与文本意义呈现的共通性，特别对漫溢在演出周边的各类伴随文本，可以发掘中西戏剧文本叙事的多元化。中西戏剧都推崇道德教化的社会功能，形成了道德戏剧创作传统，不同的是中国戏剧推崇家国情怀与伦理美德，偏向寓教于乐、寓教于情的艺术表现，西方戏剧关注社会问题与个人道德，重视人物矛盾的伦理结构。有关戏剧活动文化场域对于叙事传统的影响，中国戏剧世俗娱乐化的叙事内容、中和的叙事风格、折子戏叙事形式,都与历代宴饮演剧传统密切相关。西方戏剧竞争传统则孕育出以剧作家与剧本创作为中心的陌生化创作传统,出现了大量同题创作的现象。

本书还特别注重发掘深具特色的中国戏剧叙事传统。民间编创传统是向民间故事取源,以改编为手段,围绕表演程式为中心进行快速灵活的剧本组构。听觉叙事传统是利用丰富的音景音声,参与叙事空间、情节人物、舞台表演等多方面组织结构。博艺叙事指融入大量伎艺表演的情节组织形式,行步叙事关注的是人物在故事空间与舞台空间内行走的表演叙事,三复叙事考察了元杂剧以三为序列的叙事结构形态。总之,中西戏剧叙事传统各有其形成的历史脉络与文化内涵,在共性之中呈现出各具特色的叙事审美形式,体现出戏剧叙事的丰富性与多元化。

总序
叙事传统有文明维系之功

傅修延

"中西叙事传统比较研究"(共七卷)为国家社科基金重大项目"中西叙事传统比较研究"的成果结晶,2016年该研究获立项资助(批准号:16ZDA195),2018年获滚动资助,2022年以"优秀"等级结项(证书号:2022&J020),2023年获国家出版基金资助。除了这套七卷本研究成果,本研究还有一批成果以论文形式发表于《中国社会科学》《文学评论》《文学遗产》《外国文学评论》和 Neohelicon 等国内外权威刊物。2021年前期成果《中国叙事学》被译成英文在施普林格出版社出版,2022年阶段性成果《听觉叙事研究》列入国家社科基金中华学术外译项目推荐书目,2023年《听觉叙事研究》英译本获准立项。此外,成果中还有两篇论文获得江西省社会科学优秀成果一等奖(2019年和2021年),两部专著获得教育部高等学校科学研究优秀成果奖(人文社会科学)二等奖(2020年)。

以下介绍本研究的缘起、目的、内容、学术价值和观点创新。

一、缘起

叙事学(亦称叙述学)在当今中国热闹非凡,受全球学术气候影响,一股势头强劲的叙事学热潮如今正席卷中国。翻开人文社会科学领域的报刊与书目,以"叙事"或"叙述"为标题或关键词的著述俯拾皆是;高等学校每年生产与叙事学有关的本科、硕士和博士学位论文的数量近年来呈节节攀升之势。在CNKI数据库中分别检索,从2012年8月3日至2022年8月3日这十年中,篇名中包含"叙事"与"叙述"的学术论文,前者检索结果总数为50658条,年均5065.8篇;后者检索结果总数为5378条,年均537.8篇。除了使用频率大幅提高之外,"叙事"的所指泛化也已达到令人叹为观止的地步,在一些人笔下该词已与"创作""历史"甚至"文化"同义。

但是,迄今为止国内的叙事学研究,还不能说完全摆脱了对西方叙事学的学习和模仿——"叙事学"对国人来说毕竟是一个舶来名词,学科意义上的叙事学(Narratology)诞生于20世纪60年代的法国,迄今为止这门学科的主导权还在西方。以笔者的亲身经历为例,中外文艺理论学会叙事学分会近二十年来几乎每两年就举办一次叙事学国际会议,西方知名的叙事学家大多都曾来华参加此会。这种在中国举办的国际会议本应成为东道主学者展示自己成果的绝好机会,但由于谦让和其他原因,多数人在会上扮演的还是聆听者的角色。相比之下,西方学者大多信心满满、侃侃而谈,他们仿佛是叙事学的传教士,乐此不疲地向中国听众传经送宝。这种情况并非不可理解,处于后发位置的中国学者确实应当虚心向先行一步的西方学者学习。但西方学界素有无视中国学术的习惯,一些西方学者罔顾华夏为故事大国和中华民族有数千年叙事经验之事实,试图在不了解也不想了解中国的情况下总结出置之四海而皆准的叙事理论,这当然是极其荒唐的,也是不可能做到的。在西方一些大牌教授心目中,中国文学无法与欧美文学并驾齐驱。法国结构主义叙事学当年在归纳"叙事语法"上陷于困境,视野狭窄是其原因之一。

以上便是本研究起步时的学术语境。总而言之,如同许多兴起于西方的学科一样,西方学者创立的叙事学主要植根于西方的叙事实践,他们的理论依据很少越出西欧与北美的范围,在此情况下,中国学者应当向世界展示自己的叙事传统,并在一个更为广阔的时空背景下描述中西叙事传统各自的形成轨迹以及相互之间的冲突与激荡。所以本研究内含的真正问题是:西方话语逻辑能否建构出具有普适性的叙事理论?全球化进程下的叙事学研究难道还能继续无视中国的叙事传统?对中西叙事传统作比较研究是否有利于叙事学成长为更具广泛基础、更具歌德和马克思憧憬的"世界文学"意味的学科?

提出问题是为了解决问题,相关问题实际上又内含了一种面向中国学者的召唤:我们在中西交流中不应该总是扮演聆听者的角色,中西叙事传统比较这样的研究任务目前只有中国学者才能承担。近代以来"西风压倒东风"局面产生的一大文化落差,是谢天振先生称之为"语言差"的现象:操汉语的国人在掌握西语并理解相关文化方面,比母语为西语的人掌握汉语和理解中国文化要来得容易,这种"语言差"使得中国拥有一大批精通西语并理解相关文化的专家学者,而在西方则没有同样多的精通汉语并能理解博大精深的中国文化的同行。① 与"语言差"一道产生的还有谢天振所说的"时间差":国人全面深入地认识西方、了解西方已有一百多年历史,而西方人开始迫切地想要了解中国,也就是最近这短短的二十至三十年时间。② "语言差"与"时间差"使得"彼知我"远远不如"我知彼",诚然,在中华国力急剧腾升的当下,西方学者现在并不是不想了解中国,而是他们中的大多数尚不具备跨越语言鸿沟的能力。可以设想,如果韦勒克、热奈特等西方学者也能够轻松阅读和理解中国的叙事作品,相信其旁征博引之中一定会有许多东方材料。相形之下,如今风华正茂的中国学者大多受过系统的西语训练,许多人还有长期在欧美学习与工作的经历,这就使得我们这边的学术研究具有一种左右逢源的比较优势。

二、目的

本研究致力于为"讲好中国故事"提供学术助力,任何"接地气"的讲述方式都离不开本土叙事传统的滋养。

传统的一大意义在于其形成于过去又不断作用于当下,为了讲好当下的中国故事,需要回过头来认真观察自己的叙事传统,从中汲取有益的经验与养分。同时还要将其与西方的叙事传统作比较参照,此即王国维所云"欲完全知此土之哲学,势不可不研究彼土之哲学",他甚至还说"异日发明光大我国之学术者,必在兼通世界学术之人"。③ 20世纪初学界就有"列强进化,多赖稗官;大陆竞争,亦由说部"④的认识,小说固然不可能

---

① 谢天振:《中国文学走出去:问题与实质》,《中国比较文学》2014年第1期。
② 同上。
③ 王国维:《奏定经学科大学文学科大学章程书后》,方麟选编:《王国维文存》,南京:江苏人民出版社,2014年,第50—55页。
④ 陶曾佑:《论小说之势力及其影响》,郭绍虞主编:《中国历代文论选》(下),北京:中华书局,1963年,第420—421页。

独力承担疗世救民的使命,但这说明叙事中蕴含的巨大能量已为今人所觉察。面对当今世界范围内各种思想文化激烈交锋的新形势,中央要求哲学社会科学发挥作用以"提高我国在国际上的话语权",本研究正是对这一号召的学术响应。

叙事诸要素包括行动、时间、空间和人物等,讲述者对叙事要素的不同倚重导致不同的"路径依赖"。以古代的史传叙事为例,如果说《左传》是"依时而述",《国语》是"依地而述",那么《世本》及后来的《史记》就是以时空为背景形成"依人而述",这种以人物为主反映行动在时空中连续演进的纪传史体,最终成为皇皇"二十六史"一以贯之的定式。又如,史官文化先行使得后来的各类叙事多以"述史"为导语:"奉天承运"的皇帝圣旨多祖述尧舜汤武,共和以后的政治文告亦往往从前人的贡献起笔,四大古典小说更是用"自从盘古开天地,三皇五帝到如今"之类的表述作开篇。今天为民众喜闻乐见的各种故事讲述,仍在一定程度上沿袭着这种模式——用前人之事来为自己的讲述"鸣锣开道",容易获得某种"合法性"与"正统性"。再如,中国自古就有以重器纪事的习惯,商周青铜器有不少是铭事之作。将叙事功能赋予陈放在显著位置上的贵重器物,一是有利于将事件牢固地记录下来,二是时时提醒在生之人这一事件的存在,三是昭告冥冥之中的神灵和先人。青铜时代开启了这种叙事传统,以后每逢有重大事件发生,便会出现相应的勒石铭金之作,人神共鉴的叙事意味在形形色色的碑碣文、钟鼎文和摩崖文中不绝如缕。到了无神论时代,这一传统仍然保留了下来,无论是人民英雄纪念碑还是为特定事件铸造的警世钟和回归鼎之类,都有告慰在天之灵的成分。世代相传的故事及其讲述方式凝聚着我们祖先的聪明智慧,只有弄明白自己从何处来,才可能想清楚今后向何处去。

人类学认为孤立地研究一个民族的神话没有意义,只有将多个民族的神话相互参照发明,才能见出神话后面的意义与规律。古埃及象形文长期未被破译,载有三种文字对照(古希腊文、古埃及象形文与埃及纸草书)的罗塞塔碑出土之后,学者通过反复比对,终于发现了理解这种文字的重要线索。同样的道理,要想真正懂得中华民族的叙事传统,不能只做自己一方的研究,还需要将其与域外的叙事传统相互映发。例如,中国古代小说的"缀段性"被胡适看作"散漫"和"没有结构"①,这种源于亚里士多德《诗学》的判断现在看来相当武断,因为如今美国的电视连续剧基本上都是每集叙述一个相对独立的小故事,以此连缀全剧,看到这一点,就会发现我们的"缀段性"叙事传统并不像某些人说的那样不合理,西方叙事到头来与我们的章回体叙事殊途同归。再如,一般人不会想到古代小说家中也会出现形式探索的先驱,而如果以西方的"元叙述"理论为参照,便可看出明清之际董说的《西游补》是一部最早的"元小说",因为这部小说确切无疑地用荒诞无稽的讲述揭穿了叙事的虚妄,说明我们的古人早就洞悉了叙事这门艺术的本质。有了这种认识,就会发现张竹坡、毛氏父子为代表的小说评点已有归纳叙事规则的迹象,鲁迅《中国小说史略》中更有总结中国叙事经验的自觉意识。

中美双方的比较文学学者首次聚会时,美方代表团团长、普林斯顿大学教授厄尔·迈纳在闭幕式上用"灯塔下面是黑暗的"这句谚语,说明比较文学研究的意义:只研究自己国家的文学是远远不够的,需要另一座"灯塔"来照亮。本研究坚持以对中国传统的讨论为主线,西方传统则是以副线和参照对象的方式存在。这种"以西映中"的主副线交织,或许会比不具立场的"平行研究"更具现实意义,因为比较中西双方的叙事传统,根本目的还是深化对自己一方的认识——研究者都不是生活在真空之中,不存在什么立场超然的比较研究。只有把自己与他人放在一起,客观地比较彼此的长短、多寡与有无,才能发现自己过去看不到的盲区,更深入地理解自己"从何而来"及"因何如此"。

本研究还有一个重要目的,就是纠正20世纪初年以来低估本土叙事的偏见。众所周知,欧美小说的大量输入与中国小说的现代换型之间存在着某种因果关系,但在效仿西方小说模式的同时,一种认为中国小说统统不如西洋小说的论调在学界占了上风。胡适声称:"这一千年的(中国)

---

① "《儒林外史》虽开一种新体,但仍是没有结构的;从山东汶上县说到南京,从夏总甲说到丁言志;说到杜慎卿,已忘了娄公子;说到凤四老爹,已忘了张铁臂了。后来这一派的小说,也没有一部有结构布置的。所以这一千年的小说里,差不多都是没有布局的。内中比较出色的,如《金瓶梅》,如《红楼梦》,虽然拿一家的历史做布局,不致十分散漫,但结构仍旧是很松的;今年偷一个潘五儿,明年偷一个王六儿;这里开一个菊花诗社,那里开一个秋海棠诗社;今回老太太做生日,下回薛姑娘做生日,……翻来覆去,实在有点讨厌。"胡适:《五十年来中国之文学》,胡适《胡适古典文学研究论集》(上册),上海:上海古籍出版社,2013年,第128—129页。

小说里,差不多都是没有布局的。"①陈寅恪也说:"至于吾国小说,则其结构远不如西洋小说之精密。"②这种对西方叙事作品的钦羡,在相当长时期内遮蔽了国人对自身叙事传统的关注。

如果以大范围和长时段的眼光回望历史并与西方作比较,便会认识到没有什么置之四海而皆准的叙事标准。中西叙事各有不同的内涵、渊源与历史,高峰与低谷呈现的时间亦有错落,其形态与模式自然会千差万别,不能简单地对它们作高低优劣之判断。《红楼梦》问世之时,英国的菲尔丁等小说家还未完全突破西班牙流浪汉小说的形式桎梏,就连艺术价值远低于《红楼梦》的《好逑传》(清代章回体小说)也曾获得歌德的高度称赞。我们不能因取石他山而看低自己,更不能一味趋从别人而将本土传统视为"他者"。西方叙事传统虽有古希腊罗马文学这样辉煌的开端,但西罗马的灭亡导致西方文化坠入长达千年的困顿,所以西方叙事学家经常引述的作品大多是18世纪以后的小说,出现频率较高的总是那么十几部,其中一些用我们叙事大国的眼光来看可能还不够经典。

相比之下,中国叙事传统如崇山峻岭般逶迤绵延数千年,不同时代的不同文体都对故事讲述艺术做出了贡献,且不说史传、传奇、杂剧和章回体小说等人所共知的叙事高峰,即使过去只从抒情角度看待的诗词歌赋——包括《诗经》、楚辞、汉赋、乐府和唐诗、宋词等在内,其中亦有无数包含叙事成分的佳作,它们合在一起构成了一座储藏量极为丰富的宝库。作为这笔无价遗产的继承人,中国的叙事学家有条件做出超越国际同行的理论贡献。

三、内容

中国和西方均有自己引以为豪的叙事传统,本研究秉持"中西互衬"和"以西映中"的方针,对中西叙事传统展开全方位的比较研究。具体来说,本研究突破以小说为叙事学主业的路径依赖,将对象扩大到包括作为初始叙事的神话、民间种种涉事行为与载事器物、戏剧与相关演事类型、

---

① 胡适:《五十年来中国之文学》,胡适:《胡适古典文学研究论集》(上册),上海:上海古籍出版社,2013年,第128页。

② 陈寅恪:《论再生缘》,陈寅恪:《寒柳堂集》,北京:生活·读书·新知三联书店,2001年,第67—68页。

含事咏事的诗歌韵文以及小说与前小说、类小说等。扩大研究范围的理据在于,如果完全依赖以语言文字为载体的叙事文本,无视汇入中西叙事传统这两条历史长河的八方来水,对它们所作的比较研究就无法达到应有的深度与广度。选择以上对象作中西比较,是因为它们与叙事传统的形成有着不容忽视的强关联:神话是人类最早的讲故事行为,在叙事史上的凿空作用自不待言;民间叙事作为"在野的权威"和"地方性知识",对叙事传统的形成有一种潜移默化的影响;戏剧在很长时期内一直是大众接受故事的主要来源,其在社会各阶层的传播远超别的叙事形态;诗歌的叙事成分经常被其抒情外衣所遮蔽,因此有必要彰显其"讲故事"的属性;小说及其前身一直是叙事传统最重要的体现者,更需要在前人工作的基础上予以深化和推进。此外,本研究还包括叙事理论及关键词以及叙事思想等方面的中西比较。以下为各卷的主要内容:

1. 《中西叙事传统比较研究·关键词卷》

本卷旨在梳理中西叙事理论关键词的概念内涵与渊源演进,考察其知识谱系、理论意义及文化意味,将学界对中西叙事理论的认知与理解推向深入。一是勾勒中西叙事理论各自的发展轮廓,从共时性角度比较其形态特征;二是对中西叙事理论的研究领域进行分类,主要从真实观念、文本思想、情节意识、人物认知、修辞理念及阅读观念等方面开展比较研究,以求深化关于中西叙事传统的认识与理解;三是持以西映中的方法论立场,对中西叙事理论中的若干关键词进行比较研究,彰显中国叙事理论话语的体系结构、实践效用与文化意义;四是构建中国特色的叙事理论话语体系的基本原则、主要方法与实际意义。

2. 《中西叙事传统比较研究·叙事思想卷》

本卷集中探讨中西叙事思想几个比较重要的方面。一是文学叙事思想,一方面讨论了中西古代小说的主要差异,认为西方小说比中国小说更接近现实,西方文学侧重叙事要素本身的呈现,中国文学侧重叙事要素之间的关系,中国小说重视要素的密度,西方小说重视要素的细度;另一方面讨论了中西小说的虚构观,认为中国小说围绕"奇"做文章,西方小说强调"摹仿"与"再现"。二是历史叙事思想,分析中西历史不同的发展轨迹、叙事观念,指出中国史传文的高度发达及文学叙事中的"慕史"倾向对文学叙事具有重要的影响。三是叙事伦理思想,从故事伦理与叙事伦理两个方面,分析中西叙事伦理不同的主题、价值取向、文化规约、叙事方式。

四是身体叙事,从理论与实践两个方面分析了中西身体叙事思想的异同。

3.《中西叙事传统比较研究·神话卷》

本卷对作为文化源头的中西(古希腊、希伯来)神话叙事传统进行系统的比较研究,分十章从神话文本的存在形态、讲述者类型、话语组织向度、形象的角色化程度、行动元类型与故事模式、创世神话的时空优势意识、神秘数字的组织作用等方面,对中西上古神话叙事特征和传统进行比较研究,得出中国上古神话叙事具有空间优势型特征,西方神话叙事具有时间优势型特征的结论。在此基础上,从思维、语言、以经济生产方式为基础的社会生活等方面对导致中西神话叙事和思维特征时空类型差异的深层原因进行深层次探讨,勾勒出其各自对后世叙事传统的深远影响。

4.《中西叙事传统比较研究·小说卷》

本卷立足于中国古代小说叙事本位,通过互衬来凸显中西小说各自的叙事特征,借此彰显中西小说叙事传统之差异。主要内容:一是频见于西方叙事学视界而治中国小说者用力不足之比较叙事研究,如中西小说的功能性叙事、评论性叙事、反讽性叙事以及小说叙事中的人物观念等,通过以西映中式的比照,在比较中呈现中国古代小说的叙事面貌,彰显中西小说同中有异的叙事特征;二是多见于中国小说叙事场而西方叙事学少有关注的博物叙事、空白叙事,分析中西小说此类叙事传统的文化成因及其价值;三是常见于中国古代小说叙事领域而难见于西方小说之缺类比较研究,如中国古代小说的插图叙事,意在揭示中国小说叙事之个性。

5.《中西叙事传统比较研究·戏剧卷》

本卷考察中西戏剧自萌芽至现代转型期间所出现的林林总总的演事形态,以见中西戏剧叙事传统之异同。主要内容:一是梳理中西戏剧叙事传统的形成与发展,主要以中国戏剧叙事传统为主,西方戏剧叙事传统为辅,沉潜到戏剧史的各个阶段,沿波讨源,考察戏剧叙事的演进脉络;二是采用中西对读的方式,专题比较中西戏剧角色叙事、叙述者、剧体叙事、伦理道德叙事等之异同,彰显中西戏剧同中有异的叙事形态与特色;三是突破戏剧文本叙事的单向研究,引入戏剧形态学的视野与方法,挖掘中西戏剧舞台的"演事"传统,揭示中国戏剧以表演为中心的叙事传统,形成角色叙事、听觉叙事、博艺叙事、行走表演叙事等与西方戏剧迥异的表演叙事方式,深化对中国戏剧演剧形态的认识;四是深入中西戏剧动态、开放的戏剧文化场域,从戏剧创编、演剧场合、故事传统等方面,考察中西戏剧叙事传统形成的机制与文化原因,发掘出戏剧叙事的多元方式。

6.《中西叙事传统比较研究·诗歌卷》

本卷将中西诗歌叙事传统置于异质文化及冲突融合的语境中进行比较,由此彰显中国诗歌叙事传统的特色。主要内容:一是分析不同的思维方式如何影响中西诗歌叙事传统,如形象/感性思维与抽象/理性思维的差异,直接关系到诗歌意象的选择、事件的叙述、情感的表达乃至风格的偏好;二是比较中西诗歌叙事的口头传统,如"重述"与"程式"是诗歌口头传统的鲜明遗痕,主题作为一种固定的观念群则起到了引导故事情节发展的作用;三是比较中西诗歌的叙事范式,如"诗史"范式与"史诗"范式、"感事"范式与"述事"范式、"家园"范式与"远游"范式等;四是探讨中西诗歌的叙述者、隐含作者、内心独白叙事、听觉叙事等,它们是叙事主体想象力扩张的重要标志;五是从《诗经》叙事性层面觇探中国诗歌叙事传统的特质。

7.《中西叙事传统比较研究·民间卷》

本卷以叙事载体为分类依据,区分出口传、文字、非语言文字三个大类,对其内涵、特征以及在中西叙事传统中的发生发展进行梳理和比较。主要内容:一是中西民间口传叙事传统比较研究。民间故事、口头诗歌、民歌、谣谚是口传叙事当中的主要形态,从源流、叙事特征、叙事模式以及与文人叙事的关系等方面,对这四种具体的叙事形态进行比较。二是中西民间文字叙事传统比较研究。主要研究以文字为载体的中西民间叙事形态,其中以私修家谱叙事最具代表性,着力从源流、叙事体例、叙事话语等方面进行比较研究。三是中西民间非语言文字叙事传统比较研究。中西陶绘瓷绘等民间艺术中有着丰富的叙事元素,本卷着重研究蕴含在以陶瓷图绘为代表的图像艺术中的叙事现象。上述三大类研究涵盖了中西民间叙事的主要形态,能多维度透析中西民间叙事传统及其价值。

四、学术价值

叙事学兴起之初,西方一些学者效仿语言学模式总结过各种各样的"叙事语法",但这些尝试最终都归于失败,原因主要在于"取样"范围过小。要想让一门理论具备普遍适用性,创立者须有包容五湖四海的胸襟。但西方叙事学主要表现为对欧美叙事规律的归纳和总结,验之于西方之外的叙事实践则未必全都有效。一些傲慢的西方学者甚至把一切非西方的学问看作"地方性知识",中国的叙事经典因此难入其法眼。事实上如果真有所谓"普遍性知识"的话,那么它也是由形形色色的"地方性知识"汇聚而成的——无论是西方还是东方的叙事学,统统属于"地方性知识"的范畴,单凭哪一方的经验材料都不可能搭建起"置之四海而皆准"的叙事学理论大厦。进入21世纪后,由于中国学者的努力,这种情况已经有所改善,但在归纳一般的叙事规律时,一些不懂汉语的西方学者依旧背对东方,他们甚至觉察不到自己的理论体系中缺少东方支柱。所以中国学者在探索普遍的叙事规律时,不能像西方学者那样只盯着西方的叙事作品,而应同时"兼顾"或者说更着重于自己身边的本土资源。这种融会中西的理论归纳与后经典叙事学兼收并蓄的精神一脉相承,可以让诞生于西方的叙事学接上东方的"地气",成长为更具广泛基础、更有"世界文学"意味的理论学科。通过深入比较中西叙事传统,我们有可能实现对叙事规律的总体归纳,实现对叙事各层面各种可能性的全面总结。这种理论上的归纳和总结告诉人们,中西叙事实践中还有许多可能性尚待实现,还有不少"缺项"和"弱项"可以互补与强化;只有补足这些"缺项"和"弱项"的叙事学才能真正发挥理论指导实践的作用。

本研究的另一学术价值,是为中西叙事传统的比较研究确定一套常用的概念体系,这对建设有别于西方的中国话语体系也有重要意义。福柯指出,只有话语创新和范式转换才有可能实现真正意义上的"创始",本丛书朝此目标迈出的一大步,表现为对以下四个关键性概念作了专门论述。其一为"叙事",此前对叙事的认识多从语义出发而未深入本质,本研究将其还原为讲故事行为,指出叙事最初是一种诉诸听觉的信息传播,万变不离其宗,不管传媒变革为后世的叙事行为增添了多少手段,从本质上说它们都未摆脱对原初"讲"故事行为的模仿。只有紧紧抓住"讲故事"这条主线,才有可能穿透既有的学科门类壁垒,使叙事传统的脉络、谱系与内在关联性复归清晰。其二为"叙事传统",本研究首次对这一概念作了界定,将其定义为世代相传的故事讲述方式——包括叙事在内的所有活动都会受惯性支配。人们一旦习惯了某种路径,便会对其产生难以自拔的依赖,惯性力量导致"路径依赖"不断自我强化,对故事的讲述习惯就是这样逐步发展成叙事传统的。其三为"中国叙事传统",影响了一代又一代的叙事,成为中国叙事传统的显性特征。笔者一贯主张研究中国叙事学须扣紧叙事传统这条主线,为此倾注了半生心血——在前期成果奠定的学术基础上,本研究通过扩大调查范围与提前考察时代,将中国叙事传统的面貌描摹得更为全面和清晰。其四为"西方叙事传统",本研究对西方叙事传统作了系统考辨,指出古希腊罗马文学之所以在西方叙事史上产生巨大深远的影响,原因在于它为未来的故事讲述奠定了方法论基础,后古典时期的叙事进程则表现为将前人辟出的小径踩踏成大道;在生产方式的影响下,西方人讲述的故事多涉及旅途奔波、远方异域以及萍水相逢的陌生人,这使得流浪汉叙事成为其叙事传统的显性特征。

本研究还为叙事学及相关领域开辟出新的文献资料来源。叙事如罗兰·巴特所言,存在于一切时代与一切地方;鲁迅曾说:为官方所不屑的稗官野史和私人笔记,从某种意义上说要比费帑无数、工程浩大的钦定"正史"更为真实。本研究专设"民间卷"这一分卷,把以往不受关注的民间谱牒等纳入叙事研究的视野,分卷作者通过实地调研和网络搜索等手段,从中国国家图书馆和世界数字图书馆等处收集到中西私修家谱近百套。引入这些私人性质的记述材料后,中西叙事传统的面貌呈现得更为清晰。

尤为值得一提的是,本研究还将目光投向语言文字之外的陶瓷图像,陶瓷器物上的人物故事图因具有"以图传文、以图演文、以图补文"的功能,加之万年不腐带来的高保真特性,可以作为文字文献的重要补充。瓷器为中国的物质符号,瓷都景德镇就在丛书大多数作者的家乡江西,本研究充分利用了这一本土优势。此外,分卷作者这几年遍访国内外博物馆、研究所、展览会、古玩店与拍卖行等,通过现场拍摄、网站搜索及向私人收藏家购买等多种途径,收集到中西陶瓷图片8000余幅,其中包括中国外销瓷和"中国风"瓷上的1500幅图像,它们构成16至19世纪中西文化交流的重要文献。众所周知,景德镇生产的瓷器最早在全球范围广泛流通,许多欧洲人知道中国文化,最初便是通过景德镇外销瓷上的人物故事图。为了将陶瓷图像与其他材质的图像进行比对研究,分卷作者还收集了大量漆器、金银器、玉雕、木雕、竹雕、砖石雕、象牙雕、木版年画、壁画、糕模等民间器物上的图像,并对其进行了分类整理,建成了一座非语言文字的民间器物图像数据库。

五、观点创新

第一,中西叙事的不同源于各自的语言观、形式观乃至相关观念下发展的文化,而归根结底是因为中西文化在视觉和听觉上各有倚重。

既然是对中西叙事传统作比较研究,就要找出两者差异的根源所在。本研究认为,在听觉模糊性与视觉明朗性背景下形成的两种冲动,不仅深刻影响了中西文化各自的语言表述,而且渗透到中西文化中人对事物的认识之中。以故事中事件的展开方式为例,趋向明朗的西式结构观(源自亚里士多德)要求保持事件之间的显性和紧密的连接,顺次展开的事件序列之中不能有任何不连续的地方,这是因为视觉文化对一切都要作毫无遮掩的核查与测度;相反,趋向隐晦的中式结构观则没有这种刻板的要求,事件之间的连接可以像"草蛇灰线"那样虚虚实实、断断续续,这也恰好符合听觉信息的非线性传播性质。所以西式结构观一味关心代表连贯性的"连",而中式结构观中除了"连"之外还有"断"。受西式结构观影响的胡适等人不喜欢明清小说中的"穿插",金圣叹、毛氏父子等却把"穿插"理解为"间隔",指出其功能在于避免因"文字太长"而令人觉得"累缀",借用古人常用的譬喻"横云断山"与"横桥锁溪",正是因为"横云"隔断了逶迤绵延的山岭,"横桥"锁住了奔腾不息的溪水,山岭与溪水才更显得"错综尽变"和气象万千。

用文化差异来解释叙事并不新鲜,从感觉倚重角度入手却是首次。本丛书作者多年来致力于探讨中国叙事传统的发生与形成,一直念兹在兹地思考为什么它会是今天所见的这种样貌,接触到麦克卢汉的"中国人是听觉人"之论后,感到他的猜测与我们此前的认识多有契合,中国传统叙事的尚简、贵无、趋晦、从散等特点,只有与听觉的模糊性联系起来,才能理得顺并说得通。将"媒介即信息"(感知途径影响信息传播)这一思路引入研究,许多与中国叙事传统有关的问题就可获得更为贯通周详、更具理论深度的解答。

第二,生产方式对叙事传统亦有影响,新形势下的中国叙事应与时俱进。

不同的生产方式形成了中西不同的叙事传统。西方人历史上大多为海洋与游牧民族,他们习惯于在草原、大海与港湾之间穿行,其讲述的故事因而更多涉及远方、远行与远征。古希腊神话和荷马史诗中的英雄多有外出历险、漂洋过海和遇见形形色色的陌生人的经历,《奥德赛》甚至以奥德修斯九死一生的还乡为主线。中世纪的骑士文学、《神曲》《十日谈》《巨人传》、西班牙流浪汉小说与《堂·吉诃德》等都离不开四处游历、上天入地、朝拜圣地和流浪跋涉;18世纪欧洲小说中的鲁滨孙、格列佛、汤姆·琼斯等仍在风尘仆仆地到处旅行;19世纪以来西方叙事作品虽说跳出了流浪汉小说的窠臼,但拜伦、歌德、雨果、狄更斯、马克·吐温、罗曼·罗兰、乔伊斯、毛姆和塞林格等人的作品还是喜欢以闯荡、放逐、游历或踟蹰为主题。

相比之下,农耕文化导致国人更为留恋身边的土地、家园与熟人社会。出门在外必然造成有违人性的骨肉分离,人们因而更愿意遵循"父母在,不远游"和"一动不如一静"的古训。在安土重迁意识的影响下,离乡背井的出游成了有违家族伦理的负面行为,远方异域和陌生人的故事自然也就没有多少讲述价值。当然我们古代也有《西游记》与《镜花缘》这样的作品,但它们提供的恰恰是反证:唐僧师徒名义上出国到了西天,沿途的风土人情却与中华故土大同小异;唐敖和多九公实际上也未真正出境,他们看到的奇形怪状之人基本上还是《山海经》中怪诞想象的延续。这些都说明,抒写路上的风景确实不是我们古人的强项。由于叙事传统的惯性作用,我们这边直到晚近仍然热衷于讲述熟人熟事,以异域远方为背景的叙事作品堪称凤毛麟角,人们习惯欣赏的仍是国门之内的"这边风景"(王蒙有部反映国门内故事的长篇小说就叫《这边风景》)。

古代叙事较少涉及出游、远征与冒险,表面看来似乎说明国人缺乏勇气与冒险精神,但实际上这是顺应时势的一种大智慧。古代中国人主要是农民,男耕女织的田园生活能维持基本的衣食自给,这种无须外求的生活导致我们的祖先缺乏对异域的向往与好奇。中国能够一步一步地发展到今天这个规模,很大程度上是因为前人选择了稳扎稳打的发展模式,葛剑雄就说:"……中国……没有像有些文明古国那样大起大落,它们往往大规模扩张,却很快分裂、消失了,而中国一直存在下来。"①不过放眼未来发展,形成于农耕时代的中国叙事传统亟待变革。全球化已是当前世界的大势所趋,一个国家如果没有大批视野宏阔、胸怀天下的国民,不可能创造出良好的外部发展环境,而一国之民拥有何种视野与胸怀,是否对外部世界抱有强烈的好奇心与浓厚的兴趣,又与国民经常倾听什么样的故事有密切关系,如梁启超就说叙事变革可以带来人心与人格的变

---

① 葛剑雄讲述、孙永娟整理:《儒家思想与中国疆域的形成》(下),《文史知识》2008年第12期,第140页。

革——"欲新一国之民,不可不先新一国之小说"①。中国文化要想真正"走出去",一方面要摒弃"外面的世界不是我的世界"的心理,另一方面要更多讲述中华儿女志在四方的故事。

第三,中华文明垂千年而不毁,与中国叙事传统的群体维系功能有关。

中华文明之所以在世界古文明中硕果仅存,中华民族这一人数最多的群体之所以存续至今而未分裂,与我们叙事传统的维系功能大有关系。本研究之阶段性成果《人类为什么要讲故事——从群体维系角度看叙事的功能与本质》等认为,与灵长类动物的彼此梳毛一样,人类祖先通过"八卦"或曰讲故事建立起来的相互信赖与合作,促进了群体的形成、维系和扩大,最终使人类从各种竞争中脱颖而出成为"万物的灵长"。世界上没有哪个民族不会讲故事,但不是所有的民族都能把自己的故事讲好,许多民族都曾以自己为主导发展成规模极大的群体,后来却因内部噪声太多而走向四分五裂。与此形成鲜明对照,中华民族作为一个群体,其发展历程虽然也是人数越聚越多,圈子越画越大,但这个圈子并没有像其他圈子那样因为不断扩大而崩裂,这与我们祖先善于用故事激发群体感有关。

中国故事关乎"中国",这一名称从一开始就预示了"中国"不会永远只指西周京畿一带黄河边上的小地方,秦汉以来中原以外地区不断"中国化"的事实,让我们看到中心对边缘、中央对地方具有难以抗拒的感召力与凝聚力。还要看到汉语中"中国"之"国"是与"家"并称,这一表述的潜在意思是邦国即家园,国家对国人来说是像家一样可以安顿身心的温暖地方。由于中华民族内部存在着"剪不断,理还乱"的亲缘关系,中国历史上很少发生主体民族对少数民族的无故征伐与屠戮,因而也就没有世界上一些民族间那种不共戴天的深仇大恨。见于史书、小说和民间传说中的"七擒孟获"之类的故事,反映的是以仁德感召为主的攻心战略,唐太宗李世民更主张对夷夏"爱之如一"②。"中国"之名的向心性和中华民族的内部融通,无疑对中国故事的讲述产生了深刻影响。《三国演义》因为讲

---

① 梁启超:《论小说与群治之关系》,梁启超:《饮冰室合集·2·文集10—19》(即第二册),北京:中华书局,1989年,第6页。
② 司马光编著、胡三省音注:《资治通鉴》(全二十册),卷一百九十八·唐纪十四,北京:中华书局,1956年,第6247页。

述魏蜀吴三国鼎立的故事,所以开篇时要说"天下大势,分久必合,合久必分"①,但小说结束时叙述者又把话说了回来:"自此三国归于晋帝司马炎,为一统之基矣。此所谓'天下大势,合久必分,分久必合'者也。"②用"分久必合"作为小说的曲终奏雅,说明作者认识到"合"才是中国历史的大势所趋。

不独《三国演义》,古往今来所有的中国故事,不管是历史的还是文学的,官方的还是民间的,只要涉及分合话题,都在讲述"合"是长久"分"为短暂,"合"是正道"分"为歧路,"合"是福祉"分"为祸殃。中国历史上不是没有出现过分裂,而是这种分裂总会被更为长久的大一统局面所取代;中华民族内部也不是没有出现过噪声,而是这些噪声总会被更为强大的和谐之声所压倒。历史经验告诉国人,分裂战乱导致生灵涂炭,海晏河清才能安居乐业,因此家国团圆在我们这里是最为人喜闻乐见的故事结局。一般情况下老百姓不会像上层人士那样关心政治,而统一却是从上到下的全民意志,有分裂言行者无一例外被视为千秋罪人,这一叙事传统从古到今没有变化。

总之,一时代有一时代之学术,没有走向全面复兴的时代大潮,没有历史创伤的痊愈和文化自信的恢复,就不会有本研究的应运而生。

是为序。

2023 年 8 月于豫章城外梅岭山居

---

① 罗贯中:《三国演义》(上),北京:人民文学出版社,1953 年,第 1 页。
② 同上书,第 990 页。

目 录

绪 论 ………………………………………………………………… 1

第一章 中西戏剧叙事的历史观照与反思 ……………………… 24
  第一节 中西戏剧叙事的生成与演进 ……………………… 24
  第二节 中国传统戏剧叙事性的反思 ……………………… 41

第二章 中西戏剧角色叙事比较 ………………………………… 50
  第一节 中国戏剧的脚色叙事 ……………………………… 50
  第二节 西方戏剧的角色叙事 ……………………………… 59
  第三节 角色与脚色的人物表演 …………………………… 68
  第四节 名角制叙事与导演制叙事 ………………………… 74

第三章 中西戏剧叙述者比较 …………………………………… 82
  第一节 谁在叙述——戏剧的框架叙述者 ………………… 83
  第二节 中国戏剧：无所不在的叙述者 …………………… 86
  第三节 西方戏剧：叙述者的隐匿与浮现 ………………… 94
  第四节 元杂剧"探子报"叙述——兼与古希腊戏剧报信人比较 … 109

第四章 中西戏剧文体叙事比较 ………………………………… 124
  第一节 "曲唱体"叙事与"对话体"叙事 ………………… 124
  第二节 中西戏剧的开场叙事：副末开场与开场白 ……… 139

第三节　单折戏与独幕剧的叙事比较…………………………… 149
　　第四节　中西戏剧中"人物哭诉"叙事考察…………………… 162

第五章　中西戏剧演出的符号学考察……………………………… 174
　　第一节　戏剧媒介符号与文本意义呈现………………………… 174
　　第二节　中西戏剧演出的三种伴随文本………………………… 192

第六章　中西戏剧道德伦理叙事传统比较………………………… 202
　　第一节　中国戏剧道德伦理的叙事传统………………………… 202
　　第二节　英国戏剧叙事的伦理传统……………………………… 218
　　第三节　中西复仇剧叙事及其伦理阐释………………………… 229

第七章　中西戏剧文化场域与叙事传统的形成…………………… 244
　　第一节　宴饮演剧与中国戏剧叙事传统………………………… 244
　　第二节　竞争传统与西方戏剧创作……………………………… 258

第八章　中国戏剧叙事传统考察…………………………………… 274
　　第一节　中国戏剧"无名氏"创作传统………………………… 275
　　第二节　中国戏剧中的"隔听"叙事…………………………… 290
　　第三节　中国戏剧的博艺叙事…………………………………… 305
　　第四节　中国戏剧的行步叙事…………………………………… 320
　　第五节　元杂剧中的"三复"与中国戏剧叙事演进…………… 334

参考文献……………………………………………………………… 345
后　　记……………………………………………………………… 357

绪 论

"中西戏剧叙事传统比较"是傅修延先生2016年国家社会科学基金重大项目"中西叙事传统比较"的子课题之一。该子课题能够得以确立，基于以下几个条件：1.20世纪后期叙事学的新转向，将戏剧纳入叙事学的研究范畴，戏剧叙事成为叙事学研究的重要对象之一，正在逐渐引起学人们的关注；2.目前中国叙事学研究如火如荼地展开，作为其中不可或缺的重要部分，中国戏剧叙事研究规模初成，然而由于起步晚，如何有效对接西方叙事学，进行叙事本土化的研究，仍然尚未摸索清楚，有必要呼吁学界投入更多的研究精力；3.中西戏剧皆有上千年的发展史，根深叶茂，面目独具，是中西文化对读的代表文类。自20世纪初中西戏剧产生密切交流，中西戏剧比较研究一直保持着对学界的吸引力，在不同时期总有相关成果丰富着学界对这个领域的认识，戏剧叙事学的兴起，可以为深化这一学术领域研究，提供方法与认识上的新鲜血液。

一、戏剧是叙事学研究的对象

研究"中西戏剧叙事传统比较"，我们首先要面对的问题是，戏剧是否属于叙事学研究的对象。这个看起来不是问题的问题，其实经历了一个漫长的认识时期。就内容而言，戏剧毋庸置疑在讲述形形色色的故事，无论这个故事是真实还是虚构，是平凡还是奇异。然而长期以来，戏剧却被摒除在叙事文学的门外，其叙事本质并没有得到清晰的肯定。

我们需要上溯至古希腊亚里士多德的《诗学》，探讨这种认识产生的渊源。谈到诗歌范畴，亚氏认为包括"史诗的编制，悲剧、喜剧、狄苏朗勃斯的编写以及绝大部分供阿洛斯和竖琴演奏的音乐",初步将史诗与戏剧体诗分为两种不同的文类。二者虽然都是艺术的摹仿,但彼此摹仿的媒介、方式互不相同。史诗"可凭叙述,或进入角色,此乃荷马的做法",戏剧则"通过扮演,表现行动和活动中的每一个人物",①二者的摹仿存在叙述和扮演的差别。亚里士多德的观念,深刻影响了后代西方文艺家。席勒认为:"悲剧是一个行动的摹仿。摹仿这个概念就使悲剧有别于其他单靠叙述或者描写的艺术。"②黑格尔《美学》将诗提炼为史诗、戏剧体诗、抒情诗三类,延续了亚氏的分类方式。他阐释说:"史诗的任务,就是把这种事迹叙述得完整","按照本来的客观形状去描述客观事物。"戏剧体诗也展现"一个动作(情节)从斗争到结局的过程",这一点和史诗的叙述非常相似,但它和史诗毕竟不同,戏剧"动作(情节)不是按照实际发生时的外在形式,作为一件本已过去而仅凭叙述才复活过来的事迹而展现在我们眼前,而是我们亲身临场看到动作来自某种特殊的意志……"③,在此,黑格尔进一步细化了亚里士多德的观点:史诗是对过去事件的歌诵叙述,而戏剧通过人身的动作现场展现事件的发生过程;双方采用的媒介不同,史诗需要诗人的客观叙述,戏剧"就是活的人";双方故事所处的时间状态也不同,史诗中的故事是过去时的,戏剧中的故事是现在进行时的。

后来的西方叙事研究者不少围绕亚里士多德、黑格尔的观点,强调戏剧与叙事性文类的不同。例如,热奈特主张叙事:"在本质上是一种言词表达的模式,包括事件的语言详述或讲述,而不是舞台上的语言表现或表演。"④浦安迪《中国叙事学》说:"叙事文侧重于表现时间流中的人生经验,或者说侧重在时间流中展现人生的履历。……戏剧关注的是人生矛盾,通过场面冲突和角色诉怀——即英文所谓的舞台'表现'(presentation)或'体现'(representation)——来传达人生的本质。"⑤他们都认为,戏剧媒介是演员和舞台,不具备语言的叙述能力,不能展示一

---

① [古希腊]亚里士多德:《诗学》,陈中梅译注,北京:商务印书馆,1996年,第27页,第42页。
② [德]席勒:《席勒文集·理论卷》(6),张玉书选编,北京:人民文学出版社,2005年,第46页。
③ [德]黑格尔:《美学》(下),朱光潜译,北京:外语教学与研究出版社,2018年,第1103—1104页。
④ [美]普林斯:《叙述学词典》(修订版),乔国强、李孝弟译,上海:上海译文出版社,2011年,第136页。
⑤ [美]浦安迪:《中国叙事学》,北京:北京大学出版社,1996年,第7—8页。

个绵延不断的时间流的叙述。罗伯特·施格尔斯和罗伯特·凯洛格《叙事的本质》则把叙述者作为叙事作品的必要与充分条件,西方三大文类中,抒情诗有叙述人但没有故事,戏剧有场面和故事而无叙述人,只有叙事文学既有故事又有叙述人。① 普林斯则凸出了叙述要求"重述"（recounting）的关键词,"由一个或数个叙述人,对一个或数个叙述接受者,重述一个或数个真实或虚构的事件。"② 詹姆斯·费伦也表示："叙事的默认时态是过去时,叙事学家如同侦探家一样,是在做一些回溯性的工作,也就是说,是在已经发生了什么的叙事之后,他们才进行读、听、看。"③戏剧既无叙述人,故事又呈现为舞台上正在发生的,因此正如赵毅衡所语："远自亚里士多德,近到普林斯,都顽强地坚持这个边界,为此不惜排除最明显的叙述类型——戏剧。"④

不过,肇始于20世纪70年代"新历史主义运动"的历史叙事带来了成规模的叙事转向,叙事学的研究视野被一步步打开。80年代末,最初埋首文本内部、以语言学模式为基本方法的经典叙事学,受到了后经典叙事学的强力冲击,虽然后者在研究方式上仍承接了经典叙事学的基本概念和理论,但它强调跳出文本结构分析的局域,呼吁叙事作品回归它应有的创作语境和接受语境,实质上扩大了叙事学研究的视野,大大推动了叙事学跨学科领域的研究。随着后经典叙事学对叙事研究领域的拓展,叙事学逐渐转向非文字媒介的叙事活动研究,诸如戏剧、电影、绘画、音乐、建筑等艺术领域,乃至历史、新闻、教育、法律、电子游戏等社会文化领域,都纷纷涌入叙事研究的领地。21世纪以来,这种新叙事转向愈来愈为人们所重视,叙事研究的空间变得极为阔大。经过长久的徘徊,总在不断接近叙事却又不断被推远的古老戏剧,终于伴随叙事转向的洪水,堂堂皇皇冲破壶口,一泻而出,涌入叙事学研究的广阔天地。戏剧与叙事的边界问题,逐步得到重新的思考与探究。

---

① [美]浦安迪：《中国叙事学》,北京：北京大学出版社,1996年,第18页。
② [美]普林斯：《叙述学词典》（修订版）,乔国强、李孝弟译,上海：上海译文出版社,2011年,第3页。笔者按：此定义系普林斯《叙述学词典》旧版所下,旧版作于1985年。
③ [美]詹姆斯·费伦：《文学叙事研究的修辞美学及其它论题》,尚必武译,《江西社会科学》2007年第7期,第25页。
④ 赵毅衡：《"叙述转向"之后：广义叙述学的可能性与必要性》,《江西社会科学》2008年第9期,第35页。

首先,戏剧不被承认为叙事体裁的一个重要方面,是它诉诸舞台场面和演员表演,表现媒介十分独特,迥异于常规的文字叙述。然而,早在20世纪60年代,罗兰·巴特就已意识到人类叙事的普遍性:"对人类来说,似乎任何材料都适宜于叙事:……以这些几乎无限的形式出现的叙事遍存于一切时代、一切地方、一切社会。叙事是与人类历史本身共同产生的。"①他没有将叙事局限在固定的媒介之中,而是放宽到任何手段,包括喜剧、悲剧、正剧、哑剧等各种戏剧样式都可以进行叙事。其他经典叙事学家也有类似表述,里蒙-凯南《叙事虚构作品》说:"我们的生活中充满着叙事作品,新闻报道,历史书,小说,电影,连环漫画,哑剧,舞蹈,闲聊,精神分析记录,等等,都属于叙事作品。"②不过,经典叙事学家的关注点仍偏向文字文学叙事,里蒙-凯南自己本人就特别强调叙事媒介的文字属性,热奈特也格外注重文学叙述话语的研究。直到后经典叙事学时期,才真正扩大了叙事的内涵。赫尔曼说:"'叙事'概念涵盖了一个很大的范畴,包括符号现象、行为现象以及广义的文化现象。"③"叙事"一词,也由单数赫然变为了复数。戏剧因媒介不同而产生的叙事文类的困惑,终因叙事观念的改变而得以廓清。2004年玛丽-洛尔·瑞恩主编《跨媒介叙述》一书笼括了众多非文字的叙事媒介,其后她又提出叙述四分类,戏剧被划归为摹仿模式之中,④中国学者赵毅衡也积极推动"广义叙事学"的建设,将戏剧划为演示型叙述。

其次,如何看待戏剧的直接再现,是解决戏剧叙事性的最关键问题。直接再现指戏剧舞台所呈现的事件始终处于正在发生的时间状态,通过演员身体进行着活生生的即时摹仿。对于事件的叙述,叙事学家们往往纠结于事件在先,叙述在后的时间顺序,认为所有的事件都在等待着叙述。所以,普林斯说叙事是一种重述,阿博特说"事件的先存感(无论事件

---

① [法]罗兰·巴特:《叙事作品结构分析导论》,张寅德编选:《叙述学研究》,北京:中国社会科学出版社,1989年,第2页。
② [以色列]里蒙-凯南:《叙事虚构作品》,姚锦清译,北京:生活·读书·新知三联书店,1989年,第1页。
③ [美]戴维·赫尔曼:《作为复数的后经典叙事学:叙事分析新视野》,转引自尚必武《超越与走向:后经典叙事学存在之维论略》,《学术论坛》2008年第3期,第168页。
④ 赵毅衡:《广义叙述学》,成都:四川大学出版社,2013年,第2页。

真实与否、虚构与否)都是叙事的限定条件"①。这条界限阻挡了戏剧以及电子游戏、电视网络直播等新媒介的叙事认知,因为它们都属于现场直接发生的。但是,乔纳森·卡勒对叙事重讲的观念表示了强烈反对,认为事件实质出于"表意的要求"而产生,并不是"话语在报告的已知因素"。②也就是说,事件可以被"同时叙述",叙述者不一定要已知事件结局,而是可以与事件和受述者一起,经历事件产生的整个过程。叙述是否正在进行或者说已经过去,不应该成为判定叙事的先决条件。对此,普林斯也意识到自己早年对叙事定义的局限性,在2003年新版《叙述学词典》中,他把关键词"重述"修改为"传达"(communicate),一下子释放了"事件"先于"叙述"的限定条件,扩大了叙事边界,那些正在发生的过程现象均得以进入可传达即可叙述的范围。对于普林斯这个与时俱进的改变,赵毅衡不吝赞词,称之为"比新派更加新派"的举动。③

最后,谈谈戏剧叙述者的问题,这也是戏剧被排除叙事文类之外的一个原因。和小说、传记、史书、史诗等文字叙事拥有显在的人格化叙述者不同,戏剧叙述者仿佛是缺失的,甚至还比不上电影中承担一定叙事任务的摄像,让人感知得比较清楚。深究起来,叙述者的隐匿实际与戏剧叙事正在发生的时态有关。当观众(受述者)现场观看戏剧表演时,他们的所见所闻与舞台一起被包裹在同一时间向度中,从而丧失了对事件叙述所常有的过去时间感,"讲故事"与"谁在讲"的时间差不见了,讲故事的人也同时消失了。但是,戏剧叙述者能不能被轻松感知与戏剧有没有叙述者是两个问题。韦恩·布斯说:"作者可以在一定程度上选择他的伪装,但是他永远不可能消失不见。"④这句话是针对小说而言,对于戏剧叙述者也同样适用。哈锲尔《编剧的艺术与技法》谈到戏剧叙述,曾指出具有框架功效(framing device)的戏剧人物兼作了叙述者,⑤这是极具慧眼的认识。赵毅衡《广义叙述学》进一步提出"叙述者人格—框架二象"理论,尝

---

① [美]H.波特·阿博特:《叙事的所有未来之未来》,申丹等译:《当代叙事理论指南》,北京:北京大学出版社,2007年,第623页。
② 同上书,第622页。
③ 赵毅衡:《一本派用场的词典:代序》,普林斯:《叙述学词典》(修订版),乔国强、李孝弟译,上海:上海译文出版社,2011年,第5页。
④ [美]W.C.布斯:《小说修辞学》,华明、胡苏晓、周宪译,北京:北京大学出版社,1987,第23页。
⑤ 纪蔚然:《现代戏剧叙事观——建构与解构》,台北:书林出版有限公司,2006年,第9页。

试用非人格化的框架叙述者的定位,剥去披在戏剧叙述者身上的伪装外衣。① 总之,戏剧叙述者的问题值得继续探讨,但它不应该成为否定戏剧叙事的理由。

探讨戏剧叙事得以确立的学术历程,是为戏剧叙事学研究的开展夯实最基础性的工作。只有戏剧叙事成立了,才能立大厦于基石之上,建构属于自己的叙事学学科空间。

二、中西戏剧学理论的发展与转向

由于戏剧刚刚迈入叙事学的门槛,其理论建构尚属于起步阶段,所以有关戏剧叙事研究的观照,需要充分汲取中西戏剧学理论的丰厚成果,为戏剧叙事学的推进提供理论与方法的必要借鉴,同时通过纵向的历史考察,可以明晰戏剧叙事学研究是对中西戏剧学理论的一次"接着说"。

在西方,戏剧的文学性与剧场性之间的张力关系,在某种程度上可以揭示出整个戏剧发展变革的历史。从亚里士多德到黑格尔,他们的论著里均强调了戏剧的文学性本质。亚里士多德是从"诗学"角度来讨论悲剧的——根据所用的不同摹仿"媒介"为艺术分类,认为使用"语言"的是诗(包括史诗和戏剧);其中,使用"叙述"方式,"以本人的口吻讲述,不改变身份"的,是史诗;"通过扮演,表现行动和活动中的每一个人物"的,是戏剧。② 尽管亚里士多德在为"悲剧"一词下定义之时,提到了表演动作,且讨论悲剧的六因素时也讲到了"言词"与"形象",但是亚氏对悲剧的研究仍旧止步于戏剧文学与诗学。直到19世纪,黑格尔仍旧将诗的语言放于至高无上的位置:"真正的戏剧表演的艺术,只涉及朗诵台词以及面貌表情和动作的方面,诗的语言始终显得起着决定作用的统治力量。"③ 无疑,黑格尔的这一观点是建立在将戏剧语言归于诗的范畴之中的,这是因为"在艺术所用的感性材料之中,语言才是唯一的适宜展示精神的媒介"④,而戏剧语言和其中诗性的表达,实现了史诗原则与抒情诗原则这二者的统一。

---

① 赵毅衡:《广义叙述学》,成都:四川大学出版社,2013年,第97—101页。
② [古希腊]亚里士多德:《诗学》,陈中梅译,北京:商务印书馆,1996年,第42页。
③ [德]黑格尔:《美学》第三卷(下),北京:外语教学与研究出版社,2018年,第1250页。
④ 同上书,第1225页。

从亚里士多德到黑格尔,均强调了戏剧的文学性。他们理论中的偏向代表了从古希腊到19世纪,学界将剧本研究作为戏剧理论研究的主导趋势:将戏剧文学作为戏剧的主要因素,附带提及剧场表演;或将戏剧作为一种文学类型,只对剧本这种文学体裁进行分析。

20世纪之后,戏剧理论的重心有所偏移——由以剧本为研究中心,转向以剧场为研究中心。德国戏剧理论家麦克斯·赫尔曼(Max Hermann)的《剧场艺术论》便是这一转向的开先之作。在考证剧场和舞台上曾有过的变革历史之后,赫尔曼开辟了另外一条可供研究的路径。同样在20世纪初,英国导演、舞美设计师戈登·克雷(Edward Gordon Craig)在他的《未来的剧场艺术》一书中,为戏剧的研究指出了新思路,即一门关于剧场的艺术科学,而其中最突出的特点就是:按照规定,在具体的时空中,演出由具体的扮演者来完成。[①] 戏剧理论家克莱顿·汉密尔顿(Clayton Hamilton)的观点更可谓是20世纪剧场中心理论的一个典型,其对剧场的诸多观点,主要以其书《戏剧理论》为代表。该书强调戏剧是需要在舞台上呈现出来的——是否被演,是戏剧与文学区分开来的关键;同时,该书回应了将戏剧文学夸大为戏剧核心的这一观点,并分析了产生该观点的一些原因:一、不同时代审美趣味的转变和演出形态的更替,使得那些不再上演或被"淘汰"的戏剧,唯有通过纸质文学文本保存下来,以供阅读;二、由于演出是一次性的,即时性的,录音录像晚于印刷技术,人们接触得更多的也只能是文学剧本;三、剧本的文学因素相对稳定,演出中的即兴、不可预测等情况频出的现象,属于不稳定因素,不易被分析、总结普遍规律。[②] 这些特点均在很大程度上指向了戏剧演出文本的一次性、即时性、交流性特征,其不易保存,也在一定程度上增加了分析的难度。汉密尔顿还将莎士比亚某些上演不佳,却具有文学价值的作品,与许多受到观众喜爱的演出作品(多出自名不见经传的小剧作家)相对举;将王尔德的戏剧作品,与康格利夫和谢立丹等人对举,来说明优秀的剧本与演出的受欢迎程度不成正比。虽然汉密尔顿没有明确论及"剧场性"问题,他却指出了剧场的重要性——剧本对于戏剧而言只是次要因素(因为

[①] 周宁主编:《西方戏剧理论史》(下册),厦门:厦门大学出版社,2008年,第817—818页。
[②] 参见《戏剧理论》第一章。Clayton Hamilton: *The Theory of the Theatre*, New York: Henry Holt & Co., 1976.

戏剧可以无台词,如哑剧;或者台词也可以是非文学性的,如意大利的即兴戏剧),而剧场演出则是衡量戏剧是否受欢迎的尺度。

当然,20世纪以后,戏剧学家们对戏剧、剧场的认识并不仅限于此,还涉及多方面的考察:舞台剧场——可从阿庇亚(Adolphe Appia)和戈登·克雷的舞台革新论、格洛托夫斯基(Jerzy Grotowski)的"类戏剧"和溯源剧场、彼得·布鲁克(Peter Brook)"空的空间"等理论中见出;导演——可从戈登·克雷及之后的理论家对导演重视见出;表演——可从尤金尼奥·巴尔巴(Eugenio Barba)对表演的本质"身体性""前表现性"等方面的讨论见出;观众——可从布莱希特(Bertolt Brecht)的史诗剧、"陌生化""间离"理论、安托南·阿尔托(Antonin Artaud)的"残酷戏剧"等理论中见出;观众与演员之间的交流——可从梅耶荷德(Vsevolod Meyerhold)对大众戏剧的追求、奥古斯多·博亚尔(Augusto Boal)的"被压迫者诗学"等学者的理论见出。可以说,"剧场中心论"的提出打破了西方传统的戏剧研究方式,在某种程度上开启了20世纪之后戏剧研究的一个新的路径。

由戏剧文学研究转向戏剧演出研究的趋势在中国甚至东方戏剧学理论中却不是非常明显。以中国戏曲研究为例,一方面,人们对演出方面的关注主要体现在舞台实践方面,即演员表演、唱腔等;另一方面,在戏曲发展的不同阶段,人们对演出与剧本均有所讨论。如,元代第一位系统性地评价戏曲表演、演员等演出因素的学者胡祗遹。他的一些观点主要体现在《紫山大全集》里,其中收录的《朱氏诗卷序》《赠宋氏序》以及《黄氏诗卷序》这三篇文章,是胡氏有关戏曲表演方面的重要文献。《赠宋氏序》着重谈杂剧表演者应如何把握角色(好的演员能"兼万人之所为",扮演各种人物,把握各地人情物理、方言异俗);《朱氏诗卷序》则继续就杂剧演员的修养及其表演要求进行阐发(要善于观察、细心品味,突出人物特点,以"心得三昧"达"天然老成");《黄氏诗卷序》则除了对戏曲表演、装扮等提出见解,还全面论述了戏曲演唱问题,即为说唱艺人提出"九美"说。不仅如此,他还对观众审美心理、杂剧表演与不同时代的观众的审美要求有一定的论述。可以说,胡祗遹在戏剧表演方面的观点,在一定程度上体现出我国戏剧表演理论早在13世纪已经达到了相当高的水平。其理论中的合理精神以及对演员表演方面的论述,在明清表演理论中都有所反响。

承继胡祇遹对戏曲表演方面的讨论,明代戏曲理论家潘之恒对演员技艺和境界,以及演出效果等方面,提出了更为具体的要求和标准。比如,他认为演员表演需要具备三种能力,即"才"(外在表演才能)、"慧"(演员的内在理解力)、"致"(演出中爆发的即兴能力,舞台情感的控制力)的范畴概念。在此基础上,潘之恒又列出了评价戏曲表演技巧的几个标准:"度"(演员的发挥有度)、"思"(演员要有人物的内心体验)、"步"(舞台形体动作自然又合规矩)、"呼"(呼唤亲人的感情声调)、"叹"(人物内心情感的自然流露)等等,他的论述触及表演艺术中的一些规律性的症结和问题,涉及了表演技巧及其情感体验、演员素质和演出效果等多方面问题。[①]

除了演员表演,戏曲的演唱、声律唱腔也是中国戏曲的一大特色。故而有王骥德、魏良辅在曲律上的要求,沈璟在《词隐先生论曲》中强调剧作与演唱的关系,李渔在《李笠翁曲话》中从剧场效果和关注要求出发论戏曲语言,等等。不过,李渔则进一步强调了演出的重要性,他在论金圣叹对《西厢记》的评论时指出:"圣叹所评,乃文人把玩之《西厢》,非优人搬弄之《西厢》也,文字之三昧,圣叹犹有待焉。"[②]这说明,剧本无论写得多么优秀,如果没有得到成功的演出,那么它也只能成为"案头之曲",而不能转化为"场上之曲"。纵观中国古代戏剧研究,戏剧家们主要从"作者""演员"和"观众"这三方面展开论述——注重戏剧创作、戏剧演艺、剧场效果、表演鉴赏等方面。其中,论及戏曲创作最多,论及舞台表演的则较少(多局限于"唱",对"演"的讨论也少),而论及剧场(对剧场的记录、演剧情况)和观众审美心理等方面的问题则较为罕见。对于东方戏剧而言,亦是如此,可从印度婆罗多的《舞论》、日本世阿弥的《花传书》等著作中见出其研究趋势,或关注的焦点。

如今,戏剧创作、表演以及剧场性等方面,依旧是近现代戏剧研究中的重点所在,同时,对观众接受、观者心理、观演互动等方面的考察逐渐成为戏剧学研究的一个趋势。

艾利卡·费舍尔-李希特(Erika Fischer-Lichte)《行为表演美学——

---

① 参见廖奔、刘彦君:《中国戏曲发展简史》,太原:山西教育出版社,2006年,第232—233页。
② (清)李渔:《闲情偶寄》,《中国古典戏曲论著集成》(七),北京:中国戏剧出版社,1959年,第70页。

关于演出的理论》一书便是这样的一个典型。该书从"戏剧科学"的角度出发,分析演出的相关问题——观者和演员(包括二者关系)、舞台表演和现场表演(涉及演出媒介、空间、时间等因素),最后从美学的角度对整个戏剧精神进行梳理,以强调"戏剧科学"的独立性。该书的研究路径与传统戏剧的研究方式最大的不同主要体现在研究目的、研究对象与研究范式上。首先,该书试图建立一门"戏剧科学",将艺术表演与社会表演等"演出"连接起来,总结出演出的一般规律。因此,研究对象为演出,但他不仅研究传统的戏剧演出,还涉及行为艺术、仪式、歌舞、马戏、体育比赛、政治表演。其次,该书突出了观众的能动性作用,强调观众的直接参与性和交流性作用。再次,该书抓住了演出的本质,或者说戏剧的本质——现场性,根据演出文本的"一过性"、即兴性等特点,论述了"演出"文本的形成。不仅如此,该书通过考察"演出"所必备的条件和诸多元素,指出了媒介的"物质性",并分析了"物质性"与"意义"之间的转换生成关系。最后,该书发现了舞台演出与日常生活事件之间的临界关系,并指出其中观众感情因素的作用,试图拆除艺术与现实之间的"墙"。李希特是从戏剧表演理论出发论演出问题的,但对表演文本中的"在场"与"缺失"、观演的现场互动等现象的分析,都明显触及了符号是如何被感知、被赋予意义的,观者、演员、媒介、空间恰恰又是演示性体裁的重要特征。

中西方的戏剧研究路径以及研究路径的转向,无不与背后的文化密切相关。中国戏剧成熟晚,导致人们对戏剧的理解不一致:中国对戏剧的研究以它"合歌舞以演之"的特性始之,前期主要从诗、乐、舞等方面多线并进地展开分析,后期则主要从"剧学"与"曲学"这两方面进行研究。而西方则以诗学、悲剧六因素为发端,将其作为"诗"的一类展开单线研究(前期局限于"诗学",后期扩展到"表演学")。而受到跨媒介与跨文化交流的影响,东西方戏剧研究又有了新动向,表现在:安托南·阿尔托受巴黎戏剧启发,形成了"残酷戏剧"理论;布莱希特受中国戏曲启发,挖掘出了戏剧的"间离效果"理论;格洛托夫斯基的东方之旅,开启了他寻找"普遍戏剧真理"之路;彼得·布鲁克则直接搬来东方的戏剧技巧和题材,为己所用;姆努什金(Ariano Mnouchkine)的太阳剧社则成了亚洲和欧洲戏剧的一种融合。东西方戏剧研究的影响并不是单向的,西方戏剧研究趋势也会作用于东方。如,受国外演剧方式的影响,国内有主攻话剧表演与影视表演、近现代国内外经典剧与传统戏剧等方面的研究;受巴尔巴的人类表演学、谢克纳的社会表演学等学科的影响,国内有对戏剧的社会表演等方面的研究;受比较文学、比较文化、社会批判等理论的影响,国内有对比较形象学、比较戏剧学等方面的研究等等。

作为戏剧理论研究的一个新分支,戏剧叙事学是对以往中西戏剧研究的一次接榫与转型。贯通中西戏剧理论的历史语境,参照各种理论发展态势,能够使戏剧叙事学研究找到自身更好的定位。中西戏剧理论的历史层积,包含了足资借鉴的研究经验、理论视角与方法,同时也启示了戏剧叙事未来的研究方向。20世纪以来,从剧本研究到剧场研究,从传统媒介研究到跨媒介、跨文化研究,中西戏剧的理论发展风云际会。当前戏剧叙事学研究既需要"商量旧学",又需要"培养新知",尤其对于中国戏剧叙事学研究,更需要深入结合新时期的理论转向,从中获得充分的理论自觉。

三、三十年中国传统戏剧叙事研究的建设

"中西戏剧叙事传统研究"的立足点是中国戏剧叙事传统,要达到的核心学术目标也是中国戏剧叙事自身传统的发现与研究。这一点在傅修延先生规划总课题目标时,就做了明确的指示:"就总体思路而言,本研究拟将西方叙事传统作为中国叙事传统的参照系统来开展讨论"。"总是坚持以对中国传统的讨论为主线,西方传统则是以副线和参照对象的方式存在。"[①]因此本书的重中之重,是认识中国戏剧自己的叙事传统,总结中国戏剧自己的叙事经验,参与中国叙事学版图的建设,为"讲好中国故事"提供学术经验、方法与思路。

基于此,我们有必要着手中国传统戏剧叙事研究的整理工作。早自20世纪二三十年代开始,郑振铎、钱南扬、任半塘、王季思、赵景深、周贻白等前辈学者,通过勾稽浩繁文献,整理出戏剧书目、本事与文献,为中国戏剧叙事研究披荆斩棘,导夫先路。20世纪80年代,叙事学被引入中国。作为一门年轻的学科,其新锐视角与科学理论,迅速吸引了国内一大批研究者。学者们采他山之石,琢本山之玉,力图建立本土叙事学的学术体系。中国传统戏剧的叙事研究,是中国文学叙事学研究的重要组成部分,相较小说、史传等传统叙事文体,研究起步稍晚。一方面,戏剧叙事的

---

① 傅修延:《中西叙事传统比较论纲》,《学术论坛》2017年第2期,第2页。

确经历了一个从被排除到被吸纳的历史过程,不如小说叙事来得根深蒂固;另一方面,中国戏剧学界长期秉持"剧诗"的观念,重视戏曲抒情文体的研究,对戏剧讲故事的本质,也没有相当的关注。随着西方叙事学理论的东渐,80年代末,有学者指出古代戏剧理论由曲学、剧学和叙事理论三大体系组成。① 90年代开始,陆陆续续有学者投入这一新的研究领域,开疆辟土,探索研究路径,戏剧叙事得以成为传统戏剧学术研究的一方重镇。21世纪以来,戏剧叙事学研究逐渐走向了深化,中国传统戏剧叙事形成多点开花的局面。

(一)中国传统戏剧叙事本质特征及诸叙事要素的研究

戏剧成为中国叙事学研究对象后,人们最早感兴趣的是中国传统戏剧叙事有着怎样的本质特征和基本模式。董乃斌《中国古典小说的文体独立》一书,开篇考察了各类古代文学样式之文学与事的关系,提出古代戏剧叙事的"演事"概念,认为它是通过人物的行为和对话,进行"纯粹客观的展示性艺术",而"将作者本人的直接表现推向更远的幕后,使之更多地被掩藏"。② 周宁《比较戏剧学——中西戏剧话语模式研究》是国内最早有关戏剧叙事的专著之一。他采用了叙事学方法,通过对比中西戏剧话语模式,深刻揭示出中国传统戏剧叙述性话语与"外交流"系统的表演属性。③ 1996年,苏永旭主持"戏剧叙事学研究"的国家课题立项,率先提出戏剧"文本叙事"与"舞台叙事"的两大范畴,通过系列论文,提炼并阐释了中外戏剧"显在戏剧叙述""潜在戏剧叙述""反戏剧意象戏剧叙述"三大叙事方式,而中国传统戏剧被划归为第一种类型。④ 孟昭毅《东方戏剧叙事》也一定程度地认同了苏说,通过分析戏曲叙述者、叙述时间、叙事对象和叙述交流,进一步肯定了中国戏曲属于显在戏剧叙述的模式,并力图将之笼括入一个更大的东方戏剧叙事体系。⑤ 胡一伟《戏剧:演出的符号叙述学》则从符号叙述学的角度,考察戏剧演出的各类文本,其视野广泛,并不拘泥于剧本文学,而是涉及了口头文本、演出文本,以及各类伴随文本,

---

① 刘靖安:《论"金批西厢"的叙事理论》,《衡阳师专学报(社会科学)》,1989年第1期,第36页。
② 董乃斌:《中国古典小说的文体独立》,北京:中国社会科学出版社,1994年,第52页。
③ 周宁:《比较戏剧学——中西戏剧话语模式研究》,上海:上海社会科学院出版社,1993年。
④ 苏永旭主编:《戏剧叙事学研究》,北京:中国戏剧出版社,2004年。该书所集论文大多发表于20世纪90年代末期。
⑤ 孟昭毅等:《印象:东方戏剧叙事》,北京:昆仑出版社,2006年。

中的叙事理论资料,继而分题材与情节、结构、情境、人物、语言、叙事技法六个方面,总结叙事理论在古典剧论中的展现及其位置。

戏剧评点是戏剧叙事理论的重要资料库之一,也颇受学者们重视。朱万曙《明代戏曲评点研究》(安徽教育出版社,2002年)整理了明代戏曲评点中有关结构、情节、人物的创作理论,还设有"叙事视角的强化"一节,论述人物塑造对叙事视角的影响;李克《明清戏曲评点研究》(台湾花木兰文化出版社,2013年),纵向剖析了戏剧评点中叙事结构理论的延续与变异。张勇敢《清代戏曲评点史论》(华东师范大学2014年博士论文)着力梳理清代百余种戏曲评点资料,其中较多总结了评点中的叙事结构、叙事文法理论。

一些古代戏剧家的理论著述也成为挖掘叙事理论的富矿。清代戏曲家金圣叹评《西厢记》、李渔《闲情偶寄》无疑是最受关注的热点,相关研究纷沓而出。像胡亚敏《金圣叹的叙事理论》(《叙事学》,华中师范大学出版社,2004年)从叙事视角、顺序、节奏、频率、阅读文法等角度,分析包含评点《西厢记》在内的金圣叹评点叙事理论。高小康《市民、士人与故事:中国近古社会文化中的叙事》(人民出版社,2001年)一书也专门探讨了金圣叹的戏剧叙事理论。张曙光《中国古代叙事文本评点理论研究——以金圣叹评点为中心的现代阐释》(山东师范大学2008年博士论文)则以金圣叹评点(含《西厢记》评点)为中心,较为全面地考察了其叙事评点文本的本体构成、叙事语言、叙事结构、叙事意义、审美阅读等方面的特点。李渔是古代戏剧理论的集大成者,率先提出"结构第一"的观点,有关他的叙事理论吸引了学界较多关注:孙福轩《李渔"结构第一"新论》(《戏剧艺术》2003年第6期)、赵炎秋《李渔叙事结构思想试探》(《湖南工业大学学报》2011年第3期)等,均认为李渔的结构理论反映了对戏剧叙事性的重视,黄春燕《李渔戏曲叙事观念研究》(人民文学出版社,2014年)剖析了李渔戏曲叙事理论的结构谋略,认为他把握住了戏曲叙事两条"法脉准绳",即融文学、音乐、表演和接受为一体的戏曲叙事理论和搬演意识中的公共趣味叙事。还有将金、李叙事理论加以比较的,如高小康《论李渔戏曲理论的美学与文化意义》(《文学遗产》1997年第3期)、张媛媛《金圣叹与李渔叙事文学理论之比较》(扬州大学2014年硕士论文),亦有涉及其他古代戏剧理论家的叙事理论,如范晖《王骥德〈曲律〉戏曲叙事理论研究》(安徽大学2015年硕士论文)总结了明代曲家王骥德的戏剧叙事理论。

对戏剧演出叙述的性质发覆甚详。①

除了总体叙事性质的观照之外,不少学者将视角延深入传统戏剧各种叙事特征、叙事要素的考察。例如,郭英德《叙事性:古代小说与戏曲的双向渗透》(《文学遗产》1995年第4期)较早注意到小说戏曲在叙事方式上的共同性与互渗性,指出戏曲叙事体与小说代言体交杂的现象。谭帆《稗戏相异论》(《文学遗产》2006年第4期)另辟蹊径,揭示作为文本的小说戏曲在叙事性、通俗性与本体观念上的差异,认为戏曲的精神实质是"诗"的,小说的精神实质是"史"的。董上德《古代戏曲小说叙事研究》(广东高等教育出版社,2007年),侧重通过具体个案考察戏曲小说共通故事形态的历史建构过程。程蔷《民间叙事模式与古代戏剧》(《文学遗产》2000年第5期)论证了古代戏剧对民间叙事模式的借鉴和使用。王廷信《叙事:中国戏剧形成研究的有效视角》(《东南大学学报》2007年第1期)提出要从叙事的角度切近中国戏剧的发生与形成。胡健生《元杂剧与古希腊戏剧叙事技巧比较研究》(中国社会出版社,2014年)以古希腊戏剧为参照,具体探讨了元杂剧戏剧预叙、复叙、停叙、发现、突转、戏中戏等叙事技巧。其他较有建设性的论文成果,从叙事结构、叙事时空等层面考察了中国传统戏剧的叙事特征,均有力推动了对传统戏剧叙事形式的理论认识。

(二) 古代戏剧叙事理论的整理与研究

古代戏剧叙事理论的整理和研究,是中国戏剧叙事重要的基础性工作。这方面研究需要从浩繁而零散的古代戏剧批评资料中,勾索与戏剧叙事相关的论述。90年代中期,这项工作已为学人所关注。谭帆、陆炜《中国古典戏剧理论史》专设一章梳理古代戏剧叙事理论的发展和理论体系,指出元明清戏剧理论清晰折射了前代叙事理论的"历史投影",通过解读相关叙事文献,提炼出虚与实、寓言观念、奇的情节及人物塑造等四个方面,初步建构了古代戏剧叙事的理论体系。② 侯云舒《古典剧论中叙事理论研究》(台湾清华大学2000年博士论文)是笔者迄今所知较为全面地总结古代戏剧叙事理论的专著,从所设纲目看,该书纵向贯穿了古代剧论

---

① 胡一伟:《戏剧:演出的符号叙述学》,成都:四川大学出版社,2019年。
② 谭帆、陆炜:《中国古典戏剧理论史》(修订版),上海:华东师范大学出版社,2005年,第135—200页。

一些文章还专就某种叙事要素,梳理与考察了古代戏剧的相关理论,如丁淑梅《中国古代曲论中的叙事结构论》(《伊犁师范学院学报》2002年第2期)、刘二永《古典戏曲叙事节奏理论管窥》(《戏剧之家》2016年第15期)、黄飞立《古典戏曲叙事性质与曲学论域再考察》(《甘肃社会科学》2015年第3期)等。

(三) 各类剧体的叙事研究

中国传统戏剧历时久长,种类繁多。针对各类不同剧体的叙事研究,随着戏剧叙事学研究的发展而展开。相对而言,这方面研究比较集中在有本之戏上,其中又以元杂剧、明清传奇的研究最丰。

元杂剧叙事方面,专著主要有:陈建森《元杂剧演述形态探究》(南方出版社,1999年)一书首次提出"演述形态"的概念,把元杂剧放到创作、演员舞台和观众的大环境中考察,较为全面而深入地探讨了元杂剧演述形态体制,指出元杂剧叙述体的形态性质。刘慧芳《元杂剧叙事艺术》(辽宁大学出版社,2010年)较为全面地观照了元杂剧叙事结构、时空、人物和剧作家。单篇论文,如陈维昭《元杂剧的演唱体制及其叙事学意义》(《戏剧艺术》2000年第3期)指出元杂剧保留了浓厚的叙事体痕迹,这反而形成了它抒情性强,节奏低回舒缓的美学特点。徐大军《元杂剧演述体制中的说书人叙述质素》(《山东师范大学学报》2003年第1期)认为元杂剧保留了许多说书人的叙述质素,与说书叙述形式有密切的渊源关系。此外,各高校不少硕士论文也以此为题,[①]显示了学界对元杂剧叙事体制的集体热情,同时也深化了对元杂剧叙事形态与特征的认识。

再看明清传奇叙事研究,主要集中在故事结构、情节模式、叙事主题的探讨上。代表论著有:李晓的《比较研究:古剧结构原理》(中国戏剧出版社,1989年)以古典剧论为依据,适当借鉴了西方理论分析方法,梳理出传奇结构"以人物中心来谋篇布局"和"点线式"的一般规律,而在此基础的各种变异构成了传奇"全开放脉络式"的结构形态。本书的结论至今

---

① 主要有:步雪琳《论元杂剧文本体制对其叙事的影响》(河北师范大学,2004年)、张英《论元杂剧叙事的抒情化特征》(河南大学,2005年)、谭臻《元杂剧叙事结构研究》(兰州大学,2008年)、郭燕《对元杂剧和日本谣曲的叙事学研究——以〈西厢记〉和〈井筒〉为代表》(陕西师范大学,2011年)、高鹰《元杂剧的故事模式研究——以〈元曲选〉为例》(复旦大学,2013年)、姜兰慧《元杂剧旦本剧叙事视角的社会性别研究》(中国海洋大学,2013年)、徐汝瑄《元杂剧的时空叙事研究》(湖南师范大学,2019年)等。

仍为学界所认同和吸收。郭英德的《明清传奇戏曲文体研究》旨在探索明清传奇文体学的范式,然而不少内容实与叙事学研究交合。该书采用了中西对话与中西结合的研究姿势,集中探讨传奇的叙事方式,提出传奇在处理题材与主题创作中表现出"务虚""尚实""寓言"三种叙事审美观念,传奇叙事结构则在外向开放与艺术内敛的历史动态中游走,表现出整与散、繁与简的结构张力之不同。① 许建中的《明清传奇结构研究》(中州古籍出版社,1999年)是从结构角度探讨传奇体制的专著。该书注重梳理传奇结构的内涵层次,将其分为情节结构、排场结构和音乐结构三个大层,而情节结构又是故事的自然结构、传奇体制的规范、作家的剧情安排和排场设置等各层有机组成的一个复合体。这种结构分析的方法不无结构主义、形式主义的影子,却也较为恰切地融合了古代戏曲的结构特征。中国台湾地区林鹤宜《论明清传奇叙事的程式性》从叙事程式的角度,考察明清传奇叙事如何从里俗妄作演进为高度的程式化,并分析了传奇叙事程式的具体内涵和形成背景。② 宋希芝的《明清传奇双线模式的结构主义叙事学解读》(《东岳论丛》2010年第11期)运用结构主义二元对立、角色模式、符号矩阵、结构模式与结构系统的叙事理论,剖析明清传奇文本作品内在的深层结构。不少博士硕士论文也选择明清传奇作为叙事研究对象,博士论文如刘志宏《明清传奇叙事艺术研究》(苏州大学,2008年)、邱飞廉《明传奇历史剧的叙事艺术》(武汉大学,2010年)等,硕士论文如张谦《明清传奇情节结构模式研究》(南京大学,2004年)、李昕欣《晚明至清初传奇叙事结构的演变》(华东师范大学,2007年)、杜一驰《明清传奇双线结构的戏剧学解读》(集美大学,2015年)等,分别从题材类型或某方面叙事要素,有点有面地探讨了传奇叙事的形式特征。

其他戏剧剧种叙事方面也有一些零散的研究论文,例如韩丽霞《宋元南戏的显在叙事探略》(《河南教育学院学报》1999年第2期)、杜桂萍《清初遗民杂剧的主题建构与叙事策略》(《社会科学战线》2005年第2期)、王廷信《史诗性乐舞中的扮演与叙事》(《民族艺术》2002年第1期)、周华斌《傩·民间叙事表演·原始戏剧》(《戏剧文学》1996年第8期)、胡一伟《敬神与娱人:论巫傩仪式的演示性叙述特征》(《河南师范大学学报》2014

---

① 郭英德:《明清传奇戏曲文体研究》,北京:商务印书馆,2004年,第227—354页。
② 林鹤宜:《规律与变异——明清戏曲学辨疑》,台北:里仁书局,2003年,第63—125页。

年第3期)等文,将研究视野伸向了南戏、清代杂剧、巫傩、史诗乐舞等戏剧样式。其中表演叙事、演示叙述的研究视角,是对以文本为中心的叙事研究主流的有力补充,也代表着古代戏剧叙事研究未来的发展方向。在此基础之上,何萃的《中国古典戏剧叙事研究——在结构体制与历史语境双重视角下》(南京大学2015年博士论文),按照戏剧史的发展轨迹,从戏剧结构体制入手,全面考察戏文传奇、元杂剧、京戏以及连台本戏、小本戏、明清文人杂剧和折子戏等中间形态的戏剧叙事格局。由于注重联系戏剧相应的历史文化语境,不少内容深入发掘了古代戏剧演事特征与规律。

（四）具体作家作品的叙事性研究

历代剧作家作品的叙事研究,从某个具体文本入手解读叙事性,既便于尝试操作,又可因小见大,知微见著,吸引了不少研究者的目光,也是古代戏剧叙事研究的一个重要构成。一般而言,优秀剧作家及其经典剧目最为引人瞩目,相关论文主要集中在对王实甫、关汉卿、汤显祖、李渔、孔尚任、洪昇等人的代表剧作的叙事分析。

较有代表性的有,郭英德的《稗官为传奇蓝本——论李渔小说戏曲的叙事技巧》(《文学遗产》1996年第5期)抓住李渔戏曲小说同题创作的问题,探讨了李渔小说与戏曲叙事技巧的同异性。文章充分借用了西方文本叙事中叙事时序、时距、视角、讲述与展示的叙事方式等理论,进行对比性解读,分析出李渔小说"无声戏"、戏曲"叙事性"的特点。汪小洋的《〈牡丹亭〉叙述语法探讨》(《南京师大学报》2000年第4期)通过叙述语法,分析了牡丹亭的角色显在叙事、作者话语和典故的叙事扩张；施文志的《关汉卿戏剧的累积叙事》(《云南艺术学院学报》2007年第1期)提出"累积叙事"的概念,指出关汉卿杂剧中大量重复性的叙事程序,认为它们消除了观众、听众和读者在场景转换中的理解障碍,是民间口传叙事影响下的产物。黄芸珠的《论〈长生殿〉的表层叙事与深层悲剧意蕴》(《西北大学学报》2008年第6期),认为李杨情缘系剧本的表层叙事,而通过"核心情节"和"二重视角"的分析,指出复杂厚重的历史悲剧内涵。杨绪容研讨了《西厢记》"演事"方式,既较为细致地分析文本的叙事性质,例如主唱、参唱和间唱的叙事功能,侧笔闲笔的那辗叙事技巧等,又置《西厢记》叙事于元杂剧叙事模式的历史背景下考察,认为《西厢记》既属于元杂剧叙事模式的创变,又为后来爱情戏剧叙事模式确立了典范。① 王靖宇《从叙事角度看〈牡丹亭〉的后半部——兼论全剧之总体思想内涵》(《戏曲研究》2011年第2期)针对《牡丹亭》后半部研究的不足,引用西方叙事理论,指出叙事文具有连贯性和可追踪性的特点,从人物性格和叙事完整性的方面,论证后半部的必要性,揭示出其中重要的情理内涵。具体剧目的叙事研究林林总总,切入视角亦各不相同,但大多习惯从某一微观叙事角度入手,或结构,或视角,或技法等,由是推论出研究对象的叙事形态和特点。这些研究为从个别到一般,从现象到规律的戏剧叙事理论总结,一步步地奠定了坚实的基础。在此因限于篇幅,不赘余例。

综上所述,自20世纪80年代末、90年代初起步,中国传统戏剧叙事研究经过了三十年的发展,从个人独立研究到课题团队运作,从宏观把握到微观解读,已然开疆辟土,创建出一片广阔而丰袤的戏剧叙事学研究领域。

在研究内容上,一方面致力解决古代戏剧叙事本质的问题,给予戏剧在叙事学范畴内的宏观定位。像董乃斌"演事"说、陈建森"演述"说,均意在表明戏剧并非与叙述对立存在,而是用表演的、代言的,甚至非代言的方式叙述故事。苏永旭将戏剧分为"文本叙事"和"舞台叙事",亦欲建构戏剧叙事的基本范畴。另一方面积极寻求中国传统戏剧叙事自成一体的形式特征。像周宁"外在话语交流系统"、苏永旭"显在性叙述"、李晓"点线结构"、谭帆"诗"的本体精神,林鹤宜"叙事程式性"等等,都力求提炼出古代戏剧叙事的一些基本特征。大量文章还热衷从叙事构成的具体要素,切近古代戏剧叙事文本的表现形式,诸如叙事结构、话语、视角、人物、时空、技巧等方面,均为学界考察的热点,尤其戏剧结构聚拢了大量的研究者,成为传统戏剧叙事研究的重中之重。

在研究方法上,中国戏剧叙事研究属于中国古代文学、戏剧学与西方叙事学相互交叉的研究领域,故而需要站在跨学科的立场,博采中西、古今之不同的学术方法。从近三十年研究看,确实呈现出这样的特点。像对古代戏剧叙事理论的归纳,采用传统文献整理与辨析法,对戏曲故事模式流变的梳理,采用"考镜源流""原察始终"的方法,均为传统学术方法之运用;而西方叙事学方法的使用也比比皆是,如引用故事功能分析戏剧故

---

① 董乃斌主编:《中国文学叙事传统研究》,北京:中华书局,2012年,第353—395页。

事模式的构成,引用语言模式分析戏剧话语的特点,引用叙事结构理论分析戏剧文本层次,等等。

应该说,戏剧是叙事学研究的一个新对象,其叙事特质与方法都不同于以小说为中心的经典叙事学,在缺乏可资借鉴的叙事学理论的情况下,国内戏剧叙事研究一开始便能紧跟西方叙事学前进的步伐,显现出如此高涨的热情,取得令人可喜的理论实绩,的确难能可贵。以上所述研究局面,基本符合中国戏剧叙事应有的学术状况与特点。

四、中西戏剧叙事传统的研究对象与方法

中国传统戏剧叙事三十年的研究,为我们深入"中西戏剧叙事传统比较研究"奠定了坚实的理论基础,提供了丰富的研究认识、方法与经验。但回顾业绩之余,我们仍感到有许多意犹未尽之处。

我们发现,这三十年中国历代戏剧叙事研究主要集中在元杂剧、明清传奇上,一些优秀的作家作品更成了研究的"焦点"。作为古代戏剧阶段性、经典性的代表,这些戏剧样式、戏剧作品足堪承担古代戏剧叙事特征的"形象代言人",但仅仅盯着这几个"闪光点"又是远远不够的。就我们研究的主要对象——中国传统戏剧而言,从未有成熟剧本之前的角抵戏、参军戏、歌舞戏、滑稽戏,到剧本形成阶段的南戏、杂剧、传奇,迄止清代中叶民间花部乱弹的勃兴,组成了一幅恢弘广杂的戏剧生态图。从历史纵向来看,它们又彼此连贯,蝉联嬗递,形成了一以贯之的戏剧演事传统。"中西戏剧叙事传统比较"课题的提出,意欲站在一个新的角度,全面而深入地审视中国戏剧叙事传统的特质。

我们首先理解清楚两个问题:第一,什么是戏剧叙事传统?第二,为什么研究中国戏剧叙事传统,要与西方戏剧叙事传统放在一起对比。前者主要说明中西戏剧叙事传统的研究对象,后者涉及中西戏剧叙事传统的思路与方法。

何谓"传统"?希尔斯在《论传统》一书中,认为"传统"的涵义是"任何从过去延传至今或相传至今的东西","是人类行为、思想和想象的产物,并且被代代相传"。[①]"传统"包含了两个要素:其一为"传"的历时性。它指事物构成时间上的连续关系,创造于过去,为人们所接受,并且承传下

---

① [美]爱德华·希尔斯:《论传统》,傅铿、吕乐译,上海:上海人民出版社,2014年,第12页。

来。"传统"活跃在现在的时间点,却又蕴含现存中的过去,也指示现存中的未来,如同流淌在时间之河,溯洄从之可以述往,溯游从之可以思来。其二为"统"的同一性。传统的形态,可以是某个实物、某种形象,如关帝庙、关帝像之类;也可以是人类的行为活动、思想信仰,抑或惯例制度,如关帝崇拜、每年正月石邮村关公驱傩仪式等。但毋论物质形态,还是非物质形态,之所以能"统"之,在于它们包含了同一质素。比如,各地关帝庙的形制可能不一样,但都因为是关帝祭拜场所而属于同一类型。同一质素可能在承传过程中有所增损,但其中内核是不变的,具有质的规定性,同出一源且同一范型。

了解传统的含义,可以帮助我们了解戏剧叙事传统的研究对象。有关叙事传统,傅修延《论叙事传统》给了一个简单明确的定义,即"世代相传的故事讲述方式"[①]。为了讲述故事,人类创造了很多的叙事方式,如早期人类的壁画叙事、史诗的口头叙事、记载于竹简纸帛的文字叙事、祭祀神灵的行为叙事等。不论怎样的千差万别,叙事同一的质的规定性在于"故事讲述",即存在讲述故事的行为,讲述了故事内容。如果在相传过程中,讲述故事行为或讲述故事内容形成了一些固定的范式或套路,那么就形成了"叙事传统"。

戏剧叙事也是人类故事讲述的一种方式,其独特之处在于用角色扮演的方式讲述故事。李渔云"戏为登场之设",说明戏剧的本质生命在于舞台,它们所讲述的人物故事只有通过表演,形诸舞台,才能获得真正的存在意义。董乃斌在梳理文学与事的关系时,称戏剧叙事为"演事"[②],"演事"包含了两个方面的内涵:一则为"事",一则为"演",它是通过演员身体及其延伸的各类演示媒介,完成叙事内容。戏剧的演示媒介极为丰富,从最核心的演员身体媒介,包括歌唱、念说以及非语义的声音,到身体运作,再延伸至身体以外的物质媒介,诸如道具、服装、化妆、乐器、音响等,融戏剧叙事于一系列媒介表演之中。简言之,戏剧叙事即为演员代言角色的"演事"。

按照戏剧演事的概念,研究戏剧叙事实际就是探究故事表演的内容与形式方法,深入到演剧各种元素与故事之间的互动关系,探讨故事是怎

---

① 傅修延:《论叙事传统》,《中国比较文学》2018年第2期,第2页。
② 董乃斌:《中国古典小说文体的独立》,北京:中国社会科学出版社,1994年,第47页。

样被组织表演出来的,而戏剧叙事传统的研究,也就是考察故事舞台表演的惯有叙述模式。这需要我们有超越文本的研究眼光,深入戏剧舞台内部,观察它们的内在运作机制。以宋元南戏演事为例,"副末开场""上下场诗""收场诗""生旦双线"等,看起来都属于南戏文本的外在形态,但实质涉及了南戏分场结构、脚色名目、分脚等演剧体制,而这些形式又几乎影响到每一种南戏文本内故事的构成,产生了南戏故事的叙述模式、叙述风格,甚至控制南戏故事的进程。同样的情况也存在于中西多种多样的戏剧种类之中。基于此,中西戏剧叙事的研究某种程度上可以置换为"戏剧形态"的叙事学研究。什么是"戏剧形态学"?它倡导的是演剧形式组成要素的实质性研究,康保成指出:"诸如剧本样式、脚色源流、戏剧文物、剧场戏台、音乐声腔、身段表演、服饰化妆、布景道具等,它们围绕着角色扮演这个中心,但同时又相对独立,互相交叉,组成了一幅全息的网络化的戏剧形态学的学科体系。"①各个要素既可独立研究,又组成一体。当我们结合戏剧形态学,立足"演事"的戏剧叙事观念,才能透过中西戏剧的文本表象,真正发掘戏剧"演事"的深层规律。

中西戏剧叙事传统的形成,呈现复杂的、动态的表现形式。有的叙事传统在戏剧胚芽阶段便显现出天性的基因,一直稳定延存于后期戏剧叙事形态之中,有的则是在历史嬗变之迹中薪火相传,传承与过滤旧有的叙事形式,发展出新的叙事传统。对于中西戏剧叙事传统的考察必须放在新旧嬗递的动态体系之中,希尔斯称符号与形象在延传过程中会起变化,这种延传变体链(chain of transmitted variants of a tradition)也是传统的表现形态,②不能因为某种戏剧叙事传统已退出历史舞台便取消对它的关注,其中可能仍然包含了被接受与相传的共同主题。

至于叙事传统考察的下限,则需要明确中西戏剧传统与现代的交轨时间。历史学中,现代特定指工业革命之后的历史。中西戏剧从传统到现代的转变不完全与之同步,而且中西现代性面目也各不相同。西方戏剧在 20 世纪初,现实主义传统与反现实主义传统开始激荡、碰撞,此后表现主义戏剧、残酷戏剧、超现实主义戏剧、荒诞派戏剧等风起云涌,将西方戏剧叙事带入突破传统的现代戏剧阶段;中国戏剧也在 20 世纪初焕发出

---

① 黄天骥、康保成:《中国古代戏剧形态研究》,郑州:河南人民出版社,2009 年,第 8 页。
② [美]爱德华·希尔斯:《论传统》,傅铿、吕乐译,上海:上海人民出版社,2014 年,第 14 页。

新的时代气息,班社体制的改良、现代剧场的出现和国剧改良运动,使得传统戏剧叙事形态有所变化。但不得不说,这主要发生在经济发达的城市,而且并没有根本撼动戏剧传统叙事模式,尤其农村民间戏剧仍以超稳定形态,保持巨大的传统性。因此,根据中西戏剧叙事传统形成的客观情况,我们将研究范围界定在中西戏剧萌芽伊始,讫止20世纪初传统向现代戏剧的转型,并相应延伸至民间戏剧的传统遗存。

再来看第二个问题。我们研究中国戏剧叙事传统,为什么要与西方戏剧叙事传统放在一起对读呢?

中西戏剧远隔重洋,各自生长于不同的文化土壤,外在形式与精神内容呈现出不同的艺术传统。对于人物故事的叙述,亦因艺术形态、艺术观念与价值观念之差异,形成不同的中西戏剧叙事传统。二者互为差异的背后,反映了人类戏剧艺术表现的丰富与广袤。傅修延先生在规划"中西叙事传统比较研究"的总体思路时,明确指出:"拟将西方叙事传统作为中国叙事传统的参照系来开展讨论","事实上,孤立地研究自己不可能走得太远,只有把自己与他人放在一起,客观地比较彼此的长短、多寡与有无,才能发现自己过去看不到的盲区,更深入地理解自己'从何而来'及'因何如此'"。[①]中国叙事传统深入到了中国文化的形态、特质与心理,不仅需要立足本位,原始察终,探求自身叙事的源流与特质,而且还要与其他域外的叙事传统相互映发,借"他人的眼光",更好地认识自身的叙事传统。

作为中国叙事传统的重要组成之一,中国戏剧叙事传统之揭橥,同样需要扎根于本土戏剧叙事,再借用他人的眼光发现盲区,洞察自身的规律与特征。中国戏剧界曾受益于此种方法良多,以元代纪君祥杂剧《赵氏孤儿》流传欧洲为例,最早该剧由法国传教士马若瑟翻译,他从百种元人曲选取《赵氏孤儿》一剧,标题译为《赵氏孤儿:中国悲剧》,应是看中了里面为正义前赴后继赴难的悲剧因素。可杜赫德在刊载此剧时,评论:"在中国,戏剧跟小说没有多少差别,悲剧跟喜剧也没有多少差别,目的都是劝善惩恶。"[②]又是站在了悲剧、喜剧严格文体的立场来否定中国的悲剧。辛亥革命前后,随着希腊神话、《莎氏乐府本事》等一些悲剧性故事译著传

---

① 傅修延:《中西叙事传统比较论纲》,《学术论坛》2017年第2期,第2页。
② 饶芃子主编:《中西戏剧比较教程》,广州:广东高等教育出版社,1989年,第141页。

入中国,引起了中国是否有悲剧的争论。国内外一些学者引用西方悲剧的标准,认为中国没有纯正的"悲剧"。这种差异观念的争论,反倒推动了对中国悲剧自身的认识,那就是在西方庄严崇高、一悲到底的悲剧风格之外,还存在悲喜交融、始困终亨的另一种悲剧形式,像王国维誉为"列之于世界大悲剧中亦无愧色"的《窦娥冤》《赵氏孤儿》,都属于此种类型,而王国维所说"明以后传奇无非喜剧"的明清传奇中,①实际也存在《鸣凤记》《娇红记》《清忠谱》《长生殿》《桃花扇》等同类的悲剧作品。它们有悲剧的内核,展现了主人公赴汤蹈火的主体意志,由顺境到逆境的转折波澜,同时亦不乏喜剧科诨的穿插,团圆意趣的追求,这种悲剧形式正反映了中国独有的悲剧美学风貌。西方悲剧观念的引入,给予了我们认识自身悲剧特质的良好契机,恰如傅修延先生所说:"要想真正懂得中华民族的叙事传统,不能只作自己一方的研究,还需要将其与域外的叙事传统相互映发。这种映发就像揽镜自照一样,能发现自己眼睛看不到的盲区。"②

这里还要对本书的研究文本做点说明。拥有漫长发展史的中西戏剧,都出现过众多纷杂的戏剧样式。研究对象的错综复杂,使得我们在选择中西戏剧文本比较时,很难做到周顾所有,一一对应。考虑到我们研究的核心"戏剧叙事传统"之形成一般有赖于主流戏剧文体形式的作用,因此适宜的做法是选择中西戏剧主要文体作为我们研究的对象文本。中西主要戏剧文体,在中国为戏曲,在西方为话剧(Drama)。戏曲是中国历史最悠久、最普罗大众的戏剧样式,现存中国大多数地方剧种皆可划归这一门类。西方戏剧有话剧、歌剧、舞剧、音乐剧等多种类别,尽管西方歌剧(Opera)与中国戏曲有着更为接近的歌唱形态,类比性更强,然而按历史传承与普及面而言,话剧毫无疑义为起源最早、流传最广、影响力最大的西方戏剧文体。我们认为二者作为中西戏剧传统形成的中坚力量,能为进行中西方戏剧叙事传统的研究,提供恰当的、合适的范本。于此,本书如无特别提示,所云西方戏剧均指话剧。中国戏曲文本主要选择元杂剧、元明南戏、明清传奇以及近现代声腔剧种。

---

① 王国维:《宋元戏曲史》,上海:上海古籍出版社,2011年,第98—99页。
② 傅修延:《中西叙事传统比较论纲》,《学术论坛》2017年第2期,第2页。

第一章
中西戏剧叙事的历史观照与反思

中西戏剧发展的历史进程,常常表现为依时分期的现象描述。这种方式因便于概览戏剧史兴替嬗变的纵向轨迹,具体展现不同历史阶段的演剧活动、戏剧种类与戏剧创作等基础情况,故而成为中外戏剧史的惯常叙述模式。但是,传统的历史描述容易流于表面现象的归纳。历史研究可以是多角度的,某个专向视角的研讨可以通过特定目的、维度与方法,切近事物发展的内因,弥补历史描述的平面化、现象化的不足。20 世纪 90 年代后经典叙事学的兴起,将"叙事学"带入了 21 世纪戏剧研究领域,这一新方向、新方法的引入,使近三十年戏剧研究别开新境,传统戏剧史研究也获得了这一独特视角的观照。本书探讨的是中西戏剧叙事传统,"历史"是梳理与观照叙事传统的基本维度,"叙事"是我们研究的第一要义。从"叙事"视角重审中西戏剧发展史,不但有助于我们发现与梳理中西戏剧各具特色的演进轨迹,对于我们反思中国戏剧一些传统的既定认识,亦不无裨益。

第一节 中西戏剧叙事的生成与演进

一、中西戏剧叙事的早熟与晚熟

有关中国戏剧的形成,学界向来有"晚熟""晚成"之说。戏剧史家张庚指出:"世界上有三种古老的戏剧文化,一是希腊悲剧和喜剧,二是印度梵剧，三是中国戏曲。中国戏曲成熟较晚，到12世纪才形成完整的形态。"①这句话道出了一个事实，古希腊戏剧很早就形成了完整的形态，而戏曲作为中国戏剧的成熟形态大致出现于两宋期间，距离古希腊戏剧晚了近两千年，不可谓不"晚熟"。

我们说"早熟"或"晚熟"，存在一个对于"戏剧成熟"认定标准的问题。如果用本体论的眼光来判定，戏剧的核心在于角色扮演，中国戏剧在"宋元戏曲"形成之前，有一段王国维称为"上古至五代之戏剧"的漫长历史阶段，其间所出现的戏剧类型多有角色扮演的成分，先秦楚地《九歌》在闻一多看来是一组神话人物的古歌舞剧，②汉代角抵戏《东海黄公》被戏剧史家周贻白视为后世戏剧的发端，③其人物故事摹仿有相当高的水平。我们甚至还可以更大胆地推测，夏商时代"倡优、侏儒、狎徒"等表演者们，所为"奇伟戏"，所造"烂漫之乐"，④很有可能夹杂了一些具有角色扮演性质的戏剧。就此而言，中国戏剧并不存在"晚熟"或"晚成"，其本体形成的时间不晚于世界上其他任何古老的戏剧。

那么"晚熟说"又是建立在什么标准上呢？张庚认为12世纪之前的中国戏剧不具备"完整的形态"，是指缺乏了一定的构成要素，使其不足以称为完备的、成熟的戏剧形式。参照王国维所定义的成熟"戏曲"形态："必合言语、动作、歌唱，以演一故事，而后戏剧之意义始全。"⑤中国早期戏剧虽然有扮演本质，动作、言语、歌唱的要素，但是"演故事"成分一直不突出。

"演故事"即为戏剧演示故事，简言之"戏剧叙事"。"什么是叙事"，是一个很难定义的问题，叙事学界迄今还没有形成统一的标准。⑥ 如果用普遍叙事观念加以审视的话，中国古代早期戏剧已经包含了可被描述的故事现象以及再现故事的媒介，是毫无疑问的叙事文本。例如，汉代角抵戏《东海黄公》敷演了一个巫师黄公与白虎搏斗的故事，扮演黄公者"赤刀

---

① 《中国大百科全书·戏曲曲艺卷》，北京：中国大百科全书出版社，2002年，第1页。
② 闻一多：《九歌古歌舞剧悬解》，闻一多：《神话与诗》，长春：吉林出版集团股份有限公司，2017年，第275页。
③ 周贻白：《中国戏剧史长编》，上海：上海书店出版社，2004年，第23页。
④ （清）王照圆：《列女传补注》，虞思徵点校，上海：华东师范大学出版社，2012年，第281页。
⑤ 王国维：《宋元戏曲史》，上海：上海古籍出版社，2011年，第32页。
⑥ 尚必武：《什么是"叙事"？概念的流变、争论与重新界定》，《山东外语教学》2016年第2期，第65—73页。

粤祝,冀厌白虎"①,用身体的装扮与搏虎行动讲述故事。三国时期魏国小优郭怀、袁信演《辽东妖妇》,"嬉亵过度,道路行人掩目"②,王国维云"或演故事,盖犹汉世角抵之余风也",恐怕也是依托了某个人物故事,并且郭、袁二优显示了突出的身体演示能力。唐代歌舞戏颇为兴盛,《代面》演兰陵王入阵杀敌故事,《踏摇娘》演丈夫嗜酒殴打妻子事,《拨头》演人子杀虎替父报仇事,均"恒托为故事之形"③,包含了故事基底以及再现事件的身体演示话语。

但如果我们寻求更加精密的叙事定义加以考量,中国早期戏剧的叙事性便开始显示出它的薄弱性了。主要表现为所叙事件缺乏"一定长度"④。其一,"长度"是事件内容与叙述话语的体量概念。在一些叙事学家看来,它是指叙述"一系列事件"⑤,或者说"按逻辑和时间先后顺序串联起来的一系列由行为者所引起或经历的事件"⑥。从目前留下的文献,早期戏剧恰恰欠缺序列事件的组合,叙事形态常常简单到一个行为动作,像《东海黄公》的人虎互搏,《代面》的"击刺之状"等,事件构成少,叙事体量小,无法达到亚里士多德所说"要以能容纳可表现人物从败逆之境转入顺达之境或从顺达之境转入败逆之境的一系列按可然或必然的原则依次组织起来的事件为宜"的足够长度与逻辑。⑦ 其二,"长度"也是时间与空间的概念。早期戏剧普遍讲述的是一个简单的人物故事,故事内容常凝固在某个时间点、某个空间场所。比如《东海黄公》表演黄公搏虎,搏斗的空间没有变化,时间只有相互搏击的一段。这非常接近描述文本,将叙述时间滞留在某一个空间,反复渲染一种情绪,一种状态,缺乏时间的流动感。早期戏剧中还有一类"扮故事"或"队舞"的表演,表演者化妆为某个人物,矗立在台阁不动,或者结为队舞游行,它们的叙事时间与空间完全

---

① (汉)张衡:《西京赋》,费振刚、胡双宝、宗明华辑校:《全汉赋》,北京:北京大学出版社,1993年,第419页。
② (晋)陈寿撰,裴松之注:《三国志·魏书》,武传点校,武汉:崇文书局,2010年,第60页。
③ 王国维:《宋元戏曲史》,上海:上海古籍出版社,2011年,第6页,第11页。
④ [古希腊]亚里士多德:《诗学》,陈中梅译注,北京:商务印书馆,1996年,第63页。
⑤ [以色列]里蒙-凯南:《叙事虚构作品:当代诗学》,姚锦清等译,北京:生活·读书·新知三联书店,1989年,第4页。
⑥ [荷兰]米克·巴尔:《叙述学:叙事理论导论》,谭君强译,北京:北京师范大学出版社,2015年,第3页。
⑦ [古希腊]亚里士多德:《诗学》,陈中梅译注,北京:商务印书馆,1996年,第75页。

凝固为一个点,不产生任何意义值的变动,更加趋近一种静态雕塑般的空间展示艺术。一些叙事学家把叙事与描述作为两种不同的语言文本类型,而中国早期戏剧用描述或接近描述的方式叙事,更接近描述文本。

相比中国戏剧叙事的"晚熟",古希腊戏剧叙事堪称"早熟"。作为西方戏剧的源头,古希腊戏剧大约诞生于公元前600年。它一经出现,杰出的剧作家与剧本便不断涌现,以繁盛与惊人的创作力,辉耀于西方文明社会的早期阶段。在戏剧的起步阶段,古希腊戏剧便贡献出了一批经典的叙事文本。公元前5世纪是古希腊戏剧创作的繁荣期,戏剧家们怀着无限的好奇心,探索从神话到现实的一切叙事题材。戏剧作品饱含了丰富的故事内容,悲剧多写神话、英雄故事,喜剧则关注现实生活,人物对象从神话到人间,从史诗英雄到普通平民,取向面极为广阔。古希腊戏剧建立了以人为本的叙事方向,毋论写人或写神,都着眼于人之本身,通过人物之间的强烈矛盾,展现人的意志、性情与道德。三大悲剧家中,埃斯库罗斯擅长严肃重大的题材,索福克勒斯倾向展现人本身的命运冲突,欧里庇得斯长于刻画女性的情仇爱欲。喜剧家中阿里斯托芬精于政治批判与社会讽刺,米南德嘲讽世俗生活中的性格缺陷者。他们的很多作品均为后世提供了足堪模范的叙事范本。在叙事手法上,古希腊戏剧重视情节与人物的塑造,充分运用发现、突转、停叙、预叙、幕后戏等多种叙事技巧,向观众集中呈现"戏剧性"的舞台效果,这些叙事技巧的背后,"是戏剧家对于舞台时空的灵活驾驭和对于戏剧表演虚实原则的适度调控",①体现出古希腊戏剧家对于故事内外高超的叙事造诣。

对于古希腊戏剧的叙事高度,亚里士多德在《诗学》中自觉进行了理论总结与阐释。他指出了戏剧作为叙事文类的独特性,那就是代言性的行动摹仿媒介,使得戏剧与史诗叙事、抒情诗分立开来。他还提炼出情节、性格、思想、言语、戏景、唱段的戏剧六要素。对于戏剧摹仿的内容,则从整一性的认识论出发,概括出古希腊戏剧的完整形态与结构逻辑:一个有开头、中段、结尾的完整体,事件内部组织建立在必然或可然的因果联系上。他还特别推崇复杂情节的戏剧叙事,发现、突转、苦难等情节技巧。这些戏剧理论启发了中国戏剧研究者认识戏剧叙事的基本尺度。如王国

---

① 胡健生:《元杂剧与古希腊戏剧叙事技巧比较研究》,北京:中国社会出版社,2014年,第156页。

维判别元杂剧质变的原因之一是"由叙事体而变为代言体"[①],张燕瑾认为"戏曲的故事必须有一定的长度才能演出,才能称之为'戏'"[②],都是将亚氏《诗学》叙事理论适用于中国戏剧的言说。

以此,中国戏剧"晚熟说"与西方戏剧"早熟说"的提出,都是建立在对戏剧叙事成熟性的认知上。"成熟"意味着事物发展达到了一个完备的阶段,需要包含构成事物的各项要素及表现形式。我们说西方戏剧的早熟,是因为古希腊戏剧在一开始就结成了饱满光泽的叙事果实,而中国戏剧的"晚熟",是因为它的早期戏剧叙事尚显青涩,还需要等待时间的酝酿。

二、西方史诗传统与中国礼乐传统

早熟与晚熟不是一个价值高低的问题。世界不同地域都有自己的艺术文明进程,中西戏剧叙事成熟孰先孰后,反映的是彼此植根之文化渊源的不同。在戏剧发生阶段,中西祭祀仪式的神坛上都曾活跃着戏剧的前影,它们载歌载舞,向各自神灵表达或狂热或静穆的崇拜。然而,在仪式蜕变为戏剧的过程中,中西戏剧分道扬镳,走了不同的路子。古希腊戏剧极大受益于自身发达的神话传说与史诗叙事传统,很早建立了以叙事为本的观念,追求戏剧情节与意义的叙事表达;中国戏剧则走向了另一种形式,在礼乐文化制度的持久影响下,歌舞杂艺的表演得到更蓬勃的发展。

我们先来看古希腊戏剧的叙事渊源。古希腊文学的源头在于希腊史诗,在上千年的史诗创作中,涌现出了灿若星辰的史诗作品。其中留存下来最重要、成就最高的史诗文献,是相传公元前9世纪希腊盲诗人荷马的两部史诗作品《伊利亚特》和《奥德赛》,前者主要叙述了特洛伊战争的故事,后者叙述了希腊英雄奥德修斯战后回家的故事。此外,还有公元前8世纪诗人赫希俄德的《工作与日子》《神谱》,公元前5世纪诗人帕倪阿西斯的《赫剌克勒斯的故事》、安提马科斯的《忒拜战争》,亚历山大里亚时期诗人阿波罗尼俄斯的《阿戈船航海记》,以及《小伊利亚特》《埃塞俄比亚》《特洛亚的失陷》《希腊人的归程》等史诗作品。这些史诗汇聚了大量古老的神话传说与英雄故事,建构起庞大而又完整的诸神世系,好比一座取之

---

① 王国维:《宋元戏曲史》,上海:上海古籍出版社,2011年,第62页。
② 张燕瑾主编:《中国古代戏曲专题》,北京:高等教育出版社,2002年,第4页。

不竭的故事富矿,任凭后来古希腊悲剧家们从中取材。比如,史诗《希腊人的归程》中阿伽门农被妻子谋杀的故事,被写入了埃斯库罗斯《阿伽门农》《奠酒人》《报仇神》三部曲中;史诗《阿戈船航海记》的美狄亚与伊阿宋的恋爱故事,在欧里庇得斯《美狄亚》一剧中有所表现;史诗《忒拜战争》提供了俄狄浦斯家族的故事,为索福克勒斯创作《俄狄浦斯王》提供了素材。

史诗作品还呈现出强大的叙事能力。以荷马史诗为例,现存两部作品描述的事件内容丰沛,人物众多,支线纷纭,但创作者表现出相当高超的叙事手法。第一,删繁就简,相对集中了事件时间,《伊利亚特》主要叙述了4天的战斗和21天的埋葬仪式,《奥德赛》叙述了41天的活动。第二,突出了核心事件的线索作用,《伊利亚特》抓住英雄阿喀琉斯的"怒",写他一怒为女奴被夺,二怒为朋友之死;《奥德赛》围绕奥德修斯的回家航程,写他从出发到回家的遭遇始末。第三,整体叙事布局上,主次穿插,布置有序,"凡与主题有关的事件构成核心故事,而其他有关社会活动、宗教生活、贸易往来、生产劳动的情形则都是穿插"①,结构都相当紧凑完整。第四,人物多数被赋予强烈的情感与性格描写,即便奥林匹斯山的诸神也充满了人的爱恨情仇。这也为古希腊戏剧家们树立了可效仿的叙事模范。《安提戈涅》的故事凝练集中,围绕埋不埋葬兄长尸首的问题,写出女主人公的个体意志与城邦法令的深刻矛盾;《俄狄浦斯王》叙事曲折巧妙,作者用了悬念、突转、发现等方式,一点点追踪往事,揭露秘密真相,迎来叙事的高潮;《被缚的普罗米修斯》叙事相对质朴,情感表达却强烈饱满,人物性格在这种宣泄式的抒情中得以鲜明呈现,尤其英雄普罗米修斯满怀愤怒、绝不屈服的形象令人印象深刻。这样的例子不胜枚举。在史诗叙事传统的日浸月润下,古希腊戏剧充分继承了史诗讲好故事的方法精髓,创立了西方戏剧以叙事为本的核心观念,以及整体性、集中性、冲突性的叙事基本形态。

中国戏剧选择了另一条艺术之路。与古希腊戏剧不一样,它没有与歌舞相剥离,而是始终依存于这个传统中,直至融合为一个"无声不歌,无动不舞"的新的戏剧艺术整体。上古部落先民时期,巫歌巫舞,巫史不分,"巫"的职责是用诗乐舞祭祀天地山川诸神,其仪式表演包含了歌舞、叙事

---

① 罗念生:《古希腊罗马文学》,罗念生:《罗念生全集》第九卷,上海:上海人民出版社,2016年,第213页。

的成分,讲述了神人故事、部族历史及生活事件。随着巫的职能分化,巫职中叙事的部分由史官继承,"左史记言,右史记事",史官文化孕育出中国异常发达的历史叙事传统。巫的歌舞表演的部分则由乐官司职,依存于古代礼乐制度而繁衍昌盛。

谈到礼乐制度的发达,郭沫若说:"大概礼之起起于祀神,故其字后来从示,其后扩展而为对人,更其后扩展而为吉、凶、军、宾、嘉的各种仪制。这都是时代进展的成果。愈望后走,礼制便愈见浩繁。"①一方面,古代礼制秩序的规范与时间的持久,为歌舞演艺的绵延相传提供了文化制度的稳定保障。延续巫觋"必作歌乐鼓舞以乐诸神"的仪式传统,②历代礼乐制度固化为礼乐相须为用的仪礼模式,有礼必有乐,礼乐互不分离,戏剧就是从这种礼乐传统中演化出来的,基础形态表现为载歌载舞或乐舞相兼,像早期戏剧《东海黄公》《兰陵王》《拨头》《踏摇娘》莫不如是,这也奠定后世戏曲"合歌舞"的基本艺术形态。

另一方面,礼制浩繁的空间仪式形态也孳乳了表演的多样化。不同的礼制场合,祀神的或娱人的,凶礼的或吉礼的,官方的或民间的,对于所演"礼乐"的要求会有差异,而且愈是娱人的、民间的,愈是放佚不羁、花样百出。这就促使:(1)演乐形式多样化,早期歌舞一体的简单形式走向了繁富。庄重者如祭神乐舞,浩大者如鱼龙百戏,刺激者如互搏角抵,戏谑者如滑稽优语,愉乐者如歌舞吹弹,各色艺术依附各类礼乐场合,得以丰富的发展,"散乐""百戏""大角抵"之类,都是秦汉以降对多色多样的艺术样式的总称,它们常常以集聚模式表演,例如汉武帝飨四夷之客,"作《巴渝》、都卢、海中《砀极》、漫衍鱼龙、角抵之戏以观视之",③唐明皇赐宴设酺会:"府县教坊大陈山车旱船、寻橦走索、丸剑角抵、戏马斗鸡",④歌舞、杂技、幻术等与戏剧具有关系,由此也孕育出戏剧博艺叙事之传统。(2)演艺人员的多样化。早期主持乐舞者为巫觋,后演为乐官,先秦时期乐官进一步分化出伶、倡、优、俳等乐人。他们各禀职能,分擅乐器、歌唱、

---

① 郭沫若:《十批判书》,北京:东方出版社,1996年,第96页。
② (汉)王逸注,(宋)洪兴祖补注:《楚辞章句补注》,长春:吉林人民出版社,2005年,第54页。
③ (汉)班固:《汉书》卷九十六下,西安:太白文艺出版社,2006年,第795页。
④ (唐)郑处海、裴庭裕:《明皇杂录 东观奏记》,北京:中华书局,1994年,第26页。

舞蹈、滑稽调笑等娱艺专长,①彼此之间亦可交融会通。尤其俳优,常模拟他人戏乐,言语突兀,歌舞并用,其如优孟衣冠、优施说里克者,已包含了用歌、舞、言行来摹人拟物的多个戏剧成分。汉唐时期,官方设立音乐机构,演乐人员愈趋庞大。比如唐代设了太常、教坊、梨园等机构,教坊掌管俳优杂技,又有内教坊、左右教坊之分,"右多善歌,左多工舞"②,其中分出了内人、搊弹家、行头、舞头、朋头等艺能者。各色乐人们是孕育戏剧演职人员的主要源头,从中发展出了各种脚色行当,擅歌能舞者递变为正末、正旦等主唱脚色,擅戏谑调笑者演变为副末、副净、丑之类科诨脚色,擅弹奏乐器者演变为后台的乐队子弟。不能不说,礼乐文化制度是中国戏剧生根发芽最深厚、最基本的土壤,而在这种传统中生长出来的中国戏剧,也形成了以表演为中心的,综合性强、演艺性突出的叙事特质。

三、中国戏剧:三次剧体叙事的演进

自宋元戏曲完成叙事的质的飞跃后,中国戏剧叙事大致经历了三次剧体叙事的改变。第一次剧体叙事的更迭发生在元杂剧渐衰、南戏渐盛的元末明初阶段。元杂剧的形制十分特殊,一本四折,一人主唱,且中间间插诸种"杂伎",叙事所受限制颇多,创作水平参差错落。叙事高手如关汉卿、王实甫、白朴等,能够兼顾表演与叙事,将两者水乳交融为一体,所作《窦娥冤》《救风尘》《西厢记》《墙头马上》等都属于唱叙俱佳的杰作。但还有更多的剧本,长于唱曲表演,短于情节叙事。譬如《汉宫秋》《梧桐雨》一类杂剧,专力沉浸于主人公的抒情曲唱,故事情节沦为人物抒情的触因;《降桑椹》《独角牛》一类杂剧,主唱者与主角人物分离,常用第三人称的旁观叙事,导致情节涣散,人物平淡。相对而言,南戏叙事更具活力。其篇幅长达四五十出,故事容量大,任何人物都可以开口演唱,视角更为灵活多变。尤其一生一旦双线并行,承担男女主角戏份,拥有了足量的、对等的叙事权力,扩大了叙事的空间。正如吕天成所云"杂剧但摭一事颠

---

① 依据《说文解字》所云"伶,弄也",颜师古注史游《急就篇》"倡优俳笑观倚庭"所云:"倡,乐人也;优,戏人也;俳:谓优之褒狎者也。"伶倡俳优四种乐职中,"伶"司乐器,"倡"司唱,"优"司俳谑,"俳"比"优"戏谑程度更甚。黎国韬进一步认为,优、俳皆原为舞人,后衍生出了滑稽的艺能。(参见黎国韬:《先秦至两宋乐官制度研究》,广州:广东人民出版社,2009年,第82—85页。)

② (唐)崔令钦:《教坊记》,《中国古典戏曲论著集成》(一),北京:中国戏剧出版社,1959年,第11页。

末,其境促;传奇备述一人始终,其味长"①,南戏最终取代杂剧,其开放性的叙事形态是一个关键因素。

第二次剧体叙事的蜕变发生在明代中后期。在文人群体的推动下,南戏经过剧本的规范化与典雅化,转变为明清传奇。两相对比,早期南戏的情节平铺直叙而无波澜,过多游离于主线情节之外的插科打诨,又加剧了叙事的散漫冗长。对此,传奇剧作家做了结构调整,缩短剧本篇幅,适当删除散逸的表演,注重整体布局间架,细节斗笋,情节叙述更为紧凑缜密,尤其像阮大铖、吴炳、李渔、李玉、朱佐臣等,剧作以故事叙述为中心,崇尚事件传奇性、冲突性的效果。郭英德曾用"匠心初运""着意尚奇""象征叙事",勾勒明清传奇叙事的发展特征,揭示出传奇对南戏叙事艺术的提升。清初戏剧家李渔总结性地提出了"结构第一"的戏剧理论,用"一人一事"确立组织叙事的"主脑",做到情节内在衔接的"针线紧密"、情节头绪的简洁干练,以及事件选材的"脱窠臼""戒荒唐",体现出了整体驾驭戏剧叙事的结构性观念。

第三次剧体叙事的演进发生在清代中叶。清乾隆时期,一度繁盛的传奇开始日薄西山,在花雅之争的冲击下,逐步让位于各种地方乱弹剧种。根本性质上,明清传奇仍属于长篇体裁的"开放"式叙事,不管如何收缩凝练情节,仍有三十出左右的篇幅,与舞台时空有限性存在难以协调的矛盾。为了协调这种冲突,传奇最先进行叙事形式的自我调整,从全剧萃取精彩出目,锻造出了单折戏的演出形态。如《琵琶记·吃糠》《牡丹亭·惊梦》《长生殿·惊变》等,融抒情性、表演性和叙事性为一体。或者将全本戏浓缩为小本戏,如清末昆曲从明许自昌传奇《水浒记》的三十二出中,集中宋江与阎婆惜一事,选出"刘唐""借茶""前诱""后诱""杀惜""放江""活捉"等七个折目,形成情节贯穿,一气呵成的小本戏表演。这两种表演形式皆有效地加快了情节节奏,叙述凝练,表演精彩。但整体来看,传奇体制难逃被花部乱弹"四面夹击"的命运,丧失独尊为大的地位。人们舍"雅部"传奇而好"花部"乱弹,除了声腔递变的原因外,也与花部戏曲的叙事感染力密切相关。清焦循批评传奇故事"多男女猥亵","殊无足观",而"花部原本于元剧,其事多忠孝节义,足以动人。其词直质,虽妇孺亦能

---

① (明)吕天成:《曲品》,《中国古典戏曲论著集成》(六),北京:中国戏剧出版社,1959年,第209页。

解,其音慷慨,血气为之动荡"。① 陷入"十部传奇九相思"题材窠臼的传奇,比不上乱弹戏曲的叙事面开阔灵活,叙事形式不拘一格。短小者如采茶、彩调等民间小戏,就地取材,故事喜闻乐见,情节紧凑而灵动;声腔大戏者,如板腔体剧种,利用板腔音乐的变化丰富戏剧叙事,曲牌体剧种则融合多声腔形式,增强人物的表情叙事。迄今为止,地方声腔戏剧叙事仍延绪了花部乱弹的基本格局。

综上可见,故事叙述或隐或显地引导着中国剧体的更迭,使得戏剧总体朝着如何有利于叙事的方向演进,叙事性的总体态势表现为由弱趋强,戏剧叙事形态大致经历了由长变短,由散漫变紧凑,由单一到多元的演进历程。

四、西方戏剧:整一性叙事的形成与突破

古希腊戏剧一直是西方戏剧"追寻光荣的云彩"②,启予了西方戏剧优良的叙事传统。对于戏剧的叙事本质,西方戏剧呼应了古希腊戏剧的强烈自觉意识,并且沿着探究戏剧叙事逻辑的理性轨迹,建立起相当丰富的叙事观念与体系。主要表现在:(1)强调了戏剧叙事的独特文体性,将戏剧与音乐、舞蹈、诗歌等其他文学艺术形式区分开来,指出戏剧是以人的语言、动作为摹仿媒介,采用非叙述体的现场表演方式,显现事件的发展过程。(2)强调戏剧叙事内容的多元表达,主张通过戏剧内容,思考人的存在的多义性。比如古典主义坚持生活的自然摹仿,浪漫主义高扬人的激情、想象与意志,自然主义力求科学真实,现实主义主张真实表达与批评社会生活等。(3)自觉探讨与总结戏剧叙事的理论方法,像"三一律"(Classical Unities)原则的规范与突破,悲喜剧(Tragicomedy)风格的一致性与纯粹性,戏剧冲突、情境(Setting)、人物性格等各种叙事技法的运用等等。一言概之,西方戏剧始终秉持以叙事为核心的基本观念,力求通过叙事传达对世界的理性认知。

当然,我们不能把西方戏剧叙事视为一条水平直线的发展,接下来以

---

① (清)焦循:《花部农谭》,《中国古典戏曲论著集成》(八),北京:中国戏剧出版社,1959年,第225页。

② [英]西蒙·戈德希尔:《阅读希腊悲剧》,章丹晨、黄政培译,北京:生活·读书·新知三联书店,2020年,第223页。

"情节"为具体切入点,动态考察西方戏剧叙事传统的发展轨迹。情节在西方戏剧结构理论中具有原发性与统摄性的地位。亚里士多德认为"情节"是"悲剧的目的""悲剧的根本""悲剧的灵魂"。它在悲剧六要素中居于核心位置,其余五要素都需要服务于"情节"这个唯一的、目的性的要素。亚里士多德将"情节"解释为"事件的组合",其内核是一个完整的人物行动,结构呈现头、身、尾的有机组织形态。戏剧创作的关键在于事件组合的内在秩序与逻辑,具有行动统一的"整一性"[①]。

"整一性"的叙事观念与创作传统影响深远。在此基础之上,后世西方戏剧结合各自所在的历史文化背景,对情节整一性观念进行了有利于自身的理论与实践拓展。"三一律"可以说是"整一"情节观的极致形式。1579 年意大利卡斯特尔维屈罗在校勘《诗学》时,将亚里士多德"悲剧力图以太阳的一周为限"一句阐释为故事时间不能超过十二小时。[②] 这个对亚里士多德悲剧演出时间的误读,却为 17 世纪布瓦洛所认同,并明确为"三一律"(Classical Unities)原则,即"我们要求艺术地布置着剧情发展,要用一地、一天内完成的一个故事,从开头直到末尾维持着舞台充实"[③]。"三一律"原则本意是通过理性规范平衡情节变化与舞台局限之间的矛盾,企及艺术的完美状态。其理论核心在于行动的一致性,追求集中的、紧凑的情节叙事,呈现简约、典雅、完整的古典美学形态。在长达两个世纪内,"三一律"的遵从者源源不断,弥尔顿服膺于"古代的规则和卓越的范例",[④]17 世纪法国古典主义戏剧家更是奉之为创作的金科玉律。但不得不说,"三一律"将古希腊戏剧的"整一性"推向了绝对化、固定化的唯一形式,使得千变万化的情节完全受制于理性条则的统一程式,"当规则成了剂方,人们只需如法炮制时,它就成了戏剧创造的桎梏"。[⑤] 反对"三一律",实质就是主张从自然情节结构出发,冲破舞台对故事时空的限制。在 19 世纪浪漫主义戏剧的冲击下,"三一律"长期掣肘剧坛的局面终

---

① [古希腊]亚里士多德:《诗学》,陈中梅译注,北京:商务印书馆,1996 年,第 63—65 页。
② [意大利]卡斯特尔维屈罗:《亚里士多德〈诗学〉的诠释》,陈鹄译,伍蠡甫主编:《西方文论选》(上卷),上海:上海译文出版社,1979 年,第 195 页。
③ [法]布瓦洛:《诗的艺术》(增补本),范希衡译,北京:人民文学出版社,2010 年,第 32—33 页。
④ 转引自何辉斌:《戏剧性戏剧与抒情性戏剧:中西戏剧比较研究》,北京:中国社会科学出版社,2004 年,第 43 页。
⑤ 阎国忠:《西方著名美学家评传》(中卷),合肥:安徽教育出版社,1991 年,第 63 页。

于落下帷幕。

"三一律"有不可抹杀的内在合理性,反映了人们对戏剧情节形式的极致追求,其集毁誉一身的同时,也给西方戏剧留下了丰厚的叙事遗产。在此之后,丰富与发展古希腊戏剧情节"整一"观念的,还有18世纪狄德罗的"情境说",19世纪黑格尔的"悲剧冲突说",20世纪初英国剧作理论家阿契尔的"激变说"等等。这些理论及运用它们的戏剧创作,推动了西方戏剧的情节叙事向纵深处发展。狄德罗深入剖析了情节的形成:"情境"是情节的基础,是由人的复杂的社会关系形成。戏剧要写出人物性格与情境的对比,"真正的对比是人物性格和情境之间的对比,是不同的利害之间的对比"[①],人物性格会由情境中产生,情境也会因相互的"对比"充满戏剧性。狄德罗将情节与人的"关系"、人的性格密切关联,主张在逼真的、自然的观念上,摹写现实生活中的人,这既是对亚里士多德"性格在行动中附带表现"的观点重大推进,也是对法国古典主义戏剧人物过于理性、失真、不自然的纠偏,同时也启发了黑格尔的"悲剧冲突说"。黑格尔认同狄德罗有关人的社会关系所引起的冲突,不同的是,他最推崇的理想冲突是来自"心灵性事物的普遍永恒的力量","所揭露的矛盾中每一对立面还是必须带有理想的烙印"。这种冲突产生于两种实体性伦理力量的矛盾,两者都是合理的,也都是片面的。[②] 黑格尔举的例子是古希腊悲剧《安提戈涅》。安提戈涅坚持要为死去的兄弟收尸,国王因为她兄弟的叛国,不允许任何人埋葬。双方各执己见,家庭道德伦理观与国家道德伦理观发生了强烈的冲突,最后安提戈涅替兄弟收了尸,自己也赴了死。黑格尔用对立统一的辩证哲学阐释戏剧冲突,将戏剧情节美学又推进了一大步,情节的秩序逻辑从表现人物行动、表现人的社会关系,进入到了人的道德伦理、精神理念的主体性领域。

到了20世纪戏剧时代,表现主义戏剧、象征主义戏剧、荒诞派戏剧纷纷登场,戏剧呈现出多元化的叙事态势,传统整一性情节虽然仍有市场,却不再被推崇,甚至遭到批评。瑞典剧作家斯特林堡批评左拉《雷芮》一

---

① [法]狄德罗:《论戏剧诗》,张冠尧、桂裕芳等译:《狄德罗美学论文选》,北京:人民文学出版社,2008年,第164页。
② [德]黑格尔:《美学》(上),朱光潜译,北京:外语教学与研究出版社,2018年,第245页。

剧"整个作品过于重视情节,如同情节剧"①,未来主义思潮的理论家马利涅蒂宣布"要把历来的演剧术之根本的时间、场所、行为的三一如法打破"②。剧作家们试图将戏剧作为人类精神的实验场,不断探索思想落实于情节的各种形态,西方戏剧叙事由此显示出新的动向,大量非理性的、碎片化的情节与人物的形式出现了:斯特林堡《一出梦的戏剧》中没有一个整体连贯的情节,贝克特《等待戈多》中人物没有一个行动是有意义的,尤奈斯库《秃头歌女》中一对男女的人物关系到最后也弄不清楚,梅特林克的戏剧人物没有具体名字,没有具体性格,像是物化了的木偶,阿尔比《美国梦》中的人物对话碎裂得厉害,找不到清晰连贯的逻辑性。新叙事以反传统的形式存在,冲破古典戏剧的艺术法则,取消情节整一的有机逻辑,切断事件简单的因果链条,瓦解了人的性格。这是西方戏剧从未有过的新的叙事态势。

至此,西方戏剧情节理论与实践创作显示出这样一条叙事发展的轨迹:从遵守古典艺术法则,到对古典艺术法则的极致化,再到冲破古典艺术法则;其情节叙事形态呈现从整一到松散,从理性到非理性,从社会性到主观性的发展趋势;叙事的有机逻辑性在不断减弱,戏剧冲突性在不断淡化。但是根本上,新戏剧叙事的目的,是要参照人的精神内在的丰富性,重新建构多种多样的生命叙事形态,它所改变的只是传统叙事的外在形式,并没有改变西方戏剧的叙事立场与指向。西方戏剧叙事一直行进在用人的主体性为情节赋值的主航道上,致力于探索人类存在的深度与广度。不管它选择的是客观事理的常规逻辑,还是转向精神世界的内在逻辑,追求叙事的秩序性,传递叙事秩序背后的结构性意义,以前是今后也会是西方戏剧家们苦心孤诣之所在。

五、中西戏剧"演"与"述"的融合

舞台表演是戏剧的本质属性。我们梳理中西戏剧叙事的历史演进,如果缺少舞台表演叙事的视角观照,戏剧叙事历史是不完整的,也是不符

---

① [瑞典]斯特林堡:《论现代戏剧与现代剧院》,中国社会科学院外国文学研究所外国文学研究资料丛刊编辑委员会编:《外国现代剧作家论剧作》,北京:中国社会科学出版社,1982年,第19页。
② 转引自赵乐甡、车成安、王林主编:《西方现代派文学与艺术》,长春:时代文艺出版社,1986年,第159页。

合戏剧自身属性的。

中国戏剧产生于传统礼乐文化的土壤中,一开始便初具载歌载舞的形态。随着历史发展,它孕育于秦汉隋唐的百戏散乐,生长于两宋金元的勾栏瓦舍,对于各种各样的艺术手段,采取了自由开放、兼容并蓄的态度,举凡歌、舞、科介、说白、杂技等,皆成为戏曲多样化的表演手段之一。这个过程是各类艺术媒介百川汇海的过程,也是这些表演媒介与戏剧叙事融合的过程。中国戏曲表演叙事从述演分离到演述合一,逐渐演进为一种以演员身体表演为本,高度综合的、程式化的表演叙事形态。

最初的述演分离,以宋代歌舞剧最具代表性。宋人史浩记录了一段当时鸿门宴"剑舞"剧的表演:先"竹竿子"致辞,念诵楚汉相争时鸿门宴的发生背景,至"想当时之贾勇,激烈飞飏;宜后世之效颦,回旋宛转。双鸾奏伎,四座腾欢",念毕,引出场上"项庄舞剑,意在沛公"的摹仿性表演:"乐部唱曲子,舞《剑器曲破》一段。一人左立者上裀舞,有欲刺右汉装者之势。又一人舞进前翼蔽之。舞罢,两舞者并退,汉装者亦退。"①这段歌舞剧中,"竹竿子"身兼故事叙述者与表演引导者,乐部用歌舞辅佐叙述,汉装者才是真正的故事表演者。场上演者自演、歌者自歌、述者自述的分离状态,说明了从叙述体向代言体的演变过程中,戏剧表演受各种媒介自身艺术职能的限制,还没有能力突破媒介之间的壁垒,将它们相互贯通,融入统一叙事框架之中。

迨至戏曲形态成熟起来,叙述体到代言体有了质的飞跃,戏剧逐步提炼出符合自身属性的叙事方式。一则扩大了演员身体摹仿的范围,利用形象关联性,以拟人表意为方向,多方面编制行动符号,凡"相见、作揖、进拜、舞蹈、坐跪之类,身之所行,皆谓之科"②,形成了丰富表意性的科介动作、科介程式,是之谓"身段叙事"。身段叙事方式的创建,使行动摹仿不再局限于舞蹈一个方面,极大展延了演员行动叙事的表意能力。再则,它跨越多媒介的藩篱,将言语、歌唱与身体行动结合起来,使得多种表演媒介既能附着在一个脚色身上,载歌载舞,言事抒情,又能够分散在不同脚色身上,各司其职,联合演事,提高了戏曲复杂叙事的能力,是之谓"脚色

---

① 刘永济辑录:《宋代歌舞剧曲录要 元人散曲选》,北京:中华书局,2007年,第55页。
② (明)徐渭:《南词叙录》,《中国古典戏曲论著集成》(三),北京:中国戏剧出版社,1959年,第246页。

叙事"。这种独具特色的脚色行当叙事,有利于多样化演艺展示、人物形象刻画,以及多视角、多线索的情节叙事。

当戏曲的表演体制朝着多种表演媒介的艺术诠释与综合展现的方向发展,中国戏曲整体上形成了以表演为中心的叙事传统。它在表演上的一个突出特点是极为强调表演媒介的能指性,夸大符号形式的表演。以歌唱媒介为例,从元杂剧到明清传奇,从京剧到地方声腔剧种,戏曲表演体系中的"唱"历来是重中之重。各类戏曲会从各个方面发掘歌唱媒介的表现魅力:曲调声腔是从语言符号挖掘声音的音乐特性,唱腔流派是极度彰显演员个人的声音特质,"无声不歌"是极力延伸歌唱声音的表现广度,哪怕细小如哭、笑、咳嗽、流水、马嘶等声音,都加以音乐艺术的美化。而建立在"曲唱"中心上的戏曲叙事,首先会考虑曲体结构的问题,如何布置曲牌联套,如何运用声腔组合,然后再考虑主唱脚色的戏份编排,配演脚色的辅助与衬托。更细节一点,角儿制的戏班还会为了烘托角儿的唱腔特性,专门加点适合表演唱的戏进去,行话称"人包戏"。同理,戏曲对于演员动作媒介、舞台物质媒介的艺术审美化,也是无所不用其极,相关叙事亦优先考虑各类媒介的表演性,在完成意义表达的同时,力求更多发掘符号媒介的表演能力,给予它们更多舞台叙事的空间。

如果说,中国戏剧表演叙事的发展,是以演员身体演艺为中心,多种艺术媒介逐步综合化,探索事如何"演"的过程,那么,西方戏剧表演叙事则是以语言叙事为中心,多种艺术媒介逐渐剥离,探索演什么"事"的过程。

西方戏剧发源于古希腊的史诗神话系统,更为侧重语言文本的内容叙事。在从早期祭神仪式向戏剧发展的过程中,歌舞逐渐从表演成分中脱离开来。亚里士多德描述了这个演变的过程:"悲剧起源于狄苏朗勃斯歌队领队的即兴口诵,喜剧则来自生殖崇拜活动中歌队领队的即兴口占",在悲剧缓慢成长过程中,"每出现一个新的成分,诗人便对它加以改进,经过许多演变,在具备了它的自然属性以后停止了发展"[①]。戏剧家瑟斯庇斯在酒神颂歌中加入英雄传奇故事,把歌队领队变为回答者、叙说者;埃斯库罗斯将演员由一名增至两名,并削减了歌队的合唱,使对话成了主要部分;索福克勒斯启用了三名演员,使对话和剧情复杂化了,并率先使用了画景;诗人们还改进了古老的萨图罗斯剧,变四音步长短格为三

---

① [古希腊]亚里士多德:《诗学》,陈中梅译注,北京:商务印书馆,1996年,第48页。

音步短长格，①意图削减诗句节奏性，减弱它与舞蹈、吟诵的关系。古希腊戏剧家们一点点剥离歌唱、舞蹈的成分，引导着戏剧表演的演变，最后促使戏剧变为一种以话语为骨干成分，念白、行动为主要媒介的表演形式。

戏剧表演媒介趋向简化，因多种表演媒介互通带来的叙事困扰也就少了许多，加上古希腊史诗叙事传统提供了充分的养料，荷马也有一边讲述一边表演的部分，故此，西方戏剧从叙述体向代言体的转化更为自然，演与述的融合更为轻松，没有出现中国戏剧演述截然分离的阶段。古希腊戏剧中，歌队算是保留叙述体痕迹较浓的形式，既是剧内人物，又是剧外的旁观者、评述者，与戏剧融合尚有间隙。但即便如此，古希腊歌队是以角色面目出现，仍属于整个戏剧表演框架之中，而且古希腊戏剧家们努力对歌队进行表演化的处理，通过加强歌队与人物之间的互动，消弭歌队所谓的"赘瘤"感。例如埃斯库罗斯的《报仇神》中，歌队承担重要的情节，以报仇神的身份，四处追赶奥瑞斯特斯，审判他弑母的罪责；索福克勒斯的《俄狄浦斯在科罗诺斯》一剧中，歌队扮演的当地人与俄狄浦斯攀谈，引导人物一步步向前行进；埃斯库罗斯《七将攻特拜》中的歌队还分为甲乙两队相互对答。歌队还有一个更大的功用："每当人物退场时，歌队便唱一支歌，于是剧里的动作就暂时停顿，时间和地点也就可以发生变化。古希腊的戏剧缺少了歌队便无法在那广大的露天剧场里表演。"②它相当于现代的分幕，是戏剧表演必不可少的组成部分。随着歌队作用逐渐减弱，最后退出戏剧舞台，连这点游离的部分也消除了，西方戏剧表演叙事的整体感更加突出。

褪去多样化的艺术媒介，西方戏剧的表演重心主要落在演员的念诵与动作上。古希腊戏剧演员戴着面具，惟有追求声音与身姿的美感，埃斯库罗斯曾教导"演员念词如何才能显得崇高，穿高底靴举步如何才能显得优美"③，塞万提斯要求演员增强记忆与朗诵的能力，狄德罗强调动作与声调的表演，莱辛主张演员道白的自然节奏，表演的切实体验，斯坦尼斯

---

① [古希腊]亚里士多德：《诗学》，陈中梅译注，北京：商务印书馆，1996年，第49页，第56页。
② 罗念生：《〈特洛亚妇女〉1944年译本材料》，罗念生：《罗念生全集》第三卷，上海：上海人民出版社，2007年，第245页。
③ [古罗马]贺拉斯：《诗艺》，杨周翰译，北京：人民文学出版社，1962年，第152页。

拉夫斯基创立"形体言语动作法"训练演员。但不论什么样的表演风格，西方戏剧始终没有发展出类似中国戏曲那样的"演艺型"表演。纵览它的演剧史，还秉持着一个自然逼真的摹仿传统，演员表演也归属这一传统，以摹仿写实为本，贴近人物，进行自然逼真的舞台表达。每每某个时期的演员表演刻意造作、矫饰浮夸了，就会遭受尖锐的批评，被拉回自然摹仿的正轨。亚里士多德曾批评悲剧演员滥用身姿动作，造成了悲剧品格的下降。法国古典主义戏剧表演算是装饰性较强的一类，莫里哀在《凡尔赛即兴》中就辛辣讽刺了17世纪法国勃艮第剧团演员过分的台词喊叫、装腔作势的表演，18世纪克莱虹、勒坎、塔尔玛等法国著名演员朝着写实方向进一步推动法国传统表演的改革，"由正式、刻板、高亢，逐渐变为自然、生动、亲切"①。迄至20世纪，自然写实一直是西方戏剧主流的表演风格，与中国戏曲夸张鲜明的艺术化表演相去甚远。

  建立在这套表演形式上的戏剧叙事，将演员的身体媒介视为文本内容的附丽之物，不论表演媒介运用程度如何，或夸张或自然，或程式或随性，都只是作为一种意义的表征，用声音辅翼人物语言，用姿态助力文本行动。比如动作与叙事的关系。西方戏剧强调人物的行动性，但对于演员的动作——身体姿态、手势、面部表情等，主要联系文本挖掘它的表意性，而不是形体的艺术性，因此没有创建出表演性大于表意性的戏曲类身段程式。黑格尔指出演员的"声音腔调、朗诵方式、手势和面貌表情都要适合所演人物身份的特色"，这样做的目的是"要拿出这种完满的整体供我们观照"，契合剧作者笔下"完满自足的整个人"。② 20世纪初斯坦尼斯拉夫斯基推行"形体动作"表演法，从外在形体规范演员的身体训练，其目的也如格洛托夫斯基所说是"以一系列的示意动作创造角色"，③是为了引导演员沉浸于角色，由动作深入角色心理，更好呈现整场戏的叙事建构，增强故事叙述的可信度。梅特林克的"静剧"（Still Drama）甚至追求一种"没有动作的生活"的戏剧，反对演员过多使用动作和台词，意欲通过沉默静止的状态，反映人的主观内心世界。所以，迥异于中国戏曲偏重表

---

① 胡耀恒：《西方戏剧史》（上），台北：三民书局，2016年，第336—337页。
② ［德］黑格尔：《美学》（下），朱光潜译，北京：外语教学与研究出版社，2018年，第1255页。
③ ［波兰］耶日·格洛托夫斯基：《迈向质朴的戏剧》，魏时译，北京：中国戏剧出版社，1984年，第8页。

演媒介的能指形式,西方戏剧更重视的是表演媒介之所指。

这里还需要结合西方戏剧的另一个传统深化理解:以剧作家及其剧本为中心的传统。从古希腊至文艺复兴时期、新古典主义时期、浪漫主义时期,剧本中心统领了戏剧演出的方方面面。舞台表演也依附于这个中心,为文本内容的表达服务,演员念诵与动作是不是有利于剧本角色塑造,舞台装饰是不是营造了逼真写实的剧本情境。亚里士多德对戏剧六要素的排位,情节第一,戏景最末,也很好地说明了文本中心的理念。即便到了现代主义、后现代主义戏剧的历史新阶段,剧本中心转为了导演中心、观众中心,演员表演也发生了从剧本到身体的转向,这些林林总总在剧场演出方式上的不断实验,不断创新,如同玛里昂·蒂特克所说,是力求使"舞台演出不再被视为情节的统一展现,不再试图制造幻觉统一体"①,冲击的是传统剧本文学、有机整一的情节观和逼真的幻觉主义,但文本中心传统的实质没有改变,舞台文本取代语言文学文本,成了新的中心,在各种荒诞的、破碎的、静止的现代剧场表征下,西方戏剧依然坚挺着追求意义表达的传统宗旨,其戏剧表演叙事始终没有赋予表演高于一切的中心地位,各类表演媒介也主要致力服务于戏剧叙事内容与内在精神的最高目的。

第二节　中国传统戏剧叙事性的反思

中国戏剧以戏曲为主体,长期强调"曲本位"的观念,凸出戏曲抒情性,而忽略其叙事性。20世纪末,随着叙事学引入戏剧领域,情况有所改变,陆续出现不少中国传统戏剧叙事的研究成果,开启了人们对于戏剧本质多维度的认知,但这些研究过多聚焦文本叙事,忽视了演剧本身所蕴含的叙事性。21世纪之后,不断发展的广义叙事学、中国戏剧形态学,召唤中国传统戏剧叙事研究走向更为宏阔的视野。我们深感有必要重新审视中国戏剧的叙事本质,反思"叙事"隐于"抒情"背后的原因,揭示出除文本之外的传统戏剧表演的叙事性,并适当参照西方戏剧的叙事传统,彰显中国戏剧的叙事传统的独特性。

---

① 转引自李亦男:《当代西方剧场艺术》,桂林:广西师范大学出版社,2017年,第196页。

一、"表演叙事"的本质：对"诗剧同类"传统观念的反思

我国戏剧被纳入"抒情传统"，很重要的原因是缘于"剧源于诗"的传统观念。人们普遍从源流代变的角度，认为"诗降为词，词降为曲"，将"曲"纳入古已有之的诗体系统。无独有偶，西方戏剧也有诗剧同类的观念，远自亚里士多德，近至谢林、黑格尔、歌德等均将戏剧与抒情诗、史诗同列"诗歌"范畴，视为同一类型的语言文学。这既是中西戏剧与诗歌同源共流的反映，也包含了艺术之间彼此契通的规律形式。20世纪60年代，戏剧学者张庚曾将中国戏曲定性为"剧诗"[①]，正是立足于西方"剧诗"的学术谱系与中国文学诗歌传统。

但是，戏剧根植于诗的土壤，具有诗的气质，却不代表它总是依附于诗歌廊庑之下，生长不出自身的独立特质。事实上，古希腊时期，戏剧和唱诗队融在一起，诗的性质自然浓烈，等到加入更多的对话性角色，淘汰了唱诗队，戏剧有别于诗歌的表演性得以凸显。中国戏剧萌芽时期，也是以诗乐舞共生的仪式面目出现，而当仪式走向观演分离，戏剧与诗就逐渐从混融状态剥离开来。中国戏剧有着独特的自我演化过程，先秦优语着重滑稽语言，秦汉以角抵戏为重心，唐宋发展出歌舞戏、科白戏，宋元时期又形成"合歌舞以演一事"的主流戏曲样式。一个文学（艺术）类型的形成，不是一蹴而就，落地即成，而是体现为从母体脱胎，渐而成长，获得种类属性、禀赋和性质的长时期过程。

诗、剧分立，意不在排除"诗"在戏剧中的地位，而是为了回到戏剧本质，冷静审视其自身的独特性和完整性。一方面，中西戏剧的本质皆是表演艺术，而非语言艺术，对此人们已达成共识。然而，中国戏剧纷纭复杂，不同历史时期、不同区域种群存在着各级形态的戏剧样式，具体判断又会因为对象的复杂性而扩大或缩小戏剧的内涵。学界曾围绕戏剧与戏曲的概念争论了半个世纪，其焦点就在对中国戏剧内涵的认识差异。[②] 不少人因戏曲具有完整文本形态，视之为中国戏剧形成的标志，忽略了以"角色扮演"为本的其他戏剧样式。对此，任半塘曾指出：

---

① 张庚：《关于剧诗》，《张庚文录》（第三卷），长沙：湖南文艺出版社，2003年，第283—300页。
② 康保成：《五十年的追问：什么是戏剧？什么是中国戏剧史？》，《文艺研究》2009第5期，第103—110页。

要让有无剧本流传的,有无剧目流传的,科白为主的,歌舞为主的,早期混在角觗、百戏、杂技之中的,后来混在散乐、普通俳优、普通歌舞,甚至混在队舞或舞队之中的戏剧与具有戏剧质素的伎艺,不分上古、中古、近古所有,都能在一律平等的机会中,得着恰当的安排,显得是则是,非则非,不偏不倚,真正地解决了我国戏剧史的问题。①

我们以为,只有立足如此宏阔的戏剧史视野,才能把准戏剧表演本质,走出诗歌体"戏曲"研究的局限,更多关注各类"扮演"性的多元戏剧样式。

另一方面,中西戏剧都禀赋了"叙事"的本质。亚里士多德认为悲剧是"对一个严肃、完整、有一定长度的行动的摹仿"②,这种产生于史诗土壤中的故事观念,或许不能适合所有的戏剧形式,却揭示出戏剧讲故事的本质。换言之,戏剧的扮演行为必然含有叙事的宗旨。不过,因故事长短不同,当代学者在体认中国戏剧叙事本质时,出现过不同说法。如欧阳予倩认为,戏剧"要有一个以上的人物,要有完整的故事,有矛盾冲突,能说明人与人的关系"③,任半塘则认为:"一旦内容有故事,或伎艺涉说白,虽记载简略,表现模糊,亦非认为歌舞戏不可。"④迄今西方后经典叙事学对于"叙事性"的界定,已经跨越了文学叙事的门槛,冲破情节观念的局限,趋向愈来愈开放的认识,像瑞安建构出一套叙事的模糊子集,弗鲁德尼克以"拟人本质的体验性"界定叙事。⑤ 笔者不主张叙事性无所不在的漫溢,以致失去基本形态。但是,中国戏剧叙事亦有必要走出完整情节的传统范畴,以演员摹仿行为的时间和意义向度为基准,适当汲取后经典叙事学中的"叙事性"观念。这种理解的转向,会使研究更多聚焦于表演行为的本身,将以往认为叙事性弱,甚至无叙事性的戏剧作品重新带回研究的视野。

二、表演媒介的叙事性:对"曲唱"传统的反思

中国戏剧的"曲唱"传统,是其被视为"抒情文学"的又一重要原因。

---

① 任半塘:《唐戏弄》,上海:上海古籍出版社,1984年,第105页。
② [古希腊]亚里士多德:《诗学》,陈中梅译注,北京:商务印书馆,1996年,第63页。
③ 欧阳予倩:《怎样才是戏剧》,《戏剧论丛》1957年第4辑,北京:中国戏剧出版社,第198页。
④ 任半塘:《唐戏弄》,上海:上海古籍出版社,1984年,第248页。
⑤ 参见尚必武:《西方文论关键词:叙事性》,《外国文学》2010年第6期,第99—109页。

歌唱常用韵文体语言,且与音乐旋律相配合,故擅长抒发人物情感。历代戏剧中,元杂剧的四大套宫调、明代的诸声腔、清代的花部乱弹、近代地方戏名角的唱腔流派,均以"曲唱"为中心,由此形成中国戏剧独有的"唱戏""听戏"传统,培养出重曲文、重曲律、重抒情的曲学批评传统。即便有剧评家另眼关注到戏剧的"叙事",也往往"韵失矣,进而求其调;调讹矣,进而求其词;词陋矣,又进而求其事",①置"事"于后,这说明"曲唱"传统一定程度地遮蔽了戏剧的叙事性。

中国戏曲综合"唱、念、做、打"等多种表演手段,后三者固不及"唱"的中心地位,却有相当重要之地位。念白多用散文体语言,铺陈叙事能力很强;"做、打",用身体行为反映人物内外状态的变化,亦偏向叙事一面。然而,古代剧本往往"唱词"保留最为完整,"念白"其次,"科介"因属"戾家"把戏,压缩得最厉害,其表演叙事性因而大打折扣。我们知道,演员身体行动是戏剧表演的核心,也是认识戏剧表演叙事的关键。大多数剧本动作简化为"++科""++介"的提示语,实际抽去了表演的叙事内容。有的剧本还习惯将"科范"表演一笔略过,如南戏《小孙屠》"净扮朱令史上介,说关杀人",明传奇《六十种曲》"考试照常"等,都没有写明具体内容。深入下去,"说关子"表演往往重叙关键性的情节,"考试照常"自成特定的叙事内容与方式。如果还原这些科介"表演"的叙事成分,无疑会加强传统戏剧的叙事性认识。

与曲文相对稳定的文本形式相比,念白、科介经常因即兴表演,变异性大:"口利者,则如悬河,而口钝者,几默不一语。同是一剧,甲社演之与乙社演来迥异,甚至同社剧员易人演之,亦复有异,更至于使一人接演两次相同之剧,而其言语举动,亦有不同者。"②确实给叙事研究造成困难。目前现场表演是戏剧叙事研究最为薄弱,却也最具"演示"性特征的一个环节。尤其民间无文本戏剧表演,如水赋形,择地而变,其中却蕴含了令人珍视的表演叙事传统,形成了像赋子、科范、排场、幕表戏等演出程式,传递了片段、情节、观念、人物、母题、语汇等诸多共同元素。因此,探讨中

---

① (明)祁彪佳:《远山堂曲品》,《中国古典戏曲论著集成》(六),北京:中国戏剧出版社,1959年,第5页。
② 杨尘因:《春雨梨花馆剧话》,《鞠部丛刊》,周剑云主编:《民国丛书》第二编,上海:上海书店,1990年,第26页。

国戏剧叙事特征与叙事传统,需要特别关注此种"万变不离其宗"的表演叙事方式。

中国戏剧形态极为庞杂,并非全部由"曲唱"型戏剧构成,历史上曾出现过以身体动作、口头语言、舞台布置为主的戏剧样式,像秦汉角抵戏、宋金科诨剧、大搞机关布景的海派连台京剧等。一些处于文化边缘位置的民间小戏和祭祀戏剧,也常表现为非曲唱型的戏剧形态。如山西祁县温曲武秧歌以真刀真枪的武打表演为主,有的剧目甚至没有一句唱腔,只有叙述性道白;汉调二簧戏《张古董借妻》为白口戏,全以对话动作推动剧情;福建泉州法事戏、三明肩膀戏等,音乐板式比较单调,"不是侧重于塑造人物的性格和表现人物的情感,而是侧重叙述故事"[①]。还有一些特殊的演唱型戏剧,曲子抒情性特征少,叙述性质突出,如贵州地戏"叙事交代处,则临时由某一角色'跳出'所扮人物,像局外人似地做旁唱或旁白"[②]。这些戏剧类型的叙事亦极具价值,不容忽视。

除以上科介、念白叙事性外,此处尚未涉及曲乐、服饰、化妆、舞美、乐器等的叙事性,它们也常因舞台媒介的性质为人忽视,所留文献亦不甚丰,然欲全面建构传统戏剧"演事"的体系,这些都是不可或缺的环节。总之,要想深化对中国戏剧叙事性的研究,我们不应为"曲唱"传统所左右,忽视戏曲各种表演媒介的叙事性认识,应该深入中国戏剧的地下"潜流",力求做到既深且广,全面考察中国传统戏剧叙事的形式特征。

三、中国传统戏剧叙事方式的个案探索

近三十年,中国戏剧叙事研究颇多佳绩,但不能说对传统戏剧叙事形式的探索全都合宜有效,某种程度还存在急于归纳中国戏剧叙事体系、过多借鉴文本叙事理论的问题。鉴于传统戏剧的复杂形态,目前仍需要加大个案研究力度,挖掘表演叙事的独特形式,由此逐步归纳传统戏剧叙事的方式特征。这里尝试分析两个具体实例。

先看关汉卿杂剧《单刀会》,此剧向来被认为是一部英雄抒情诗剧,然亦颇受情节拙劣之诟,尤其前两折分设乔国老、司马徽两个无关紧要的人

---

① 朱恒夫:《论戏曲的历史与艺术》,上海:学林出版社,2008年,第70页。
② 戚世隽:《邓志谟"争奇"系列作品的文体研究——兼论古代戏剧与小说的文体分野》,《文学遗产》2008年第4期,第112页。

物,属于重复的平行结构,推进不足,叙事无力。但是,如果跳出抒情藩篱,亦不照搬西方情节观,《单刀会》叙事方式非常有特色。它从关羽与鲁肃的正面冲突抽离出来,将"整一性"情节打散,化为各方人物的叙事性演唱:首折乔国老向鲁肃追忆关羽往事,敷赞其"隔江斗智""火烧赤壁""收西川""诛文丑斩颜良"等众多辉煌事迹;次折司马徽继续向鲁肃赞述关羽等五虎事迹,还想象性描述关羽赴宴怒打鲁肃的场景;第三折关羽向关平讲述汉家三分天下的创业过程,追忆私出许昌、过五关、斩六将的辉煌往事;末折始入"单刀会"场景,关羽用极具对话性、行动性的唱段,描述双方冲突。全剧主要目的在于关羽生平伟业的铺叙,将"单刀会"作为一个导火索,运用旁述、追述、预述、现场描述等手法,调动各方人物的"散点"叙事。试看一曲。乔国老【尾声】唱道:"曹丞相将送路酒手中擎,饯行礼盘中托,没乱杀侄儿和嫂嫂。曹孟德心多能做小,关云长善与人交。早来到灞陵桥,先唬杀许褚、张辽。他勒着追风骑,轻轮动偃月刀。曹操有千般计较,则落的一场谈笑。(云)关云长道:'丞相勿罪!某不下马了也。'(唱)他把那刀尖儿斜挑锦征袍。"①该曲夹唱夹白,描述关羽当年威风凛凛辞别曹操之事。此类"散点"叙唱,散枝开叶,遍布全剧,它不求情节完整而富有张力,却使得每折都饱含充沛的叙事内容,构成了一种独特的叙事方式。

再以金元院本《呆秀才》为例。经考证,这是三个秀才和考官的"四酸"闹剧,②看起来既无抒情性,亦乏叙事性,徒取笑闹而已。下面节取一段:

> (正净脱了绿袍与末科,末出见二净,二净云)好哥,再请教请教。(末念)忙把玉鞭敲,一日行千里。(正净唤二净)你这两个歪假秀才也,无用,只同续一首诗罢,听我念。(正净念)寺在山门里,一塔凌空起。(二净续念)忙把玉鞭敲,一日行千里。(正净)打、打、打,郑秀才的说匹马便行千里,你的说一座塔,怎地塔也行千里? 今番改了来。

二净原封不动移植了末扮郑秀才的诗,造成"错搭"考题的笑话,全剧按照此类相同的方式,重复祖先变驴、塔行千里、口不干净的三次笑料,情

---

① 关汉卿:《关汉卿选集》,康保成、李树玲选注,北京:人民文学出版社,1998年,第204页。
② 黄天骥、康保成:《中国古代戏剧形态研究》,郑州:河南人民出版社,2009年,第124—125页。

节并无变化,甚至称不上有"一定长度"的故事。但奥妙就在"三次重复"上。它通过一次又一次的反复笑料,刻画了三个傻瓜式的笑话人物,配合考官"脱袍""脱帽""脱幞头"的三次科诨身段,很有层次地将"笑耍"气氛逐步推向高潮。这种表演手法源于民间故事传说十分常见的"三复"叙事,最初表现为情节的三次重叠,像元杂剧《争报恩二虎下山》中二次好汉落难,三次李千娇认为兄弟营救。舞台表演移植之后,衍生为"三复"的表演,通过说、唱、动作等表演手段,反复表现相同场景或内容。例如,《古城记》第 15 出"三次照前白科",指重复三次说白,传奇《运甓记》第 37 出"生部将彭李与峻三战,峻马蹶被戮介",指重复三次作战动作。这些都是以"三"为基数,构成一个自成段落的复叙片段。我们不能简单视为重复或雷同,它代表一种有序的舞台叙事手法,营造了紧张、激烈或戏谑的戏剧氛围。

以上两例,都反映了历代戏剧表演者摸索叙事与表演融合的方法技巧。"散点"叙事汲取史传叙事的方式,以唱代述,多方位叙事烘托人物精神面目,外散而内聚;"三复"叙事从口头叙述汲取活水,以演代述,衍化为表演场面、表演手段的层次布置,外松而内紧。有意思的是,此类看似情节松软无力的表演性作品,在中国传统戏剧中恰恰颇为盛行。如《天官赐福》《跳八仙》重在仪式场面,《王婆骂鸡》侧重"骂"的口才趣味,《夫妻观灯》表现男女对唱,等等。对此,我们不宜用西方戏剧情节观念律之,草率归为"情节无力"之作,这其中可能包含了"有意味"的传统戏剧叙事方式。

四、挖掘中国戏剧叙事传统——兼与西方戏剧叙事传统之比较

中国戏剧叙事纵贯上千年的发展,人们对于叙什么事,如何叙事,自觉不自觉形成一些共同的经验认识,提炼出行之有效的模式方法,经过历代延传而成为中国戏剧的叙事传统。为更好地增进对自身叙事传统的认识,在此适当参照西方戏剧叙事传统。

中国传统戏剧历来以优伶艺人或底层文人的集体创作为主,惯向民间故事和历史传说取材,大量采用汇聚、因袭、移植和改编等手法,题材互通现象十分突出。南宋"书生负心"戏、元代"神仙道化"杂剧、明代"十部传奇九相思",均反映出当时流行题材因袭成风。而在相互搬抄的过程中,各戏之间借用出目,抄袭成套,不仅同类题材叙事面目相似,不同题材戏剧的情节也往往雷同。为方便内容的移用,中国传统戏剧很早建构起一套以"表演程式"为中心的叙事模式。早期戏剧没有剧本,故事主要围绕舞台"动作程式"与"语言程式"编创,如唐代参军戏的"苍鹘打参军"的语言程式,宋科诨剧的"打猛诨"的语言程式等。剧本出现后,仍然延续这种"表演程式"为中心的编创模式,形成像元杂剧四折一楔子,南戏传奇副末开场、冲场与大小收煞等的表演框架,以及"科场考试""状元游街""看医药诨""赶路行程"等表演程式出目,它们均可以规约形形色色的剧情叙事。民间艺人的"幕表戏"则是"表演程式"叙事的极致代表。它几乎全无具体细节,唯存程式情节或场面套路,表演时只需搭个提纲架子,确定每个演员的上、下场和舞台调度的程式身段、锣鼓点子,再填塞故事内容即可。

相较而言,西方戏剧创作以知识阶层的"个人独创型"的创作为主,通常面向现实生活,提炼新素材,追求自我精神的表现和外化,尤其18、19世纪至20世纪初西方各个流派的戏剧,更凸显了独立故事的个人化创作特征。与中国戏剧一样,西方戏剧也十分珍视叙事文化传统,存在大量改编自史诗神话、宗教故事、历史人物、民间传说或前代戏剧的作品。然而这种改编往往表现为一个再创造的过程,通过重组素材与再度阐释,积极灌注个人精神与理念。故事之间没有出现大规模因袭、移植的互通性创作,创作方式也力求在传承中变革。例如,西班牙戏剧家维加在"斗篷加剑"的民间叙事套路中,营造出一个个紧张变动的戏剧性场面;英国莎士比亚戏剧大多改编旧素材,其创作力求灌注人文主义精神,打破悲、喜剧的分界,将不搭调的各种风格混合一起,铸就了集大成的巨匠风格。

中国戏剧还发展出了脚色体制的表演叙事传统,力求将形形色色的各类人物形象,高度归纳为几种脚色类型,充分发挥脚色以一喻多、以简驭繁的叙事功能。这促使中国戏剧形成了以脚色调度故事叙述的叙事传统。具体表现为:一戏之中,各行脚色兼备并存,交叉使用,使得戏剧叙事呈现亦庄亦谐、苦乐相错的整体风格;各脚色具有人物性格类型的符号功能,褒贬寓意分明,大抵生旦末为正,净丑为反,外贴为辅补,承担起类型化的叙事功能,统一调度"悲欢离合"的叙事内容,叙事节奏、叙事格局往往类似。

西方戏剧也产生过角色类型,依据人物气质、性格或地位进行角色分类。像古希腊戏剧悲剧、喜剧的气质分类,16世纪意大利即兴喜剧聪明仆人、愚笨主人的性格分类,18世纪法国悲、喜剧中王子、国王、心腹朋友、侍女等身份分类。同中国脚色行当相似,西方角色类型也具有简化、公式化戏剧叙事的功能,推动或阻碍故事进程。但不同的是,中国脚色人物的分类过于抽象化,且偏向类型化表演,如生旦主唱,净丑主科诨,而西方角色类型则直指人物的身份气质,没有与表演形成对应关系。而且,受戏剧"摹仿论"的影响,西方戏剧角色类型与现实存在形式接轨,一旦角色类型妨碍戏剧对现实的反映深度,便会受到戏剧界的批评修正,促使角色人物不断深化,对人性的存在表现趋向多元。

相较观之,中国传统戏剧叙事是以"表演"为中心,擅长运用程式化、类型化的表演叙事模式,发挥脚色表演的叙事功能,更具有突出的民间叙事特质。尽管它们存在创新不足、千戏一面的缺陷,但作为历代艺人集体经验和智慧的结晶,如同渡水之津梁,行川之舟筏,传递了中国戏剧表演叙事的传统。对中国戏剧体系之形成,功莫大焉。

综上所述,中国戏曲抒情性浓郁,是由传统理论观念和实践创作合力促成的面目,亦是诗歌抒情传统的强大影响所致。然而,面对日益广阔的叙事学研究,我们不宜再徘徊在"抒情"一面,而有必要回归戏剧"表演叙事"的本位,将所有以角色扮演为本的语言类和非语言类戏剧,都纳为研究对象。由于传统戏剧叙事渗入戏剧发生、戏剧本质、戏剧创作、戏剧文本、戏剧表演、戏剧理论等各个层面,如同盘伏大树下的根脉,默默支撑着中国戏剧的蓬勃生长,这种研究视角的确立对深化中国戏剧叙事及其传统的研究意义重大。

第二章
中西戏剧角色叙事比较

第一节 中国戏剧的脚色叙事

中国传统戏剧将各种媒介形式熔铸一炉,特别创造出一种"脚色"的中间媒介,这是中国传统戏剧所独有的形式。探究中国戏剧叙事传统的形成,脚色制是直切本质的核心。解玉峰认为:"脚色制对中国戏剧具有根本性的意义,理解脚色制,是理解中国戏剧艺术特征的关键。"[①]故事需要脚色代言人物,表演需要脚色唱念做打,创作需要脚色穿插部伍,传承需要脚色分行传授。它像是一台调动中国传统戏剧运作的发动机,直接影响了戏剧表演、戏班建制、戏剧叙事的形成与规范。

一、脚色的本质是类型化表演

在惯常认识中,人们常把"脚色行当"视为戏曲中的人物类型,按性别、外形、气质、性格而划分,这是脚色体制建立起来之后的观念。实际上,脚色起源于类型化表演,是建立在表演职能分类的基础上,以表演为中心的人物扮演方式。让我们回到脚色起源之初,来看看中国戏剧"脚色"的本来面目。

---

① 解玉峰:《"脚色制"作为中国戏剧结构体制的根本性意义》,《文艺研究》2006年第5期,第86页。

脚色雏形最早出现于晚唐五代参军戏中。李商隐《骄儿诗》有"忽复学参军,按声唤苍鹘",冯浩笺注云:"盖参军是主,苍鹘是仆也。"[①]参军戏中常有两个对手人物,参军为主人,苍鹘为仆人,参军幞头绿衣,苍鹘鬓角鹑衣,二者服饰显示出身份地位的差别。随着参军戏在唐五代、两宋的推广演变,在表演内容与形式上,参军戏中的人物发展出类型化表演的特征。稍示二例,以见其表演形态:

例1:中席,优长诵致语,退,有参军者前,褒桧功德。一伶以荷叶交椅从之,该语杂至,宾欢既洽。参军方拱揖谢,将就椅,忽坠其幞头,乃总发为髻,如行伍之巾,后有大巾镮,为双叠胜。伶指而问曰:"此何镮?"曰:"二圣镮。"遽以朴击其首,曰:"尔但坐太师交椅,请取银绢例物,此镮掉脑后可也。"一坐失色。桧怒,明日下伶于狱,有死者。(岳珂《桯史》)

例2:崇宁初,斥远元祐忠贤,禁锢学术,凡偶涉其时所为所行,无论大小,一切不得志。伶者对御为戏:推一参军作宰相,据坐,宣扬朝政之美。一僧乞给公据游方,视其戒牒,则元祐三年者,立涂毁之,而加以冠巾。一道士失亡度牒,闻其披戴时,亦元祐也,剥其羽服,使为民。一士人以元祐五年获荐,当免举,礼部不为引用,来自言,即押送所属屏斥。已而,主管宅库者附耳语曰:"今日于左藏库,请相公料钱一千贯,尽是元祐钱,合取钧旨。"其人俯首久之,曰:"从后门搬入去。"副者举所持梃杖其背,曰:"你做到宰相,元来也只要钱!"是时,至尊亦解颜。"(洪迈《夷坚志》丁集(卷四))[②]

这两则材料都属于宋代科诨戏。它们继承了前代参军戏的表演,并将人物表演进一步类型化。脱去两则材料的故事外衣,里面都设置了两类功能相同的人物:一参军为被戏弄者,他们身居高位,表里不一,最后自露马脚,被人嘲谑;一苍鹘为戏人者,虽地位不高,却敏言果行,能够一击制胜,撕下对方虚伪的面目。两个戏剧所用的表演手段亦几无二致,先是参军用科、白埋好包袱,再苍鹘抖包袱,用诨语与扑打的戏剧动作,制造"猛诨"的效果,用笑声收场。由于这种表演在宋金杂剧中运用广泛,参军

---

① (唐)李商隐,(清)冯浩笺注:《玉溪生诗集笺注》(全二册),上海:上海古籍出版社,1979年,第417页。
② 转引自王国维:《宋元戏曲史》,上海:上海古籍出版社,2011年,第20页、第17页。

渐渐由特定身份的人物变为类型人物的代称,两则材料中被戏弄者俱称为参军,但实际扮演的人物前为秦桧,后为某宰相;苍鹘也渐渐隐去其身份名称,替代为脚色名称,前则材料称之"伶人",后则材料称之"副者",此即"副末"之省称也。由此,参军、苍鹘从具体人物中抽绎出来,演变为特定表演类型的人物,而在进一步发展过程中,参军转为"副净",苍鹘转为"副末",成为承载表演功能的脚色符号。

脚色的表演类型的本质特性,自形成之初从未曾移易。不论哪一个历史阶段的戏剧,诸如元杂剧的"一正众外",南戏的"七种脚色",传奇的"江湖十二脚",以及近现代地方戏剧中的各种脚色行当,每个脚色均由表演类型构建起来,承担了自己的表演职能,形成了自己的表演程式。宋金杂剧中"末泥色主张,引戏色分付,副净色发乔,副末色打诨。或添一人,名曰装孤"①,各行脚色,各司其职,这一点到了近现代京剧,脚色仍然保持表演职能的基本义界。像京剧净行中,有铜锤花脸、架子花脸和武花脸之分。铜锤花脸侧重唱念,以唱为主;架子花脸也有唱工,但更侧重念、做,讲究身段工架;武花脸,又称"摔打花脸",只重武打,不重唱念。它们均依照表演类型而划分,有时彼此之间的差别细微到某一个表演技巧,如唱法上铜锤花脸多用"立音""顺音",架子花脸则用的是"炸音",生气时铜锤花脸用鼻音发出"嗯哼",架子花脸则是打"哇呀呀",如果错乱了表演,也就混淆了行当之间的界限。了解脚色以表演为中心的基本属性,对于我们理解脚色演人物、演故事,有特别重要的意义。

二、脚色是人物表演类型的中介艺术符号

脚色是由表演类型滋生出来的,其生成与发展又是一个长期的、动态的历史过程。在这个过程中,形形色色的人从经验生活中不断被发现、提炼与归类,脚色符号所指从参军、苍鹘等某个具体人物,变成了类型化的对象,代表了某种身份、某种性格的人物。元代《青楼集》记载了张奔儿"温柔旦"、李娇儿"风流旦"两种气质的旦脚演员。② 明代曲家王骥德"尝以传奇配部色":"《西厢》如正旦,色声俱绝,不可思议;《琵琶》如正生,或峨冠博带,或敝巾败衫,俱喷喷动人;《拜月》如小丑,时得一二调笑语,令

---

① (宋)吴自牧:《梦粱录》,杭州:浙江人民出版社,1980年,第191页。
② (元)夏庭芝:《青楼集》,《中国古典戏曲论著集成》(二),北京:中国戏剧出版社,1959年,第32页。

人绝倒；《还魂》，'二梦'，如新出小旦，妖冶风流，令人魂销肠断。"①正旦、正生、小旦的形容气质、服饰装扮，各自禀具了特定的形象类型。可见，脚色由表演类型的符号渐渐过渡为人物类型的符号，用特定的表演代言人物塑造人物。戏剧对人物形象塑造的诉求，促使历代脚色名目不断细分，从唐五代参军戏中"参军""苍鹘"的两种脚色到宋金院本"五花爨弄"的五种脚色，从元明南戏"生旦净末丑外贴"七种脚色到明清传奇"江湖十二脚"的脚色名目，愈往后发展，名目愈增愈多。比如，昆剧依据剧中人物的身份、年龄、特征，特别是表演职能，可分为二十个细家门。有时一个大行当分出很多小的门类，以旦行为例，有老、正、作、四、五、六、贴七门之分，其中正、五、六、贴为主，正旦为已婚妇女，如《琵琶记》中的赵五娘，《烂柯山》中的崔氏；五旦，即"闺门旦"，待字闺中，性格稳重文静，如《西厢记》中的崔莺莺，《玉簪记》中的陈妙常；六旦活泼，身份略低，可能原称快乐旦或乐旦，转音为六旦，如《西厢记》中的红娘，《牡丹亭》中的春香；贴旦身份独立，性格鲜明，言行自主，如《钗钏记·相骂》中的芸香，《彩楼记》中的刘千金，每一门类对应了不同的女性形象类型。②

　　脚色代言人物类型，可以利用类型符号操作的便利与效率，快速生成戏剧人物。它先将演员个体转换为脚色符号，再由脚色符号转入具体人物，起到了从演员到人物的桥梁作用。这样的话，脚色符号提前为演员预设好了表演方式，又为人物预设好了形象类型。演员要做的，是通过长期的专门训练与类型摹仿，谙熟并掌握这套脚色演剧符号，以便轻车熟路、以一抵多地生成人物。下为旦行从演员到人物的生成示意图，我们以旦行名角程砚秋先生为例：

---

① （明）王骥德：《曲律》，《中国古典戏曲论著集成》（四），北京：中国戏剧出版社，1959年，第159页。

② 周传瑛：《昆剧家门谈》，周传瑛口述，洛地整理：《昆剧生涯六十年》，上海：上海文艺出版社，1988年，第118—129页。

作为演员的程砚秋,先习武生,转习花旦,后因嗓音极佳,专工青衣。在登台表演人物之前,经过了长期的艺术准备,辗转了几个脚色行当,才找到自己准确的行当定位。在稳定行当之后,程砚秋通过专业训练,习练青衣唱法、做派。当时青衣以唱功著称,扮相端正,身段动作幅度小,常穿青衣褶子,以手覆肚,俗称"抱肚旦",对应性格庄重、行为正派的女性形象,故这个行当多饰演贤妻良母、贞烈女性等女性角色。程砚秋的代表剧作中,《荒山泪》中张慧珠孝顺公婆,疼爱孩子,与丈夫相敬如宾;《窦娥冤》中窦娥孝顺婆婆,严正刚烈,不屈顽强;《锁麟囊》中薛湘灵谦和待人,善良真诚,这三个角色都属于京剧青衣一行的经典人物形象。剧评家钮镖曾评程砚秋表演为一个字——"正",精准概括了青衣行的人物类型。

由是可知,脚色类似一个中转站,输送给演员一套业已生成的演剧符号系统,演员的习成相当于预先接受这套符号。一个演员只要充分习练了一个行当的演剧系统,便可以在具体故事表演中化身符号,任意进入符号所对应的人物类型。对于演员人数不多的传统戏剧班社而言,这套高度程式化的操作程序无疑方便了戏班人员的分配,也便于演员驾轻就熟地分部饰色,进入不同剧目的人物叙事表演。

我们还需要认识脚色的另一种属性,即交流媒介的属性。作为交流媒介,脚色符号的意义传达需为人所理解,而且这种理解必须是大众化的、即时的、在场的,否则便属于无效交流的符号媒介。对于这一点,中国戏剧的脚色突出了符号外在形象的可理解性。大量脚色符号采掇自人们的历史生活经验,观众在进入戏剧之前,已经对符号有了充分的前理解。比如,用脸谱象征人物善恶,"公忠者雕以正貌,奸邪者刻以丑形"[1];用嗓音唱法区分性别年龄,小生、小旦用尖细小嗓,代表正青春少年,老生、老旦用本嗓,代表中老年人的质朴苍凉;用服饰反映人物身份活动,武行脚色沙场作战时盔甲靠旗,贴身短打时紧身箭衣,文行脚色官吏袍服幞头,书生褶子巾带,帝王绣衣黄蟒,等等。脚色的面妆、服饰、步法、声音等符号,无不积淀了来自生活中的共通经验,对观众具有清楚的指示意义。尤其当这些符号综合在一起时,意义传达的清晰度更会倍增,人物的高低贵贱、善恶是非、刚柔温躁,都显露在符号表层上,观众一眼即知登场者是什么样的人,对该人物在剧中的作用也便有了一个基础的判断。这是脚色

---

[1] (宋)吴自牧:《梦粱录》,杭州:浙江人民出版社,1980年,第195页。

符号创造者们的有效手段,充分调动观众对符号的生活经验与认知经验,用观众的第一眼判断为剧中人物塑形。不过,中国戏剧脚色虽然强调符号指向的清晰性,却并非依葫芦画瓢的机械复制。脚色符号是一种独特的艺术符号,一种经过类型化、艺术化的身体美学符号,既摹仿现实人物的声色形影,又在摹仿之余,通过变形、夸张、美化等手段,增强符号形式的自身美感,使之成为艺术审美性的传达载体。

三、脚色是戏剧结构意义符号

脚色作为中间媒介,不仅仅作用于单个人物形象,它还设定了戏剧人物的基本叙事功能,进而通过人物功能布局,掌控戏剧情节的组织安排。

其一,脚色代言人物,相当于先天赋予人物的形象属性,人物是正是反,是庄是谐,在戏一开始便有着清晰的定位。因其如此,每一个脚色也预先确定其在情节中的叙事功能。洛地指出,传统戏剧脚色具有主、合、离的情节功能。"生"为故事之"主","旦"为故事之"合",两者分分合合,交相呼应,贯穿始终;"离"指阻碍"主""合"双方,使之分离的人物,一般净、丑饰之;外、末、贴则分属"主"方或"合"方人物,推动生、旦双方的离合。[①] 若依情节功能,我们还可将主、合、离三方进一步简化为合、离二方:"合"即促使男女之聚合,生、旦、外、贴、末的脚色气质偏正,品相端正,皆可归属其类;"离"即迫使男女双方分离,净、丑的脚色形容丑陋,花面妆扮,气质滑稽,当承其职。

以南戏《荆钗记》脚色人物的布置为例。剧中,生扮演男主角王十朋、旦扮演女主角钱玉莲,两人坚贞勇敢,不断追求爱情,净扮玉莲继母、丑扮玉莲姑母,则嫌贫爱富,不想把钱玉莲许配给穷书生,而欲转嫁给净扮的孙汝权,为此硬生生拆分了两人姻缘。钱玉莲无奈之下被迫投江,此时帮衬型的人物出现。外扮钱安抚、贴扮钱夫人搭救了玉莲,将她收为义女。同时王十朋离家赴考后,高中状元,因拒绝净所扮万俟丞相的逼婚,也被派往僻地就职。最后两人历尽曲折,终得团圆。整个戏的人物可按合、离

---

① 南戏脚色具体扮演情况,参见洛地《〈张协状元〉的"敷演话文"及其衍化——兼简说"戏文"的戏剧结构及脚色综合制》一文所制脚色扮演出场人物表(《洛地文集·戏曲卷·卷一》,西雅图:艺术与人文科学出版社,2001年,第266—273页);俞为民又列出九部南戏脚色扮演人物的情况(《南戏通论》,杭州:浙江人民出版社,2008年,第77页)。

功能分为两大阵营：净、丑脚色发挥强大的离间功能，迫使男女主角由合而离，属于"离"方阵营；而生、旦从始至终地追求自主婚姻，外、贴致力促成男女双方的爱情，属于"合"方阵营。还有末脚，扮演李诚、承局之类的小角色，虽无明显的正反属性，但末脚本身包含正面气质，所演角色在剧中传书递信，实际起到了串连各方的作用，应属"合"的一方。可见该戏人物依随脚色的正反属性、离合功能布局，线索简单清楚，叙事简洁明晰。这是一套极利于操作的叙事法门，编剧只需按脚色正反属性分行部伍，安排他们在情节中的离合秩序，便可以"无事不可入"。中国戏剧擅长"悲欢离合"的情节叙事，"亦有悲欢离合，始终开合团圆"，①各色人物聚散离合，悲欣交集，与脚色体制这套正反离合的扮演程式不无关系。

即便戏剧人物众多，情节纷杂，脚色制依旧可以运筹帷幄于登场之前，发挥着"定海神针"的作用。清传奇《桃花扇》写南明兴亡史，各方人物纷纭复杂，爱情与政治双线交织，情节叙事难度很大。作者孔尚任认为："脚色所以分别君子小人，亦有时正色不足，借用丑净者。洁面花面，若人之妍媸然，当赏识于牝牡骊黄之外耳。"②一方面，他仍然继承传统脚色制，让主要脚色稳坐中军帐，保持原有的正反属性，如生侯方域、旦李香君为正面男女主角，净马士英、副净阮大铖为反面人物形象，发挥着正反人物在情节主线中的离合功能；另一方面，他适当调整了副线脚色的人物属性，借用净丑行扮演正面人物，补充正面脚色之不足，像净扮苏昆生、张燕筑，丑扮柳敬亭、蔡益所、郑妥娘，副净扮丁继之等，都是抹着花脸的正面形象。此外，进一步拓展脚色扮演人物的深度，将人物性格写实化，在非正即反的传统脚色扮演中，探索出亦正亦邪的脚色人物。比如，末脚扮的杨龙友一角，游走于正反两派人物之间，在保持传统末脚的串引功能之余，又赋予这个人物圆滑世故但良心未泯的新的写实性特征。可见，像《桃花扇》这样的历史大戏，传统脚色制仍能筹划布局，为情节张本，并且善于结合剧情拟议变化，"创新意于法度之中"，在规范中谋求自身之突破，不断应合新的人物形象的需求。

其二，脚色职能之正副，脚色地位之主次，脚色表演调性之冷热，也影

---

① （明）丘濬：《五伦全备记》，《古本戏曲丛刊》初集，上海：商务印书馆，1954年。
② （清）孔尚任：《桃花扇》，王季思、苏寰中、杨德平合注，北京：人民文学出版社，1959年，第12页。

响了戏剧叙事场次的组织结构。这一点不同的剧体有不同的表现。元杂剧中,主唱的正末或正旦脚色是核心,必须一唱到底,占满四折篇幅;其他脚色众星拱月,散缀在正脚的周围,所占篇幅远不及也。"一正众外"的脚色制,齐力烘托了四折四大套宫调的曲唱,固然出现了不少自然奔肆、情感允沛、中心人物突出的佳作,却也常见情节简陋,缺乏主角人物的单薄之作。例如《薛仁贵衣锦还乡》一剧,① 从薛仁贵投军、薛仁贵比武,讲到薛仁贵回乡,貌似薛仁贵应为主角,可是剧中薛仁贵为"外末"应工,而主唱脚色"正末"所扮演的人物在四折中不停更换,分饰杜如晦(首折)、薛父(第二折、第四折)、拔禾(第三折)三人,像杜如晦、拔禾都是一次性的过场人物,主要脚色与主要人物十分不对调。元杂剧将主唱脚色、宫调联曲置于前,将情节、人物居其后,其获赞"最自然之文学"出乎此,其遭诟评"人物之矛盾""关目之拙劣"亦出乎此!②

南戏、传奇则变为多脚色制,脚色之排兵布阵与元杂剧迥然不同,叙事结构形态亦相应呈现差异:

1. 由元杂剧单脚色中心制转变为生、旦双脚色主纲制,以此形成了男女主角对举的双线叙事结构。廖奔概括这种结构形态为:"男女主角最先分别上场,用唱曲、说白和念诗的手段交代清楚各自的情形、处境和心境,为后面的矛盾展开和情节发展奠定基础,然后场景就按照双线延伸。……分别展开,递相发展,到一定的时候合为一处。"③生、旦双线如黄龙直捣,纵贯全剧;又如双龙戏珠,时而交缠,时而分离。这是"悲欢离合"故事尤其爱情婚姻类戏剧的经典结构形态,也是南戏、传奇的主流叙事结构。在传奇体制时代,鲜有能出生旦双线结构之外者。

2. 由元杂剧凸出中心脚色转变为多脚色的叙事配合。南戏、传奇强调每一个脚色都各尽其职,各逞其能。这样一来,元杂剧中心脚色的地位在下降,其他脚色的分量在上升,而各自的叙事占比亦随之产生相应的变化。主线人物不再唱独脚戏,他们得到副线人物叙事表演的有力支撑,副线人物也不再沦为"供过"之工具,而获得了更多叙事表演的空间,人物形象、情节叙事与舞台表演得到了均衡的发展。例如,同为李杨爱情的题

---

① 徐沁君校点:《新校元刊杂剧三十种》(全二册),北京:中华书局,1980年,第383—410页。
② 王国维:《宋元戏曲史》,上海:上海古籍出版社,2011年,第98页。
③ 廖奔、刘彦君:《中国戏曲发展史》第一卷,太原:山西教育出版社,2000年,第345页。

材,元杂剧《梧桐雨》只突出了唐明皇一人形象,杨玉环及其他人物笼罩在其个人光环之下,显得黯淡无色;而清传奇《长生殿》中除了李杨形象双星辉映外,余者正反副线人物亦不失光彩,各有场次加以重点刻画,如外脚雷海青之"骂贼"、末脚李龟年之"弹词"、小生李谟之"偷曲"、丑高力士之"献发""复召"等,这些场次不仅自增脚色色彩,亦如绿叶衬红花,倍增主线人物的光泽。而且,副线人物叙事表演的增强,使得全剧整体叙事走上一个新台阶。《长生殿》被誉为"一部闹热的《牡丹亭》"①,"闹热"二字,正缘于副线人物叙事内容的增加,副线脚色表演的加强,这使得《长生殿》拥有恢弘大气的历史画面,声色繁丽的舞台表演,在整体叙事与观赏性上,要远远强于杂剧《梧桐雨》。

3. 南戏传奇的多脚色制,在演员调配上表现为"一人一脚",这使得脚色分场不得不综合考虑各行脚色的休息与表演情况。张敬的《明清传奇导论》提炼传奇之分脚与分场的基本原则为"使用匀称",即分场脚色要布置周全,一个脚色不宜连场复沓,即便生、旦为中心的场面,亦不能连续不止,应结合剧情穿插运用。② 总之,脚色分场要相互调剂,均衡匀称。解玉峰认为,场与场之间一般采用"对比原则":"讲究悲欢交错、庄谐调剂、冷热映衬、文武相间等排场技巧。这些排场技巧,说到底也就是必须考虑生、旦、净、末、丑等各色的调剂搭配。如前场为生脚之富贵荣华,后场为旦脚之孤苦无依;前场为生、旦之别情依依,后场为净、丑之嬉谑浪浪;前场为生脚之驰骋才情,后场为净脚之金戈铁马等等。"③分场脚色的表演职能互相对比,场面调性互成差异,形成一种冷与热、文与武、正与过、细与粗之交互递变、此起彼伏的排场结构。对于戏剧叙事而言,这样的排场组织提供了一个开阔的叙事空间,可以照顾方方面面的人物情节,从容不迫地编织多条线索,穿插切换时间与场地,容纳不同性质的表演因素;而在叙事节奏上,不追求天风海雨的快节奏叙事,只慢慢叙述本末家门,类似金圣叹评《西厢记》所说的"那辗"法,左右盘旋,欲近忽远,欲收忽宕,有意将叙事步调放得很慢,故事进程拉得悠长,然而又非完全无迹可寻,错

---

① (清)洪昇:《长生殿笺注》"例言",[日]竹村则行、康保成笺注,郑州:中州古籍出版社,1999年,第1页。
② 张敬:《明清传奇导论》,台北:华正书局,1986年,第133—134页。
③ 解玉峰:《"脚色制"作为中国戏剧结构体制的根本性意义》,《文艺研究》2006年第5期,第90页。

乱杂沓,其节奏始终清晰地摆荡在冷热、庄谐、悲喜、粗细的对比变化之中。当然,有不少南戏、传奇剧作的脚色分场叙事,因为放得过开,节奏过缓,掺入大量与情节无关的因素,变得冗长与杂乱,风格粗粝不羁,此以宋元南戏尤为突出。到了明代传奇阶段有所改善,脚色叙事与表演的融合度增强,精简了场次,调快了节奏,脚色分场叙事更为紧凑、妥帖、缜密。

总的来说,多脚色体制的核心是脚色表演的均衡与综合,相较单脚色的戏剧叙事,它打开了戏剧叙事的堂庑,促使传统戏剧形成冷热相剂、庄谐互用、悲喜对比的分场叙事模式,也使得中国传统戏剧叙事呈现出苦中有乐、始困终亨的中和之美。

第二节 西方戏剧的角色叙事

西方戏剧中,"角色"这个词"最初指的是写着戏剧对话的一卷文本。后来,角色逐渐与呈现对话的人物联系在一起"。① 与中国戏剧脚色一样具有中间性质,角色也属于演员到人物的中介符号。我们常常容易把它与扮演的人物混为一体,实际二者还是有差别。在类型化表演的戏剧舞台,演员需要参照角色类型来扮演人物,角色中介符号的属性会看得比较清楚一些。但与中国戏剧脚色不同的是,西方戏剧角色一开始对应的就是人物本身,而且在其后的发展过程中始终围绕人物进行表演。法国学者帕特里斯·帕维在编撰的《戏剧辞典》中说,"角色类型取决于演员的年龄、形态、嗓音与个性",角色类型的中介作用是帮助演员"体现相应的,适合'自己'的剧中人",② 那么从演员到角色再到人物,三者有着彼此相似的、对应的关系,角色是从演员的具象性中来,又回到了剧中人物个体上去了。这种角色的起点与特质,使得西方角色朝着摆脱类型化表演,逐渐抽离中介符号性质的方向发展,趋向角色与人物的合一化。所以很大程度上,西方戏剧角色即人物,人物即角色。本节探讨角色叙事传统,将主

---

① [美]罗伯特·兰迪:《躺椅和舞台:心理治疗中的语言与行动》,彭勇文等译,上海:华东师范大学出版社,2012年,第89页。

② 转引自陈世雄:《类型化,还是个性化——试论中国戏曲脚色行当与西方戏剧的角色类型(上)》,《戏曲研究》第85辑,2012年,第56—57页。

要探讨角色对西方戏剧人物叙事传统的影响。

一、角色的具象性

角色的具象性,是指每一个角色都指代一个具体人物,而不是采用抽象的指代符号。我们知道,古希腊戏剧每本戏剧的开头都会出具一份人物表,上面标明所有出场的具体人物名单。比如索福克勒斯《埃勒克特拉》一剧的"人物",以上场先后为序,标出了保傅、奥瑞斯特斯、埃勒克特拉、克律索特弥斯、克吕泰墨涅斯特拉、埃吉斯托斯、歌队,无台词人物有皮拉德斯的女仆、奥瑞斯特斯的两名侍从。歌队是合唱队的演员集体,他们也在剧中扮演"迈锡尼妇女"。作者会在人物名单后做出简要的身份介绍,像埃勒克特拉"阿伽门农和克吕泰墨涅斯特拉的女儿",保傅"奥瑞斯特斯小时候的护送人",皮拉德斯"斯特洛菲斯的儿子,为奥瑞斯特斯的朋友"。即便没有名姓的侍从、侍女,也会标明他们的隶属关系,侍从"奥瑞斯特斯的侍从",侍女"克吕泰墨涅斯特拉的侍女"。人物表一目了然地交代了剧中角色的姓名、身份,以及相互之间的关系,帮助观众了解出场人物。剧本人物一览表的方式,从一个侧面证明古希腊角色参与对话是以具体人物的身份,而不是其他任何的抽象符号。这一点与中国脚色的性质不同,生旦净末丑是抽象的指代符号,可以用一对多的方式扮演人物,并且预先帮助戏剧布设人物,因此无须每本戏剧进行专门的人物介绍。除了孔尚任《桃花扇》别出心裁开具了一张脚色人物表外,中国古代戏剧没有一部总账式人物介绍的戏剧。但这种方式在西方戏剧中一直延传下来,成为所有剧本的写作惯例。后世戏单上的人物表,也可以看作是西方戏剧人物介绍传统衍生出来的伴随文本,提供了诠释角色的特有文本空间。有的剧作家不避繁琐,将剧中人物尽列其上。像19世纪法国剧作家罗斯丹创作的《西哈诺·德·伯热拉克》一剧,光列在戏单上的人物就有五十四个。[①] 在这里演员—角色—人物呈现出一一对应的关系。

在实际演出中,西方戏剧演员扮演角色也偏向强调人物的个体,哪怕类型角色也会在一般性中凸显人物具象的特征。古希腊戏剧时期,角色表演是戴着面具的。面具本来是一种凝固形象,具有一般符号的性质。但古希腊戏剧面具尽量扩大面具种类,使之能够覆及更多的、更细致的人

---

① [英]威廉·阿契尔:《剧作法》,吴均燮、聂文杞译,北京:中国戏剧出版社,2004年,第68页。

物对象。公元 2 世纪古希腊学者尤里乌斯·包鲁克斯记载了 75 种希腊悲喜剧面具,按照老年男人、年轻男人、奴隶、妇女做了分类。以悲剧中的年轻男人面具为例,"有一般的、卷发的、更卷发的、漂亮的、可憎的、次可憎的、苍白的、次苍白的",这些面具指代不同年纪、身体状态与性格的年轻人,下面列出它们与人物之间的对应关系:

一般的面具:最年长,头发乌黑,皮肤黝黑,气色好,无须

卷发的面具:头发浓密,面孔丰满,面色发黄,拱眉凶相,性格粗暴

更卷发的面具:年龄略小,其他与卷发的没有差别

漂亮的面具:紫蓝色头发,皮肤白皙,活泼快乐,适宜演美丽的阿波罗

可憎的面具:头发黄色,强壮,冷酷,阴沉,丑恶,演黄发的随从

次可憎的面具:比可憎的年轻瘦长,也是随从之一

苍白的面具:头发蓬乱,较瘦弱,病态的,适宜表现鬼魂或受伤者

次苍白的面具:面色苍白,其余像一般的年轻人,适宜表现病人或情人[①]

面具用头发颜色、面孔色泽、面相美丑,尽量细致地反映年轻男性之间的区别,对于同类性质的人物也做了主、次分类,这说明面具对人物阐释侧重具体差异性,其符号意义所指是有限的。有的面具干脆直接特指某个人物,长角的阿刻泰翁,盲者菲纽斯或泰米利斯,脸上长满斑点的泰洛,以及阿喀琉斯、欧伊普等等,还有一些特定概念的面具,如时间、信念、妒忌、欺骗、正义等,在剧中他们也以角色的身份登场。

面具的形象,不仅关注外在面貌形象,而且反映了人物的内在性格。面具用颜色、色泽、美丑等静态面部塑形,寓示了活泼的、文弱的、粗暴的、阴沉的、冷酷的内在性格差异。这与中国传统戏剧脚色的面部造型方式也有类同之处,净、丑以丑貌示恶性,生、旦以正貌示善性。但是,"脚色"的核心在于类型表演,除了面貌的符号意义,更注重身体演示的符号意义和艺术表现,西方戏剧角色的本质内涵为人物的气质性格。脚色侧重符

---

① [古希腊]包鲁克斯:《谈布景、机器和面具》,阿道尔夫·阿庇亚等著,吴光耀译:《西方演剧艺术》,上海:上海文化出版社,2002 年,第 6—7 页。

号的能指性,强调怎么演人物;角色侧重符号的所指性,强调演了什么样的人物。

二、角色类型叙事传统

西方戏剧对人物性格的重视,自亚里士多德《诗学》便已深植根柢,他所提出的"悲剧六要素"中,"性格"仅次"情节",位列第二重要地位。亚氏认为,悲剧人物性格之刻画有四个标准:1.摹仿比常人要好的人;2.性格适宜人物身份;3.性格与原型相似;4.性格前后一致,如有变化,也应寓不一致于一致之中。① 这个标准为后世戏剧奠定了人物创作的基调。贺拉斯《诗艺》步亚里士多德之后,提出了"合式""统一"的原则:"我们不要把青年写成个老年人的性格,也不要把儿童写成个成年人的性格,我们必须永远坚定不移地把年龄和特点恰当配合起来","假如你敢于创造新的人物,那么必须注意从头到尾要一致,不可自相矛盾"。② 继承古希腊、罗马的戏剧理论,文艺复兴时期、新古典主义剧作家们,继续以"合式"作为人物类型的标准,如西班牙塞万提斯、维加,法国查普兰、佩尔蒂埃、布瓦洛等,均倡导人物与认定性格相一致,以保证人物的真实性,西班牙剧作家维加甚至洒脱不羁地说:"只要符合真实,我就不管什么理论。相反,死板的理论叫我厌烦。"③

"合式"反映了人的一种类化思维,要求按照恰当的年龄、身份、性格来创作与表演类型人物。在强调"合式"人物的创作观念中,西方戏剧形成了角色类型的表演叙事传统。盛行于亚历山大时代的新雅典喜剧,角色类型现象十分突出,常见人物是老年父亲(脾性怪癖或温和慈祥)、年轻儿子(轻佻或诚实)、狡狯的仆人、花言巧语的媒婆、乐善好施的朋友等,米南德就是创作此种喜剧的高手。我们在古罗马普劳图斯和泰伦提乌斯的戏剧中,也常能看到此类青年人、老年人的形象。贺拉斯《诗艺》描述为"青春热情的少年""好管闲事的乳媪""经验丰富的老人""走四方的货郎",④毫无疑问他们在演出传承中被类型化了。16—18世纪意大利即兴

---

① [古希腊]亚里士多德:《诗学》,陈中梅译注,北京:商务印书馆,1996年,第112页。
② [古罗马]贺拉斯:《诗艺》,杨周翰译,北京:人民文学出版社,1962年,第146页、第143页。
③ 周宁主编:《西方戏剧理论史》(上册),厦门:厦门大学出版社,2008年,第297页。
④ [古罗马]贺拉斯:《诗艺》,杨周翰译,北京:人民文学出版社,1962年,第143页。

喜剧是一种假面戏剧。面具可以非常清楚地辨识人的身份与特征,如贪婪好色的老年商人,机智有趣的仆人,不学无术的书呆子,伶牙俐齿的女仆,折腾逗笑的小丑 Zanni 等。黄佐临曾把意大利即兴喜剧的角色类型与中国戏剧的部分脚色行当做了对应:潘塔隆—老生;博士(老学究)—老生;阿拉金诺—主要小丑;布里盖拉—武丑等,显示出二者高度的相似性。① 双方都有固定的人物性格,固定的表演风格,在情节中有固定的功能位置,而且即兴喜剧有的人物可以一名多用,在好几个戏中出现,说明已经孕育出抽象的符号性。应该说,这类中西戏剧角色类型都是导源于民间底层戏剧,民间戏班因大多时候巡回演出,必须寻找适合流动演出的、短平快的舞台组织手段,角色类型化、程式化无疑是一种快速搭建情节、分配演员表演的高效方式,这一点中西皆然。

直到今天人们仍无法弄清意大利假面即兴喜剧的源头,各种说法歧出,②但这些角色是在欧洲喜剧角色类型的大传统中发展出来,在即兴喜剧退出历史舞台后,这些角色类型又活跃在维加、莎士比亚、莫里哀、哥尔多尼的笔下,菲利斯·哈特诺《戏剧简史》将这种影响力还延伸到查理·卓别林的怪异形象。每一个角色换上了新的服装,新的面容,演绎新的故事,性格模式却没有改变。以西班牙天才剧作家维加为例,他的创作扎根于民间底层戏剧,不少"丑角"性质的仆人形象,就是在笑剧、即兴喜剧的基础上提炼出来的。一方面他吸收原有人物的闹剧色彩,另一方面设置各种故事情境,发挥仆人们的聪明巧智,每每主人们遇到难题时,便安排一位仆人出谋划策,帮助主人脱离困境。《园丁之犬》中贵妇人德安娜爱上了私人秘书苏多罗,可是碍于等级身份差别,不敢公开自己的爱情,仆人为苏多罗编造了贵族家谱,巧妙解决了身份荣誉的问题;③《奥尔梅多的骑士》中年轻骑士阿隆索爱上了美丽姑娘伊内斯,可伊内斯的父亲却要将姑娘许配给罗德里戈,又是阿隆索的仆人设计暗度陈仓,让两人偷偷会

---

① 黄佐临:《意大利即兴喜剧》,《戏剧艺术》1981年第3期,第34—44页。
② 主要说法为:源自古罗马阿特拉闹剧;源自普劳图斯和泰伦斯喜剧中的即兴表演;源自中世纪拜占廷的滑稽戏剧团;源自16世纪早期的意大利闹剧。参见吴光耀:《意大利假面喜剧》,《艺术百家》1987年第1期,第94—102页。
③ [西班牙]维加:《园丁之犬》,朱葆光译,北京:中国戏剧出版社,1982年。

面。[①] 这些仆人充满热情、智慧与活力,性格特点是一致的,也是鲜明而生动的。

角色类型叙事方式影响是广泛深远的。梅耶荷德在1921—1922年演出季的小册子《演员的行当》中制作了一张角色类型表,从古希腊、古罗马戏剧一直梳理到20世纪戏剧,这张系统的表格一目了然地提供了西方戏剧对角色类型的充分运用。即便经典剧作也免不了向类型角色取源,比如莎士比亚的福斯塔夫、本·琼森的伏尔蓬等。不过表格也显示出,角色类型越分越细,评价标准越来越多元,比如根据情感生活划分的角色,如花花公子、交际花、男性恋人等,根据个性特征划分的角色,如淘气鬼、喜欢逗笑和滑稽的人等,[②]角色的精细化,说明了西方戏剧人物个性化的充分发展,人物已经越来越不满足于类型人物的局限,要求重回具象的本位。

三、角色人性探索的创作传统

古希腊戏剧对人物具象性的重视,同时还孕育出角色塑造的另一种传统,那就是努力观照与表现复杂深邃的人性。古希腊戏剧人物总体上以性格统一、鲜明或深刻而见长。他们从古希腊神话故事中汲取养分,天生具有奇崛跌宕的传奇色彩,能够在人与神、善与恶、天命与人力、责任与心性等各种冲突性元素中,展现出强烈的、充满矛盾的个性魅力。像《俄狄浦斯王》《埃勒克特拉》《安提戈涅》《美狄亚》等悲剧主角,已深入到个人的内心深层情感,而不仅仅是公共事件的辩论。演员用大段诗歌诵读内心独白,宣泄人物的痛苦、惊惧与矛盾,哪怕隐匿在面具符号后面,也能察觉到人物极具私人性的一面,聆听到那些难与人言的隐秘情感。这与古希腊戏剧竞赛气氛的鼓励不无关系。剧作家喜欢深挖角色的个体心理,以获得与众不同的艺术效果,菲利斯·哈特诺就认为,欧里庇得斯"有几部是关于不正常心态的研究,他对女性心理学问题也很感兴趣"[③]。

---

① [西班牙]维加:《维加戏剧选》,胡真才、吕晨重译,北京:人民文学出版社,1998年,第223—341页。
② 参见陈世雄:《类型化,还是个性化——试论中国戏曲脚色行当与西方戏剧的角色类型(上)》,《戏曲研究》第85辑,2012年,第61—65页。
③ [英]菲利斯·哈特诺、伊诺克·布雷特:《戏剧简史》(第三版),马楠、石可译,南宁:广西美术出版社,2015年,第18页。

镌刻在古希腊德尔菲神庙门楣上的神谕"认识你自己",象征了古希腊人永不停歇的自体性思考。但这种认识自我的热情,到了宗教神性和蒙昧主义笼罩欧洲的中世纪时期,却一度被神性压抑,我们很少见到类似古希腊戏剧一样深具人性魅力的创作。文艺复兴时期,人文思想又开始激流涌动,冲击了"人类只是作为一个种族、民族、党派、家族或社团的一员"的观念,"人成了精神的个体",①对人性的认识与探索重新回到欧洲戏剧,索福克勒斯在《安提戈涅》中所说"天下奇事虽多,却没有一件比人更奇异",这句话被奉为人文主义者的经典格言。法国布瓦洛呼吁剧作家们探索人性,"人性本陆离光怪,表现为各种容颜,它在每个灵魂里都有不同的特点","作家呵,若想以喜剧成名,你们唯一钻研的就该是自然人性"。②

在这样的创作观念推动下,剧作家将叙事的一大重点放在人的刻画上,力求写出人的性格、人的气质、人的情感、人的思想。可以看到,从文艺复兴到新古典主义时代,剧作家一方面秉承了角色类型的创作传统,另一方面又突破角色类型的性格限制,将"个人的意趣(gusto)"融入进去,带来人物塑造的创新。"意趣"这个术语是由英国文学评论家威廉·哈兹里特发明的,他评论莎士比亚,"莎剧所以能不断创新,全都源自他个人的意趣。这是个取之不尽的源泉。"③"意趣"来自艺术家个人的力量与激情,显现在艺术家创作的人物之中。

例如,英国剧作家本·琼森笔下的伏尔蓬,是一个出色的恶人形象,虚荣、色欲、贪婪、狡诈,种种缺点并存,为了金钱美色,可以毫无愧色地发出"要不是凤凰已经绝种,我肯定也要把它端上餐桌"的宣言,可这个人物同时又浑身洋溢着活力,多情与口才兼具,他用戏剧性的手段,奔泻的雄辩词藻,征服了剧中其他角色,也征服了场外观众。本·琼森恰恰也是一个热烈奔放的人,富有传奇色彩,伏尔蓬的鲜活形象多多少少是自我生命力的投射,使得这个人物走出了单一化的恶人形象,带上了真实的、鼓动性的热力。本·琼森的剧作也从道德秩序层面思考人性的构成。《婚姻

---

① [瑞士]雅各布·布克哈特:《意大利文艺复兴时期的文化》,何新译,北京:商务印书馆,2011年,第143页。
② [法]布瓦洛:《诗的艺术》(增补本),范希衡译,北京:人民文学出版社,2010年,第53页。
③ [美]哈罗德·布鲁姆:《剧作家与戏剧》,刘志刚译,南京:译林出版社,2016年,第30页。

神的假面剧》借用一场婚姻庆典故事,演绎了新柏拉图主义拉普里莫达耶的"三种宇宙"说。本·琼森引入了癖性理论,认为人的存在状态是由四种癖性和四种情感权衡决定的。剧中设置了八个角色代表四种癖性与四种情感,①这些角色既是道德观念的象征表达,也指向宇宙伦理秩序的建立,三重宇宙——人、社会、宇宙之间存在层层相关,相互影响的关系。

　　如果说本·琼森的人物具有表意符号的指喻特征,那么莎士比亚剧中的人物,则具有艾略特所说的"一套更为复杂的情思、欲念,流露出更为柔顺、善感的气质"②。因为烛照了真实幽微的人性,莎翁的人物显得更为复杂,更为立体。英国散文家兰姆认为,莎士比亚戏剧的魅力不在于人物行动,而在于"他们的内心冲动、伟大而反常的头脑的深处,只有这些才是实实在在的东西"③。莎剧中的人物心灵是真正触动我们深思的对象。悲剧《李尔王》中,莎士比亚采用了并不稀奇的三个孩子分遗产的民间叙事套路,可精彩的重点在于复杂人性的拷问。李尔王,一个国王,三个女儿的父亲,试图用政治邦图权衡女儿们的亲情,可迎来的只有虚伪奉承,赶走的却是真心的爱。这个刚愎自用、昏聩专制的人物,到后面被两个女儿赶出了家门,流落奔走在暴风雨的荒野中。他不再是一个权威的君王,只是一个流浪者,一个几近疯狂的悔恨的老人。暴风雨洗礼他的灵魂,他诅咒作恶者:"颤栗吧,你心怀犯罪秘密,逍遥法外的坏蛋!躲起来吧,你血腥的手,用伪誓欺人的骗子、道貌岸然的乱伦禽兽!魂飞魄散吧,你在正直的外表遮掩下,杀过人的大奸巨恶!"他怜悯苦难者:"可怜赤裸的不幸的人们啊,无论你们在什么地方都得忍受这样的无情的暴风雨的袭击,你们的头上没有片瓦遮身,你们的腹中饥肠辘辘,你们的衣服千疮百孔,怎么抵挡得了这样的天气呢?啊,我一向太没有关心这种事情了!"暴风雨继续不止,进而让他反思人性的本质:"难道人不过是这样一个东西吗?想一想吧,你不欠蚕一根丝,不欠野兽一张皮,不欠羊一片毛,也不欠麝猫一点香料。嘿!我们这三个人都已经让衣服遮蔽了本来的面目,只有你保全着原形,没有文明装饰的人不过是像你这样一个寒伧的、赤裸的、两

---

① 王永梅:《本·琼森宫廷假面剧与自我作者化研究》,北京:科学出版社,2015 年,第 59—66 页。
② [美]哈罗德·布鲁姆:《剧作家与戏剧》,刘志刚译,南京:译林出版社,2016 年,第 182 页。
③ 杨周翰编选:《莎士比亚评论汇编》(上),北京:中国社会科学出版社,1979 年,第 172 页。

条腿的动物。"①这一段暴风雨中的激烈陈词,审视着人间的满目疮痍,苦痛、罪恶、背叛、欺骗,在这里一切身份没有区别,剥去了文明的外衣,人只剩下赤裸裸的本来面目,人到底是什么,伴着雷声阵阵,李尔王的呼喊也在拷问着世人。李尔王最后死去了,他的死去或许是最初昏聩的惩罚,但也表明人性难以经受考验的脆弱本质。莎士比亚强调人物的内在矛盾与精神力量,用丰富的情感,天才的想象,熔铸每一个人物,致力探察人的多面性,哈姆雷特的犹豫与责任,麦克白的恐惧与疯癫,奥赛罗的信任与妒恨,如同多棱镜一样,折射出人性迷幻的色泽。歌德把莎士比亚戏剧比作"一个美丽的百像镜",从中人们可以看到自己,"辨认出人物的血统渊源"。②"我们就是哈姆雷特","我们就是李尔王",这些来自后世观众的声音,正说明莎士比亚戏剧人物普遍的、永恒的价值意义。

20世纪初西方现代戏剧继续光大了戏剧探索人性的传统。英国小说家伍尔夫说:"对于当代作家来说,……关心的对象是没有被认识的深层的心理。"③不但小说创作如此,戏剧领域同样在创造着"心灵的戏剧"。瑞典剧作家斯特林堡的心理自然主义戏剧,旨在描写"比较动摇、破碎、新旧混杂"的人物。④比利时剧作家梅特林克提出"静剧"理论,要跨越语言物质性的屏障,深入人的内心生活,发现隐藏在日常对话背后的人与他的命运之间永不停息的庄严对话。⑤俄罗斯戏剧家契诃夫的心理剧,则实现了他所提出的"全部含意和全部的戏都在人的内部,而不在外部的表现上"的戏剧理念。⑥美国剧作家奥尼尔也在契诃夫的心理剧的影响下,用戏剧探求人的精神、欲求与行为动机,并用了大量舞台手法将心理活动外化。到了表现主义戏剧、象征主义戏剧、荒诞派戏剧阶段,对人的心理关注逐渐从自然主义变为抽象符号的表达,戏剧中的"人物被剥离出来,他

---

① [英]莎士比亚:《莎士比亚全集》(6),朱生豪、孙法理等译,南京:译林出版社,2016年,第56—61页。
② 杨周翰编选:《莎士比亚评论汇编》(上),北京:中国社会科学出版社,1979年,第291页。
③ [苏]乌尔诺夫等:《关于二十世纪文学的论争》,雷光译,北京:外国文学出版社,1991年,第357页。
④ [瑞典]斯特林堡:《朱丽小姐》"前言",《外国现代剧作家论剧作》,北京:中国社会科学出版社,1982年,第180页。
⑤ [比]莫·梅特林克:《卑微者的财富》,郑克鲁译,《文艺理论研究》1981年第1期,第127—136页。
⑥ [俄]契诃夫:《契诃夫论文学》,汝龙译,合肥:安徽文艺出版社,1997年,第384页。

们只是赤裸裸的本质,人物常常是抽象化的,是指向论争主要原则的类型"①。面对现代社会日益扩张的机械文明,人不断地被物质异化,被社会同质化,丧失个性,戏剧仍在坚持用各种方式寻找人与生命攸关的心理体验,用种种角色人物的塑造,拓宽人们对人性本质与生命形态的认识。

第三节　角色与脚色的人物表演

中西戏剧无论角色还是脚色,都属于代言体表演,需要依靠演员身体来完成人物塑造,二者都是从故事指向舞台的。但由于分别生长于不同的舞台传统,二者表演形式与特征互不相同。

一、自由与限制

西方戏剧中,演员直接进入角色扮演,摹仿角色言行。一个演员可以进入多个不同性格、不同身份的人物,无须过多受到角色表演类型的强力制约。这个扮演传统滥觞于古希腊戏剧时期,参加酒神节竞赛的诗人们,每部戏只能分到三个演员来承担所有剧中人物的扮演,每每演员分身乏术时,便依靠服装面具来以一抵多,化解角色众多的压力。② 亚里士多德对于这样的形象扮演似有微词,认为外观形貌(opsis)"虽能吸引人,却最少艺术性,跟诗艺的关系也最疏",因为依靠的是"服装面具师的艺术",③ 而非演员本身的表演技艺。但毋庸置疑,这种方式使得演员拥有了相对较大的自由度,可以灵活穿梭在各个角色里,出演面目各异的人物。文艺复兴时期,当时英国剧团中演员人数也不多,有的甚至只有几名演员,仍然采用一个演员多个人物的办法,节省演员的人力。④ 18世纪英国戏剧演员约翰·米尔斯在特鲁里剧院主演过70部戏,扮演其中50个不同角色,同时可能在另外10出戏中扮演一些次要角色。米尔斯曾经连续12天在不同戏剧中扮演12种不同角色,而且在随后的12天里又扮演了11

---

① [英]R.S.弗内斯:《表现主义》,艾晓明译,北京:昆仑出版社,1989年,第67页。
② [瑞士]阿道尔夫·阿庇亚等著:《西方演剧艺术》,吴光耀译,上海:上海文化出版社,2002年,第2页。
③ [古希腊]亚里士多德:《诗学》,陈中梅译,北京:商务印书馆,1996年,第65页。
④ 廖可兑:《西欧戏剧史》(第3版)(上),北京:中国戏剧出版社,2001年,第144页。

种角色,其中9种是不同的角色。演员这种角色扮演的情况是当时演出季中常有的,像戏剧名角罗伯特·威尔斯克,不但作为剧院经理人要管理剧院事务,还要在演出季上演140场演出。[①]

这在中国传统戏剧是不可想象的。中国传统戏剧演员必须经过脚色这道中间关卡,才能站到人物面前。脚色是由一套表演符号要素组成,涵盖了演剧的方方面面。其中心媒介为演员身体,包括肢体动作、面部表情、唱念声音等;辅助媒介为身体的延伸物,包括化妆、服饰、道具、音乐等,主要用于辅助演员身体的表演。为了强化意义表达,这套符号经过不断细化、美化与组合,融入戏剧演、服、化、道等各个环节,逐渐搭建起一整套严整规范、琐碎庞大的脚色符号表演体系。一个演员必须从小分属脚色,从本行当的四功五法练起,直至熟练掌握该行当表演体系,能够以行当身份站上舞台,这个时间跨度可能是几年,也可能是十几年。戏曲俗语"台上三分钟,台下十年功",充分说明行当表演练习之不易。当演员习成之后,很难再跨入其他行当的表演。他们已经归属固有的表演类型,老旦有老旦的唱腔身段,武生有武生的武打动作,虽然可以反串,却不能成为常规表演。由于表演类型稳定对应了某种人物类型,这决定了演员无法自由游弋于不同的人物角色中。演杜丽娘的难以演杜母,演黑头包拯的难以演老生诸葛亮,脚色的符号体系规定了演员可以在同类型人物中选择,却不能大跨度的串扮,其生成人物的自由度远远小于西方戏剧演员。

二、自然摹仿与写意表达

在中西方戏剧中,舞台表演都借助了演员身体,重视对演员身体的运用。然而,在身体符号的表达形式上,中西戏剧互有差异。西方戏剧倾向演员对人物的自然摹仿。古希腊戏剧时代,亚里士多德提出戏剧行动摹仿论,主张自然,反对矫揉造作。柏拉图认为"摹仿是一个程序或过程,通过它,试图摹仿的一方努力使自己'像'或'近似于'被摹仿的另一方"[②],演员表演性摹仿就是在不断接近人物,高度摹仿人物的"形",比起叙述性摹仿更为直接与生动,更能使人进入幻觉状态。古罗马新柏拉图学派代

---

① [英]西蒙·特拉斯勒:《剑桥插图英国戏剧史》,刘振前、李毅、康健主译,济南:山东画报出版社,2006年,第110页。

② [古希腊]亚里士多德:《诗学》,陈中梅译,北京:商务印书馆,1996年,第209页。

表普洛提诺认为摹仿包含了理性原则,"艺术不仅仅是复制可见之事物,而是追本溯源至理性原则那里,自然本身也是来自这些原则的"①,进一步从哲学层面巩固了摹仿论的合理性。公元4世纪罗马语法学家朵纳图斯提出了"镜子"说,他在《论喜剧》中引用西塞罗谈喜剧的话,认为喜剧是"生活的摹仿,性格的镜子,真理的形象",这句话在文艺复兴时期颇为著名。②

戏剧摹仿论深刻影响了西方戏剧的表演。莎士比亚从自然论引发,认为现实生活是戏剧的基础,人物的台词与动作需要合乎常识,不要浮夸。他在《哈姆雷特》中,借着哈姆雷特对一个演员说:"请你念这段剧词的时候,要照我刚才读给你听的那样子,一个字一个字打舌头上很轻快地吐出来;要是你也像多数的伶人们一样,只会拉开了喉咙嘶叫,那么我宁愿叫那传宣告示的公差念我这几行词句。也不要老是把你的手在空中这么摇挥;一切动作都要温文,因为就是在洪水暴风一样的感情激发之中,你也必须取得一种节制,免得流于过火。"③节制的表演更贴近现实生活中人的真实状态。狄德罗也反对路易十四时代法国戏剧舞台上固定规范与约定样式,他大声呼吁:"真实!自然!学习古人!学习索福克勒斯!学习他的菲罗克忒忒斯!诗人将菲罗克忒忒斯搬上舞台,他倒在洞口,身上穿着破烂的衣衫,在地上打滚。他感到一阵剧痛,他号叫,发出含糊不清的声音。布景是粗野的,剧中不讲排场,只有真实的声音,真实的语言,简单而自然的剧情。"④狄德罗呼吁演员继承古希腊自然摹仿的传统,拒绝不真实的、夸张的表演。19世纪斯坦尼斯拉夫斯基同样提倡表演真实:"演得真实也就是说,要演得合乎情理,讲逻辑,前后连贯。要跟你的角色感同身受,要融入角色中。"⑤演员需要体验角色,沉入到角色内心。总而论之,西方戏剧强调用生活体验表演人物,总体呈现逼真写实的表演风格。

我国传统戏剧则独造出"脚色"符号,以类型表演的方式塑造人物。

---

① 转引自周宁主编:《西方戏剧理论史》(上册),厦门:厦门大学出版社,2008年,第245页。
② 同上书,第231页。
③ [英]莎士比亚:《莎士比亚全集》(5),朱生豪、孙法理等译,南京:译林出版社,2016年,第333页。
④ [法]狄德罗:《狄德罗美学论文选》,张冠尧、桂裕芳等译,北京:人民文学出版社,2008年,第70—71页。
⑤ [俄]斯坦尼斯拉夫斯基:《演员自我修养》,刘杰译,武汉:华中科技大学出版社,2015年,第16页。

这种艺术呈现方式,强调身体符号的象征表达,化繁为简,化实为虚。脚色也是以人物摹仿为基础,需要"入乎其内,故有生气"地刻画人物,即摹仿人物身份、气质、性格、情态的形象特征,做到"设以身处其地,模写其似"。① 除了形似,脚色还欲建构起与人物之间的深度关系,"欲代此一人立言,先宜代此一人立心"②,使人物吹气生活,郁郁勃勃。但脚色本质上是一种特定符号,它的人物摹写是类型化的、程式化的,与西方戏剧角色具象、真实的摹仿方式不一样,旨在提炼出生活中的人物共相,凝结为一个个的美学类型表演,用强烈、鲜明的表演技术(主要是歌舞艺术)装饰人物,使人物超越自然写实的形象摹仿,上升为充满灵韵、抒情写意的身体艺术表演。在脚色体制之中,演员身体表演艺术臻至极境,"四功五法"的表演体系全面开发了演员身体各个部位的表演技能,唱念做打,手眼身法步,无所不用其极。即便身体延伸物,也化为演员身体演示的一部分,昆曲《游园惊梦》中杜丽娘、春香上下翻飞的扇子,晋剧《吕布戏貂蝉》中吕布一双充满情欲的翎子,都借助了演员的身体动作,灵动地诠释了人物的内心。脚色载歌载舞的美学程式,拉开了与人物真实的距离,呈现出"出乎其外,故有高致"的写意艺术表达。③

三、演人物与演脚色

脚色属于抽象的符号,角色属于具体的人物个体。中国戏剧脚色用既定的、抽象的表演符号对应具体人物,而西方戏剧角色则强调用去符号化的直接表演对应具体人物,二者表演性质与方式的不同,决定了所表演对象呈现出相当的差异。

西方戏剧中,角色对应的是人物,一个演员不需要经过高度艺术化的多重媒介符号修饰,便可以直接进入角色,也就进入了剧中的人物。所以,从演员到角色再到人物,三者之间不存在过多的中间符号转换。演员摹仿角色,进入角色,拥有很大的自主性与自由度。某种程度上,演员表演的高度决定了角色的高度。莫里哀在1663年创作的喜剧《凡尔赛即

---

① (明)王骥德:《曲律》,《中国古典戏曲论著集成》(四),北京:中国戏剧出版社,1959年,第138页。

② (清)李渔:《闲情偶寄》,《中国古典戏曲论著集成》(七),北京:中国戏剧出版社,1959年,第54页。

③ 王国维:《人间词话讲疏》,许文雨编著,北京:当代中国出版社,2015年,第41页。

兴》中，生动展现了一台戏剧的编排场景。剧中莫里哀以编剧、导演的身份出场，教导每一个演员要好好研究自己表演的人物，认真抓住人物的特点，"把你们自己当做你们所演的人"①。为了帮助演员掌握角色性格，莫里哀会提前把角色的性格全告诉演员，以便让演员牢牢铭刻在心中。②狄德罗也认为演员需要钻研角色，而且这种钻研来自自身长期的、理智的思考，不是一时的灵感闪现，他提出"理想范本"说，"是指剧中人的行动、言词、面容、声音、动作、姿态与诗人想象中的理想范本保持一致"，③演员需用心提炼，寻找角色定位，在排练中把它当作模特，用声音、肢体、神情反复打磨，以期创造完美角色。尽管不同演员有不同的表演方式，有理智型的，也有冲动型，未必如狄德罗所说，按"理想范本"创造角色就要熄灭灵感的火焰，但优秀的演员的确有共通之处，总能释放自己的摹仿力、想象力与创造力，沉浸入角色的内心，深入表现人物的内心活动与思想感情，让角色在舞台上活动起来，变得有血有肉。

当然，西方戏剧演员也不完全受控于自身。作为戏剧舞台的一部分，他们也需要服从戏剧舞台的表演传统。舞台演出是重复的艺术，不断重复上演，很容易形成一定表演规范，演员表演亦有章法程式可循。这在古典主义戏剧表演表现得最为突出。古典主义戏剧追求舞台形式，演员表演有一定程式规则。他们喜欢用高亢的、抑扬顿挫的朗诵腔调，规定的肢体动作，"待在舞台上不动，采取固定的程式，不注意表情"④。斯坦尼斯拉夫斯基有一大段文字仔细描述这种程式表演规范："这种既定的表演手法有些俨然成了传统，并且一代一代地传了下来了。比如，手捂胸口来表达爱意，大张嘴巴来暗示此人已经死去等。""他们有特殊的说念台词、发声与吐词的方法（比如，在角色戏份的关键时刻，采用舞台腔的颤音，或者特别的装饰音等夸张手法来凸显高音或是低音）。在形体、手势、动作方面也有一些不同（匠艺演员在舞台上不是好好地走路，而是昂首阔步）。有表达人类情感和情绪的方法（嫉妒的时候咬牙切齿翻白眼，哭泣的时候

---

① ［法］莫里哀：《莫里哀戏剧全集》(2)，肖熹光译，北京：文化艺术出版社，1999年，第115页。
② ［法］乔治·蒙格雷迪安：《莫里哀时代演员的生活》，谭常轲译，济南：山东画报出版社，2005年，第110页。
③ ［法］狄德罗：《演员奇谈》，张冠尧、桂裕芳等译：《狄德罗美学论文选》，北京：人民文学出版社，2008年，第265页。
④ 廖可兑：《西欧戏剧史》（第3版）（上），北京：中国戏剧出版社，2001年，第143页。

双手掩面,绝望的时候撕扯头发),有摹仿社会各阶层形形色色不同的人的手法(农民随地吐痰,用衣角直接擦鼻子;军人踢响马刺;贵族玩弄长柄眼镜),还有表现时代印记的方法(歌剧式的手势暗示中世纪,舞动双脚的走姿代表18世纪)。这种现成的机械表演方法通过不断的练习很容易被演员掌握,慢慢就变成了他们的第二天性。"[1]斯坦尼斯拉夫斯基把这种程式表演称为"橡皮图章法"的"匠艺表演",演员机械复制旧有模式,哪怕表达角色情感,也是在模式框架之中。这种表演程式有些类似中国戏剧的脚色符号表演,都是为了让角色从形形色色的人中浮凸出来,帮助演员与观众快速定位角色属性。但二者根本性质上又是不同的。匠艺表演属于机械式的程式表演,不属于艺术审美化的类型符号,它外在复制舞台留下来的面部表情、声音、肢体,缺乏艺术美的形式与内涵,而脚色表演符号则是美化了的艺术符号,包含了歌舞、音乐、服饰等各种美学形式元素,充满了灵动的、丰富的美学意味。

我们当然也认识到,中国传统戏剧中每一个演员、每一个人物都已被脚色符号化了,是在脚色符号的指挥棒下,联翩而动。脚色限制了演员的人物扮演,将人物约束在表演符号框架之内。这就是为什么人们会产生戏曲人物"脸谱化"的刻板印象。学界曾经发生过戏曲到底演的是"行当"还是"人物"的争论。比如,邹元江先生认为戏曲并不扮演人物,而是在"表演行当",康保成先生认为戏曲有扮演人物的传统,行当中包含了人物性格。[2] 我们以为,这不是一个二选一的问题。如同西方戏剧演员与人物是一体的关系,中国戏剧中人物与行当也是密不可分的一体存在,演员既演行当,也演人物,换而言之,演的是活在行当中的人物。

一方面,中国传统戏剧中的人物被打上了脚色类型符号的鲜明烙印,它具有表演类型的符号本质,又具有形象类型的人物属性,人物处在预设好的表演程序中,形象不够灵活,缺乏自由演绎的深度,这一点在前面已有讨论。但我们同时还要看到,活在脚色符号中的人物,因为符号本身的象征写意,仍然有一定创造性的表演空间。京剧著名老生谭鑫培说:"演

---

[1] [俄]斯坦尼斯拉夫斯基:《演员自我修养》,刘杰译,武汉:华中科技大学出版社,2015年,第24页。

[2] 邹元江:《梅兰芳的"表情"与"京剧精神"》,《文艺研究》2009年第2期;邹元江:《解释的错位:梅兰芳表演美学的困惑》,《艺术百家》2008年第2期;康保成、陈燕芳:《戏曲究竟是演人物还是演行当?——兼驳邹元江对梅兰芳的批评》,《文艺研究》2017年第7期。

唱时要逼真,但过分逼真也会缺乏意趣。所谓'不像不是艺,全像不算艺'。"①脚色符号与人物若即若离的关系,反而使得表演获得了"妙在似与不似之间"的意趣,在保证脚色对于人物基本意义传达的基础上,演员可以因"事"制宜,适度调整脚色的演出方式。例如,京剧武生杨小楼出演《野猪林》中的林冲,一般演法是大甩水发,表现林冲内心的凄苦,但杨小楼认为这样固可通过技巧博得观众叫好声,但不利于人物表现,会造成林冲哀相尽露,有损英雄气概,因此他改为"趋步坐地,紧跟着咬咬牙根挺起身来","左右倒腿蹦子"的演法,②显示出不屈不挠的人物精神。京剧名家荀慧生演《红楼二尤》,在一本戏中大胆尝试了两个行当,"前部是花旦应工的爽朗活泼的尤三姐,后部是以闺门旦应工的善良柔弱的尤二姐"③,突破了京剧行当之间严格的界限。如果本行脚色不利人物,还可以改用其他行当。昆曲《玉簪记·琴挑》一出中的陈妙常,早期昆剧舞台用贴旦应工,可是贴旦风格较为活泼,不太吻合这出戏陈妙常矜持稳重的性格,后来昆曲舞台改为闺门旦,整体风格变得含蓄婉转,将少女情窦初开,又不敢言说,努力克制爱情的微妙心理,表现得细腻动人。可见,脚色程式并不僵化,会主动贴合人物,应合人物的诉求。这也是脚色表演人物的持久魅力所在。

第四节 名角制叙事与导演制叙事

中国戏剧的名角制与西方戏剧的导演制,都是中西戏剧特定发展阶段的产物。作为戏剧制作与运行的模式体制,前者盛行于 20 世纪初,后者时间更早一些,约在 19 世纪末。二者都是应合演剧艺术不断提升的需求而出现。本节意在对比二者主导制下戏剧叙事的异同。

一、中国名角制的戏剧叙事

名角制是脚色制发展过程中的独特产物,是脚色表演技艺极度发展

---

① 李名正、李卓敏:《谭鑫培的唱》,《说谭鑫培》,北京:中国戏剧出版社,2010 年,第 108 页。
② 曲六乙:《一代武生宗师杨小楼》,《戏曲艺术》1983 年第 4 期,第 44 页。
③ 荀慧生:《荀慧生演剧散论》,上海:上海文艺出版社,1963 年,第 143 页。

的结晶。它的出现给中国传统戏剧叙事带来了新的独特景观。我们先来了解一下什么是名角。名角，俗称"角儿"，是指表演能够独树一帜，产生一定影响，叫得上座的戏剧演员。在班社组织中，名角一般为班社老板，是整个班社运营的中心，当仁不让的台柱子。名角制大盛于民国，由著名京剧老生谭鑫培开其先河，迄今已有百余年时间。

名角形成的根柢在于表演，有他人所不及之特长，乃至能独开一派。像京剧四大名旦、前四大须生、后四大须生，均开创了属于自己的唱做流派，为后人所仿效。为了彰显名角的表演特色，名角制班社会从各个方面加以打造，旧戏班里有"硬件私房"与"软件私房"之说，[①]从服饰化妆到舞台布置，从乐队伴奏到配角、龙套，调配各种舞台要素包装名角，放大"角儿"的独份光彩。剧本创作也是必要的配件之一。名角会有意识扶植自己的创作班底，梅兰芳有"梅党"，程砚秋有"程党"，周信芳有"移风社"，马连良有"扶风社"等，一批文人围绕着名角，量身打造名角的代表剧目。

名角制下的剧本创作原则，可一言概之为"事托角"，即故事编演必须烘托名角的演艺特长。在故事选材上，编创者会选择合适的故事人物，配合名角擅演的行当表演。京剧武生盖叫天身段极佳，擅长打斗，他的戏多选自《水浒传》武松故事，主要挑出武松"打""杀"的情节，如《打虎》《狮子楼》《十字坡（打店）》《快活林》《鸳鸯楼》《蜈蚣岭》等，力求展现武生行当扑跌翻打的能力，盖叫天也因此获得"活武松"的美誉。梅兰芳不同时期的代表剧目亦辅翼了其行当气质的发展。前期《嫦娥奔月》《天女散花》《麻姑献寿》《黛玉葬花》等剧，多选自仙话、小说题材，故事中的女性人物诗意仙气，有助于烘托梅兰芳甫登舞台时的清逸空灵；中期接连推出的《霸王别姬》《西施》《洛神》等剧目，题材本诸历史故事，女性人物"空灵与华贵的交融"[②]，投射出梅兰芳渐趋凝重深沉、气度华贵的旦行气质。

在情节处理上，名角戏注重集中线索，不枝不蔓，围绕核心人物叙事。不少名角戏改自旧戏本子，为烘托中心人物，常常删繁就简，删去原有其他角色的戏份。荀慧生的《红娘》一剧，参照了王实甫《西厢记》与昆曲《拷红》来编写，是"以红娘一角为主"[③]。编写者削减了原有剧作中的很多情

---

① 完恩全：《"角儿"琐谈》，《艺术百家》1990年第3期，第57页。
② 王安祈：《"乾旦"传统、性别意识与台湾新编京剧》，《文艺研究》2007年第9期，第98页。
③ 荀慧生：《荀慧生演出剧本选》，上海：上海文艺出版社，1982年，第453页。

节,浓缩为八场:惊艳、许婚、悔婚、琴心、传柬、逾墙、佳期、拷红。这八场戏,要么是原作中红娘的重头戏,要么是有红娘参与的场次,但原有地位不是很突出,改编本中增加其戏份,淡化原主角的戏份。这样一来,崔张情事沦为故事背景,情节聚拢在红娘一人身上,由其催动情节,把持全局,定夺乾坤,整体节奏凝练而畅快。由于名角戏故事人物集中,大多场次时间不是太长,如梅兰芳《贵妃醉酒》只有两场戏,周信芳《徐策跑城》只演半个小时左右,被称为"半出戏",整个叙事场面侧重精简紧凑。

剧本编创者还会特别在情节内容中加重名角表演特长的"看点"。角儿善唱、善念,多考虑安插人物的唱段或念白;角儿善打,多放入打斗的场面;角儿善做,多安排突出身段动作的情节;角儿善笑谑,多加点科白闹戏的调料。总之,要让表演成为情节编排的主导,让"事"随"演"走。翁偶虹为程砚秋编写《锁麟囊》时,便体现出这样的创作方式。该剧由程砚秋选事,翁偶虹编写。写完后,两人再予商讨。据翁氏记载,程砚秋请他根据自己的表演特色,斟酌唱词与身段:

> "您看这一场的[西皮原板]是不是把它掐段儿分做三节,在每一节中穿插着赵守贞三让座的动作,表示薛湘灵的回忆证实了赵守贞的想象,先由旁座移到上座,再由上座移到客位,最后由客位移到正位。这样,场上的人物就会动起来了。"程先生的建议,不仅生动地说明了场上的表演,更大可升华剧本,深化人物,我欣然接受,遵议照办。程先生又接着说:"几段唱词,您也再费点笔墨,多写些长短句,我也好因字行腔。"我正想着如何写法,不觉皱了皱眉。程先生却说:"您不必顾虑,您随便怎样写,我都能唱。越是长短句,越能憋出新腔来。"我正想就这个问题向他请教请教旦角唱腔的规律,程先生又似乎心照不宣地说:"您写的唱词,都合于旦角的唱法,而且合于我的唱法。从唱词上,我看出您是懂得旦角唱法的,您就按这个路子,在句子里加上一些似不规则而实有规则的长短句,有纵有收,有聚有散,看似参差不齐,其实还是统一在旦角唱词的句法规律上。我不会没有办法唱!"我急忙说:"是不是就像曲子里的垫字衬句一样?不悖于曲牌的规格而活跃了曲牌的姿态!"程先生轻轻地拍着手说:"对极

了！您既会填词制曲,写戏词还有什么问题!"①

程砚秋的修改建议十分到位。赵守贞"三让座"的艺术处理,不但令情节变得富有层次,场面活了起来,更为重要的是,可以扬己之表演所长。程派表演最大特点在于唱腔吞咽宛转,若断似续,收发自如,极为耐听,翁偶虹写的唱词原本是规矩的十字句,但程砚秋希望"句子里加上一些似不规则而实有规则的长短句,有纵有收,有聚有散,看似参差不齐",意在用破格的唱词打破原有规则,以便"憋出新腔"。现在我们听到的女主角薛湘灵一大段【西皮原板】转【西皮流水】的唱腔,在规则十字句中增加了四次"垛句",正是缘于程砚秋移用了【二黄原板】加长垛句的唱腔技法,使得唱腔旋律舒展而又紧凑,整齐而又错落,与自己擅长的唱法相映成趣,亦将人物从拘谨畏怯到娓娓道来的叙述情态,刻画得淋漓尽致。

名角制下的剧本创作,是为"挂头牌"的声名而作,为演剧市场而作,故而各方精雕细琢,锐意改革,出了不少艺术精品。但也要看到,这种创作方式是特殊演剧环境中的特殊产物。其唯名角是瞻,只突出名角一人,围绕单一行当组织叙事,围绕名角技艺大肆渲染,相当于是将传统戏剧多脚色制的演出,退回到一种与元杂剧相类似的单脚制。在这种编演观念下,其他脚色的叙事分量很自然受到挤压、削弱。张肖伧谈到名角的编排本戏:"在梅剧中,千篇一律惟梅独尊,而其余一切的剧中人物,都列于配角和零碎的份儿。其余程砚秋编的戏,也是如此;荀慧生、尚小云编的戏,依然如此,朱琴心、徐碧云的戏,何尝不是如此?"②在名角戏中,我们能看到大放异彩的红娘,却看不见崔莺莺的灵心慧质(京剧《红娘》);能感受贵妃醉酒的苦闷压抑,却无法知晓唐明皇对于贵妃的情感(京剧《贵妃醉酒》);能体会张慧珠的贤惠关爱,却少见其他配戏人物深入的情感互动(京剧《荒山泪》)。在名角制班社中,配戏者均为二路、三路或龙套的演员,始终活在头牌演员的光影之下。他们为叙事纲线服务,为名角配戏服务,自身形象黯然了不少,这的确是名角戏剧本叙事之最大不足。

二、西方导演制的戏剧叙事

再来看导演制。导演制来自西方戏剧,看似不属于角色探讨的范畴,

---

① 翁偶虹:《知音八曲寄秋声》,《翁偶虹编剧生涯》,北京:同心出版社,2008年,第129—130页。
② 张肖伧:《皮黄的将来》,蒋锡武主编:《艺坛》第3卷,上海:上海教育出版社,2004年,第17页。

但实际上为角色塑形是导演基本工作之一,导演制的产生也是演员地位增强的结果,导演制与名角制都产生于近现代戏剧繁荣时期,是戏剧演剧水平日益提升的结晶。不妨在此进行对比性的审视,在相互照映中发现中西戏剧叙事形成的原因与特点。

何谓"导演"? 格·尼·古里叶夫在《导演学概论》中下了一个定义:"它是行动的一种组织工作,它的任务是以舞台的手段来表现剧作中的思想。"[1]戏剧自产生之日起,就存在相关的组织工作,隐性导演实际伴随着每一个剧本的产生。古希腊戏剧的"合唱教师"负责排戏、歌唱舞蹈指挥;中世纪宗教神秘剧的"管事人"负责布置布景道具,一手拿着清单,一手拿着木棒,调度指挥;文艺复兴时期,宫廷戏剧的"舞蹈指挥""美术家"要考虑整台演出效果。[2] 中国戏剧历史上,宋代杂剧的"班头"、明清戏班"班主"、家乐家班"主人"等,也都属于隐性导演。他们都是真正意义导演的前身。

有赖于文艺复兴以来职业演员队伍的壮大,演员也进入了导演行列。一开始有的演员不满足受控于剧院老板,寻求合股经营自己的剧院。18、19世纪,欧洲有不少著名演员,如加立克、肯布尔、麦克里迪、查尔斯·凯因等,成了剧团的经理人,他们组织演出,分派演员,参与了导演性的工作。[3] 当明星演员加入导演工作后,他们用丰富的表演实践经验带动戏剧演出,促使戏剧表演整体水平的提升。我国戏剧的"名角制"实际就属于这种"演员导演"模式:名角既是演员,也是戏班经营者,还参与戏剧剧本、舞台的编创,身兼数职。然而,这种演出组织方式为了制造明星效应,方方面面围绕名角布局,用个人表演取代了整体效果,实际不利于戏剧综合艺术的全面表现。吴光耀认为"明星制"与"导演制"是势不两立的两种形式,[4]前者凸出个人,后者强调整体。西方戏剧最终没有走上明星演员中心制的路子,而是由此发展出专门的导演制。第一位现代意义的导演德国梅宁根公爵乔治二世(1826—1914),十分不满当时德国舞台表演的松散,运用一国之尊的个人权威,在梅宁根剧团实施改革,大幅降低明星

---

① [苏联]格·尼·古里叶夫:《导演学概论》,王爱民等译,西安:陕西人民出版社,1983年,第20页。

② 同上书,第22页。

③ 吴光耀:《西方演剧艺术·代序》,吴光耀译:《西方演剧艺术》,上海:上海文化出版社,2002年,第7页。

④ 同上书,第7页。

演员的突出地位,强调演员个人服从整体,突出表演艺术的整体性。① 梅宁根公爵的戏剧,标志着导演作为戏剧总设计者、总调度者身份的真正出现。

这里,我们有必要认识一下"导演"的叙事属性。"导演"与"脚色"一样,都属于中间性质的传送媒介,负责文本符号向舞台符号的过渡转换,苏永旭称之为"中间转换形式",②即导演负责将演员输送为角色,将剧本输送为舞台,如果没有导演的组织合成,剧本、演员、道具、布景、服装等元素将成为一盘散沙,抟不成形。但不同在于,"脚色"是从类型表演中生长出来的,属于演剧类因素,侧重以表演为中心,用脚色表演程式盘带戏剧叙事,具有高度程式化的舞台叙事特征;而"导演"是在舞台组织过程中发展起来的,代表了艺术综合的概念,是以整体演剧为中心,致力于推动剧本与演员、舞台的全面配合。

导演对于戏剧叙事的影响,直接反映为"导演文本"。导演文本是剧本文本与舞台文本的结合产物。导演负责统筹演剧中的各个要素,将它们组织在一起,由剧本文本转变为舞台文本,体现出强力黏合的作用。他们的运作方式,采用格·尼·古里叶夫提供的概念,③大体分为两种倾向:

其一,"外观"型运作,即侧重演出外部要素的综合,力求打造舞台的形式美。被誉为第一位导演的梅宁根公爵便属于此种类型。他是剧团事务的总领导者,因为出身画家,极端重视打造舞台的形式美,对于舞台构图、布景设计、演员站位、彩排布置、服装道具、群众场面都有详细规定,追求舞台表现的精益求精。④ 1874 年梅宁根公爵执导的《凯撒大帝》在柏林上演,该剧精心设计了历史服装、布景与群众场面,呈现出恢弘、大气、真实的历史氛围,令观众耳目一新。19 世纪末至 20 世纪初,新技术进入剧院,使得外观型导演热衷运用布景、道具、灯光等现代舞台手段,进行空间

---

① 廖可兑:《西欧戏剧史》(第 3 版)(上),北京:中国戏剧出版社,2001 年,第 365 页。

② 苏永旭:《导演文本:戏剧叙事学研究不可忽略的重要的"中间转换形式"及其理论归宿》,《河南教育学院学报(哲学社会科学)》1999 年第 2 期,第 8 页。

③ [苏联]格·尼·古里叶夫:《导演学概论》,王爱民等译,西安:陕西人民出版社,1983 年,第 26 页。

④ [德]梅宁根公爵:《1894—1899 年间的导演指示》,吴光耀译:《西方演剧艺术》,上海:上海文化出版社,2002 年,第 35—42 页。

意义叙述。1905年莱因哈特导演的《仲夏夜之梦》在柏林克莱因斯剧场上演,他"运用了空间构图艺术和光色变化来创造出一座无边无际的森林的气氛情调,这片森林充满各种神奇的音响和活动,使人有时感到威胁,有时又感到可以安全藏身"[①]。不可否认,有时外观型导演因用力过度,过于追求视觉画面冲击力,反倒忽略了剧本内部的挖掘。

其二,"内涵"型运作,即主张返回剧本分析,重视演员创造角色的工作。这种方式其实渊源有自。从古希腊戏剧到文艺复兴、古典主义戏剧,剧作家深度参与了舞台组织工作,形成了一个向演员分析剧本的传统。埃斯库罗斯、索福克勒斯担任过合唱教师,莎士比亚、本·琼森、莫里哀在剧院分派过演员角色,向演员解释剧本,甚至参与演出。沿着这个运作传统,到19世纪至20世纪,俄国导演丹钦柯主张"导演从人物入手",斯坦尼斯拉夫斯基提出角色体验理论,导演力求从剧本出发,帮助演员深入角色,更好地展示剧本。

这两种导演运作方式,从理论上说所输出的导演文本有所不同。前者倾向于戏剧"场面"叙事,追求视听觉的表层效果。后者导演文本叙事的着力点在于"人物",主张深挖人物性格,阐释剧本思想。但这样的区分,有时只是一种行事方便的概念分法,真正实施起来,外观与内涵经常结合在一起,导演可以有自己的风格偏好,却不可能将二者分割开来,他必须利用各种媒介,将剧本世界输送为舞台世界。

导演时代的到来,极大释放出个体创作的自由,使得舞台文本像剧作家文本一样,被打上鲜明的个人烙印。导演不同于抽象的"脚色"概念,而是来自活生生的个人,存在身份、思想、经验、认知等方面的差别。我们在梳理导演产生的历史过程中,可以发现导演来自不同的身份:舞台设计者、剧团经营者、建筑家、舞蹈家、富有表演经验的演员、剧作家,等等。他们有着充分的舞台经验,熟悉一部戏运作出来的过程,在制作导演文本时会突出表现各自所长。比如擅长表演经验者会强化文本表演的部分,擅长剧本创作会突出情节角色的刻画,擅长舞台制作者会强调布景道具的运用,以此形成了不同形式风格的导演文本。因此,导演叙事很难像"脚色"叙事一样,呈现出鲜明的舞台程式与情节程式,即便针对同一剧本,不同导演输送出来的"导演文本"也是千差万别。一部《哈姆雷特》,可以是

---

① 吴光耀:《西方演剧史论稿》(第2版)(上),北京:中国戏剧出版社,2002年,第445页。

历史剧,可以是传奇剧,可以是浪漫悲剧,也可以是象征性戏剧,导演在其中可以自由灌注自己有关舞台的、剧本的、人生的各种理念。像英国导演戈登·克雷重视外部表现主义的象征性,在1912年莫斯科艺术剧院上演的《哈姆雷特》中,将这部戏处理为"一个包含着许多原则冲突的象征性戏剧",竭力表现哈姆雷特的孤立悲剧,"在一个罪恶的世界里孤独地屹立着,对于这个世界他既不同情,也不感到有任何关联";①追求极简风格的导演彼得·布鲁克,则其在2002年执导的《哈姆雷特的悲剧》中,前所未有地摒除了布景繁饰与众声喧闹,将哈姆雷特的生死跌宕收缩在一张红毯上,用黝黯的四围烘托着空荡荡的空间,制造出整个戏剧寂静幽密的氛围,繁华落尽后看见人生生死死的真谛。②

综上,西方导演制的戏剧叙事与中国名角制的戏剧叙事,都是以个人为中心组织的戏剧叙事,具有强烈的个人风格。但名角的本位是演员,虽然也参与演出组织工作,却非其本职,主要任务还是以舞台表演为主,故而名角叙事的组织核心元素是单一的,能做出精雕细琢的艺术精品,却缺乏格局整然的大戏、群戏,有欠艺术的完整度。导演制则扭转了这种单个演员、单类技艺的艺术单一性,其运作的组成元素来自舞台外部与剧本内部,涵括了艺术的各个方面,具有完整综合的艺术理念。而且,导演戏剧叙事依靠个人"独裁"力量带动艺术机器的运转,使得导演文本同时具有极为鲜明的艺术主张和个人风格,将戏剧叙事带向更多可能的阐释空间。

---

① [法]德尼·巴勃莱:《莫斯科艺术剧院演出〈哈姆莱特〉——记斯坦尼斯拉夫斯基与戈登·克雷的一次合作》,吴光耀译,《西方演剧艺术》,上海:上海文化出版社,2002年,第404页。
② 参见廖玉如:《空的空间:彼得·布鲁克的〈哈姆雷特的悲剧〉与吕柏伸的〈哈姆雷特〉研究》,《成大中文学报》2008年第23期,第123—156页。

第三章
中西戏剧叙述者比较

叙述者是戏剧叙事学研究的重要议题。这里我们采用了"叙述者"而非"叙事者"的说法,一则沿用了学界习惯的"叙述者"术语,二则意在突出"叙述"的讲述性行为。王阳认为"叙述是一种口头或书面的话语行为,话语行为主体就是叙述者"[①],申丹等指出"叙述一词与叙述者紧密相连,宜指话语层次上的叙述技巧"[②],也就是说,"叙述者"是故事"陈述行为的主体",[③]主要任务是执行讲述,通过某种讲述行为生产某个事件文本,至于作为被叙述的事态内容与结构形态,则不在叙述者的考察范围之内。按照热奈特所说,"叙述者"包含了"同故事"叙述者与"异故事"叙述者。[④]本章主要考察的是"异故事"叙述中具有源头性质的叙述者,它们是"故事'讲述声音'的源头",[⑤]负责生产总的戏剧文本,可以显示戏剧的演示框架,亦可称"框架叙述者"。至于"同故事"叙述者,本章选取了元杂剧中的"探子",与古希腊戏剧中的"报信人"进行比较研究。

---

① 王阳:《虚拟世界的空间与意义》,银川:宁夏人民出版社,2007年,第74页。
② 申丹、韩加明、王丽亚:《英美小说叙事理论研究》,北京:北京大学出版社,2005年,第1页。
③ [法]托多洛夫:《文学作品分析》,张寅德编选:《叙述学研究》,北京:中国社会科学出版社,1989年,第71页。
④ [法]热拉尔·热奈特:《叙事话语 新叙事话语》,王文融译,北京:中国社会科学出版社,1990年,第172页。
⑤ 赵毅衡:《广义叙述学》,成都:四川大学出版社,2013年,第91页。

第一节 谁在叙述——戏剧的框架叙述者

一、戏剧叙述者的"迷思"

任何叙事作品中,都少不了讲述任务的执行者。从情节内容看,戏剧作品讲述了万万千千的人物故事,毫无疑问是叙述故事的重要载体。但长期以来,戏剧被摒除在叙事文类的门墙外,不被视为叙事作品,其中重要原因之一是:戏剧找不到叙述者。

在一些叙事学家看来,当某部作品缺失了"说者"和"故事"两个充分条件的任何一个,就不能称其为叙事。罗伯特·斯科尔斯在《叙事的本质》中指出:"所有那些被我们意指为叙事的文学作品具有两大特点:一是有故事,二是有讲故事的人。一部戏剧是一个没有讲故事者的故事,剧中人物对我们在生活中的行动直接进行亚里士多德称之为'摹仿'的实践。"[①]罗伯特以为,戏剧有故事而无说者,所以无法称为叙事。这种观点很有代表性,前言已就此做过一些讨论。但随着经典叙事学的转向,一系列由符号直接再现的人物事件都进入了叙事学的领域,"说者"的边界也被打开,不再局限于传统叙事文学中可感知的话语"重述者",谁是戏剧叙述者,成为戏剧叙事学首先需要面对的问题。

对于一出严密包裹在镜框舞台上演出的戏剧,当人们陷入到戏剧故事的世界里后,很难察觉它的叙述者何在,究竟是谁在背后讲述着这一切呢?是导演吗,是剧作家吗,是舞台吗?赵毅衡简明直接地给出了否定的答案:"戏剧的叙述者是谁?不是剧作家,他只是写了一个稿本;不是导演,他只是指导了表演,他和剧作家在演出时甚至不必在场;不是舞台监督,他只是协调了参与演出的各方;这个'叙述者'也不是舞台——舞台是戏剧演出的空间媒介。"[②]戏剧由各种艺术要素综合呈现,导演、剧本、舞台监督、舞台都只是其中的一个组成部分,一个执行者,他们各司其职,参与了戏剧故事的制作,只是故事呈现的一个源头,不能称为总源性的叙

---

① [美]罗伯特·斯科尔斯等:《叙事的本质》,于雷译,南京:南京大学出版社,2015年,第2页。
② 赵毅衡:《广义叙述学》,成都:四川大学出版社,2013年,第98页。

述者。

也有一些叙事学者提出,某些叙事作品可以没有叙述者,让"事件自行呈现"①。比如,查特曼说过作品叙述者可有可无,韦恩·布斯举证海明威《杀人者》没有创造出叙述者,但实际上叙述者只是隐匿在文本后面,令读者以为"事件自行呈现",而"自行"的背后经过了精密的组织与布置,布斯也承认《杀人者》创造了"隐含的第二自我",②作家在创造作品中也创造了自己的化身,这个隐含的化身没有浮出水面,却是在暗中操控了文本中所有叙述行为的叙述者。布斯说:"作者可以在一定程度上选择他的伪装,但是他永远不能选择消失不见。"③叙述者可以沉默,却无法消失,因为它是叙事之所以为叙事的先决条件之一。戏剧叙述者十分类似小说"事件自行呈现"的叙事状态,演员直接展演故事,没有显在的源头叙述者。故事表面看不见叙述者,只能说明叙述者善于隐蔽与伪装,我们不能因为看不见,便率然推论戏剧没有叙述者,不属于叙事文类。尤其当我们来到一片广袤的叙事新天地,已不能将戏剧叙述者等同于小说叙述者、史诗叙述者等人格叙述者。叙述者的暂时隐匿,只能提醒我们更加小心,也许他就潜伏在某处,等待有心人的发现。

二、戏剧框架叙述者

叙述者是否消失了,不仅是戏剧叙事学的重要问题,也是电影叙事学追问的议题。麦茨说电影"抹消了话语陈述的一切标记,并伪装成一种故事的形式"④,电影同戏剧一样,叙述源头的痕迹被抹去,摄影机、导演、剧务等故事制作者统统隐藏在电影画面之外,看不见摸不着,即便显现在外的画外音也不过是故事中的一个讲述人,不具备源头性质。电影史对于谁是叙述者的探讨如火如荼,大致观点有:1. 叙述者是摄影机;2. 叙述者是"形象创造者""大形象师";3. 叙述者是"构筑故事的整套指令";4. 叙述

---

① 胡亚敏:《叙事学》(第2版),武汉:华中师范大学出版社,2004年,第36页。
② [美]W. C. 布斯:《小说修辞学》,华明、胡苏晓、周宪译,北京:北京大学出版社,1987年,第169页。
③ 同上书,第23页。
④ [法]克·麦茨:《历史和话语:两种窥视癖论》,转引自李幼蒸选编:《结构主义和符号学》,北京:生活·读书·新知三联书店,1987年,第226页。

者是含有人性品格的"呈现者"。① 这些观点都在致力于探本寻源,追求故事最源头性、最根本性的垫底叙述者。

源头叙述者消失在人们目力能及的视野范围内,似乎是演示类叙事共通的现象。电影与戏剧一样,都属于代言体的演示类叙事,由表演者直接呈现,而非讲述。戴锦华曾引用欧达尔的"缝合体系",解释电影故事呈现的符号运作:"在缝合体系之中,镜头 A/B、视域/其观者、被看/看的依次出现,将我们引入叙境之中,我们由是而不再去瞩目于画框、机位、角度、距离等等,而将银幕平面图上诸物体的空间理解为现实——'物质世界的复原'。"②当观众逐渐遗忘故事的制作符码,落入直观呈现出来的故事中,他已经将叙境理解为现实世界,此时源头叙述者也被眼前叙境一叶障目,无法为其所感知。"缝合体系"实际也可适用于戏剧。戏剧同样包含欧达尔所说的"双重舞台":在前面的一重舞台上,人物情节在上演,演员在表演;在与之相对的另一重舞台上,剧作家在创作,导演在制作,演员在演练,舞台在提供空间,观众在欣赏。后一重舞台如镜像般投射出前面的舞台,可又因为相向而立的位置,不为人察觉。操作已经完成,痕迹已经弥合,前方舞台被缝合为一个自成的故事世界。观众接受的是完整的故事,而故事制作的种种要素以及过程,都"缺席的在场"。当它们提供完一重舞台世界后,就自动隐没于另一重舞台中。

"缝合体系"解释了戏剧叙述者并没有消失,只是隐入了舞台镜像的后面。在故事文本呈现之前,它调度种种演剧媒介综合到一起,搭建起故事世界。就此而言,叙述者就是故事的总调度者。当它完成故事拟构,便发出演剧指令(剧场灯暗下去,前台灯亮,铃声响起,大幕拉开等),话语讲述系统便开始置换故事表演系统。演员登台上演,故事也在舞台镜框中呈现。随着观众目光聚焦于演员,逐渐陷入虚构的故事世界,具有提示性的演剧框架符号也逐渐隐匿,从观众的视野中消失。

在这里,框架是极为重要的叙述话语标志。一幅画在画框里呈现,一部电影在银幕平面上呈现,一部电视剧在电视平面上显示,框架提供了故事演示的窗口,也是故事呈现的边界标志。赵毅衡认为,戏剧的叙述者就

---

① 赵毅衡:《广义叙述学》,成都:四川大学出版社,2013年,第99页。
② 戴锦华:《本文的策略:电影叙事研究》,《电影艺术》1994年第1期,第61页。

属于演示框架叙述者,①它做出各种文本安排,当整体叙述话语系统的组织完成,便可以移入框架之中呈现故事,而一旦出框,则意味着走出了故事世界。

戏剧演出的物质框架主要为实体舞台。现代剧场采用镜框式舞台,幕布从两边平面拉合,加上灯光的配合,整个边框十分清晰。中国古代戏剧舞台形式多样,有红氍毹上的表演,其框架为一方四角的地毯;也有瓦舍勾栏的舞台,设勾栏于舞台前方,与观众形成一道分隔的界限。旧式戏曲舞台常垂挂"出将""入相"的帘幔,演员由这两道门出入,登场即为故事中人,出场即走出了演示框架。最简易灵活的演出场所,则是路歧人的戏剧表演。因为随处作场,没有舞台实体框架,艺人们利用观众的目光追随,形成一个无形的演示框,再利用开场、收场等身体与话语符号,凸出演出区域,标界演剧世界与现实世界的区隔。彼得·布鲁克给了戏剧一个极简定义:"我可以把任何一个空的空间,当作空的舞台。一个人走过空的空间,另一个人看着,这就已经是戏了。"②"别人的注视"即观看者的目光,是演示框架的最大边界,走出观看的目光,戏剧将失去"演"的意义。现代实验剧场流行的做法,是将框架延伸入观众座位,或者是将观众拉入舞台框架,两种方式都意图突破传统的分界框,打开叙述层面/故事层面,看/被看的边界,将叙述痕迹暴露在观众面前,使观众也成为被看者、演出者,其深层意义指向虚构与真实的互渗,让观众在"假作真时真亦假"的双重陌生感中,感受戏剧乃至人生的本质。

第二节　中国戏剧:无所不在的叙述者

上文指出,戏剧叙述者是超越于舞台故事之外的总调度者,当完成故事制作后,便隐身而没,成为故事"缺席的在场"。如果源头叙述者有意无意现身,那么便是破框而出,冲破了戏剧的真实叙境,将观众带出了故事。所以,叙述者的显与隐,对于了解戏剧叙事形态与风格有着特别重要的意义。

---

① 赵毅衡:《广义叙述学》,成都:四川大学出版社,2013年,第97页。
② [英]彼得·布鲁克:《空的空间》,王翀译,北京:中国友谊出版公司,2019年,第3页。

由于不参与故事,叙述者本应该处在演示框架之外,默默注视它拟构出来的故事世界,而不去破坏故事的真实氛围。然而在中国传统戏剧中,演示框架根本起不到"禁止入内"的警示作用。叙述者表现得粗犷不羁,时而从框外跑进故事世界里,时而突破剧中角色的身份设定,从故事中跑出来,变身框架叙述者。

一、破框而入的叙述者

破框而入,指叙述者从故事外进入故事内。元明杂剧有一类"外"脚,虽为脚色行当,却不代言剧中角色。其职责是进入故事进行人物、事件的评赞议论。来看明脉望馆抄本杂剧《司马相如题桥记》一段"外按喝"的有趣表演:

> 【越调·斗鹌鹑】巍巍乎魏阙天高,(外按喝上云)杂剧四折,正当关键之际。单看那司马相如儒雅风流,献了《上林》《长门》《大人》三篇赋,尽了事君之忠;题了升仙桥两句诗,遂了丈夫之志;发了一道《谕蜀榜文》,安了四夷百姓之心。可见康济大才,有用之实学也。……所以后人做出这本杂剧来,单表那百世高风,观者不可视为寻常。好杂剧!上杂剧!看这个才人将那六经三史诸子百家,略出胸中余绪;九宫八调,编成律吕明腔。作之者无罪,观之者足以感兴。作杂剧犹如撺梭织锦,一段胜如一段;又如桃李芬芳,单看那收园结果。嘱咐你末泥用心扮唱,尽依曲意。(末拜起唱)荡荡乎皇图丽藻,点滴滴玉漏传时,声喔喔金鸡报晓……①

此时正末扮的司马相如,题桥遂志,功成名就,才刚开口唱【斗鹌鹑】的第一句,便被突然跑出来的"外""按喝"住,默声呆立一旁。"外"在强按正末之后,开始了一大段喧宾夺主的表演,他滔滔不绝地夸赞起司马相如如何风光,又夸赞这本杂剧如何的锦绣文章,最后来了一句"嘱咐你末泥用心扮唱",便扬长而去。等"外"下场后,正末才恢复正戏表演,接着第一句唱了下去。这里的"外"显非故事中人,所使用的话语跳出了故事内的话语表述,他谙熟故事的编创过程、创作题旨,并对表演者表示了关怀,暴露出剧外叙述者的身份。这种随意介入故事内的"外"脚,在元明杂剧中

---

① 《脉望馆钞校本古今杂剧》(第45册),《古本戏曲丛刊》四集,上海:商务印书馆,1958年。

颇为常见,"外呈答""外收科""外按喝""外呈打住"等等,均为剧外叙述者跑入故事中,评价剧中人的言行,收住剧中人的表演。

叙述者强行破框而入的表演,源自宋金杂剧院本。孙楷第认为,旧时凡伎艺人登场献艺,皆有一人为之赞导。表演开始的赞导词,为开呵;表演中间的赞导词,为按喝;表演后面的赞导词,为收呵。① 换言之,其叙事形态为:一边厢演员在表演故事内容,一边厢剧外人在宣赞评讲,解释故事意义,二者相互配合,完成整个故事叙述。这种叙事形式,使得剧外叙述者可以在演剧的任何时间段内进入,不必等到"杂剧四折,正当关键之际"。元杂剧《降桑椹》中"外呈答""外呈打住"使用之多,简直令人怀疑"外"是随场站立,等到需要之时,随时恭候一句,嬉怒笑骂,打趣剧中人。

"外"的身份,孙楷第认为可能从宋杂剧"引戏"演化而来,引戏不参加扮演;胡忌则以为"引戏"确是戏外人员,负责赞导礼节,但空余时间还是会"参加戏剧中的次要演出人物,其装扮男角者则可称'外末',装扮女角者则可称'外旦'。"② 可见,"外"是戏班专职人员,主要负责叙述活动,然而其身份又很灵活,还会进入故事扮演,今天戏曲中"外"行就是从角色扮演的职能发展过来。我们说,"外"就是框架叙述者的人格化形象,他积极进入戏剧演示框架,负责介入性、评议性的戏外职能。而随着戏曲舞台的发展,"外"也没有消失,没有被完全的故事角色化,他像一点点"星星之火"撒开去,演化为副末开场者、舞台检场人、后台帮唱者、乐队人员的帮打帮唱等种种形式,以各种人格化的框架叙述者形象,或隐或显地埋伏在戏剧演示框架的周边,等待剧中故事的召唤,一到恰当时机,便破框而入。

剧外叙述者进入故事主要有两种方式:其一,以显在叙述者的身份。叙述者以肉眼可见的形象出现在舞台之上,进行某种叙述行为。例如,副末开场出现在正剧之前。副末概括情节大纲,点明创作意图,引导观众观演,叙述功能十分齐全,显示出极为突出的叙述者身份。副末开场成了南戏、传奇首出固有的剧本体制,对此笔者后面有专文讨论,这里不加赘述。检场人也是活跃在传统戏曲舞台上的叙述者形象。清李斗的《扬州画舫录》就记载了当时司小锣的乐队人员,要负责舞台桌椅板凳的"走场"。旧时梨园公益会把检场人列入了"剧通科",他务必熟悉种种场面,种种关

---

① 孙楷第:《也是园古今杂剧考》,上海:上杂出版社,1953年,第223—224页。
② 胡忌:《宋金杂剧考》,上海:古典文学出版社,1957年,第132页。

节,置换桌椅、打台帘、扔拜垫、饮场、撒火彩等,不至于临场措手不及。这个穿着与剧中人物全不搭调的人,在场上转来转去,进进出出,将自己暴露在观众耳目之中,观众却又毫不在意,显示出观演之间的高度默契。在双方共同的认知下,检场人可以从容游走在现实与虚构的双重世界中,既被允许介入式地帮助故事叙述,又被自动过滤了对故事叙述的干扰。其二,以隐性叙述者的身份。叙述者不现身舞台,但他的代替者却显示了叙述者对于故事的介入。比如后台的搭腔帮唱,以不现身、只发声的隐性方式干预前台剧情。声音即叙述者的外现,代表了叙述者的存在。我们以川剧帮腔为例。川剧后台帮腔是以全知全能的视角,观照人物事件,灵活介入叙事。它可以潜入角色内心,替人物说出心里话,如《逼侄赴科》中潘必正被迫离开陈妙常赴考,角色在台上独步无语,后台帮腔曰:"缓步过苍苔,难言陈姑恩和爱",仿佛潘必正的内心独白,道出恋恋不舍的心理活动。它也可以用第三人称的旁观视角,评价人物情节。如《十娘投江》一折,十娘怒沉百宝箱投江,李甲与孙富两人相互争吵揪斗,后台帮腔痛斥:"两个都是坏东西!"《归正楼·劝夫》中,邱元顺败光家产,逼妻卖笑,帮唱后台讥讽:"看你后来呀,咋个结局!"[1]帮腔用画外音的方式,代观众、代作者介入故事,发出臧否人物的声音。

二、破框而出的叙述者

破框而出,则指人物从故事内跑到了故事外,冲破了框架的限制。这在中国戏剧也是极为常见,方式多种多样。

"道出本相"是一种运用频繁的叙述者破框。原本是剧中的角色,忽然有意亮出自己脚色扮演的身份,暴露出演剧框架的存在,这类例子历代剧作不胜枚举,以下随拾几例:

> 例1:(丑)我便问它,贫女姐姐,你又怎地孤孤单单,我怎地白白净净底!(末)只是嘴乌!
>
> ——《张协状元》第11出[2]

此例中,丑脚面妆为黑白脸,却自夸白白净净,末讥刺他别忘了嘴还

---

[1] 黄文锡:《川剧的帮腔美》,《上海戏剧》1993年第2期,第30页。
[2] 钱南扬校注:《永乐大典戏文三种校注》(第2版),北京:中华书局,2009年,第63页。

是黑的,这是用旁人讥讽之法,揭穿丑的脚色本相。

  例2:(丑白)小人也不是都官,小人也不是里正,休得错打了平民。猜你是谁?我是搬戏的副净。

——元本《琵琶记》第 16 出①

  此例中,丑自报"家门",从戏中角色跳出来,说出自己副净脚色的本相。

  例3:【窣地锦裆】区区相貌异乎人,粧出如花粉墨匀。眼前黑白甚分明,可笑时人认不真。

  (见介,生)先生这尊容是生成的,谓何方才道出本相来?

  (净)那里是生成的!若去了面上这些粧饰,方才露出本来面目,但时人不识耳!

——《玉茗堂批评焚香记》第 4 出②

  前两例都是自露脚色本相。这一例中,净自谑花面,剧中人物劝其勿道出脚色本相,净干脆连花面的本相也揭去,彻底露出演员的身份。我们注意到,这些例子多以净丑表演居多。净丑行为滑稽,继承了秦汉优人"言无邮"的传统,言语举止无所禁忌。说道本相常被他们拿来当作科诨的噱头,用故意暴露脚色乃至演员底色的方式,将"戏"之为"戏"的框架袒露无遗,露出戏剧的角色扮演本质。

  角色视角的转换,也容易造成"破框"现象。按道理,戏剧角色无法全知全能,只能见其所见,闻其所闻,角色存在个人的限知性。但中国戏剧与讲唱文学渊源极为密切,很多角色上一节还是剧中人物,所闻所见有限,到下一节便变为了全知视角,像个说书人般,桩桩件件无不知晓。元杂剧中专门有一种"探子唱",就属于此类视角转换。探子从战场打探回来,向高级将领汇报战况,两个人物均存在戏中角色的限知性,但这出戏里却都显示出限知与全知的双重视角,暴露出超出人物之外的全能叙述者身份,笔者在下节亦有专文探讨。

  在人物声音的话语中,突然出现与人物身份不符的评介性、叙述性的话

---

① (元)高明:《元本琵琶记校注》,钱南扬校注,上海:上海古籍出版社,1980 年,第 99 页。
② (明)王玉峰:《玉茗堂批评焚香记》,《古本戏曲丛刊》初集,上海:商务印书馆,1954 年。

语,使得人物故事超出了原有的演示框架,呈现语言、视角不对调的"抢话"①,这种"破框"手法在中国传统戏剧中也出现颇多。例如南戏、传奇每一出结束,人物均会念诗下场。它的模式一般为:前两句承接本出情节或预示后述情节,后两句予以剧外评点。元本《琵琶记》第 37 出张大公扫墓遇李安,愤怒控诉蔡伯喈亲死不归的劣行,临下场托李安传话蔡伯喈:"你传示相公,道张大公道来":

你的双亲死了两无依,便做今日回来也是迟。
(丑)夜静水寒鱼不食,满舡空载月明归。②

下场诗前两句还属于人物的对白,后两句则转为评议语气。"夜静"二句,出自《五灯会元》船子德诚六偈之一,原诗充满未得之得的心悦禅境。此处反用其意,讽喻蔡伯喈即便功成名就,衣锦归来,也是一场"空欢喜"。按理说,丑扮的李安不过一个仆人,很难顺手拈来这样的禅理。但这两句话显然不是从剧内人物身份考虑,而是令其临时变为局外人,对蔡伯喈回乡一事进行冷隽之评。还有全剧最后的总收场诗,也是对整个剧情的总叙、评点,基本不受限于剧内人物的身份,其叙述视角全能,价值观念先行,故所具权威性大,很大程度引导了观众对情节人物的认知倾向。又如成化本《白兔记》剧末收场诗:"湛湛青天不可欺,未曾举意早先知。善恶到头终有报,只争来早与来迟。"同样是剧内角色转为了剧外叙述者,向观众揭示出全剧的创作题旨。

利用时间移位,后事前用,造成故事真实性的消解,也是中国戏剧随处可见的破框"良方"。这种方式常常出现在历史人物故事中。例如,元本《琵琶记》第 7 出写东汉读书人自夸"王羲之拜我为师,欧阳询见我唬杀";明传奇《千金记》第 41 折中项羽不肯过江东,乌江水泊亭长引用晚唐杜牧诗劝之:"胜败兵家不可期,包羞忍耻是男儿。江东子弟多英俊,卷甲重来未可知"③;明南戏《赵氏孤儿》中,屠岸贾妻子请了张维来说唱评书,评书乃后出艺术,春秋时期岂能出现。这些"提前用典",错乱了历史叙述

---

① "抢话"引用了赵毅衡先生提出的概念。原指"在'比较客观'的叙述流中,突然出现个别词(一般是形容词或副词)的'人物声音取代',笔者称这种现象为'抢话'"。此处反用之,是指在人物声音中出现叙述语词。赵毅衡:《广义叙述学》,成都:四川大学出版社,2013 年,第 253 页。
② (元)高明:《元本琵琶记校注》,钱南扬校注,上海:上海古籍出版社,1980 年,第 215 页。
③ (明)沈采:《千金记》,《古本戏曲丛刊》初集,上海:商务印书馆,1954 年。

的时间逻辑,将不可能出现的人物事件强行植入当前的故事时空,使得观众,特别是有一定历史知识的观众,不由得硬生生被挤"出"了戏。在用历史批评的眼光解读戏剧纸质文本时,因错典而"出戏"的情况会出现得更多。纸质阅读给予读者更为充裕的时间,对这样的历史错乱可以反复阅读、思考与反应,这也是为什么对历史剧索隐乃至吹毛求疵者多的原因之一。不过,我们要认识到,戏曲小说等通俗文学的后事前用,可谓比比皆是,是非常独特又非常普遍的用典手法。排除不谙历史,胡乱用典的部分情况,戏剧艺术家们热衷于使用大众皆知的熟典、俗典、今典,而不是首位考虑历史逻辑、情节逻辑。这样做的目的是追求一种舞台的、叙事的修辞效果,比如用说评书来丰富戏剧表演,用错位自夸来制造不攻自破的反讽叙事。尤其是引用同时代的今典,更能获得观众的在场共鸣。2003年北方昆剧院新编《宦门子弟错立身》上演,里面的管家公说了一句"反腐倡廉",引起了不错的在场效果。① 某种程度上,后典前用被用作一种讽刺方式,是将"不同成分"的时间与事件混杂一起,不可能与可能相互扭合,从而引起人们的惊异感与滑稽感,也带来对戏剧演示框架的关注。

三、中国戏剧的"假定性"观念

以上种种,充分说明了中国戏剧叙述者出入频繁,无论在开场、收场、剧中,只要情节或表演需要,便会有剧中角色从内跳出,或演职人员从外突入,视演剧空间如无物,随意进出"破框"。笔者只是拈取了一部分,便可窥木见林,实际情况还远不止于此,比如仪式演剧、宴饮演剧中,演员与观众打成一片;路歧演艺者围地作场,随时暂停戏剧,向观众讨彩;戏剧表演中,角色面对观众的"亮相"、自说自话的"打背躬"、以假充真的"骑马"等各种戏曲表演程式,都属于源头叙述者的破框行为。

叙述者于观众耳目下的现身,实质上彰显出戏剧的虚拟本体。从美学角度上讲,一切艺术都具有"假定性"的本性。戏剧的假定性,是指演员假扮故事角色。不论哪一种戏剧,都需要借助角色的假扮,完成从现实世界向虚构世界的跨入。康保成认为:"所有的戏剧'体系'、'观念'抑或主张,其实质不过是如何在'假'与'真'之间准确把握'度'的问题。"中西戏剧观念都意识到在戏剧代言体的背后站立着永恒的假定本质,摹仿扮

---

① 《宦门子弟错立身》,北京:北方昆曲剧院版,2003年。

演的同时也意味着所有在舞台呈现出来的人与事在本质上是虚拟的。但中西方对于戏剧虚拟本体的观念与处理不尽相同。西方戏剧为了维护戏剧虚拟出来的真实感,力求建立第四堵墙,将观众阻隔在假定的演示框架之外。相较西方戏剧,中国传统戏剧并不迂执于"真"与"假"的分界线。一方面,人们很清楚地意识到戏剧的代言体性质,演员采用"全是代字诀"的表演,代一人立言,肖一人之心,是对真实世界的摹仿,故事表演则追求"喜则令人悦,怒则使人恼,哀则动人惨,惊则叫人怯,如同古人一样,始谓之真戏"的真实性效果。[①] 这种观念类同西方戏剧"逼真"的戏剧观,主张利用演员的表演,将存在于经验世界抑或想象世界中的人或事,真实可感地表现在舞台之上,使受述者(观众与读者)、演剧者、剧作者一同幻入故事的真实叙境。但另一方面,对于戏剧"假定性"的"真实",中国戏剧观念的态度又是开放的,不主张封闭虚构出来的故事世界。人们普遍认为"剧者何?戏也"[②],"杂剧院本,游戏之上乘也"[③],戏剧本身就是人为的假扮游戏,舞台上所呈现的一切归根结底不过"逢场作戏",一场游戏,一场戏乐。

这种本体论的认识,其实起源于早期巫优歌舞乐神的祭祀仪式。仪式表演的对象是"敬神如神在"的神灵,在这个大框架中,没有观演者的二元区分,所有的在场者都凝结为一个共同体。仪式演示者会向仪式观看者发出召唤,使观看者也卷入到仪式活动之中,融为仪式的一部分。后世民间宗教戏剧中仍然保持了这样的仪式观念与形态。鲁迅《女吊》一文记载浙江绍兴的目连戏表演,孩子们能自由从场外加入"鬼"的扮演,而舞台上的"鬼"也可以跑下台去,洗去粉墨,"挤在人丛中看自己们所做的戏",[④]台上台下自由地进行互动。笔者曾调查过江西广昌孟戏的演出,当戏演到孟姜女投江,道士祭祀超度时,戏剧当即转为了仪式,有当年亡者的家庭会接续鸣鞭,参与超度,等待现实超度结束后,再进入戏剧表演,现实与仪式相互渗透,使得仪中有戏,戏中有仪。[⑤] 而当戏剧从仪式脱胎

[①] (清)黄旛绰:《梨园原》,《中国古典戏曲论著集成》(九),北京:中国戏剧出版社,1959年,第23页。

[②] (清)李调元:《剧话序》,《中国古典戏曲论著集成》(八),北京:中国戏剧出版社,1959年,第35页。

[③] (明)李贽:《焚书》,秦学人、侯作卿编著:《中国古典编剧理论资料汇辑》,北京:中国戏剧出版社,1984年,第48页。

[④] 鲁迅:《且介亭杂文末编》,南京:译林出版社,2018年,第135页。

[⑤] 参见欧阳江琳:《南戏演剧形态研究》,广州:广东高等教育出版社,2019年,第448—463页。

出来,成为独立的舞台艺术之后,娱乐对象从"神"转向了"人",戏剧转为一种提供大众愉悦的娱乐工具,原有观演一体的关系亦分化为二,观者与演者产生了区隔。但这种观演区隔又没有那么的绝对,双方都抱有"剧者戏也"的游戏态度,以相当轻松随意的态度来看待戏剧演出,游弋在戏剧"半涉荒唐半的真"的世界里,谋求"众乐陶陶""歌笑满堂中"的娱乐共享。虚构与真实的区隔,在娱乐化、游戏化的态度中变得模糊。《金瓶梅》中戏班"副末"临时询问西门庆上演什么折目,《红楼梦》中贾母扔向舞台的铜钱,都是观演双方对观演区隔的跨越,对戏剧假定性、游戏性的共同认知。"这是一个形态方式,是一种作者与读者都遵循的表意—解释模式,也是随着文化变迁而变化的体裁规范模式"[①],一旦约定俗成,便形成了观演双方共同遵守的舞台契约。处于同一戏剧文化场域的人们,默认、接受与理解这种规约的形式意义。所以,对于中国戏剧虚拟写意的表演形式符号,人们可以认假为真,以虚为实;对于检场人自由行走、演员饮场、戏园喧闹等所谓"干扰"项,时人亦可以视而不见或以之为乐。当然,这种文化契约不会固定不变,当时代文化变迁之时,它的规约意义也会受到挑战。以"检场人"为例,从清中后期的流行,到新中国成立"戏改"时一度被视为旧舞台的陈规陋俗,影响人们的观演而遭到抛弃,再到今天作为对传统舞台审美形式的回归,又逐渐流行于戏曲舞台,这背后反映的其实是各个时期人们对于戏剧舞台观念、观演关系的认识变化。

综上所述,中国戏剧的"假定性"深入骨髓,整个演剧体系从外到内均在有意强化假定性的特质,利用各种艺术媒介与手段,展现演剧是"演出来"的本质。各种各样的源头叙述者"破框"现象,正是产生在这样一种戏剧文化的土壤中。

第三节　西方戏剧:叙述者的隐匿与浮现

一、西方"他者"的惊异

在探讨西方戏剧叙述者之前,让我们先进入他者的视野,对比一下中

---

① 赵毅衡:《论虚构叙述的"双区隔"原则》,《外国文学研究》2014年第2期,第140页。

西戏剧的演剧差异。1920年美国议员团在北京观剧,云:"演剧时,常有三五侍者奔走台上,搬移桌椅,递送物件。彼等虽常在观客眼帘之前,实则当作不在论。及台上有剧战时,锣鼓喧闹,枪刀交击时,于是此等侍者奔走益甚,吾曹西方顾曲家对之甚为奇异云。"①来回上下奔走的侍者,即是中国戏剧中独特的检场人。作为场上剧务,他被赋予在舞台上自由进进出出的权力,观众亦熟视无睹,"当作不在论"。可对于不熟悉中国演剧习俗的美国议员,却奇怪这些着装不同的戏外人怎么突入到了戏剧中。苏珊·朗格也曾谈到过检场人给欧洲观众带来的困惑:"欧洲观众在观看中国戏剧时,总是对那些穿着普通衣服的舞台工作人员在舞台上跑上跑下感到奇怪和不快,但对中国观众来说却毫无影响,就像剧场中的引座员偶尔挡住我们的视线一样,习以为常。"②同样引起西方人不适应的,还有中国演剧场合内观众们的随意态度。赵景深谈及英国学者B.S.Allen的《中国演剧手册》对中国演剧的评价:"其中说到我国剧场种种不好的习惯,例如手巾把满天飞,看客随便说话,这些都是使我脸红的。"③英国戏剧家萧伯纳则对中国戏剧大锣大鼓的喧闹很不理解,向梅兰芳寻求答案。梅兰芳答曰:中国戏剧也有不大锣大鼓的,昆曲场面就挺安静。梅氏的这个回答引起了许多时人的不满,纷纷给出自己的理想答案。其中曹聚仁认为:"正确而聪明的答复,应该说'大锣大鼓的使用,正适合中国农村的剧场'。"④在田野开阔的农村演出,锣鼓开场是在向四面八方的观众发出指令,召唤他们聚集观演;当锣鼓放在中间歇场三到五分钟,则表示演出遇到了演员来不及改扮脚色等特殊情况。⑤ 锣鼓用足够大的音量,保证将演出的附加信息送达给观众。

这些在西方人看来种种怪异的现象,从叙述者的角度解读,反映了西方观众对中国戏剧框架叙述者暴露的惊奇与不适应。检场人是叙述者从演示框架外的"非法"侵入;剧场内随意喧闹的观众,是根本不把演示框架当为观剧的禁忌;而大锣大鼓的敲击,也是来自场外叙述者的一种声音。

---

① 徐凌霄、徐一士:《凌霄一士随笔》(一一五),太原:山西古籍出版社,1997年,第1105页。
② [美]苏珊·朗格:《情感与形式》,刘大基、傅志强、周发祥译,北京:中国社会科学出版社,1986年,第375页。
③ 赵景深:《外国人看中国戏》,《中国戏曲初考》,郑州:中州书画社,1983年,第289页。
④ 曹聚仁:《谈锣鼓》,《曹聚仁文选》(上),北京:中国广播电视出版社,1995年,第31页。
⑤ 刘念兹:《南戏新证》,北京:文化艺术出版社,2014年,第366页。

中国戏剧如此随意开放的演出姿态令初次接触的西方观众大开眼界,在安静剧院的环境中培养出来的观演习惯到了中国戏场便无所适从了。眼睛时时被"天外来客"般的戏外人干扰,耳朵遭受周围看客们喋喋不休的侵袭,大锣大鼓的喧扰,演剧所需要的严肃之氛围,逼真之叙境,被冲击成了碎片。此种互成反差的观剧反应,恰恰能够反衬出西方演剧方式之不同。

二、"逼真"戏剧观与镜框舞台演出传统

与中国戏剧无所不在的叙述者"破框"现象相比,西方戏剧叙述者的表现则持重了许多。不是说没有框架叙述者的出现,这一点我们在下面会予以例证。但总体上,远不如中国戏剧如此活跃,如此漫溢无边。是什么造成了西方戏剧框架叙述者的不够突出,甚至隐匿了起来呢?我们主要从两个方面考察这个问题。

其一,"逼真"的戏剧观。

从戏剧观念上讲,这是由西方戏剧自然摹仿论的传统观念所决定的。这个发源于亚里士多德《诗学》的戏剧传统,将真实摹仿作为逻辑起点,致力于追求戏剧世界的真实建构。新古典主义重要的戏剧理论家奥比纳克认为,逼真是"戏剧的本质,没有它舞台上就不可能有什么言行是合理的了",它在戏剧内部表现为合情合理地再现经验世界中的人与事,力图给观众造出一种舞台幻觉。司汤达解释戏剧的"幻觉","是指一个人真的相信舞台上发生的事物存在这样一种行为"。[①] 观众沉浸在舞台营造出来的真实幻觉之中,一切都信以为真。它在舞台表演上则遵守戏剧内交流的方式,努力克服剧场性因素的干扰,将观众屏蔽在戏剧之外。奥比纳克说:"一切都像没有观众的发生……仿佛除了舞台上表演的角色以外他们不再被其他人看到、听到,而且他们好像真的就在剧本描绘的地方。他们时常说自己很孤单,没人能看到或听到他们……尽管事实是他们正面对着两千名观众……我们必须认真遵守这种惯例,那些看起来是指向观众的任何做法都要受到指责。"[②] 新古典主义戏剧家的此种认识,已隐然暗伏了斯坦尼斯拉夫斯基的"第四堵墙"戏剧理论,后者认为演员与舞台被

---

① [法]司汤达:《拉辛与莎士比亚》,王道乾译,上海:上海译文出版社,1979年,第10页。
② 转引自周宁主编:《西方戏剧理论史》(上册),厦门:厦门大学出版社,2008年,第337—338页。

包围在四堵墙中,成为"当众的孤独",说"当众",是因为观众都在场;说"孤独",是因为注意力的小圈把演员从观众中隔离出去了,演员只能"像蜗牛待在自己的壳里一样",[①]离群索居在这份孤独之中进行角色之间的内在交流,而任何与在场观众的外部交流,都会打破舞台的真实,也是对观众沉浸"幻觉"的破坏。逼真的幻觉主义戏剧观对西方戏剧影响深远,古典主义戏剧、浪漫主义戏剧、自然主义戏剧、现实主义戏剧等,都在它的笼罩之下,成了西方戏剧的主流观念,这也正是西方戏剧框架叙述者之所以隐匿起来的重要原因。

其二,镜框舞台演出传统。

由于西方幻觉主义的"逼真"戏剧观学界谈得比较多,接下来我们再从西方戏剧舞台边框实体形成的角度,补充与深化对西方戏剧中框架叙述者隐匿问题的认识。

我们发现从古希腊至今,西方戏剧存在一个固定建筑物内的演剧传统。古希腊戏剧是在露天剧场演出,空间尽管敞开,但附设的舞台空间布景与机械装置,增强了演出的真实感。中世纪时期,宗教戏剧常常会在教堂举行。12世纪,英德传教士们通过各种举止动作和摹仿使得礼拜仪式戏剧化,还被时人谴责是将教堂变为娱乐场所(theatrum)。据学者玛丽·马歇尔考证,theatrum 在德语术语表中被十分明确地定义为"用木料建造的供人玩乐(play)和演出(create spectacles)的地方"[②]。在理查德·利克罗夫特以12世纪法国复活礼拜仪式剧为基础重新建构出来的教堂中完善"官邸"舞台形式图中,礼拜仪式戏剧正是发生在教堂建筑中的一部分,教堂被划分为地狱、乐园、坟墓、圣坛屏等展示区域,构成了相当真实的演剧氛围。英国伊丽莎白时代,为满足都市日益膨胀的娱乐要求,伦敦市内建筑了不少庞大的露天剧院,可以同时容纳数千名的观众,像1592年的天鹅剧院最多可容纳3000观众。考古发掘表明,这种剧院是带有屋顶的永久性舞台,而不是临时架在支架或木桶上的活动舞台,这给剧团长期表演提供了固定的场所。到了詹姆斯时代,"室内戏剧"又成

---

① [俄]斯坦尼斯拉夫斯基:《演员自我修养》,刘杰译,武汉:华中科技大学出版社,2015年,第77页。

② [英]西蒙·特拉斯勒:《剑桥插图英国戏剧史》,刘振前、李毅、康健主译,济南:山东画报出版社,2006年,第15页。

为一时风气,剧院虽然容量有限,如黑衣修士剧院只能容纳600人,但观众可围坐在舞台边,近距离观看表演,两边包厢耸于舞台之上,观众的"发现空间"比起嘈杂庞大的公共剧院要实用得多。到17世纪上半期伦敦室内剧院的数量已经赶超室外剧院的数量。对舞台布景的要求也提上日程。1674年建立的特鲁里街皇家剧院,存在了100多年。它的革新之处在于:观众席不再在舞台正上方,而改为舞台正前的正厅与包厢环绕三边;舞台两侧装置有活动遮板,拉开可现出后台的远景,关闭可作为舞台的背景;遮板边还有数对绘有景物的侧景,加强了戏剧布景的真实立体感。舞台布景追求观众真实幻觉的发展趋势在18世纪德·卢泰尔堡手中愈演愈烈。他致力将自然之美栩栩如生地搬上舞台,加强了布景、道具的使用,充分利用灯光照明来增强布景的现实效果,使用"半透明布景,如月光、阳光、火焰、火山"。而且,特鲁里剧院开始在舞台上面以屋顶或者天花板覆盖,"这正是'四面墙传统'的开端"。[①] 19世纪英国剧院建设如火如荼,仅19世纪30年代伦敦新建剧院数量达14座。"箱式布景"成为室内剧正常的舞台装置,如奥林匹克剧院"三面墙壁环绕,上有天花板遮盖,内有典雅的家具,墙壁上安有实用的门窗",[②]纽卡斯尔帝国音乐厅舞台构型完整,装潢华丽,台口形状如画框,观众观看表演,如同观看一幅活动的名画。此时的舞台已经形成了现代舞台的镜框模式。

考察英国剧院建筑的历史,目的是从剧场环境的角度,审视以英国戏剧为代表的西方戏剧,何以并不推崇戏剧叙述者的破框行为。我们看到,在漫长的发展历程中,西方戏剧一直致力建立清晰的、恢宏的、如画框般的舞台框架,把演剧活动引向观众视听更为集中的区域。它不断从分散的场所聚拢观众,拉近与观众的观演距离,不断强化立体的景深设计,美化舞台布景与道具,甚至不惜将实景带上舞台。比如特鲁里剧院把真实的门与楼梯搬入剧院,1815年始建的萨德勒韦尔剧院,上演《直布罗陀包围战》时,最后一场"整个舞台变成一片真正的水域"。[③]这些举措就是要让观众相信戏剧世界创造的真实,能够沉浸其中,如痴如醉。在画家杜兰

[①] [英]西蒙·特拉斯勒:《剑桥插图英国戏剧史》,刘振前、李毅、康健主译,济南:山东画报出版社,2006年,第132页。

[②] 同上书,第151页。

[③] 同上书,第137页。

德的《维多利亚剧院的星期六之夜》画作里,顶层楼座的观众屏声静气,专注地看着表演,代表了剧院中的理想观众。而在另一幅克鲁克香克的漫画中,顶层楼座的观众们挤作一团,吵闹打架,原因是听不到演员的声音。这些观众反应剧烈,其初衷也是向往安静的观剧环境,成为理想的观众。① 无论演者还是观者,在剧场环境的培养下,都形成了安静肃穆的观看方式,不愿意破坏沉浸式的幻觉体验。

由此可知,西方室内"镜框"舞台的形成与发展,是促成舞台幻觉主义的剧场因素。美国实验戏剧导演谢克纳在《环境戏剧》中说"单一焦点是正统戏剧的标志"②,正统戏剧的镜框舞台,采用两分法将观众席与舞台分隔开来,戏剧事件完全是在一个固定空间中发生,观众的视野是单一焦点,只有一个注意中心,一切都围绕它进行安排。而在这样的剧场演出环境中,源头叙述者的出现无疑是打破幻觉的"破框"行为,很难与之相融相洽。相较而言,中国戏剧戏台主要以伸出式、敞开式为主,布景也相对简单,舞台实体缺乏真实可言。苏联导演尤特凯维奇认为:"中国戏曲从来不知道我们习惯的框式舞台……几百年来,中国演员是处在四面观众的围观之中,后来才是三面被观众包围,和马戏剧场的舞台一样。在这样的舞台条件下就不可能有什么幻觉布景可言。"③中国戏剧的确没有"框式舞台"的传统,舞台向观众开放,宴饮演剧、街头演剧甚至是包围在观众之中,这种演出环境很难孕育出"逼真"戏剧观。这当然不是说中国戏剧没有戏剧真实的观念,或者缺乏真实幻觉的戏剧体验,而是说,西方戏剧用以实造实的方式,打造舞台真实,并且力图屏蔽观众进入演剧空间,以维护舞台幻觉与观众整体观感;而中国戏剧并不讲究舞台实体,普遍用以假充真、以无当有的表演方式,突出自身虚拟写意的特质。这种方式使它并不在意外在的、物质的真实,而主要关注戏剧内在情境的真实,为了保持对观众的吸引力,它会用各种表演手段,向观众发出积极召唤,将他们时不时拉入到演剧框架之中,叙述者"破框"就是其中刺激观众反应的一个重要手法。就此而言,西方戏剧框架叙述者在剧本中的活跃性、丰富性,

---

① 两幅画均参见《剑桥插图英国戏剧史》,济南:山东画报出版社,2006年,第148—149页。
② [美]理查德·谢克纳:《环境戏剧》,曹路生译,北京:中国戏剧出版社,2001年,第23页。
③ [苏联]尤特凯维奇:《自由中国的戏剧和电影》,转引自童道明《再谈戏剧观》,《戏剧艺术》1984年第1期,第14页。

自然远不及中国传统戏剧。

三、框架叙述者的显现

西方戏剧框架叙述者的隐匿是戏剧叙事的主流形态,但在数千年漫长的戏剧发展史,西方戏剧也同时存在显露框架的演叙形式。我们主要以古希腊戏剧与莎士比亚戏剧为典型代表,考察框架叙述者的显示方式。

(一)古希腊戏剧的框架叙述者

古希腊戏剧的歌队,是框架叙述者现身的最明显例证。歌队与中国戏剧的后台帮腔比较接近,但后台帮腔是隐身的,歌队却始终出现在舞台之上,而且作用也要丰富许多。罗锦鳞指出:"它(歌队)可以代表作者抒发情感与议论,可以参与剧情,也可以脱离戏剧冲突,甚至还可以扮演剧中的人物,可歌,可舞,可烘托剧情,可作演出的背景。"①歌队本是酒神庆典中行游队伍,唱赞颂酒神事迹的叙事歌曲,也就是说,其最初就具有了叙述体的表演性质。当祭神颂歌演变为戏剧时,歌队仍然承担了叙述者的职能,兼描述、抒情与议论多种叙述功能于一身。

我们来分析歌队在埃斯库罗斯《被缚的普罗米修斯》一剧中的运用。歌队始终站立在场上,陪伴普罗米修斯,听人们诉说,与他们对话,如同观众的眼睛,一直注视着故事中人物的命运。歌队有专门的合唱场次,抒发他们对于人物的情感与评价。在第一合唱歌中,歌队分五个节次描述为普罗米修斯不幸命运痛哭的人与自然,例如末节唱道:"海潮下落,发出悲声,海底在呜咽,下界黑暗的地牢在号啕,澄清的河流也为你的不幸的苦难而悲叹。"在第二合唱歌中,歌队用评论的语气,评价普罗米修斯为人类受难的不值得,第二节唱道:"啊,朋友,你看,你的恩惠没有人感激。告诉我,谁来救你?哪一个朝生暮死的人救得了你?难道你看不出他们像梦中的形影那样软弱,盲目的人类是没有力量的吗?宙斯的安排凡人是无法突破的。"在第三合唱歌中,歌队聆听了伊奥的遭遇,抒发起内心的强烈情感,"啊,命运女神们,愿你们不至于看见我成为宙斯同床的妻子,愿我不至于嫁给天上的新郎;因为我看见伊奥,那憎恨丈夫的女子,受尽苦难,

---

① 罗锦鳞:《谈东西方戏剧的交融》,"东西方戏剧比较研讨会"发言稿,转引自"戏剧传媒"公众号,2019年7月13日。

被赫拉逼迫,到处漂泊,我心里很害怕。"①歌队无疑是人格化的叙述者,他们是角色,《被缚的普罗米修斯》的歌队便扮演了特提斯的女儿们,歌队长还可与剧中人物对话。他们更是在场的旁观者,目睹了所发生的一切,并且把自己的所知所闻,所感所想,通过专门的表演空间抒发出来,其实是代观众说出了心声。

在阿里斯托芬的喜剧作品中,歌队还经常使用插曲的形式。罗念生解释"插曲"为"人物退场后歌队上前来和观众直接谈话"。② 在插曲中,歌队则会跳出演出框架,直接面对观众说话。《骑士》中歌队在插曲说:"你们这些追求文艺女神的观众啊,用心听我的诗。"《云》中歌队在插曲说:"诸位观众,我当着养育我的酒神,很坦白地对你们说真话。"此时歌队的身份,则是作为剧作家的代言人。他代剧作家说出创作意图,《阿卡奈人》的歌队说:"可是你们决不可把他放弃,因为他会不断在喜剧里发扬真理,支持正义。他说他要给你们许多教训,把你们引上幸福之路:他并不拍马屁、献贿赂、行诈骗、耍无赖,他并不天花乱坠害你们眼花缭乱,他是用最好的教训来教育你们。"《云》中,歌队直接用剧作家的第一人称,向观众发牢骚,倾吐自己在戏剧竞赛失败的不甘心:"我既然把你们当作很聪明的观众,更把这个剧本当作我的最好的喜剧,就让我得胜,让人家承认我很高明。我曾经叫你们先看我这本很卖力气的戏,你们竟自让那两个平凡的诗人胜过了我,我这个不应该失败的人却败下了阵来,因此我抱怨你们这些聪明的人,这出戏原是为你们写的。可是,我总不愿意放弃这种比赛,免得辜负了你们这些聪明的人。记得我在这儿表演过'浪荡儿与纯洁的青年',很受你们称赞。当着你们表演真是一件很愉快的事啊!"③在插曲提供的特殊时空中,歌队没有了剧中人物的阻碍,也卸去了自己的角色面具,恢复为早期叙述人的身份,可评可述,嬉笑怒骂,自由无羁。语言方式上,也突破了戏剧故事的内交流语言系统,敞开向外交流,使观众觉识到自己作为在场受述人的身份,与之产生亲密的心理呼应。从形式上

---

① [古希腊]埃斯库罗斯:《被缚的普罗米修斯》,罗念生译,《古希腊戏剧选》,北京:人民文学出版社,2008年,第22页、第26页、第38页。

② [古希腊]阿里斯托芬:《阿里斯托芬喜剧六种》,罗念生译,《罗念生全集》第四卷,上海:上海人民出版社,2007年,第90页。

③ [古希腊]阿里斯托芬:《阿里斯托芬喜剧六种》,罗念生译,《罗念生全集》第四卷,上海:上海人民出版社,2007年,《阿卡奈人》第61页,《骑士》第115页,《云》第177—178页。

看,此类歌队插曲形式也非常类似中国传统戏剧中的"副末开场",均属于框架叙述者现身,功能与性质十分接近,亦均有独立的剧本结构空间。不过在亚里士多德《诗学》中,此类穿插演出不受好评,被诟评为"拙劣诗人""本身的功力问题","打乱事件的排列顺序"。①

随着歌队逐渐淡出舞台,为弥补歌队的作用,古希腊新喜剧会使用开场与收场。"剧作家安排了一个前言人(通常是神话中的人物,如宙斯等;有时也使用了寓言的形象,如"空气"或"援助"等),使他上前发言解释作品的主题。演完以后,作家手执敛钱盒,亲身出现在观众之前,以收场白来博取观众对他与戏剧的赞许。这样,他就有了直接向公众陈述自己见解的机会,而在旧喜剧中作家只能利用歌队来作代言人。"②例如,米南德《古怪人》用了一位潘神拉开序幕,以虚拟叙述的口吻,"假定"有这样一个村庄,假定有这样一个人,接着向观众介绍了性情古怪的克涅蒙,以及索斯特拉托斯爱上了克涅蒙女儿,最后说道:"这些是故事的主要方面,至于故事细节,请诸位自己观看,希望你们会满意。(看见索斯特拉托斯和卡瑞阿斯进场)我看那正是那个钟情的青年和他的狩猎朋友来了,并且正谈着这件事情。(退进山洞)。"这番话抛下欲知爱情如何且待分解的悬念,将观众引入故事,进入代言体的观演。"潘神"在开场陈词中,主动暴露叙述者的身份,类同于中国传统戏剧副末开场中的"副末",不过他除了故事拟构者的身份,同时又是剧中角色,与副末纯粹戏外人还有点不同。这种开场形式在西方后世戏剧中仍有仿效者,莎士比亚就是典型。

除了叙述者在舞台的现身,古希腊戏剧也存在角色"破框"的情况。一般是在演述过程中,角色突然临时改变内交流系统的话语,向外即向观众进行交流表述。米南德的《古怪人》中,当索斯特拉托斯看到自己钟情的少女出来,忍不住说:"观众们,我心里发慌。"③角色正向着观众表白角色内心的慌张。阿里斯托芬在《蛙》中频繁使用这样的手法,令戏剧妙趣横生。剧中开场,克桑西阿斯一上场就说:"主子,让我说个总能令观众发笑的笑话,怎么样?"一番争讨,狄俄倪索斯回答说:"不,你别这么做。如

---

① [古希腊]亚里士多德:《诗学》,陈中梅译,北京:商务印书馆,1996年,第82页。
② [丹麦]卡尔·曼茨:《希腊戏剧的演出》,吴光耀译,《西方演剧艺术》,上海:上海文化出版社,2002年,第273页。
③ [古希腊]米南德:《古怪人》,王焕生译,《古希腊戏剧选》,北京:人民文学出版社,2008年,第234页,第239页。

果我是观众,在剧场里看到这么蹩脚的噱头儿,我离开的时候会老上一百岁的。"两个角色看似在故事内对话,实则将在场观众纳为自己的话语对象,处处以逗趣观众为目的。在这出戏的高潮阶段,欧里庇得斯与埃斯库罗斯激烈对驳,一争高下。欧里庇得斯为了夸赞自己剧作的精妙,时不时"指着观众"说话:"此外我还教(指着观众)他们高谈阔论。""我介绍巧妙的规则、诗行的标准;教他们想,教他们看,教他们领悟,教他们思考,教他们恋爱,耍诡计,起疑心,顾虑周全——"角色不惜"跨界"争取观众对自己的好感。有时还会用眼神与观众交流,使观众意识到自身的在场性:

> 狄俄倪索斯:你看到他说的那些恶怪了吗?
> 克桑西阿斯:你没看见吗?
> 狄俄倪索斯:以波塞冬的名义,当然看见了。(对观众)我现在还看得见你们。唉,咱们现在该做什么?

甚至跑到观众席里去:"狄俄倪索斯跑到一个坐在观众席中显赫的位子上的祭司身边",请求祭司的帮助,"祭司呀,请保护我,让我们在一起一醉方休吧"。① 阿里斯托芬还是古希腊戏剧家中最擅长戏拟的高手。《鸟》中,欧厄尔庇得斯对戴胜鸟说:"你的尖嘴我们看了好笑。"戴胜回答:"这就是索福克勒斯在他的戏里把我特柔斯打扮成这个样子。"索福克勒斯有《特柔斯》一剧,故而顺手戏拟一笔。后面戴胜在介绍其他鸟儿时,说:"这是菲洛克勒斯种的戴胜,我是它的爷爷。"② 菲洛克勒斯也是古希腊悲剧作家,也写了一部有关特柔斯的剧作,这里又再次戏拟一笔。向其他戏剧家的"戏拟",击穿了本剧的壁垒,显现出框架叙述者的存在。阿里斯托芬喜欢打破演剧界限,不时暴露戏剧的框架,一来增强了戏剧表演的谐趣色彩,二来也使得观众有意识参与到故事之中。

(二)莎士比亚戏剧中的框架叙述者

英国莎士比亚是运用框架叙述者极为频繁的剧作家。一方面伊丽莎白时期的露天舞台以及舞台前面突出的"圆围裙"形制,提供了相对自由

---

① [古希腊]阿里斯托芬:《阿里斯托芬喜剧六种》,罗念生译,《罗念生全集》第四卷,上海:上海人民出版社,2007年。以上《蛙》的引文,分别在第405页、第443页、第415页、第416页。
② [古希腊]阿里斯托芬:《鸟》,杨宪益译,《古希腊戏剧选》,北京:人民文学出版社,2008年,第168页、第175页。

的活动空间,剧中人物可以走到画面框子以外,①另一方面则是缘于莎士比亚的个人因素,其深受西欧民间演剧传统的影响,加上不拘一格、天才恣意的创作力,赋予了框架叙述者自由活泼的表现空间。

  在莎翁戏剧中,框架叙述者主要放在开场或终场,作为剧情解释者、向观众致意者的形象出现,这是从古希腊新喜剧汲取的源头活水。莎翁无所忌讳地暴露这些叙述者的场外身份。他们可能来自故事源头的创作者,如《泰尔亲王配瑞克里斯》每一幕开场的剧情解释者名为"高渥"。高渥是英国14世纪的诗人,他的长诗《情人的自白》正是这本戏剧的改编底本,莎士比亚直接把诗人高渥搬上了舞台,设置为致辞人出现。叙述人也有可能是戏剧的演出人员,《亨利五世》每一幕直接由"剧情解说人上",他俯求观众的原谅:"我们这些缺乏灵感的小人物,竟敢在这么一个破戏台上搬演如此伟大的景观,难道这个斗技场似的小园子,能容得下法兰西的辽阔战场吗?"②大胆自我显露出戏剧扮演者的身份。还有一种情况,干脆什么身份也不交代,舞台直接"开场"与"收场",《亨利八世》便是如此,《两个高贵的亲戚》是用"喇叭奏花腔"的形式,直接吟唱"开场诗"与"收场诗"。这种情况往往只用在全剧开场与收场,莎翁虽然没有交代解说人的身份,但从话语中我们仍能察觉,他是演职人员的一分子,《亨利八世》"终场诗"云:"这出戏十有八九不能让大家满意,因为有些人到戏园本身是为了休息,戏演了一两幕,他们还在睡觉,我们的喇叭声才把他们的好梦惊扰。"③诗歌的唱诵者与《亨利五世》的"剧情解说人"并无二致。

  莎士比亚设置这些叙述者,主要是为了故事叙述的方便。在悲欢离合的传奇剧作、波澜壮阔的战争史诗剧作中,叙述者的出现,能够突破舞台时间与空间的局限,将戏剧故事带向宽广的地域,纵跨漫长的时间。它可以交代故事的前情,省略故事的篇幅,而不必将所有发生的细节都事无巨细地呈现舞台之上。《泰尔亲王配瑞克里斯》一剧中,高渥在每一幕开场向"列位看官"宣读本幕戏的前情。比如第一幕高渥唱:

    却说当年安提奥克,在叙利亚建立王国,他的王后不幸亡故,留

---

① [英]威廉·阿契尔:《剧作法》,吴钧燮、聂文杞译,北京:中国戏剧出版社,2004年,第331页。
② [英]莎士比亚:《莎士比亚全集》(4),朱生豪、孙法理等译,南京:译林出版社,2016年,第221页。
③ 同上书,第439页。

下一个娇娃失母,可喜长得容华绝代,天生就风流的体态;谁料老王乱伦灭性,竟把他的女儿诱引,这无耻的父女一双,干下了罪恶的勾当,经历了几度的春秋,他们也就恬不知羞。这公主的艳誉芳名,招来多少公子王孙,他们做着求凰好梦,谁都想把美人抱拥。哪知道这一方禁脔,怎么容得旁人染指?这老王早制定约束,应付求婚者的絮渎:谁要是想娶她为妻,必须解答一个哑谜;参不透哑谜的奥秘,他只好把生命捐弃。可怜这一个难题目,害多少的英才受戮!俺且把秃舌儿收了,请列位眼皮上看饱。

求婚事件背后隐藏了一个可耻的乱伦秘密,这是一段不宜在舞台上展现的故事前情,高渥浓缩为短短几句话的叙述。他抛下悬念的哑谜后下场,紧接着便过渡到正式剧情,即配瑞克里斯向公主求婚,竟然猜出了哑谜。由于这本戏故事时间纵跨了16年,地点也有大幅度转移,所以高渥每一幕所叙述的内容,实际为正式剧情所省略的部分。他的"剧情解释",不但联结了幕与幕之间的情节,而且节约了故事时空对舞台时空的耗费。第二幕高渥叙述配瑞克里斯归国途中遭遇海难,被浪花卷上了海滩,第四幕叙述十多年过去,配瑞克里斯的女儿玛琳娜长大成人,美丽聪明,引起克利昂妻子嫉妒。这些时间与地点上的不统一,莎士比亚都采用了叙述人省叙的处理。同样的手法在《冬天的故事》中也有出现,如何呈现这个故事中漫长的16年时间呢,莎士比亚很有创造力地以"时间"为致辞人形象。第四幕引子中,"时间"上场说道:"让我如今用时间的名义驾起双翮,把一段悠长的岁月跳过请莫指斥:十六个春秋早已默无声息地过度,这其间白发红颜人事有几多变故。"用了极为简省的语言匆匆带过了16年时间,从而转入新的故事环节,"把一个新的场面铺开"①。《亨利五世》也同样因舞台演出的囿限,用剧情解释人的叙述代替了部分故事表演:"我恭顺地请求他们容许我们在时间、人数和事件发展顺序等方面进行删减,因为这一切不可能完全按照它们原来那样庞大的规模在戏园里搬演。"②致辞人灵活而凝练的叙述,使得戏剧所覆盖的时间,远远超过了当时浪漫喜剧故事通常的几天或几个月,这是莎士比亚戏剧能够自由驰

---

① [英]莎士比亚:《莎士比亚全集》(7),朱生豪、孙法理等译,南京:译林出版社,2016年,第252页。

② 同上书,第313页。

骋的原因之一。然而"这种时间上的不一致是古典主义剧作家所不能容忍的。这大概也是此剧(《泰尔亲王配瑞克里斯》)为何在几个世纪中都得不到好评的原因之一"①。同样古典主义剧作家对《冬天的故事》一剧评价也不高。

莎士比亚还会让有的致辞人变身为某个抽象概念。《亨利四世》(下)序幕由"谣言"拉开。这个形象"绘满舌头",出自罗马诗人维吉尔《埃涅阿斯记》中那个满身眼睛、耳朵、舌头的怪物,估计表演者戴上了假面具。1613年坎皮昂的假面剧上的谣言形象,就是穿绘满带翅膀的舌头的紧身衣,戴长着大翅膀的舌头形帽子。②"谣言"的开场与前情叙述者、观众致意者的叙述不同,它主要为了连接《亨利四世》(上)与《亨利四世》(下)两部关联剧,从上部哈利王战败烈火骑士讲起,将战事变为谣言散布出去,引起了《亨利五世》的开场。由于与剧情关联甚密,所以这个叙述者的身份兼具了剧外陈述与剧内角色的双重身份,而且是一次性的过场角色,它只在《亨利四世》(下)的开场出现了一次。尾声则改由一个舞蹈演员向观众致意,希望观众包涵该剧的不足,说着跳起舞来,以飨观众,仍然属于演职人员的收场。这种收场表演的方式,非常类似中国传统戏剧的"饶戏",是演出者赠送给观众的额外福利。

毋庸置疑,莎士比亚戏剧的框架叙述者主要来自组构演剧框架的演职成员。为了帮助观众更好地了解剧情,使戏剧故事表演获得充分的自由,他们不吝向观众袒露自己的身份,充当观众游弋故事海洋的引导者、解释者与描述者,召唤观众展开想象的翅膀,一同飞掠故事的远景,穿越情节的迷宫。他们把演出前前后后的过程,包括剧本编创、戏园景况、看客心态以及班社演剧状态,毫不吝啬地告诉观众,在号召观众保持严肃态度,相信故事真实可靠的同时,也宣告了演剧是虚拟扮演的事实。莎士比亚挥洒着肆意奔放的创造力,在一部部戏里自由调度着"致辞人",融叙事体与代言体于一体,"我既有能力推翻一切世间的习俗,又何必俯就古往今来规则的束缚"(《冬天的故事》第四幕"引子"),③将伟大戏剧家的想象

---

① [英]莎士比亚:《莎士比亚全集》(7),朱生豪、孙法理等译,南京:译林出版社,2016年,第3页。
② [英]莎士比亚:《莎士比亚全集》(4),朱生豪、孙法理等译,南京:译林出版社,2016年,第107页。
③ 同上书,第253页。

力与魄力展露得淋漓尽致。

(三) 民间演出传统中的框架叙述者

在向19世纪镜框舞台时距推进的过程中,西方剧场演剧传统中的框架叙述者随之减少,戏剧叙事愈来愈趋向真实,追求幻觉的戏剧效果。不过这期间仍然有一些剧场戏剧仿效了古希腊、古罗马戏剧显现框架叙述者的方式,莎士比亚对于开场收场致辞人频繁灵活的使用,正显示了这种演述传统开放而持久的生命力。这种情况在其他剧作家身上也有所体现。例如,本·琼森的《狐狸》一剧结尾,"(伏尔蓬走到台前)",说:"观众的掌声是舞台的佐料,虽然老狐狸已被法办,但还请各位宽宏大量,免除对他的惩罚;他若冒犯了您,那就斥责他;他站在这里洗耳恭听;若没有,那就祝福您,为我们鼓鼓掌!""伏尔蓬"走出了演剧框架,走向了观众,同样证实了当时舞台没有严格的内外界限。哈罗德·布鲁姆认为这是角色在取悦观众,里面也暗含了本·琼森"对伏尔蓬那些伎俩的痴迷","对观众之暴虐无情的贪嗜",剧作家利用了框架叙述者,在拉拢观众的同时,又让"一般的庸众都受着它们的俘虏,且时时交换彼此的角色",[①]巧妙投射出剧作家不无反讽意味的伦理意图。法国戏剧家莫里哀在《贵人迷》最后一幕也设置了收场表演,各国的芭蕾舞轮流上场,营造剧场欢快喜悦的气氛。不同的是,《贵人迷》的芭蕾舞是作为剧情的一部分,融在故事框架之内,只是临到终场,"三个国家的人合拢,全体参加者按照舞蹈和音乐,拍手喝彩,并唱着下面两行的歌词:'连台好戏,看得我们入魔,就连神仙的娱乐也差了许多。'"[②]这两句话跳出了人物角色的身份,暴露了向观众致意者的身份。

莎士比亚与本·琼森的开场收场,其实是源自西方戏剧民间演剧传统。不同于镜框舞台的剧院演剧,民间戏剧流动作场与开放舞台的演出形式,使得它较少受到演剧真实的限制,框架叙述者的出现远要活跃得多。例如,流行于16—18世纪的意大利假面即兴喜剧,里面爱插科打诨的小丑角色阿拉金诺,常常以自由人的身份,出入于戏剧内外,时而是故事中人,时而直接与观众对话。其中有一出戏,是他在舞台上表演失恋,

---

① [美]哈罗德·布鲁姆:《剧作家与戏剧》,刘志刚译,南京:译林出版社,2016年,第189—190页。
② [法]莫里哀:《莫里哀喜剧六种》,李健吾译,上海:上海译文出版社,1978年,第426页。

打算殉情上吊,"刚要上吊又大骂情人总是意志薄弱,自己为一个女孩子去死,'不值得!'又去问观众'同意不?'没等观众回答自己就说:'同意。'"又想换一种死法,对观众说:"诸位!哪位肯示范示范,死一次给我看看?唔,没有?你们太不够朋友了!对了,我听说有人是笑死了。"于是自己咯吱自己,大笑不已,直至倒在台上死去。① 这种角色与中国脚色中"丑脚"颇为类似。它们都出自民间戏剧,质朴粗放,不怎么在意真实与虚构的观念区隔,常以插科打诨的方式自由出框,以获取在场观众的反应。还有一类仪式或游戏性质的戏剧表演,也存在自由破框的情况。例如17世纪英国宫廷假面戏剧,是宫廷一种娱乐形式,包括"诗歌形式的开场白、反假面剧、假面剧、狂欢舞和收场白"几部分,最高潮是"狂欢舞",要邀请观众共舞。假面舞者与观众汇融在一起,体现出"宫廷自身理想化的图景"②。戏剧成了仪式与游戏的一部分,这就打通了戏中世界与现实世界的壁垒,将戏里戏外连成了一片,其背后表达的是一种人生态度、信仰与哲学。这与中国祭祀仪式剧目连戏、宴会娱乐演剧的演出场景也十分类似。不同的是,这些西方演剧形式流行于一时,并没有成为主流的演叙形态,而中国戏剧框架叙述者如影随形,一直依存在各个历史阶段的戏剧样式中。

(四)余论:西方现代剧场中的框架叙述者

西方戏剧框架叙述者重新受到重视,要等到西方现代戏剧的到来。20世纪初,人们开始向幻觉主义戏剧传统发起了突围,力求通过解构第四堵墙,重新建构戏剧的"剧场性",释放观众的想象力与判断力。框架叙述者作为"剧场性"的重要元素,成为现代戏剧解构传统,实验新观念的重要手段之一。现代戏剧中的主要做法是,让观众参与到剧情发展中来,不让观众被戏剧幻觉裹挟,完全淹没自我。布莱希特提出"间隔"理论,主张观众与舞台有审美距离,"剧院现在把世界展现在观众眼前,目的是为了让观众干预它",③他用半截幕的方式处理换景,幕前可继续表演,而观众可以透过半截幕露出的空隙,观看幕后演职人员的环境,这种方式如同中国戏剧的检场人一样,将演示框架展示在观众眼前。梅耶荷德的戏剧公

---

① 黄佐临:《意大利即兴喜剧》,《戏剧艺术》1981年第3期,第38页。
② 王永梅:《本·琼森宫廷假面剧与自我作者化研究》,北京:科学出版社,2015年,第42页。
③ [德]布莱希特:《布莱希特论戏剧》,丁扬忠等译,北京:中国戏剧出版社,1990年,第63页。

式是"演员加观众,才是剧院的灵魂"①,在《宗教滑稽剧》一剧演出时,他把观众厅与舞台联结起来,从而让剧情延伸到观众中去。法国戏剧家阿尔托则提倡残酷戏剧,宣告要废除舞台与观众席,让观众与演出之间,建立起一种直接的联系。②他的这一理念在美国导演谢克纳的"环境戏剧"中得以实施。1967年10月《游击战》一剧在纽约二十三个地点上演,吸引了大批观众加入进来;《酒神在1969》一剧,一名扮演彭透斯的演员被观众架出了剧院,发生了演员与观众冲突,结果演员罢演,又临时请了一位16岁男孩上台表演。20世纪70年代,展演艺术(performance art,亦译为行为艺术)的兴起,进一步加深了展演艺术与观众在场的联系密度。戏剧作为展演艺术之一,也通过当代剧场实践,不断打破舞台与观众的界限。今天的剧场,被建构成不同空间、不同身份交织与碰撞的场所,演员走入观众,观众被引入舞台,已经成为常态。在这里,戏剧缝合体系被撕开了一道口子,透出来的光,照亮了第四堵墙前的巨大黑洞,原有看与被看、外在与内在、真实与虚构的二元对立结构瞬间消解了,"双重世界"交叠在一起。此种反幻觉主义戏剧的逆转,不再拘泥演员创造舞台文本的模式,而是将叙述执行者的任务,交给了在场空间的每一个人。此时观众不是单纯的受述者,他们也加入舞台作品的生产,成了戏剧叙述框架的创造者之一。借助这样的方式,西方现代戏剧实践者与理论家们,自觉重构了西方剧场艺术,深化了戏剧展演的人类意义。某种程度上,它与中国戏剧"无所不在"的叙述者有相通之处,都确认了"剧者戏也"的虚构本体,也彰显了"剧场"的独立性与多元性。

第四节　元杂剧"探子报"叙述
——兼与古希腊戏剧报信人比较

元杂剧中,战争戏是一类重要题材,包含了改朝换代战争、绿林好汉

---

① [苏联]莎多夫斯基:《与梅耶荷德的会见》,转引自陈世雄:《现代欧美戏剧史》,北京:文化艺术出版社,2010年,第24页。

② [法]安托南·阿尔托:《残酷戏剧——戏剧及其重影》,桂裕芳译,北京:中国戏剧出版社,1993年,第93页。

武斗、神魔鬼怪争斗等各种类型。对于如何展现两军对阵交战的战争场面,元杂剧发展出一种特殊方式——"探子报",即探子向高级统帅汇报刚刚发生的战况。元杂剧中明确运用"探子报"的剧目合七种:尚仲贤的《汉高皇濯足气英布》与《尉迟恭单鞭夺槊》,郑光祖《程咬金斧劈老君堂》,陈以仁《雁门关存孝打虎》,无名氏《狄青复夺衣袄车》《摩利支飞刀对箭》《二郎神醉射锁魔镜》。① 对于这种创作形式,学界曾考察过其与讲唱艺术的渊源,及与元杂剧一人主唱体制的关系。这里我们主要关注"探子报"的叙事性。作为战场情况的主讲人,探子边讲边唱,使这一折充满了故事讲述的意味,足可视为中国古代戏剧独具特色的叙事形式之一。

一、"探子"的角色内叙述

"探子报"中,战况主讲人是深入战地、打探军情的探子。探子,没有具体姓名,各剧均以"探子"名之,仅在本折出现一次,由正末临时改扮,其他折再也不见。作为戏剧中的人物角色,探子如何叙述战况,首当其冲应该照顾的是"探子"的角色特征。

一般来看,该折开始就会设定探子战争亲历者、侦察者的形象。他是高级帅将派往前线的侦探,《汉高皇濯足气英布》张良云:"已曾差能行快走夜不收往军前打探去了,着他一见输赢,便来飞报。"《尉迟恭单鞭夺槊》徐茂公亦说:"使的那能行快走的探子看去。"一些剧作还从探子从战场疾行返回写起,《雁门关存孝打虎》探子上场唱:"一托气直奔数十里,遍体汗淋如水洗。非是我说兵机,若论相持,大会垓应难比。"人物刚从战场返回,遍体大汗,急着汇报战情。《摩利支飞刀对箭》探子登场唱:"走的我汗似汤浇,浑身上水洗。恰离了乱撺军营,急煎煎盼不到元帅府里。两只脚飞腾,一声儿踹起。苦亡家,倾败国,恶战敌。人着箭踉跄身歪,马中枪惊急里脚失。"此为从败军中逃回的探子,人着箭,马中枪,踉踉跄跄,急着奔回元帅府报告战况。

探子重要的职责是"打探去""看去",即用耳目所及,观敌瞭阵,观察传报。故探子的战报叙事,在叙事视角上属于第三人称的旁观叙述。为了贴合探子观察者的身份,元杂剧"探子报"一折充分运用了第三者视听

---

① 此七种剧皆出自臧懋循《元曲选》(杭州:浙江古籍出版社,1998年),隋树森《元曲选外编》(北京:中华书局,1959年)。此节中各剧引文不另标注。

叙述的方式,描写他的所见所闻。比如,描述战争前两军对阵的景象,探子唱"齐臻臻天兵摆列,恶唻唻寻对垒。咚咚鼓响似春雷,火火火杂彩旗遮了太极"(《二郎神醉射锁魔镜》【出队子】),"鼓震的山岳摧,喊一声鬼神悲,荡征尘翻滚滚天日辉"(《摩利支飞刀对箭》【寨儿令】),都是从视觉上描画两军战旗翻飞、征尘蔽日的对阵景象,从听觉上描述双方战鼓咚咚,喊声震天。在叙述战斗过程时,探子常常用"我则见""则听的"之类的话头,提起自己的所闻所见。《摩利支飞刀对箭》中,探子"则听的高叫一声似春雷",由所听的炸雷般叫声,引出主将摩利支一骑突出的场景叙述;《雁门关存孝打虎》中探子"则见张归霸军前猛叫起",同样用到了由听入见的叙述手法;《狄青复夺衣袄车》中,探子目光由远及近,"遥望者见一将来的疾",呈现出狄青飞马疾行,奔至战场的场面。这样的用法,各剧俯拾即是。角色看到什么、听到什么,属于人物内视角的运用,此时包含观众在内的受述者,都可以随着人物的眼睛去观察,耳朵去聆听,仿佛亲身体验到探子所经历的战场现况。

我们知道,事件讲述者目的之一是希望受述者相信自己所讲述的一切。讲述者往往会通过标榜亲身体验者的身份,以获得真实可信的资本。即便没有亲自参与事件,也会特别注明自己获得这个事件的可靠来源。戏剧以舞台角色代言为基本手段,人物可以直接现身,更容易获得一种在场的真实感。"探子报"一折,正是利用此先天之便利,设定好探子参战者的人物身份,从一开始便营造出探子返报的真实氛围。而在战况叙述中,又不时扣住观察者的身份,从亲闻亲见的内视角,渲染人物角色的视与听,增强了叙述的真实在场感。

二、"探子"的角色外全知叙述

"探子报"一折,内容全在战事汇报。《雁门关存孝打虎》李克用要探子"实实数说军情事",《程咬金斧劈老君堂》探子自云"听小校从头说这遭",说明了探子的主要职责在于"说",即讲述。当将帅询问探子战情之时,还经常用到特别明显的讲述提示语:"你喘息定了,慢慢再说一遍咱。""慢慢说一遍",这种提示性讲述套语的反复出现,明确揭示出探子作为"叙述者"的人物身份。

按照剧本设定,探子所叙战况来自人物在战争中的亲身观察。因受限于人物个体所能经验的范围,这种人物叙述应该表现为限知型叙述,在叙述上势必会存在一些难以周全的罅隙或死角，比如很难照应所有战争环节、遗漏某些战斗细节；抑或因个人叙述立场的不同，叙述态度有所倾斜，有意识筛选叙述内容，等等。但是，元杂剧"探子报"一折，却并没有受限于人物的限知叙述，在很多环节上跳出了角色本位，体现出无所不能的全知视角。

几乎所有"探子报"都采用线性叙述汇报战况，照应战争的全局。沿着时间之轨，大致分为战前对阵、具体过程、战斗结果三个阶段。以尚仲贤《尉迟恭单鞭夺槊》第四折为例，探子详细描述了战前两军对阵、单雄信与段志贤交锋、单雄信直取唐王、尉迟恭飞骑救主、尉迟恭与单雄信交战、唐元帅勒马回观、单雄信落败逃走的整个作战过程。每一个探子对于战争发展过程，皆全局在胸，如同一台全程跟踪的录像机，了解每一次对仗、每一次转变，似乎不存在未知时间、地点与事件。

如果说，探子以固定战场为中心，从首至尾的全程观察，还属于个人经验范围之内。那么，一些剧中地点发生了长距离的转移，这恐怕已经超出了探子事实上的观察能力。《雁门关存孝打虎》一剧中，张归霸败走长安，李存孝乘胜追击，中心战场移位到了长安城，探子需要长线观察，大幅度追踪移位，并且与李存孝不即不离，才能完成整个的战报叙述。再看《程咬金斧劈老君堂》一剧，探子在叙述完战场胜负后，又说起唐王怎样扫除残兵败将，"府库又封，臣子又朝，一处处归降顺了"；怎样万方仰圣，"纳土称臣皆上表"，"四夷人来进宝"，"十八处擅改皆尽剿"，这些事件远在战场之外，亦绝无可能在一个时间点内发生，很显然不是探子此次战场侦探所能采集。这些例子说明探子已从剧中亲历者、观察者的角色身份抽离出来，采取了全知全能的叙述视角，由此人物能够不受时间与空间的局限，俯瞰战争全局的发展。

探子叙述态度也颇令人玩味，这重点表现在战败一方的探子身上。一般来说，元杂剧探子一角多来自胜利方，这是出于全剧统一叙述立场的考虑，方便了同颂英雄、共仰威仪的题旨表达。但在《摩利支飞刀对箭》《狄青复夺衣袄车》两剧，探子角色设置为战败方的探子。剧中，他们刚刚从战场狼狈逃回，经历了惨不忍睹的重创，目睹"血成河如聚水，死尸骸山岸般堆"，本来应该在战报叙述中表达对敌方的愤恨。可是，两剧中探子皆满口夸赞对方狄青、薛仁贵如何神勇，不仅称之为"好将军也""英雄虎将世间稀""更压着汉朝李广、养由基"，还分别专用一曲大力渲染两人出场的雄姿。而在叙述双方交战时,败方探子对己方将领直呼名姓,对敌方则敬称为"将军",如"史牙恰枪去的疾,狄将军刀去劈""摩利支命运低,那将军分福催",其态度去取十分明显。这种将叙述重心落在对手身上,采用仰视视角的写法,导致了人物立场与叙述态度的背离,探子作为戏内角色叙述者的身份,被明显替换成戏外叙述者,其目的是向全剧歌颂战斗英雄的统一基调靠拢。

由此可知,作为观察者、叙述者的探子,没有停留于人物限知的视角,反而是从外在叙述的需求出发,站在一个全方位的叙述位置,灵活转动视角,拉长或缩短镜头,扫描战局,周知战事。角色应有的叙述立场也被撇在一边,用不相称的态度与言语,强势植入戏外叙述者的价值观念。此时,探子的身份发生了分裂,分裂出战争观察者、战事叙述者、戏外叙述者的多重身份,一方要维护角色叙述的真实,一方是要保留局外叙述的便利,而两种声音交响碰撞,使得探子难以融合为一个统一性的角色人物,而"探子报"一折更多偏向了拥有上帝视角的全知型叙述。

三、一体双角的叙述方式

"探子报"一折,各剧皆安排了两个角色。除探子之外,还有一位负责询问战况的将帅人物。① 比起探子的无名无姓,将帅的人物属性似乎更为凸出。他们有名姓,有来头,或为战胜方军师将帅,或为战败方将领,有的还不止一次登场,如《汉高皇濯足气英布》张良、《尉迟恭单鞭夺槊》徐茂公、《程咬金斧劈老君堂》军师李靖等。尤其那些多折上场者,还会与其他人物彼此互动,产生多面向的角色关系。就此而言,比起无名无姓的探子,将帅的人物属性要更鲜明。但是,就"探子报"一折来看,将帅与探子一问一答,一唱一和,主要侧重的还是叙述功能。

首先,将帅主要负责开合提掇,掌控探子叙述的方向和节奏。

各剧将帅均被设置为不知战情者,等待探子消息归来;探子回报时,由其预先发问,引导探子一问一答,完成战事叙述;探报结束,又负责打赏探子,收结该折。可以说,整折的基本框架均由这个人物组织完成。而在具体战事叙述中,将帅大多以提问的方式,把握战报叙述的基本方向。请

---

① 惟《汉高皇濯足气英布》一剧,场上除探子与张良之外,还有汉王刘邦、随何、樊哙诸人,但后三者属于背景式人物,并没有什么表演成分。

看《尉迟恭单鞭夺槊》第四折徐茂公与探子的问答：

  1. 徐问：兀那探子，单雄信与唐元帅怎生交锋，你喘息定了，慢慢的说一遍咱。

——探子唱【喜迁莺】

  2. 徐问：元来是单雄信与某家段志贤交马……端的是谁输谁赢，再说一遍。

——探子唱【出队子】

  3. 徐问：谁想段志贤输了也……俺尉迟敬德与单雄信怎生交战？探子，你喘息定了，慢慢的再说一遍咱。

——探子唱【刮地风】

  4. 徐问：元来敬德手搦着竹节钢鞭与单雄信交战……此时俺主唐元帅却在那里？探子，你喘息定了，慢慢的再说一遍咱。

——探子唱【四门子】

  5. 徐问：单雄信输了也！……今若敬德不去，俺主唐元帅可不休了？兀那探子，你再说一遍咱。

——探子唱【古水仙子】

  双方五问五答，逐次描述了整个作战过程。探子虽是主叙者，但究竟从哪个部分、哪个角度叙述，却是依凭徐茂公的提问，逐一引入。徐茂公俨然成为叙述方向的牵引者。

  将帅人物也会依据探子唱白透露出来的信息点，引出问题，而不完全表现为单方面的强制性掌控。《摩利支飞刀对箭》中，探子唱"则听的高叫一声似春雷"，高丽将便顺着探子话头，令其讲述摩利支出战；探子云"白袍小将出马"，随后高丽将顺势要求探子介绍白袍小将战斗的情况。这时候，将帅人物更多时候是在掌控探子叙述的节奏，使之张弛有度，有缓有疾。尤其到了一些重要节点，务须放慢下来，叙述才会更饱满、更细腻。像摩利支与薛仁贵的飞刀对箭，是该剧最为核心的打斗场面。探子已做了一番前奏性的说白描述。但这还不够，高丽将又令其"慢慢的说一遍"，于是探子再用两曲，浓墨重彩地追叙了飞刀对箭的精彩场面。设若没有将帅的把握，任由探子单方叙述，叙述何时顿，何时细，何时过渡，何时连接，则不好自行调整，叙述节奏很容易失控。

  其次，将帅会强化与补充探子叙述。

各剧中,将帅人物表现为不知战情者,但从他的表演看,既非一无所知的询问者,也非纯粹的聆听者,而是会积极配合探子演唱,强化与补充探子的战报叙述。例如,《狄青复夺衣袄车》中李衮询问探子狄青与史牙恰的交战情况,双方有一段唱白叙述:

> (正末唱)【醋葫芦】一个在河道东,一个在临路西。都不曾答话便相持,却便似黑杀神撞着个霹雳鬼。枪强刀会,棋逢对手好相持。
> (李衮云)一个使的是枪,一个使的是刀。杀气腾腾罩碧霄,天愁地惨冷雾飘。有如山前猛虎斗,恰似蛟龙出海涛。一个凭三略,一个显六韬,交马过处逞英豪。从来自有将军战,不似今番枪对刀,是一场好厮杀也呵。

李衮念白强化了探子叙述,用了一连串对仗韵语,夸赞双方厮杀的激烈场面,内容更增一倍,语气也仿佛亲临战场,耳闻目睹一般。再如,《摩利支飞刀对箭》高丽将询问摩利支出马交战张士贵的情况,探子唱了一曲【么篇】,主要描述摩利支的英勇形象,高丽将随后念了一大段赋赞,不仅补充探子所没有述及的摩利支盔甲、兵刃之类的细节,最后还居然添上一句"张士贵输了也",先于探子之前,报知了战局胜负。

由是观之,不论身为叙述角色的探子,还是非叙述角色的将帅,都体现出强烈的叙述性质。两者都越出角色本位,采用了外视角叙述,流露出戏外叙述者的身份。两者的叙述,不仅属于你问我答的引导关系,更体现为一种叙述视角、叙述内容的互补关系。探子为主叙者,依据将帅的提问,讲述战场情况;将帅为补叙者,全程调控,及时跟进,在作战场景、双方将领相貌、兵器等方面,予以声情并茂的重叙或补叙。两者为了满足"细细数说"的叙述需求,从头至尾都在不急不缓,娓娓诉来,叙述内容相辅相成,叙述身份一隐一显,叙述功能一辅一主,如同一体分化的双角。

四、探子叙述的演艺叙事传统——与古希腊戏剧报信人叙述之比较

有学者认为,"探子报"一折属于战争幕后戏,是"戏剧艺术对于规模恢弘的重大战争事件及其浴血厮杀场景推至幕后予以暗场处理"[①]。这种说法是比照了古希腊戏剧报信人讲述的幕后处理方式。古希腊戏剧不

---

① 胡健生:《元杂剧与古希腊戏剧叙事技巧比较研究》,北京:中国社会出版社,2014年,第82页。

主张在舞台当场演示残酷的、血腥的场面,故此每每借用报信人的方式,讲述战争场面、死亡场面,以便隐去故事中的大片血迹。贺拉斯曾说:"不该在舞台上演出的,就不要在舞台上演出,有许多情节不必呈现在观众眼前,只消让讲得流利的演员在观众面前叙述一遍就够了。"①《美狄亚》中美狄亚杀死双子,《俄狄浦斯王》中王后自杀、俄狄浦斯刺瞎双眼,《七将攻忒拜》中七次攻打忒拜城的血腥战场等,②都被剧作者藏在了幕后,转为了语言叙述。来看欧里庇得斯《美狄亚》一剧第五场,传报人向美狄亚汇报公主与父亲克瑞翁被毒死的消息:

> 报信人:公主刚才死了,她的父亲克瑞翁也被你的毒药害死了。
>
> 美狄亚:你报告了最好的消息,从今往后你就是我的恩人和朋友了。
>
> 报信人:你说什么?夫人,你害了国王一家,听了这消息不但不怕,还高兴,你头脑还健全吗?或是疯了?
>
> 美狄亚:我自有道理答复你的疑问;别急,我的朋友,请先告诉我,他们是怎么死的;如果他们死得很惨,你便给我带来了双倍的快乐。
>
> 报信人:……那可怜的女人便从闭目无声的状态苏醒过来,发出可怕的呻吟,因为两个痛苦在向她进攻。一是戴在她头上的金冠冒出惊人的毁灭的火焰;二是你的孩子们赠送的那精美的袍子,撕食着这不幸女人的娇嫩的肌肤。她被火烧着,从座椅上站起来逃跑,往这边那边地摇动她头上的长发,想抖落那金冠,可是这金冠箍得很紧,抖不落,每当她摇动头发时,那火焰便加倍地旺了起来。她终于被灾祸战胜了,倒在了地上,除了她的父亲外谁都认不出她来了,她的目光已经失去了庄重的平静,她的面貌已经失去了优雅,血和火混在一起从头顶上往下流,她的肌肉正像松脂从松树上流出来一样,被看不见的毒药从骨骼间熔化吸去,情景真是可怕;大家都怕去接触这死尸。③

---

① [古罗马]贺拉斯:《诗艺》,杨周翰译,北京:人民文学出版社,1962年,第146页。
② 胡健生整理出了古希腊戏剧15部死亡事件的幕后戏,7部战争场面的幕后戏,见《元杂剧与古希腊戏剧叙事技巧比较研究》,北京:中国社会出版社,2014年,第83页。
③ [古希腊]欧里庇得斯:《美狄亚》,张竹明译:《古希腊悲剧喜剧全集》(4),南京:译林出版社,2007年,第514—515页。

报信人用了一长段详细叙述了公主与国王焚肌裂骨,体无完肤的死亡过程,尽管他强烈地表达"这真是个可怕的景象",但第三人称的语言描述比起舞台直观呈现死亡惨景,还是要含蓄收敛多了。而且这种叙述方式有讲述故事的优长,能不受舞台时空限制,同时处理可见和不可见,可闻和不可闻的事物,所以卡斯特尔维屈罗说:"叙事体对许多事物,甚至和情感有关的事物,用讲述串联起来,也比戏剧方法的表现更好、更充分。"①

诚然,古希腊报信人与"探子报"在叙述手法上十分接近,都采用了旁观者的事后讲述,不过联系元杂剧的情节,"探子报"并不能视为与报信人一样规避血腥场面的暗场叙述。古希腊戏剧观念中,残酷血腥的场景是舞台表演的禁忌边界,所以用叙述代替了表演,但元杂剧除了《汉高皇濯足气英布》一剧外,凡用"探子报"的剧本,实际都在上一折正面展现了战争场面:

元杂剧剧名	探子报	正面战争场景
《二郎神醉射锁魔镜》	第四折	第三折哪吒会同二郎神,与二魔激战正面交战
《雁门关存孝打虎》	第四折	第三折李存孝与张归霸、张归厚、黄圭正面交战
《摩利支飞刀对箭》	第三折（敌方探子）	第三折前楔子薛仁贵与摩利支正面交战
《程咬金斧劈老君堂》	第三折	第三折前楔子李世民率刘文静、段志玄与萧铣部队正面交战
《狄青复夺衣袄车》	第三折（敌方探子）	第二折狄青与昝雄、史牙恰正面交战
《尉迟恭单鞭夺槊》	第四折	第三折尉迟恭与单雄信正面交战

上表显示,元杂剧并没有因战争场面的宏大或双方厮杀的血腥,省略

---

① [意大利]卡斯特尔维屈罗:《亚里士多德〈诗学〉的诠释(疏证)》,高建平、丁国旗主编:《西方文论经典·第二卷·从文艺复兴到启蒙运动》,合肥:安徽文艺出版社,2014年,第129页。

了战争场面的正面展示。战争双方如何对战，战局胜负如何，均在探子报告之前的一折完成了表演。所以，就情节功能而言，探子的战报其实是在重复刚刚发生的战争情况，没有什么新鲜内容，属于重复性质的叙事，完全不具备古希腊报信人所具有的"突转"与"发现"的情节功能。如果一定要指出探报的情节作用，也只是在补充叙述，拾补一些正面表演所无法展现的某些细节或场面，属于元杂剧战争场景叙事的二重奏。此外，古希腊报信人也不像元杂剧的探子一样，时常超出故事内的角色身份，而是始终处于故事之内，用限知视角叙述自己作为角色的所见所闻。前面所举《美狄亚》的传报人就是王宫中的一位仆人，怀着对美狄亚的深切同情，希望她在犯下毒行之后赶紧逃走，他的叙述也坚持了身份立场，葆有对美狄亚的同情，对可怕场景的震惊。

既然"探子报"一折，并不是为了规避血腥场面而作为幕后戏处理，那么"探子报"到底因何成为元杂剧流行的程式化出目呢？结合元代战争戏的表演，我们认为，"探子报"是元杂剧充分调动各种表演方式，美化舞台艺术的一种有力手段。

大多数元杂剧战争戏的表演特点不在于如实刻画正面战场厮杀，而在于呈现战将对战动作、队形变化的壮美形态。以"探子报"诸剧为例，《狄青复夺衣袄车》主要表现为双方主将的对战。第二折狄青射昝雄于马下，"（昝雄回头科）（狄青射箭科）着去。（昝雄中箭科，下）"，随后与史牙恰对刀，"（做刀劈科）（史牙恰中刀科，下）"，这就将大型的战场厮杀化为激烈生动的个人对抗。有的剧中则将战斗场面直接写作"做战科""做混战科"的舞台科介，说明双方捉对开打或者交相战斗的激烈状态。如《刘玄德独赴襄阳会》一剧中："（刘封领糜竺、糜芳上，云）某乃刘封，两兄弟糜竺、糜芳，统领三军，擒拿曹仁、曹章。大小三军，摆布的严整者。兀的不是张飞，俺一齐杀将去。（四将做混战科）。"四将你来我往，如同车轮大战，武打表演精彩纷呈。元杂剧战争戏还会利用群戏表演，烘托战争场面的宏大热闹。《二郎神醉射锁魔镜》第三折演哪吒、二郎神与两洞妖魔会战，双方互摆阵势：

（二郎云）大小天兵摆布的严整。（末云）摆开阵势者。（唱）【金蕉叶】四魔女休离了我左右，八角鬼枪刀在手。大刀鬼镇守着山岩洞口，狮陀鬼牢把定天关地轴。（二郎）摆开阵势者。尘土起处，必然是两洞妖魔来也。(牛魔王同百眼鬼上云)大小鬼兵,摆开阵势。

摆阵源于古代战争双方对垒、攻守的队列阵形。宋元戏曲将它演化为战争戏的舞台场面程式之一,双方主将互率兵卒,摆开队形,交错而动,呈现群体队形的变化之美。元杂剧称之为"调阵子科",如《楚昭王疏者下船》费无忌、伍子胥"做调阵子科"、《小尉迟将斗将认父归朝》刘无敌与尉迟恭"做调阵子科",《尉迟恭单鞭夺槊》《洞庭湖柳毅传书》《保成公径赴渑池会》等剧均有出现。《二郎神醉射锁魔镜》虽没有标明"调阵子科"的舞台用语,但文本已交代得明明白白,双方互列阵势,严阵以待,应该用到了群体队形变化的表演。

"探子报"一折,正是生长在这套战争表演的系统之中。它重在舞台表演,是以演员的技艺展演为目的,高度调动唱、念、做、打的各色艺术手段,通过两个行当演员的密切配合,完成这折戏的表演。

洛地曾将元杂剧脚色体制提炼为"一正众外"的形式,即一本元杂剧中,正末或正旦才是绝对主角,其余不过围绕正末或正旦进行安排的外围角色。① 由于元杂剧脚色制形成的基础,不是基于剧本人物,而是根据脚色的表演职能,因此不管什么剧情,都要凸出"一正",即以唱为本,充分发挥正末或正旦"一人主唱"的表演能力。"探子报"模式,就是在元杂剧"一正众外""一人主唱"的表演体制下形成的。这折戏里,一为正末或正旦主唱,一为外行应工。正末或正旦强调叙述性演唱,一个脚色负责七八支乃至上十支的套曲演唱,从场面或事件之开始,叙唱到场面或事件结束。其中最常见的一套曲为【黄钟宫】的【醉花阴】【喜迁莺】【出队子】【刮地风】【四门子】【古水仙子】【尾声】,如《尉迟恭单鞭夺槊》《汉高皇濯足气英布》《二郎神醉射锁魔镜》《雁门关存孝打虎》《程咬金斧劈老君堂》等五剧都用到了。该套曲开合顿挫,声情并茂,探子的演唱应该会辅以身体的技艺动作。几乎所有"探子报"的叙述内容,都在反复渲染双方你来我往的战斗"动作",譬如《尉迟恭单鞭夺槊》中探子唱述尉迟敬德与单雄信的精彩交战:

(尉迟恭)揣、揣、揣加鞭,不剌剌走似烟,一骑马腾到跟前。单雄信枣槊如秋练,正望心穿;见忽地将钢鞭疾转,骨碌碌怪眼睁圆。尉

---

① 洛地:《"一正众外""一角众脚"——元杂剧非脚色制论》,《戏剧艺术》1984年第3期。

迟恭身又骁,手又便,单雄信如何施展?则一鞭偃了左肩,滴流扑坠落征骠。

尉迟恭揣鞭走马,钢鞭疾转,单雄信不及回槊,一鞭正中左肩,落下征马,叙述的高潮点正落在这个单鞭夺槊的动作上。又如《刘千病打独角牛》一剧中山彪回报打擂台的情况,侃侃谈到两人如何"劈排定对",如何"两家相搏",如何"遮截架解",极力渲染双方角斗动作。对于这些动作叙述,我们以为正末演员只有边唱边做,才能有声有色地将观众带入战场情境之中。《汉高皇濯足气英步》一剧正末扮探子上场,就明确写了"执旗打抢背上"的科介。"抢背",是武戏中较有难度的跌扑动作,身体向前斜扑,跃起翻滚,以肩着地。而在唱【尾声】曲中,还夹入了一个"打旋风科"的动作,形容英布追赶项羽的激烈战况。这个例子有力证明了探子在演唱过程中,会依据曲子内容,加入身段技艺的表演。

高级将帅虽主要以题词导引为主,引着探子一步步展开叙述。但作为探子战报的配合者,这个角色还需要积极呼应探子表演,从旁念诵渲染性的诗词赋赞,不致使"探子报"成为一个行当的独角表演。将帅一般由外或末行应工,主念白,所念多为大段描述性的韵语套句,为战场人物与景况描形绘影,烘托气势。例如《尉迟恭单鞭夺槊》一剧,徐茂公所念以七言诗为主,开场四句七言诗交代背景;等探子登场,又念诵八句七言诗,刻画探子疾行奔走的扮相状态;待探子每唱一曲,又随诵一诗或一词;最后念四句七言诗下场。《汉高皇濯足气英布》剧中张良配合探子,念诵了探子上场赋、【西江月】两军对阵词、英布出马作战赋、英布项王作战诗。此类诗词赋赞属于韵白,与正末演唱交相辉映,配之以动作,更能呈现表演者的功力技巧。

据此,元杂剧充分运用了演员个体或群体的形体表演,将真实战争的残酷血腥,化为了一种极具写意性的舞台表演,给观众带来了美的艺术欣赏,它为后世戏曲舞台的战争表演,建立起一个诗化的、壮美的、精彩的表演技艺传统。也正因为如此,中国传统戏剧丝毫不避讳甚至敞开了死亡的视觉演示。戏剧故事中刻画了各种各样的死亡场面,《赵氏孤儿》前赴后继的死难者,"杨家将戏""岳飞戏""三国戏"等战争戏中的死亡者,将士的、女性的、群体的死亡,统统尽呈于舞台之上。它把死亡表演艺术化了,变为了一种充满情感的、美的舞蹈形态。赣剧《窦娥冤》窦娥被斩,演员双膝跪地向后仰翻,昆曲《桃花扇》史可法投江"单腿拧身僵尸倒",京剧《霸王别姬》虞姬用虚拟程式挥剑自刎,凝固为静态亮相,这些艺术处理,使得舞台死亡场景并不恐怖,反而具有直击人心的力量感。罗锦鳞在改编《美狄亚》《俄狄浦斯王》时,就采用了中国戏曲中死亡的舞台表演方式。俄狄浦斯刺瞎双眼时,用了一个中国戏曲式的"僵尸倒",直挺挺翻倒在舞台上,仰天做出悲怆的呼号;《美狄亚》杀死亲子时,通过快速跑圆场的程式动作,渲染痛苦至极的情绪①,这将古希腊戏剧死亡的听觉形象变为了视觉形象,拓宽了舞台叙事的边界。

五、元杂剧中活跃的叙述者

纵观元人杂剧百种,活跃着不胜计数的叙述者。依据角色叙述的视角,基本可以分为第一人称叙述、第三人称叙述。前者角色描述的是自己所经历的事件,如《张生煮海》中龙女向父亲描述自己与张生相会始末,《碧桃花》中徐碧桃向萨真人叙述自己怎样与张道南私会;后者则是对他人事件的叙述。"探子报"中,"探子"没有直接描述个人作战经历,他的唱报属于第三人称的旁观叙述。

我们知道,戏剧在根本性质上属于代言体的角色扮演,演员是以第一人称身份摹拟剧中角色,传统戏曲行话叫"起角色"。所以,戏剧中不论第一人称叙述,还是第三人称叙述,都属于角色代言的叙述。然而,元杂剧"探子报"十分独特。当探子与将帅以第一人称身份进行人物表演时,是之为代言;当他们跳出第一人称身份的限制,进入第三人称式的全知视角时,则呈现出角色外叙述的性质。"探子报"综合了代言与叙述两种不同形式,甚至可以说,名为代言,实为叙述,是借了第一人称的角色外衣,意在完成事件的叙述。元杂剧中,像"探子"这样披着角色外衣的叙述型人物比比皆是。若稍加梳理,他们的表演叙事主要呈现出以下两种形式:

一类是叙述者与演事者合一的人物。他们并非主角,却由正末担任,负责事件的叙唱,边叙边演,向叙述对象摹拟事件的状态与过程。"探子"是最为典型的代表。有些剧中角色身份虽不为"探子",打探、回报的表演却与"探子"并无二致。例如《洞庭湖柳毅传书》第二折正旦改扮电母,向

---

① 罗锦鳞:《谈东西方戏剧的交融》,"东西方戏剧比较研讨会"发言稿,转引自"戏剧传媒"公众号,2019年7月13日。

泾河老龙汇报钱塘君与泾河小龙的战况;《哭存孝》第三折正旦改扮莽古歹,向刘夫人汇报李存孝车裂的场面;《刘千病打独角牛》第四折正末改扮山彪,向刘太公汇报刘千打擂的情况,皆可视为"探子"式的人物。还有些不是"探子"一类的角色,也被赋予特定叙述者的身份,承担了事件的叙唱。比如通晓八卦的店掌柜,《酷寒亭》中正末第三折改扮酒店主张保,向郑孔目叙说萧娥从良嫁人、折磨子女、偷情他人的来龙去脉;谙熟旧闻的老臣,《单刀会》正末所扮乔国老在第一折向鲁肃叙述关羽的辉煌战绩,第二折换扮司马徽再次向鲁肃叙述关羽战绩;某个事件的亲历者,《介子推》第四折正末扮樵夫,向重耳叙述自己亲见介子推被山火烧死的惨状。这些人物与探子的共通之处在于知晓人物,熟悉事件,可以充当临时的事件叙述人,向非经历人提供事件过程的完整描述。

另一类则叙述者与演事者一分为二。来看元杂剧《竹叶舟》第三折。该折演陈季卿幻化中终得返家,与亲人见面,又遽尔分离。按理主角应该是陈季卿,但正末却扮渔父负责主唱。场上如何表演呢,一边厢陈季卿与家人凄凄惨惨见面分别,一边厢渔父一旁唱曲,敷述所见场景。舞台将事件分为了两个场景,正末专门负责演唱叙事,其他角色则配合正末的演唱,专门负责演事。这种手法非常类似电影的画外音叙述,声音与画面在空间上分开,在时间上同步,共同展示事件的发展状态。它在元杂剧中的使用也较为常见。《狄青复夺衣袄车》第二折演狄青箭射昝雄,刀劈史牙恰,正末扮刘庆从旁唱述厮杀场面;《程咬金斧劈老君堂》第二折、第三折间楔子,正末扮唐王李世民唱【赏花时】曲,叙述秦叔宝、段志玄与敌军两员大将的对杀,正末李世民是唱者,秦叔宝、段志玄是演者,场上叙演分离。

不能不说,这些叙述型人物的设置,造成了元杂剧浓烈的"叙述体"风格。对于这一突出的特点,学界曾有过较多的研讨。刘彦君指出,元杂剧"在表演过程中常常有着叙述人与代言人身份的转换","随处透露出它和说唱艺术之间的血肉联系"[①],周宁提炼为"中国戏曲充分叙述化的戏剧模式"[②],郭英德认为这种叙事话语是"叙事体和代言体的杂交"[③],普遍看

---

① 刘彦君:《早期东西方戏剧的相近特性》,《艺术百家》2003年第1期,第56页。
② 周宁:《叙述与代言:中西戏剧模式比较》,《外国文学研究》1991年第2期,第66页。
③ 郭英德:《叙事性:古代小说与戏曲的双向渗透》,《文学遗产》1995年第4期,第67页。

到了元杂剧兼容了抒情代言与事件叙述的两大方面。需要进一步指出的是，元杂剧代言与叙事的杂交，常常体现为叙事体的硬性介入。正末、正旦频繁改扮，大量承担一次性主唱人物，使得角色性质不明显，叙事痕迹过于突出，甚至模糊了元杂剧应有的戏剧代言本质。尽管学者们将元杂剧这种叙演形式，上升为"抒情诗本质"[①]，"史诗性的外交流系统"[②]，但不得不说，在刚刚摆脱唐宋戏弄的短剧叙事，走向长篇幅故事演出的初期，它实质反映了元杂剧叙事与代言的融合技术不够成熟，远远没有达到融化无痕的程度。不论故事叙演的分与合，还是角色内外的出与入，都是为了追求叙事目的，在角色与故事的权衡中，偏离了角色代言的本位。不过也正因为如此，我们才能看到元杂剧在努力融合代言与叙述两种不同表述形式的过程中所做出的种种舞台尝试，它们曾经在元杂剧时期风行一时，也深深渗入明清传奇、近现代地方戏曲的表演。即便到了今天，这种表演叙事自由游走的形式与精神，也会为人们探索戏剧叙事提供可贵的经验与方向。

[①] 吕效平：《试论元杂剧的抒情诗本质》，《戏剧艺术》1998年第6期，第72—86页。
[②] 周宁：《叙述与代言：中西戏剧模式比较》，《外国文学研究》1991年第2期，第66—71页。

第四章
中西戏剧文体叙事比较

通常所说"戏剧文体",是指戏剧所呈现出来的种类体制,即诸种形式要素的综合。戏剧活动的历久性与广泛性,使世界范围内孕育出难以计数的戏剧种类,产生了形态丰富的戏剧文本。我国历代戏剧文体有元杂剧、南戏、传奇等,西方戏剧有诗体剧、散文体剧、歌剧、舞剧、哑剧等,每种戏剧文类都形成了自己的文本体制,形式各有不同。对于中西戏剧纷杂的文体现象,本章的做法是求同存异,一则注重文体叙事差异性的比较,力求揭橥中西主流或同类戏剧文体的叙事特质,二则异中求同,考察中西戏剧文体相类的叙事形式。

第一节 "曲唱体"叙事与"对话体"叙事

中西戏剧差别的重要指征之一是戏剧语言的组织形式不同。中国戏曲将"曲"放在了中心位置,属于"曲唱体"戏剧;西方话剧以人物"对话"为主要语言形式,属于"对话体"戏剧。对于这个明显的区别,学界曾展开过戏剧历史、语言交流模式等相关层面的考察。自戏剧进入叙事学研究的新领域之后,我们认为,从叙事学角度重新切入这个旧的话题,既应和了新理论方法对戏剧研究的时代召唤,亦对深刻认知中西戏剧叙事形态和特征大有裨益。

故事存在于语言,存在于话语的运动过程中。中西戏剧无论是"曲"还是"话",考察的对象都是戏剧语言及其运作形式。戏剧语言包含了两个层面的属性:一是文字文本的语言形态,以文字为载体,提供戏剧的文学阅读;一是口头表达的语言形态,以演员为载体,提供表演艺术的欣赏。也就是说,戏剧语言拥有文学与艺术的双重属性。因此,有关戏剧语言与叙事关系的完整分析,应该结合戏剧语言的这两个方面展开。按照这个思路,本文拟从文本语言与口头语言的两个层面,比较中西戏剧"曲唱体"叙事与"对话体"叙事的共性与差异。

一、诗歌语言:中西戏剧的隐喻叙事

从文本语言层面来看,中西戏剧使用的语言形式都可以纳入广义的诗歌范畴。中国历代"曲体"的发展,主要表现为宋元南戏的南曲曲牌联套、元杂剧的北曲曲牌联套、明清传奇的南北曲牌联套,以及近代地方剧板腔体的齐言诗句。曲牌与齐言诗句作为古代韵文形式之一,毫无疑义是诗歌类型之一。西方戏剧"对话体"语言主要包括有韵诗、无韵诗、散文体等。除了散文体外,有韵诗作为典型诗歌类型自不必说,无韵诗虽不押韵,但音步抑扬,节奏铿锵,语句自由又不失华美,也属于一种诗歌类型。中西戏剧理论家们也都认识到戏剧的诗歌属性。中国曲学家热衷梳理一条诗体发展轨迹,"词者,诗之余""曲者,词之余",将戏曲作为诗歌源流递变的一个环节,故著名戏剧家张庚称戏曲为"剧诗"。西方戏剧学的奠基人亚里士多德也将戏剧作为"诗学"理论的重要组成,与史诗、抒情诗鼎足而三。后来的谢林、黑格尔、歌德等延续了亚里士多德"诗剧同类"的观念,将戏剧与史诗、抒情诗视为同一类型的语言文学。古希腊戏剧、古罗马戏剧、文艺复兴时期戏剧、17世纪古典主义戏剧,都可纳入戏剧诗的文体传统。即便是后来诗体衰落,转以散文语言为主,仍有不少作品包含诗意的语言与象征内涵,体现出戏剧诗歌语言传统的深远辐射,无怪乎苏珊·朗格说:"戏剧是一种诗的艺术。"[①]

中西戏剧均自形成期始,便运用了诗歌文体形式,并在此基础上形成了悠久的诗体叙事传统。诗歌是一种具有韵律规则的审美语言形式。中西语言虽完全不同,但作为诗歌,都具有押韵、字音、节奏等音韵形式。这些音韵模式不指涉语义,却运用了一定的韵律规则,将不同意义的语词组

---

① [美]苏珊·朗格:《情感与形式》,刘大基、傅志强、周发祥译,北京:中国社会科学出版社,1986年,第371页。

合在一起,生成出自身的审美语言形式。诗歌语言与日常语言的形式逻辑也是不一样的。俄国结构主义批评家雅各布森认为,后者强调语言实际语义的表达,语句之间逻辑关系清晰,诗性语言则"深化了符号与对象的基本对立"①,主要通过隐喻转换,突破表层语义,自成一个深广、丰富的意义内涵。

既然诗歌语言是一种经过了隐喻方式审美化了的语言,"其结果是使象征性、复杂性与多义性成为诗语的实质"②,那么用诗歌来组织戏剧故事,不仅是一种语言形式上的美化,更是一种叙事意义的深化,富含超出表面语言的深层美学意味。中西戏剧不乏这样的叙事经典。汤显祖《牡丹亭》中杜丽娘游园的唱词,每一句都可以从表层义延伸,获得新的深层义,像"裊晴丝吹来闲庭院"隐喻了深闺少女怀春的一缕情丝,"姹紫嫣红"付与"断井颓垣"隐喻了丽娘不甘心青春生命的枯萎黯淡,"生生燕语""呖呖莺歌"暗含了对莺燕成双、盎然生机的向往等。诗句中频繁使用的比喻、对比、双关等多种隐喻修辞手法,将语言的自然语义改造成为包含修辞形象与艺术含义的深层意义,丽娘游园也由个人的、偶然的事件升华出象征意义,指向了天下"锦屏人"的共同情感追求。在莎士比亚戏剧中,隐喻性诗歌语言也有着极为丰富的运用。以《李尔王》一剧为例,李尔王在狂风暴雨中的呼喊,请求"瀑布一样的倾盆大雨","思想一样迅捷的硫黄电火","震撼一切的霹雳",毁灭所在的场所,毁灭自身存在,毁灭整个地球与人类。这些诗句极有气势地连排在一起,在递进的意象与结构中,一步步加深请求对象的象喻意义,最后升级为"把这粗壮的圆地球击平了吧!打碎造物的模型,一下子散尽摧毁制造忘恩负义的人类的种子吧!"③李尔王在荒野暴风雨中的呼喊,也从个人家庭事件中抽离出来,上升为人类面对灾难的集体情绪的痛快宣泄。

不过中西诗歌隐喻功能是不同的,中西诗体剧深层叙事意义因此存在相当的差异。有学者认为中国诗的隐喻"应在构成中国诗学核心的一个区分中去发现,即'景'(景色,自然,眼中的世界),以及由景而生的'情'

---

① [英]泰伦斯·霍克斯:《结构主义与符号学》,翟晶译,北京:知识产权出版社,2018年,第73页。
② 胡经之、王岳川:《文艺美学方法论》,北京:北京大学出版社,1994年,第240页。
③ [英]莎士比亚:《李尔王》,《莎士比亚全集》(6),朱生豪等译,南京:译林出版社,2016年,第54—55页。

（人类的情感反应）"①，也就是隐喻基本由"因景生情"的映射关系构成，一般由自然事物指向人的情感心绪，其功能是为了抒发情感。历代曲体戏剧无不具有浓郁的抒情特质，包含了大量生离、死别、怀亲、相思、伤悼、游赏、庆宴等抒情出目，人物常常即景抒情，而抒发的多为"忠孝节烈""悲欢离合"的国家政治、家庭人伦情感，隐喻所要求的"意义的他性"大体从属于这一传统抒情范畴。譬如《西厢记》用霜叶染红比喻崔张点点离人血泪，《汉宫秋》用孤雁夜唳比喻汉元帝人单影只，《长生殿》用栈道风雨驿站铃声比喻唐明皇仓惶失意等，这些隐喻的喻体与本体对应关系基本明确，所指情感内涵十分清晰，尽管手法上"或喻于声，或方于貌，或拟于心，或譬于事"②，却通常不会因"取类不常"，产生理解与阐释的歧义。

如果说中国诗体叙事主要表现情感经验，西方的诗体剧也在抒情，但不同点在于，它的叙事意义指向人物的知性思索。西方诗学强调诗歌要从诉诸感官的感觉描写，走向"事物的'个别性'以及各种不同的事物的联合"③，也就是通过复杂性与多义性的隐喻修辞，将一种语义认知域扩大为更为广阔的"意义场"，延伸出"意义的他性"，暗示现实与思想的深层结构。例如《李尔王》"暴风雨"的诗句既隐喻了令人惊怖的灾难，也象征了摧枯拉朽的爆发性力量，《哈姆雷特》里"是生存还是死亡"的诗句，既在拷问生死难题的抉择，也在追寻人类生命的责任与价值。很大程度上，西方诗体剧语言隐喻指向的是探求人类知性的"意义"场域。现代西方戏剧舞台则出现了语言的物化趋向，以阿尔托"残酷戏剧"为代表的戏剧舞台，否定了语言的达意功能，将舞台交给了舞台上一切的物质形式，音乐、布景、道具、灯光、声响，以及物化了的人，一切非语言要素组成的舞台图像不再依赖语言对话而第一次获得了独立的形态。尽管阿尔托强调这种戏剧是在与"对文字和书面诗意的迷信决裂"④，但这实质也是西方戏剧诗性隐喻传统的另一种体现，舞台在从语言符号转为物质符号的过程中，符号隐

---

① ［美］厄尔·迈纳：《比较诗学》，王宇根、宋伟杰等译，北京：中央编译出版社，1998年，第135页。
② （南朝）刘勰：《文心雕龙》，周振甫注，北京：人民文学出版社，1981年，第395页。
③ ［美］勒内·韦勒克、奥斯汀·沃伦：《文学理论》，刘象愚、邢培明、陈圣生、李哲明译，北京：文化艺术出版社，2010年，第206页。
④ ［法］安托南·阿尔托：《残酷戏剧——戏剧及其重影》，桂裕芳译，北京：中国戏剧出版社，1993年，第74页。

喻也从具象意义走向了更深层的潜意识、无意识、无意义、非理性等人类精神场域。

二、角色话语：诗歌语言与角色形象

戏剧属于角色代言体。一般而言，角色所说的话要能够体现其所代表的人物，包括身份、地位、气质、性格等具象特征。亚里士多德提出戏剧摹仿的"仿真"准则，认为最合宜的"仿真"话语形式应是散文体，它贴近日常语言的形式逻辑，具有真实自然的语言效果，是摹仿人物最好的语言形式。但中西戏剧主要话语形态皆为诗歌语言，诗歌语言是一种被音韵、节奏、文字、句法等高度修饰过的审美形式语言，生活中没有谁会用诗歌语言进行日常交流。威廉·阿契尔将角色诗歌诵读，当作"为分辨舞台上剧中人物与观众的区别，提供了一个方便的，甚至是必须的手段，因为当时并没有用舞台上的拱门和人为的光线把观众和舞台上的人物区别开来"[①]，所以，当角色唱着优美的曲词，念诵着有节奏的诗歌，实际一定程度地睽离了戏剧摹仿的"仿真"原则，成为角色与观众之间的一种区隔方式。周宁认为，这种诗歌语言属于"外交流系统中叙述的形式"，"并不是人物话语的属性"，[②]是很有见地的认识。诗歌语言意在用美学形式感染观众，属于戏剧外交流的叙述话语；角色话语从属于内交流系统，即戏剧故事中的人物交流。它们各有各的语言特质与功能。这也决定了在诗体戏剧中，角色说的话要合理兼顾诗歌语言的美学形式与角色人物的身份属性。

中西戏剧有着悠久的诗性叙事传统，皆积淀出诗体语言与角色话语相适应的规则。西方自古希腊戏剧开始，就将诗歌作为悲剧的语言文体，用浓烈、鲜明、华美的抒情形式，衬托悲剧人物庄重悲壮的气质。16世纪英国戏剧、17世纪法国古典主义戏剧接续了古希腊的诗歌语言传统，继续发挥韵文诗对于高尚人物的修饰作用。剧中人物大多社会地位比较高，像国王、王子、大臣、公主等，精神气质也是"大过常人"的英雄，诗歌语

---

① [英]威廉·阿契尔：《剧作法》，吴钧燮、聂文杞译，北京：中国戏剧出版社，2004年，第327页。

② 周宁：《比较戏剧学——中西戏剧话语模式研究》，上海：上海社会科学院出版社，1993年，第16页。

言与人物气性可谓相得益彰。戏剧中也会混杂市井人物、滑稽人物、卑劣人物,讲一些粗话、笑话、蠢话,对于这些人物语言的调配,王佐良指出伊丽莎白时期的戏剧家们会使用三种人物风格的素体诗:上格庄严体用于帝王将相,下格市井小人口语味道强,中格使用最频繁,官吏、商人、中等人家妇女等,说话风格介乎上下之间,表现了一个广大的社会层。① 这实质是在利用诗歌语言格式作为人物的话语符号。

中国戏曲也有异曲同工之妙。戏曲角色话语是"从脚色起见",按照脚色行当布置不同风格的曲子。所谓"生旦有生旦之体,净丑有净丑之腔",生旦饰演男女主角,气质正派,或稳重或风雅,故唱曲多为细曲慢唱,有隽永优雅的风致;净丑行多饰演滑稽人物或败德恶行者,故唱曲多为粗曲快唱,"惟恐不粗不俗"②。什么脚色唱什么曲,是依照脚色行当与人物身份性格的对应关系而形成,其实质也是将曲子视为一种人物属性的符号,突出格律语言对人物的标示功能。不过与西方戏剧"对话体"相比较,戏曲"曲唱体"的曲牌格律的程式性与规范性强,角色语言受到限制更多,常常因为唱同一调性的曲牌,用同一组结构的联套曲,说同一类型的上下场诗,人物面目颇为相似。西方戏剧"对话体"固然也有一定的诗歌韵律,但没有严格的格律规则的束缚,更强调通过话语意义内容塑造角色形象,因此人物类型化、同质化的现象没有那么突出。

诗歌是一种韵律化的语言形式,讲究文字词句的音调、节奏、结构、修辞等,它以鲜明强烈的形式,在不同叙述语境中,烘托着人物的各种情绪,赋予人物以一种抒情的美。换言之,诗歌语言擅长塑造抒情气质的人物,比如窦娥(《窦娥冤》)、杜丽娘(《牡丹亭》)、安提戈涅(《安提戈涅》)、哈姆雷特(《哈姆雷特》)等。这一点学界多有阐述,毋庸赘述。要指出的是,当人物诗性语言特别强烈,一定程度地超过了角色身份设定时,有可能人物会发生一定的艺术变形。在《梧桐雨》《汉宫秋》两部杂剧中,失去爱妃的唐明皇、汉元帝,用细腻精美的曲词,反复抒唱个人的思念与痛苦时,他们已经从至尊帝王化身成了缠绵优柔的诗人。同样莎士比亚历史剧《理查

---

① 王佐良:《白体诗在舞台上的最后日子——二论莎士比亚的戏剧语言》,《外语教学与研究》1985年第4期,第1—8页。

② (清)李渔:《闲情偶寄》,《中国古典戏曲论著集成》(七),北京:中国戏剧出版社,1959年,第26页。

二世》中,理查二世也说着极具诗化倾向的台词,以致于有研究者认为理查二世在政治上的失败,就是缘于他的诗人气质。这些中西角色的相似之处,在于角色在诗性语言的浸染下焕发出超越自身身份的诗意美学的气质。

　　一旦诗性语言修饰过了度,与人物身份产生冲突,那么角色形象很有可能与原有的人物身份脱节。我们举一个具体例子。元杂剧《李逵负荆》写主人公李逵在清明时节下山,一路欣赏山间春景,他俨然化身为一个行吟自然风光的风雅诗人,所唱【混江龙】一曲运用了三个工整的对仗句,描绘了和风暮雨、杨柳桃花、社燕沙鸥的明媚景色。这些曼妙动人的语言,显然来自曲体语言对人物形象的美学修饰,而不可能出自一位草莽好汉之口。这里诗歌语言拔高了李逵的身份气质,导致了这个形象塑造的错位。明代传奇一些文辞派剧作家经常犯这样的毛病,如邵灿、郑若庸、梅禹金等人,笔下婢女仆人身份的人物,唱曲说白使事用典,满口掉文,沈德符批评为"设色骷髅,粉捏化生"①,人物失去内在的生气,只剩下曲词藻饰的空囊皮相了。西方戏剧语言之所以从诗体中不断释放出来,走向散文体,一个原因也是考虑到诗歌语言给人物添加了不必要的修饰成分,或者违背了人物真实自然的身份气质,造成一种浮夸矫饰的感觉,或者因为程式化的诗歌语言,抹平了人物的个性。英国伊丽莎白时期的戏剧,曾经采用韵体与散文体交错使用的方式,意图解决诗歌语言与角色身份的脱节问题,威廉·阿契尔嘲笑这种做法"愚笨","一个剧反复地在韵体和散文体之间变来变去,再没有比这个更叫人厌恶的了"。② 虽然有些讥讽过了头,却也能说明一些西方戏剧家对角色诗歌话语失真的否定态度。不过,戏剧语言不论怎样"仿真",终究还是在"摹仿"。"摹仿"便含有人为的痕迹,包含了不真实的艺术语言性质。我们不能因为人物的真实性而否定诗歌语言的存在,二者不是一个二元对立的问题。对于人物的塑造,诗歌语言依然能够发挥它特有的情境语言的优势,可以让人物在各种戏剧情境中流光溢彩。

---

　　① (明)沈德符:《顾曲杂言》,《中国古典戏曲论著集成》(四),北京:中国戏剧出版社,1959年,第206页。

　　② [英]威廉·阿契尔:《剧作法》,吴均燮、聂文杞译,北京:中国戏剧出版社,2004年,第330页。

三、声音话语功能:演艺娱遣与意义传达

上面我们主要在文本语言的范畴内,比较中西戏剧诗性叙事的异同。戏剧语言还存在另一种性质。它是一种面向在场观众的交流性语言,具有听觉层面的属性,需要借由演员的身体,发出声音,传播到观众的耳朵中去,否则算不上有实用效应的舞台语言。中西戏剧语言的声音传达媒介是不相同的,中国戏曲是"唱",西方戏剧是"说"。声音媒介不同,产生的话语功能也有差别,这使得"唱"出来与"说"出来的叙事内容与风格各呈异趣。

关于"唱",苏珊·朗格在《情感与形式》中认为:"歌词配上音乐以后,再不是散文或诗歌了,而是音乐的组成要素。"[①]歌词一旦配上音乐演唱出来,就被音乐同化了,具有了音乐的基本属性。中国戏曲的"唱"有旋律烘托、器乐配合,以及演员特质声音的传达,音乐装饰性鲜明强烈,"美听"的艺术属性十分突出,强调了娱乐观众的审美功能。西方话剧的"说",当然也不完全同于日常会话,演员会依据诗歌本身性质进行音调与节奏的艺术化处理,朗诵时注意声音的高与低、轻与重、急与缓。比如左拉说"古希腊演员的念白,是对着青铜的传话筒讲演,路易十四时期的演员,说话带种夸张的朗诵腔"[②],18世纪英国演员坎伯擅长控制旋律与重点,音调铿锵,以宣告性台词出类拔萃,被称为古典派风格。[③] 但随着西方戏剧的历史演进,尤其发展到现实主义戏剧,主张摒除矫饰夸张的语言朗诵,力求回归本质的"口语"状态,这就剥离了音乐媒介,淡化了舞台语言的美听属性,更侧重话语的信息交际功能,将话语的内容信息向观众传递出去,让观众听得懂,听出意义内涵。

由是观之,中西戏剧的声音媒介,一个强调娱乐与艺术功能,一个突出内容意义,"唱""说"出来的叙事内容,也就各有各的特色。中国戏曲强调"唱"的演艺娱乐功能,故事叙述力求融"唱"于"事",尽可能在舞台上彰显此种听觉艺术的审美愉悦,产生了艺术化、娱乐化的叙事倾向。举一个

---

① [美]苏珊·朗格:《情感与形式》,刘大基、傅志强、周发祥译,北京:中国社会科学出版社,1986年,第171页。
② 中国社会科学院外国文学研究所外国文学研究资料丛刊编辑委员会:《外国现代剧作家论剧作》,北京:中国社会科学出版社,1982年,第15页。
③ 胡耀恒:《西方戏剧史》(上),台北:三民书局,2016年,第285—288页。

有趣的例子。高明《琵琶记》是一部家庭伦理道德剧。女主角赵五娘在丈夫赴考后，含辛茹苦，独撑家门，奉养公婆。可就是这样一位严守妇德的家庭女性，在千里寻夫的路途中，却用一把琵琶，一路弹唱过去，途中还遭到浮浪子弟的调谑。"弹琵琶卖唱"的人物行为，与赵五娘坚贞贤惠的人物形象似乎不太相符，但从因唱设戏的角度思考，却又是可以说得通的。作者为了发挥旦行主唱的表演技艺，不惜人物与情节的冲突，专门创造了一个演艺空间，让赵五娘向戏剧中的浮浪子弟们，同时也向在场的观众们，边弹边唱。这个例子说明，传统戏曲叙事固然重视讲述了什么故事，但更重视的是，"歌舞"媒介是否在故事演绎过程中得到了充分的艺术化展现。

为了尽量多地融入"唱"的演艺表演，编创者们努力在各种环节上融合"唱"与"事"。其一，因"事"生"唱"。根据事件、人物的需要，自然起唱。高一鸣谈京剧剧本创作中的"唱"的用法，"一项在节骨眼，二项内容贴切，三项鞭辟入里，该唱就唱，情理备至，淋漓酣畅"①，如京剧《四郎探母》的坐宫对唱、《文昭关》伍子胥"叹五更"、越剧《红楼梦》"黛玉焚稿""宝玉哭灵"、越剧《梁山伯与祝英台》"十八相送"等，都是在"节骨眼"上起"唱"，用酣畅淋漓的唱段将人物情绪、故事情节送向高潮；其二，因"唱"生"事"。故事本身无须设置唱段，可为了表现演员的"唱"艺，有意创造某段情节，给予人物演唱的叙事空间。这样的表演性情节片段比比皆是，具体手法如下：①安排人物能弹善唱，如《西厢记》张生弹唱《凤求凰》、《桃花扇》李香君学唱《牡丹亭》、《长生殿》李龟年弹唱【九转货郎儿】等，上举赵五娘弹唱的例子，即属于此类。②穿插某个歌唱的场面，如《荔镜记》元宵灯下男女泉州歌调对答、《白兔记》赛社歌舞、《长生殿》霓裳羽衣歌舞表演等，常为歌舞群演，场面热闹。③整个剧围绕"唱"来布置，诸如京剧《小放牛》、黄梅戏《打猪草》《夫妻观灯》、桂林彩调《姐妹观花》、江西赣南采茶戏《睄妹子》等剧。这一类戏剧多为二小戏、三小戏，主要依据观灯、对花、放牛、问路、打猪草之类核心动作来布置情节，再加入两个人物之间一点小小的冲突，故事形态均十分质朴，重点以载歌载舞的表演取胜，演员靠"唱"盘活了整个戏。尤其歌舞小戏，叙事性基本上服务于演艺性、娱赏性，故事

---

① 高一鸣：《唱腔：戏曲成败优劣之关键——浅谈我对京剧作曲的认识和体会》，《剧作家》2012年第5期，第141—144页。

内容成了歌舞的载体,歌舞艺术才是观众欣赏的主要对象。

再来看"说"的声音媒介功能对于西方戏剧叙事内容的影响。西方戏剧对话的"说",摹仿日常生活的说话,淡化了声音的修饰性介质,使得语言返回人类交际的信息功能,着力于清楚表达话语的内容意义。就语言的意义传递而言,"说"比"唱"表达得更加清晰明白。李渔说:"常有唱完一曲,听者止闻其声,辨不出一字者,令人闷杀。"[①]在没有电子字幕的时代,戏曲观众很大程度听的是"极谐于律"的唱,而对于曲句内容如果"未睹本文,无不茫然不知所谓"。[②] 西方戏剧则相反,"说"的内容明晰度高,观众的欣赏重心随之移向以对话为载体的情节内容,通过人物的"说话",理解人物故事的意义内容,而不是侧重"说话"艺术表演的欣赏。

基于此,中西戏剧产生了互不相同的叙事倾向。中国戏曲形成了娱遣的、优游的叙事风格,西方戏剧则倾向故事本位的叙述,注重怎样有序紧凑地展开情节内容。亚里士多德认为悲剧六个成分中"最重要的是情节",正是立足于"说"的语言本质功能。以"说"的意义传达为基础,西方戏剧"对话体"的言听双方,强调说话的语用性、意向性效果,即说话者的"说"是否会对说话对象产生刺激—反应的语言效力,并在这一基础上推动情节叙事。我们来看莎士比亚《暴风雨》剧中的一小段对话:

> 塞巴斯蒂安:你清清楚楚地在打鼾,你的鼾声里却蕴藏着意义。
>
> 安东尼奥:我在一本正经地说话,你不要以为我跟平常一样。你要是愿意听我的话,也必须一本正经;听了我的话之后,你的尊荣将要增加三倍。
>
> 塞巴斯蒂安:嗷,你知道我是心静如水。
>
> 安东尼奥:我可以教你怎样让静水激涨起来。
>
> 塞巴斯蒂安:试试看吧,但习惯的惰性只会教我退落下去。
>
> 安东尼奥:啊,你是不知道,越是表面上嘲弄这种想法,你越希望它成功;越想摆脱它,它就越牢固!向后退的人常因为他们胆小或懒惰而落到接近水底的地方。

---

① (清)李渔:《闲情偶寄》,《中国古典戏曲论著集成》(七),北京:中国戏剧出版社,1959年,第101页。

② (清)焦循:《花部农谭》,《中国古典戏曲论著集成》(八),北京:中国戏剧出版社,1959年,第226页。

塞巴斯蒂安:请你说下去吧:你的眼睛和脸颊的神气显示出有些特殊的事情在你心头,像是产妇难产似的很吃力地要把它说出来。①

安东尼奥每一句话都充满了蛊惑力,像"静水激涨",挑动了塞巴斯蒂安隐藏内心的觊觎王位的欲望。面对安东尼奥步步进逼性的鼓动,塞巴斯蒂安则试图借助睡梦的呓语、习惯的惰性半遮半挡,掩饰自己的隐欲,但又希望安东尼奥继续说下去,做一番明白的交代。两人相互试探,相互鼓动,用不同的语气情态强烈地作用于彼此,最终达成了密谋。"说"运用对话的模式,以语言意义为链条,趋向彼此紧密的联结,由此展现事件的因果逻辑关系。这种"说了什么"的意义叙事,加强了人物之间(包含人物自身)的互动关系,制造出波动、碰撞、紧张的情节张力。从这个语言的角度,我们更能够深刻理解西方戏剧情节"冲突"观念以及内聚型叙事结构形成的原因。

相较"唱"而言,西方戏剧"说出来"的方式,还消弭了"唱"所带来的艺术疏离感,从声音、谈吐到神情全方位贴近人们自然发语的状态。西方戏剧擅长人物、事件的自然摹拟,某种程度也是与"说"的原生态话语表达不无关系。这一点西方喜剧作品表现得特别突出,古希腊喜剧家阿里斯托芬、古罗马喜剧家普劳图斯、法国喜剧家莫里哀等,无不是活用日常会话的语言大师。"说"联结的是人们日常的口头经验,特别是那些活生生的"口语词",会"使人的一切感官卷入的程度富有戏剧性",②例如莫里哀《贵人迷》中最有趣的第三幕第二场,茹尔丹穿着贵族礼服,带着两个跟班,准备到大街上显摆一下。还没走出门,女仆妮考耳一边瞧着,一边"嘻嘻嘻"地笑着。这个笑声发自肺腑,无所忌惮,是对茹尔丹拿捏作态语言的绝妙嘲弄,比起大段诗歌语言更具生动的表演性与讽刺的力量感,一下子戳穿了茹尔丹矫饰虚荣的面目。整场戏,始终回荡着妮考耳"嘻嘻嘻"的笑声。类似的口语词,演员连说带比画,在声音、语气、神态、姿势等一系列表情细节的加持下,会赋予演员活灵活现的表演能力,加重"说"的戏剧动感。西方戏剧舞台上,演员通过"说",惟妙惟肖地塑造出一批杰出的

---

① [英]莎士比亚:《李尔王》,《莎士比亚全集》(7),朱生豪等译,南京:译林出版社,2016年,第331—332页。

② [加拿大]马歇尔·麦克卢汉:《理解媒介:论人的延伸》(增订评注本),何道宽译,南京:译林出版社,2011年,第98页。

喜剧人物形象。

四、语言速率：叙事节奏的慢与快

叙事节奏是指故事叙述的时间速度。"唱"与"说"的时间速率是不同的。与正常话语表达相比，加入音乐元素的"唱"，语言速率会延缓，语言表达时间会增长，即便吐字节奏非常快的演唱，由于添加了器乐编曲、歌词重复、乐段反复等音乐性表达，仍然会延伸语言表述的时长。B. 西林考特指出，"音乐是一种绵延的形式"，"音乐把时间作为一种表现因素，延续是它的本质"，[①]"唱"的音乐属性决定了它采用延续的时间状态进行叙事，因此整体叙事节奏比"说"出来要慢得多。

中国戏曲任何一种"曲体"，曲牌体也好，诗赞体也好，都是借助演员"唱"出来的语言艺术。就此而言，"曲"本位实际可置换为"唱"本位。中国戏曲的"曲唱"行腔运板，发声吐字，讲究字韵与声腔的珠联璧合。明代魏良辅改良后的昆腔，"声则平上去入之婉协，字则头腹尾之毕匀。功深镕琢，气无烟火，启口轻圆，收音纯细"[②]，每个字的吐音，几近一字一刻。历代戏曲皆以"唱"为要务，高度追求声音的韵味之美，演唱者串度抑扬，寻入针芥，一本戏剧在曲唱的盘控之下，戏剧叙事节奏自然变得缓慢悠长。

具体反映到曲唱体制上。首先，剧本中曲唱数量的丰富。一本元杂剧基本每折都包含了十支左右的曲唱数量，关汉卿《窦娥冤》四折曲子数量分别为9支、3支、10支、9支，马致远《汉宫秋》首折7支，次折11支，第三折12支，末折12支等，南戏、传奇更是长篇幅的联套曲唱，像高明的《琵琶记》总共42出，除首出副末开场之外，每出均含曲唱，其中10支以上（含10支）有19出，9—6支有16出，5支以下（含5支）有6出，第五出"南浦嘱别"甚至高达22支曲唱。如此庞大的曲唱数量，极大延缓了舞台的叙事节奏。

其次，叙事节奏的缓慢不仅基于庞大的曲子数量，同时也受到这些曲

---

① ［美］苏珊·朗格：《情感与形式》，刘大基、傅志强、周发祥译，北京：中国社会科学出版社，1986年，第128—129页。

② （明）沈宠绥：《度曲须知》，《中国古典戏曲论著集成》（五），北京：中国戏剧出版社，1959年，第198页。

子表达方式与内容的影响。传统戏曲比较突出的有三类曲唱：第一类抒发内心情感的曲唱。例如《窦娥冤》中窦娥首折登场连唱四支曲子，表达对自身不幸命运的愁苦与哀叹，《琵琶记》中赵五娘与蔡伯喈南浦话别，各诉别离不舍之意。此类唱曲抒情性质最为强烈，叙事时长往往大于事件时长，人物沉浸于内心的情感空间，情节盘旋不前，呈现出极为缓慢而悠长的叙事节奏。第二类是叙述类曲唱。主要有两种表现形式：①曲唱者述说自身的所见所闻，如窦娥看见蔡婆婆递与张驴儿父亲羊肚儿汤吃，在一旁气愤不已，用唱曲描述了这个互动场面。这段演唱将递羊肚儿汤的片刻动作延伸为一支曲唱的时长，显然拉长了事件本身的时间长度，放慢了叙事的节奏。②曲唱者叙述他人的经历遭遇，《琵琶记》中张大公唱了四支曲子，向信使李旺讲述赵五娘的苦难经历，此时舞台时间停留于人物回忆性的述唱表演，节奏自然放慢。第三类是曲唱对话，《窦娥冤》窦娥临斩前与蔡婆婆凄凄话别，《琵琶记》赵五娘劝说公公尝汤药，牛氏劝父亲放还蔡伯喈等，都采用了曲唱对话的方式。这种曲唱与情节进程关系较为密切，但由于曲唱的音乐属性，故事表演时间仍然大于素材时间。这三类代表性的曲唱，大量存在于每一部戏曲作品中，使得戏曲整体叙事节奏缓慢悠长。

除了演唱之外，中国戏曲念白、科介动作的音律化，同样会增加表演的持续时长。越剧《西厢记》演"隔墙联诗"一节，崔张两人分别用戏腔吟诵了两首五言绝句，高低曲折，悠扬舒缓；京剧《贵妃醉酒》中，贵妃演绎"闻花"的动作，用了一个"卧鱼"的身段，在音乐的陪衬下，缓缓俯身凑近花朵，慢慢旋身卧倒，极为优美舒展。当各种艺术媒介融入音乐介质后，便会随着音乐节奏调节原有的正常时速，将某个点延展为一条线、一个面，从而扩展了舞台表演的总时长。中国戏曲是一门充分音乐化了的表演艺术，从语言表演到身体表演，都表现为音乐韵律的形式，这是它"慢节奏"叙事的主要原因。

再来看西方戏剧。早期古希腊戏剧也用到了歌唱与音乐。16世纪意大利佛罗伦萨的音乐团体"卡梅拉塔"认为，古希腊戏剧音乐不是复调音乐，而是单一旋律的，总被限定在一个较窄的音域，节奏主要依赖于它的歌词。① 在古希腊人意识中,这样的音乐应该配合它的表现内容,而不应凸显音乐形式本身。亚里士多德《诗学》的悲剧六要素中,"唱段"指"歌的制作",在悲剧中属于一种"装饰"媒介。② 柏拉图则激烈批评没有歌词的音乐是野蛮粗俗的,没有明确的理性内容。在音乐三要素中,"歌词起主要作用,不是歌词适应乐调和节奏,而是乐调和节奏适应歌词"③。显然,由歌词主控的表演节奏比由音乐主控的表演节奏要快,而这也奠定了西方戏剧话语表演的基本节奏风格。随着歌队退出历史舞台,韵律性表演主要呈现为韵诗体、素诗体的念诵,不论演员念诵的夸张程度如何,话语表演所占有的时间长度无法与音乐性语言相比拟。如果说,中国戏曲的叙事节奏是"休问劣了宫商,您则与我半句儿俄延着唱"(《汉宫秋》第三折),西方戏剧因接近正常语速的"说话"形式,故事叙述的整体速率快了许多。

西方戏剧"说话"的语言表达方式,包含两人或多人的"对白"、一个人的"独白",以及"旁白"。我们以莎士比亚《罗密欧与朱丽叶》一剧为例。五幕戏里三类话语所占的比例中,"旁白"出现得最少。"旁白"属于主干话语的分支,不占据故事内的时间。但舞台表演却必须分一部分时间给旁白者说话,一定程度地延缓了舞台整体的叙事时间。不过西方话剧中"旁白"不是主要的话语形态,像莎士比亚这部剧少至六七句旁白,且俱为短句,说起来速度较快,所以耗费叙事时间也是有限的。再来看"对白"。西方戏剧属于"对话体","对白"是最主要的话语形式。《罗密欧与朱丽叶》一剧中,你一言我一语的短句对白,语速最快,街斗、格斗的情节基本使用这类话语形式。双方互抛狠话、谑话,短兵相接,火力十足,使得戏剧具有很强的冲突性、行动性。而且短句对白多为日常会话,话语的故事时间大体与表演时间相同,属于米克·巴尔所说的"场景"叙事节奏。④ 由这种节奏主控的叙事,角色、演员与观众处在一个共时场景中,所经历的时间完全一致,营造出很强的真实氛围。"对白"中也有一类向他人倾诉

---

① [美]约翰·沃尔特·希尔:《巴洛克音乐:1580—1750年的西欧音乐》,贾抒冰、余志刚译,上海:上海音乐出版社,2022年,第25页。
② [古希腊]亚里士多德:《诗学》,陈中梅译注,北京:商务印书馆,1996年,第65页。
③ 转引自凌继尧:《西方美学史》,上海:学林出版社,2013年,第52页。
④ [荷兰]米克·巴尔:《叙述学:叙事理论导论》,谭君强译,北京:北京师范大学出版社,2015年,第97—98页。

的长段话语表白,诗歌修辞性的话语表白,例如迈丘西奥向罗密欧描述自己的"春梦婆"、朱丽叶对着乳媪吐诉自己痛心于罗密欧的被放逐、劳伦斯斥责罗密欧要举刃自杀等,这些长段表情类的话语因为充盈了演员情感、语言修辞与铿锵韵律,一定程度地延长了正常语速的时间,如果没有倾诉对象,实质上等同于角色的"独白"。

再来看"独白"的话语形态与话语节奏。《罗密欧与朱丽叶》一剧中,除两段专门的开场致辞外,"独白"共出现二十次。当舞台上角色沉浸于自我思绪之中,念诵大段抒情性的内心话语,西方戏剧常用修辞性的诗歌语言,加重渲染角色的心理波澜。相较于原有素材的事件时间,此时文本故事的时间因实际的语言表演被扩展开来,心理之无形变为有形,时间之须臾变为持久,舞台从原有情节节奏中舒缓下来,叙事产生变奏。例如,罗密欧在假面舞会上初遇朱丽叶,在这一刻,故事时间仿佛停顿下来,进入了罗密欧专门的心理叙事空间。在罗密欧的眼中,舞会上所有的繁华和喧嚣都消失不见,只有来自朱丽叶的明亮光华,照进他的心间。他深情诵读起一首诗歌,惊叹她的绝世美丽,感叹自己爱情的来临。这种抒情性的"独白"可以延缓西方戏剧"对白体"的叙事速率,使得全剧叙事节奏快中有慢。《罗密欧与朱丽叶》第二幕中还有一种较有特色的"独白",主要表现为罗密欧与朱丽叶的隔空倾诉。此时两人分别在阳台的下面与上面,一边是朱丽叶对着夜空喃喃自语,一边是罗密欧回应朱丽叶"独白"的"独白"。虽然他们的"独白"不是面对面的对话交流,但对于朱丽叶的心里话,罗密欧都做了直接的、即时的现场回应,所以名为"独白",实为一种特殊形式的舞台"对话"。这样的"独白"不具有放慢节奏的作用,反而阳台相会一场戏因为密集使用了这种"独白"形式,两人的话语交流,相互衔接,丝丝入扣,倒是加速了恋爱定情的进程,阳台定情之后,两人便紧接着私定婚姻了。汤姆·德瑞佛将《罗密欧与朱丽叶》第一幕第四场到第三幕第一场看作这部戏叙事节奏的"快速阶段"[①],这是依据故事事件所占舞台时间的比例来划分。如果合并人物语言的细化研究,则可以发现,叙事节奏不能仅仅由情节数量决定,人物说话方式也参与了叙事节奏的运作。

---

① 尹兰曦:《"悲伤的时辰似乎如此漫长"——〈罗密欧与朱丽叶〉中的"钟表时间"》,《外国文学研究》2020年第4期,第76—90页。

总体而言,西方戏剧叙事节奏比中国戏曲要快,是由"对话"体的话语形态决定的。其中,"对白"主要呈现为日常话语节奏的"场景"速度,抒写个人心理的"独白"以及一些抒情性质的"对白",因为含有修辞性的诗歌语言,则在自然匀速的线性节奏中,增加了一些抒情的节点,调剂了舞台的叙事节奏,丰富了舞台表演的色彩。

第二节　中西戏剧的开场叙事:副末开场与开场白

如何开启故事之门,是任何故事叙述首先需要面对的问题。作为舞台演出的艺术文体,戏剧叙事具有实在性、在场性、公共性的特殊属性。它通过演员的身体表演,及时诉诸在场观众的感受,所有的叙事信息必须同时发出与接受。因此,作为整场叙事的启动者,戏剧开场既需考虑怎样有效发动叙事的第一波信息,又必须站在剧场与观众的角度,考量叙事信息接受的同步有效性。像是一个要打头阵的先锋,需要琢磨怎样稳稳拿下这个"得胜头回",才能更好地为后面的叙事导夫先路。

中西戏剧都苦心经营着开场,并形成了一定的文体形式。中国戏曲中,宋元南戏、明清传奇的第一出统称为"副末开场"。这一出,总由"副末"行当兴冲冲率先登场,一般念诵两阕词牌与四句下场诗下场,一去而不复返。关于这两阕词,钱南扬概括为:"第一阕浑写大意,第二阕叙述戏情。也有仅用一阕的,就是直截了当叙说戏情,把浑写大意的一阕省去。"[①]西方戏剧中,古希腊、古罗马新喜剧也产生过开场白的形式,到文艺复兴时期、古典主义时期的欧洲戏剧,仍然部分保留了开场致辞。中西戏剧开场词的基本目的相同,即为接下来戏剧的叙事活动提供有效的叙事保障,但在具体叙事方式与功能上存在一定的差别,本节主要就此展开探讨。

一、剧情的预叙与引叙

中西戏剧开场白都有一个重要职能,就是充当剧情的"指示牌",提前向观众指示剧情,引导他们熟悉情节。中国戏曲的"副末开场"一般有两

---

① 钱南扬:《戏文概论　谜史》,北京:中华书局,2009年,第155页。

阕词,其中第二阕剧情提示的词更为重要,很多剧本第一阕可省,第二阕可少不了。① 这阕词又可称"家门""家门大意""家门始末"等。顾名思义,其职责在于叙述剧情,提炼情节大要。以元钞本《琵琶记》为例,副末开场念诵了【水调歌头】【沁园春】两阕词,第二首【沁园春】如下:

> 赵女姿容,蔡邕文业,两月夫妻。奈朝廷黄榜,遍招贤士;高堂严命,强赴春闱。一举鳌头,再婚牛氏,利绾名牵竟不归。饥荒岁,双亲俱丧,此际实堪悲。　　堪悲赵女支持,剪下香云送舅姑。罗裙包土,筑成坟墓;琵琶写怨,竟往京畿。孝矣伯喈,贤哉牛氏。书馆相逢最惨凄。重庐墓,一夫二妇,旌表耀门闾。②

这首词前半则重男主角蔡伯喈一线,叙述其新婚燕尔、被逼赴试、再婚牛府、饥荒未回的情节,后半则转入女主角赵五娘一线,叙述其剪发葬亲、罗裙包土、十指挖坟、千里寻夫的情节。最后两线合并,交代夫妻书馆相逢,回乡重守庐墓,获得朝廷旌表的结局。整首词采用顺序铺叙的方式,逐一提点全剧关键事件,勾描出情节主干内容,具有高度的概括性质。一些剧作干脆将副末开场命名为"提纲"(《浣纱记》阳春堂本)、"传概"(《长生殿》)、"提宗"(《鸾鎞记》汲古阁本)、"开宗"(《白兔记》汲古阁本)等,说明了开场词概述剧情的重要性质。

从叙事角度而言,在戏剧所呈现的事件发生之前,提前将人物、事件透露给观众,属于一种预叙的手法。这种手法深为中国古典叙事文学作品所青睐,《金瓶梅》中的相士算命,《西游记》中的取经安排,《儒林外史》中的星象谶纬,《红楼梦》中的物件、诗词象征等,都用到了异人、异象、物事、语言等预叙手法,暗示后面要发生的情节。古典戏剧中,常见的预叙有算命占卜、托梦、语谶等,使用也十分频繁,手法亦颇为相似。然而,在众多预叙方式之中,副末开场的预叙仍显得很有特点。其一,它是在正剧开始之前,便向观众敞开了情节的大门,不同于上面所说故事内千里伏线的预叙;其二,它是将重要人物、重要事件和最终结局,一股脑儿兜了出来,丝毫不对叙事信息遮遮掩掩或半隐半露,故事内的预叙常常是"雪隐鹭鸶飞始见,柳藏鹦鹉语方知",到了命运揭晓方才解悟或印证前面所言非虚。

---

① 例如汲古阁本《白兔记》首出唯有【满庭芳】词,叶宪祖《鸾鎞记》开场唯有【汉宫春】词,朱㒿《十五贯》开场唯有【沁园春】词,均省略了前阕,保留了剧情梗概的第二阕词。

② (元)高明:《元本琵琶记校注》,钱南扬校注,上海:上海古籍出版社,1980年,第2页。

再来对比西方戏剧的开场叙事,古希腊、古罗马新喜剧时代,也流行过透露剧情的开场白,演剧者意识到这是调动观众兴趣,获得观众好感的一种手段,特意安排了一位朗诵者在戏剧一开始,向观众叙说故事的相关情节。但与副末开场的敞开剧情不同,他们会考虑怎样把握"剧透"的度。古罗马剧作家普劳图斯在《孪生兄弟》一剧的开场词中这样说道:"下面我将向大家配给情节本身,不过不是用摩狄乌斯量,也不是用特里摩狄乌斯量,而是用整座仓房计量。你们都知道,我介绍剧情从来是慷慨大方的。"①可是这位号称"慷慨大方"的剧情说明人,只讲了个故事的开头便下场了。这段话显然是开场人用吐露情节的噱头拿捏观众的,从演剧现场经验得出,开场人情节讲述过多,真的"用整座仓房计量"的话,很可能会喧宾夺主,减弱故事对观众的诱惑力;情节讲述过少,观众也很可能不太明白人物故事发生的背景,影响入戏的程度。所以,古罗马剧本的开场词常常"点到为止",主要追述故事发生的前因,抛出引子,将观众引入港内,便戛然而止。普劳图斯的《一坛金子》中,朗诵者扮演成"家神",讲述了家主人是如何在自己的帮助下得到一坛金子的。这段开场词交代的故事内容,并没有出现在正式戏剧情节中,只是作为故事前情做了必要的交代,观众的兴趣点很自然被牵引到穷够了的男主人将会怎么处理这飞来的一坛金子呢。故事就从这里开始,金子是剧情的起点,它令男主人愈发吝啬,愈发神经质,引来了偷盗者的窥探、争夺者的争斗,也是全剧当之无愧的故事焦点。普劳图斯另一部戏《俘虏》,开场朗诵者同样讲述了故事的前情背景:老人赫吉奥的儿子幼年被拐卖为奴,后与主人一起成为战俘。赫吉奥这些年不停地购买战俘,想要赎回自己的儿子,碰巧两人都被赫吉奥买回。为帮助少主人脱难,赫吉奥之子决定与主人对调身份。开场词讲到这里,就适当其时地打住了:"他今天就要机警地进行这场阴谋,让自己的主人获得自由"②,巧妙地抛下了悬念,吊起观众们对这番谋略能否成功的好奇心。

可见,古罗马戏剧开场属于一种悬念式的引叙,前情故事不涉及正式

---

① [古罗马]普劳图斯:《孪生兄弟》,王焕生译,《古罗马戏剧选》,北京:人民文学出版社,1991年,第172页。

② [古罗马]普劳图斯:《俘虏》,王焕生译,《古罗马戏剧选》,北京:人民文学出版社,1991年,第113页。

剧情,却又与之连贯在同一条故事时空轴上,相联为一体。它止步于剧情开始的某个关键点,以"预知后事如何,请听下回分解"的方式,卖个关子,引得观众欲罢不能。前情预叙重在"引",用半包半放的悬念逗引观众,将观众留在剧场内,而只有进入正式剧情才能揭晓悬念,这确乎体现了古罗马戏剧巧妙的叙事智慧。前面我们谈到莎士比亚的《泰尔亲王配瑞克里斯》,致辞人高渥在每一幕开场所叙述的内容,实则为正式剧情所省略的部分,也属于本幕戏的前情引叙。不过其目的除了"引"之外,还有助于各幕之间的剧情衔接,用压缩时空的方式,进行跳跃性的情节省叙。莎士比亚很喜欢运用这种解释人的开场或场次衔接手法,以便有效节约舞台的时间与空间,开拓故事空间,这是对古罗马戏剧开场传统的进一步拓展。

回到中国戏曲,"副末开场"在正式演剧之前,便将剧情故事"兜了家底",看起来是一种不太聪明的叙事方式。在现代叙事观念中,未知的不确定性会散发迷人的诱惑力,吸引故事接受者步步深入;而已知像是提前画上了句号,削弱了故事悬念,让人们准备进入故事的兴致可能就此烟消雾散。但"副末开场"流行数百年而未歇,并成了剧本体制化的常态模式,自有其被接受的原因。我们当然不能以今范古,用现代叙事观念来否定这个现象。从叙事角度而言,副末开场的整体情节预叙,固然消弭了悬念、包袱、发现所带来的叙事快感,但因此而带来另一种叙事欣赏的方向:在慢打细敲中品味故事"所以然"的过程,毕竟开场白粗陈梗概,提供不了生动的细节。从戏曲文化方面来说,历代戏曲在瓦舍勾栏、酒肆茶馆、家宅宴会、祠堂宗庙内上演,大多喧闹骈阗,缺少整肃的观剧环境,故事文化杂糅性特别强,在这种观戏环境中生长出来的戏曲观众,会极大地包容乃至欢迎提前"剧透"的演剧现象,而不会因此影响他们观戏的兴趣与进程。配合这样的演剧环境,中国戏曲故事也不以悬念、发现等为主要情节手段,更注重人物在故事中离合悲欢的情感抒发,观众即便从某一个场景进入,也能找到人物故事的情感共鸣。而且,历代戏曲很多作品都是旧戏、老戏,故事观众也耳熟能详,那些早已知晓的情节波澜与人物结局不再是欣赏的重点。

有关剧情叙述,中西戏剧开场白也会出现一些非常规的情况。古罗马戏剧中,普劳图斯《凶宅》剧首留下了一首"本事"诗,进行了整体情节的预叙。杨宪益先生翻译时采用中国古代的齐言诗体,用十句七言浓缩概括了全剧的剧情首尾。中国戏曲中,早期南戏《张协状元》用诸宫调"说出来因",在张协五鸡山遇盗的生死关口,掐住话头,制造出故事的悬念,也类似古罗马新喜剧的前情引叙。但它们均非中西戏剧开场的惯例形式。

二、观念宣言:立言大意与个人观念

在上章中,我们已指出中西戏剧的开场人,属于框架叙述者的身份。用热奈特提出的叙述者类型来划分,开场人的叙述属于外部—异述型,即没有置身于故事之中,是在讲述与本人无关的故事。所以,开场者不用受到戏内角色的束缚,一般会跳出剧本语境,借用这一公开交流的舞台空间,化身为剧作者、演职人员或其他身份,向观众进行与本剧创作观念、感慨、情由相关的宣讲。

中国戏曲的副末开场中,副末照例要念诵一阕"浑写大意"的词。所谓"浑写大意",很多戏剧注释本解释为创作意图。综合南戏、传奇实例看,此类词实际涉及内涵广泛,诸如剧作题旨、创作观念、作剧情由、写作感慨等,都会压缩在这首词中表达。"浑写大意"的词,普遍放在第一首的位置。李渔认为,它常将"本传中立言大意,包括成文,与后所说家门一词,相为表里",[①]也就是说,它与陈述剧情的家门词可以相辅相成,一明一暗,一表一里,阐释创作者的根本立意。立意表达属于判断性的评论干预。副末常常会"一语道破天机",用一句话直接道出剧作者的思想意图,如《牡丹亭》的"世间只有情难诉"(【蝶恋花】),《长生殿》的"借太真外传谱新词,情而已"(【满江红】),《琵琶记》的"只看子孝与妻贤"(【水调歌头】),《鸣凤记》的"惟有纲常一定"(【西江月】),《宝剑记》的"诛谗佞,表忠良,提真托假振纲常"(【鹧鸪天】),《清忠谱》的"千秋大节歌白雪,更锄奸律吕作阳秋,锋如铁"(【满江红】)等。对于当时普遍文化层次不高的底层观众,这样一针见血、简洁明确的判断性评论,能够引导他们从故事欣赏的感性层面,更深层地进入剧本,把握全剧题旨的"此中真意",不至于"埋没作者一段深心"。[②]

一些浑写大意的词还用事实经验者的口吻,告诉观众如何把握评判一本戏剧的标准。元钞本《琵琶记》开场首阕【水调歌头】写道:

---

① (清)李渔:《闲情偶寄》,《中国古典戏曲论著集成》(七),北京:中国戏剧出版社,1959年,第66页。
② 同上。

> 秋灯明翠幕，夜案览芸编。今来古往，其间故事几多般。少甚佳人才子，也有神仙幽怪，琐碎不堪观。正是：不关风化体，纵好也徒然。论传奇，乐人易，动人难。知音君子，这般另做眼儿看。休论插科打诨，也不寻宫数调，只看子孝与妻贤。骅骝方独步，万马敢争先？①

这阕词开宗明义地提出了"风化体"的戏剧标准。副末从切身体会告诉观众，怎样从琐琐碎碎的众多故事中挑选出好的作品，怎样成为一位具有洞识力、与众不同的知音君子。"不堪""徒然""休论"等否定用词，与"正是""这般""只看"等肯定用词组织在一起，清晰地提供了戏剧判断的标准，即好的戏剧，道德内容才是第一位的，其他都退居其次。应该说，开场词有关戏剧艺术标准的评价，具有一定程度的理论引导效果，像《琵琶记》提出的"风化体"观念，就为后来众多戏剧家频繁征引，成为戏剧创作、理论评价的标准之一。

在一些凸显自我创作状态的剧作中，念诵者揭去了开场类型角色的面纱，化身为剧作者个人。明梁辰鱼《浣纱记》"家门"中，副末念云："骥足悲伏枥，鸿翼困樊笼。试寻往古，伤心全寄词锋。问何人作此？平生慷慨，负薪吴市梁伯龙。"②副末直接道出作者梁伯龙的姓字，替他说出了该剧寄托遥深的题旨。清传奇《万全记》开场中，副末表述了写剧的四个愿望，而剧作者范希哲署名"四愿居士"，正是副末"四愿"之所由出也。此时的副末，是作者在开场时的化身，是作者内在观念投射出来的影子叙述者。这一点在文人传奇作品中表现得尤为突出。文人创作常常具有自性的特征，希望能够充分表达个人的创作观念，可是在舞台上剧作者无法亲现，于是藉由相对自由的开场叙事空间，隐在副末身上，把开场词当作了自己发声的渠道，向观演者一吐心声，痛浇胸中块垒。

还有一类开场词，主要内容是"劝人对酒忘忧、逢场作戏诸套语"③。如明传奇《盐梅记》首出"末开场白"的第一阕词【贺圣朝】：

> 人生总似邯郸梦，因甚听利名搬弄。流光如矢，花晨月晚，莫

---

① （元）高明：《元本琵琶记校注》，钱南扬校注，上海：上海古籍出版社，1980年，第1页。
② （明）梁辰鱼：《浣纱记校注》，张忱石等校注，北京：中华书局，1994年，第1页。
③ （清）李渔：《闲情偶寄》，《中国古典戏曲论著集成》（七），北京：中国戏剧出版社1959年，第66页。

教虚送。况丝竹满载凉州,正须及时偷空。毋锁眉头,且频斟酒,听声清唉。①

意在劝人遣兴忘忧,及时行乐,与下文剧情没有什么关联。又如,陆采《明珠记》用了三阕词开场,【望海潮】叙剧情梗概,【南歌子】含立言大意,第一首【圣无忧】写道:"人世欢娱少,眼前光景流星。青春不乐空头白,老大损风情。喜遇心闲意美,更逢日丽花明。主人情重须沉醉,莫放酒杯停。"②同属于此类劝人娱遣的词作。李渔曾批评这类开场词"总无成格,随人拈取","向来不切本题",认为大多是些浮泛无用的应景套话。的确,这类词看起来放在任何题材的戏剧开场都可以,缺乏强烈的、明确的评论干预性,也缺乏鲜明的剧作者个人风格。但这只注意到了词的表层内容。作为歌场套语,它们并不直接评骘具体情节、具体人物,也不是个人创作者的观念宣言,却能够输送有关戏剧创作、观赏的大众性价值观念。此类词中充盈了浮生若梦、人生苦短、及时行乐的思想,将戏剧视为消遣娱乐的重要对象,劝告人们忘记现实的种种困虑,尽情享受眼前的快乐。这样娱乐化的视角,实际代表了人们对于"剧者戏也"的普遍观念,也潜移默化地影响了人们对戏剧本质与功能的认识,使得人们的观剧态度普遍趋向轻松、随意、娱乐,而有关戏剧叙事严密、紧张、真实的评价尺度,也随之变得相当宽松,情节可以悲中带喜,角色可以庄谐互调,表演可以虚实相生。可以说,这类套词的叙事干预实际潜在无形,"润物细无声"地影响着中国传统戏剧叙事的基本形态。

西方剧作的"开场白",也是剧作者价值立场、创作理念的发声筒。深具影响力的古罗马剧作家泰伦提乌斯,便喜欢把开场词当作自己个人的"自辩状"。比起普劳图斯习惯戏剧前情的开场白,他现存的六部剧作的开场白都有意回避了剧情的表述。③《安德罗斯女子》一剧开场词说:"耗费精力撰写开场词,不过不是用来介绍剧情。"《两兄弟》开场词告诉观众:"最后,请大家不要等待介绍剧情,一部分情节将由首先出场的老人叙述,其余部分将在演出过程中展开。望诸位主持公道,它将会增加诗人的创

---

① (明)佚名:《盐梅记》,康保成校点,北京:中华书局,2004年,第1页。
② (明)陆采:《明珠记》,张树英校点,北京:中华书局,2000年,第1页。
③ [古罗马]泰伦提乌斯:《古罗马戏剧全集·泰伦提乌斯》,王焕生译,长春:吉林出版集团有限责任公司,2015年,第21页、第479页、第312页、第118页。

作热情。"泰伦提乌斯将剧情叙述缩回到了剧本内部,由故事中的人物展开,而把更多开场的时间留给了自己。由于受到来自同时代喜剧家卢斯基乌斯的"恶语伤人",泰伦提乌斯几乎把每一场戏的开场变成了自己的战场。《福尔弥昂》开场词中,他通过朗诵人之口,愤怒地说道:"那位老年诗人看到,既然打消不了我们的诗人的创作热情,使他闲逸,于是便恶语相胁,企图使诗人不再写作。他一再散布说,我们的诗人先前编写的剧本语言鄙陋,文笔浅薄。"《自我折磨的人》剧中,他还请剧中主演开场登台,代自己辩白:"剧作者希望我是请求者,而不只是开场词朗诵者:他让你们作为庭审,让我充当他的辩护人。"为了回应屡受攻击的"杂糅"创作问题,泰伦提乌斯在开场词中会专门解释剧本改编的源头,比如《安德罗斯女子》一剧杂糅了古希腊喜剧家米南德的两部戏《安德罗斯女子》和《佩林托斯女子》,但同时也使用了"自己的材料";《自我折磨的人》一剧根据从未被人动用过的希腊原剧改编,由原来的单一情节改变为双结构;《两兄弟》一剧汲取了古希腊喜剧家狄菲洛斯《双双殉情》的情节,普劳图斯也改编过这部戏,但自己与之不同。泰伦提乌斯坦诚地向观众公开了自己的改编来源,认为自己"揉合掉不少希腊原剧"的创作,是在继承前辈剧作家奈维乌斯、普劳图斯和恩尼乌斯的创作传统,他们也是从杂糅到创新的改编高手,自己愿意学习"他们编剧时的自由态度"。泰伦提乌斯希望观众能认真看戏,辨明异同,做出理性而公正的判断。

泰伦提乌斯"庭辩式"的开场词,真实地反映了古罗马戏剧演出充满竞争的景况,他的对手恐怕也用过同样的方式,在自己的剧本中做出过针对性的开场辩论。隐在戏剧之后的"诗人"被推到前台,借助朗诵者之口,站在观众面前,阐明有关戏剧故事创作的是是非非,有的甚至还延伸到诗人品格的争论。《两兄弟》的开场词便回应了有关"一些有名望的人帮助诗人一起写作"的代笔指责。开场成了古罗马戏剧创作者激烈争锋的审判台,而审判者就是观众。一定程度上,它是在利用开场词游离剧情之外的属性,混淆戏剧舞台公共性与剧作者私人性,将戏剧开场词变为个人辩论场,这已经偏离了戏剧故事叙述的正轨。

文艺复兴时期,英国剧场较多地沿用了开场白的传统。剧情在正式拉开前,有一段"致辞者"上场致辞的表演。致辞者,英文原文为"chorus",《莎士比亚词汇》解释为"interpreter",有阐释者、说教者的含义。致辞者走在了全剧的最前列,承担起引导观众的职责,向观众阐释这本戏创作题旨,启发观众的情感与理性。例如,英国剧作家马洛《浮士德博士的悲剧》"序幕"中,致辞者代表"诗神"说话,解释为什么诗人不去描写宏大的战场、国王的爱情、超凡的圣诗,而将笔触用来敷写浮士德个人的命运,诗人强烈期待观众"深思熟虑地加以判断,给我们鼓掌,为处于蒙昧期中的浮士德开释"①。英国剧作家本·琼森喜欢用开场白阐释自己的戏剧创作理论,《人人高兴》的开场前言中,他强调戏剧"有的只是常人的一言一行一举一动,喜剧通常描写的人物,用以展现时代的缩影,鞭挞人的愚昧而不是罪恶",这正是本·琼森讽刺喜剧所遵循的创作原则。在《狐狸》和《安静的女人》开场中,他阐明自己的创作目的是"融收益和娱乐为一体",《辛西娅的狂欢》开场中认为"诗人"应该有推陈出新的创作追求:"作为诗人,他要回避前人的老套子,为有才华的观众开创戏剧中的新路。"②本·琼森还不止一次在开场中反复强调三一律的创作原则,将开场致辞作为自己戏剧创作理论的宣言。到了18世纪,歌德仍延续了戏剧开场白的传统。诗剧《浮士德》的剧首,安排了一幕《舞台序幕》,由剧团团长、丑角和诗人三人分别阐述各自戏剧演出的观念。这一幕不参与正戏情节,是创作者戏剧观的代言,其中诗人一角就是歌德的化身,他强调了戏剧要用爱与友谊创作,创作、培育人们"心灵的造化",发挥"诗人启示的人类的威力",③阐释为艺术而艺术的宗旨,这实质是歌德自己的创作理想,当然也表达了《浮士德》宏大的爱的人性主题。尽管人们称这是摹仿了印度诗人迦梨陀娑的戏剧《沙恭达罗》的序幕写法,但歌德本人深谙西方戏剧传统,幼年时代经常在法兰克福观看浮士德故事的木偶戏和通俗戏,《舞台序幕》实际汲取了西方戏剧开场白的传统。

由上可见,中西方戏剧都曾经运用开场白的形式,积极表述本剧写作的观念,对观众进行叙事评价的干预。两相比较,西方戏剧在开场白中的观念表述,更为直白,更为强烈,剧作者突出个人特质,表现出的自由度更大;而中国戏曲的"副末开场",剧作者隐在副末之后,所传达的个人声音较为含蓄,大量剧本还倾向表述大众化、套路化的价值观念。西方戏剧喜

---

① [英]克里斯托弗·马洛:《浮士德博士的悲剧》,朱世达译:《文艺复兴时期英国戏剧选》(上),北京:作家出版社,2018年,第145页。
② 转引自何其莘:《英国戏剧史》,南京:译林出版社,1999年,第130页、第131页、第127页。
③ [德]歌德:《歌德文集 浮士德》,钱春绮译,上海:上海译文出版社,1999年,第6页、第10页。

欢在开场白中公开展示剧本的创作手法与艺术观念,理论性更强,而中国戏曲更注重解释剧情本身的立意表达,引导观众理解戏剧的伦理意图。这从一个方面体现了中西方表情写意的方式差异。不过应该指出,这种比较不宜绝对化,中西戏剧开场的观念宣言,都可出入于故事内外,包含事实阐释与理论立场、个人观念与普遍经验,不可能呈现泾渭分明的区别。

  因为松散的结构性质,中西方戏剧的开场白实际都没有传承下来。西方戏剧淘汰得更早,文艺复兴时期剧作家们已经在对古罗马的开场白重新改良,甚或不予采用。我们不妨比较一下古罗马塞内加《提埃斯特斯》与文艺复兴剧作家基德《西班牙悲剧》两剧的开场,后者就对前者进行了一定程度的改编。《提埃斯特斯》一剧开场中,家族鬼魂不入正式剧情,他与复仇女神孚里娅的对话,大致勾勒出剧本内的情节梗概,但到了基德的戏剧中,鬼魂是作为剧中人物出现,扮演了西班牙宫廷朝臣安德里安,叙述的是自己死亡以及到冥间寻找复仇女神的故事。好在他的叙述并没有涉及剧本内的情节,算是替观众保留了一些对这部戏未知的神秘感。《提埃斯特斯》中的鬼魂在开场出现一次后,便没有再出现,而《西班牙悲剧》中鬼魂始终镶嵌在剧内,作为在场的观戏者和剧情人物的关联者,带着真挚而澎湃的情感评述每一幕的内容。这些不同说明,基德改良了古罗马戏剧的开场模式,将开场人物、开场白融入了剧情的整体框架之中,我们很难将它当作一个帽子,摘掉也无关大雅,而更需要在每一幕鬼魂与复仇之神的对话中,仔细品味作者渗透其中的深意。更多的文艺复兴时期剧作则没有采用开场白的形式,如英国汤玛斯·米德尔顿《复仇者的悲剧》、马洛《爱德华二世》,意大利卢多维科·阿里奥斯托《列娜》、彼特罗·阿雷蒂诺《马房主》、西班牙维加《羊泉村》等。剧作家们干脆利落地直接进入正戏,让观众第一眼看到的是剧中人物,而非戏外角色在执行戏剧的开始,这有利于观众很快获得沉浸式的戏剧体验,并且随着人物的交谈、独白和行动,愈来愈深地卷入剧情之中。中国戏曲中的"副末开场"退出历史舞台相对较晚,延至清中叶之后,皮黄渐兴,乱弹纷纭,昆曲仅聊备一格,副末开场亦随昆曲传奇的萧条,逐渐淡出了戏曲舞台。《清稗类钞》载:"昆曲规矩最严,皮黄渐替,昔时副末开场,生旦送客,晚近已废。"[①]惟

---

  ① (清)徐珂:《清稗类钞选》,北京:书目文献出版社,1984年,第360页。

民间一些古老戏曲的遗存,还保留了副末开场的形式,如福建庶民戏、江西孟戏的表演,均有"报台"一出。

第三节　单折戏与独幕剧的叙事比较

单折戏是中国古代戏剧中的一种特有形态,出现于明代中叶,以正德年间王九思《中山狼》院本为先声,其后蔚然而兴,绵延至清人杂剧。所谓"单折",顾名思义,全剧唯有一折。相较元杂剧、明清传奇的容量,单折剧首尾只有一折篇幅,是古代戏剧中最短小、最精微的一种剧体。无独有偶,西方戏剧也有一种类似的戏剧形式,即独幕剧。一般而言,西方戏剧多为五幕剧、三幕剧,独幕剧则较为晚出,约于18世纪出现,到19世纪末至20世纪初风行于世。独幕剧也只有一个幕次,与中国单折短剧的体式十分接近,民国曲学家卢前即认为中国单折剧"与海西独幕之体相暗合也"[①]。令人感兴趣的是,单折剧与独幕剧既然都属于短剧叙事,中西戏剧是如何于一折尺幅之中腾挪叙事呢?本文拟对比考察二者的同中之异,由此揭示中西短剧的叙事特色。

一、戏剧选材:历史本事与个人"臆造"

作为一种新的杂剧形式,单折短剧出现于明代中叶,以正德年间王九思《中山狼》为先声,光扬于明后期,兴盛于清代。明清现存单折短剧约三百种,由于创作主体主要为明清文人,多数作品在故事选材上"取裁说部,不事臆造"[②],表现出文人群体对历史人物典故的浓厚兴趣。

明代单折剧现存五十余种,沈泰所辑《盛明杂剧》便收录了二十三种之多[③],约占明代单折剧近一半比例,它们所体现出来的创作特征,足以代表明代单折短剧的创作倾向。巡检沈泰所辑各剧,本事庶几出于前代名人轶事。例如,蔡文姬辞胡归汉(陈与郊《文姬入塞》),王昭君辞汉入塞

---

① 卢前:《明清戏曲史》,《卢前曲学四种》,北京:中华书局,2006年,第47页。
② 吴梅:《中国戏曲概论》,王卫民编:《吴梅戏曲论文集》,北京:中国戏剧出版社,1983年,第167页。
③ (明)沈泰:《盛明杂剧》,北京:中国书店,2012年。本节所选明人单折杂剧出此本者,不另标注。

(陈与郊《昭君出塞》),范蠡泛湖归隐(汪道昆《五湖游》),曹植路遇洛神(汪道昆《洛水悲》),张敞为妻画眉(汪道昆《远山戏》),杨慎醉酒簪花(沈自征《簪花髻》),王羲之兰亭集会(许潮《兰亭会》),苏东坡夜游赤壁(许潮《赤壁游》)等。这些故事或为文人雅事,或为名人传说,深为人们耳熟能详。

清代单折剧在这一方面承接了明代单折杂剧的创作传统,各类名人轶典、前代掌故,纷纷络绎于笔端。一方面,清代单折剧延续明代文人尚雅风尚,亦喜谱写历代才子才女的雅事。像汪柱《赏心幽品》选了四则屈原采兰、渊明玩菊、赐号梅妃、子瞻画竹的故事,构成了一组兰菊梅竹的四君子图;桂馥《后四声猿》取材白居易、陆游、苏东坡、李贺的诗人轶事,写尽了诗人们抑郁不平的苦闷与牢骚;石韫玉《花间九奏》选取了白居易、苏东坡、陶渊明、梅妃、贾岛等名人轶事,刻画了文人们高于凡俗的人格情态。另一方面,与明代不同的是,清代单折剧的选材视野显得更为开阔。部分创作者不拘泥于文人雅士的狭小圈子,着意从其他历史人物中选事取料,赋予单折剧更多褒贬美刺的社会功能。例如,同光时期剧作家许善长的杂剧集《灵娲石》,原名《女师篇》,选取了东周列国十二则列女故事,寓以褒贬劝惩,如伯嬴殒命保贞节(《伯嬴持刀》)、聂政姊冒死认尸(《聂姊哭弟》)、齐婧入都救父(《齐婧投身》)、百里奚鼓琴认妻(《奚妻鼓琴》)、钟离春自荐齐王(《无盐拊膝》)等,大力鼓吹了忠孝贞节的女子道德,同时也积极肯定女性的才干与胆识,颇具正面揄扬的社会意义。清代单折短剧创作圣手杨潮观的《吟风阁杂剧》,共有三十二种单折短剧,一折一事,皆"借端节取,实实虚虚,期于言归典据"①,杨潮观强调事出实典,所选"典据"人物多为良臣循吏,选材俱出正史,如《汲长孺矫诏发仓》取自《史记·汲郑列传》,《东莱郡暮夜却金》取自《后汉书·杨震传》,《翠微亭卸甲闲游》取自《宋史·韩世忠传》,《新丰店马周独酌》取自《新唐书·马周传》等。这种选事观念与方式,为剧作政治性、社会性的意义表达,奠定了坚实可靠的史实基础,赋予单折剧厚重典正的历史内蕴。

明清单折杂剧重历史本事的创作特色,根植于中国丰厚悠久的历史叙事传统。中国文学叙事中,历史叙事是最为显性的创作传统之一。我们有着悠长的史官文化,孕育出数量浩繁的史乘著述,各体文学都生长于

---

① (清)金德瑛:《观剧绝句三十首》小序,金德瑛:《桧门诗存》卷一,乾隆刻本。

这片丰衺深厚的历史土壤中,生根发芽,枝繁叶茂。唐代史学家刘知几曾将偏纪、小录、逸事、琐言归为"史氏流别"①,古代戏剧故事实同出一脉。大量剧作以史传、稗乘、传说为源头活水,取之不竭,用之不尽。明清单折杂剧不过其中典型之一。我们还要考虑到单折戏剧作家的文人身份。文人群体精通典籍,谙熟掌故,能在各种历史文献中左右逢源,撷拾史料,此不仅是打开戏剧创作之方便法门,更是文人张扬自我才华的一种方式。不过,这种创作方式的过盛,却也使单折戏坠入另一层不利局面。顾随曾毫不客气地指出,明清杂剧"无元人之伧气,亦无元人之真气,其故在天才不及元人而读书偏较元人为多。是以一摇笔便思掉书袋,一掉书袋便为书袋所压死"②。书读多了,便掉书袋,明清单折戏动辄有"本事"可寻,确实是沾染了文人爱掉书袋的迂气,也使得单折戏题材走向了类型化,整体格局难免局促、褊狭。

与单折杂剧不同,西方独幕剧则偏向"臆造"的虚构叙事。剧作家并不强调事有所本的观念,大多数喜欢从现实生活取材,进行自我的创作。这与早期独幕剧出身民间戏剧有关。独幕剧前身是笑剧、闹剧之类的世俗滑稽小戏,16世纪流行于西班牙的小型喜剧——"帕索"(PaSo)就属于这一类。"帕索"生长于底层社会生活,灵活简易,表演夸张,二三个演员便可组一台戏,极为擅长演绎家庭琐事、平民纠纷之类小故事,以生活气息浓郁见称,西班牙剧作家鲁达、维加都是创作"帕索"的能手。17—18世纪法国戏剧的结尾短剧(After-Piece)、18世纪俄国幕间喜剧、18世纪后期的法国戏剧开场短剧(Curtain-Raiser),也都可视为独幕剧的源头之一。这些短剧作为幕间戏、尾戏或开场戏,附加在正剧之外,主要为了调节演出气氛,娱乐观众,它们在创作上擅长从生活找素材,表演轻松幽默的故事内容,以挪揄或讽刺现实中的人物见称。譬如,17世纪法国戏剧家莫里哀的《可笑的女才子》《逼婚》是现存西方早期的独幕剧。《可笑的女才子》作为高乃依悲剧《西拿》的尾戏演出,是一出讽刺社会风气的喜剧。它栩栩如生地刻画了两个装腔作势,故作风雅的贵族女子,被仆人设下的骗局狠狠奚落了一番。莫里哀十分厌恶当时巴黎贵族沙龙矫揉造作、咬文嚼字的虚荣习风,把镜子说成"风韵的顾问",把椅子说成"谈话的

---

① (唐)刘知几:《史通》,浦起龙通释,上海:上海古籍出版社,2015年,第246页。
② 顾随:《顾随全集》卷三,石家庄:河北教育出版社,2014年,第123页。

便利"，^①这部戏正是抨击了贵族阶层颓废、无聊、空虚的精神状态，将现实人物植入喜剧场景，加以漫画式的讽刺。

独幕剧在 19 世纪逐渐走向繁荣，大量作品仍然继承了从现实生活取材的创作传统。其中一部分保持了早期独幕剧的喜剧风格，以讽刺为力量，"通过娱乐来纠正人的缺点"，"以嘲讽的描绘来鞭挞我们时代的弊病"。[2] 法国剧作家欧仁·马兰·拉比什独幕剧《厌世者和奥弗涅人》便属于这类作品。戏写一个愤世嫉俗的有钱人，要求一个奥弗涅人只能讲真话，结果反倒因为讲真话，把自己推向尴尬的境地，故事有力讽刺了现实中那些伪善造作的"愤世者"。另一部分则是反映普通生活的轻喜剧。俄国契诃夫独幕剧《蠢货》描写了一对男债主与女欠债人由恨生爱的故事，前半部分两人剑拔弩张，一个催债，一个躲债，矛盾很激烈，后半部分两人转恨生爱，又是拥抱又是亲吻，戏剧在带笑的眼泪中愉悦地落幕。伴随着 19 世纪末至 20 世纪初小剧场的兴起，独幕剧适时调整了法国安托万所批评的"剧目单调""内容雷同""提供给观众的是毫无意义的剧本"的喜剧题材方向，[3]结合时代思想，利用小剧场充满自由活力的实验空间，变革出严肃题材的创作。例如，沁孤独幕剧《骑马下海的人》一剧充满了浓烈沉重的象征主义悲剧气氛。前半写渔村老妇人穆尔耶接连丧亡了丈夫和四个儿子，预感到死亡的轮回，在九天里她痛苦、挣扎与惶恐，担心剩下两个儿子出海的命运。后面灾难还是发生了，老妇人在绝望中等来了第五、第六个儿子溺海的死讯。这时她变得出奇的平静："他们都死干净了，那海水再也不会捉弄我什么了……不管风从南方吹来也好，不管浪头是在东面打来，还是从西方打来，不管它打出多么可怕的声音，我也不用整夜不睡地哭着、祈祷着了。"[4]老妇人的平静包含了对人生幻灭的悲痛，对自然天运的认命，令人感受到爱尔兰底层劳动人民无处可逃的不幸命运。此类严肃题材的独幕剧，往往具有现实主义精神，剧作者聚焦普通民

---

① ［法］莫里哀：《可笑的女才子》，肖熹光译，《莫里哀全集》，北京：文化艺术出版社，1999 年，第 228 页、第 231 页。
② ［法］莫里哀：《伪君子》"第一陈情表"，李玉民译，《法国戏剧经典》（17—18 世纪卷），杭州：浙江大学出版社，2011 年，第 8 页。
③ 宫宝荣：《法国戏剧百年：1880—1980》，北京：生活·读书·新知三联书店，2001 年，第 12 页。
④ ［爱尔兰］约翰·沁孤：《骑马下海的人》，郭沫若译，周豹娣编著：《独幕剧名著选读》，上海：上海书店出版社，2011 年，第 8 页。

众个体的命运,创造新鲜、生动、有力的故事,像契诃夫《论烟草之害》、格莱葛瑞夫人《月亮上升的时候》、戴莉萨·海尔朋《主角登场》等作品,都是在一个个自出机杼的"臆造"故事中,刻画种种社会景象,表达深刻的人性思考。

二、戏剧场景空间:单一与变化

戏剧是分场艺术,由一个场面一个场面的联结与转换构成。"折"与"幕",都是中西方戏剧划分场面的段落单位。"一折"与"一幕"均代表了一个独立的场次区间,用现在的戏剧术语称之,即为"一场"。

场面形成的一个基础要素是人物活动的空间。不论什么样的故事情节,总是发生在某个特定空间内。西方戏剧有着较为突出的场景空间意识,在古希腊阶段便形成了剧本开头明确标示故事地点的惯例。这是一种叙事方式,通过文本书写,告知观众人物是在哪个地点内活动。埃斯库罗斯《波斯人》开头写明"波斯都城苏萨王宫前,大流士的坟墓位于不远处",《被缚的普罗米修斯》开场写的地点是"高加索山"。从总体情况来看,书写在开头的地点在后续情节中变化不大,这说明古希腊悲剧场景较为固定,并不追求空间的变动与跳跃。由于古希腊悲剧是在雅典剧场的大圆场中进行,虽有歌队代替分幕,地点时间可以变化,但悲剧表演宁静肃穆,大段诗歌描述人物心理,没有太多动作,所以这种文本空间的书写惯例,实际是舞台场景空间的反映。

独幕剧的空间处理采用了相类似的手法。按剧本惯例在开幕前标明故事地点,其空间形态常常设置为某个具体的、单一的、固定的地点场所。最常见是某个室内场景,如沁孤《骑马下海的人》的故事发生在爱尔兰西方海岛的一家小厨房,梅里美《圣体马车》的故事地点为秘鲁首都利马总督办公室,契诃夫《蠢货》为女主人波波娃家里的一间客厅,威廉·应琪《逝水华年》为美国中西部某城市近郊一家名为"天国"的汽车酒吧。对于舞台而言,室内场所越固定具体,舞台布置越集中紧凑,也越适宜传递出饱满的空间信息,使观众能准确联系到故事空间位置之所在。独幕剧也有室外空间的设置,莫里哀《蠢货》故事开头场景为屋外,梅特林克《群盲》的故事则是在北方一座古老的森林。这类空间相对开阔,但舞台场景设置仍然相对稳定,人物上上下下,始终活动在同一个空间,不怎么进行大的跳跃与移动,实际获得与室内场景相同的紧凑效果。剧作家们还喜欢提供空间场景的细致描述。玛丽·雷诺兹在《蜡人》中描述海边小屋的场景:"通过舞台背景上拉开的窗帘可以看见十一月黄昏阴沉灰白的天空。窗的侧面是门,当门开着时,传来了咆哮的海涛声,使人知道那边是阴沉而骇人的大海。房间的右面有一只很深的壁炉,生着火。左面有一只餐具柜,上面放着盘子和碟子,在房间的中央有一张铺着台布的桌子,还有几只直背的木椅子。"① 这种描述汲取了小说写实性的叙述经验,有效凸显了故事的真实可感,而反映到舞台演剧,相应细腻写实的场景设置,也能够使得观众一开始便掉入故事真实的"幻觉"场景。

独幕剧也会有固定场景外的延伸。但它一般不是进行舞台实景调换,而是采用叙述手段处理舞台空间场景之外已经或正在发生的人物情节。梅里美《圣体马车》一剧中,总督将美丽气派的马车送给女演员佩丽珂尔去参加教堂仪式,自己则在窗口用望远镜眺望佩丽珂尔驾车离去:

是啊,我要一直看着它驶到教堂门口……见鬼!怎么走得这么快……我坐车的时候,车夫从来没有用这样快的速度驾过车……大家都停下来看她……居然还有人除下了帽子,就像是我经过一样……简直疯了!马车已靠近广场……天哪!它要和另外一辆马车碰上了……啊!耶稣!幸好翻倒的是另一辆……大家都围过去了……他们要干什么啊?②

此时总督所看见的地点、所看见的事件,全部在舞台即观众的视线之外,作者将它们处理为幕后暗场,通过总督之口加以交代。这种凝聚空间的写法,是因固定场景的限制而采用省略性的叙事手法,具有集中人物与情节叙事的作用。

一些独幕剧还会在固定空间内部进行更细一层的区域划分,通过远近明暗的多层空间布局,编织更为曲折的情节行动线,产生更丰富的戏剧意蕴。譬如,威廉·应琪独幕剧《逝水华年》叙述了发生在一家汽车酒吧内的故事。依照剧本提示,舞台利用了前后左右的方位,将酒吧划分为各个具体的独立空间:中心在舞池,以及舞台右尽头的柜台,这是人物活动的主要区域,处在观众视线近前的位置;其他微空间,包括在左首的大门、

---

① 施蛰存编:《外国独幕剧选》(第四集),上海:上海文艺出版社,1986年,第265页。
② [法]普罗斯佩·梅里美:《圣体马车》,王振孙译:《梅里美戏剧集》,上海:上海译文出版社,1994年,第304—305页。

后部一排客座间,以及再后面两扇对立的标明了男女盥洗室的门,①它们有利于人物在空间内部行走,转换位置,切换情节。后场空间还放置了一台电唱机,它既是一个对象,同时又用音乐制造的氛围感,将各个分散的空间聚拢为一个整体,并由此产生空间叙事功能。伴随着不同调性的音乐,酒吧氛围时而轻柔若一场温情的旧梦、时而明快如一去不复返的时光,非常有效地折射出这部戏繁华如梦,人心不复的深刻主题。可见,对单一空间进行解构与组构,建立有层次、有意味的多空间形式,是独幕剧拓展固定空间叙事能力的一种重要方式。

再回到明清单折剧。其故事场景通常也为稳定的、单一的空间地点。清代廖燕《醉画图》中的二十七松堂、徐爔《哭弟》的弟弟灵位前,嵇永仁《杜秀才痛哭泥神庙》的项羽庙,都只设置了唯一的地点场所,人物没有发生任何移动。这与独幕剧的空间布置有异曲同工之处。作为最为简约的短剧类型,单折、独幕均意味着只有一个场次,剧作者们很自然会考虑用节约空间的方式,减少人物行动的变化。尤其注重实景舞台的西方戏剧,剧本内地点变化频繁会加剧舞台布景更换的困难,所以尽可能采用固定空间为精简有效的舞台叙述服务。

然而中西方戏剧在空间生产方式上还是互有差异。西方剧本采用了直接告知的方式,中国古代剧本则没有写明具体地点的惯例;舞台空间展现上,西方戏剧用了空间场景的直接具象呈现,中国传统戏剧则一般通过人物语言与行为表演,抽象描述故事空间。例如《琵琶记》中末扮演黄门念诵一段"黄门赋",表明地点是在帝王坐朝之所;《玉簪记》"秋江"一出,江面空间由陈妙常驾舟追赶,船桨翻飞的操作表演呈现。这种空间建构方式随人赋形,由演员的言行举止规定场景,上楼下楼、翻山越岭、过江渡海……舞台因此获得了相对自由的空间创造力。所以相较西方独幕剧,明清单折剧的剧本空间显得更为开阔,不仅有单一空间,亦常见多空间的变化。明王九思的《中山狼》院本,写东郭先生沿途遇见了围猎者、狼、老牛、老杏树、土地神;明许潮《武陵春》中,渔人随着行舟,从桃花源外进入桃花源世界;徐渭《渔阳三弄》中,玉帝召赐祢衡亡魂升天,一行人从阎罗第五殿转场至阴阳交界处,送其升天。人物每转换一处,通过语言叙述与身体表演示意空间变化,做到了景随人走。

---

① 施蛰存编:《外国独幕剧选》(第六集),上海:上海文艺出版社,1992年,第339—365页。

中国传统戏剧还形成了一种程序化的行走身体表演,即"行科"。这既是演员步伐伎艺的独特展现,也是空间过渡与变化的叙述符号。单折戏在进行场景转化时便多有运用。我们具体来看明代许潮《兰亭会》的场景移动。该剧写王羲之赴兰亭雅集,采用了"骑行科"的叙述符号展现王羲之的行路过程,人物边行边唱,一共唱了四支【南懒画眉】曲。稍示其中一支:

【南懒画眉】玉骢款款出城闉,只见绿水平桥花满川,东风袅袅袅吟鞭。呀,这马如何到酒家门前,嘶得这等甚,想因沽酒楼拴惯,特地骄嘶过馆前。①

作者用换位移景之法,描述沿路所见的场景。先写城外绿水岸花,后用马儿的嘶鸣声,转入另一处空间,原来不知不觉来到了平日惯饮的酒家门前。就这样,跟随着人物视线移动,四支曲子悠悠而行,过梨花院,走杏花村,步长堤,最后转至该剧中心的空间场景——兰亭。景随人走的奥妙,在于人物行马摇鞭的身体叙述符号、场景描述的语言能力,而二者相互映衬,足以使舞台空间意义自我生成,摆脱对实景舞台的物质依赖,由此虚中生实,借意显实,唤起观众丰富的空间想象。

三、戏剧结构表达:以曲写心与动作写事

中西戏剧皆以故事为载体,然"事"在中西戏剧中如何得以表现,却是各有千秋。单折剧与独幕剧对于"事"的不同处理,让我们可以管中窥豹,察知中西戏剧叙事内容表现上的差异。

我们需要回到"折"与"幕"的初义。单折之"折",是来自宫调音乐概念,杂剧四折指的是四大套宫调组曲,一折为一个宫调组套曲。单折短剧虽兴起于明代中叶,但基本遵照了一个宫调套曲的原则,一折戏由一套组曲组织而成。"独幕剧",英文为"one act play",一幕即为一次动作。因"我国沿用日本的译名,把 Act 译为'幕'",②而"幕"对应的是舞台大幕,幕升幕降代表了一个大段落的表演单元,所以我们很容易将"独幕"理解为一场戏、一出戏,而忽略了"独幕"原有的"one act"一次动作的真正

---

① (明)沈泰:《盛明杂剧》(二编上),北京:中国书店,2012 年,第 136 页。
② 施蛰存、海岑编:《外国独幕剧选》(第一集),上海:上海文艺出版社,1981 年,第 2 页。

含义。

"折"与"幕"的不同含义，实质反映出中西戏剧结构要素的不同。中国传统戏剧以"曲"为本，"曲"的特点是咏歌嗟叹，曲折绵转，善于传达人物丰富的内在情感。在明清文人观念中，"歌曲乃诗之流别"[①]，擅长摹写物情，体贴事理，还更比诗、词多了一份摹写人情的能力，故王骥德说"诗不如词，词不如曲，故是渐近人情"，"若曲，则调可累用，字可衬增。诗与词，不得以谐语方言入，而曲则惟吾意之欲至，口之欲宣，纵横出入，无之而无不可也。故吾谓：快人情者，要毋过于曲也。"[②]单折短剧体小而精，主要由一套宫调曲组织而成，更被视为诗之绝句，文之小品，赋之小赋，包含一时兴会，言短意长之无穷滋味。刘大杰说："一折之短剧，因其形式之方便，最利于文人之抒写怀抱。"[③]其所说"形式之方便"，一方面指单折短剧的小巧灵便，不必受长篇体制的诸多掣肘，写起来自由灵动，另一方面还在于"曲"擅传声情，足堪表达幽眇细腻之怀抱，比起元杂剧四折、明清传奇几十出，更具浓郁的抒情化特质。

惟其如此，明清单折剧才把心灵表达置于最中心的位置。其创作主体为文人群体，所写之心，"盖才人韵士，其牢骚抑郁呼号愤激之情，与夫慷慨流连、谈谐笑谑之态，拂拂于指尖而津津于笔底，不能直写而曲摹之，不能庄语而戏喻之者也。"[④]文人将仰俯世间的纷杂心态，如失志之痛，仕进之望，忠节之赏，隐逸之思，绮靡之想，汩汩流注于一剧之中。写心剧的叙写方式，有代言抒情者，借他人之酒杯，浇自己之块垒。清初嵇永仁的《续离骚》堪称一部哀士之不遇的"愤剧"。这部组剧包含了"歌哭笑骂"四个单折戏，分为《刘国师教习扯淡歌》《杜秀才痛哭泥神庙》《痴和尚街头笑布袋》《愤司马梦里骂阎罗》。[⑤] 因写该剧时嵇永仁身陷牢狱，他借了刘基、杜默、布袋和尚、司马貌的前人故事，愤而写就，发尽胸中不平之气，亦为天下落魄文士呼告，情感表达慷慨淋漓，极为奔泻。有的单折

[①] （明）何良俊：《曲论》，《中国古典戏曲论著集成》（四），北京：中国戏剧出版社，1959年，第6页。
[②] （明）王骥德：《曲律》，《中国古典戏曲论著集成》（四），北京：中国戏剧出版社，1959年，第160页。
[③] 刘大杰：《中国文学发展史》（下卷），天津：百花文艺出版社，1999年，第494页。
[④] （清）徐翙：《盛明杂剧·序》（初编上），北京：中国书店，2012年，第7页。
[⑤] 郑振铎编：《清人杂剧初集》，1931年影印本。

剧作者则别出心裁，撇开代他人立言的传统方式，直接以自己的本名登场，把自己也写进了剧中。清代廖燕《柴舟别集》首创此体，徐爔《写心杂剧》紧随其后。在这些剧中，作者已不满足隐于他人身后，而是要让自我精神外显出来，用外显之"我"关照内心之"我"。剧中"我"的形象，自我宣泄，自我反思，自我审视，往往较写他人之事者，写心抒情的意味更浓。例如《醉画图》中，廖燕对着画上古人倾诉心中的屈沉失志，一边饮酒一边自言，又哭又笑；《哭弟》中，徐爔祭悼早亡的弟弟，一人自唱八曲，回忆过往，痛苦不可自拔。除了一个人的自言自语，自述剧还经常采用对话体，表达自我心声。《诉琵琶》中，廖燕将陶渊明乞食事谱成新调，与朋友弹唱，倾诉"千古才人，皆千古穷人"的千古恨事；徐爔的《问卜》则全文用主问客答结构，由徐爔发问，启卦者、庙主持、乞丐、财主人等人回答，一问一答之中，徐爔内心不断变化，参悟出富贵名利不过虚无，下定决心入山修行。《入山》一剧，徐爔仍然采用与朋友的互问互答形式，表达了自己遽然梦觉，欲归山休隐，修行忏悔的坚定心态。①

　　单折戏重视以曲写心，不自觉地会弱化戏剧的叙事性、戏剧性，造成以剧为曲，以曲为诗的状况。孙楷第评徐爔《写心杂剧》所说："戏曲扮演事实，贵乎波澜节次，爔诸作皆情节过简，用于戏曲，殊不相宜。其名虽为剧，实以散套视之。"②这种情况对单折剧而言是普遍现象。我们仍以许潮为例来考察单折剧的"散套"叙事。许潮共写了八种单折剧，皆选自前代文人雅集胜游的典故。其于情节结构全不在意，而以一种极为松散疏淡的形式出现，入戏极缓，主角出场前总会延宕几笔，用其他角色的铺垫慢慢引入，像《写风情》先写寻二妓侍宴，《兰亭会》先写王羲之行路观景。主要场面的叙述，亦非围绕事件而作，既缺乏矛盾冲突，也找不到发现、悬念、反转等叙事技巧，情节没有任何紧张感。剧中的唱曲主要用于写景、抒情、描人，比如《兰亭会》中众人分唱【南驻云飞】【前腔】四曲，描绘曲水流觞，纵谈古今的场面；《午日吟》中杜、严草堂观赏龙舟，一人轮唱【北黄钟醉花阴】套曲一支，描叙壮阔的竞舟景象，用散点静态描述的方式，呈现场景的状态，而非事件发展动态。其意在展现文人的才思情采，写他们如

---

① （清）廖燕：《廖燕全集》，林子雄校，上海：上海古籍出版社，2005年；（清）徐爔：《写心杂剧》，清梦生堂刊十八折本。

② 齐森华、陈多、叶长海主编：《中国曲学大辞典》，杭州：浙江教育出版社，1997年，第651页。

何吟诗、下棋、赏景、高论,如同平铺开一幅人物画卷,令观者亦用优游闲适之姿态,欣赏文人们的风雅高韵。一批明清单折短剧更直接由文人诗赋摇曳而成,如汪道昆《高唐梦》取诸宋玉《高唐》《神女》二赋,《洛水悲》衍自曹植《洛神赋》,许潮《武陵春》本陶渊明《桃花源记》一文,桂馥《谒府帅》据苏轼《客位假寐》《东湖》二诗敷演,曹锡黼《子安检韵》出自王勃《滕王阁赋》,《老杜兴歌》传杜甫所作《同谷七歌》。单折短剧被当作了文人传载诗赋的别样笔墨,展现出诗歌的戏剧化,戏剧的诗歌化。

单折戏中也有一些叙事佳构,于尺幅之中波澜有致。清人杨潮观《吟风阁杂剧》展现出"短剧中最大的技术家"的叙事才华。① 其剧作善于优化短剧结构,运用多种戏剧技巧,例如场景集中、线索清晰、设置悬念、细节刻画、快速入戏、开放结尾等等,促成丰富的戏剧性,在明清单折写心戏的主流之中,杨潮观算是回到了故事的本身。这与西方独幕剧的写事艺术颇有相似之处。

如果说明清单折剧是以曲唱为中心,重在写心;西方独幕剧则强调以"一次动作"为核心,重在写事。西方独幕剧的"幕",是围绕"一次动作"来组织叙事。我们知道,西方戏剧论者十分突出"动作"对于戏剧的根本地位。亚里士多德以为,戏剧就是摹仿行动中的人,它的方式是用动作来表达。黑格尔说:"能把个人的性格、思想和目的最清楚地表现出来的是动作,人的最深刻方面只有通过动作才能见诸现实。"②劳逊直截了当地说:"动作的问题是整个剧本结构的问题","一小段对话,一场或整个一出戏都牵涉到具有或不具有动作性的问题"。③

独幕剧强调"一次动作",就需要在一个时间序列中用"一次动作"完成事件与状态的演述。那么,很自然会突出动作演示故事的能力,强化动作的核心作用。其"一次动作"的叙事具有以下特点:

其一,具有一个明确清晰的核心动作。独幕剧很少见多线索叙事的,惯常以"一次动作"作为叙事主轴,不枝不蔓,纵贯全剧。在情节上,它凝聚为一次行动事件,很少分岔出其他的动作线索;在人物塑造上,主要围

---

① 朱湘:《朱湘作品集》,开封:河南大学出版社,2004年,第129页。
② [德]黑格尔:《美学》(上),朱光潜译,北京:外语教学与研究出版社,2018年,第244页。
③ [美]约翰·霍华德·劳逊:《戏剧与电影的剧作理论与技巧》,邵牧君、齐宙译,北京:中国电影出版社,1978年,第214页。

绕这个动作予以鲜明的性格化展示。莫里哀《逼婚》一剧十分典型地体现了独幕剧"一次行动"的叙事形态。这部由芭蕾舞剧改编过来的独幕喜剧,围绕年老好色的主人公斯嘎纳赖勒"到底能不能与未婚妻结婚"的内心动作展开,从主人公提出这个问题;到找朋友商量,找两个博士咨询,找埃及女人算命,反复讨论这个问题;再到发现未婚妻是为了财产而嫁给他,打定主意退婚,却又被未婚妻哥哥拿着剑决斗,最后还是被逼结婚,解决了这个问题。整个戏从头到尾贯穿了一条核心的动作主线,每个人物随着这个"一次行动"表露自己的看法,拿出自己的行动,刻画出各自鲜明的性格特征。尤其主角斯嘎纳赖勒,始终纠缠于这个动作,既是动作发出者、推动者,又是动作的承受者,沿着动作的发展轨迹,一点点暴露出其内心的犹豫,行径的可笑,成功表现出吝啬贪色的性格。

其二,对于"一次动作"的设置,韦尔特说:"一部好的独幕剧的动作可以以下简单的话概括起来:戏的开场是抓住兴趣;戏的发展是增加兴趣;转机或高潮是提高兴趣;戏的结束是满足兴趣。"① 动作叙事,既然以观众兴趣为导向,一则要善于在动作内核上做戏,考虑由什么构成这个动作,怎样表现这个动作。我们看到独幕剧的"动作"往往设置为"冲突"形式。冲突无论来自外部力量,还是内心波澜,均可以有效地制造人物之间的紧张关系,造成情节的张力。例如,沁孤《骑马下海的人》的冲突根源在于人与自然、与社会的对抗性关系,"死亡"象征了自然和社会对人类的沉重压迫,在一个个纷沓而来的死亡面前,人不自觉在死境中挣扎、斗争;契诃夫《天鹅之歌》的冲突源于演员心灵深处的孤独。站在空荡荡的舞台上,老丑角演员分裂出两个自我,一个带有温情地回忆往昔生活,一个无比失落地面对一无所有的现在,两个自我构成两股冲突的力,不停撕扯着人物的灵魂,也造成对观众心灵的巨大冲击。二则要把握好"一次动作"的叙事节奏。独幕剧场次有限,无法像多幕剧一样从容不迫地叙事,因此往往会入戏较快,无需过多铺垫式的引入。莫里哀的两部独幕剧《可笑的女才子》《逼婚》,都是在一开场便单刀直入,迅速进入冲突。《月亮上升的时候》也是开宗明义,在开场便交代了警察抓捕革命者的冲突性动作。《骑马下海的人》采用悬念开幕,让两个儿子的命运一开始便牵动人心。独幕剧篇幅虽短,然五脏俱全,很多剧作叙事波澜有致,结构精巧,体现出

---

① 顾仲彝:《编剧理论与技巧》,北京:中国戏剧出版社,1981年,第186页。

剧作家对于叙事节奏与结构全局的把控能力。比如《月亮上升的时候》的整体节奏张弛有度,剧作者巧妙融入一段段抒情唱曲,串联在情节之中,不但舒缓了抓捕革命者的紧张气氛,也为后来巡官放走革命者做了细腻的铺垫。再如《主角登场》一剧,结构层次清晰,极具匠心。开局从渲染恋爱起笔,营造出无比甜蜜的气氛,直到男主角登场,揭穿了女主角安妮一手制造的爱情假象,原来她假冒男主角之名给自己写情书,发电报。至此情节突转,戏剧迎来高潮。为了维持体面,安妮挣扎着乞求男主角的爱情,但遭到了拒绝,就在这个当口,安妮家人到来,情急之下安妮"挥剑斩情丝",宣告所谓爱情的失败,当即断绝与男主角的关系。此时一切纷争散去,男主角走了,安妮家人退下,场面恢复平静。当观众也以为安妮这下子会认真面对自己的情感,可没想到她又拿起了笔,继续给自己写起了信:"看在上帝面上,安妮,不要把我从您的生活中完全赶出去……我受不了……我……(她在写字的时候,幕徐徐落下)。"①安妮仍旧回到之前的自己,沉沦于编造的爱情幻梦之中。这个结局可谓余味缭绕,将假冒爱情、揭穿骗局的闭锁结构,变成首尾相衔、无限回环的蟠蛇结构,暗示停留在自我幻梦中的人们永远也走不出来了。

综而言之,单折剧与独幕剧均属中西戏剧最精微之短剧体式。上述三点仅择其要,未能比较双方叙事形式之全貌,然亦足见二者生长于不同的戏剧叙事传统,叙事面目同中有异,各有胜场。中西单幅短剧后来的发展,中国单折剧因主要供文士吟咏,案头之作多,流传舞台者少;西方独幕剧则投入20世纪中叶小剧场的实践,强调剧作的叙事性、舞台性,故流传下来的更多。不过就文体而言,中西短剧体制的暗合反映出戏剧文体发展的共同旨向,也为探索戏剧叙事多元化发展积累了宝贵的经验。恰如吴梅所说"短剧之难,有非人所尽知者","短剧止千言左右耳,作者之旨,辄郁而末宣,其难一也。王宰之作画也,纳千里于尺幅,短剧虽短,而波澜曲折,尤必盘旋起伏,动人心目,十日画山、五日画石之说,正可为短剧喻也,其难二也",②正因短剧创作之难,中国古代单折剧与西方独幕剧的叙事艺术才更显珍贵。

---

① [美]戴莉萨·海尔朋:《主角登场》,文颖译,周豹娣编著:《独幕剧名著选读》,上海:上海书店出版社,2011年,第41页。
② 王卫民编:《吴梅戏曲论文集》,北京:中国戏剧出版社,1983年,第484页。

第四节　中西戏剧中"人物哭诉"叙事考察

哭泣在早期社会交流中的重要性超乎现代人的想象,关于眼泪最早的记述或可追溯至公元前14世纪的迦南泥板,其中一块讲述了中东古文化所崇拜的大地之神巴力(Ba'al)之死,上面有文字描述巴力的妹妹女神安娜特(Anat)听到兄弟之死所做出的反应:她"真情流露地淹没在眼泪中,仿如饮泪如酒"①。古巴比伦史诗《吉尔伽美什》被认为是目前已知世界文学中最古老的叙事诗,故事中的吉尔伽美什为悼念亡友恩奇杜哭了七天七夜。人类学家爱德华·希费林通过调查发现,群体性哭泣对居住在巴布亚新几内亚的博萨维人而言是一种非常重要的集体仪式。② 不论是对个体或是群体,哭泣行为均有不可等闲视之的重要性。

一、"人物哭诉"的含义及其在中西戏剧中的呈现

哭泣是再正常不过的情绪表达,人类的哭泣行为(有声抑或无声)本身就是一种表意行为,具有表达情绪、诉说观点的重要作用。中外叙事中不乏人物的哭诉书写,其中令人印象深刻的恐怕就是戏剧舞台上的人物哭诉情节。戏剧被认为是"一种活生生的艺术样式——一个流动在时间、感觉、体验中的过程和事件",也是唯一"一种活人可以彼此直接对话的体裁",③哭诉在中西戏剧史上大量存在,将人物体验"活生生"地呈现在舞台之上。

人物哭诉情节在中西著名戏剧中普遍存在。所谓"人物哭诉",主要是指人物一边哭泣(通常发出声响)、一边诉说自身遭遇的叙事行为。换言之,"人物哭诉"叙事形式乃是戏剧作者讲述故事的一种方式,指剧中的人物一边哭泣一边诉说自身遭遇,在故事发展中构成人物哭诉故事情节

---

① [美]Tom Lutz:《哭泣——眼泪的自然史和文化史》,庄安祺译,上海:上海社会科学院出版社,2003年,第10页。
② Edward L. Schieffelin. *The Sorrow of the Lonely and the Burning of the Dancers*, New York: Palgrave Macmillan, 1976, pp.24—25.
③ [美]罗伯特·科恩:《戏剧》(简明本第六版),费春放主译,上海:上海书店出版社,2006年,第355页。

或人物哭诉故事序列。"人物哭诉"叙事形式是中西戏剧艺术中较为独特的呈现方式。

我国早期戏剧史上的哭诉情节，或可追溯至歌舞戏《踏谣娘》（又称《踏摇娘》等，文中统称为《踏谣娘》），虽说学界对其是否属于戏剧众说纷纭，但这出舞台剧包含了诸种戏剧因素，任半塘将其视为"唐代全能之戏剧"①，所谓"全能"，指的是这一戏剧具备故事、音乐、歌唱、舞蹈、表演和说白五种技艺，读者由此能收获较为完备的戏剧概念，这一说法得到学界众多人士的认可。

关于《踏谣娘》的记录，在《教坊记》《旧唐书·音乐志》《太平御览》等典籍中均可找到。其中《教坊记》曰：

> 《踏谣娘》：北齐有人姓苏，疱鼻。实不仕，而自号为郎中。嗜饮，酗酒。每醉，辄殴其妻。妻衔怨，诉于邻里。时人弄之：丈夫著妇人衣，徐步入场行歌。每一叠，旁人齐声和之云："踏谣，和来！踏谣娘苦，和来！"以其且步且歌，故谓之"踏谣"；以其称冤，故言"苦"。及其夫至，则作殴斗之状，以为笑乐。今则妇人为之，遂不呼"郎中"，但云"阿叔子"。调弄又加典库，全失旧旨。或呼为《谈容娘》，又非。②

又《太平御览》引《乐府杂录》云：

> 踏摇娘者，生于隋末，河内有人丑貌而好酒，常自号郎中，醉归必殴其妻。妻色美善歌，乃自歌为怨苦之词。河朔演其曲而被之管弦，因写其夫妻之容。妻悲诉每摇其身，故号踏摇娘。近代优人颇改其制度，非旧旨也。③

从《教坊记》中的"以为笑乐"可知，时人模仿"苏郎中"的殴打举动作为茶余饭后的谈资，其目的在于取乐，对其妻遭遇的同情未见几分。《乐府杂录》写踏谣娘"自歌为怨苦之词"，具有一定程度的悲剧表演意味。虽说上述两则引文并未直接点明踏谣娘的哭泣动作，而是使用了"怨诉""悲诉"之类的话语，读者仍能从中看出踏谣娘带着哭腔对人诉说的场面，这

---

① 任半塘：《唐戏弄》，上海：上海古籍出版社，1984年，第497页。
② （唐）崔令钦等：《教坊记》（外七种），曹中孚等校点，上海：上海古籍出版社，2012年，第13页。
③ （宋）李昉：《太平御览》（第三册），卷五七三"乐部"一一，北京：中华书局，1960年，第2587页。

些话语已经将踏谣娘衔怨诉说的苦闷心情呈现出来,因此将踏谣娘"怨诉"情节视为我国最早的哭诉情节并不为过。

中国戏剧成熟较晚,诸如《踏谣娘》之类的早期戏曲并未形成剧本流传下来,与此相较,西方戏剧起源早、成熟早,且流传至今的剧本较多。欧里庇得斯戏剧《美狄亚》中,开场时先由保姆陈述美狄亚受了委屈沉浸于悲伤的事实,随后由美狄亚直抒胸臆表达内心苦闷:"哎呀,我受了这些痛苦,真是不幸啊!哎呀呀!怎样才能结束我这生命啊?""哎呀!我遭受了痛苦,哎呀,我遭受了痛苦,直要我放声大哭!"①欧里庇得斯对美狄亚的哭诉行为大肆铺陈,使得她成为读者心中一个值得同情、应当得到理解的女性。美狄亚复仇的故事同样在古罗马剧作家塞内加的作品《美狄亚》中得到讲述,该剧有一处呈现了美狄亚的哭泣行为,她的哭泣带有极强的目的性。面对克瑞翁的无情驱逐,美狄亚用请求的语气和对方说:"你看我是在泪水汪汪地哀求你,还不肯允准我一点时间吗?"②总体而言,剧作家对美狄亚的不幸遭遇进行讲述时,并未渲染其流泻不已的情感。由此可知,塞内加剧中的美狄亚更为理性清醒、狠辣无情。

与踏谣娘相比,美狄亚的行为(不论是在欧里庇得斯戏剧中,还是在塞内加的作品中)都更为外显与出格,或许是由于二人的遭遇不同:美狄亚遭受了背叛与驱逐,踏谣娘被醉酒的丈夫殴打。正因为美狄亚的遭遇更为悲惨,其行为也更为出格。无论如何,中西戏剧舞台上的女性在遭受不公平待遇之后,大多会采用"悲诉""哭诉"的方式来宣泄内心的苦闷,这是值得研究者关注的重要对象。

人物遭受了委屈(包括冤屈)、经历亲人死亡、有求于人时通常会以哭泣宣泄情感。以关汉卿作品中的人物为例,《感天动地窦娥冤》中,窦娥受了冤屈后在临死前向"老天"哭诉她的悲惨遭遇;《包待制三勘蝴蝶梦》中的王老汉在街市上被豪横的葛彪打死,其妻王婆婆与三子悲伤哭泣;《赵盼儿风月救风尘》中,宋引章的母亲李氏多次向赵盼儿哭诉女儿被周舍毒打之事,以求后者帮助。西方剧作中,前面提到美狄亚的哭诉无需多言。

---

① [古希腊]欧里庇得斯:《欧里庇得斯悲剧五种》,罗念生译,上海:上海人民出版社,2016年,第93页。
② [古罗马]塞内加:《美狄亚》,王焕生译,载普劳图斯等:《古罗马戏剧选》,北京:人民文学出版社,1991年,第488页。

普劳图斯《俘虏》中,菲洛克拉特斯和廷达鲁斯为自己的囚奴身份流泪悲叹;塞内加悲剧《特洛亚妇女》里,王后赫枯巴等人为特洛亚战争中死去的普里阿摩斯与赫克托尔悲伤哭泣。

哭泣是人物情绪积攒到一定程度后的情感释放,不过在很多时候哭泣带着说服目的。中西均存在因有求于人而哭诉的佳例,前面提到关汉卿剧作中宋引章的母亲李氏向赵盼儿哭诉女儿被毒打之事,其目的在于请求赵盼儿出手相助;王玉峰《焚香记》中,敫桂英在海神庙哭诉陈情,其目的是希望海神灵为自己的遭遇做出公平裁决。在西方剧作中,瑞典剧作家斯特林堡的《奥洛夫老师》也有类似情节,奥洛夫传播新教"异教思想",其母下跪哭泣、苦苦哀求,尝试劝说奥洛夫不再宣扬新教应去信仰天主教。这种哭诉在亲人之间尤为常见,在萧伯纳《华伦夫人的职业》中,华伦夫人与女儿薇薇拌嘴,哭诉成为她劝解女儿理解自己的一种方式,但薇薇并不吃这一套,她直白地揭穿母亲的伎俩:"请你别哭。什么都行,就是别哭。这么哭哭啼啼的我受不了。你要哭,我就出去。"不过华伦夫人已经形成习惯,仍旧使用哭泣这一方式去求得女儿理解,而薇薇坦言:"你的眼泪不花本钱,你是想用眼泪跟我做交易。"①这说明哭泣在一定程度上能实现人物愿望,但很多时候实际上无法实现。

二、"人物哭诉"的叙事性与抒情性

从表面字义上看,"哭诉"二字,本身就携带着抒情特征与叙事特征。哭泣是人类的情绪化表达,而诉说则是人物在讲述自身遭遇,人物哭诉行为兼具抒情性与叙事性。

(一) 作为情绪表达的哭泣行为

不可否认,"深具想象力的文学、戏剧和电影不仅详实地记录了我们的眼泪,也忠实地探讨了社会生活中的情感本质。"②在戏剧舞台上,小丑的哭泣能令观众发笑,女主角的哭泣令人心生悲悯。正如苏珊·朗格所说,陈述性语言是日常生活中最可靠的交流工具,"然而对于传达情感生

---

① [美]萧伯纳:《华伦夫人的职业》,潘家洵等译,《萧伯纳戏剧三种》,北京:人民文学出版社,1963年,第39页、第88页。
② [美]Tom Lutz:《哭泣——眼泪的自然史和文化史》,庄安祺译,上海:上海社会科学院出版社,2003年,第205页。

活的准确性质来说,它却毫无用处"①。逻辑语言无法精准传递人类情绪,包括哭泣流泪在内的身体行为却可以做到。

"哭诉"之"哭",有悲叹哀伤之情,具有浓郁的抒情特征。针对"人类为何哭泣"这个问题,学界有不同层面的回答。哭泣作为一种生理现象,首先是一种生理本能,不过更多人从功能层面上理解哭泣行为,譬如有人认为眼泪能释放情绪,也有学者认为哭泣与早期人类维系群体的仪式有关,如学者艾维柏格认为古迦南前希伯来文化的一种哭笑仪式中,"疯狂的哭和沙哑的笑非但不是相对的情绪表现,而且是相辅相成的状态,是基于一种信念,这种信念把情感表达当成基本乐趣和社会团结的来源。"②这种仪式哭泣行为与前文提到的博萨维人集体仪式中的群体性哭泣颇有相似之处,二者均认为哭泣有助于维系社群内部的团结。

古希腊悲剧中,事件被叙述之后,人物的情绪性哭泣得到大量呈现。如埃斯库罗斯《波斯人》末尾薛西斯与歌队为死去的波斯将士一而再再而三的情绪性哭诉与哀悼情绪,③这使得全剧在悲伤氛围中结束。"悲剧文学诞生于公元前5世纪,是为了节日上的表演环节而创作的。"④如此看来,古希腊悲剧如《波斯人》《埃阿斯》《美狄亚》等戏剧中的人物哭诉情节,与古希腊人节日舞台上的仪式表演紧密相关,联系前面提到的人类学家所认为的哭泣有助于维系社会群体的观点,这种哭诉方式很可能是古希腊人的一种群体仪式。古希腊戏剧中的人物哭诉叙事形式情节完整,塑造的人物形象立体生动,具有极高的艺术价值。

古罗马戏剧也有大量的人物哭诉情节,塞内加悲剧《特洛亚妇女》中,妇女和孩子任人宰割,哭天抢地投诉无门。特洛伊王后赫枯巴的哭诉固然令人动容,但最打动人心的是安德洛玛刻被迫交出孩子阿斯提阿那克斯的无奈,以及阿斯提阿那克斯即将被摔死时安德洛玛刻的悲伤哭泣与告别之语。读者很难不被安德洛玛刻的哭泣与诉说打动,当尤利西斯要

---

① [美]苏珊·朗格:《艺术问题》,滕守尧、朱疆源译,北京:中国社会科学出版社,1983年,第87页。
② [美]Tom Lutz:《哭泣——眼泪的自然史和文化史》,庄安祺译,上海:上海社会科学院出版社,2003年,第10页。
③ [古希腊]埃斯库罗斯:《波斯人》,王焕生译,《埃斯库罗斯悲剧》,南京:译林出版社,2007年,第133—138页。
④ [英]迈克尔·特林布尔:《人类为何会哭:藏在悲伤、进化和大脑里的秘密》,董乐乐译,北京:世界图书出版公司北京公司,2015年,第111页。

求安德洛玛刻交出她与赫克托尔的孩子阿斯提阿那克斯时,安德洛玛刻的哭诉着实令人动容,阿斯提阿那克斯被摔死与赫克托尔死后尸体被拖曳如此相似,父子二人死后均面目全非,这形成了震撼人心的悲剧力量。赫枯巴和安德洛玛刻等特洛亚妇女为夫哭泣、为子哭泣,也为自己不可知的未来哭泣。亡者固然值得哭泣,而逝者已矣,真正该感到悲伤的是生者,船舶即将开航,茫茫大海里不可知的命运正等着她们。

与古希腊戏剧中率性而为的人物相比,塞内加悲剧《特洛亚妇女》具有强烈的伦理色彩,这不再仅仅意味着集体情感共同体的形成,而意味着古罗马时期已经形成了非常完整的伦理观念。

人物哭诉在戏剧中广泛出现,这已经不属于个体现象,而属于集体表现。涂尔干认为,集体表现来源于心灵的关联。[①]"从心"即意味着"从情",人物哭诉叙事形式自带"内倾性",在直陈人物心事方面有其独到优势。人们需要通过一扇窗了解自己的同类经历了什么,会因为什么而牵动心绪。人类之间的心灵汇通与情感关联是哭诉行为在舞台上备受欢迎的重要原因。戏如人生,戏剧是活生生的艺术形式,观众仍旧能从戏剧中听到熟悉的故事、类同的情节,当听者为舞台上哭诉的人物掬一把同情之泪时,触动他们的岂止是人物经历,更多是故事之外自己的经历。听者在收获情感共鸣的同时,自身情绪也得到宣泄与净化。

(二)作为讲述事件的诉说行为

"哭诉"之"诉",有言说叙述之义,具有强烈的叙事特征。就这一层面而言,"谁在哭诉""因何事哭诉""为谁哭诉""向谁哭诉"均是值得探究的问题,此处不妨以关汉卿《窦娥冤》与欧里庇得斯《美狄亚》为例列表加以说明。

戏剧作品	谁在哭诉	因何事哭诉	为谁哭诉	向谁哭诉
《窦娥冤》	窦娥	因自己被冤枉而将失去生命	为自己哭诉	"老天爷"即心中神明
《美狄亚》	美狄亚	因遭丈夫伊阿宋背叛,遭科林斯国王驱逐	为自己哭诉	诸神中的宙斯和忒弥斯

有必要注意人物哭诉情节里的哭诉者与受述者,"谁在哭诉"直接指

---

① [法]爱弥尔·涂尔干:《社会学与哲学》,梁栋译,上海:上海人民出版社,2002年,第25页。

向哭诉行为的发出者,就哭诉者而言,女性多于男性,弱者多于强者。"向谁哭诉"指向哭诉行为的受述者,受述者通常为哭诉者心目中的神明(或者如神明一般能帮助自己的人物)。如上表所示,窦娥的受述者为她心中的神明"老天爷",而美狄亚的受述者为天上诸神中的宙斯和忒弥斯。

有时,哭诉行为的受述者是如神明一般的帮助者角色或者其对立面——不妨称之为"拒绝帮助者"角色,如王玉峰《焚香记》中敫桂英哭诉陈情的对象是海神灵,塞内加《特洛亚妇女》中安德洛玛刻的哭诉对象是尤利西斯,从结果来看,前者是帮助者,后者是"拒绝帮助者"。

"为谁哭诉"条目中,不仅有为自己哭诉的,也有为他人哭泣的。窦娥与美狄亚都是为自己而哭泣,而安德洛玛刻不仅为自己哭泣,更多是为他人哭泣。美狄亚因为丈夫伊阿宋的背叛而杀害了他们的孩子(此前她为了帮助伊阿宋杀害了自己的父兄),美狄亚的哭诉是对于自身命运的哀叹;而在塞内加《特洛亚妇女》中,安德洛玛刻的悲伤源于特洛亚战败带来的夫死国亡现状,生死存亡之际她不得不面临孩子即将被杀戮的事实,她是在哭诉赫克托尔之死,是在向诸神诉说自己即将失去孩子的悲哀,也是在悼念消失的国家,更呈现出一种面对渺茫未来的无助与彷徨。正由于现世过于痛苦无奈,作者才会认为"凡是战争中死去的人,凡是随着死亡将一切都结束了的人,都是幸福的啊"①。美狄亚的悲剧源自命运的捉弄,而安德洛玛刻的悲剧更多来自战争带来的具有宿命意味的群体创伤。

情绪性哭泣是人类特有的行为之一,舞台上的人物"因何事哭诉"也是值得重点关注的问题,萧伯纳《华伦夫人的职业》华伦夫人的哭诉(或忍着不哭),是母亲说服女儿的手段之一;斯特林堡《奥洛夫老师》奥洛夫母亲通过向儿子哭泣下跪的方式希望对方能信仰天主教而不去宣扬新教;易卜生《玩偶之家》中的娜拉因受柯洛克斯泰威胁,她带着哭声说话,希望对方不要将自己因借钱而伪立借据之事告诉丈夫海尔茂。戏剧人物之间的对话不可能脱离具体事件,"戏曲的特质在于同时用语言与摹拟来扮演一种事件"②。人物用话语讲述自身遭遇,这种诉说行为自然与语言密不

---

① [古罗马]塞内加:《特洛亚妇女》,杨周翰译,普劳图斯等:《古罗马戏剧选》,北京:人民文学出版社,1991年,第428页。
② 郭英德:《优孟衣冠与酒神祭祀——中西戏剧文化比较研究》,合肥:安徽教育出版社,2014年,第70页。

可分;而舞台上的哭泣行为,却与动作摹拟紧密关联。戏剧舞台上的演员要成为故事里的人物,须得披上一层演员"服饰"(即中国戏剧话语里的"优孟衣冠"),演员通过摹拟重现故事人物的哭泣行为来形塑自身形象,让台下听者融入舞台故事之中。如此,一桩桩事件从各个行动之中铺展而开,戏剧故事也由此形成一个完整系统。

哭泣行为与诉说行为通常在"人物哭诉"情节中同时出现,有时二者很难截然区分。美狄亚与安德洛玛刻言说着大量的哭诉话语,大段大段的类似内心独白的话语从她们胸中汩汩而出。之所以如此,是因为她们内心均积攒着太多的苦难与悲哀,要纾解这些郁结,非得通过大段的抒情话语来表达不可。当然,这些话语不仅具有抒情性,同时也具有叙事性——她们用语言描述自己的经历,无疑在一定程度上缓解了她们的悲哀;叙事性还体现在另一方面,即戏剧欣赏者也可以从这些话语中看到事情的来龙去脉以及哭诉者本人对这些事情的评价。

前文对哭泣行为与诉说行为分而述之,是为了让读者进一步明晰这一情节的抒情性与叙事性。明确了这两个特性,就有必要对中西戏剧中"人物哭诉"叙事形式在讲故事行为中的关键作用进行论述。

三、"人物哭诉"在讲故事行为中的关键作用

戏剧呈现一个个矛盾冲突,每场戏都有核心事件。"人物哭诉"作为一种叙事形式,通常在舞台上构成核心事件,对戏剧演出起着关键作用。

(一)人物哭诉作为行动动力,引发下一步行动

行动可在故事内部形成因果关联,这种因果关系也可以发生在故事外部。歌德戏剧《克拉维戈》第一幕,玛丽哭哭啼啼地对索菲诉说自己被克拉维戈抛弃之后的内心苦闷,博马舍听到妹妹玛丽的哭诉,对克拉维戈讲述了一个负心汉的故事,故事情节由此铺展。在这一幕中,正是出于对妹妹的关心与爱护,博马舍才会马不停蹄地找到克拉维戈并与之理论,后续的故事方能得到开展。也就是说,玛丽的哭诉成为戏剧展开的重要动力,观众可从克拉维戈应付博马舍的种种话语中听出此人的傲慢虚荣、摇摆不定与不择手段,由此看出主人公命运悲剧的性格缘由。

与玛丽柔弱地哭啼着请求兄长相助相比,孟姜女哭长城更显得刚烈与不屈。孟姜女故事是我国民间故事里的华彩乐章,它已流传了两千多年,几乎传遍了中国各地。有的故事之所以在人群里迅速传播,一定是它

触动了听故事者内心的情感神经,听故事者转而成为讲故事的人,将这些故事向更多的人群讲述。京剧、越剧、川剧、婺剧和傩戏等均有对孟姜女哭长城的重新讲述,各地的孟姜女故事有些许出入,但故事的核心情节孟姜女哭夫崩城世代沿袭。在某种程度上说,孟姜女哭长城情节是故事讲述者层层接力、重复叙述的不竭动力。这体现出封建社会人与彼时社会制度的冲突,对这一故事情节的讲述也集中体现讲述者内心的愿望。以辰州傩戏为例,《孟姜女》在辰州傩戏中总计十折,末尾两折《姜女送衣》《姜女哭城》细腻感人,具有较强戏剧性。第十折《姜女哭城》细致呈现出孟姜女得知丈夫死亡的消息后嚎啕痛哭,撞死在城墙边的故事情节。戏剧将孟姜女的刚烈性格呈现得淋漓尽致,充分体现出人与社会制度的强烈冲突。我国戏曲多为大团圆结局,为了让听故事者内心得到慰藉,戏曲作者给听故事的人描述了一个看似美好的结局:"孟姜女撞死城墙,天崩地裂。此时,范杞良和孟姜女两人一同返阳,共舞。"①此举虽有些突兀,但在一定程度上抚慰了听故事者的怨愤心理。

如果说《克拉维戈》里人物行动之间的因果关系体现在故事内部,那么孟姜女故事的动力传递则处于故事外部,不论发生在故事内还是故事外,后面的行动都是受前面行动的影响而产生。

(二)人物哭诉行为是听者理解人物形象的重要依据

在哭诉进行时的戏剧独白中,人物自身内在的声音个性凸显出来。白朴《梧桐雨》中,面对陈玄礼杀了杨国忠还要杀贵妃的状况时,唐玄宗以"六军心变,寡人自不能保"之语要求贵妃自尽。贵妃死后,帝王虽说"哭上逍遥玉骢马",但显得虚假不堪。唐玄宗退居西宫养老后,挂起真容,朝夕哭奠贵妃。白朴剧中的帝王虽然多次为贵妃香殒哭泣,但显得虚情假意,"无情最是帝王家"的负心汉形象跃然纸上。同样是讲述唐玄宗与杨贵妃的爱情故事,洪昇《长生殿》却展示出与此不同的帝王形象,该剧第二十五出"埋玉"中,同样是描述贵妃殒命的场景,洪昇处理得更有人情味,他在剧中加入大量的动作以丰富人物形象,戏剧文本中的"哭介""泣介"共计二十多处,呈现出尊贵如帝王者也护不住爱妃的无助无力之感。第三十二出"哭像"通篇都是唐玄宗对贵妃的思念,哀戚与悲伤溢于言表,甚

---

① 张良兵、全从主、金立章、全玉辉手抄本:《孟姜女》,朱恒夫主编,刘冰清编校:《中国傩戏剧本集成·辰州傩戏》,上海:上海大学出版社,2017年,第213页。

至在戏剧末尾皇上与玉妃天上重逢时也是喜极而泣。众多哭泣事件不断汇集,生成出《长生殿》里有情有义的帝王形象。由此可知,人物哭诉行为对于理解不同作品里同一人物的不同形象大有裨益。

又如明代王玉峰《焚香记》第二十六出,敫桂英误以为王魁入赘韩丞相家,她一腔怨气无处可发,只得来到当初与王魁盟誓的海神庙,在这里她向海神灵诉出从前盟誓,试图勾取"辜恩贼",敫桂英一拜一悲啼,哭一会骂一会,肝肠寸断。海神庙哭泣陈情是《焚香记》中的演出高潮,敫桂英敢爱敢恨,敢想敢搏,具有舍得一身死,敢把负心汉拉下阴间的坚决,这一情节塑造出果决勇敢的女性形象。敫桂英的果敢性格与欧里庇得斯舞台上的美狄亚颇有相似之处,不过二者的结尾有些不同。王玉峰对宋代以来民间盛传的"王魁负心"故事进行了改写——这与前面提到辰州傩戏《孟姜女》结尾如出一辙,《焚香记》结尾也可以概括为"王魁不负心",敫桂英死后也将王魁魂魄勾引到黄泉之下,最后以桂英错告、两人复生的大团圆结局作为结尾。但是纵观中国社会现实,"王魁负心"的结局更为普遍,戏剧舞台上的圆满正好映衬现实社会中的遗憾,敫桂英海神庙的涕泪陈情道出了过去许多女性的心声,是现实社会的一种直观反映。

女性"哭"与"不哭"也是值得注意的文学现象,《玩偶之家》中的娜拉遭受柯洛克斯泰威胁时,她带着哭声与对方沟通希望对方能够高抬贵手;而在戏剧接近尾声,娜拉终于看清了海尔茂的真实面目时,剧作家并未写娜拉的情绪化言语与行动,而是更多突出娜拉的镇定与理性。如果说娜拉之前的哭泣仍是在期望男权社会对自己高抬贵手,那么她在识清父亲和丈夫将自己物化的事实之后,言行举止透露出的冷静镇定则说明娜拉早已不是当初那个被男性钳制在家庭中的"小小鸟""小松鼠",她最后的出走呈现出一种反叛的姿态,娜拉的情绪性哭泣与冷静自若形成前后对比,这令观众更进一步理解娜拉这一觉醒的女性形象。

(三)人物哭诉话语有助于故事铺展、有助于主题呈现

多数情况下,人物一边哭泣一边诉说自身遭遇时,其哭诉通常携带着大量的人物戏剧独白。关汉卿《感天动地窦娥冤》中,窦娥满腔冤屈无人可说,只得向"老天"哭诉,彼时浮云阴悲风旋,窦娥一边哭泣一边叙述她的三桩誓愿:一为死后血溅丈二白练;二为六月飞雪覆盖尸身;三为楚州自此亢旱三年。之后鬼魂窦娥向父亲窦天章"哭冤"的情节,在一定程度上是窦娥向"老天"(古人称为民请命的好官为"青天大老爷")哭诉情节的

后续。这一设置不仅交代了窦天章的行踪,同时也更能令听戏之人动容:窦天章秉公执法,不仅是完成为女请命的任务,更满足了普通百姓的内在夙愿。冤假错案在封建时代并非罕见之事,窦娥向天哭诉的行为也并非个案,戏剧作为普通百姓喜闻乐见的艺术形式,在于它在一定程度上满足了百姓心中好人洗冤、恶人受惩的美好期待。索福克勒斯悲剧《埃阿斯》呈现出主角的哭号,埃阿斯陷入癫狂状况时将牲畜当成人进行报复性杀害,在恢复理智后他号啕痛哭:"哎呀,哎呀!有没有人想到过,/我的名字听起来多像我的悲叹?/'哎呀!''哎呀!'如今我可以/用这些合成我名字的悲伤音节/一而再再而三地悲叹了。"①大段的独白从埃阿斯口中倾泻而出,"埃阿斯"在希腊语中的意思为"雄鹰",曾经睥睨一切的雄鹰如今却在喃喃自语、连连哀叹,人物故事在独白悲叹中不断演进。英雄末路为叙述者乐于呈现的故事套路,埃阿斯的悲剧是这类故事的重要例证。

戏剧冲突是故事演进的内在动力,舞台上通常呈现出现实社会中的真实状况。人物之间表现出的内心震荡,以及与之紧密相关的社会矛盾和现实问题,是戏剧情节的重要组成部分。"最伟大的戏剧能超越社会和政治而直面全人类的希望、忧虑和冲突:个人的身份、勇气、同情心、理想与现实的对抗、善心与私心的对抗、爱与剥削的对抗,还有人类无法逃脱的问题如成长与老去、腐朽与死亡,这些是最优秀的戏剧的主题,也是我们神思游荡时的主题:最好的戏剧就是和我们最深刻的思索联系在一起,它们能帮助我们将零散的思想理出秩序或哲理。通过戏剧这个媒介,我们无一例外地能看见自己的影子,并由此对我们自己的人格和困惑获得一些发现并进行评价。"②人物哭诉情节集中体现出人物内心冲突和人与人之间的冲突,如美狄亚遭遇的背叛、安德洛玛刻遭受的痛苦、窦娥面对的冤屈、唐明皇承受的悔恨等无不牵动听者心魂,引文中提到的"个人的身份、勇气、同情心""理想与现实的对抗、善心与私心的对抗、爱与剥削的对抗""成长与老去、腐朽与死亡"都是优秀的戏剧主题,是人物哭诉情节普遍存在的位置,那些无法避免的个人和集体的悲欢离合,仍旧在提醒人

---

① [古希腊]索福克勒斯:《埃阿斯》,《索福克勒斯悲剧》,张竹明、王焕生译,南京:译林出版社,2007年,第361页。
② [美]罗伯特·科恩:《戏剧》(简明本第六版),费春放主译,上海:上海书店出版社,2006年,第356页。

们戏如人生,世事浮沉,与其叹一句浮生若梦,为欢几何,倒不如安闲自得,知足常乐。

  赵毅衡将戏剧归为"演示类叙述"中最典型的体裁。① 由于戏剧舞台的演示类特征,"人物哭诉"叙事形式更容易在戏剧中呈现,哭诉中的人物通常渴望获得其他人物与听众的关注,因而在舞台表演中不免掺入夸张成分。实际上现实生活中人们为求得关注,通常也竭尽所能地进行夸张的哭诉表演。人一旦哭诉,其所在的位置天然地成为表演舞台,"人物哭诉"叙事形式在戏剧舞台上大行其道并非没有缘由,因它附有主观为之或者客观自带的表演成分,据此而言,这一叙事形式在舞台之上频繁出现再合适不过。

---

① 赵毅衡:《广义叙述学》,成都:四川大学出版社,2013年,第37页。

第五章
中西戏剧演出的符号学考察

戏剧叙事研究,一方面需要精耕叙事理论的本领域,另一方面亦可借鉴其他理论拓展叙事研究的空间。符号学是一块可以攻玉的他山之石。自索绪尔奠基的现代符号学进入人文科学领域后,戏剧符号学研究蔚然兴起。丁·洪泽尔说:"在舞台上构成现实的一切——剧作家的剧本、演员的表演、舞台的灯光,所有这些东西都代表了其他东西。换言之,戏剧演出就是一套记号。"①戏剧舞台内外都是被符号化了的世界,中西戏剧叙事也是通过一套符号系统输出所指意义。本章专门引入符号叙述学的研究方法,考察中西戏剧演出媒介符号的构成形式与编码,还突破常规形态的戏剧文本,特别关注三类漫溢在演出周边的伴随文本。它们作用于戏剧演出文本的整个生成过程,使得戏剧演出文本的边界发生了变化。

第一节 戏剧媒介符号与文本意义呈现

一、非特有媒介

戏剧演出媒介不是特意为演出而存在的。其媒介的"非特有性"指演出的文本符号载体与人们日常生活经验中所用之物没有什么不同。柯赞

---

① [捷克]丁·洪泽尔:《戏剧记号的动态性》,胡妙胜译,《戏剧艺术》1991年第1期,第114—123页。

在论戏剧的十三个符号系统时,也道出了此种"非特有性":

> 戏剧充分地利用那些在现实生活和艺术活动中的以人们间的交流为目的的符号系统,并不断地从自然界、从社会生活、从各行各业和艺术的一切领域中提取符号加以运用。①

我们认为,戏剧演出所用的媒介体现了它从物(事)到符号(物—符号),从"寻常"到"特用"的转换,而承载演出文本的器物又从符号(物—符号)到物(事)这一角度呈现出演出媒介的独特属性。

(一) 从物到符号

大多数符号媒介都有其物质性源头,一旦该符号媒介被使用,便带有了"物—符号"的功能,兼具了使用性和表意性。演出媒介亦是如此,其非特制性正体现了它与现实生活中事、物之关联——舞台上的事、物与日常生活经验中的事、物没有差异,只是在日常生活中,人们很少会像舞台演出一样来使用演出媒介。这一点,诸多学者早已察觉。

于贝斯菲尔德在比较文学剧本与演出剧本中的物体功能时,揭示了演出媒介由"物"到"符号"的转换:

> 物体是具体的存在,既不是舞台外客体的某一方面的图像造型,也不是客体本身。它不是某一现实的图像,而是具体现实本身,如演员的身体及其产生出来的一切结果,它表演(它动、它跳、它表现),戏剧的绝大部分便存在于身体这个表现——演出体,不管戏剧文本是否明确地考虑到这一点。同样,物体也有戏可做,它被表现、被展示、被构成或被毁掉,它是炫耀物体、表演物体或生产物体。戏剧物体是游戏物体。它还是重新注入语义的对象,这种语义注重工作在我们看来是戏剧获得意义的关键过程之一。如此,用一物体来表演,比如一支武器,可以产生意义。②

这即是说,实存于日常生活中的物,可被重新注入语义存于舞台之上。

---

① [法]T.考弗臧:《戏剧的十三个符号系统》,李春熹译,《戏剧艺术》1986年第1期,第62—76页。

② [法]于贝斯菲尔德:《戏剧符号学》,宫宝荣译,北京:中国戏剧出版社,2004年,第159—160页。

柯赞在分析戏剧符号系统时,也指出了演出媒介的非特制性,一旦它们呈现于舞台之上,就被赋予了更为丰富的意义,这也是柯赞从自然符号与人工符号两方面对演出媒介符号的意义做进一步阐述的原因。

叶舒宪、俞建章在分析艺术符号与日常生活中的事、物时,也提到了媒介的非特有性。尽管他们所比较的是语言符号与艺术符号,但它同样使用于艺术符号与日常生活中的事、物。而造成二者的区别在于,它们所处的意义系统不一,所处的"位置"、组合的"顺序"以及展示的方式不同。

在媒介材料的问题上,海德格尔(M. Heidegger)则从更广泛的意义上给了我们较为透彻的看法。即一件艺术作品首先是一件物,正如一幅绘画作品可以像煤、木料等被运来运去一样,与其他事物并无根本性区别(均有物的特征,且其物质性十分"稳固")。因而,艺术作品与事、物之间的关系也可以反过来说:

> 建筑存在于石头之中,木雕存在于木头之中,绘画存在于色彩之中,语言艺术存在于话语之中,音乐存在于声音之中。尽管艺术作品是被制作出来的,但它表达的并不仅仅是物,它将某种有别于自身的东西公之于世,它明显是种别的东西,尤其明显是种隐喻。在艺术品中,制作物与别的东西结合在一起,这种结合,希腊人称之为 sumballein,作品是一种符号。①

尽管海德格尔很少提到艺术作品的形成("创造")过程,但他承认了艺术作品是一种"制作物",而从物转为艺术品需要经过一个"去蔽"的(unconcealedness)过程。海德格尔所说的"去蔽"并不耗尽(耗费)媒介材料,只是将材料纳入形式中——"雕塑家以自己的方式使用石块,就像石匠使用石块一样,但雕塑家并不耗尽石块……诚然,画家也使用颜料,但其方式是使色彩不被耗尽,反而只有现在才开始闪耀。诚然,诗人也使用词语——然而,不像普通说话者和作家那样必须耗尽它们,而是以这样一种方式:词语只有现在才真正成为并保持为词语。",此时,材料与形式早已融为一体(物的因素"进入"了作品),材料退隐了,"没有留下任何作品材料的痕迹"。②海德格尔弃绝过度的技艺化,强调媒介的自然属性同样

---

① 朱狄:《当代西方艺术哲学》,武汉:武汉大学出版社,2007年,第152页。
② Martin Heidegger. *Poetry, Language, Thought*, Harper Collins US, 2001, pp. 47—48.

也可说明演出媒介的非特制性。

当代一些艺术理论家在媒介材料上所持有的三种不同态度,在某种程度上也揭示了媒介的非特制性:马塞尔·迪尚对媒介所持有的"憎恶"态度——反对为艺术而对媒介材料进行特意加工;约翰·凯奇对媒介材料所持有的"奉承"态度——希望噪音等自然声响也变成音乐;克罗齐对媒介所持有的"中立性"态度——强调心理形象的启示作用,物质载体在传达心理形象上只具有辅助性的作用。不论是反对制作加工媒介,直接将日常生活中的物纳入艺术文本中,还是强调将日常生活中的物进行转化,它们也均在一定程度上肯定了艺术媒介非特制性的妙处。由此,在一些艺术作品中,迪尚常用"现成物品"代替对媒介材料的加工;凯奇在《4分33秒》中不让钢琴发声,而"奉承"剧场中的自然声音。不论是自然物还是日常生活中的物,它们均可以不被加工、雕琢而成为艺术的媒介,体现出了媒介的非特制性。

上述揭示演出媒介符号物质属性的论断还可进一步勾勒出非特有演出媒介本身经历着的一些转变——从物转变为符号,从使用意义转变为实用意义。这一演变转换的"动作"既是历时性的,亦是共时性的。如,于贝斯菲尔德从物体不同的表现阶段(产生与消亡)总结出在不同时代、不同流派的戏剧展出时,"物"的功能是不同的:古典戏剧中的物体多是"功能的",很少是修辞的,也从来不是生产性的。只是到了近现代,物体才在生产中得到了表现。它不止具有生产性,甚至是一种"产品"——尤其是在当代,"物体总以'自然的'方式被表现,对取自自然的物体和文化使然的物体(即人类生产的结果)并不作区分,直到近几十年来(布莱希特)才看到比如物体与原始用途脱离,而转向生产功能"。[①]

近代剧本和导演对物体的运用也可体现这种转变,如从产生人际关系和产生意义两方面来看,日常生活中的物一经转变,"台上的人不再被动地接受物体,不再将它看作环境、布景、或者提供给他的工具,他制造它、运用它,并改变它、摧毁它……比如对垃圾的运用,作为无产者从中捞取可资利用的这一现实的图像,又如改变物体的用途('梯子'变成'桥梁'),或将日常生活中的物体运用于戏剧"[②]。此时,"物体"呈现出其流

---

① [法]于贝斯菲尔德:《戏剧符号学》,宫宝荣译,北京:中国戏剧出版社,2004年,第160页。
② 同上书,第160—161页。

动性意味——变为其他媒介,传递作为现实生活中的物所不具有的意义,或表现人与事物之间的特殊关系,这就比原有的实用物更具有多义性和创造性。

按照柯赞的理论来看,对物体运用的情况大致分为两种,一种是作为人工符号使用——按照人物角色设定要求或由导演意图而生成的符号,一种作为自然符号使用——由演员即兴、遇突发状况呈现出来的"自然符号"。他以扮演老人的青年所制造出来的颤抖声音,与高龄演员自身所具有的颤音做对比,揭示出二者之间的关联。由于它们均与戏剧符号的意指作用有关,柯赞在分析符号系统时,对动作、发型、小道具等意指层次问题展开了说明。其中,动作符号系统可以代替、指涉其他事物,成为第二层次的符号;揭示与人物有关的文化背景及所处情景状态的发型,具有多种意指价值;小道具在发挥生活中的实用性时(第一层次意指作用),也有第二层次意指作用。舞台装置亦是如此,但它们往往不是单独起第二层次意指作用的,需要在多个符号媒介的组合作用下构成"物—符号"。

不管是从符号客体或意指角度出发,还是从自然符号与人工符号角度对戏剧演出的媒介符号系统或性质展开分析,他们先将目光投向了戏剧演出媒介符号的构成——符号的物质性源头,它主要包括自然事物、人工制造的器物和"纯符号"这三类。受戏剧演出体裁特征的影响,原本不是为了"携带意义"的自然事物可通过演出中某些不可预测的、即兴的情况进入演出文本;原本不是用来携带意义的那些日常生活中的使用物可以在被展示的情况下变成演出的一部分;而为了向观众展示并与观众交流互动,演出文本中也充满了纯粹表意符号,如语言、表情、姿势等这类不需要接受者加以"符号化"的媒介,它们可以是实用的或非实用的,但均与人的身体性密切相关。

而当演员将演出媒介作为道具使用,当剧中人物需要用它达成某种行为之时(假定其有物之用),当它被流传下来成为一类物质文化遗产时,媒介符号呈现出了其物的使用性,符号向物的一端滑动。这即是说,演出媒介向符号化或物化任何一端滑动是相对而言的。这里存在着另一种有意思的现象,即被承载在器物上的戏曲演出文本。讨论承载或记录演出场面的器物也可从符号到物这一角度反观演出媒介的特殊属性。

承载戏曲的器物可以是瓷器、伎乐俑、戏俑、壁画画像等等。譬如,宋代浮梁查墓中就有六个(五男一女)造型别致动作表情丰富的伎乐俑,它们再现了当时伎乐混合一处的演出场景。《梦粱录》卷二十"妓乐"条目就曾记载当时士庶家筵会或祭神赛会皆用散乐家,街市三五成群沿街作场的表演场景。鄱阳县磨刀石公社殷家大队在南宋洪子成夫妇合葬石椁墓中挖掘出宋代鄱阳戏俑也是一例,它由二十一件无釉且胎质洁白的戏瓷俑组成,有生旦净末诸色,姿态生动,表情细腻。其中,女俑两件:一件头梳双髻(右髻高耸),系丝带,饰鬓花,身着圆领宽袖袍,腰系丝带,足穿尖靴,面带笑容,左手作持物状,右手残缺;另一件身着宽袖袍,腰束丝带,脚穿尖靴。神态各异的男俑有十九件:有作俯首欲泣态,有作或左或右方错举状,有作双手捧物或舞蹈状,有作拱手施礼状,有的抬头仰望,有的低头俯视,或微笑或忧愁。作为陪葬物的伎乐俑、戏俑被挖掘并被展出时,其物的使用性转向了某种艺术意义,这些艺术符号不是非特有的,而是为了呈现戏剧演出场面被特意制作出来的。因此,演出场面的呈现载体也可以是被特意制作出来的;也正因为是特意制作出来的,它使得演出文本的艺术意义可以转化为某种物的使用意义。

此类例子更多地出现在瓷器器物上,元代青花《三顾茅庐》罐,瓷罐画面描绘了刘玄德三顾隆中的戏曲场景(《三顾茅庐》虽是小说,但它曾被搬演于舞台之上):草堂中,两道童持书报讯,一左一右位于孔明身旁,其周身以松鹤、云石点缀,有飘飘然仙人之感;栏栅外,刘备躬身拜谒;柳树下,关、张散立一旁;草丛间,周仓肩扛大旗,对着张口喷气的马头,似有久待躁动之感。元代青花《三顾茅庐》带盖梅瓶亦是如此,该瓶上画着刘、关、张三雄徒步行走,刘备长袍宽袖匆匆躬身趋前,关、张紧随其后;另一边有一孩童身向前走,回头眺望,有先行一步通报之意。一般来说,器物上所描绘画面是当时人们熟悉或者经常上演的剧目场景。元代杂剧《青衫泪》青花梅瓶则是直接描绘出戏曲表演的场景故事。该瓶造型为元代中晚期景德镇窑的标准作品,瓶高35.6厘米,分三段接成,器物中段,绘上了元人马致远《江州司马青衫泪》杂剧第二折情景:左边的中年妇人是卜儿,她手执竹鞭,在庭院中正责罚少女,此女名唤裴兴奴,立于牡丹石旁,长裙及地,掩面而泣。

  卜儿怒科云:"好贱人,上门好客,你怎生不顺从?和钱赌鳖,打死你这奴才!"……

  正旦唱【三煞】:"老太母心肠这壁厢偏……娘呵,你早则皂裙儿拖地,柱杖儿过头,鬓髻儿稍天;却下的这拳槌不善,教我空揩那没程限的窦娥冤。"

元代青花罐杂剧故事《尉迟恭单鞭夺槊》则是绘上了元真定尚仲贤杂剧《尉迟恭单鞭夺槊》第三折。器物上的人物、鞍马、摆设皆以细笔勾描,山水、树石、云彩则以粗线写意,料色艳丽,纹饰生动,胎釉精良,整个画面随罐身圆转凹凸之势而变,奇趣时生。青花罐一方展现的是唐元帅李世民见单雄信杀到时所唱曲牌的场面——李世民得知单雄信到来,唱:"他那里纵马横枪将咱来紧攻。"此时,单雄信手提长枪,腰挂利剑,披甲踏蹬,呼啸追来。另一方则是尉迟恭打败了单雄信胜利而归的场面:军士撑着"唐太宗"三字的帅旗;净扮尉迟恭策马扬鞭,威灵灵铁头虎眼;末扮李世民勒缰回身,一路上将帅对话而行。净云:"元帅,那厮被某一鞭打得吐血而走,夺了那厮的枣木槊也。"末云:"若不是将军来呵,哪里取我这性命。壮哉壮哉,不枉了好将军也。"

这些承载戏曲表演的器物以另一种视角传播着地方戏曲文化,即通过可以保存及跨越远距离传播的视觉媒介,对经演出媒介所展示的场景进行再一次的叙述。此时,它不仅呈现出戏中的表演场景,还可将观看者观看的状态也一并囊括其中。将庙堂与乡野的立体娱乐视象,移用到这些器物之中,透过具体的物件看戏,但这并不是说,这些承载的器物失去了其作为物的使用价值,瓷器器物仍旧可以作为物件使用,只是此时它的艺术意义被作为物的使用意义覆盖了。值得一提的是,正因为物的承载作用(不同的物可以呈现与演出有关的因素),它们可以将所有的物件、事件互相勾连了起来,物与物互联、物与物互证的情况使得戏剧文本意义变得更加丰富起来。

(二)从身体到其延伸

演出需要有人的存在,所展现内容均是与人相关的符号行为,所以演出媒介最大的一个特点是它是身体性的,包括身体及身体之延伸,但身体性的媒介与日常生活中的身体在表意方面可能发生了变化,即这身体性媒介同样具有非特有性。

1. 身体及其延伸的媒介

从身体自身的功能来看,戏剧展示空间中的言语、歌声、吼声等功能与日常生活中功能不同。例如,在《狄俄尼索斯在69年》中曾有过一个场面:穿着十分暴露的女演员走到观众当中,蹲下来,把身子躺在观众的旁边并开始抚摸他们,并延伸触摸的部位。其抚摸的动作与日常生活中抚摸的含义是不同的,正如台上"咬"的动作区别于日常生活中的"咬"一样。

舞台上重复的慢动作或者类似"上吊""杀戮"等举动也不会经常在日常生活中无故上演,却时常在演出中展示出来。譬如,目连戏《男吊》《女吊》《调无常》中,演员使用吊绳的表演让人胆战心惊,演出之后人们又会为其精湛表演叫好。这类非特制性媒介在戏曲中已经形成了一套体系,就拿戏曲"唱、念、做、打"中的做功(戏曲表演舞蹈化、韵律化的动作、身段)和打功(俗称"打把子",指戏曲武戏中的武打动作)来说,它们是身体性的,与日常生活中的动作没有太大差异,只是它们在舞台上呈现出的意义发生了变化。具体来说,做功为推进故事情节、塑造人物形象、传达内心情感形成了一套严格的样式和规范,它具有以下特点:

动作之虚拟化表达。由于舞台空间有限,舞台表演体现出高度的凝练性,演员表演的动作更强调由形似到神似,进而达到无中生有、内心外化、以虚代实、以简代繁、以点代面、以局部表现整体的效果。如"趟马"这一动作,因有限的舞台不易容纳马匹,只能由演员手执马鞭,结合挥鞭、勒马等动作来表现骑马行路的状态。同样是骑马这件事,同样是骑马的动作,但是它原本的意义却发生了改变——日常生活中的骑马动作仅表现为骑马,舞台上的骑马动作可以表示连夜赶路、路途遥远等含义。

动作之情绪化表达。演员唱念之时为了更好地将情感外化,需要将日常生活中的表情"放大",即呈现出表现人物内心思想情绪的身段、神情、手势。这些手势动作在日常生活中也可能出现,但是动作幅度和呈现时间较短,受众不易捕捉;但是在舞台上,这些身段动作的力度和持续时间足以让观众感受到其中传达出的情绪状态。

动作之姿态化表达。它一般出现在人物上下场或者一段舞蹈动作、一段把子、一段唱词结束之后,最具代表性的就是"亮相"。对人物某种情绪状态予以"定格",一方面可以展现剧中人物的精神状态,另一方面可以形成戏曲的某种固定风格,即对于同样的行为动作,戏曲之"姿势语"的作用与日常生活行为中的作用是不一样的。

动作之装饰化表达。这些身段动作并没有实质性的作用,只是为了确保动作的流畅性设定的,如勒马之前的扬鞭、抖袖之前的整袖、亮相之前的搓步等。扬鞭、整袖、搓步等动作在日常生活中同样会出现,但大多数是无意为之或自然为之，而不是为了确保前后行为动作的流畅性做出的举动。

动作之特技化表达。这是指需要运用独特技巧，如水袖功、翎子功、帽翅功、髯口功、喷火、变脸等表演程式将演出气氛、人物情感推向高潮。这些特技也并不是为了舞台表演而特意制造出来的，其形态有的源于对动物的模拟，有的取用了其他曲艺杂技的表演形态。

除了这些被"特用"的动作之外，舞台上还有很多与日常生活本来形态基本一致的动作身段，如擦汗、打扫等，所形成的这些动作身段自然源于日常生活，在搬上舞台表演之后，擦汗、扫地等动作并不是为了擦去汗水或者把地面清扫干净，而是为了说明剧中人物的心情和此刻的状态。另外，男女演员在扮演同一身段时，还会根据日常生活中男性与女性的行为逻辑予以适当地调整（符合日常行为逻辑），这也说明了它符合日常生活的属性，但是受舞台演出要求，被符号化了。

戏曲中的打功也是如此。戏曲的武打形式有徒手（赤手空拳对打）和兵器（使用长兵器和短兵器）两类。戏曲舞台上的打功源于中国传统武术套路，与之不同的是，舞台对战、比武讲究的是演员之间的默契配合，以及比试时能给观众带来特殊的审美体验，即舞台对战并非真正的对战，而是为了呈现戏剧人物之精气神。为了把控武打力度，达到不同的武打效果，便有了诸多打功程式，如："点"——点到为止、一触即开，把子在接触后立刻弹回；"擦"——把子交接后又有连续动作；"沾"——对打中的暂停，暂停是为了控制力量，表现剧情。由此可见，日常生活中的武打与戏曲中的武打动作在本质上没有什么差别，只是在演剧过程中，武打比试是点到为止，这显然与日常生活中的武打所传递的意义和所起效果是不一样的。

以身体为中心展开的媒介同样能说明其非特制性——灯光、场面、道具、衣着等呈现性媒介与日常经验所用之物无异，但它们在戏剧演出中的作用却与日常生活中不同。演出中，导演会利用光影对身体的投射制造特殊效果，或让观众与一些危险性动物一起互动"合作"；日常生活中，我们可能不会时常这样使用，不会在平日的生活中使用面具、化舞台妆容或装扮成特殊人物（女扮男装等）。具体以戏曲的砌末程式展开说明。砌末是舞台上出现的物品道具之统称，它大致包括以下几类：

生活砌末——烛台、灯笼、镜子、扇子、手绢、木鱼、念珠、文房四宝、茶具、酒具、碗箸桶盘、针线箩筐等，其外形基本与生活中物品的外形一致，

但大部分失去了物体的使用性,如戏曲舞台上的烛台和灯笼是不点亮的或者是不需点亮的、笔基本不能写字、酒壶酒盅是实心的;

生产砌末——锄、耙、镐、锨、秤等,它们并不能够作用于日常生活中的实体对象,在戏曲中只是为了配合或呈现人物行为而出现;

仪仗砌末——龙凤扇、日月扇、掌扇、提灯、云罗伞、帅旗、月华旗、飞虎旗、龙凤旗等,舞台上的仪仗道具显然失去了原物的使用性,大多是指示时间、身份等背景信息;

官府砌末——虎头牌、回避肃静牌、惊堂木、官印、令箭、笏板、公文、状子、枷锁、板子刑棍等,因为年代原因,这些物件早就失去了其曾经的作用,成了一种官府威严的象征符号;

车舆砌末——车旗、轿围、船桨、马鞭、轿子、独轮车等,由于舞台展示空间有限,这些道具大部分取其局部替代整体物件,诠释人物出行的一个状态;

把子砌末——刀、枪、剑、戟、叉、斧、棍、棒、锤、鞭、钩、匕首等,这类道具一般为木质材料,涂上金银粉代替金属部分,这就削减了日常生活中原物的使用意义,赋予的是剧中人物的行为意义;

自然现象砌末——水旗、火旗、雷公锤、风旗、云牌等。

因为有些实物无法搬上舞台,砌末的出现恰好解决了实物与舞台表演之间的矛盾。一般来说,这些道具的呈现方式表现为两大类型,一是直接使用日常生活中的物件或与物件形状相似的道具,观众一眼便知其作用;另一种则只抽取日常生活中物件最富有特色的某个局部,最为常见的便是马鞭与车旗,这类道具需要发挥观众的想象力。

2. 身体的承载

承载身体性媒介的空间同样属于演出的媒介符号系统。空间是人的空间,是活动的空间,但这个空间范围是抽象意义上的。即承载身体性媒介的空间并非指实体的空间,而是活动的会发生变化的空间,是以演员行为显现出来的空间。这即是说,"特用"不仅包括以身体为演示性媒介之"特用",还包括承载着身体性的演出空间之"特用"。其中最常见的媒介"特用"方式便是巧妙利用或布置空间场景,通过作用于观演距离(关系),使得原有空间(尤其是实体空间)发生质的变化。譬如:重新安排或改造演出空间,使观众和演员可以随意活动,表演者和观众角色转换的可能性将达到最大。以法朗克·卡斯托尔夫(Frank Castorf)导演的《记录列车机车号》为例。这是根据伊尔文·威尔士的同名长篇小说及由丹尼·鲍勒1996年根据小说拍成的电影改编的。演出是在舞台上进行的,但有所不同的是,后台为观众搭建了一个脚手架。观众若要坐到自己的位置上去,必须横越舞台(而此时舞台上已装上了建筑用的灯)。先到"观众席"的人可以观察到后来的观众如何跟跟跄跄穿过舞台,甚至把一些台上装牢的建筑用灯扯断的举动。也就是说,早在进入剧场时,观众就各自在扮演角色了:后来进场的观众,在早已安顿就座的观众的面前,不论他们是否愿意担当表演者,特殊的空间设置已然让他们成了表演者,且为了能成为观众,他们必须先成为表演者。该例中的演出场地未曾变形,"舞台"依旧是演员"经典的"行为场地,但是观看区域与展示区域发生了变化。

在《狄俄尼索斯在69年》中,观众可以决定自己与演出中心区的距离——随意调节他们与表演者及其他观众的距离,选择观察事件的视角。演员也不只局限在过去的汽车工厂的中间部位(围着黑色橡胶垫子),而是必须在整个演出场地走动。因此,整个演出空间的走动易使观众占据演出中心区的位置,并"加入到故事中去"。当然,展示空间的缩小也能使观众转换为表演者,如理查·谢克纳的《公社》一剧,一位演员随机选出15名观众,让他们走进演出场地中间的一个圈子作为湄莱的村民。倘若观众走进圆圈,演出继续,倘若不听指挥,演出中止。该剧把演出空间缩小到舞台上的一个圈,观众一旦踏进圆圈,转瞬成为表演者。不管是让观众和演员随意活动,或试图让观者卷入戏中,上述三例所占用的实体建筑空间并未发生变化,但在展示空间的布局安排上有意模糊观演区与舞台区的界限,改变了原有舞台空间的使用性以及实用意义。

总而言之,演出媒介的这种"非特有性"使得它区别于其他记录性体裁,它可以将媒介符号的使用性意义(作为物)、实用意义(物—符号)、艺术意义(作为符号)同时呈现出来,并在无形中丰富演出文本的意义。

二、多媒介编码

演出媒介的非特有性以及其异于日常事物的符号意义,往往需要通过媒介与媒介之间的相互作用呈现出来。即戏剧演出文本并不是单一的符号关系,整个戏剧演出文本的意义是不同于各孤立部分纯粹叠加的总和的。譬如,戏曲舞台上经常看到木制红漆的"一桌二椅",它们的摆放(桌的摆设有正场桌、八字桌、反八字桌、高台桌、大公案、小公案、小帐桌、骑场桌等；椅的摆设有正场椅、八字椅、横一字椅、桌内椅、桌外椅、反背椅、下场桌两傍椅等）位置所表达的意义是不同的——桌前椅后，一般表示金殿、内室、书房、公堂、店铺等；椅前桌后，一般表示厅堂、客室等；椅子与居中的桌子形成各种组合，一般表示内室；桌子竖置，两侧各置一把椅子，一般表示卧室、船舱等。除此之外，桌椅在不同的情景下还可以摆设出"山""楼""桥""床""门""云"等符号含义。简单的桌椅却摆出了无限的意味，说明了演出媒介之间的编码作用。上海戏剧学院演出的《哈姆雷特》也可为例，该演出经常在不同的场景中运用同一种媒介，但它们制造出的氛围、传递出的意义是迥异的。比如，对宝剑的使用，摆放位置的变换会使其意义发生变化。而在灯光色调、灯位的变换中，同一场景中的氛围会发生变化。诸如此类的例子还有很多，舞台上的光线、演员的语言、摸索动作、狗的叫声及其回音可共同营造出"黑夜"的氛围，如果没有某种程式的约定，仅仅只有狗吠和它的回音还不足以说明黑暗；灯光渐弱，也许是用来表现内心的惆怅；摸索上场的人物可能是个瞎子，而唯有当它们被拢在一起时，观众就不再会怀疑夜幕的降临。[①] 这些随处可见的例子均说明了符号媒介的连接可形成新的意义整体，这一整体并非是单个符号意义的简单叠加。日常生活中的物之所以能被特用，演出媒介之所以可以是非特制的，也与媒介符号的组合作用有着密切的关系。

考察多个媒介组合与意义之间的关系，我们会发现，它可以由多个媒介汇聚在一起共同产生新的意义，可以由多个媒介共同凸显、强调所用媒介中的某一个意义，可以由一个媒介决定多个媒介组合的意义（类似"定调"媒介）。因此，在讨论单个演出媒介符号的属性之外，我们还应考察多个媒介系统是如何相互作用、进行编码的。在戏剧演出（情节或场面）意义的生成上，可通过以下三种多媒介联合解码的方式，影响戏剧演出（文本、情节、场面）意义生成的过程：

其一，由多种媒介"协同"作用于某一意义单元；

其二，由多种媒介相互转换作用于某一意义单元；

其三，由多种媒介共同突出某一媒介所代表的意义单元，或某一媒介决定多媒介组合的意义单元。

这些汇聚在一起的媒介来自不同符号意义系统，它们之间的组合、转

[①] 陈明：《戏剧演出中记号间的相互关系》，《戏剧艺术》1986年第1期，第48—61页。

换与凸出不仅可以促成(或体现出)事、物被"特用"的情况,还会作用于演出文本的意义构成。

(一) 多种媒介的"协同"作用

媒介与媒介之间组、聚合的选择关系是多样的。故而,多媒介"协同"作用于一个意义单元的情况也有多种,它包括所有媒介共同"聚合"在某一意义单元上;媒介与媒介(或媒介符号的集合)相并列形成某一意义单元;受演出文本不同层面的前一媒介或媒介符号集合的相继影响,而形成的完整的意义单元。具体而言,所有媒介共同"聚焦"于某一意义单元的组合情况,指不同媒介为了传达某一意义,建立起了相互"协作"的关系——它们唯有相互配合,才能传达这一完整的意义单元。罗伯特·爱德蒙·琼斯在《理查三世》中对"塔楼"这一形象设计,以及其所传递的意义,可为一例。"塔楼"的形象源于琼斯日常生活中的观察经验,他注意到光线的变化会影响塔楼的形态,进而引发人们内心某种微妙的情绪波动,便将这一特性运用于舞台,并加强了灯光的作用——通过塔楼和它前面物体在光照上的强弱、冷暖对比(时而在黑暗中消失,时而突兀地闯入观众的眼帘)以及侧光、逆光、聚光、平光等效果来改变塔楼含义。被灯光所笼罩的塔楼,不仅向观众呈现出当时伦敦的街头景象,还传递出一种阴郁、黑沉的社会气息。灯光在剧情展开之时,使多义之布景在不同时刻变幻出某个指定的意义,赋予它们以确切的涵义,这正体现了灯光的各种协同动作。现代演出中灯光的作用亦不可小觑,诸多导演就由灯光入手,为整个演出带来不同凡响的效果。《哈姆雷特》一剧中不同场景对灯光效果的运用及其"物品"的不同摆放方式也说明了不同媒介传递同一个信息的"协同"作用。

在其他媒介的运用方面,亦有同样的作用,例如,安德烈耶夫的成名作《人的一生》也通过不同媒介符号在时间与空间层次上的重复,突出演出主旨。其中,导演斯坦尼斯拉夫斯基将这些指向同一主题意义的媒介符号("身穿灰衣"、带着不祥预兆的人以及作为命运之神的形象,类似叙述学中提到的"核心"与"迹象")散布于整个演出中,使情节有层层递进之感。而"灰衣人"的行动贯穿整场演出始终——他手持蜡烛,烛烟袅袅升腾,烛油却不断在辰光中耗尽,"不可挽回",揭示出了人生的短暂与冷峻。

斯坦尼斯拉夫斯基认为安德烈耶夫作品中渺小的人生只能在深沉的色调(灰色)中呈现出来,为了制造出这种效果,舞台上的"灰衣人"是被黑色围绕着的(因此经常飘忽不定、具有某种神秘感),在沉郁色调的场面中房间、门窗、桌椅是用绳索勾勒出来的,人物不发出任何声音,就连服饰也无任何时代标志意义,显得毫无生活气息。斯坦尼斯拉夫斯基在演出场面、氛围上的这一处理方式,通过不同的媒介系统的反复运用,强调了演出主旨。不论是多重意义的结合,还是同一意义单元的重复,均说明多种媒介符号的组合作用大于某一种符号单独表意的作用。故而,彼得·布鲁克在《空的空间》论述演出文本的开放性时指出,任何媒介,不管是诉诸情感,还是实际的行为,它们始终会与舞台上的一切发生关联。

至于媒介与媒介(或媒介符号的集合)相并列形成某一意义单元,指的是两种具有独立意义的、有着比较关系的符号(或集合)的并置(并不像前一点中的成为一体,也不像第一点中取消了二者意义单元的独立性),构成的相对完整的意义单元(类似情节、核心事件等)。皮斯卡托注意到了演出符号系统间的关系,其早期的戏剧实验着重发展了这种多媒介组合方式,被称为"混合效应法"。比如,他和劳哥特·缪勒合作的《请注意,我们还活着》一剧,舞台被分割成三个小房间,各自上演戏剧事件。此时,投影在各个房间墙上的形象(朝向观众的那一面墙上映现出各种图像,像一幅拼贴画)则用来评价舞台上所发生的行为事件。不时打断事件的投影(评价)以及断续展开的戏剧事件是两个本身具有独立意义的符号集合,它们通过并置形成了某一意义单元。皮斯卡托后来的作品《基督的代表》则进一步将舞台形象(视觉符号媒介)与注解评说(视觉或听觉符号媒介)这两个不同的媒介系统对立了起来,二者的矛盾或冲突(记录性资料上罗马天主教皇为犹太人说情未遂的事实与叙述者驳斥了那些不可靠的资料)形成了新的意义单元。皮斯卡托的"混合效应法"影响了布莱希特、彼得·布鲁克、斯沃博达等导演,因此在他们的戏剧观念以及所执导的戏剧中均有所体现。前文在论演出的空间问题时所举出的例子也可说明此类情况。

值得一提的是,由不同媒介符号(集合)并置、对列重新建构意义单元的情况可以出现在某一情节、场面,甚至某个人物身上,它们会形成不可靠、局部不可靠(大局面反讽)、反讽、悖论等效果。譬如,在上海戏剧学院排演的南斯拉夫悲喜剧《死者》一剧的结尾部分:舞台上一边降下白色特制花圈,为"死者"(被剥夺、压迫者)悼念,一边是得利者(压榨者)"胜利的欢呼"与群魔乱舞。在这一场面中,悲哀与欣喜交替着——"悲"掩饰着

"喜"的丑陋狰狞,"喜"衬出"悲"的冷峻凄切;彬彬有礼与险恶用心、物质的富有与精神的匮乏,通过两类对立的意义单元的并置,呈现出了一种崭新的意味。又如,在塑造口是心非、虚伪的人物角色时,有意无意地"对列"两个不同的媒介集合,以达到反讽的效果。《伪君子》中虚伪教士冠冕堂皇的话语、腔调,说话时的表情和日常行为等不同媒介符号之间对列并置,便是一例。

　　至于某一媒介符号或媒介符号集合在同一演出不同层面所具有的多种意义,组成完整意义单元(上一意义"映射"或影响观众对下一意义的理解,类似意义的叠加)的这类情况也有很多,这里以斯沃博达在执导契诃夫《三姐妹》时在窗子方面的"特用"为例。斯沃博达认为契诃夫作品中的窗子具有多重意味——既是人物欲望、思想的出口,又是现实生活闯入屋内的通道,由此,他在舞台设计上特别注意对窗户意义的传达。通过舞台灯光的前投,打上顶光,或从舞台背后向前投光,制造出了不同的环境氛围,随着灯光方位的变换,窗户的意义在不断发生变化,而这些流转着的意义,又在重新组建起窗户的完整意义。斯沃博达在为莫扎特的歌剧《克里特国王伊多梅纽斯》设计舞台布景时,也采用了这种意义组合的方式。他是通过一个中心形象——胡须上缀有贝壳,有着海神一般的大眼的波塞冬头(海神头颅散成五块,垂直地分别在不同场景中,其位置根据不同的情节或演出场面发生变化),以及周边舞台布景的变换,来传递符号的整体意义的。其中,中心形象的意义发生了几次变化,比如,波塞冬头下部的胡须造型与台阶阶层的形态相融,在演员或灯光的作用下,可以体现出波塞冬胡须和台阶的使用价值。而在全剧尾声部分,被分成多个部分的波塞冬头颅再次合一,它所具有的含义超越了其形象本身。也就是说,波塞冬头颅的某一部分在不同场景所形成的意义随着情节的时间性展开不断渗透于之后观众对其的理解过程中,直到全剧尾声,所有的意义(意象)堆叠成一个较为完整的意义单元。

　　注意,某一媒介符号意义的叠加以形成一个完整的意义单元,需要经常借助于演出场景变换或其他媒介的"特用"。也就是说,某一媒介符号的多义性需要在某种活动的状态中凸显出来,如灯光的变化、装置调动等促使情节展开的舞美表现手段,以使其在演出文本展开的时间中产生不同的意义。

(二) 媒介系统之间的转换

戏剧演出与观众之间的互动交流并不一定都以直接讲出的方式（自报家门、旁白等）实现，演员的肢体动作、道具等媒介均可以替代"讲述"的方式。另外，受舞台因素甚至演出体裁的影响，剧本中不便表演，故事情节中不便直接呈现或讲出的戏剧事件、场面也往往会用其他媒介来转换替代。譬如，场面中的"黑夜"，可以由钟楼时钟报时或人物讲出；"空旷寂静"可以通过狗吠后悠长的回音表现；"大门"可以由演员敲门的动作以及敲门声诠释出来。这也就出现了不同媒介符号之间的转换。

媒介与媒介之间的可替代性与转换性不仅仅表现在单个媒介符号上，还可以从同一剧目的不同演出文本体现出来。如，同样上演易卜生的《群鬼》，1889年法国自由剧院上演的自然主义表现手法的《群鬼》与二十年后梅耶荷德用反自然主义表现方式演出的《群鬼》所传递的文本意义没有太大差别。这也就是说，任何媒介符号在演出中并不存在与日常生活类似的固定的指称关系——演出场景并不一定需要实体建筑或栩栩如生的图片（具有相似性的图片）来呈现，灯光、语言、动作、音响均可营造出相同效果；演出并不一定要直面观众，LED屏幕、投影形象、木偶等可替代演员表演。其可替代性也是由于非特有媒介的性质决定的：诸种巧用（"特用"）日常生活中的事、物，使转换为演出的媒介符号的方法均有异曲同工之效——让寻常事物带上符号修辞意义。换言之，这一转换就涉及了替代的情况。奥塔卡·齐克在《戏剧艺术美学》也有过类似结论，他认为戏剧艺术在方方面面都是形象的艺术，演员代表戏剧角色，布景代表故事发生的地点，灯光亮度用以表示昼夜更替，声音代表事件或心情，纵使是实体的建筑结构物——舞台，也是为了代表其他东西（草地、集市、广场等）而存在，即舞台的形象功能并非由其作为实物的建筑结构所决定。概言之，尽管所有以身体为中心展开的演出媒介与日常生活经验中所用之物没有什么不同，但当它们被运用在特殊场合、另作他用时，其自身所具有的意义和性质就发生了改变（使用性变成实用意义、艺术意义）。由此，同一媒介符号可以具有多重意义，不同的媒介符号文本也可表达同一个意义。

然而，在媒介系统的转换与替代上，中西戏剧（主要指中国戏曲与西方话剧）中的转换原则是不一致的。首先，中国戏曲重在传神（由摹形到主张传神），西方话剧重在摹仿现实生活，由此，中国戏曲在媒介系统的转换和替代上更为明显、频繁。其次,受中西方文化的影响,西方话剧在其舞台演出中,是以口头语言为中心的;而中国戏曲演出则偏重于演员的表演,这就使得二者在程式化动作的形成,以及在媒介符号系统转换方式上有所不同。① 中国传统戏曲表演形成了大量的程式化动作,用以替代布景、道具等。比如,表现"骑马""划船"等行为活动,舞台上一般不会出现承载人物的交通工具,即不会出现"马""船"之类的实物,而是靠程式化的媒介符号转换。对人物动作、具体空间的表现,也是如此,这就使得中国戏曲中产生了诸多的程式化动作,以便替代实际生活中的种种行为、事件。卡端尔·布拉查克在观看中国戏曲之后,就曾提到中国戏曲舞台上的表演动作,一方面要向观众呈现出其所代替的事、物之使用功能和状态,另一方面也需要借助人们的想象予以还原。因此,"相对而言,戏曲剧本的内容和情节比起话剧要简单得多,许多传统的戏曲剧目的内容为广大观众所熟悉,甚至到了耳熟能详的地步;观众看戏、听戏,目的往往不是为了了解剧情,而是为了欣赏演员的表演,包括唱念做打在内"②。

(三) 多种媒介共同突出某一媒介之意义单元

戏剧的演出文本是一个由各元素集合而成的多层次的复杂结构,各类媒介符号系统围绕着人的身体性相互作用,其中,某一类媒介符号可能成为整个符号集合的定调媒介,即多种媒介符号共同突出某一媒介符号所代表的意义单元。譬如,借助服饰、场面调度等多种手段,突出剧中人物的行动或人物的心理活动;运用机械的舞蹈动作,编排特殊的运动,让舞台空间动起来(赋予舞台某种人格)。此时,演员的作用只是类似灯光和投影,是传递演出符号意义所要借用的一个辅助性媒介。实际上,多种媒介集合与其中被突出的某一媒介符号之间的关系类似于"展面/刺点""前景/后景"的关系,当某一媒介符号异于惯常语境(即类似"陌生化"效果),该媒介符号则被"前推"为"刺点""前景",以吸引观众的注意力。比如,中央实验话剧院排演的《阿Q》一剧,该剧演出时将人们所忽视的事、物剖析出来,以其陌生化的面貌展示在观众眼前(被"前推"了),以发人深省。又如,苏联格莱诺夫斯基导演的《古旧市场之夜》中主角"贝德琼"的额头被设计成两倍于普通人的额头,异常鲜明;活人们脸部由棕色画笔横

---

① 陈世雄:《戏剧人类学》,上海:上海古籍出版社,2013年,第288页。
② 同上书,第289页。

加涂抹,鼻子和嘴被强调得非常醒目。它们在不同演出场面中均体现出"刺点"效果,一同制造出阴郁恐怖,死一般沉寂的效果。

舞台布景也是一例。在传统的镜框式舞台上,从幕布拉开始(或没有幕布),布景总是我们首先看见的,它的出现始终会影响着观众(有时起"定调"作用)。罗伯特·爱德蒙·琼斯在论布景的功能时,就曾指出布景中隐藏着的这种活力:

> 舞台的布景不能独立的存在,它强调的重点是指向表演的,如果没有演员它也就不存在了……似乎很奇怪的是,关于舞台设计的这个简单的基本原则仍然常常被误解……舞台上的布景就像是放进了溶液里的化学元素,一加进演员这个元素就能让它释放出全部内藏的能量。而如果没有演员的加入,布景中各种各样的元素都只能悬在空中,处于不确定的紧张之中,而在布景方面的"巧用"则会激活这种活力……舞台设计的本质就是创造这种悬而不决和紧张的。①

可见,演员的上场,他们的肢体动作等媒介的填充,让布景释放出了其内藏的能量,将布景的"定调"意义凸显了出来。而某一媒介的被"突出"或成为定调媒介,与接收者的意识行为有关。譬如,中国戏曲演出中经常会出现这样的情景,剧中女主人公过度悲伤,开始呜咽拭泪,渐而转入哭腔。随着腔调的拖长,声音越发高亢,响彻剧场。此刻,观众的注意力并不在感人的剧情中,而是集中于演员高超的演唱技巧上。即把注意重心从对事件内容的关注转移到形式美的欣赏上去了,因此,虽然台上"哭得厉害",却博得台下阵阵喝彩声。

上述例子也是多种媒介共同突出某一媒介符号意义的一种特殊方式,它一方面与观众在观看时所激发的情绪、认知有关;另一方面则与探究社群有关。演出文本内在的一致性,会使观众的想象受到极其有力的推动,但阐释社群会在观众心中重构意义。

综上所述,多重媒介编织在一起构成了一个新的语境,它具有假定性、虚构性,甚至写意性。反过来,其假定性、虚构性、写意性也会作用于符号编码的过程。不论是虚构的、假定的、写意的呈现空间在先,还是正在上演的被编织的媒介在先,它们都体现了对象与符号之间的某种关联。

---

① 转引自周宁主编:《西方戏剧理论史》(上册),厦门:厦门大学出版社,2008年,第95页。

这种关联可以是被简化、被凝练后的某种关联（因果、象征、借代、替换等），譬如，"一个'开门'身段就激起人们习惯性地联想到台上有了屋内屋外；一个'摸黑'的身段就激起人们习惯地联想到人物是在黑夜里；昆剧《痴梦》，那崔氏伏案入寐，倏然打击乐全暗，只听得一阵单调、徐缓、低沉的筝的弹拨声，走上来手捧凤冠霞帔的一位年迈家人和一位也是年迈的仆妇，还带着四个龙套，他们随着乐声，迷离恍惚地鱼贯走向台中分列两旁，只听那年迈家人用一种极低沉极缓慢的声调一个字一个字地拖长着字音并且一直就这样不变化地单调地唤着'夫—人—开—门……'，崔氏迷离地好像听到了这唤声，慢慢抬头四顾……这一连串的程式符号所组合的语汇自然地激起了人们的审美联想——崔氏入梦了"①。而建立这些关联，一方面受既定程式的作用，另一方面则需要观众"造境"，发挥自己的想象。

第二节　中西戏剧演出的三种伴随文本

符号文本的边界是模糊不清的，因为文本的某些附加因素时常影响着人们对文本的解释，有时看起来不在文本里的成分，却会被当作文本的一部分来进行解释，从而改变符号文本的边界。② 这种情况在戏剧演出中更甚，从演出体裁的特征来看，其即时性、一次性与现在在场性为文本边界的推移以及解释的多样化提供了诸多可能，这使得似乎不在演出文本中的符号（如现场突发状况、个人情绪代入）转瞬被"读进"文本之中，似乎存在于演出文本中的符号也可以在演出的进程中被"读出"，致使演出文本的边界和意义有所变动。这无疑为研究戏剧演出的符号文本出了一个难题。

但通过比较"剧本"与演出文本的关系可知，演出文本的形成可与纸质剧本、导演文本、"口传剧本"有一定的关联。尽管演员可以根据"剧本"临场即兴发挥，但"剧本"在一定程度上可影响演出文本的范围以及人们对文本的解释。然而，被"读进""读出"演出文本、影响演出文本边界的文

---

① 胡导：《戏曲程式——我国特有的艺术创作符号系统》，《戏剧艺术》1989年第2期，第60页。
② 赵毅衡：《广义叙述学》，成都：四川大学出版社，2013年，第215页。

本因素,有时与文本混同在一起,难以分辨出来;有时又相距甚远,一下子未必能将其联系起来。由此,笔者将从这些相互关联的文本(即伴随文本①)出发,讨论可能进入演出文本、影响符号文本意义的三类伴随文本,试分析影响演出文本范围、意义的几种可能。

一、显性伴随文本

显性伴随文本指完全"显露"在文本表现层上的伴随因素,它们甚至比文本更加醒目,包括副文本(para-text)和型文本(archi-text)两类,它们都与文本的框架有关。书籍的标题、序言、插图、出版文本,电影的片头片尾、商品的价格标签等都可以被视为副文本,它是文本的"框架因素",往往落在文本的边缘上,甚至不显现于文本边缘。换言之,副文本的框架因素容易被忽视,一方面由于其显现的位置处于边缘地带,另一方面由于它的显现需要其他媒介因素将其"凸出"。

就戏剧演出叙述来看,每场或每幕大戏间隔中插入的小戏、报幕(包括剧目名称等)、戏单、海报、舞台外部的投影字幕等都在副文本的范畴之内,其中,报幕、舞台外部投影字幕等往往落在文本边缘上,幕间小戏、戏单、海报等均不显现于文本的边缘,而需要不同的媒介、不同的演出风格等因素将其"凸显"出来。但不管它是如何显现出来的,都可能影响文本的解释和文本的范围。

譬如,从与报幕或剧目标题有关的副文本来看,如果人们不知道上演的是《目连戏》,或者是《男吊》《女吊》《调无常》,可能就会将戏剧演出视为仪式或杂技表演。从与导演相关的副文本因素来看,如果人们不知道该剧为谁所执导,或压根就不知道导演及其作品风格,可能就无法理解其中"陌生化"的风格,不合常规的场面调度、不合逻辑的情节安排,进而影响人们对演出文本的接受和理解(尤其是在实验戏剧中)。有时甚至将某些行为艺术,如阿布拉莫维奇、蔡国强等行为艺术家的作品及其表演风格视为戏剧表演。

---

① "伴随文本"概念引用自赵毅衡《符号学原理与推演》一书中,它涉及国外学者对文本之间关系构架的讨论,如克里斯蒂娃论"文本间性"、热奈特论"型文本""跨文本"、费斯克论"互文本"等;国内学者对"潜文本"亦同。它包括显性伴随文本(副文本、型文本)、生成性伴随文本(前文本、同时文本)、解释性伴随文本(元文本、链文本、先后文本),相关概念均参见赵毅衡《符号学原理与推演》第六章伴随文本,南京:南京大学出版社,2011年,第144—150页、第154页。

从字幕、戏单和幕间小戏等副文本因素来看,字幕的有无会影响人们对戏剧表演的理解,特别是对于非母语的戏剧表演来说(如《一个人的莎士比亚》、TNT剧团来华上演的全英剧《哈姆雷特》等),没有中文字幕是对广大观众理解文本的一个限制,这在一定程度上也影响了演出文本的范围。对于戏单、幕间小戏亦是如此,幕间小戏的插入有时对上一幕或下一幕具有承接或启发意义,戏单、海报上的介绍对观众观戏也有一定的引导作用(如海报上写由当红明星×××倾力演出、超高成本、观看人数上万等),二者都有助于观众对演出文本接受,而忽视它们就可能使得观众所接受到的演出文本范围缩小,进而影响人们对演出文本的解释。

鲍埃斯的《嘴/脚》中为人们仔细洗脚的过程由于之前已经预告是演出,接受者得到了这样一个符号感知,进而把日常生活中的洗脚读成戏剧演出。另外,具有重复性意义的副文本——戏单上对演出的介绍、字幕对演出的解释等,以及指向导演独特风格的副文本,可以指引观众深入捕捉符号文本的意义,甚至发现演出未演之处的精彩部分(如对戏剧演出的"空白"进行填补),这也使得演出文本的边界以及解释发生了变化。可以说,上述副文本因素通过对文本类型、文本范围以及文本意义上的"正反作用"(有意混淆或正确引导),影响演出的叙述效果。

型文本也是文本框架因素的一部分,它指明文化背景规定的文本"归类"方式,是文本与文化的主要连接方式,例如与其他一批文本同一个创作者,同一个演出者,同一个时代,同一个派别,同一个风格类别,用同一种媒介,同一次得奖,前后得同一个奖等等。这也就是说,在文本所从属的同一个文化集群中,型文本的框架因素是十分明显的,反之,型文本的框架因素则不易被识别,或者需要通过副文本指示出来。

例如,国人看到穿着京剧服装的演员就知道演出的是京剧;听到川话、高腔,看到变脸、喷火就会直接想到川剧演出等等,而在外国人看来,某些具有危险性动作等特殊的戏剧表演(喷火、男子扮演女旦、程式化动作等)则容易被视为超出常规的"戏剧表演"(如行为艺术、魔术等)。当然,最明显、最大规模的型文本也是体裁,这一点在演出中表现得较为明显,它可以副文本的方式或文本形式标明,如演出地点的特有性(在剧院上演多半为戏剧演出)、演出媒介的"非特有性"(演员穿的服装、舞台布景、灯光、程式化的动作等标示演出文本)、立体的展示方式(立体多维、朝向观众说明不是"平面"的一类文本)、观众与演员的同在现场以及观众的可参与性(直接区别于纸质文本与电影)、演出的风格（如元杂剧由一人主唱等情况，由此风格可知其区别于其他演出）等因素揭示出文本类型。

无疑，体裁影响了人们接受和理解文本的方式。由于体裁连接了文本与文化——型文本是文化程式化的媒介，是表意和获意的最基本程式，这使得体裁决定着人们最基本的表意和接受方式。巴尔特在《神话学》中首先讨论的"美式摔跤"，受到体裁与文化规约的影响，就必须把格斗表演读成肉搏竞赛。同样是受到特定民俗文化的影响，人们将高难度动作、危险动作的上演（上吊且持续时间之久）视为戏剧而不是杂技、魔术。

在鲍埃斯的《嘴/脚》中，副文本标明该文本为演出文本，接受者得到这样一个符号感知，才会将观看或体验洗脚的过程视为演出文本展开的过程。我们常提到的中国戏曲中的"检场人"，也可以借以从反面说明文化程式对文本的表意和接受方式的影响——国人不受舞台工作人员在舞台上跑上跑下的影响，会自动将其排除在戏剧表演之外，而外国人则可能对此不解，无法理解演出，甚至认为那简直是"胡闹"（并非戏剧演出）。

另外，因文本发送者与接受者身份的关系（尤其是社会文化地位），人们对文本意义的"解读"也会发生改变。例如，符号文本的发出者作为敬神者，而接受者为神祇，符号文本作为仪式来理解；而符号文本的发送者为娱人者，而接受者为游客，符号文本可作为戏剧表演来理解。由此可以说，发送者与接受者的身份也涉及文化规约问题。总之，不论是受体裁的直接作用，还是受到社会身份问题的影响，它们均与文化程式的压力有关。此时，接受者会将有时看起来不在文本里的成分，或是日常生活中的寻常之事物，当作文本的一部分来进行解释。

二、生成性伴随文本

从文本的字面义来看，生成性伴随文本指在文本生成的过程中，各种因素留下的痕迹，它包括前文本（pre-text）（与一般理解的"文本间性"相近，指一个文化中先前的文本对此文本生成产生的影响，它有狭义和广义之分，前者较为明显，包括文本中的各种引文、戏仿、暗示等，后者则包括这个文本产生之前的全部文化史）和"同时文本"（指在文本产生的同时出现的，不过文本生产是需要时间的，影响文本生成的文本必然有时间差，所以哪怕有"同时文本"，依然是发生在相关的文本部分产生之前）。也就是说，前文本与"同时文本"之间是有所"重合"的，有时前文本甚至包括"同时文本"。下面从演出的前文本说起。从广义上看，演出的前文本包括演出文本产生前的全部文化语境。譬如，从戏剧的萌芽阶段来看，游戏、巫术、宗教均与戏剧的产生有一定关联。从戏剧的成形阶段来看，歌、乐、舞、杂技、说书等文艺形式与戏剧的形态也有一定关系。而从整个演示叙述的历史来看，戏剧演出实际上是由整个人类叙述史，以及人类文化史的文化语境构成的。从狭义上看，演出的前文本有多重呈现方式，引文、用典、戏仿等方式均较为常见。以孟京辉的作品《思凡》为例。孟京辉贯彻格洛托夫斯基的戏剧理念，将剧本抛于一边，展开了即兴排练（无剧本）。该剧以学生请孟京辉导演昆曲《双下山》为契机，接着演员和导演边诵读剧本，边即兴发挥（如，加入《十日谈》中的故事），最后排演出的戏，为集体的即兴创作。尽管孟京辉在编排演出时，让演员自己临时发挥，排演而成，然后在舞台上搬演。但是，《思凡》引用了昆曲《双下山》《十日谈》等狭义上的前文本。而此类引文、用典，在西方实验戏剧中是较为常见的。

对于记录类体裁而言，前文本与"同时文本"之间多有"重合"，因为文本生产是需要时间的，文本与文本之间往往有一个时间差。尤其是对小说这类线性展开的叙述文本来说，"同时文本"依旧是产生于相关文本部分形成之前。然而，对于演示叙述而言，"同时文本"的同时性（非历史性、没有明显的时间差）则较为明显。这是由于演出的文本特征造成的：

首先，演出文本生成或展开之时，观众与演员同时在场，观众的参与行为（打断演出、做出评论、加入表演队伍）是与演出文本的上演同时进行的，而且观众的参与行为会对演出文本的产生有所影响。其次，演出文本的生成过程中，即兴和不可预测事件随时可能发生，它对演出文本的成形亦有影响。再次，演出文本特殊的展示方式或对演出空间的"特用"，也可以制造出多个"文本"同时上演的情况。布鲁塞尔在蒙奈剧院演出的戏剧《无言》，其观演情况可以说明上述情况。该例既体现了观众的参与行为，也体现了观众参与和演员一起离场的突发事件，此时，观众行为与演出符号文本的展开具有同时性，而且观众的行为影响了演员的表演——共享活动的精神在剧场里以惊人的方式爆发出来，最后在这里，"两个分开的集体以一种创造力的总循环联结起来了"。尽管观众的参与行为打断了演出——点燃了内在的革命火焰，但是新的演出又开始了——观众与演员涌上街头的共享行为。

实际上,演出文本形成的过程本就是一个动态的过程(演出文本范围不定,展示框架具有变动性),伴随文本随时可能卷入演出文本的生成过程之中,二者难以分辨,"同时文本"更像是一种"假性"的同步同时,或相对的同时。具体来说,"同时文本"的"假性"可以表现在三个方面:

其一,伴随文本生成过程中的因素包括留下的痕迹所形成的符号文本与演出文本原有因素所形成的文本界限不明。仅从观演互动交流的情况来看,一旦观众走入展示框架区域或演员走下舞台将展示框架区域扩大,观众与演员成为"同一体"时,舞台上的符号文本与观众行为的符号文本也就融汇"合一"形成了"新"的演出文本。此时,观众区域和演出区域模糊不清,也不存在同时同步进行的两个文本,即"同时文本"消失。

其二,由于叙述是具有时间意义的文本,它必然是时间性地展开(线性地展开),因此"同时"在生成的过程中也是相对的。即使在观众区域和演出区域截然分开,观众行为的符号文本与叙述行为形成的符号文本并没有"合一"的情况下,观众与演员仍旧可以互动交流——以面部表情、掌声叫好、吹嘘等与演员交流。即当观众本人不被包括在演出文本中,但是他们的行为会影响演出文本的生成。这种作用是有其先后关联的——演员行为触发观众行为,观众反应刺激台上演出行为,产生一个观演交流的循环链,它是线性展开的,并非同时作用,因此"同时文本"指的是相对的同时同步,或者说,作为整个文本(观众/表演)的同时同步作用。

其三,"同时文本"未必是可见的,有迹可循的,尤其是当"同时文本"体现为某种气氛、观众或演员的个人情感状态之时。譬如,演员表演伴随着某种自身情绪,观众观看也伴随着某种情感经历,它们通过某一瞬间的触发代入了观众与演员的行为之中,发生即兴、打断等不可预测的事件,从而作用于演出文本的生成。由此,可以说,在演出文本的生成过程中,"同时文本"是变动的、临时的,其"同时"可以放在叙述层次、空间层次、时间层次、情感层面等角度来理解。因此,它也可属于"前文本"的范畴之中。

三、解释性伴随文本

前面几类伴随文本多出现在文本发生之前,而解释性伴随文本则在文本产生之后才出现,对文本起解释作用,它可分为三种:文本生成后被接受之前，出现评价性文本（有关此作品及其作者的新闻、评论、八卦、传闻、职责、道德或政治标签），即元文本（meta-text）；接受者解释某文本时，主动或被动地与某些文本"链接"起来一同接受的其他文本（如延伸文本、参考文本、网络链接等），即链文本（link-text）；两个文本之间有类似仿作、续集、后传这种特殊关系的文本，即先－后文本（preceding-ensuing text）。

对于演出来说，这三类文本也十分常见。先从演出的元文本说起，由于演出文本当场展开当场接受，事后无法修改，且每一次由同一剧目、同一导演、同一批演员形成的演出文本并不相同等因素，使演出的元文本在呈现方式上稍有不同。首先，它不是就单一一个文本而言的，而是需要在比对几个有特殊联系的演出文本之后才有可能呈现出来。我们可以通过同一导演在上一场戏剧表演之后对该演出文本进行的改动来看这类具有评价性意义的伴随文本。

其次，它是可以借助副文本等其他伴随文本形式呈现出来。比如，将演示性文本转换为记录性文本（将演出录制下来），加以副文本的形式贴上"标签"（概要、剪辑介绍、相关新闻等），进而影响人们对文本的接受和理解。而从整个戏剧演出发展历程上来看，突破"第四堵墙"、回到戏剧的本质（推崇残酷戏剧、质朴戏剧等）、每一时代戏剧风格形式的转换（现实主义戏剧、自然主义戏剧、浪漫主义幻觉剧等等）都可以揭示出元文本作为"文本的文本"的评价性作用。而我们在解读先出文本（被记录下来的演出文本、再度上演的早期戏剧等）时，必然参考后出的评价性元文本。

在接受者解释某文本时，链文本与元文本一样会影响人们对文本的解释。但有所不同的是，链文本是接受者主动的或被动的，有意的或无意识地与其接受的文本相连的。在演出中，最容易、最直接作用于接受者解释文本的链文本有如下几种：导演有意安排的"空白"，如运用空的空间、或规律性地对演出进程做出打断、区隔等，可以为演出提供填补、想象、链接的可能（前文提到在整场间隔处插入小戏，而小戏可对大戏进行延伸或解释说明，即小戏是链文本）；无法预料的事件，如演出后台飘来广播声音或吵架声，剧场外突发事件打断演出，某些身份特殊或与演出有关的嘉宾落座观众席位等，可以让观众将这两种文本链接起来；而观众个人所携带的情感记忆亦是一种链文本，它被演出所触发（如演出中某个熟悉的片段可以勾起观众对记忆中已有场景的追寻），与演出文本相链接进而影响接受者对文本的解释。

需要说明的是,笔者在讨论"同时文本"时也提到由演出文本勾起的情感与回忆作用,与"链文本"中不同的是,后者是一种事后的填补与解释活动——观众的联想回忆发生在观看演出之后,它与接受者的二次叙述有关。即上述链文本所影响的是观众在接受演出文本之后(或演出结束之后)对文本的解释(包括二次叙述)。

由于演出与电影、电视、游戏等演示类叙述有直接关联,它们之间经常产生改编的情况,这就会产生先—后文本的现象。例如,曾经获得第二十一届奥斯卡最佳彩色片美术指导、最佳戏剧片电影音乐奖的《红菱艳》,是从安徒生的童话《红舞鞋》中演变出来的,二者属于先—后文本关系。另外,其中那长达十六分钟的《红菱艳》芭蕾舞场面令人印象深刻,不仅充分利用了镜头切换的优势,略去了现场表演的琐碎部分,使得表演仿若一气呵成;影片还用特技手法避开舞台限制,增强了舞台表现力。响应观众需求,这一经典片段(电影)还被要求搬上舞台,该片终于在1993年被改编为舞台剧《红菱艳》。可以说,该例子体现了双重先—后文本关系。

当然,电影《红菱艳》之所以改编成舞台剧并非完全由于该片中芭蕾舞片段居多(除了那段持续十六分钟的芭蕾舞片段,还穿插了不少芭蕾舞剧片断,如《吉赛尔》《天鹅湖》等均体现了芭蕾浪漫而轻盈的美),而是因为二者体裁之间的关联性。我们还可以从由舞台剧改编为电影(如电影《裘诺与孔雀》由希区柯克改编自舞台剧),由游戏改编为戏剧(如,2014年在北京上演的由游戏《植物大战僵尸》改编成的戏剧,该戏观众可以上台与演员一起参与"游戏")等情况来看此类由改编而产生的先—后文本的现象。另外,由于某些经典剧目经常被搬上舞台(莎士比亚、契诃夫等剧作家的戏剧),不同的导演也会根据相应的演出空间等情况对演出进行调整,这也会形成先—后文本的关系。

值得一提的是,类似于"仿作"的先—后文本在演出叙述中十分常见。尤其是在演出的保存与传播过程中,一方面每次上演同一幕戏剧所产生的演出文本未必相同,另一方面演出不仅可以用胶卷、数字录制还可以用文字记录下来演出文本形成的剧本或舞台文本,这使得文本与文本之间带上了先后关联性。它们之间的先后关系链条可以有两类最基本的情况(其他情况可以在此情况上延伸):在先有剧本的情况下,出现纸质剧本或舞台文本——演出文本——纸质剧本或舞台文本这样的先后文本关系;

在后有剧本或无剧本的情况下,出现演出文本——纸质剧本或舞台文本——演出文本这样的先后文本关系。由于这两类情况时常交替产生（可出现"……纸质剧本或舞台文本——演出文本——纸质剧本或舞台文本——演出文本——纸质剧本或舞台文本……"这样的情况）,演出文本与剧本问题的先后关系容易被模糊混淆。

另外,演出的流传方式并非只局限于记录性媒介,由于演示媒介（姿势、身体、声音等）先于记录媒介产生（文字、胶片等）,演出文本的保存与流传仍需要借助于演示媒介。尤其是在中国传统戏剧中,戏剧演出多以口授身传的方式形成,"条纲戏"便是一例。"条纲戏"又称"幕表戏""提纲戏""路头戏""搭桥戏"等,为我国传统戏曲所习见。此类"条纲戏"没有固定的纸质剧本,仅依靠简要的戏剧提纲进行演出（它可是即兴编制剧目条纲,或将纸质剧本变成含剧情概要的"条纲本"）,具体唱词、念白、唱腔等则需演员临场发挥,而所演的故事情节则是存留在演员的记忆中,通过表演显现出来,因此又被称为非文字化的"口头剧本"。

此时,前面所提到的剧本与演出文本保存与流传关系则可表现为"口头剧本"——演出文本——"口头剧本"这样一条关系链,即属于演示叙述文本之间关系的一个对比（类似"口传文本"与演出文本的对比）。尽管此种口传身授的情况不多见且"口头剧本"不易被保存,但是它们依然会产生先—后文本现象,这也是人们在谈论"剧本"与演出文本关系之异同时经常会忽视的部分。

尽管与演出文本有关的先—后文本的多个文本之间的组合关系会受到体裁本身、或传播保存方式的影响而改变先后关系,但是在符号表意过程中,演出文本受先—后文本的影响是不会改变的:既受制于先出文本（演出可有先前的记录参照等）,又受制于后出文本（考虑如何获得观众喜爱,是否符合预期,如何让观众不同程度地参与进来,怎样有利于保存与传播等）。

在上述论断中,我们会发现,三种解释性伴随文本也可以视为生产性伴随文本,这一点在演出体裁中更为明显。这是因为文本的边界取决于接受者的解释方式,而演出文本的边界较为模糊,故而,通过某些特定条件的转化,"同时文本"可以转化为先—后文本、链文本等,而链文本、元文本又可以转化为前文本。这样,接受者的解释方式会被影响,三种伴随文本之间的关系会发生转化。

综上所述,显性伴随文本、生成性伴随文本、解释性伴随文本会作用于戏剧演出文本的整个生成过程之中,使得戏剧演出文本的边界发生变化。进而在"舞台演出文本"(演出文本范围在"演员表演区域＋现场可活动边界"之内)、"超舞台演出文本"(演出文本范围超出表演舞台之外,现场偶发事件与整场演出活动事件均包括在内)、"窗口文本"(文本由大众所看所听所感构成,与接受者个人的认知情感因素以及阐释社群有关)三类文本边界中游移。① 而演出之所以为演出,必须靠上述三类伴随文本支撑——"任何符号表意文本必然携带以上各种伴随文本,没有这六类伴随文本的支持,文本就落在真空中,看起来实实在在的文本,会变成幻影,无法成立,也无法理解"②。

---

① 胡一伟:《符号学与表演理论》,《符号与传媒》2017年第1期,第170—182页。
② 赵毅衡:《符号学原理与推演》,南京:南京大学出版社,2011年,第152页。

第六章
中西戏剧道德伦理叙事传统比较

　　道德叙事是兴起于20世纪80年代美国新品格教育运动的一种教育理论新形态。当它从教育延入文学、历史、艺术等社会门类，也在各学科理论界获得了广泛的关注与运用。我国较早研究学校教育道德叙事的学者丁锦宏，认为道德叙事是指："教育者通过口头或书面的话语，借助对道德故事（包括寓言、神话、童话、歌谣、英雄人物、典故等）的叙述，促进受教育者思想品德成长、发展的一种活动过程。"[①]戏剧是道德伦理的重要载体，中西戏剧皆盛产道德伦理剧，以受众者接受道德教育为目的，讲述大量道德伦理的故事，而且经历代绵延相续，各自形成一个清晰可见的道德伦理叙事传统。本章主要阐述中国戏剧道德伦理叙事传统的表现内容与艺术形式，西方戏剧则以英国戏剧为对象，予以伦理叙事传统的梳理。为了深化对于中西戏剧道德伦理叙事传统的特征性认识，本章以中西血亲类、弃妇类、英雄类三类复仇戏剧为具体对象，进行了专题比较的考察。

第一节　中国戏剧道德伦理的叙事传统

　　中国戏剧是从民间曲调、民间故事发展而来，属于民间审美文艺形

---

① 丁锦宏：《道德叙事：当代学校道德教育方式的一种走向》，《中国教育学刊》2003年第11期，第1页。

式,反映了民间底层大众的道德情感。大量戏剧包含了道德伦理的内容,宣讲忠孝节烈的故事。对此,我们以往在认识上不够充分。20世纪新文化运动时期,周作人为了抨击旧文化,梳理出十类"非人"的通俗文学,包括才子佳人、强盗、迷信鬼神、皇帝状元宰相、神圣的父与夫之类题材。"旧戏"因是"以上各种思想和合结晶"之大全,被当作了"非人"通俗文学的殿军。① 毋庸讳言,传统戏剧经历了上千年的发展,里面的确装满了形形色色的思想内容,从帝王将相到贩夫走卒,从文人士子到方外闺秀,从人间世界到神鬼阎浮,不论什么阶层、什么身份的人都往里填塞自己的观念,使得一部中国戏剧发展史好比水陆大杂烩。大量的道德伦理讲章,被新文化倡导者们视为陈腐枯烂的旧思想、旧道德,受到猛烈的抨击。新文化运动为了扫残除秽,将战斗号角吹得振聋发聩,确实起到新人耳目、启迪民心的作用。不过回过头来想一想,认识历代戏剧道德叙事传统的存在,并且将它作为解剖中国民众文化心理的研究对象,比起一刀切的态度,要合情合理得多。由于传统道德观念所涉深广,本节也许回答不了戏剧道德叙事的所有问题,却愿意做一些梳理与思考,意在考察中国戏剧道德叙事传统的形成与表现形式。

一、历代戏剧道德伦理叙事的进程

自萌芽时期,中国戏剧就埋下了道德教化的种子,欲通过戏剧故事演述,传达某种道德意图。早自西周时期,优人们便运用滑稽"优语","谈笑微中,亦可以解纷"。而在戏谑优语中,有相当一部分是出于向统治者进言的政治目的。《史记·滑稽列传》记载了一则优孟向楚庄王进谏的故事:

> 楚庄王之时,有所爱马,衣以文绣,置之华屋之下,席以露床,啖以枣脯。马病肥死,使群臣丧之,欲以棺椁大夫礼葬之。左右争之,以为不可。王下令曰:"有敢以马谏者,罪至死。"优孟闻之,入殿门,仰天大哭。王惊而问其故。优孟曰:"马者王之所爱也,以楚国堂堂之大,何求不得,而以大夫礼葬之,薄,请以人君礼葬之。"王曰:"何如?"对曰:"臣请以雕玉为棺,文梓为椁,楩枫豫章为题凑,发甲卒为

---

① 周作人:《人的文学》,徐中玉主编:《中国近代文学大系·文学理论集·1》,上海:上海书店出版社,1994年,第282页。

穿圹,老弱负土,齐赵陪位于前,韩魏翼卫其後,庙食太牢,奉以万户之邑。诸侯闻之,皆知大王贱人而贵马也。"王曰:"寡人之过一至此乎! 为之奈何?"优孟曰:"请为大王六畜葬之。以垅灶为椁,铜历为棺,赍以姜枣,荐以木兰,祭以粮稻,衣以火光,葬之于人腹肠。"于是王乃使以马属太官,无令天下久闻也。①

楚庄王爱马厚葬,无人敢劝,而优孟利用优人"言无尤"的特殊身份,用夸谬之法揭穿了楚庄王爱马甚于爱人的可笑做法,令庄王幡然醒悟。宋代洪迈认为优人箴讽时政来自矇诵工谏的传统:"俳优侏儒,周技之下且贱者。然亦能因戏语而箴讽时政,有合于古矇诵工谏之义。"②优人主动承担了谏言者的职能,以自己的机智聪慧,将道德意旨隐藏在滑稽言行之后,让统治者在谐语双关中,领悟自身行为的不端。任二北专门辑录了《优语录》,整理出大量优谏史料,足资说明,历代优人一直未曾中断谏言时政的传统,并以优谏为能事,将这个传统延续了下去。

优谏所针对的对象,主要为大大小小的执政者,凡于国于民不利者,皆可能被优人拿来当众嘲弄一番。此种有些冒险的表演行为,有时的确起到了点醒执政者的实效,借此而革新除弊,但也有不少优人为此深陷牢狱之灾,乃至有殒身者。宋岳珂《桯史》记载了教坊优人演"二圣还"的内容,讽刺秦桧高坐太师椅,收取银绢例物,早把"二圣还"忘在了脑后。当时看客们"一坐失色。桧怒,明日下伶于狱,有死者"。③ 身为底层艺人,能够心怀国家,关怀时政,为黎民代言,用戏剧的嬉笑怒骂,讽诫各级执政者,这是优谏者一直秉承的精神。

如果说,优谏主要代表了早期戏剧政治道德的批判精神,到了元代戏曲形成阶段,经由各种历史、民间故事的助力,戏剧所表达的道德内涵有了极大的拓展,不再局限于时政,而扩大到家庭、社会的道德伦理层面。元人夏庭芝梳理元杂剧的种类:"君臣如《伊尹扶汤》《比干剖腹》,母子如《伯瑜泣杖》《剪发待宾》,夫妇如《杀狗劝夫》《磨刀谏妇》,兄弟如《田真泣树》《赵礼让肥》,朋友如《管鲍分金》《范张鸡黍》,皆可以厚人伦,美风化。

---

① (汉)司马迁:《史记》,北京:中华书局,2009年,第728页。
② 转引自王国维:《宋元戏曲史》,上海:上海古籍出版社,2011年,第17页。
③ 同上书,第20页。

又非唐之'传奇'、宋之'戏文'、金之'院本'所可同日语矣。"①他将元杂剧按照人伦关系，划分为君臣、母子、夫妇、兄弟、朋友几大类，充分说明了元杂剧中表现人伦道德故事的丰富程度。这些故事使得戏剧脱离了宋金戏弄"谑浪调笑"的短小体制，有效增强了戏剧文本的表现力，走向了成熟的文本形式。或可言之，元杂剧之形成正是极大得益于这些数目庞大的道德教化故事。明朱权曾提炼出元杂剧的十二种题材类型，为"杂剧十二科"，其中"披袍秉笏""忠臣烈士""孝义廉节""叱奸骂谗""逐臣孤子"皆属于正统道德题材剧，余者"铍刀赶棒""悲欢离合""烟花粉黛""风花雪月""神头鬼面"等，十之八九也包含劝善惩恶的风世意义，唯有"隐居乐道""神仙道化"两类，②虽然也有思想劝化的内容，宣扬的是与主流儒家道德观念不合的宗教思想，算得上是一种异调别音。

明清戏曲一方面延续了元杂剧道德伦理剧的创作。吕天成《曲品》将明代传奇分为六门："忠孝""节义""风情""豪侠""功名""仙佛"，③前两门明确了忠孝节义的儒家道德题旨，是鲜明的道德戏剧，而后四个门类或多或少也掺杂了创作者政治、社会、家庭道德意图的表达。清代花部戏曲时期，此类忠孝节烈的戏仍然十分盛行，在民间拥有广泛的群众基础，焦循《花部农谭》序云："花部原本于元剧，其事多忠孝节义，足以动人；其词直质，虽妇孺亦能解；其音慷慨，血气为之动荡。郭外各村，于二、八月间，递相演唱。农叟渔夫，聚以为欢，由来久矣。"④不过另一方面，由于明清精英文人阶层涌入到戏剧创作的队伍，一定程度改变了元杂剧底层的、集体的道德观念，使得戏剧创作融入了文人的历史视野、家国情怀、个人思考与人生观念。郭英德特别指出了明清文人传奇的象征性叙事，善用隐晦曲折的方式，"借非现实的情节结构隐喻现实感受、历史思考或道德选择"，⑤可见，明清戏剧所包含的道德意涵变得更加深刻与多元，像汤显祖

---

① （元）夏庭芝：《青楼集》，《中国古典戏曲论著集成》（二），北京：中国戏剧出版社，1959年，第7页。

② （明）朱权：《太和正音谱》，《中国古典戏曲论著集成》（三），北京：中国戏剧出版社，1959年，第24页。

③ （明）吕天成：《曲品》，《中国古典戏曲论著集成》（六），北京：中国戏剧出版社，1959年，第223页。

④ （清）焦循：《花部农谭》，《中国古典戏曲论著集成》（八），北京：中国戏剧出版社，1959年，第225页。

⑤ 郭英德：《明清传奇戏曲文体研究》，北京：商务印书馆，2004年，第332页。

《牡丹亭》、高明《琵琶记》、洪昇《长生殿》、孔尚任《桃花扇》等,都是反映了文人利用戏剧故事探索社会伦理道德、国家政治道德、个人生命道德的思想力作,尤其《桃花扇》"将文人曲家的象征叙事推向了极致,体现出文人主体精神从汤显祖时代的个人化转向社会化、人生化的文化趋向"①,文人剧作因作家的多样性,容纳了更为深广复杂的道德意识形态。

上面简略梳理了历代道德伦理戏剧的创作,从中可以窥见由政治道德批评到伦理道德扶植再到文人道德价值的多元思考这样一条道德叙事的演进路线。历代道德剧一直盛行于剧坛,占据了相当重要的地位。各个时期剧作的道德内涵虽然都可囊括入儒家道德价值的整体体系中,但因时代与个人之不同,亦呈现出历史阶段性的特点,抑或个人性的差异,不宜混淆为一体。接下来我们进行横向面的考察,力求提炼出历代戏剧道德叙事的突出特征。

二、美德典范的叙事

我们知道,中国传统文化是一种伦理型文化,社会结构按照伦理关系而组织。家庭是最小的结构单位,也是构建社会道德的单元基础。家庭伦理关系主要包括父母、子女、兄弟姐妹、夫妻的人伦关系,由家庭组织扩大到社会群体,则衍生出宗族群体、地方群体、民族群体、国家群体等更大层级的社群关系。传统道德价值体系正是形成于这些社会关系的土壤之中,为人们的各种活动提供了道德准则。对于基层家庭,主要围绕天赋的血亲关系,形成了以孝为本的道德观念,推崇父母慈爱,子孙孝顺,兄弟爱悌;对于社会群体,不同群体关系提供了不同的道德准则,推及朋友则为信,推及君臣则为忠,推及师生则为尊,推及邻里则为睦。

古代道德类戏剧尽管题材不一,所叙故事林林总总,但主要阐述的是人们之间的伦理关系。剧作家们希望通过标举道德人物,宣讲道德故事,改善社会人伦关系,推进社会教化。元末明初剧作家高明在《琵琶记》中提出"不关风化体,纵好也徒然"的创作原则,明代丘濬《五伦全备记》亦云:"若于伦理无关紧,纵是新奇不足传。"②两位剧作家都在剧中塑造了"全忠全孝""五伦全备"的道德典范人物,树立了戏剧的风化体典型。由

---

① 郭英德:《明清传奇戏曲文体研究》,北京:商务印书馆,2004年,第336页。
② (明)丘濬:《五伦全备记·副末开场》,《古本戏曲丛刊》初集,上海:商务印书馆,1954年。

于模式化创作,道德类戏剧产生了几类道德形象的典型。这里我们按性别分为男性美德人物与女性美德人物,男性美德主要体现在国家政治、社会与家庭道德层面,而女性美德主要体现在家庭道德、宗族道德的层面。

男性美德典范,主要形象为忠臣、孝子、良将、英雄、清官、义士之类。传统戏剧题材中,涌现出一批"岳飞戏""杨家将戏""关公戏""水浒传戏""呼家将戏""孝子寻亲戏"等题材类型戏,里面忠臣烈士辈出,英雄风起云涌,为塑造男性美德贡献了多少典范形象:精忠报国的岳飞,满门忠烈的杨家将,义薄云天的关羽,鞠躬尽瘁的诸葛亮……他们既是文武双全、胆智过人的英雄,又是为人臣忠,为人子孝,为兄弟义的道德典范。为了突出道德人物的形象特质,剧作家们会抓住某个道德方面,反复渲染,使其鲜明形象深入人心。例如,京剧中的"关公戏"主要凸显关羽之"义勇","义"字当头的剧目有《桃园结义》《秉烛达旦》《赠马赐袍》《封金挂印》《曹营十二年》《古城会》《华容道》,刻画了关羽对待兄弟之义,知恩必报之义;"勇"字当头的剧目有《斩颜良诛文丑》《斩华雄》《过关斩将》《单刀会》《走麦城》等,刻画出英雄勇猛过人,战功赫赫。在一系列类群剧目中,关羽一生磊磊,忠肝义胆之形象,呼之欲出,光彩照人。很多美德人物都来自历史人物、故事传说,为了深化人物的道德内涵,加强戏剧性的效果,剧作家会进行一些人物改编。例如,明李开先的《宝剑记》写水浒英雄林冲的故事。这个人物落草为寇,实际不合正统道德的范畴。于是创作者改变了小说《水浒传》林冲被动受害的写法,将人物放在忠奸斗争的背景中,写出林冲尽忠报国的赤诚之心,反抗奸臣高俅的主动与坚定,最后却落得个"有家难奔,有国难投"(《夜奔》),被迫上梁山,攻京城,杀高俅,反过身又来回报朝廷,完成了尽忠尽节的道德大义。雪蓑隐者评《宝剑记》"足以寒奸雄之胆,而坚善良之心"[①],说明了这个人物具有一定的道德震撼力。

女性美德典范,主要形象为贞妇、烈女、贤妻、慈母、孝女等之类。根据儒家礼教内外有别、男尊女卑的原则,女性的活动空间无法与男性相比,社会关系简单,活动范围有限,故所建树之人伦道德主要发生在婚姻家庭层面。女性道德以"三从四德"为标准,对丈夫要贞节贤惠,对父母公婆要孝顺,对子女要慈爱。南戏传奇盛产这样的道德女性。由南戏"赵贞

---

① 傅惜华编:《水浒戏曲集》(第二集),上海:上海古籍出版社,1985年,第3页。

女"演变而来的《琵琶记》"赵五娘",为孝养公婆"糟糠自厌",为埋葬双亲"祝发葬亲",为寻找丈夫"千里寻夫",体现出含辛茹苦、忍辱负重的高尚女性美德。"四大南戏"中,《荆钗记》钱玉莲不肯改嫁,跳河自尽;《拜月亭记》王瑞兰为丈夫烧香祈祷;《杀狗记》杨月贞杀狗埋尸,智劝丈夫回头;《白兔记》李三娘受尽挫折,磨房生子,等待与丈夫的团圆。这些形象都闪耀着传统女性在婚姻关系中的道德光辉。《跃鲤记》中的庞三娘,堪称家庭女性中的道德完人。虽遭婆婆嫌弃,被丈夫休妻,然庞三娘不离不弃,仍然守候一旁,绩麻烧鱼,买衫奉扇,托邻人给婆婆送去,最终孝行感动上天,挽回了婆媳关系。剧中"三娘汲水""安安送米""芦林相会"等出,表现了她事婆之孝,待儿之慈,事夫之礼,在各级人伦关系上都躬行妇道,树立了完美的妇德典型。① 有一些道德教化剧为推崇妇德,还以女性人物自残作为强化美德的手段,如《断发记》裴淑英剪发毁容,《合璧记》胡玉华割耳守节,《十义记》翠云剔目敲牙,《五伦全备记》淑清割肝疗亲,《葵花记》孟日红割股疗亲等。她们的行为超越了正常之人情,已不为今天价值观念所取,但这些女性孝顺贤惠、坚守志节的节妇形象,一度深入人心,很多戏仍在民间流传,熔铸了传统女性的道德品质。

可见,美德典范是在人物所处的道德领域中被塑造出来的至高道德模范。剧作者们围绕核心人物,用各种事件反复烘托,完善其道德形象。塑造手法上,擅长运用对比的结构手法,将忠与奸、善与恶、美与丑两两对立,在彼此映照之中,完成是此非彼的价值分立,凸显核心人物的至善美德。婚变类戏中,妻子含辛茹苦,苦守等待,丈夫再婚另娶,附身权贵,如《琵琶记》《焚香记》《葵花记》《秦香莲》等;忠奸斗争戏中,忠臣备受打击,奸臣得逞当朝,如《鸣凤记》《宝剑记》《东窗记》《八义记》等。剧作者们热衷把美德人物放在痛苦艰难中反复挫折,玉汝于成,焕发他们的道德光彩。但也有不少失败的美德人物形象,由于缺乏人物情性,了无生气,不免沦为道德传声筒,如《五伦全备记》《香囊记》之类的作品,纯粹为道德伦理意图而创作,牺牲了戏剧的艺术性,人物的美德缺乏说服力。总之,确立美德形象,其目的在于弘扬美德,为人们处理各种伦常关系,树立良好的道德标准,从而达到"厚人伦,美风化"的社会教化作用。

---

① (明)陈罴斋:《跃鲤记》,《古本戏曲丛刊》初集,上海:商务印书馆,1954年。

三、寓教于"情"的叙事

戏剧之所以能成为道德教化的艺术载体,是因为它比文字传播、口头传播,更加直观形象,所起的社会作用也更加广泛、快捷。明代曲学家王骥德云:"古人往矣,吾取古事,丽今声,华衮其贤者,粉墨其慝者,奏之场上,令观者藉为劝惩兴起,甚或扼腕裂眦,涕泗交下而不能已,此方为有关世教文字。"①对于古代缺少知识教育的民间百姓,可以不用阅读文字,直接从故事扮演中,了解人物之善恶,故事之是非。因此人们特别重视戏剧的道德教化功能,高明提倡"风化体"的戏剧创作,朱元璋扶植《琵琶记》的传播,心学家王阳明也认为戏剧是感发民众"良知"的最佳手段:"今要民俗反朴还淳,取今之戏子,将妖淫词调俱去了,只取忠臣孝子故事,使愚俗百姓人人易晓,无意中感激他良知起来,却于风化有益。"②直至20世纪初叶,梁启超、陈独秀等人推动戏剧改良运动,仍然是着眼于戏剧教化人心的巨大效用,以之为"觉世""救心"的一剂良药。

中国戏剧之所以能获得巨大的社会教化效用,与其寓教于情的创作观念与方式密不可分。戏剧家们普遍认识到,道德教化需落实于人心之感发。明代臧懋循说戏剧故事虽然子虚乌有,却足"能使人快者掀髯,愤者扼腕,悲者掩泣,羡者色飞"③。而只有达到与观者的情感共鸣,大众教化才会起到实效。王世贞认为《拜月亭记》不如《琵琶记》,原因之一在于"歌演终场,不能使人堕泪"④。观众的在场感受意味着道德教化的现场效果,故事表演若不能使观众当场落泪,触动不了人心,教化目的也就达不到。那么,用什么来沟通大众,感触人心呢?冯梦龙倡导"情教"之说,他认为"天地若无情,不生一切物;一切物无情,不能环相生",将"情"视为本源性、永恒性的概念。有了"情"的基础,便可扫除人心之壅塞,启发大众之智识,"于是乎无情化有,私情化公,庶乡国天下,蔼然以情相与,于浇

---

① (明)王骥德:《曲律》,《中国古典戏曲论著集成》(四),北京:中国戏剧出版社,1959年,第160页。
② (明)王守仁:《传习录》,于自力等注译,郑州:中州古籍出版社,2008年,第362页。
③ (明)臧懋循:《元曲选·序》,《元曲选》,杭州:浙江古籍出版社,1998年,第3页。
④ (明)王世贞:《曲藻》,《中国古典戏曲论著集成》(四),北京:中国戏剧出版社,1959年,第34页。

俗冀有更焉"①。在这样的观念下,中国戏剧颇注重寓教于"情",将充沛之"情"灌注于各种人伦道德故事,由此发挥艺术的感召力。

"情"的情感内容,通常是大众的、集体的道德情感,拥有普遍人伦的基础,为普通民众易通易晓。它既包含了时代性、地域性的情感,也因集体道德情感的沉淀,上升为民族性、普遍性的情感。戏剧往往将这类集体情感浓缩为某个鲜明的人物形象、某种特殊的题材类型。前面列陈了岳飞戏、杨家将戏等历史人物系列题材戏,其故事流行于宋代,蕴含了当时人们遭受家国之难,寄希望于民族英雄保家卫国、抵抗外侮的时代情感。后经过小说、戏曲之广泛传播,推扬于后世,沉淀为一种对国家民族的炽烈爱国之情,饱含了人们对于忠义英雄的景仰与赞美之情。所以,岳飞戏、杨家将戏在民间有着极为深厚的情感基础,亦为统治阶层所大力扶植,清代宫廷连台本戏《昭代箫韶》,就是根据《杨家将演义》改编过来,欲"假优孟冠裳","演出褒忠奖孝,诛佞屏奸,俾令迷顽悔忉"。②

戏剧也关切民众自身命运,表达普通民众的道德认知与素朴情感。以"包公戏"为例,每当遇事不平,无可伸张之时,老百姓就把希望寄托在"清官"身上,"包公"正代表了民众心目中的"清官"理想。"包公戏"自元杂剧流行于世,深受民间喜爱,包公最大特点在于秉公执法,从无高低贵贱之别,敢于为弱势小民做主,对皇族权贵铁面无私。在包公戏里,他为秦香莲母子铡陈世美(《铡美案》),为小吏张珪铡鲁斋郎(《鲁斋郎》),为张憋古父子铡杨金吾,杀刘得中(《陈州粜米》),甚至敢越界阴阳入冥府,铡不法判官(《探阴山》)。在亲情面前,包公亦不徇私枉法,顶着长嫂如母的巨大压力,将犯了法的外甥包勉送于铡刀之下(《铡包勉》)。包公形象浓缩了老百姓对社会平等、法律正义的期盼,"包青天"的称誉,意寓日月之昭昭,青天之湛湛的正义精神。舞台上用涂黑面,脑门心勾一抹白色月牙的脸谱形象,展现出包公的铁面无私、一身正气。

传统戏剧也注重体贴平常的人情物理,提倡"道在人伦日用"的艺术表达。这些戏不做高头讲章,也不枯燥说教,而是用一些平实故事,表达善恶是非,歌颂人与人之间质朴美好的情感。例如,越剧《五女拜寿》讲了一个世态炎凉的故事,当杨氏夫妇富贵当权之时,众女儿女婿趋炎附势,

---

① (明)冯梦龙:《情史·序》,《情史》,杭州:浙江古籍出版社,2011年,第3页。
② (清)王廷章等撰:《昭代箫韶》第一本,《古本戏曲丛刊》九集,北京:中华书局,1964年。

重礼拜寿；当落难无依时，众女儿女婿避之不及，拒而不见。惟有三女儿夫妇始终如一，杨氏夫妇幡然悔悟，真情流露，悔恨自己当时嫌贫爱富的错误。戏到最后，杨氏夫妇冤案昭雪，众女儿女婿又来登门拜寿，杨氏夫妇逐走寡廉鲜耻的大女婿，唯利是图的二女儿，收患难相从的丫鬟翠云为义女，用善恶有报的结局，鞭笞了人的虚伪与无情，歌颂了人间的真情。这类戏通常道理平实，故事似乎没有太大新意，但作者将人间纷杂的冷暖之情，融入每个角色之中，使之可憎可厌，可恨可爱，而观众能在他们身上看到真实的人生百态，领悟人情是非冷暖的生活道理。这是此类戏深受民众欢迎，流行程度高的原因之所在。

在情感的艺术表现手段上，传统戏剧主要利用唱段表情。从元杂剧的四折联套，到明清传奇的曲牌联套，再到近现代地方剧种的板腔体，历代戏剧都是以曲唱为中心，用富有韵律的曲牌体或者节奏感强的板腔体，抒发人物在各种环境下的情绪。齐如山曾整理了十二种人物"因有感触，才起唱工"的类型，[①]有因惊讶而唱的，如《桑园会》之"耳边厢又听得人声嚷"；有因着急而唱的，如《文昭关》之"闻说昭关路不通"；有因感慨而唱的，如《捉放曹》之"一轮明月照窗下"等，充分说明戏剧演唱表情的艺术特点。

曲唱表情决定了戏剧的道德叙事，如欲取得荡气回肠的情感效果，必须善于把握情与事的结合点，创造出细腻饱满的情感唱段，使道理自蕴其中，不言自明。请看《琵琶记》"糟糠自厌"一出。这出戏写在蔡伯喈再婚之后，陈留县遭遇旱灾，赵五娘领赈灾粮被抢，蔡家处在十分艰难的饥荒时机。为了奉养公婆，五娘把仅有的米粮给公婆吃，自己偷偷吃糠。糠皮粗糙，嘎住喉咙，难以下咽，可是为了供公婆甘旨，又必须咽下，在这样上下不能的时刻，一段段悲情的唱曲喷涌而出：

【孝顺歌】呕得我肝肠痛，珠泪垂，喉咙尚兀自牢嘎住。糠，遭砻被舂杵，筛你簸扬你，吃尽控持。悄似奴家身狼狈，千辛万苦皆经历。苦人吃着苦味，两苦相逢，可知道欲吞不去。

【前腔】糠和米，本是两倚依，谁人簸扬你作两处飞？一贱与一贵，好似奴家共夫婿，终无见期。丈夫，你便是米么，米在他乡没寻

---

① 齐如山：《国剧艺术汇考》（一），沈阳：辽宁教育出版社，1998年，第98页。

处。奴便是糠么,怎的把糠救得人饥馁?好似儿夫出去,怎的教奴,供给得公婆甘旨?①

作者把赵五娘放在了无可逃脱的苦境中,让人物不由自主地陷入内心的震荡、痛苦与矛盾中。"糠与米""贵与贱"的双关比喻,是赵五娘对自身命运的哀叹,也隐含了对丈夫杳无音信的不满。对于一个弱女子,只有经历了如此艰难的困境,这样的情感表达才更为真实,其含辛茹苦、坚韧孝顺的道德品格,也才更有触动人心的说服力。所以说,情感唱段需要找到恰当的切入点,将人物放在某个道德考验的场景,获得情感表白的触机,唱出真实的、细腻的内心,才能使观众感同身受,发挥深刻的道德影响力。越剧《玉簪记》李秀英"三盖衣"的情节唱段,在人物内心的矛盾挣扎中,写出了女性的宽容贤惠,豫剧《赵氏孤儿》几次三番将程婴置身备受打击与屈辱的境况,用人物痛苦与孤独的情感唱段,凸显忠诚守信、忍辱负重的可贵品格,这些兼擅情事的唱段都是寓教于情的佳作。

四、寓教于"乐"的叙事

戏剧是一种从娱神演变为娱人的艺术。它给人以乐趣与快感,贺拉斯在《诗艺》就标举过戏剧"寓教于乐"的理念,我国古典剧论也有戏剧"动人"与"乐人"的功能观念。不过,我们所要谈论的"乐",并非戏剧的娱乐性功能,而是指传统戏剧中无所不在的"娱乐"因素。它与任何故事内容都能结合在一起,悲伤的、抒情的、愉悦的、讽刺的……即便在道德教化类的戏剧中,我们也可以发现"乐"在其中。那么,传统戏剧是如何在叙事中结合娱乐与道德呢?

我国戏剧天生赋有娱乐的因子。在戏剧萌芽时期,优人们便被打上了"滑稽"的烙印。"滑稽",原为酒器,"转注吐酒,终日不已",后引为言语流利,司马迁《史记》专设"滑稽列传",记载优人们谈谑优谏的言行。司马贞索隐"滑稽"之义:"滑,乱也;稽,同也。言辩捷之人,言非若是,说是若非,言能乱异同也。"②可见,"滑稽"主要展现能言善辩的语言技巧,里面

---

① (元)高明:《元本琵琶记校注》,钱南扬校注,上海:上海古籍出版社,1980年,第120—121页。

② (汉)司马迁:《史记》,裴骃集解,司马贞索隐,张守节正义,上海:上海古籍出版社,2011年,第2410页。

还会包含一些混淆异同的诡辩术,其目的是说服对方,使对方心悦诚服地接受自己的意见。《滑稽列传》中,淳于髡之"一鸣惊人"、优旃之"荫干长城"等,都用到了一语双关或正话反说的言语修辞技巧,被劝谏者不知不觉地掉入言语圈套,直待谜底揭开才发现谜面背后真正的所指,由此获得一种智性愉悦,同时亦有可能修正自我道德之错误。这是一种轻松快乐的道德规劝方式,现存参军戏、宋金杂剧、院本的史料文献,记载了大量滑稽机智的谏言谏行。它们以讽喻为桥梁,充分运用了双关的修辞技巧,利用包含语言的、身体的、物件的、语境的隐语,将戏言笑语的表层语义引向深层的微言大义,使得演剧现场充满智力趣味和道德劝箴意味。优人们大多依据时人时事编演,那些令人不满的官员与时事,更是成为戏剧讽喻的对象。他们擅长埋包袱,作铺垫,把具有现实讽刺意味的"猛诨"放到终场,一下子抖搂出来,忽令一座欢笑,忽令一座失色,发挥道德规讽与风气批评的社会作用。

优谏是以智慧的语言,融道德规劝于娱乐之中,但它主要用于时事短剧演出,随事而出,随事而灭,而且观众需要了解时事语境,才能明白"笑点"所在。所以,真正有情节长度的戏剧故事,不可能全部用这类即时性的"猛诨"来结构框架,还需要回到故事本身,落实"教"与"乐"的契合点。传统戏剧中有一些常见情节出目,颇具寓教于"乐"的特点,是戏剧编演者们摸索出来的道德伦理叙事形式。它们大致表现为两大类:

一类是用欢快融洽的情节场景,表达美好的道德伦理图景。我们常看到传统戏剧有一些程式化出目,比如开场的"寿诞",终场的"团圆",还有情节过程中的"结婚""科考""劝农"等。这些出目场面热闹,人物欢腾,除了出脚色、调冷热、起承情节等功用外,还传递出儒家孝亲、齐家、治国的社会人伦道德观念,有助于民间基层道德观念的建树。像《白兔记》中李三娘与刘知远成婚,人们唱着"喜室家男女及时","今生愿共连理枝,当尽蘋蘩礼","如今但愿取,夫荣与妻贵","图伊改门闾,满家都荣贵",[①]宣扬了夫妻美满、宜室宜家的婚姻价值观;《牡丹亭》中杜宝下乡劝农,描绘了一幅农民们耕田牧牛,妇女们采桑采茶的春日行农图景,透露了推崇德政、重农扶桑的民本思想。由于这些出目展现了美好和谐、其乐融融的家庭与社会状态,代表了人们心目中的理想愿景,所以有的戏目还演变为民

---

① 俞为民校注:《宋元四大戏文读本》,南京:江苏古籍出版社,1988年,第200页。

间祈愿的仪式戏。上面"杜宝劝农"一出,绍剧乱弹作为"彩头戏"在春耕之后演出,①湘剧高腔、祁剧也都常作节令戏上演,②充分说明农桑为本、顺势守则的价值观念,已经深深渗入了各地基层的民间社会。

一类是用恩怨得报的场景,痛快淋漓的场景,使观众获得道德正义的补偿。这类出目主要有:洗冤、冥报、报仇、报恩等,集中在公案剧、发迹变泰剧、历史悲剧等题材,情节轨迹往往为前抑后扬的模式。也就是说,主人公命运在故事主干部分一直遭受压抑、打击,要么被人冤枉、欺辱,如《窦娥冤》之窦娥,《鲁斋郎》之张珪、《十五贯》之熊氏兄弟、《秦香莲》之秦香莲;要么被人嘲笑、讥讽,如《金印记》之苏秦,《破窑记》之吕蒙正、《千金记》之韩信。到后面沉冤昭雪,封官加爵,报恩的报恩,洗冤的洗冤,一扫前部分的压抑与沉痛,让观者扬眉吐气,获得了极大的心理满足感。哪怕主人公已经死去,也能用阴勘、冥判等情节,弥合主人公生前之不幸,为观众心理"补恨"。明传奇《精忠记》第35出"表忠",秦桧、王氏等人死后被岳飞亲自勘刑,"押入鄷都,再不许他轮回",③而岳飞一家报国尽忠,为仙界赐封,建庙享祀。清蒋士铨《冬青树》第38出"勘狱",文天祥在冥界审问众多南宋奸臣,一干卖国求荣者,口是心非者、临危奔逃者,皆受到了来自神鬼世界的惩罚。这样的剧作数不胜数,人们热衷用神道设教的方式,积极干预人间的失德现象,对"不分好歹""错勘贤愚"(《窦娥冤·斩娥》)的现实世界,进行冥界惩罚、天界褒扬的道德补位。虽然这个神道世界是人们幻想出来的,属于"无中生有,一时游戏之言"④,但它有着广泛的民间信仰基础与教化传统。《窦娥冤》中窦娥唱道:"若没些儿灵圣与世人传,也不见得湛湛青天。"⑤底层民众出于对神道设教的服膺,才催生出冥判、阴勘的情节程式,藉此昭显圣人神道设教的本义,体现天地正义的力量。在"善恶终有报"的结局中,人们因故事世界而悲愤的、绝望的心灵得到了快意的抚慰,于人生的、历史的种种缺憾得到了圆满,并且重新汲取

---

① 罗萍:《绍剧发展史》,北京:中国戏剧出版社,1996年,第122页。
② 中国戏曲志编辑委员会:《中国戏曲志·湖南卷》,北京:文化艺术出版社,1990年,第148页。
③ (明)姚茂良:《精忠记》,《古本戏曲丛刊》初集,上海:商务印书馆,1954年。
④ (清)梁廷枏:《曲话》,隗芾、吴毓华编:《古典戏曲美学资料集》,北京:文化艺术出版社,1992年,第393页。
⑤ (元)关汉卿:《感天动地窦娥冤》,康保成、李树玲选注:《关汉卿选集》,北京:人民文学出版社,1998年,第22页。

了信念,相信天理昭昭,天道轮回,相信正义的裁判可能在某个时间缺失,但"不是不报,时候没到",即便像《赤松游》中韩信、英布、彭越、项羽等人等待了四百年的时间轮回,最终也等来了天道正义的裁判。

不得不说,"恩怨得报"实际体现了一种天性乐观主义的精神,它不主张彻底的悲剧写法,像古希腊悲剧一样,将所有的痛苦暴露出来,宣泄出来,让观众在人间惨痛中心灵受到震惊而净化,而是秉承了忠厚温柔的诗教传统,适时收结主人公的命运悲剧,让痛苦不再延续下去,搅乱观众娱乐的心态。它不愿"使惨魄幽魂赍憾泉台者,千载永戴覆盆"[①],力求追求人世间的圆满状态,付出者终能偿报,落难者终能成功,哪怕死亡也不能终止对良善灵魂的补偿。故王国维云:"吾国人之精神,世间的也,乐天的也。故代表其精神之戏曲小说,无往而不著此乐天之色彩:始于悲者终于欢,始于离者终于合,始于困者终于亨。"[②]此种世间的、乐天的精神底蕴,实际源自儒家伦常道德观念,旨在通过赏善罚恶,劝诫世人"人生在世纲常重,子孝臣忠自古同,莫学奸臣恣逞凶"[③],它的精神是乐天的,而指向是世间的伦常道德。

五、戏剧道德伦理叙事的禁限

上面我们分析了传统戏剧三种代表性的道德叙事形式。其实,每一部戏剧都在故事叙述中浸润了某种伦常道德观念,汤显祖《宜黄县戏神清源师庙记》云:"可以合君臣之节,可以浃父子之恩,可以增长幼之睦,可以动夫妇之欢,可以发宾友之仪,可以释怨毒之结,可以已愁愤之疾,可以浑庸鄙之好。"[④]戏剧所提供的内容总能满足某一部分人的精神需求,不论这种需求是否符合官方正统的价值观念。对于那些非正统道德范畴的戏剧,虽非本文要义之所在,却能够从另一种角度补充我们对传统戏剧道德叙事的认知。

如果排除时代、政治、个人之特定道德观念对于戏剧的影响,中国历代戏剧一般将"有伤风化"的淫戏、凶戏等,划入道德禁限,由官方出台禁

---

① (清)邱开来:《补天石序》,蔡毅编著:《中国古典戏曲序跋汇编》(2),济南:齐鲁书社,1989年,第1109页。
② 俞晓红:《王国维〈红楼梦评论〉笺说》,北京:中华书局,2004年,第86页。
③ (明)姚茂良:《精忠记》,《古本戏曲丛刊》初集,上海:商务印书馆,1954年。
④ (明)汤显祖:《汤显祖全集》(2),徐朔方笺校,北京:北京古籍出版社,1999年,第1188页。

令,禁止演出。何为"淫戏""凶戏"？宣统元年成都禁戏令指出:"抑知新旧各种淫戏,虽层出不穷,而其关目则不过数事","淫戏"包括生旦狎抱、花旦思春、帐中淫声、目成眉语等,"凶戏"包括开腔破肚、支解分尸、装点伤痕、血流被体等,诸种关目均在禁毁之列。① 照此标准,所谓"淫戏""凶戏"的指涉面非常广,既包括《大劈棺》《纺棉纱》《杀子报》之类的确带有纯感官刺激色彩的戏目,也包含《西厢记》《玉簪记》《牡丹亭》以及"水浒戏"之类的经典剧目。清代汤来贺曾将上百种流行剧目都划归"淫戏"之目:"近日若《红梅》《桃花》《玉簪》《绿袍》等记,不啻百种,括其大意,则皆一女游园,一生窥见而悦之,遂约为夫妇,其后及第而归,即成好合。"② 在"十种传奇九相思"的时代,天下泰半皆归禁戏。

　　戏剧的道德禁限有制度禁戏与观念禁戏两种类型。官方制度禁戏主要依据可能产生的社会后果,诸如酬神社戏、夜戏、茶园演戏,因男女拥挤,人员混杂,"恐致生斗殴、赌博、奸窃等事"③,都成了明清官方禁戏的主要目标。政府会出台相关举措,明令禁演。除了所谓凶戏、淫戏之外,宗教祭祀剧、神鬼剧,也被纳入了禁限对象,这里面固然包含了整饬道德风化的意图,但更多出自管理者现实层面的考虑。正统道德人士则主要进行观念禁戏,从道德制高点出发,裁夺戏剧是否符合主流道德规范,并加以道德伦理批评。汤来贺评价自己所例举的"淫戏"剧目:"尝思人之行淫,犹畏人知者,谓此事猥鄙,不敢令人知耳,是所行虽恶而羞恶之,良心犹未尽泯也。今乃谱为传奇,播诸声容,使人昭然共见之,共闻之,则是淫奔大恶,不为可羞可罪之秽行,反为可歌可舞之美谈矣,是劝世以行淫,莫大于此矣。"④它们不仅宣扬男女"淫奔"的内容,违背基本婚姻礼制,更为重要的是,将"淫奔大恶"搬上舞台公开演出,触犯了公共道德的威严,造成人们道德标准的下降。而且,愈是经典的剧作,愈因情味浓厚,令人心动神摇,成为道德谴责的头号对象。清汪棣香指责《西厢记》:"以极灵巧

---

　　① (清)傅崇矩:《成都通览》,成都:成都时代出版社,2006年,第132页。
　　② 王利器辑录:《元明清三代禁毁小说戏曲史料》(增订本),上海:上海古籍出版社,1981年,第302页。
　　③ 转引自丁淑梅:《中国古代禁毁戏剧编年史》,重庆:重庆大学出版社,2014年,第434页。
　　④ 王利器辑录:《元明清三代禁毁小说戏曲史料》(增订本),上海:上海古籍出版社,1981年,第302页。

之文笔,诱极聪俊之文人,又为淫书之尤者。"①清余治认为才子佳人戏亦为淫戏之一种,如西厢、玉簪、红楼等戏,"不知调情博趣,是何意态;迹其眉来眼去之状,已足使少年人荡魂失魄,暗动春心,是诲淫之最甚者"②。连眉眼传情,也被视为淫戏的标准之一。

制度禁戏与观念禁戏都是以公共道德伦理规范为基准,一个规范社会管理,一个规范道德伦理观念。戏剧公开场合、群聚观演的方式,使故事表演中存在很多不稳定、不合规范的因素,迫使官方与道德人士采取严厉的道德标准,扩大戏剧道德禁限的范围,把控戏剧的道德规范。制度禁戏主要通过权力高压,把控戏剧演出的内容;观念禁戏主要通过道德伦理批评与观念渗透,引导人们观剧的价值方向。两者联手规约,逐层渗透,影响了历代戏剧道德叙事传统的形成。美德典型叙事、忠孝节义叙事,都是在这样的渗透过程中不断定型的。我们注意到,有很多道德教化剧本实际出自民间俗手,却深受底层百姓喜爱,流行于迎神赛社的祭祀场合。如《双忠记》演张巡、许远抗击安禄山叛军殉节,《东窗记》演岳飞精忠报国,《金钗记》演萧氏奉亲守节,《寻亲记》演周孝子万里寻父等。过去我们一度认为它们代表了官方程朱理学的陈腐道德观念,这只看到了问题的一面,实际它们的流行,得益于官方政府与地方人士的联手引导,通过地方乡治与宗族管理,将正统道德观念逐级渗透到民间基层,融化为民间道德观念的一部分。这些道德伦理教化剧为稳定社会秩序,倡导民间道德风尚,起到了不容忽视的作用。

我们看到,一方面官方正统道德担心戏剧狎亵凶杀,聚众观嬉,容易造成放荡纵佚之社会风气;另一方面又不得不承认戏剧有劝善功能,可以因势利导,辅翼民风教化。文化权力者态度之两面,反而给予了戏剧灵活的生存空间,往往官方道德认知、政策调控是一回事,戏剧演出又是另一回事。有时禁戏令下得越频繁,越说明非正统道德类戏剧在当时演出的受欢迎程度。戏剧具有娱乐之本质功能,体贴人情,擅长为人物写心,当正统道德无法满足人们形形色色的情感需求,它就会主动突围,寻找新的情感内容与表达。这就是为什么道德禁限的剧目会屡禁不止,换题名,换

---

① 王利器辑录:《元明清三代禁毁小说戏曲史料》(增订本),上海:上海古籍出版社,1981年,第373页。

② 同上书,第196—197页。

包装,一次次卷土重来的原因;戏剧道德叙事常常出现情欲与道德并存的情况,先爱情私合,再夫妻伦常,《西厢记》《牡丹亭》《玉簪记》《娇红记》都采用了这样的情节叙事。人情与道德是对立互补的矛盾体,戏剧道德伦理叙事游走在二者中间,在表达人情人欲的同时,尽量裨益人伦道德的建设,但如果风气之崇尚,思想之深邃,人情之幽微,是传统道德类型无法容纳的,那么戏剧叙事会不断超越传统道德的禁限,刷新旧有的道德伦理类型模式。在明清主情的思想潮流中,以《牡丹亭》《长生殿》为典型代表的一批剧作,便扬起了"情不知所起,一往而深"的至情旗帜,冲破传统道德藩篱。当杜丽娘思索"一日三餐"的人生意义,石道姑吟诵惊世骇俗的千字文,柳梦梅与杜宝展开情理对峙,杨玉环向帝王要求情比金坚,唐明皇为寻找爱人"上穷碧落下黄泉"时,实际上是剧作家们用自我生命思考与情感经验,在建构新的人情理想。尽管这些戏剧为旧道德的拥护者所唾骂与戒惧,但它们无疑拓宽了戏剧道德叙事的边界,使更多的美好人情能够登堂入室,获得戏剧公共表演的公共空间。

第二节　英国戏剧叙事的伦理传统

英国戏剧在近千年的发展进程中,产生了许多重要的流派,出现了莎士比亚、德莱顿、萧伯纳、品特等闻名世界的剧作家,包括英国戏剧在内的英国文学,始终没有离开对道德的关注。美国学者安妮特·鲁宾斯坦在1969年出版的专著《英国文学的伟大传统》就明确将伦理道德传统视为英国文学的基本内涵。剑桥大学著名学者F.R.利维斯(1948)在《伟大的传统》一书中以英国文学史上最重要的代表作家为例,阐述了英国文学的伟大传统。正如陆建德在该书中译本的序言中所说,"'伟大的传统'不仅是文学的传统,也是道德意义上的传统"[①],正是由于道德的力量,推动了英国戏剧的演变与发展。从这一传统出发,就戏剧的发展与叙事类型而言,英国戏剧可以总体划分为5类,即中世纪时期的道德剧、文艺复兴时期的人文主义戏剧、17—18世纪的社会风俗喜剧、19世纪的社会问题剧

---

① [英]F.R.利维斯:《伟大的传统》,袁伟译,北京:生活·读书·新知三联书店,2002年,第16页。

以及20世纪的荒诞派戏剧。它们虽然经历了不同叙事类型的变化与变迁，但一直贯穿对伦理道德问题的关注，从而形成了英国戏剧叙事中独有的伦理传统。"文学伦理学从起源上把文学看成伦理的产物"①，本节结合英国社会历史文化语境，考察英国戏剧在不同阶段的叙事特点、动因以及剧作家对社会现实的情感观照，在分析戏剧经典作品伦理道德内涵的基础上，归纳、总结英国戏剧的叙事样式及其伦理传统特点。

一、英国中世纪道德剧与道德训诫

英国中世纪道德剧遵循以宗教教义与道德教诲为主的戏剧理念。英国戏剧起源于中世纪教堂的弥撒。《第二牧羊人剧》被认为是第一部英国喜剧，其主要目的就是宣扬宗教教义和进行道德训诫。中世纪是宗教剧起源与发展的时代，它包括奇迹剧（miracle play）、神秘剧（mystery play）、道德剧（morality play）。这一时期的宗教剧主要以宣扬基督教义为根本目的，教会并不一概敌视戏剧，英国中世纪的市政官员和教会领袖对宗教戏剧给予最充分的肯定和认可，并为宗教剧的演出提供了物质、时间和精神上的支持。特别值得指出的是，11世纪以后的戏剧表演形式与内容日益丰富，虽然这些表演在很大程度上仍服务于宗教仪式，但它们日渐远离宗教，并逐步摆脱了单纯说教的束缚。他们的表演最终走出教堂，甚至走向城镇的广场，实现了给人们带来轻松娱乐的目标。这一时期的宗教剧逐渐实现了戏剧"寓教于乐"的目的，其中最具强烈宗教色彩并以道德教诲与劝诫为目的的道德剧成为代表，它们不仅具有独特的叙事形式，而且清晰地呈现人们对伦理道德观念的鲜明态度，是英国戏剧伦理传统的发端。如果说奇迹剧、神秘剧的中心人物是神或上帝，那么道德剧则塑造了"人类"（Mankind）形象，②它"比中世纪其他任何类型的戏剧更直接、也更直观地向观众传达基督教的教义和伦理观念"③。

英国现存的5部道德剧，分别是《生之骄傲》（*The Pride of Life*）、《坚固的城堡》（*The Castle of Perseverance*）、《人类》（*Mankind*）、《每个

---

① 聂珍钊：《文学伦理学批评导论》，北京：北京大学出版社，2014年，第7页。
② 马衡：《15世纪英语道德剧中"人类"形象的分析》，《戏剧文学》2013年第8期，第99—102页。
③ 郭晓霞：《道德剧与英国中世纪后期的伦理寻求》，《解放军外国语学院学报》2017年第4期，第139—146页。

人》(*Everyman*)和《智慧》(*Wisdom*),它们均遵循"道德说教的主题"①。《生之骄傲》以基督教教义和道德思想为基础,表现生命与死亡的意义;《坚固的城堡》展示了主人公"人类"(Mankind)在罪恶与美德之间的伦理选择,最终在"贪婪"(Greediness)的引诱下堕落,走上死亡的道路;《人类》以"寓意的手法"启示人们在忏悔中获得救赎;②《每个人》中"每个人"获得重生的结局提醒人们要与"善行"(Good Deeds)同行;而《智慧》中的"智慧"对"灵魂"的劝诫则从道德层面揭示了人类在"魔鬼"(Devil)诱惑下灵魂堕落的悲惨命运。可以看出,以上5部道德剧将基督教的教义和伦理观念融入当时人们的生活困境之中,以拟人、寓意等手法生动地揭示了中世纪道德剧的宗教教义与道德训诫。

英国中世纪的戏剧研究受到进化论思想的影响。20世纪初期,在进化论思想的影响下,学者主要以进化论的观点和方法来研究中世纪戏剧的发生及其发展。钱伯斯在其论文集《中世纪舞台》(*The Medieval Theatre Stage*)中认为戏剧的主题在这一时期仍然是宗教性的,但其形式必然会经历世俗化的进程;卡尔·杨格在《中世纪教会戏剧》(*The Drama of the Medieval Church*)中重点讨论了戏剧形式由简单到繁复的变化规律及其特点;约翰·撒墨维尔的《近代早期英格兰的世俗化》(*The Secularization of Early Modern England*)在社会学理论的基础上,同时结合钱伯斯和卡尔·杨格的观点,探讨了中世纪戏剧的世俗化问题,认为戏剧的世俗化在一定程度上具有进步发展的意义。由此看出,西方进化论的研究方法对中世纪戏剧研究产生了深刻的影响,世俗化代表了戏剧发展的进步力量。理查德·比德尔和艾伦·弗莱彻编辑的《中世纪英国戏剧剑桥指南》(*The Cambridge Companion to Medieval English Theatre*)从多角度详尽地讨论了从14世纪晚期到16世纪中期的英国剧本的来源及文学解读等问题,是一部极具指导性的英国戏剧研究文集。中国对中世纪文学研究著述较丰富,《欧洲中世纪文学史》是一部集文学史、基督教早期发展史和文化、思想、社会历史于一炉的重要著作,对欧洲中世纪文化、哲学、宗教和语言至关紧要的因素进行了客观、准确的分析和评介。近年来,相关研究成果呈逐年增多的趋势,中国对中世纪文学和

---

① 马衡:《中世纪英语道德剧的特征分析》,《戏剧文学》2014年第8期,第96—100页。
② 同上文,第96页。

中世纪英国戏剧研究已达到较高水平。

二、英国人文主义戏剧与人本伦理

文艺复兴运动最重要的社会影响就是对人性的探索与发展,对人与人性的描写是人文主义戏剧的重要特征与传统。英国文艺复兴时期人文主义戏剧的主要特点是寓教于乐及人文关怀,特别是莎士比亚戏剧,它们以伦理建构为主要目标的戏剧结构、主题、语言、情节等特征对英国戏剧的发展产生了重要影响。英国文艺复兴时期的戏剧呈现出多剧作且艺术特色鲜明的特点。

马洛、莎士比亚、本·琼森是英国文艺复兴人文主义戏剧中最重要的代表性剧作家,他们革新了戏剧创作的艺术手法,延续了英国文学的伦理道德传统。马洛在《帖木儿》(Tamburlaine the Great)中所运用的英语五音步抑扬格无韵体诗是文艺复兴时期英国戏剧创作的重大突破,开启了英国戏剧创作与颂扬人文主义精神的传统。源于宗教的善恶教诲已让位于殖民扩张的需求。尽管该剧主题表现的是武力征服者的战绩和杀戮,但是帖木儿之死的模糊性暗示了该剧本的道德指向,给观众留下对这一道德模糊性情节的反思空间。莎士比亚全方位地呈现了英国文艺复兴时期丰富的道德传统。他强调国家、城邦和家族内部的稳定与和睦是社会发展与进步且至高无上的伦理法则。民主政治、商业秩序与商业伦理成为那一时期重要的伦理内涵。在《哈姆雷特》这部剧作中,哈姆雷特在复仇过程中的犹豫与踌躇不仅仅是一个人文主义者对生死的思考,同时还是人物对复仇的伦理责任与义务的思索,这一关键性伦理困境恰如其分地反映了该剧"社会政治和伦理道德的主题"①。《李尔王》中,君主李尔王希望通过对国家领土的分割以实现家庭的长久和睦,结果却事与愿违,人性的贪婪导致了家庭危机。人物在家庭与政治中的伦理选择表现了该剧对人性美的赞扬以及对人性恶的鞭挞。《威尼斯商人》中夏洛克与安东尼奥的法庭斗争表面上是对"一磅肉"的争论,实际上是商业活动的争斗与商业伦理的角逐。该剧折射出莎士比亚对当时"海外贸易发展的伦理

---

① 聂珍钊、杜娟、唐红梅等:《英国文学的伦理学批评》,武汉:华中师范大学出版社,2007年,第118页。

关切和现实隐喻"①。本·琼森既是文艺复兴时期重要的戏剧家,也是最重要的戏剧理论家,他擅长在其众多的戏剧前言中阐释戏剧所应遵循的基本原则。他认为戏剧创作的目的就是"融收益和娱乐为一体"②,观众也应当受到娱乐与道德方面的教益。本·琼森始终坚持戏剧创作"寓教于乐"的传统。例如,琼森在戏剧《伏尔蓬》(又名《狐狸》)中完美地将严肃的道德价值判断置于滑稽荒诞的喜剧中。剧中人物在争夺遗产的戏码中展示出人们在金钱面前的道德选择,惩恶与善报的不同结果则彰显出戏剧家对腐败社会中趋利弃义不良风气的批判以及对伦理道德的书写。

文艺复兴时期的英国戏剧研究主要以道德哲学为基础。文艺复兴时期亦是英国戏剧创作的黄金时代,涌现出了莎士比亚、马洛、琼森等为代表的剧作家。海伦·海克特的《英国文艺复兴戏剧简史》(A Short History of English Renaissance Drama)是一部英国戏剧的断代史,勾勒了文艺复兴时期英国戏剧文学创作的整体风貌;弗雷德里克·特纳专著《莎士比亚二十一世纪经济学:爱情与金钱的道德》(Shakespeare's Twenty-First Century Economics: The Morality of Love and Money)、格里菲思女士的多卷本专著《莎士比亚戏剧道德论》(The Morality of Shakespeare's Drama Illustrated)和安东尼·拉斯帕的专著《莎士比亚文艺复兴时期的人文主义者:道德哲学及其戏剧》(Shakespeare the Renaissance Humanist:Moral Philosophy and His Plays)被视为对莎士比亚戏剧道德批评研究的代表作品。《英国文艺复兴时期文学史》既关注这一时期的作品本身,又勾勒了文学发展的脉络,涉及与文学演进与发展相关的社会、政治、宗教、哲学、科学的兴起等问题,是国内研究英国文艺复兴文学的重要著作。同时杨周翰编选的《莎士比亚评论汇编》、李伟昉的《说不尽的莎士比亚》、刘建军的"关于欧洲文艺复兴运动几个重要问题的再思考"等研究著述为文艺复兴时期的戏剧研究提供了丰富的文献资料。

三、英国社会风俗喜剧与启蒙主义伦理

英国社会风俗喜剧关注社会与道德问题有其独特的表现,具体为揭

---

① 华有杰:《论〈威尼斯商人〉中安东尼奥忧郁的经济根源》,《英美文学研究论丛》2018年第1期,第384页。

② 转引自何其莘:《英国戏剧史》,南京:译林出版社,1999年,第131页。

示审美愉悦与道德教诲两方面的主题。这一时期戏剧发展的兴衰与当时的社会道德密切相关,这在一定程度上说明戏剧不仅为人们提供了娱乐,其最重要的道德教诲功能更是不可忽视。社会风俗喜剧未必完全真实地再现社会的道德现实,但由于戏剧继承和延续道德传统的特点,观众既能享受愉悦又能获得道德教益。社会风俗喜剧受到大众的欢迎一方面说明了英国的社会风尚所发生的剧烈变化,另一方面也在一定程度上契合了当时人们的现实道德观念。社会风俗喜剧作为戏剧的一种特殊类型,其"存在和发展则在更大的程度上取决于每一个历史阶段社会文化的特色和观众的爱好"[①]。

社会风俗喜剧是英国戏剧发展史上继文艺复兴文学繁荣之后出现的一种颇具影响力的戏剧形式,在18世纪和19世纪达到发展的顶峰,主要以谢里丹和王尔德为代表。理查德·谢里丹的《造谣学校》被认为是"英语中最伟大的社会风俗喜剧"。剧中人物兴致勃勃造谣生事重伤他人的场面不乏喜剧性,"屏风"一幕更是笑料百出,观众在欢笑之余不禁思索剧情背后所掩饰的荒谬行为及其引发的道德问题,这在针砭时弊的主旨上与琼森的戏剧《伏尔蓬》有异曲同工之妙。社会风俗喜剧的另一位重要代表性人物是王尔德,他继承并发扬了风俗喜剧的传统。王尔德的社会风俗喜剧以英国上流社会为背景,提醒人们需要遵守的道德原则与道德规范。其中,表现上流社会婚姻道德与家庭责任的社会风俗剧《温德米尔夫人的扇子》最初命名为"一个好女人的故事",标题也无疑暗示了这是一部"关于好女人的道德评价"的戏剧。[②] 厄林太太以牺牲自我声誉为代价维护了温德米尔夫人的"好女人"形象,而温德米尔夫人也因此对前者的"好女人"品质敬畏有加。而后,温德米尔夫妇在经历了婚姻伦理危机后最终回归和睦的家庭。在人物塑造方面,王尔德笔下两位女性的行为颠覆了上流社会对"好女人"的传统道德评价,启发观众对女性道德多层面评价的深刻反思。在创作原则上,王尔德从代表作《莎乐美》中的唯美主义原则发展到社会喜剧中"对现实生活的关注"[③]。总体而言,社会风俗喜剧在某种程度上即是对现实世界的真实反映,呼应了当时社会的道德需求,既

[①] 何其莘:《英国戏剧史》,南京:译林出版社,1999年,第312页。
[②] 刘茂生:《王尔德创作的伦理思想研究》,武汉:华中师范大学出版社,2008年,第121页。
[③] 同上书,第120页。

为观众提供了愉快的审美叙事,又传递了戏剧叙事中的道德传统。

詹姆斯·莫伍德所著《理查德·谢里丹的生平与作品》提供了谢里丹丰富翔实的生平资料和对其主要作品的解读,是研究谢里丹的重要参考文献。"谢里丹和他的戏剧创作"以《情敌》和《造谣学校》为例,分析了谢里丹戏剧创作的特点及其对英国戏剧发展的贡献。杰克·德罗基与丹尼尔·恩尼斯编撰的《理查德·布林斯莱·谢里丹:政治和文化语境中的导演》(*Richard Brinsley Sheridan: The Impresario in Political and Cultural Context*)涵盖了谢里丹的戏剧、诗歌和演说,并讨论了剧作家的政治生涯,从而展示了舞台表演与政治之间的互动关系。罗德尼·斯万的《王尔德:艺术与自我主义》(*Oscar Wilde: Art & Egotism*)从道德角度研究了王尔德及其创作。加尼尔编选的《论王尔德的批评集》(*Critical Essays on Oscar Wilde*)把王尔德放在特定的社会历史环境中来研究,并得出全新的结论。皮特·雷比的《剑桥指南:王尔德》(*The Cambridge Companion to Oscar Wilde*)不仅为读者提供了包括王尔德生平和当时流行的矫揉雕琢风格的背景材料,也包括了对其诗歌、戏剧、小说等进行深度研究的文章。金伯利·J. 斯特恩(Kimberly J. Stern)所著《奥斯卡·王尔德:文学生活》(*Oscar Wilde: A Literary Life*)记录了王尔德对教育、宗教、科学、哲学和社会改革的惊人探索。其他成果还有专著《超越美学:奥斯卡·王尔德与消费社会》(*Beyond Aestheticism: Oscar Wilde and Consumer Society*)和《唯美叙事:王尔德新论》,这些研究成果代表了中西方学者对谢里丹、王尔德研究的最新思考。

四、英国社会问题剧与社会批判伦理

19世纪末至20世纪初,英国社会问题剧在戏剧文本中的伦理建构形式与特征主要表现为揭露丑恶与提示善良,并以萧伯纳社会问题剧为典型代表。萧伯纳的戏剧主要以严肃的社会问题为主题,涉及社会、政治、经济等多方面的问题,对资本主义社会道德问题进行了无情的揭露与批评。他创作的社会问题剧为英国戏剧发展做出了巨大贡献。萧伯纳戏剧叙事的范式始终遵循西方戏剧的传统,强调戏剧的题材必须是现实的社会生活,需要在创作中阐明新的思想、道德及其社会意义。萧伯纳创作的各个阶段始终没有偏离以社会问题为核心、以伦理道德为基本遵循的主线。萧伯纳的戏剧是维多利亚文学与那一时期伦理道德观念互动交流的最直接表现。萧伯纳以戏剧这一独特的艺术方式丰富了英国维多利亚时期伦理思想的内涵,凸显了英国社会、文化观念流变中的伦理道德传统。萧伯纳作为莎士比亚之后英国最伟大的戏剧家,他在作品中最大限度地展现了其理想主义的情怀。他敢于揭示当时黑暗的社会现实,在讽刺、揶揄中又富于人性的真、善、美。萧伯纳激进地宣称他创作的戏剧就是"一种公然宣传教义的戏剧",其戏剧揭示了资本主义社会的道德沦丧,并对社会陋习予以抨击,同时又没有忘记对善良的歌颂。

受易卜生社会问题剧的启发,萧伯纳创作的社会问题剧"揭露资本主义社会的矛盾与道德沦丧"①,并对此进行猛烈的抨击。其中,《鳏夫的房产》是揭示社会问题的开篇之作,它以极具讽刺的手法抨击了资产阶级上层人士的虚伪与残酷,同时将伦敦贫民窟的贫苦生活展露无遗;《华伦夫人的职业》描写的是维多利亚时期英国下层的社会女性,追求"体面"生活而忍辱负重的悲惨遭遇,关涉肮脏的金钱交易、卖淫等社会问题;《武器与人》中人物对战争与婚姻的态度及其言行,则表达了他们对现实道德的关注,表面上看似不含说教言论,但实际上观众在笑声之余能够体悟到该剧所揭示的伦理价值与意义;戏剧《康蒂妲》中,女主人公康蒂妲陷于复杂的三角恋伦理关系之中,基于爱与奉献最终选择了"弱者"(丈夫莫瑞尔),真实生动地展示了"遵循社会伦理与家庭道德所带来的幸福和馈赠",②同时,康蒂妲以宽容与仁慈对待天真烂漫的年轻诗人,彰显了道德的强大力量;《英国佬的另一个岛》揭露出"英国资产阶级的唯利是图的罪恶本性,抨击了资本主义社会的虚伪贪婪"③。通过对不同社会问题的揭示,传达出萧伯纳对当时英国社会伦理问题的关切。萧伯纳将揭露社会问题、表达自己独特思想和主张作为戏剧创作的首要目标,这与易卜生社会问题剧的主张基本一致。

19世纪末萧伯纳的社会问题剧是英国现代戏剧发展的标志。英、美、德、俄等国学者不断产出有关研究萧伯纳的新观点、新成果。英国戏剧研究专家理查德·迪特里希高度评价了萧伯纳在文学史上的重要地位。德

---

① 刘茂生:《社会与政治的伦理表达:萧伯纳戏剧研究》,北京:人民出版社,2019年,第7页。
② 刘茂生:《〈康蒂妲〉的道德力量与伦理追求》,《山东外语教学》2019年第6期,第80页。
③ 刘茂生、罗可蔓:《萧伯纳戏剧〈英国佬的另一个岛〉的伦理解读》,《广东外语外贸大学学报》2019年第4期,第38页。

国学者弗莱赫姆·邓宁豪斯在《萧伯纳的戏剧观》(Die dramatische Konzaption George Bernard Shaws)中认为,萧伯纳和莎士比亚的戏剧在人物塑造、伦理道德方面表现出根本性的差别,但他们对人类命运的描绘都由人类生活的事实证明是正确的。麦克凯比主编的《萧伯纳批评研究》(George Bernard Shaw: A Critical Study)不但总结了前人对萧伯纳戏剧的研究成果,还运用新兴的评论方法如后殖民理论、后现代理论对萧伯纳的戏剧进行重新解读,得出许多新颖的观点;彼得·盖恩的《萧的影子:重读萧伯纳文本》(Shaw Shadows: Reading the Text of Bernard Shaw)将萧伯纳的文本置于西方历史文化的语境中,其独特的阐释将萧伯纳的研究拓展到一个更加宽泛的领域;《剑桥文学指南:萧伯纳》从各个层面阐释了萧伯纳戏剧的创作思想及技巧,特别注重从政治背景和戏剧舞台创作等角度进行分析和介绍,总结和评价了他对英国"现代戏剧"所做出的巨大贡献。萧伯纳作为最早被引入中国的西方作家之一,其对中国外国文学界的影响由来已久。著名学者黄嘉德翻译的《萧伯纳传》和《萧伯纳情书》先后出版,掀起了国内研究萧伯纳的热潮。《萧伯纳戏剧集》的出版为萧伯纳戏剧在中国的传播推广起到积极作用。《社会与政治的伦理表达:萧伯纳戏剧研究》承接前人在伦理道德与创作观方面的研究,以文学伦理学批评为主要研究方法,全方位、多层面地对萧伯纳戏剧创作的伦理思想进行阐释,深入剖析其思想价值、艺术价值、现代意义等,为萧伯纳戏剧研究提供借鉴。

五、英国荒诞派戏剧与悲观主义伦理

20世纪下半叶英国荒诞派戏剧的伦理属性主要表现为愤怒彷徨与渴望崇高。荒诞派戏剧以愤怒、迷失、彷徨、矛盾等情绪传递了人们内心的真实感受,继承并发扬了英国戏剧观照人们内心情感与伦理需要的传统。荒诞派戏剧主要采取象征性的艺术手法,以喜剧的形式表现现代人的无奈和绝望。

诺贝尔文学奖获得者、爱尔兰剧作家贝克特和英国剧作家哈罗德·品特是荒诞派戏剧的代表作家。贝克特的成名作《等待戈多》中,波卓和幸运儿之间统治者与被统治者的伦理关系影射了非理性政治伦理,造成了人类身份迷失和精神荒原,其"戏剧的主题不是戈多而是等待,是作为

人的状况的基本和特有方面的等待行动"①。现代人模糊的伦理身份、伦理困惑构成了其生活的多维世界,其现代寓言式的戏剧创作手法昭示了信仰伦理的真空语境。

哈罗德·品特的语言技巧、冷峻的解剖风格影响了整整一代英国戏剧家,其作品鲜明地表现出一种对人类道德伦理的终极关怀。品特于1978年创作的《背叛》(*Betrayal*)是一部关于婚姻出轨的伦理剧。剧中杰瑞与爱玛之间的"婚外情"揭示出人作为一个斯芬克斯因子的存在,表现出"理性意志、自由意志和非理性意志之间的伦理冲突"②。另外两部"婚外情"剧作《沉默》《情人》则启发读者对婚姻危机下家庭伦理与道德的反思,同时也展示了品特对伦理道德的关注。由于人性的邪恶导致了人与环境或与社会之间的基本伦理准则的丧失,其后果即是威胁、恐惧、暴力、冷淡、死亡。关注人与社会的伦理秩序并渴望达到崇高的伦理境界是品特戏剧中的重要主题。这一时期约翰·奥斯本《愤怒的回顾》的基调就是"愤怒"。奥斯本成功塑造了"伯特式""愤怒的青年"形象,由此凸显20世纪50年代末60年代初英国严重的社会矛盾对年轻一代造成的伦理困境与情感反叛,同时也展示了剧作家渴望从思想文化上拯救社会青年一代的希冀以及对社会伦理与其情感反应的书写。

英国荒诞派戏剧的现代阐释研究的成果丰富。詹姆斯·艾奇逊所著《自1960年以来的英国和爱尔兰戏剧》(*British and Irish Drama since 1960*)把20世纪60年代以来英国及爱尔兰的主要剧作家及出现的重要流派做了较全面的介绍;让·乔西亚所著《英国近代早期戏剧(1890—1940年)》(*English Drama of the Early Modern Period, 1890-1940*)研究的重点是20世纪早期英国戏剧的发展,并由此追溯到20世纪末英国戏剧的发展历史;约翰·贝尔托利尼所著《萧伯纳的剧作家本色》(*The Playwrighting Self of Bernard Shaw*)和维克多·卡恩所著《哈罗德·品特戏剧中的性别与权力》(*Gender and Power in the Plays of Harold Pinter*)则是对萧伯纳及品特戏剧作品深入研究的代表。班尼特的《剑桥荒诞戏剧与文学导论》(*The Cambridge Introduction to Theatre and*

---

① [英]马丁·艾斯林:《荒诞派戏剧》,华明译,石家庄:河北教育出版社,2003年,第27页。
② 刘红卫:《自由意志、理性意志与"激情之爱"——〈背叛〉中"婚外情"的伦理解读》,《外国文学研究》2013年第6期,第26页。

Literature of the Absurd）将荒诞派戏剧视作反传统戏剧运动,并将其置于历史、知识和文化背景下进行研究。在《重新评估荒诞戏剧:加缪、贝克特、尤内斯库、热内和品特》(*Reassessing the Theatre of the Absurd: Camus, Beckett, Ionesco, Genet, and Pinter*)中,他通过分析20世纪50年代最具代表性的5位剧作家的作品,认为这些"荒谬"的戏剧是道德/伦理的文本(ethical texts),实质上暗示了如何让生活变得有意义的道理。国内学界对20世纪英国戏剧批评理论的系统研究相对欠缺,国内相关学术专著与教材有王岚的《当代英国戏剧史》、陈红薇的《二十世纪英国戏剧》等,为读者提供了丰富且翔实的文本材料和研究素材,代表了国内对20世纪英国戏剧研究的最高成就。

六、结语

"戏剧在很长时期内一直是大众接受故事的主要来源,其在社会各阶层的传播远超别的叙事形态。"[①]戏剧更为真实地展示出剧作家的伦理诉求与道德关怀,是一种相对直观、易于理解且能即时引起观众共情的叙事类型,这是戏剧历经时代变迁而仍受观众追捧的重要原因之一。

古希腊戏剧作为人类历史上戏剧最早的典范,它从一开始便与伦理道德问题密切相关,因此古希腊罗马时代的文学批评自然包含对道德价值的判断和评价。中世纪的文学批评主要与基督教伦理关系密切。文艺复兴运动开启了近代人文主义和自然主义两大思潮。人文主义主张对个体的尊重,而不再是对权威的盲从;自然主义主张关注客观、现实,而不再是天国、来世。20世纪的欧洲戏剧是带着反现实主义和反传统的倾向发展起来的,历经了多个流派的更迭变迁。从古希腊罗马到现当代的英国戏剧,可以说,始终没有离开伦理这一传统主线,剧中的主人公也通常"活"在剧作家虚构的"伦理的艺术"世界之中,在伦理困境中做出不同的伦理选择。[②]

"没有伦理,也就没有审美;没有伦理选择,审美选择更是无从谈

[①] 傅修延:《中西叙事传统比较论纲》,《学术论坛》2017第2期,第1页。
[②] 聂珍钊、王松林主编:《文学伦理学批评理论研究·总序》,《文学伦理学批评理论研究》,北京:北京大学出版社,2020年,第7页。

起"①,这一观点言简意赅地阐明伦理与审美之间相辅相成、不可割裂的依存关系。事实上,学界对于伦理与审美之间关系的讨论一直未有间断,而相关讨论更丰富了二者的内涵与意义。"审美不是文学的属性,而是文学的功能,是文学功利实现的媒介……任何文学作品都带有功利性,这种功利性就是教诲。"②上述对两者关系的阐述有异曲同工之妙,也可以据此进一步思考英国戏剧中有关伦理与审美的关系问题。剧作家通过戏剧展示他/她们对社会的伦理关注,同时也是其作为独立个体介入世事百态的审美体验,而这种审美背后所隐藏的便是作家们向观众传递的伦理教诲。王尔德就是一个典型代表,他在"为艺术而艺术"的唯美主义主张下,"在艺术实践中又几乎没有脱离伦理道德这一中心主题"。③剧作家与剧中人物也并非简单的"施事者"与"受事者"的主被动关系,而是"自我"与"镜我"的相互观照关系。人物的伦理身份与伦理选择问题不仅是剧作家伦理诉求的表达,同时也是剧作家对审美原则的选择,即剧作家在综合客观社会因素与主观个人情感等做出的审美选择,同时也是剧作家们坚持文学教诲功能的不二法门。

英国戏剧在世界文坛有着重要地位,国内学术界对英国戏剧经典生成的伦理动因和以道德教诲为核心的伦理思想发展流变特点及其相关批评理论研究较少,甚至还远未达到其应有的重视程度。以伦理的视角,综合文学思想史、文学批评史等理论对英国戏剧进行深入研究,可以进一步拓展戏剧研究的广度和深度,对全面分析和总结英国戏剧经典生成的伦理因素、伦理思想发展流变特点及其伦理传统具有重大意义。同时,对英国戏剧的道德起源与发展及伦理传统进行系统研究也将为中国戏剧教育与理论的研究提供借鉴。英国戏剧自始至终没有脱离对伦理道德问题的关注,从而形成了英国戏剧叙事中独特的伦理传统。

第三节 中西复仇剧叙事及其伦理阐释

复仇是人类一种极为激烈的情绪行为,产生于矛盾的现实伦理或社

---

① 吴笛:《外国文学经典生成与传播研究》,北京:北京大学出版社,2019年,第3页。
② 聂珍钊:《文学伦理学批评:基本理论与术语》,《外国文学研究》2010年第1期,第17页。
③ 刘茂生:《王尔德创作的伦理思想研究》,武汉:华中师范大学出版社,2008年。

会关系中,折射出人类欲望和道德的冲突,个体与群体的矛盾,性别、阶层、族群的离合,因此,复仇故事历来就是中西文学中热衷题材之一。中西戏剧亦是复仇故事的重要载体。自戏剧滥觞以来,中西均涌现出了大量或者以复仇故事为主干,或者包含某些复仇事件、复仇心理的剧作,并且都大致有各自的发展脉络。中国复仇剧较偏重女性与家国复仇的题材,以宋南戏、元杂剧导其源,明清传奇扬其波;而西方复仇剧则大致沿着血亲伦理复仇的脉络发展,至文艺复兴时期蔚为大观。

杨经建、彭在钦曾分析了大量中外叙事文学的复仇母题,并将它们概述为三种模式——"血亲复仇""痴心女子负心汉式复仇""第三类复仇"。[①]这三种模式,大致亦适用于中西复仇戏剧(Revenge drama)。共通的复仇母题、复仇事件,是展开中西复仇剧比较研究的基础;而根植于本民族历史文化土壤,又使得中西复仇剧叙事及伦理道德观念存在明显的差异。本节主要聚焦血亲复仇、弃妇复仇、英雄复仇三种类型,力图揭示中西复仇剧伦理道德叙事的形式、特征与传统。

一、血亲复仇剧:内向型与外向型

中西复仇戏剧中,血亲复仇剧是最早出现的一种类型。它是基于家庭血缘关系的复仇。按照复仇双方的关系,可分为内向型与外向型的两类,前者是指发生在家庭内部的复仇惨剧,西方以此居多;后者是向家庭、家族之外的对象报复,中国多属此类。

古希腊悲剧之父埃斯库罗斯著名的"《奥瑞斯忒斯》三部曲"(Oresteia),是西方内向型血亲复仇剧的代表作。三部剧分别为《奥瑞斯忒斯》《奠酒人》《报仇神》,叙述了发生在阿伽门农家族内部的一系列复仇故事。这部三联剧以阿伽门农杀女为导火索,沿着家庭内血亲复仇的链条,依次上演为女杀夫、为父杀母的伦理悲剧。而每一次复仇都是出于血债血偿的正义理由。阿伽门农的妻子愤怒声讨丈夫杀女的行为:"他毫无顾忌,好像砍杀大群毛皮优美的绵羊群中的一头牲畜,杀献自己的孩子。"儿子则抱定了父仇必报的决心,"我若不这样做,也惩罚杀父罪行,任何箭矢都达不

[①] 杨经建、彭在钦:《复仇母题与中外叙事文学》,《外国文学评论》2003年第4期,第138—148页。

到我苦难的终点"①。"三部曲"发生的背景是在母权制社会向父权制社会的过渡时期,女仇必报与父仇必报象征着对各自氏族制度的强力维护,《报仇神》中一边是复仇女神竭力追逐弑母之子,一边是阿波罗竭力为替父报仇辩护,深刻地反映出社会形态转变时期的激烈冲突。

中国早期戏剧也出现过血亲复仇的作品。隋唐时期,流行过一种来自西域的《拨头》舞剧,《旧唐书·音乐志》云:"胡人为猛兽所噬,其子求兽杀之,为此舞以象之也。"②可知此剧为外向型血亲复仇,即向家庭外部人员的复仇。复仇对象不是人,而是虎。这个戏没有剧本流传,在演剧形式上有两种风格:一是出自唐段安节《乐府杂录》所载:"昔有人父为虎所伤,遂上山寻其父尸,山有八折,故曲八叠。戏者被发,素衣,面作悲啼,盖遭丧之状也。"③二是出自日本信西古乐图所保留的《拨头》画像,人物着绛红衣袍,散发模样,一手持桴,孔武有力。日本学者大槻如电解释说,胡人子"愤而入山,格杀其兽,因为父复仇心中喜悦,遂从山路八折喜跃而下"④。两种《拨头》的演剧,一者强调为父报仇的艰难与悲痛;一者展现报仇过程的酣畅痛快。毋论何种风格,人物复仇的情感俱单纯明朗,属于对复仇者赞歌式的表演。

比较早期的中西血亲复仇剧,可以发现:西方内向型血亲复仇,深刻反映了古希腊氏族制度转变时期的激烈冲突,复仇人物常常陷入血亲伦理的痛苦拷问之中;而当人物推刃于亲,则更激起家庭伦理的争议,暗寓了重整血亲氏族内部秩序时期的艰难与矛盾。中国外向型血亲复仇,则不存在血亲内部善恶杂糅、无可化解的道德矛盾,复仇双方一对一的对抗关系,是非分明,尤其像虎这样的复仇对象,更不存在社会伦理关系的纠缠。中西早期血亲复仇剧之判然有别,可跃然而出。

外向型和内向型两种血亲复仇的叙事形式,皆为中西后世戏剧相与沿传。西方戏剧方面,古希腊内向型血亲复仇悲剧的影响极为深远。仅阿伽门农的家族系列复仇事件中,就衍生出古希腊索福克勒斯《埃勒克特拉》、欧里庇得斯《奥瑞斯特斯》《埃勒克特拉》、古罗马塞内加《阿伽门农》

---

① [古希腊]埃斯库罗斯:《埃斯库罗斯悲剧》,王焕生译,《古希腊悲剧喜剧全集》(第1册),南京:译林出版社,2015年,第358页、第444页。
② 王国维:《宋元戏曲史》,上海:上海古籍出版社,2011年,第7页。
③ (唐)段安节:《乐府杂录》,亓娟莉校注,上海:上海古籍出版社,2015年,第31页。
④ 葛晓音、[日]户仓英美:《"拨头"考》,《中华文史论丛》2013年第1期,第335页。

等剧。塞内加不但偏好此类题材,并且改变了古希腊戏剧庄重含蓄的叙事写法,创造出酷烈、狂郁的个人风格,血亲内部为了权力与欲望,相互阴谋、残杀、乱伦,血腥与暴力充斥于舞台。他的《提埃斯忒斯》情节之恐怖,直令人咋舌!提埃斯忒斯与兄弟妻子通奸,心怀仇恨的阿特柔斯,杀了提埃斯忒斯的两个儿子,还摆上酒宴,请提埃斯忒斯吃。提埃斯忒斯误吃孩子后,恶毒诅咒阿特柔斯全家作为报复。塞内加极具个人色彩的复仇叙事特色,对文艺复兴时期英国复仇剧创作产生了深刻的影响。约翰·西蒙、约翰·甘理夫等19世纪批评家们,都认为塞内加"创作的那些贯穿异教精神的血腥悲剧,直接影响和促成了英国复仇剧的产生和发展"[1],《西班牙悲剧》《哈姆雷特》《泰特斯·安德洛尼克斯》《马尔菲公爵夫人》等名剧,无不充斥着各种死亡、阴谋的阴暗景象。

  后世剧作家还承续了古希腊戏剧、塞内加戏剧对于复仇者内心的关注,逐步确立了以人物为主体的叙事观念,将叙事重心放在复仇者内心世界的细致刻画上。特别是文艺复兴时期的剧作家们,"倾向于用深思熟虑的独白作为一种手段来探索伦理选择过程中相互冲突的对象之间的关系"[2]。譬如,《哈姆雷特》中哈姆雷特不断进行自我分析,追问复仇的正当意义与生命的存在价值;《西班牙悲剧》中西埃洛尼莫总在担忧宗教伦理中复仇的罪恶性质,一度想放弃私自报仇,而交由上帝裁断;《马尔菲公爵夫人》中博索拉则在最后决意复仇时,倾吐出对自我罪恶的悔恨与良心的谴责。复仇起源于人类早期血债血还的偿报方式,随着人类文明的发展,它不断受到法律条令、国家秩序、社会伦理的文明规训。然而,作为"野性的正义"的文化基因,[3]复仇仍然拥有深厚的人性基础。复仇者痛苦的内心独白,正反映出早期伦理传统与特定历史阶段现实伦理的碰撞,折射出人们追求正义、公正秩序的高尚理性。

  西方复仇剧还创造出一个特有的叙事手法,即复仇者的延宕。复仇者不断拖延复仇行动的正式到来,"理由常常是缺乏足够的证据或寻找一

---

[1] 耿幼壮:《悲剧与死亡——英国伊丽莎白时期复仇剧问题》,《外国文学评论》2005年第3期,第98页。
[2] 郭晓霞:《重释塞内加对英国文艺复兴悲剧的意义》,《文艺研究》2022年第10期,第114页。
[3] 冯伟:《"都是些空话,空话,空话"——〈哈姆雷特〉的悲恸书写》,《外国文学》2020年第6期,第165页。

个适当的机会"①。这种叙事方式始见于基德的《西班牙悲剧》。剧中西埃洛尼莫不断地拖延为儿子复仇的举动,整整第三幕他都在搜索证据,审慎研究复仇的对象。在这个过程中,妻子发疯自杀,自己也备受挫辱,可他仍坚持要"用秘密的、决然的手段"进行报复。② 莎士比亚《哈姆雷特》汲取并强化了这种"延宕"手法。哈姆雷特甫一登场,便面对父亲死亡的问题。从怀疑仇人到确定仇人,他一直痛苦彷徨,复仇情节因而盘旋不进。从文本表层看,延宕属于情节的组织与长度问题,但引发、生成情节的核心因素仍是人的心理活动与道德观念。复仇者在这些伦理困境中挣扎:一边是作为血亲,肩负不可回避的复仇义务;一边是因身份、伦理观念或其他人物关系而产生的另一种责任、另一种情感。复仇者的犹豫反复,实质揭示出人类伦理道德问题的多面性与复杂性。

中国传统戏剧则更多地继承早期外向型血亲复仇剧的题材形式。以元杂剧为例,包含血亲复仇的作品有《赵氏孤儿》《孟良盗骨》《伍员吹箫》《冯玉兰》等,俱属于外向型。复仇者因权豪欺压、强盗劫掠等社会原因,失去亲人,必须承担复仇重任,双方敌对关系明确,没有血亲伦理关系的纠缠,复仇者不会为复不复仇的问题而犹疑延宕。像《伍员吹箫》中伍子胥举兵为父兄报仇,掘楚平王墓,鞭尸三百以泄心头之恨;《赵氏孤儿》里孤儿知道身世后,当街果断擒拿义父屠岸贾,交由魏绛刮刀三千。我们稍加对比赵氏孤儿与哈姆雷特的复仇之举。两者的伦理处境有一定相似性。哈姆雷特要杀死自己的叔父,赵氏孤儿要杀死自己的义父,前者有直接血缘关系,后者也有二十年的抚养关系。戏剧终场,两者出于血亲复仇的伦理传统,最终都实施了杀亲的举措,但是他们的复仇态度很不相同。赵氏孤儿的复仇斩钉截铁,在文中找不到任何对义父情感的留恋,哈姆雷特的复仇则犹疑不定,深陷于伦理矛盾的纠葛之中。这背后反映了中西伦理观念的差异,中国传统道德观念突出以孝为本的伦理顺位关系,将血亲义务放在首位,血亲伦理正义是既定的,不可动摇的,是人子尽孝必尽的道德责任,报仇者不必承担也无须顾忌与复仇对象的伦理纠葛;而在西方传统伦理观念中,血亲伦理不是绝对至上的,需要综合社会伦理、国家

---

① 何其莘:《英国戏剧史》,南京:译林出版社,1999年,第53页。
② [英]汤玛斯·基德:《西班牙悲剧》,《文艺复兴时期英国戏剧选》(上),朱世达译,北京:作家出版社,2018年,第87页。

法治、宗教伦理观、个体生命观等多方面伦理观念,作为考量公道正义的伦理尺度。哈姆雷特举棋不定,实质是对于伦理选择的迷茫与困惑。

再从情节叙事的角度比较。如果将复仇视为事件发展的一个线性链条,西方复仇剧偏向怎样复仇的过程叙述,关注人物在复仇过程中的心理状态;中国复仇剧更注重复仇事件的前端叙述,即交代为什么复仇的原因。比较有特点的是,对于这部分情节的叙述,中国复仇剧的重点在于详细铺叙复仇者所承受的苦难经历,展现一方对另一方的压迫与磨难,以此凸显复仇的必然性和正当性。元杂剧《赵氏孤儿》十分经典地演绎了这种叙事形态。该剧用了大半篇幅叙述屠岸贾对赵盾一方的迫害。从楔子迫害赵盾一人、赵氏一门,到第一折波及刚刚出生的赵氏孤儿,第二折再扩大到一国婴儿,第三折更是将公孙杵臼与婴儿一老一少的死亡场景直接呈现在舞台上。众多人员的死难叠加而来,如波浪汹涌,不停激发人们对于死难者的同情。当这种情绪到达顶点,复仇的到来不仅顺理成章,而且令人扬眉吐气,一扫前面的压抑与屈辱。历陈苦难的叙事写法,也歌颂了善的坚韧。受难者们尽管经历了令人惊惧的罹难过程,如《赵氏孤儿》中义士们蹈死不顾,《浣纱记》里范蠡忍痛割爱,《伍员吹箫》中浣纱女投水而亡,但始终坚持良性道德,犹如暗室灯火,闪烁着人性高尚的光芒。

值得注意的是,中国传统复仇剧也含有内向型的血亲复仇,主要表现为"恶妇害亲"报冤仇的情节模式,代表剧作有《义侠记》《货郎旦》《杀子报》《钓金龟》等。"恶妇"多为已婚女性,或私通他人,或谋夺家产,所杀死的亲缘人物,几乎均为丈夫家族一系。这类形象从元杂剧的花面"搽旦"到近代戏曲花旦行中的"泼辣旦",一直被处理为丑类的外形,其道德劝教的意图十分清晰:通过揭露女性败德的罪恶及其所遭到的复仇惩罚,警戒已婚妇女要限制个人膨胀的私欲,避免产生家庭伦理纲常的失序乱象。由于这类剧集中批判女性的道德败坏,所以也不存在西方血亲复仇者的伦理困惑。

二、弃妇复仇剧:情感多元与道德理性

痴心女子负心汉式的复仇,是指由男性一方背离婚姻或爱情关系引发的女性复仇。这是中西戏剧一种重要的女性题材类型,主要表现女性被男性抛弃后的命运与情感。由于女性向男性复仇的态度大多愤怒而激烈,而非复当初的钟情痴恋,我们更愿意称之为"弃妇复仇"。

在西方戏剧史上,欧里庇得斯的《美狄亚》无疑是最具代表性、影响最为深远的弃妇复仇剧。美狄亚以杀子的方式,向变心的丈夫伊阿宋复仇,愤怒之暴烈,手段之极端,几无出其右者。这部剧也可归入内向型的血亲复仇,家庭内部成员无一幸免地承受了妻子/母亲复仇的惨烈后果,从而引发了家庭伦理道德的巨大争议。有学者以为,美狄亚杀子反映出雅典民主制下一种启蒙的自利,爱欲的解放,深刻揭示了"个人主义与道德虚无的内在关联"①。在婚姻关系中,丈夫负心是因,是原初之罪;妻子报复是果,是对丈夫罪恶的惩罚,但在这部戏中,婚姻契约的惩罚扩及家庭内部,美狄亚不惜以杀死两个儿子,作为刺向婚姻的最尖锐之矛。这种复仇对象的错位,复仇关系的错乱,是美狄亚极端个人化的伦理认知的表现,它颠覆了传统女性品德的节制、宽容、仁爱之美,释放出另类的、疯狂的异质生命力量。欧里庇得斯擅长描写女性破碎的心灵世界,他的另一部女性复仇戏剧《希波吕托斯》也着力挖掘女性复杂的伦理情感。菲德拉爱上丈夫前妻的儿子希波吕托斯,因遭到拒绝羞愧自杀,死前却留下遗书诽谤希波吕托斯侮辱了她。爱神阿佛罗狄忒因嫉妒希波吕托斯,也参与了报复,共同制造了希波吕托斯死亡的悲剧。在这部剧中,女性与男性虽没有达成爱情或婚姻的契约,却因单方面情感自尊受挫,而产生嫉妒、羞愧与愤恨的复杂情感,希波吕托斯的生命正是葬送在这种女性以个人情感为尺度的伦理观念中。

"弃妇复仇"同样是中国戏剧中的重要的题材门类,且深受民间百姓欢迎。南宋时期,一度盛行"书生负心"戏,明代沈璟(1553—1610)有一首《集古传奇名》的散曲,列出了几部南戏代表剧目:"书生负心,叔文玩月,谋害兰英;张叶身荣,将贫女顿忘初恩。无情,李勉把韩妻鞭死,王魁负倡女亡身。"②参证相关文献可知,这些被抛弃的女性大多不甘男性的薄德,在自杀或他杀之后,都采取了激烈的报复手段,如王魁身亡、陈叔文暴死,俱是复仇女性化为鬼魂,追惩负心男性;蔡伯喈雷殛而亡,则是遭受了天谴的报复。与美狄亚比较,我国早期戏剧弃妇复仇对象十分明确,谁变心背盟,谁置人死地,谁就是自己复仇的对象。弃妇的愤怒情感受到了理性

---

① 罗峰:《欧里庇得斯〈美狄亚〉中的修辞与伦理》,《外国文学研究》2022 年第 2 期,第 118 页。
② (明)沈璟:《南九宫十三调曲谱》,王秋桂辑:《善本戏曲丛刊》第三辑第 27 册,台北:学生书局,1984 年,第 191—192 页。

节制,控制在婚姻或爱情的两性范围内,一般不会殃及他人。

中西后世戏剧继承和发展了各自弃妇复仇剧的表达形态。西方弃妇复仇剧致力于深耕女性的复仇心理,探索她们多元的、震荡的生命情感形态。很多弃妇是以美狄亚为复仇女性原型来塑造,身上蕴藏着一股压抑不住的个体生命力,所采取的复仇方式也近似美狄亚那般极端。譬如,德国莱辛(1729—1781)的《萨拉小姐》写玛尔乌特为了挽回旧情人的爱,残忍地向爱人新欢萨拉投毒,致其惨死。法国拉辛(1639—1699)的《昂朵马格》写爱妙娜痛恨心上人卑吕斯移情别恋,假借另一旧情人之手,杀死了卑吕斯。英国王尔德(1854—1900)的剧作《莎乐美》里,女主角莎乐美疯狂报复拒绝她爱的男人乔卡南,利用单相思的少年,觊觎她美貌的叔父,砍下了乔卡南的头颅。瑞士剧作家迪伦马特(1921—1990)《老妇还乡》剧中的女主角克莱尔·察哈纳西,"像古希腊悲剧中的一位女主人公那样行动,专横、残暴,近乎美狄亚"[①],为了向几十年前抛弃自己的初恋伊尔复仇,不惜动用十个亿,让小镇居民们人心躁动,用一场所谓"正义"的集体合谋,杀害了伊尔。这些复仇女性的内心普遍被不可得的欲望所支配,全然不顾传统世俗的道德观念,而一旦被遗弃或求爱无望后,任由极度愤恨、嫉妒或扭曲的心理推动,变身自执"正义"实则罪恶的复仇者。在她们身上,爱与恨、善与恶、真与伪、美与丑纠结在一起,呈现为"美狄亚"式极为鲜明、令人震撼的情感形态。

然而,这些弃妇的复仇心理不是绝对的类同化。玛尔乌特并不仇恨爱人,而是因绝望、嫉妒的心理作祟,将变心遭弃的愤怒转移到萨拉身上。爱妙娜是爱得强烈,恨得也强烈,狂怒使她葬送了爱人的生命。莎乐美的爱情是偏执迷狂的,也是颓废纵欲的,得不到即毁灭的心理,折射出人物私欲至上的非理性主义精神。与前三者复仇女性不同,克莱尔身上则缺乏强烈的情感,多年的妓女生活、婚姻生活已将她的内心"石化"。她的仇恨没有暴烈的外在形态,却扭曲为一种怪诞、幽默、冷隽的语言行为方式,一种既温情又凶险的独有魅力。西方戏剧也有走出"美狄亚"极端情感的复仇女性。莱辛的《爱米丽亚》塑造了一位升华版的"美狄亚"。同样身为情妇遭到了抛弃,奥尔西娜借他人之手刺杀爱人的行为,不应理解为私欲

---

① [瑞士]迪伦马特:《老妇还乡》,叶廷芳、韩瑞祥译,北京:人民文学出版社,2002年,第266页。

式报复,而是在替所有被凌辱、被抛弃的女性愤怒控诉:"如果有一天,所有被抛弃的女人组成了一支军队,我们所有的人都变成了醉酒后的狂妇,变成了复仇女神,如果把他扔到我们当中,我们会把他撕成一块块,把他的五脏都翻个遍,一直到找到他的心脏,那颗背叛者许愿给每一个女人,却没有兑现的心脏!"①由于奥尔西娜所爱的亲王,是一个横刀夺爱、恣意妄行的君主,她的报复行为实质代表了被欺凌女性的集体情感,代表了被压迫者反抗恶行的公道正义。

再来看中国弃妇剧,着力点仍然放在了被弃女性的不幸命运,表现弃妇的传统情感,比如弃妇奉养家庭的艰难,等待爱人的苦情,遭到背弃的愤怒。但这里要强调的是,南宋南戏中的弃妇复仇剧,在后世几乎都被改编成了大团圆的结局。改编的叙事模式大致有二:一是美化男性道德,将男性变心从主观因素改为外力原因,不得已而另娶他人。例如元南戏《琵琶记》,删去原本"马踏赵五娘,雷轰蔡伯喈"的旧结局,用"三不从"到"三从"的新编情节,细腻刻画出男主人公违心另娶的内心矛盾,重新打造出一个"全忠全孝"的男性新形象。《荆钗记》《白兔记》《拜月亭记》等均采取了这样的改编模式,改编者通过美化男性道德,使男女双方道德情感形成了一种对等模式,女性因而获得了充分理由原谅男性负心,并且化解婚变带来的道德难题,迎来夫妻团圆的美满结局。二是加强女性苦难的叙事,凸显忍耐、宽容的女性美德。例如《临江驿》是元杂剧唯一的书生负心戏。女主角张翠鸾被丈夫无情抛弃、殴打,发配沙门岛,受尽种种屈辱。可是她把满腔的愤怒转为对自身薄命的哀叹,"你你你,负心人,信有之,咱咱咱,薄命妾,自不是"②。等到父亲要为自己伸冤雪恨时,转念女子无再嫁之理,依旧含垢忍辱,原谅了丈夫的负心亏德,与丈夫"举案齐眉"。

元明南戏、明清传奇几乎都竭力地塑造女性的美德,她们扶持家门,伺候公婆,夫唱妇随,抚养孩子,敦睦邻里……这与西方戏剧追求女性个体生命价值的"美狄亚"式复仇,形成了鲜明的反差。中国女性的伦理观念并非局限于个人与两性之间,而是受到整个家庭、家族乃至社会关系的影响,这种种外在力量不断消解了她们复仇的意志和力量,因此我们看到,秦香莲也只是状告陈世美,交给执法者对其审判,绝不可能采取像美

---

① [德]莱辛:《莱辛剧作七种》,李健鸣译,北京:华夏出版社,2007年,第371页。
② (明)臧懋循:《元曲选》,杭州:浙江古籍出版社,1998年,第128页。

狄亚那样超越伦常的个人手段。

三、英雄复仇剧:个人情感与社会道德

不同于前两类复仇,"第三类复仇"是为伸张个体或群体的价值与名誉的复仇。复仇双方没有血缘、亲缘或情缘关系的纠葛,只存在社会性的关系,因某个突发性冲突或某种难以化解的矛盾,其中一方才走上了复仇之路。英雄复仇剧属于第三类复仇剧的重要类型之一,英雄人物常因强大的意志品格为人所景仰,其复仇观念是解读社会正义、战争伦理的重要视角,能够较为典型地诠释个体与群体伦理价值观念的离合。中西戏剧皆有大量同类形象的创作,故在此予以同类型的比较。

西方英雄复仇剧同样发祥于古希腊悲剧。"古希腊三大悲剧家"之一的索福克勒斯《埃阿斯》和《菲罗克忒忒斯》两部戏剧包含了英雄复仇的内容。在《埃阿斯》中,战争英雄埃阿斯因为主帅阿伽门农不公正的裁决,失去了享有阿喀琉斯武器的荣誉。对于一名视荣誉为生命的勇士而言,埃阿斯无法忍受这样的奇耻大辱,复仇的怨念攫取了理智,他发狂似的"和他幻想出来的影子争论——一会儿责骂阿特柔斯之子,一会儿控诉奥德修斯的不是"①,像杀死仇人一样屠宰周围的牛羊。等到理智恢复之后,埃阿斯陷入极度悲伤中,无法原谅自己的疯狂行为,为了洗刷屠戮无辜畜类的羞耻,举起利刃插入了自己的胸膛。《菲罗克忒忒斯》同样是写战争英雄。菲罗克忒忒斯因被毒蛇咬伤,被希腊军队抛弃在荒岛上,忍受着饥饿、病痛,孤独地生活了十年。他无比憎恨希腊将帅的无情,拒绝了重回希腊的劝说,坚决不肯离开荒岛。他祈求诸神,让遗弃他的人遭受同样的痛苦,并且发出复仇的呐喊:"复仇呀!请对他们所有的人复仇——虽然耽搁了很久。""愿他们都遭到灭亡。"②

这两部剧情节简单凝练,极为素朴却又充满力量地塑造了两个复仇英雄的形象。二者均聚焦于英雄的内心矛盾,剖析他们的两面性:一面是作为品德正直的战争英雄,恪守战争伦理,不可能向并肩战斗的同盟兄弟进行实质性的复仇;另一面同盟将领对他们欺骗、欺凌,又使他们无法摆

---

① [古希腊]索福克勒斯:《索福克勒斯悲剧》,张竹明译,《古希腊悲剧喜剧全集》(第2册),南京:译林出版社,2015年,第353页。
② 同上书,第685页,第694页。

脱强烈的仇恨情绪。这种个人尊严与共同体利益的冲突,导致英雄们产生过激的行为。埃阿斯精神幻觉式的复仇与毁灭自我前的诅咒,都表明他"把英雄的个人主义推向了一种鼓励的自我依赖的极端"①,从而拒绝融入城邦共同体的价值之中。菲罗克忒忒斯也产生了接近疯狂的极端心理,仇恨并诅咒所有造成自己灾难的人们。这种作为个体的菲罗克忒忒斯与他从属的联盟共同体之间的冲突,构成了巨大的张力,推动着情节的发展。不过,与埃阿斯自杀不同的是,菲罗克忒忒斯最后听从了劝告,离开海岛。一向很少使用"机械降神"(God from the machine)手法的索福克勒斯,安排了大力神赫拉克勒斯显现于空中,在其指引下,菲罗克忒忒斯答应重新拿起弓箭攻克特洛伊,这代表了个人英雄主义向城邦国家价值利益的回归。

在这两部英雄剧中,索福克勒斯似乎对复仇的结果并不感兴趣,他更关注的是英雄个人的内心世界,在个人仇恨与同盟利益的冲突中,反复考验英雄们的精神意志力。类似英雄人物的写法也出现在其他古希腊戏剧中,例如,埃斯库罗斯《被缚的普罗米修斯》写普罗米修斯怀着洗刷耻辱与必胜信念,忍受着闪电、烈风、酷寒等一切苦难,绝不屈服于宙斯派来的劝告者。而在索福克勒斯另一部剧《安提戈涅》中,安提戈涅不肯向国王权威与城邦法令让步,哪怕牺牲自己的生命,也要埋葬兄弟的尸首。这些人物情感类型本质上都很接近复仇,是以一种"自我的方式"向权威者复仇。后世西方戏剧中,拜伦(1788—1824)戏剧中的曼弗雷德、该隐,也属于这类英雄人物。这两个人物都是既要作秩序世界的叛逆者,拒绝融入世俗的价值体系,坚持自己的思考与行为方式,甚至不惜生命,也要做自己的审判者与毁灭者。虽然剧中都没有叙写具体的复仇事件,但人物在摆脱共同体束缚时所产生的质疑、痛苦和反抗,实质接续的就是古希腊悲剧中复仇英雄的精神传统。

发端于古希腊的英雄复仇剧,叙事的核心一般是"人",而不是曲折的情节。它们聚焦于个人与集体的某种矛盾,深入剖析英雄复仇时的内心世界,常常用大段诗句的独白,宣泄英雄个体的痛苦、愤懑,甚至疯狂的复杂情绪。而在一些看上去颇侧重情节场面的复仇英雄剧,像塞万提斯

---

① [英]西蒙·戈德希尔:《阅读希腊悲剧》,章丹晨、黄政培译,北京:生活·读书·新知三联书店,2020年,第305页。

(1547—1616)《被围困的努曼西亚》、席勒(1759—1805)《威廉·退尔》,因属战斗题材,难免不涉及波谲云诡的形势和壮阔雄浑的战斗场面,但即便如此,剧作者仍充分给予英雄个人观念的表达空间。席勒笔下的威廉·退尔,与复仇对象势不两立,复仇行为也是毅然决然,似乎不存在复杂的心理冲突,从这一点看有些类似中国行侠仗义的英雄;但仔细阅读文本,不难发现,威廉·退尔秉持的是"强者独自一人才最为强大"的反抗信念,[①]实施的基本上是个人复仇计划,并没有融入民众群体之中。他试图从宗教道德的层面思考复仇的合理性,在最后一幕戏中,还特意添加了退尔与帕里希达公爵的辩论,讨论权力内讧复仇与民众正义复仇的本质差异,最终退尔引渡公爵走向宗教赎罪之路,这暗喻了他在为一切复仇行为寻找合理的道德诠释与价值皈依,由此显示出英雄个体的理性精神。

在中国古代,通过复仇行为颂扬个人英雄的戏剧也层出不穷。相关题材类型主要有战争英雄戏和侠义英雄戏、清官戏等,前者属于英雄自报仇冤,如杨家将戏、岳飞戏等;后两者则是英雄替他人报仇的故事,如水浒戏、包公戏等。与古希腊戏剧一样,这些戏剧也都歌颂了英雄坚定的意志与信念,不同的是,中国复仇剧中的英雄一般都跳出了家庭纷争和个人纠葛,将复仇的观念上升到阶层、政治乃至民族等更高的道德范畴。

中国古代的英雄复仇剧的表层叙述结构,大都呈现为忠奸对立的基本模式。以"岳飞戏"为例,历代相关题材层出不穷,如《东窗记》《精忠记》《精忠旗》等,叙事路数大同小异,主要围绕宋金军事对抗的时代背景,写岳飞与秦桧的忠奸对立。忠臣岳飞一方精忠报国,率领岳家军与金兵浴血奋战;奸臣秦桧一方卖国求荣,迫害忠良,用十二道金牌将岳飞调离前线,致使岳飞父子惨死风波亭。诸如此类的忠奸矛盾,还有"杨家将戏"中杨家满门与潘仁美、《宝剑记》林冲与高俅、《清忠谱》周顺昌与魏忠贤等。人物忠奸对立的结构,鲜明地体现了正反两极道德的尖锐冲突。若进一步深究,在这种对立人物中,"奸臣"的政治权力与社会地位往往被抬高,成了压迫阶层的代表;而"忠臣"虽然是民心所向的国家政治或民族英雄人物,却常常是被迫害的弱势群体。正是在这种正邪不对等的博弈、斗争之中,忠奸人物都被道德化、社会化了,他们之间的尖锐对立不只是个人

---

① [德]席勒:《席勒文集·戏剧卷》(5),张玉书选编,张玉书、章鹏高译,北京:人民文学出版社,2005年,第184页。

道德观的对立,还深刻揭示出底层大众与权势阶层价值观的矛盾冲突。

从这个角度理解中国式英雄复仇剧,个人英雄的悲剧其实代表着民众、民族乃至国家的命运,其个人复仇自然超越了私人泄愤的范畴,从而上升到国家或社会公共情感的集体表达。例如,明传奇《宝剑记》原本演绎的是梁山好汉林冲的个人故事,但剧作者李开先(1502—1568)将它改为"诛谗佞,表忠良"的政治主题。林冲的身份是征西统制的战将,因不满奸邪弄权,遭到贬谪,屈身为禁军教头,而高俅则是结党营私,弄权当朝,甚至"盗卖江山结外夷"的奸臣,①作者有意抹去英雄人物原有的草莽气息,突出林冲与高俅之间矛盾的政治属性,因此,林冲举兵复仇,就不再停留于个人层面,而具有了扫除国家奸佞、民族败类的社会道德意义。再如清官戏,其矛盾结构也被忠奸冲突同质化了。冤案的制造者总是来自朝堂内外的各类奸邪,鲁斋郎是夺人妻子的权豪势要(《鲁斋郎》),刘得中、杨金吾是朝中权臣刘衙内的儿子、女婿(《陈州粜米》),葛皇亲是打死人不偿命的皇亲贵戚(《蝴蝶梦》)。这些奸佞身份的权贵化,表明底层百姓冤案的发生不是偶发性的,而是上下沆瀣一气、层层压迫的必然结果,这种叙事策略赋予单独个案以普遍的现实性,而清官替苦主雪耻报仇,秉公执法,实际寄寓了人们对平等、正义、公理、良善的吁请。

复仇总是夹杂着个人的情感,某些中国英雄复仇剧也包含个人恩怨私仇的书写。例如,元杂剧《西蜀梦》中刘备欲下江东为关张兄弟复仇,元杂剧《豫让吞炭》豫让为主人智伯报仇,皆属于私人恩仇的性质。不过,创作者仍赋予其儒家道德价值的诠释:刘备是为"义"复仇,为了结义兄弟,置万里江山于不顾;豫让是为"忠"复仇,为了主人,漆身改容,吞炭为哑。复仇被打造成杀身成仁的壮烈之举,复仇者也变成了"义""忠"道德价值的代言人。剧作者也会描写英雄复仇的个人情感,刘备对兄弟生死的忧思,豫让对主人惨死的痛心,林冲对自身命运的悲叹,皆饱含真挚之情,秀杰之气,反映了人类共通的情感。而与西方复仇英雄的不同在于,中国复仇英雄普遍背负深厚的家国情感,个人情绪常被置换为"有家难回,有国难投"的集体情感模式,英雄的内心世界总是相类似的,道德伦理的人格形象也是类同的。西方复仇英雄则强调个体思维的异质性,其情感的哲思意味浓厚,人格是孤独的、自我的。这体现了中西伦理道德文化群体性

---

① 傅惜华编:《水浒戏曲集》(第二集),上海:上海古籍出版社,1985年,第5页,第90页。

与个体性的特质差异。

四、结语

在中西戏剧史上,复仇剧的创作可谓弥久不衰。一方面,其叙事形态往往表现为惊怖的情节、强烈的冲突、残酷的死亡、血腥的杀戮,高度契合了戏剧文体特质;另一方面,中西复仇剧聚焦于人的观念冲突,指涉人性中隐秘而复杂的质素,也是人类伦理表达的一种重要形式。但是,中西复仇剧叙事形式与传统也存在相异的特质。

首先,在复仇者的形象塑造上,中国复仇剧普遍采用道德提纯的方式,将男性复仇者忠义化,女性复仇者贞烈化,极少出现含混多义的"中间人物"。复仇者总是站在既定的伦理尺度与美德高度,复仇态度清晰,复仇情感明朗,复仇手段爽利;即便最终宽恕了复仇对象,亦闪烁着以恩报怨的德行光辉。西方复仇剧则精心塑造复仇者的矛盾形象,他们不仅与复仇对象陷于激烈的冲突之中,而且纠结于个人的伦理认知,怀疑传统伦理尺度,态度犹豫、痛苦。心智疯狂的人物,普遍存在于西方复仇剧中,轻者出现了像菲罗克忒忒斯一样有过激性的心理反应,重者则如美狄亚、菲德拉因爱不得而迷狂心智。从人性和伦理的双重立场来看,实在很难对这种复仇人物做出非此即彼的价值评判。其次,在复仇双方关系的构建上,中国戏剧尤为重视冲突的对立性和鲜明性,双方人物善恶有别,伦理道德是非分明,而西方戏剧中人物关系纠葛层叠,血亲内部的复杂人伦,爱恨交织的情欲,利益共同体中的人际矛盾,都加剧了复仇双方关系的矛盾性与复杂性。再次,在复仇的叙事模式上,中国复仇剧大多呈现双线结构形态,将忠与奸、负心与坚贞的双线人物事件交织对比,而于复仇事件侧重前因叙述,力图渲染复仇一方的苦难或死难历程,使复仇者的伦理正义昭然若揭,并以大仇得报的结局落幕,贯穿着"善恶有报"的浓厚观念。西方复仇剧则偏重复仇过程的叙述,一方面着力挖掘复仇者的内在心理,用不可或缺的大段诗性独白,让观众窥知他们纷杂而隐秘的内心世界;另一方面交织多线人物,通过错综的人物关系与活动,延宕复仇过程的长度,深化复仇伦理的内涵。西方复仇剧的结局更显多元,既有像《哈姆雷特》《西班牙悲剧》等以包含复仇者在内的众多人物的死亡而落幕的,也有像《报仇神》《菲罗克忒忒斯》等力图在情感与伦理的矛盾中取得平衡的,其结局不可一概而论。

中西复仇剧叙事形式与传统,根源于中西基本的伦理文化观念。概而言之,中国复仇剧是建立在儒家人伦道德秩序的基础之上,推崇个人自觉的伦理身份与道德意识,推己及人以及天下,将个体道德层层泛开,扩大到家庭、家族、乡邦、社会、国家等各个层面,形成一体化的道德价值体系。个人价值的实现必须凭借着群体的力量,个体复仇的正义性同样需要得到群体的认可。在这种观念之下,中国复仇剧叙事旨在凸显个人复仇的道德内涵,使之打上了深刻的群体伦理和社会伦理的烙印,进而巩固儒家忠孝仁义的价值观体系。相较而言,西方复仇剧产生于西方伦理文化的土壤。作为西方文化的摇篮,古希腊伦理精神强调人的理性与责任,致力于人的生活、人的权利、社会的公正的研究,"人是万物的尺度",其伦理逻辑的基点是作为个体的人、自我的人,这就激发了人的怀疑与质问的精神,能够不断依据现实语境,突破传统伦理道德观念,进一步拓展伦理认知的深度。基于这种观念,西方复仇剧大多突出个人对复仇伦理的拷问,复仇行为是否符合真正的社会"公正",是否符合个人的"尺度"?剧作家利用延宕、心理独白、疯狂等叙事策略,将复仇者置于痛苦、迷惑、质疑的精神困境,让他们深层次地探索已知与未知的心灵世界。

第七章
中西戏剧文化场域与叙事传统的形成

第一节 宴饮演剧与中国戏剧叙事传统

中国戏剧是依存于通俗文化体系,在民间文化土壤中产生与发展的。西方学者认识中国戏剧,大多突出强调了中国戏剧的民众性、娱乐性。韩南指出中国戏剧"是一种商业性的平民艺术",奚如谷认为中国戏剧"表演文学是服务于城市平民与农村大众的"①。因此,我们考察中国戏剧叙事形式与特征,必须联系整个通俗文化环境,诸如民间信仰活动、城镇商业活动、地方风俗活动、民众习俗活动等等,才能真正透视形成民族戏剧叙事特征的内在原因。以此,我们选择了宴饮演剧作为考察叙事传统形成的对象。

中国古代戏剧是宴饮场合的"常客"。宴饮观剧的繁荣,一方面是因为历代以乐侑酒的礼制绵延有序,给予戏剧跻身宴会表演的大量活动空间;另一方面缘于戏剧本身的发展愈趋壮大,越来越吸引人们的关注,尤其明清时期戏剧全面渗入社会各阶层的人们生活,贵庶宴饮常用戏剧佐觞,催生出伶人家班、堂会等诸多演剧活动现象。有关乎此,学界已结撰出不少研究成果,给我们提供了研讨的事实基础。而要进一步考察的是,

---

① 参见曹广涛:《英语世界的中国传统戏剧研究与翻译》(第2版),广州:广东高等教育出版社,2011年,第56页。

宴饮场合覆盖了官方统治阶层、文人知识阶层、大众平民阶层等各个社会层面，雅俗兼容，面向所有人开放，其活动因素与空间形态是否对戏剧的故事生成与叙述形式起到了影响作用。这个问题的提出，旨在思考中国戏剧叙事传统形成的文化场域原因。

一、宴饮演剧的影响因素

戏剧之所以能全面走入宴饮，根本原因在于二者都具有娱乐大众的本质功能。宴饮表现为聚集饮食，人们不仅能获得食物在生理上的满足感，而且因与他人共享食物，交流畅谈，获得了集体文化的参与感。戏剧同样属于大众娱乐方式，人们在一个集体场合内，经历共同的故事，体验共同的情感，也满足了文化共享的大众心理需求。宴饮场合的戏剧演出，其实是双方文化功能相互契合的结果。《红楼梦》里贾府节日庆典唱戏，无不与酒宴携行。第53回"宁国府除夕祭宗祠"，贾蓉告知父亲贾珍朝廷里很多官员大年节里挂念他，贾珍笑说："他们哪里是想我。这又到了年下了，不是想我的东西，就是想我的戏酒了。"①戏和酒结成了亲密一对，有酒便有戏，仿佛形影不离了。

走上宴饮场合的戏剧，不是由家庭戏班表演，就是由职业戏班承应。二者作为侍宴者，均服务于宴饮主客的娱乐需求。家庭戏班乃主人豢养，完全听命于主人的设宴安排。职业戏班属于商业经营的组织，有一定演剧的主动权，但因为受雇于宴乐主人，按商品交换的原则，也有义务满足购买者对该商品的消费要求，因此宴饮场合演什么、怎么演，很大程度受制于宴会主办者的主观意愿。小说《金瓶梅》中，李瓶儿丧葬宴席请了一个戏班演《两世姻缘》。唱了几回，有客人离座欲散去，西门庆留客：

> 令书童催促子弟，快吊关目上来，吩咐"拣着热闹处唱罢"。须臾打动鼓板，扮末的上来，请问西门庆："'寄真容'那一折，可要唱？"西门庆道："我不管你，只要热闹。"贴旦扮玉箫唱了回。……那戏子又做了一回。约有五更时分，众人齐起身。②

---

① （清）曹雪芹：《红楼梦》，中国艺术研究院红楼梦研究所校注，北京：人民文学出版社，2005年，第719页。

② （明）兰陵笑笑生：《皋鹤堂批评第一奇书金瓶梅》，王汝梅校注，长春：吉林大学出版社，1994年，第1007页。

西门庆不顾戏剧情节的连续性，催促子弟挑拣"热闹"的关目上演，戏班子弟把不准，前来咨询其中的一折该不该演。可见主宴者实际操控了戏班的演出内容与进程。

与宴宾客也是影响宴饮戏剧的重要因素。为尽待客之道，主宴者往往"钟鼓乐之，琴瑟友之"，尽伎乐之能事，结宾客之欢心。宴会演剧也会尊重来宾们的意见，请他们挑选演剧出目。清焦循《剧说》载："公宴时，选剧最难。相传，有秦姓者选《琵琶记》数出，座有蔡姓者意不怿。秦急选《疯僧》一出演之，蔡意始平。"①座中有蔡姓客人，不满意戏班演批评蔡伯喈的《琵琶记》，秦姓客人因而改点了《疯僧扫秦》，借剧目自讽，蔡姓客人才算气平。身为宾客当然也不能任意而行，尽量遵照宴会礼仪，选择适合的剧目。《金瓶梅》第31回"西门庆开宴为欢"中，有一段刘太监点戏的情节：

> 刘太监道："两个子弟唱个'叹浮生有如一梦里'。"周守备道："老太监，此是归隐叹世之辞，今日西门大人喜事，又是华诞，唱不的。"刘太监又道："你会唱'虽不是八位中紫绶臣，管领的六宫中金钗女'？"周守备道："此是《陈琳抱妆盒》杂记，今日庆贺，唱不的。"薛太监道："你叫他二人上来，等我吩咐他。你记的【普天乐】'想人生最苦是离别'？"夏提刑大笑道："老太监，此是离别之词，越发使不得。"②

此宴乃西门庆为加官生子，双喜临门而摆设。刘太监因不常听戏，也不知今日乃西门庆弄璋之喜，三次点戏或曲子，要么归隐，要么离别，要么孩子出生即遭调包，皆不符合生子庆贺的场合礼仪，被同席者再三提醒。如果说，这一段因小说情节的命意之需，有意运用伏笔谶纬之手法，暗喻西门庆及其子的悲惨终局，故不能等同于生活事实，下面一条材料为清初文人杜于皇与朋友陈维崧谈论寿宴点戏之苦，则可窥见宴饮场合对于戏剧选择的约束力："一日，旅舍风雨中，与其年杯酒闲谈。余因及首席决不可坐，要点戏，是一苦事。余尝坐寿诞首席，见新戏有《寿春图》，名甚吉利，亟点之，不知其杀伐到底，终坐不安。其年云：亦尝坐寿诞首席，见新

---

① 侯百朋：《〈琵琶记〉资料汇编》，北京：书目文献出版社，1989年，第191页。
② （明）兰陵笑笑生：《皋鹤堂批评第一奇书金瓶梅》，王汝梅校注，长春：吉林大学出版社，1994年，第491页。

戏有《寿荣华》，以为吉利，亟点之，不知哭泣到底，满座不乐。"①陈、杜两人都在一团瑞气的戏题误导下，错点了剧目，结果一路演下来，或杀伐，或哭泣，翻喜成悲，暌离了寿诞欢庆的气氛，令满座不乐。"在什么山头唱什么歌"，观众点戏已经自觉形成宴饮礼仪的文化心理，所点剧目需尽量为宴饮场合服务。

宴饮属于礼乐文化制度的组成部分，宴饮演剧还会受到公私宴饮礼乐制度的影响。正式场合的公众宴饮，如宫廷宴会、官方宴会、宗族祭拜宴会等，都十分讲究饮食过程的礼仪规矩。戏剧作为佐觞之乐，参与礼仪程序，遵照"一曲新词酒一杯"的方式，与其他礼乐交叉行进。宋代宫廷分盏制宴饮，对此表现得淋漓尽致。《武林旧事》载天基圣节宫廷分盏宴饮：

第一盏，觱篥起《庆芳春慢》，杨茂。笛起《延寿曲慢》，潘俊。

第二盏，筝起《月中仙慢》，侯端。稽琴起《寿炉香慢》，李松。

第三盏，觱篥起《庆箫韶慢》，王荣祖。笙起《月明对花灯慢》，任荣祖。

第四盏，琵琶独弹，高双调《会群仙》。方响起《玉京春慢》，余胜。杂剧，何晏喜已下，做《杨饭》，断送《四时欢》。

第五盏，诸部合，《老人星降黄龙》曲破。

第六盏，觱篥独吹，商角调《筵前保寿乐》。杂剧，时和已下，做《四偌少年游》，断送《贺时丰》。

第七盏，鼓笛曲，《拜舞六幺》。弄傀儡，《踢架儿》，卢逢春。

第八盏，箫独吹，双声调《玉箫声》。

第九盏，诸部合，无射宫《碎锦梁州歌头》大曲。杂手艺，《永团圆》，赵喜。

第十盏，笛独吹，高平调《庆千秋》。

第十一盏，琵琶独弹，大吕调《寿齐天》。撮弄，《寿果放生》，姚润。

第十二盏，诸部合，《万寿兴隆乐》法曲。

第十三盏，方响独打，高宫《惜春》。傀儡舞鲍老。

第十四盏，筝琶方响合缠《令神曲》。

---

① 赵山林选注：《历代咏剧诗歌选注》，北京：书目文献出版社，1988年，第334页。

第十五盏，诸部合，夷则羽《六幺》。巧百戏，赵喜。
第十六盏，管下独吹，无射商《柳初新》。
第十七盏，鼓板。舞绾，《寿星》，姚润。
第十八盏，诸部合，《梅花伊州》。
第十九盏，笙独吹，正平调《寿长春》。傀儡，《群仙会》，卢逢春。
第二十盏，觱篥起，《万花新》曲破。①

整个宫廷宴会礼乐的流程，被一盏一盏地分隔开来。在进酒送爵、三叩九拜的朝制礼仪之中，错落掺杂着戏剧在内的各类伎艺表演，既礼中有乐，又以礼节乐，提醒着观乐者在中和温愉的氛围内欣赏戏乐，不能过分淫佚，纵乐狂欢，失去了寓教于乐的礼乐教化本意。这种"乐而不狂"的精神，也一定程度地约束了宴饮戏剧的内容与形式。

二、宴饮演剧与传统戏剧叙事形态

（一）宴饮对剧目题材类型的影响

明晰了宴饮演剧的几大影响因素后，接下来我们进一步考察，戏剧应对红氍毹多方规约的演剧策略。总体原则上，宴饮戏剧始终把怎样满足观众放在第一位。出于侍宴者的身份，宴饮演剧者需要听命于宴会主客，迎合各方需求，把自己的姿态放得极低。在具体行规操作上，明清职业戏班形成了一套配合宴饮演剧的习俗程序，李静《明清堂会演剧史》一书总结为喊戏定班、选戏点戏、参场讨赏、开场送客，②处处唯宴饮参与者马首是瞻，不敢僭越身份，妄自取裁。同样宴饮戏剧的叙事，也处处以娱人为导向，配合宴饮演剧的需求。

反映在戏剧故事上，宴饮戏剧一般选择大众化、世俗化、娱乐化的剧目。一般而言，宴饮演剧的观众层次不一，欣赏趣好互有偏差，特定阶层或者个人的审美无法满足其他观众的欣赏心理，最好的方式是上演一些大众化的戏剧，用喜闻乐见的故事表演拉平不同阶层观众的欣赏趣味，让大多数宴饮者享受以戏侑酒的愉悦。《红楼梦》中，宝钗生日置办酒戏，宝钗知道贾母喜欢热闹，便点了《西游记》《醉打山门》，王熙凤知道贾母喜科诨，也跟着点了《刘二当衣》。两人用大众口味的戏投老太太所好，果然老

---

① （南宋）周密：《武林旧事》，济南：山东友谊出版社，2001年，第21—22页。
② 参见李静：《明清堂会演剧史》，上海：上海古籍出版社，2011年。

人家欢喜得不得了。《金瓶梅》围绕西门庆的社会活动,也描写了大量市民阶层的宴会演剧,所演题材以风月爱情、道德伦理、神仙道化、发迹变泰者居多,非常能够体现大众流行的题材倾向。① 明曲家吕天成曾将"旧传奇"分为"六大类":"括其门数,大约有六,一曰忠孝,一曰节义,一曰风情,一曰豪侠,一曰功名,一曰仙佛。"②基本概括了古代戏剧的几大常见题材门类。陆萼庭曾据《祁忠敏公日记》整理出一张明末文人祁彪佳的观剧戏单,从崇祯五年壬申(1632)到十二年己卯(1639)的七年里,祁彪佳分在北京、杭州、绍兴等地宴饮观剧近百种,③所观剧目题材大都不出以上几类。

　　流行题材之所以流行,背后隐含了大众普遍的期待心理。生活在爱情、婚姻、功名、金钱、信仰、风俗等社会领域的人们,为各种政治权力、社会经济与道德习俗所左右,如何获得压力下的快感呢?约翰·费斯克认为,"大众的快感出现在被宰制的大众所形成的社会效忠从属关系中"④,戏剧故事揣摩准了世人现实与幻想的矛盾,擅长为严峻的人生"造梦",用花前月下、洞房花烛、金榜题名、名利双收、封侯拜相、道德完满等种种快意,将人们从被宰治的社会从属关系中暂时释放出来,忘记现实的缺憾、郁闷与痛苦,获得心理上的临时安慰。哪怕欣赏者明知这种快乐是短暂的、虚幻的,却仍然全身心沉浸在戏剧故事的世界里。这样的例子太多:明末一少年观看《千金记》霸王夜宴时,顿起艳羡之心;⑤自命心肠铁石的袁太史,观柳生演《跃鲤记》"庞氏汲水"时,也忍不住取扇障面。⑥ 宴饮戏剧带给人们的是一种共同精神的抚慰,一种大众集体的快感。当然宴饮演剧也追求时尚流行的新剧,但大多数新剧都跳不出风情戏、道德戏、科考戏等题材的老路子,故事题材类同,情节程式化,而导致这种程式形成

---

　　① 《金瓶梅》小说中所演剧目大致有:《西厢记》《王月英元夜留鞋记》《小天香半夜朝元》《秋胡戏妻》《张生煮海》《两世姻缘》《倩女离魂》《南西厢记》《彩楼记》《杀狗记》《琵琶记》《香囊记》《玉环记》《风云会》《世间配偶》《抱妆盒》《铁拐李》《韩湘子引度升仙会》《刘智远红袍记》《裴晋公还带记》《四节记》《双忠记》《宝剑记》《韩文公雪拥蓝关》等。
　　② (明)吕天成:《曲品》,《中国古典戏曲论著集成》(六),北京:中国戏剧出版社,1959年,第223页。
　　③ 陆萼庭:《昆剧演出史稿》,上海:上海文艺出版社,1980年,第90—91页。
　　④ [美]约翰·费斯克:《理解大众文化》,王晓珏、宋伟杰译,北京:中央编译出版社,2001年,第60页。
　　⑤ 朱一玄:《金瓶梅资料汇编》,天津:南开大学出版社,2012年,第178页。
　　⑥ (明)张大复:《梅花草堂笔谈》卷十四,李子薰点校,杭州:浙江人民美术出版社,2016年,第441页。

的力量，就是来自包括宴饮观众在内的大众世俗群体。陈平原认为："没有程式化倾向也就没有通俗文学，而应该追究每一个流行的表现程式是如何形成、怎样演变，以及其所蕴涵的文化内涵。"①底层大众对于程式化戏剧故事有着强大的消化能力，反过来他们也影响了演剧者、创作者，推动形成了大众题材的创作传统。

为了配合特定的宴饮场合，一批仪式类题材剧应景而生。生子演《张仙送子》，寿诞演《八仙庆寿》，科考、升官演《跳加官》《状元游街》等，为了赢得生存市场，戏剧显示出开放、灵活、柔软的姿态。《儒林外史》第10回蘧公孙婚宴上，戏班用了《加官》《张仙》《封赠》三出吉祥戏开场，表达对男主人加官晋爵、子息绵綴的婚庆祝愿。《歧路灯》第95回下级衙门迎接抚台大人，唱了一出《天官赐福》。戏临了，"天官手展口唱，唱到完时，展的幅尽，乃是裱的一幅红绫，四个描金大字，写的是'天下太平'"，②极尽官场敬献祈福之能事。明清时期，诸如此类的应景吉祥戏还专门被整理出来。明代选曲本《乐府红珊》将所收之散出分为"寿诞""伉俪""激励""捷报"等十六类，以应对各类宴会场合的表演。比如"捷报"一类选收了《西厢记》"张君瑞泥金报喜"、《丝鞭记》《吕状元宫花报捷》、《米糷记》"高文举登第报捷"等，可专门用于科考者举办的宴会戏剧表演。③ 清代折子戏集《缀白裘》合十二编，每编卷首收录了《加官》《上寿》《魁星》《招财》《张仙》等开场吉祥小戏④，其中《加官》各编均有载录，说明上演得最为频繁。齐如山说："演堂会戏，每有大官，或重要人物到场，则前台必招呼戏班，命跳加官，表示尊敬。"⑤折射出世人对于官阶文化的推崇心态。世俗娱乐的观剧心理、民间习俗的观剧风气还渗入宫廷演剧之中。丁汝芹整理出清代宫廷节令演剧的相关出目，比如元旦日《膺受多福》《万福攸同》，端阳节《阐道除邪》，中元节《佛旨度魔》《魔王答佛》，冬至日《金仙奏乐》《玉女献盆》等，⑥作为宫廷节令承应戏、祥瑞戏，专门在特殊时辰、特定时令的宴

---

① 陈平原：《千古文人侠客梦》，北京：北京大学出版社，2010年，第176页。
② （清）李绿园：《歧路灯》，北京：大众文艺出版社，2002年，第873页。
③ （明）秦淮墨客：《乐府红珊》，《善本戏曲丛刊》第二辑，台北：台湾学生书局，1984年。
④ （清）钱德苍：《缀白裘》，《善本戏曲丛刊》第五辑。按：初编、二编、五编、七编、九编、十编、十一编、十二编均为《加官》《招财》，三编《加官》《张仙》，四编《加官》《魁星》，六编《双加官》《双招财》，八编《上寿》《加官》《招财》。
⑤ 齐如山：《齐如山全集》卷一，台北：台湾联经出版事业公司，1979年，第231页。
⑥ 丁汝芹：《清代内廷演戏史话》，北京：紫禁城出版社，1999年，第40—52页。

会上表演,起到禳灾祈福的仪式功能。

(二) 宴饮礼乐制度对戏剧叙事形态的影响

中国戏剧有一种博艺叙事的传统,是指戏剧总是在各个情节点上融入各类伎艺表演,使得整个戏剧故事抒情有之,谐趣有之,娱玩有之,热闹有之,可谓五味俱全,色泽斑斓。对于这个现象,我们会在后面部分详细申论。这里我们先返回戏剧演剧活动的历史现场,探求博艺叙事形态与宴饮演剧的内在关系。

1. 分盏宴饮制度与融杂伎艺的表演叙事

我们谈到分盏礼乐的宴饮制度,可知历代宴饮场合中戏剧总是与曲乐、歌唱、诵辞、舞蹈等伎乐混杂一起,为宴客娱乐遣兴。《金瓶梅》多次描写了这样的宴饮场面。第 76 回写道:"先是教坊吊队舞,撮弄百戏,十分齐整。然后才是海盐子弟上来磕头,呈上关目揭帖。侯公盼咐搬演《裴晋公还带记》。唱了一折下来,又割锦缠羊。端的花簇锦攒,吹弹歌舞,箫韶盈耳,金貂满座。"第 78 回写道:"当下林太太上席。戏文扮的是《小天香半夜朝元记》。唱了两折下来,李桂姐、吴银儿、郑月儿、洪四儿,四个唱的上去,弹唱灯词。"①其演出形式,有时与其他伎艺先后进行,有时交替表演。而且主人经常在演出的中间,呼酒上菜或穿插其他伎艺,中断正在进行的戏剧演出。小说所写并非作者虚构,确是宴饮演剧的实际反映。元代杂剧演出时"每折间以爨弄、队舞、吹打"②,明代万历前后北杂剧在宴席演出仍保留了"中间错以撮垫圈、舞观音,或百丈旗,或跳队子"③的表演形式。当不同种类的伎艺表演同居一场,就为彼此间的互通融汇创造了大量的机缘,戏剧能够潜移默化地汲取其他伎艺形式,丰富自身形态,正是有赖于无数次同场表演的机会。

我们还可以从宴饮演剧的演员层面考虑这种现象的出现。明清时期蓄养家乐颇为时尚,宴饮供演者很多是来自主宴者的家乐。在家乐艺人的培养上,家乐主人并不拘于一端,而有意督促家乐们旁通杂艺,以应付宴乐的种种需要。因此,除戏剧表演外,很多家乐演员都触类旁通,兼擅

---

① (明)兰陵笑笑生:《皋鹤堂批评第一奇书金瓶梅》,王汝梅校注,长春:吉林大学出版社,1994 年,第 1261 页,第 1330 页。

② (明)臧懋循改订:《玉茗堂四种传奇·还魂记》第二十五出眉批,转引自黄天骥:《元剧的"杂"及其审美特征》,《文学遗产》1998 年第 3 期,第 42 页。

③ (明)陆粲、顾起元:《客座赘语》卷九,北京:中华书局,1987 年,第 303 页。

诸艺,如钱岱家乐"吹弹歌舞,各能娴习"①,朱云崃女戏"未教戏,先教琴,先教琵琶,先教提琴、弦子、箫管、鼓吹、歌舞"②。家乐演员才艺兼备,也为戏剧融杂诸伎提供了表演的保障条件,使得戏剧能够在一戏之中呈演各色伎艺。朱云崃女戏演《浣纱记》西施歌舞时,"对舞者五人,长袖缓带,绕身若环,曾挠摩地,扶旋猗那,弱如秋药。女官内侍,执扇葆璇盖、金莲宝炬、纨扇宫灯二十余人,光焰荧煌,锦绣纷叠,见者错愕。"阮大铖戏剧中经常穿插各类伎艺,"《十错认》之龙灯、之紫姑;《摩尼珠》之走解、之猴戏;《燕子笺》之飞燕、之舞象、之波斯进宝,纸扎装束,无不尽情刻画"③,这些令人赞不绝口的精彩伎艺,无不得益于家乐演员们丰富的才艺能力。同理,职业演员兼备众艺的话,也能在宴饮场合应需而变。夏庭芝《青楼集》记载了不少元代杂剧女艺人的资料,有一人身兼数艺者,也有家庭戏班成员各擅其艺者。④

2. 宴饮礼乐制度与戏剧的"中和"叙事风格

宴饮礼乐崇尚"饮酒孔嘉,维其令仪"的饮酒之风,既享有美酒佳酿,又保持彬彬礼节,反映出"中和"的温润精神。正式宴饮场合的分盏礼乐制度,更提倡有序的礼乐调节,避免伎乐表演在酒精美食的刺激下走向恣意狂欢的一面。

宴饮戏剧也是官方礼乐制度节制的对象之一,浸润"中和"之风在所难免。它在叙事层面主要表现为:第一,不偏不倚、温和平正的内容题旨,不崇尚大悲大喜,带给观众过度的精神宣泄,主张温和地表达情绪,即便有怨悱之音,也宜是"怨而不怒"式的表达。其二,"悲欢离合"的故事模式,"苦乐相错"的叙事结构,将悲与喜、庄与谐调和在一起写,使得叙事呈现悲中带喜、喜中有悲的风格。其三,故事终局走向大团圆,使得场上的人生悲喜在完满中落幕,在场观众不留遗憾,心满意足地离场,完成温柔诗教的艺术教育效果。

---

① (明)据梧子:《笔梦叙》,《香艳丛书》第二集,上海:上海书店,1991年,第328页。
② (明)张岱:《陶庵梦忆》卷二,夏咸淳、程维荣校注,上海:上海古籍出版社,2001年,第26页。
③ (明)张岱:《陶庵梦忆》卷八,夏咸淳、程维荣校注,上海:上海古籍出版社,2001年,第130页。
④ 夏庭芝《青楼集》所载一人身兼数艺者,如王玉梅"善唱慢调,杂剧亦精致",国玉第"长于绿林杂剧,尤善谈谑",芙蓉秀能唱戏曲、小令、杂剧,燕山景"乐艺皆妙"等;家庭戏班成员各擅其艺者,如"孔千金善拨阮,能曼词,独步于时,其儿妇王心奇,善花旦,杂剧尤妙",李芝仪"工小唱,尤善慢词……女童童,兼杂剧",梁园秀"歌舞谈谑,为当代称首""又善隐语","其夫从小乔乐艺亦超绝"等。

《琵琶记》堪称这类"中和"礼乐教化的戏剧典范。它是一出悲剧戏，却又将悲剧叙述得含蓄而有张力。剧作家高明改编了原来惨烈的人物结局，确立了"不关风化体，纵好也枉然"的创作主旨，"有贞有烈赵贞女，全忠全孝蔡伯喈"的道德悲情内容，苦乐对比的生旦双线结构，由悲转喜、夫妇团圆的最终结局，完美地调节了感性与理性。《琵琶记》为明清宴饮演剧最为频繁的剧目之一，其"发乎情而止于礼"的悲情道德教化模式，高度契合了"中和"的宴乐精神，成为官方大力扶植的剧目，明太祖朱元璋曾誉之为"山珍、海错，富贵家不可无"，明初禁戏时期还"日令优人进演"。①《琵琶记》苦乐对比、均衡悲喜的"中和"叙事方式，也成为古典戏剧叙事的经典形态，为很多后来戏剧所摹仿。

3. 宴饮时空、特定群体与折子戏叙演

宴饮戏剧是在宴饮活动的时间与空间范围内进行。宴饮时空的一个突出特质就是有限性。它的时长相当于通常所说"一顿饭"工夫，空间也多设在官私宅，场地面积无法与广场、勾栏演剧相比。这样的时空缺乏一定舒展度与自由度，很难从容不迫地展开故事表演，这促使宴饮演剧朝着另一方向发展，即小规模戏剧演出。

小规模戏剧演出，主要表现为折子戏的盛行。明清传奇篇幅宏巨，动辄四五十出的规模，短的也维持在三十出上下，一部戏演完通常要通宵达旦，甚至连天累日，过于耗费时间与精力。而且，宴饮常常是非公开性的行为，存在各种主观上的不时之需，比如中途歇场、临时接客、客人早退、穿插伎乐、行酒布菜等，宴饮时间被分割、错动，因此全本戏难以竟演的情况比较多。到了明代后期，宴饮演剧逐渐开始从全本中选演一部分。祁彪佳记载他的个人看戏：崇祯五年"独与林栩庵观戏数折归"，崇祯十二年"赴钱德舆席……德舆尽出家乐，合作《浣纱》之《采莲》剧而别"，崇祯十七年"复向西泽呼女优四人演戏数折，极欢而罢"，②都是从全本戏的摘演，此为早期折子戏的雏形。清代康熙年间，折子戏演出风气形成，不但民间宴饮盛行，连御前承应也用摘锦的方式。1684 年康熙南巡至苏州，御前

---

① [明]徐渭：《南词叙录》，《中国古典戏曲论著集成》（三），北京：中国戏剧出版社，1959 年，第 240 页。

② [明]祁彪佳：《祁忠敏公日记》第十册，远山堂原本，1937 年刊本。

演戏时"上曰：竟照你民间做就是了。随演《前访》《后访》《借茶》等二十出"①，《前访》《后访》出自《桃花扇》，《借茶》出自《水浒记》，足见宴饮流行演出折子戏。

　　折子戏没有首尾完整的故事，没有跌宕起伏的情节，只是从全本戏中摘锦而出，零零碎碎地单片演出。它能从明清剧坛脱颖而出，主要凭借了自身艺术上的精研细磨。这里，我们从演剧空间探讨它对于折子戏出现的影响。宴饮演剧的空间布局一般为观众围坐四面或三方，演员处在中心区域——一方红氍毹上。因为受到观众宴饮的空间挤压，观众与演员之间的距离比起勾栏、广场演剧近了许多。对于观众而言，近距离观演带来了更为细腻的艺术享受，可以清楚聆听演员曲唱，目睹演员脸部细微表情的变化。对于演员而言，则无疑是艺术上更高更严的考验，一抬手一投足都会受到四面目光的审视。一旦出了什么情况，现场反响也最直接、最迅捷，观众的脸色、眼神与声音会快速传向演员，促使演员做出及时反应。所以，宴饮演剧对于戏剧审美艺术的要求，因近而细，因细而精。此外，宴饮场地的集中，群体交流的便宜，也强化了戏剧艺术精雕细琢的一面。特别文人群体宴饮，常常观剧写诗，激扬评点，也起到艺术监督与引导的作用。明末清初文人李渔、阮大铖、张岱等组织的家庭乐班，经常在宴饮场合表演，以艺术精湛而闻名，张岱《陶庵梦忆》说："阮圆海家优，讲关目，讲情理，讲筋节，与他班孟浪不同。"②家乐主人有相当艺术文化修养，承担了编剧、导演甚至表演技艺的指导工作，对于宴饮场合的戏剧表演要求更高，大有裨益于折子戏的艺术提升。

　　折子戏的出现，可以说是宴饮时空环境、文人群体对戏剧审美艺术化的结果，所走的路子是对戏剧原有叙事表演的一次积极推进。折子戏是以全本戏为底，在累积观众熟知经验的基础上将完整故事析离出来，单独成章，形成一出戏。有了对故事的前理解，观众在进入折子戏情节之际，不会遇到太多的认知障碍，反而在非故事层面有着更高的艺术要求。折子戏的叙演原则是"只管当场词态好，何须留与案头争"③，主要考虑怎样

---

① 转引自胡忌、刘致中：《昆剧发展史》，北京：中国戏剧出版社，1989年，第369页。
② （明）张岱：《陶庵梦忆 西湖梦寻》，夏咸淳、程维荣校注，上海：上海古籍出版社，2001年，第129页。
③ （明）沈自晋：《望湖亭记》第三十六出，《古本戏曲丛刊》二集，上海：商务印书馆，1955年。

登场演出来好看。它们对原作进行适当改编,采掇精华,去其不足。改编时,擅于选择或创造精彩的看点,注意到演剧现场时空的囿限,力求删繁就简,不枝不蔓,围绕一个中心点,反反复复将"戏"做足。比如,昆曲折子戏《狗洞》,删除了原作《燕子笺·奸遁》中不必要的人物与曲子,集中写鲜于佶一人,淋漓尽致地描摹出其人不学无术、钻营狗洞的丑态。《琵琶记·拐儿》一折在原作中为不起眼的过场戏,昆班折子戏本增枝添叶,将"拐骗"作为看点,变为净、丑两人的"大小骗"戏,骗中生骗,趣味横生。折子戏的表演也尽量从细处见功夫。《荆钗记·参相》中的吃茶科介,《鸣凤记·河套》中的严嵩"三笑",《牡丹亭·叫画》柳梦梅的"姐姐"叫声,都是着力科白细节,凸显人物的情态。《夜奔》《思凡》《下山》等折子戏则身段繁富、细腻,丝丝入扣地展现了人物的心理变化。总之,折子戏是很有特点的演叙类型,不同于全本戏自由、跌宕、外放的叙演方式,而表现为艺术内聚的形态。它用精雕细刻的艺术手段,打造某个人物、某段情节、某种情态,将戏剧叙演艺术推向一种饱满、集中、细致的艺术高度,故郑振铎说:"剧场上渐渐的少演'全本戏',我认为这是一种进步,并不是退步。"[①]

三、传统戏剧中的宴饮叙事

古代宴饮对戏剧创作最显著的影响,是剧本与舞台演叙中直接摹仿现实的宴饮活动。传统戏剧中各类宴饮场景可谓应有尽有,举凡宫廷盛宴、文人雅集、家宴小酌、军中庆宴等,不胜枚数。这些宴会或来源历史典故,或出自故事传说,或纯属虚构。它们出现的重点不在于宴饮本身,而在于为戏剧叙事服务。这里我们重点探讨古代戏剧中宴饮的叙事功能。

首先,大多数宴饮场面的设置,意在结合各自的故事内容,为人物营造特定的活动场景。简言之,它的任务在于"造境",呈现戏剧人物情节所需要的空间氛围。戏剧中很多宴饮场面,直接仿效现实生活的婚宴、寿诞、访友等各类宴饮活动,展现宾主觥筹交错,把酒言欢的场景,营造出"花烛筵开喜气浓"(《绣襦记》第41出),"春酒满金瓯"(《琵琶记》第2出)的喜庆氛围。这在南戏、传奇几乎衍为开场或结尾的程式化情节出目,比

---

① 郑振铎:《中国戏曲的选本》,《中国文学研究》(下),《小说月报》十七卷号外,上海:商务印书馆,1927年,第5页。

如,祝寿宴饮开场的有《琵琶记》第2出、《荆钗记》第3出、《宝剑记》第2出、《香囊记》第2出,会友饮宴开场的有《白兔记》第2出、《杀狗记》第3出、《破窑记》第2出;终场出目,婚宴场景有《张协状元》第53出、《绣襦记》第41出,《盐梅记》第34出还双喜临门,除了花烛会亲外,添上了麒麟降子的喜宴场景。这类场景出目,在场人物众多,气氛浓烈,非常适合出脚色、铺人物,在一派喜瑞祥和的气氛中拉开大幕,渐入剧情;而用它落下帷幕,则可收人物,拢线索,一团锦簇地收圆剧情。

宴饮场景的程式出目,营造出其他情节所没有的欢快气氛。某些时间场合,它还可以承担现实宴饮的礼仪功能,作为唱向现场观众的劝酒词与祝福曲。在一些戏剧中,它们也的确透露出剧外宴饮曲的性质。请看汲古阁本《白兔记》剧末三支收场曲:

【大环着】(众)因孩儿出路,因孩儿出路,打猎沙陀。偶见林中白兔跷蹊,若非他引见母,怎能勾夫妻相会。前生里今日奇,从此团圆永效于飞。

【红绣鞋】春有秀陌瑶池,瑶池,夏有流觞曲水,曲水。秋玩月,与冬时,观瑞雪,赏寒梅。拼今宵,共沉醉。

【尾声】贫者休要相轻弃,否极终有泰时,留与人间作话题。①

【大环着】一曲回顾了咬脐郎打围遇母,引得李三娘夫妻相见、一家团圆的情节,属于剧本内的代言演述。但【红绣鞋】一曲咏唱春夏秋冬,赏玩四季佳景,则与剧本联系不强,亦为成化本、富春堂本《白兔记》所不存。曲子有"拼今宵,共沉醉"之句,说明了歌宴演剧的场景,应属于临时添加的应景礼仪之曲。

就此而言,开收场的宴饮场面所凸显的不仅仅是情节功能,更是调动、烘托现实宴饮气氛的一种特殊叙事手段。戏之开收相契于宴之始终,演剧者很清楚自己的娱乐职责,在观众落座未稳或离座散场的恰当节点,进行礼仪表达,不但不会造成对剧情的干扰,反而联结了戏内戏外,将剧本内的欢快与祝福传递给了现场观众,从而达到佐觞宴乐的演出目的。

其次,有的宴饮非仅为场面之用,还深入到情节叙事之中,是戏剧情节发生、发展的重要环节。王实甫《西厢记》"请宴"一场是全剧的重头戏,

---

① (明)毛晋:《六十种曲》(十一),北京:文学古籍刊行社,1955年,第89—90页。

具有突转情节的叙事功能。老夫人为答谢张生书信解围之恩,设下了宴会,请张生、莺莺同来赴会。崔张两人以为是提前举办的"合欢宴",满心欢喜,打扮一新,等待老夫人的好信儿。没成想,老夫人在宴会上话锋一转,让莺莺敬张生的酒,"上前拜了哥哥者",这一下子让崔张的欢喜"竹篮打水一场空"了。但宴席礼仪束缚住了崔张的情感表达,两人不敢多言语,只能听凭老夫人翻手为云,覆手为雨。这场戏老夫人利用"宴会"做了一场戏,耍弄了崔张红三人,硬生生关上了崔张爱情的大门,但以此为契机,崔张二人私下里也开启了爱情的小门。

有的宴饮甚至是贯穿全剧的核心事件。关汉卿杂剧《关大王独赴单刀会》一剧就是围绕宴会设戏。鲁肃欲讨回荆州,又畏惧关羽神勇,想要设下宴会,预伏五百刀斧手,邀关羽过江赴会。可是对于能不能成功设宴,鲁肃心中实无把握,于是第一折找乔国老,第二折找司马徽商议谋划,两人断然劝阻鲁肃宴会计划,认为鲁肃是自找苦吃。第三折关羽不顾关平的劝阻,决意前去赴宴,挫败鲁肃的阴谋。第四折正式进入宴会场景,关羽一身孤胆,深入龙潭虎穴,果以个人之勇力,让鲁肃"鸿门宴"落空。整个戏从宴会起步,围绕鲁肃能不能举办宴会,关羽能不能赴宴,宴会上关羽如何应对,展开情节叙述,最后一折达到情节矛盾的高潮。毫无疑问,"单刀宴"是纵贯全剧的核心事件,而沿着这条主线,各方人物穿梭其中,各有谋划论断,步步推动情节进展。

再次,宴饮中最引人注目的是人们的活动,古代戏剧常借此以展现人物关系,刻画人物的形象。清代洪昇的传奇《长生殿》里,生旦宫廷宴饮场面非常多。第2出"定情",李隆基册封杨玉环为贵妃,两人对饮赏月,情赠金钗钿盒,"愿似他并翅交飞,牢扣同心结合欢",用美好誓言宣告了爱情的开始。第16出"舞盘",李隆基设宴长生殿,为杨玉环庆贺诞辰。席间李隆基为玉环奉荔枝,击羯鼓,杨玉环为李隆基解霓裳,舞翠盘,在奢华热烈的宴乐歌舞中,将爱情升级为琴瑟和谐的情趣投契。第24出"惊变",前半出李隆基与杨贵妃在御花园月下小饮,"不须他絮烦烦射覆藏钩,闹纷纷弹丝弄板",杨玉环之微醺娇憨,唐明皇之不胜体贴,在玉笛清歌的映衬下显得格外细腻动人。此时,李隆基的爱情已上升为亲人般的关怀,后半出当"渔阳鼙鼓动地来"时,李隆基仍不忍惊动醉酣中的杨玉环,忧心妃子"玉貌花容,驱驰道路"的命运。可以说,作者有意将李杨爱情放在各种盛宴小饮中敷写,逐渐推进双方的爱情关系,刻画人物深挚于情的形象。

最后,我们谈谈一类特殊的宴饮娱玩剧。此类剧缺乏显在的故事性,而将故事作为伎艺表演的载体,借事而演艺,演艺而娱众,显示出供筵娱乐的性质。以元杂剧《四丞相高会丽春堂》为例,该剧正末扮四丞相一角。首折御花园射柳会,四丞相以锦袍玉带为注,与监军李奎射柳比赛;第二折香山群臣宴会,李奎再次与四丞相赌博为戏,双方不合,相互厮打,大闹宴会;第三折溪边小饮,四丞相被贬,河南府尹携酒妓探望,歌之舞之,充满垂钓闲居之乐;第四折高会丽春堂,四丞相重新被启用,在丽春堂中大摆庆宴,欢畅痛饮。这个戏情节平淡松散,甚至有些不成形状,到底是讲小人嫉妒,还是讲帝王播弄;是讲隐逸之乐,还是讲勤于王命;是讲失志之痛,还是讲万方颂圣,从头至尾没有清晰明确的倾向。全剧能找到的统一线索,就是四折始终存在的宴饮场景,以及串联其中的射柳、打双陆、墨面、厮打、歌舞等各种伎艺表演。因此,《丽春堂》属于十分典型的娱乐剧,人物故事不过是伎艺演出的背景板。整部戏欢快热闹,伎艺纷呈,令人目不暇接,十分适合在宴饮场合中表演。元明杂剧中颇多这样的剧目,像明藩王朱有燉《诚斋乐府》三十种,泰半属于没有故事性的歌舞剧,这显然是因内廷宴饮娱乐而产生的特定类型剧。

综上所述,宴饮演剧作为极为常见的演出空间形态,对我国戏剧叙事形态与传统的形成,起到了至关重要的作用。它不仅广泛渗入戏剧故事之中,影响着戏剧的创作面目,还生成了大众化、世俗化、娱乐化的戏剧题材类型,挚乳出博艺叙事、折子戏叙事与"中和"叙事风格。而通过宴饮演剧与戏剧叙事关系的分析,我们也可以洞悉演剧活动的内外要素,是怎样合力作用于戏剧叙事传统的形成。

第二节　竞争传统与西方戏剧创作

人类社会几乎就是一部竞争史,大到朝代陵替、战场厮杀,小到竞技角逐、言语辩论,无处不留下竞争的痕迹。竞争是两种以上的力之矛盾与对撞的表现。而当它从事实存在上升为某种体制形式或价值观念后,则需要考察其中所存在的良性的、进步的因素。纵览西方戏剧史,竞争既是以事实的也是以制度或观念的特定形式,纵贯于自古希腊以来的千年发

第七章　中西戏剧文化场域与叙事传统的形成　/　259

展史。这个活动清晰的显性传统,很自然地渗入了西方戏剧叙事形态,为西方戏剧印刻下特有的叙事特征。

一、西方戏剧的竞争传统

(一) 竞争传统的起点:古希腊戏剧竞赛制

西方戏剧竞争传统的形成,要远溯至古希腊戏剧时期。古希腊戏剧是从城邦祭祀活动发展而来,每年三月"大酒神节"主要演出悲剧,一月底"勒奈亚节"主要演出喜剧。贺拉斯说:"最初的悲剧诗人为了(赢得)一头廉价的山羊参加竞赛,很快就把山林旷野中的赤身露体的萨堤洛斯搬上舞台。"[①]最初参加悲剧竞赛的优胜者可以获得一头山羊的彩头,到了公元前5世纪,古希腊戏剧演出形成了一定的竞赛规则与秩序。创作悲、喜剧的诗人们,必须先向城邦第一或第二执政官,递交"恳准合唱队"的公文申请,提交剧本,再由执政官独立或在顾问委员的帮助下挑选演出的剧本。执政官会为相应的节日选定两个四部曲和三部喜剧,并且提供合唱队,分派"合唱队筹款人",指定演员。正式演出也按照"竞赛"的方式举行。首先由入选参赛的三位诗人,依次把自己的合唱队领过来,观众到此时才知道参赛者的姓名与戏剧名称。戏剧竞赛在三个诗人、三个合唱队、三个第一演员之间展开。演出结束后,在竞赛前推选出来的公民评判组委员会,会根据剧本演出的高低质量,裁决比赛胜负。第一名折取诗人的桂冠,第三名虽然也会获得相应的奖励,但实际意味着比赛的失败。整个戏剧比赛隆重、庄严、公正,而竞赛委员会的决定,将以"宣谕碑"的形式,永久铭刻在大理石板上。亚里士多德曾把当时保留下来的"宣谕碑"编纂成集,可惜该书没有流传下来。[②] 这些"宣谕碑"见证了公元前5世纪至公元前4世纪古希腊戏剧竞赛者们的辉煌荣光。

依附在祭祀节日仪式的古希腊戏剧,采用民主公开的竞赛制,使得两百来年的戏剧创作与演出十分平稳地运行在历史轨道上,形成了良好的演剧生态。一个接一个的伟大戏剧家从庄重而激烈的竞赛中脱颖而出。古希腊三大悲剧家中,埃斯库罗斯曾荣获13次胜利;索福克勒斯在大酒

[①]　[古罗马]贺拉斯:《诗艺》,杨周翰译,北京:人民文学出版社,1962年,第148页。
[②]　[苏联]谢·伊·拉齐克:《古希腊戏剧史》,俞久洪、臧传真译校,天津:南开大学出版社,1989年,第14页。

神节上获胜 18 次,在勒奈亚节上获胜 6 次;欧里庇得斯获得过 3 次一等奖,死后得过 2 次一等奖。古希腊旧喜剧三位杰出的大师也是竞赛中的佼佼者,马格涅特荣获 11 次殊荣,克拉提诺斯获得了不下 9 次胜利,欧波利斯 14 部喜剧共有 7 次获得一等奖,而"喜剧之父"阿里斯托芬得过 7 次奖,新喜剧家米南德得奖 8 次。古希腊人把戏剧当作城邦祭祀的重要内容,参与戏剧表演的人也会得到相应的尊重。演员埃斯客涅斯就成了马其顿派的领袖,变身为一个大政治活动家。公元前 4 世纪,古希腊还成立了演员们的行会组织——"狄俄尼索斯行会"。由于城邦祭祀向所有公民开放,为了让最穷的公民也看得起戏,雅典城邦成立了"供观众欣赏"的基金,用于支付穷人看戏的座位经费。古希腊剧场也建得足够庞大,像阿尔卡季亚和梅加洛波利城的大剧场可容纳观众约 4 万人,小一点如雅典卫城的剧场,也可以容纳近 2 万的观众。

古希腊城邦从各个方面保证了竞赛体制的有效运作,竞赛制也相应地滋养了戏剧演出最丰沃的土壤,剧作家、观众、演员自由成长,相互成就。剧作家用"德性"的卓越作品以飨观众,观众也回馈他们以尊重与荣耀。基托说:"同侪和后人的称颂才是对德性(aretê,出类拔萃)的回报,它贯穿于希腊人的生活和历史之中。"①竞赛的桂冠就是对剧作家最高荣誉的回报。而在剧作数量与品质的带动下,观众欣赏能力水涨船高。汉密尔顿认为:"雅典剧场中的常客绝不是愚钝和平庸的。戏剧其实是为那些具有敏锐洞察力的观众预备的,无需过度渲染,也无须点破剧情的隐讳之处。"②观众能懂得悲剧蕴含的深邃人性,理解喜剧讽喻语言的修辞微妙,这极大得益于古希腊戏剧公开竞赛演出的耳濡目染。

(二)竞争传统的转向:古罗马剧作家的公开激辩

以竞赛为中心的戏剧演出传统,到了古罗马时代便中断了。古罗马统治者不像希腊城邦民主政府那么提倡戏剧,古罗马观众也不像古希腊人那么热爱看戏,戏剧混在竞技、杂耍、歌舞之中表演,剧作家不复之前的荣光,原来的民主竞赛制转为了从业者之间的个人竞争。

古罗马喜剧作家泰伦提乌斯现存仅 6 部剧作,几乎每一部戏的开场词都揭示出同行之间的紧张关系。《福尔弥昂》一剧开场词中,他通过朗

---

① [英]基托:《希腊人》,徐卫翔、黄韬译,上海:上海人民出版社,1998 年,第 318 页。
② [美]依迪丝·汉密尔顿:《希腊的回声》,曹博译,北京:华夏出版社,2014 年,第 118 页。

诵人之口,讽刺地指出:"那位老年诗人看到,既然打消不了我们的诗人的创作热情,使他闲逸,于是便恶语相胁,企图使诗人不再写作。他一再散布说,我们的诗人先前编写的剧本语言鄙陋,文笔浅薄。"在《安德罗斯女子》一剧开场词中,他也回驳了"居心叵测的老年剧作家对他的恶意攻击"。那位"老年诗人""老年剧作家"指的是同时期喜剧家卢斯基乌斯·拉努维努斯。由于泰伦提乌斯喜欢取材前人剧作,采用"揉合"的改编手法,因此常常受到卢斯基乌斯的责难。当时整体戏剧演出景况远不如古希腊时期繁荣,古罗马剧作家通常把剧本卖给负责组织演出的市政官或者剧班班主,以此获利,同行之间很容易存在激烈的竞争性关系。卢斯基乌斯曾讽刺泰伦提乌斯是"依赖朋友的才能,而不是依靠自己的能力"[①],暗指泰伦提乌斯写作剧本是得力于当时罗马政坛新星小斯基皮奥和莱利乌斯的帮助,不论这个指责是否客观,倒是从一个方面透露出剧作家与政坛人物的亲密关系,是为了方便剧作通过评审,进入舞台演出。

有意思的是,古罗马剧作家之间的相互驳难,是坦白的、直率的,公开摆在了舞台现场,做毫不掩饰的当场辩论,所有在场观众都成了是非曲直的听辩人。《阉奴》的开场词记录了这样一幕:"官员已经入座,演出随即开始,这时他开始大声叫嚷,不是诗人提供了剧本,他怎么也骗不了人!"《阉奴》是米南德的作品,泰伦提乌斯在进行改编后,重新将它搬上了舞台,可卢斯基乌斯却在现场毫不留情地指出《阉奴》反映了诗人的"欺骗"行为。对此,泰伦提乌斯也借助舞台开场的公共空间进行了自我辩护:"现在已经没有哪一个方面以前没有描写过,因此你们应该体谅和宽恕新出现的剧作者,如果他们写作了老一代剧作家已经描写过的东西。"面对古希腊丰厚的剧本遗产,后世剧作家很难不从中汲取养料,古罗马剧作家奈维乌斯、普劳图斯和恩尼乌斯都有过大量的改编之作,卢斯基乌斯本人也"糟蹋了米南德的《幽灵》"。泰伦提乌斯坦诚地向观众公开了自己的改编来源,说自己的确"揉合掉不少希腊原剧",但这是在学习前辈剧作家"编剧时的自由态度",是在继承改编中创新的创作传统。我们看到,古罗马剧作家喜欢在开场白中当庭对峙,用惊人的坦率刺激对方,有时还会怒

---

① [古罗马]泰伦提乌斯:《古罗马戏剧全集·泰伦提乌斯》,王焕生译,长春:吉林出版集团有限责任公司,2015年。相关引文分别出自第312页、第21页、第119页、第213页、第212页、第120页。

火冲天,恶语伤人,这种诉诸观众评判的公开论辩,其实对观众欣赏与判断能力的培养十分有利,在古罗马剧作家看来,剧作家的根本目的"是使你们(观众)满意,而不是自我欣赏"。

(三)竞争传统的发展:英国"剧场之争"

经过了漫长暗沉的中世纪戏剧后,至16、17世纪,欧洲戏剧逐渐恢复了它的活力。英国率先吹响了戏剧繁荣的号角,1572—1642年间约有一百多个职业剧团在英格兰演出。随着伦敦市区人口的增加,市民娱乐需求不断提高,建立专门的演剧场所成为必然之需。仅1575—1577两年间,伦敦就有五家剧院开张。

固定场所演出不同于流动作场,城市内的观众数量相对稳定,整个伦敦地区约有百分之十到百分之二十的人,可以经常光顾剧院。① 各个剧场为了寻求更高的上座率,与同行业者之间的竞争势在必然。德国人托马斯·帕拉特当时到伦敦旅游,写道:"在每天下午的两点,伦敦都会有两或三部戏剧上演,剧场相互竞争。"② 这个时期英国的戏剧竞争,一部分延续了古罗马戏剧的竞争形式,呈现为剧作家之间的竞相争锋,但由于戏剧采用了商业化的剧场运作模式,行业竞争范围已经扩大,蔓延至戏剧产业链上的每一个环节,在剧作家与剧作家、剧团与剧团、剧院与剧院之间全面展开。

发生在1599—1601年之间的"剧场之战"(the War of the Theatres),比较典型地反映了伦敦戏剧的行业竞争。"剧场之战"爆发于剧作家琼森、马斯顿和德克尔之间,琼森一人以"双拳"抵"四手",你来我往,展开了一波又一波的"互撕"大战。琼森嘲笑马斯顿的剧作"装腔作势,食古不化",约翰·马斯顿不甘示弱,不仅在舞台上摹仿琼森笨拙的演技,还在剧作中痛斥琼森是"蛮横的伪君子",向王室摇尾乞怜。而另一位剧作家德克尔因受雇于琼森的竞争对手"供奉大臣剧团",也加入了对抗琼森的战斗。在《鞋匠的假日》一剧中,他嘲笑琼森"狂妄自大,欲求不满",琼森毫不客气地还以颜色,在《辛西娅的狂欢》中辛辣讥讽德克尔"自负无聊",与

---

① [美]奥斯卡·G.布罗凯特、弗兰克林·J.希尔蒂:《世界戏剧史》,周靖波译,上海:生活·读书·新知三联书店,2015年,第164页。

② Andrew Gurr: *The Shakespearean Stage 1574-1642*, Cambridge Unibersity Press, 1970, p.197.

马斯顿都是"追求感官的滥交者"。这场火药味十足的笔战,最后还导致了琼森在酒馆里痛殴了马斯顿。① "剧场之战"吸引了全国上下的眼球,莎士比亚在《哈姆雷特》一剧中借罗森格兰兹之口,描述了竞争的激烈场面:"真的,两方面闹过不少的纠纷,全国的人都站在旁边恬不为意地呐喊助威,怂恿他们互斗。"② 艾尔弗雷德·哈贝奇在《莎士比亚和竞争传统》一书中,深入剖析了这次"剧场之战"的实质:

> "剧场之战"曾被看做是琼森、马斯顿、德克尔和其他一些竞争者之间的一场精彩的恶战,有时也被当成一种精心设计、用以提高剧场上座率的有趣的狂热。这一事件还曾被抛到了一边,而"真正"的剧场之战被描述成是伯比奇和亨斯洛为了各自的利益而进行的商业上和政治上的对抗。这两个经纪人之间的商业竞争确实存在,那些受欢迎的剧团有时抄袭、攻击对方的剧目,但在艺术和美学等大的方面,这些剧团是站在一起的。冲突发生在这些公共剧场的演员及他们的剧目和那些在有争议的问题上大声叫喊的一群"羽毛未丰的雏鹰"之间。当罗森格兰兹讲到"诗人"和"演员"之间的争吵时,他是可以信赖的。另外,"剧场之战"也代表了那种根深蒂固的紧张局势,包括阶级冲突、相反的道德观,以及在某一程度上古典和现代之争。③

这段文字全面观照了"剧场之战"发生的方方面面。它表面上是剧作家个人性格、观念以及剧本创作的论争,实际双方背后分别代表了不同剧场、不同剧团、不同戏剧观念的竞争。当时伦敦剧场分为公共剧场(the public playhouse)与私人剧场(the private playhouse)两类,驻演剧团也大体分化为成人剧团与童伶剧团。公共剧场因收费低,观众多,主要提供大众趣味的演出,而私人剧场因场地小,设施好,观众多来自中、上流阶层,更追求细腻精美的艺术享受。所以,琼森与马斯顿、德克尔的对战,背后站着的是双方代言的私人剧场与公共剧场的利益之争、艺术品位之争与道德观念之争,它是英国戏剧发展到特定阶段的必然呈现,揭示出戏剧内

---

① 转引自杨靖:《"剧场之争"——本·琼生和他的同时代人》,《世界文学》2022年第3期,第248—263页。
② [英]莎士比亚:《莎士比亚全集》(5),朱生豪、孙法理等译,南京:译林出版社,2016年,第318页。
③ 转引自何其莘:《英国戏剧史》,南京:译林出版社,1999年,第125页。

部的激烈分化与碰撞。然而，站在宏观趋势上看，竞争双方无所谓胜负，所有的分歧与纷争都汇拢为一个目标，那就是戏剧行业自身的发展。公共剧场与私人剧场联手上演了一出好戏，为各自剧场奉送了高上座率的"红利"。英国学者D.J.戈登教授怀疑这是几家剧场经营者故意炒作的结果，用持续性的对骂保持人们很高的关注度。①

"剧场之战"实际反映了剧院制度下对戏剧市场的同行竞争，类似的竞争也发生在欧洲戏剧发展的其他时期，如17世纪初法国巴黎演出市场之争。当时巴黎被布尔岗剧院一家垄断，外来剧班演出很难长期立足。为了打破这种垄断，1634年高乃依邀请著名演员蒙多瑞至巴黎演出，不但给他补助，而且将一个网球场改建为玛黑剧院，交给他的剧团使用，让他与布尔岗剧院互相竞争。② 竞争的结果是促成了法国戏剧的突飞猛进。19世纪围绕雨果《艾那尼》一剧发生的"《艾那尼》之战"，也具有剧场之战的典型形态。雨果的这部戏在巴黎连续上演了45场，像旋风一样掀起了剧场的轩然大波。老派演员挑剔剧中的诗句，旧式文人攻击剧本的思想，守旧观众在演出时大笑、嘘声、喝倒彩，但新派的青年们则在剧场里保卫《艾那尼》的演出。他们穿着奇装异服，长发披肩，形成了一道惹眼的保护屏障。每次这部戏上演，剧场好像发生了一次次战斗，陷入"震耳欲聋的喧吵"③。"《艾那尼》之战"，表面是新旧不同演剧观念者的同行竞争，实际揭示出了19世纪法国剧坛浪漫主义戏剧与古典主义戏剧的激烈对峙。

（四）竞争传统的另类形态：监管与批评

西方戏剧竞争的形式，并不只拘泥于同行业之间的内部纷争，还因戏剧演出受控于政府管理与教会制度，产生了竞争的另类形态，即戏剧从业者与监管者之间的冲突与论争。自古希腊、古罗马戏剧时期始，戏剧演出便需要接受市政管理部门的组织与监管，剧作家务须申请并在获得批准的情况下，才能将自己的剧本搬上舞台。泰伦提乌斯保存下来的剧本"演出纪要"内，每每会提及高级市政官的名字，而节日赛会的戏剧演出正是

---

① 杨靖：《"剧场之争"——本·琼生和他的同时代人》，《世界文学》2022年第3期，第252页。
② 胡耀恒：《西方戏剧史》（上），何一梵校订，台北：三民书局，2016年，第225页。
③ ［法］雨果：《雨果戏剧集》第一卷，谭立德、许渊冲译，石家庄：河北教育出版社，1999年，第4页。

由他们监督管理。英国的伊丽莎白时期，伦敦设置了管理娱乐事务的市政官员，负责向剧团演出颁发许可证，一度还设立女王剧团、王子剧团，用御赐官方的身份，垄断伦敦的演剧市场。官方议会也会介入戏剧演出的管理，1548年法国议会猝然禁止公开演出宗教戏剧，严重影响了刚刚落成的巴黎第一家永久性剧院——布尔岗剧院的演出。①

政府管理面向广泛复杂的社会层面，需要裁决因演出引起的各种人员纠纷，阻止瘟疫蔓延而关闭剧场等社会事务，官方管理者的强硬与刻板，常常被人们当作阻碍戏剧发展的力量，当然他们的确产生了这样的负面作用。但对于这个问题，我们需要从两个方面去理解，一方面戏剧演出管理者的存在，使戏剧活动能够得到官方的关注与认可，有利于在统一的制度调控下，形成良好有序的演剧环境，这一点古希腊戏剧的竞赛制可谓前典可循。法国17世纪黎塞留执政时期，对戏剧大力扶持的管理政策，亦堪称典范。黎塞留采取了补助剧团经费、修正相关法律、设立法兰西学院、组织五人创作社、建立主教剧院、引进新式舞台、推动文艺沙龙等一系列手段，打破了布尔岗剧院的市场垄断，盘活了巴黎剧团的演出，而随着剧作家、演员社会地位的提升，戏剧演出水平的提高，法国戏剧也迎来了历史上的黄金时代。另一方面管控者的反向操作，往往会造成压力下的反弹，激发各种形式的冲突与论争，对于戏剧肃清内外发展的障碍，亦未尝不是一件利大于弊的好事。例如，16世纪英国戏剧勃兴，对于职业戏剧带来的冲击波，当时市政管理者发出尖锐的批评声，反对戏剧职业化带来城市社会诸多不稳定的因素。尤其清教徒更诋毁戏剧沦为了魔鬼的工具，挑动了人们的邪恶，降低了人们的道德水准。而与此同时，有人站出来公开为戏剧辩护，菲利普·锡德尼爵士在《为诗辩护》(1580)中回击说，文学是道德教化、移风易俗的最有力的工具。② 这是最早一篇阐述新古典主义思想的文字，力图将戏剧从宗教道德的枷锁中释放出来。17世纪法国剧坛论争也十分激烈。代表保守思想的统治阶级往往与戏剧新思潮、新方法产生碰撞，对后者进行一次次围剿。例如，高乃依悲剧《熙德》引来了黎塞留授意的法兰西学院派的口诛笔伐，批评其没有遵守古典主

---

① 胡耀恒：《西方戏剧史》（上），何一梵校订，台北：三民书局，2016年，第220页。
② ［美］奥斯卡·G.布罗凯特、弗兰克林·J.希尔蒂：《世界戏剧史》，周靖波译，上海：生活·读书·新知三联书店，2015年，第144页。

义戏剧"三一律"的圭臬;莫里哀喜剧《达尔杜弗》遭到势力雄厚的宗教"圣体会"攻击,巴黎最高法院通知禁止其继续演出,巴黎大主教张贴告示,禁止教民阅读或者听人朗诵这出戏,否则取消教籍。但对这两部戏的禁演只是法国保守势力一时的无奈举措,在新旧势力的竞逐下,监管者已经无法控制人们思想的分歧。莫里哀在《达尔杜弗》"序言"中指出:"文化素养相同的明白人,见解却这样不同,我们能从中得出的全部结论就是他们从不同的角度审视喜剧,一些人关注其纯正,而另一些人则看到其败坏,将其混同为所有那些理应斥作伤风败俗的下流演出。"①这种意见的分歧尖锐刺破了权力者的权威,使人们更加清晰地认识到优秀剧作在思想与艺术理念上的深刻性,最终《熙德》《达尔杜弗》都恢复了演出。根据法兰西喜剧院的一份统计,从1680—1978年,莫里哀戏剧共演出了29664场,高居第一,而高乃依戏剧演出了7019场,②两者都成为法国剧坛无可取代的辉煌经典。

除了权力者的监管之外,西方戏剧演出还出现了专业化的戏剧批评。布瓦洛《诗的艺术》中说:"舞台前面有的是内行人吹毛求疵,在法国想猎文名,这围场险恶之至。作者在这围场里绝不能妄图侥幸;他面前嗫嗫万口常准备叫啸讥评。"③剧场好比围场,剧作家战战兢兢走入这个"险恶"之所,必须接受来自观众与行内人的严格审查。在这种剧场竞争与观众监督的环境中,催生出戏剧批评职业,由专门的剧院顾问、剧本批评家担任。他们负责一边看戏,一边批评,用自身的艺术感受与理论评判,影响着当时的剧坛。其中少不了摇旗手、鼓吹者,但亦不乏目光敏锐、风格犀利的批评者,他们的前沿思想对当时的戏剧,起到了针砭、纠偏与引导的作用。比较典型的例子是18世纪德国剧评家莱辛。他被德国汉堡民族剧院聘请为戏剧顾问,剧院创建者罗文冀望他"既理解这门艺术的秘密,又有管理剧院的必要知识。他将不做演员的本职工作,而是除了执行经理必须承担的义务之外,还有责任对相关的青年演员进行心灵、道德和艺术教育"。莱辛认真审视着每一部在剧院中上演的剧作,像一个监督员目

---

① [法]莫里哀等:《法国戏剧经典》(17—18世纪卷),李玉民译,杭州:浙江大学出版社,2011年,第5页。
② [法]高乃依:《高乃依戏剧选》,张秋红、马振骋译,长春:吉林出版集团有限责任公司,2012年,第2页。
③ [法]布瓦洛:《诗的艺术》(增补本),范希衡译,北京:人民文学出版社,2010年,第40页。

光灼灼地紧盯着"作家和演员们的艺术在这里所走的每一步伐",他的《汉堡剧评》"成为一部所有即将上演的剧本的批判性的索引"。① 在系列评论文章中,莱辛摆出了论战的姿态,申讨当时德国剧坛对法国新古典主义的大力鼓吹,毫不客气地批评高乃依、伏尔泰这些法国古典主义剧作家们只吸收了古希腊戏剧的形式皮毛,误解了亚里士多德的"行动统一"的实质,从而将戏剧带入"三一律"的僵化形式之中。为了帮助德国形成本民族审美的戏剧观念,莱辛积极与《德国丛刊》崇拜法国古典主义戏剧的剧评者们论辩,与剧坛膜拜法国的演剧者们论辩,主张向莎士比亚等英国剧作学习,剔除贵族戏剧的空洞形式,建立市民戏剧的生气趣味。席勒在致歌德的信中,高度评价了莱辛对德国剧坛的重要价值:"毫无疑问,在他那个时代的所有德国人当中,莱辛对于艺术的论述,是最清楚、最尖锐,同时也是最灵活的。最本质的东西,他看得也最准确。"②

二、竞争传统对西方戏剧创作的影响

竞争作为一个充满活力的良性要素,在不同历史阶段形成了行之有效的戏剧制度和戏剧观念,推动了戏剧创作、演出与评论的蓬勃发展,对于西方戏剧起到重要的促进作用。考察竞争传统对于戏剧叙事的影响,最为重要的着力点在于"人"的因素,竞争主要围绕剧作者发生,由演员、观众以及组织管理者共同参与,而这些"人"的因素渗入戏剧文本到舞台的各个方面,则会潜移默化地影响戏剧叙事的形式。

(一)以剧本与剧作家为中心的创作传统

西方戏剧在竞争中确立了一个以剧本与剧作家为中心的创作传统。古希腊戏剧开创并奠定了这个创作传统。人们常常惊异于古希腊悲喜剧剧本的超前成熟,在人类早期文明阶段,古希腊剧本就将完整优美的文本形式与丰富饱满的精神思想不可思议地结合在一起。剧本的早熟很大程度得益于古希腊民主城邦制开放的公民文化,戏剧竞赛体制是保障它成熟发展的一个温床。剧作家们为了剧本获奖而积极创作,每年评奖制度又持久地保持了剧作家们的创作热情。他们之间彼此激烈竞争,互成对手,索福克勒斯战胜过埃斯库罗斯,克拉提诺斯不敌阿里斯托芬。谁能折

---

① [德]莱辛:《汉堡剧评》,张黎译,北京:华夏出版社,2017年,第514页、第461页、第3页。
② 同上书,第542页。

取桂冠,谁能雄踞剧场,是关乎剧作家名望与尊严的重要事件。剧作家们必须拿出不断创新的势头,加强戏剧故事的创作。三大古希腊悲剧家终其一生都有着高数量的剧本创作,埃斯库罗斯一生写过72部剧本,一说90部,索福克勒斯高达130部,欧里庇得斯写了92部或98部。① 而剧本品质又是剧作家、观众、评奖人共同的、持续的目标。尽管现今保留下来的剧本都是冰山一角,我们从中仍然能强烈感觉到每一本剧作对于卓越品质的不懈追求。

古希腊推崇剧本、剧作家竞争的创作传统,深刻影响了后世剧坛。16世纪英国剧坛的创作生态堪比古希腊戏剧。剧院之间蓬勃竞争,观众们如饥似渴地追求新鲜的剧本。亨斯洛日记记载当时海军大臣剧团的演出情况,剧团每周正常演出六个下午,每年共演四十多周,每年上演的三四十部作品中,大约有一半是新作。为了在竞争中立稳脚跟,剧院需要一批剧作家稳定地、长期地为其服务,供应新的剧本,实质上又加强了剧作家的中心地位。剧作家把剧本版权卖给剧班后,剧班为了防止竞争对手的剽窃,限制剧本以手抄本或印刷本流通。一个剧本新出,往往只有一个本子。每个演员只能得到自己的那份台词,后台会张贴戏剧的情节纲要。至于具体剧情的发展和各个角色的关系意图,则交由剧作家的朗诵来帮助演员熟悉剧本。② 也就是说,剧作家与演出之间不是脱节的,还需要深度参与组织、辅导演出活动。这样的运作模式无疑强化了剧作家在演出中的重要性,赋予剧作家更多的创作主动权,而不必惟演员或观众意见是从。本·琼森在《安静的女人》前言里说:"据说旧时的剧作家为的是取悦观众,观众的称赞就如是金钱、美酒和桂冠。但现时有那么一批作家则是有他们自己的爱好,对于号称通俗流行的东西不屑一顾。"③剧作家桀骜自由的灵魂被唤醒了,诸如马洛、基德、本·琼森、莎士比亚等剧作家,将个人情感、认知与才力融汇成一种本体性激情,进行戏剧新内容、新思想、新方式的个性探索,使得西方戏剧进入到又一个黄金时代。

---

① [古希腊]埃斯库罗斯等:《古希腊悲剧喜剧全集》,张竹明、王焕生译,南京:译林出版社,2015年,第1册第7页,第2册第1页,第3册第2页。

② 参见[美]奥斯卡·G.布罗凯特、弗兰克林·J.希尔蒂:《世界戏剧史》,周靖波译,上海:生活·读书·新知三联书店,2015年,第148页。

③ 转引自何其莘:《英国戏剧史》,南京:译林出版社,1999年,第130页。

（二）从摹仿到创造的"陌生性"创作

剧本与剧作家中心传统极大地激发了剧作家主体能动性，而戏剧的黄金期积蕴的各种力量的竞争，又为剧坛注入了许多新鲜的活力，这使得戏剧竞争越热烈，新作品的产出越多。"新"，不单指数量上的增加，更在于一种陌生性的发掘。哈罗德·布鲁姆曾谈到文学经典形成的原因："答案常常在于陌生性，这是一种无法同化的原创性，或是一种我们完全认同而不再视为异端的原创性。"①陌生性的本质为迥异他人的原创性，竞争传统以它的特有方式，激励了戏剧从摹仿到创造的陌生性创作。

竞争中最显而易见的一种，是同一时代、同一地域的共时性竞争。戏剧的共时竞争，一般表现为为竞争更多的演剧市场，各个戏剧经营者、创作者所产生的碰撞与攻击。但与其说这是争斗，毋宁说是一种来自对方压力的促进，一种向杰出者的效仿与交流，先进的一方成为另一方的摹仿对象，通过师其之长补己之短，双方在竞争中互荣互进。例如17世纪流行于意大利歌剧表演，创新出可以变换场景、增强视觉观感的机械舞台设备，这一先进的舞台技术纷纷为西班牙、法国、英国等剧院所取经，引进并改观了原来固定的舞台布景。像维加创作的《没有爱情的森林》（1627）是西班牙第一部音乐剧，由意大利人骆提操刀舞台布景，设计了一连串的活动机关，在舞台呈现出江水、大桥、空中天鹅车等奇妙景观，大令"耳朵屈服于眼睛"②。法国高乃依改编欧里庇得斯的《安德玛刻》，标为"机器剧"（a play with machines），每两幕之间插入布景变化，该剧演出大获成功，开启了法国机关布景戏（machine play）的风气。

因为相互学习移植，很容易导致内容与方法同质，出现流行一时的类型化创作。英国伊丽莎白时期，曾经出现过集群式的复仇剧创作。弗德逊·鲍尔斯《伊丽莎白时期的复仇悲剧》一书归纳复仇剧的基本模式：（1）复仇是全剧最基本的动机；（2）被害者的亡灵出现在舞台上，监督复仇的全过程；（3）一个重要的戏剧手法是复仇者的延宕，理由常常是缺乏足够的证据或寻找一个适当的机会；（4）疯癫是另一重要的戏剧手法；（5）智斗是复仇悲剧的主体，双方都在使用诡计；（6）充满了血腥味；（7）对比手法强化剧中的主要情节、人物的戏剧效果；（8）敌对双方的助手或帮凶都

---

① ［美］哈罗德·布鲁姆:《西方正典》,江宁康译,南京:译林出版社,2011年,第2页。
② 胡耀恒:《西方戏剧史》(上),何一梵校订,台北:三民书局,2016年,第214页。

难免一死。① 西方戏剧史上某类戏剧题材或方式方法盛行,几乎都离不开共时竞争中的相互效仿。类型创作尽管有彼此类同的性质,然而相较于前代创作,它们代表了一种新的叙事类型、一种新的文体形式、一种新的技巧与方法,反映出西方戏剧的层进与发展。而且在同类型戏剧的竞争中,也会产生一些激励性的成果,出现像《西班牙悲剧》《哈姆雷特》之类的经典剧作。

我们还需要在历时轴上纵向拓宽对竞争方式的认知。哈罗德·布鲁姆在《影响的焦虑》一书中提出"焦虑法则"的说法,认为伟大作家都处在传统阴影的覆盖之下,通过自己的创作,强烈地(或虚弱地)误读着前人的作品。这里的"误读",既然是一种对前代经典的摹仿,更是在摹仿中的突破与超越。我们能从基德《西班牙悲剧》中看到古罗马塞内加悲剧的影子,因为他明显效仿了塞内加"充满激情地表达不确定性的独白概念"②,同时基德又汲取了英国本土中世纪道德剧正邪善恶的道德辨析传统,并且将两种传统融合在一起,创造出人物对道德困境充满激情的思辨性独白,③以及为了提供足够的内心独白的叙事空间而创造出"延宕"的叙事手法,这种对前代经典从摹仿到超越的陌生性创作,使得《西班牙悲剧》成为开伊丽莎白复仇剧之先河的作品,对于莎士比亚创作《哈姆雷特》也产生了至为重要的影响。同样的情况也出现在莎士比亚剧作中。莎翁剧中丰富多彩的人物仿佛从前辈乔叟《坎特伯雷故事集》中走出,福斯塔夫(《亨利四世》)有巴斯妇人的活力,爱德蒙(《李尔王》)、伊阿古(《奥德赛》)也与赎罪券商一脉相承,不过乔叟所擅长的"剧情发展和人物与语言联系在一起"的描写,到了莎士比亚笔下广泛地扩展为"主要人物自我倾听的效果",而正是在"证实多变的心理上超越了所有人"这一陌生性特质上,④才成就了莎士比亚戏剧的经典。

陌生性的获得,很大程度来自剧作家的天才禀赋。有个性、有才华的剧作家,常常不满足栖息于传统的主干之上。渴望与传统竞赛胜出的焦虑感与自由感,促使他们从戏剧各个方面挣脱传统,更多地挖掘戏剧的审

---

① 参见何其莘:《英国戏剧史》,南京:译林出版社,1999年,第53页。
② 转引自耿幼壮:《悲剧与死亡——英国伊丽莎白时期复仇剧问题》,《外国文学评论》2005年第3期,第99页。
③ 郭晓霞:《重释塞内加对英国文艺复兴悲剧的意义》,《文艺研究》2002年第10期,第115页。
④ [美]哈罗德·布鲁姆:《西方正典》,江宁康译,南京:译林出版社,2011年,第37页。

美陌生性。例如,英国才子剧作家马洛 1587 年在《帖木儿》一剧中采用无韵抑扬格的素体诗,向英国的旧戏剧传统发起挑战。他的目的之一是为了击败竞争对手女王剧团的作者和演员塔尔顿,嘲笑其"押韵天才的跳跃特征",自此戏剧素体诗形式显示了强大的语言活力,"在随后的半个世纪里,素体诗的使用范围扩大,灵活性增强,同时其表达情感、修辞和讽刺的潜能得到开发"。[①]再如旧传统的舞台总是局限在同一个空间场景之中,但 16 世纪英国剧作家约翰·黎里大胆创新了一种"多场景同时演出"的形式,把一个舞台分成两三个景点,同时展示在不同地点同期发生的事件。《亚历山大和坎帕斯比》一剧中同时出现三个不同的场地:亚历山大的住宅、哲学家第欧根尼的讲坛和画家阿佩莱斯的画室,[②]拓展了故事情节在舞台空间的表现力。

(三)同题创作的剧本现象

我们再从西方戏剧大量存在的"同题创作"现象,加深理解竞争传统之于西方戏剧创作的影响。"同题创作"是指不同创作者围绕同一题材本事进行各自的剧本创作,既包括共时竞争中的不同创作,也包含了历时竞争中后来者对前驱者的再加工或再创作。

古希腊竞赛制戏剧产生了大量共时竞争中的同题剧作,像三大悲剧家都有阿伽门农家族故事的剧作,"俄狄浦斯王"的剧本当时就有 8 种。同题竞争不可避免地带来高低优劣的比较,在同一性中寻找差异性,古希腊人因此而建立起多元的、异质的、具有原创力的审美理念。以三大悲剧家所创作的"埃勒克特拉"剧本为例。埃斯库罗斯的剧本创作得最早,它采用三联剧形式讲述"阿伽门农"家族的系列复仇故事,其中第二部《奠酒人》涉及"埃勒克特拉"的情节,但埃勒克特拉不是重点人物,只是配合弟弟奥瑞斯特斯完成复仇的辅助性人物。三联剧气势恢宏,改编了本事源头荷马史诗《奥德赛》的部分内容,添加了克吕泰墨斯特拉为女杀夫的情节,凸显出母权制与父权制的过渡斗争。埃斯库罗斯运用对历史文化语境的独特观察,深化了被诅咒家族灾难的原有主题,由此获得公元前 458 年的竞赛头奖。面对埃斯库罗斯珠玉在前,索福克勒斯没有畏缩。他改

[①] [英]西蒙·特拉斯勒:《剑桥插图英国戏剧史》,刘振前、李毅、康健主译,济南:山东画报出版社,2006 年,第 52 页。

[②] 何其莘:《英国戏剧史》,南京:译林出版社,1999 年,第 55 页。

变了三联剧的剧本形式,另辟蹊径,专门创作了一部《埃勒克特拉》的独立剧。在索福克勒斯笔下,埃勒克特拉焕发出异样的光彩。她不再是《奠酒人》中那个哭泣者、悲叹者,对是否"召唤以杀戮报复杀戮者"心存犹疑,[①]而是变成了一个意志坚定的女主角,始终抱定为父亲复仇的决心,反抗母后与继父的强制压迫,相信顽强意志终会赢得苦难的解放。通过这个宁折不挠的女性复仇者形象塑造,索福克勒斯表达了自己对于正义与公正的精神信念。差不多同时期欧里庇得斯也写了一部《埃勒克特拉》,[②]作品中杀母报仇的故事基本相同,但主要人物埃勒克特拉与奥瑞斯特斯正义刚烈的色彩减弱了不少,埃勒克特拉总在哀叹自身地位的下降,毫无顾忌地表达对母亲的强烈憎恨。她唆使弟弟要坚定杀母的决心,并用生产谎言哄骗母亲探望她,与弟弟一起举刀刺穿了母亲的喉咙,可是弑母之后,她又伤心起来,反思自己对母亲"怒火燃烧得太过旺盛了"[③],这个人物身上反映出现实人性的残酷与复杂。三部剧作从主题到人物都有了不同的变化,剧作者依据自身的理解与阐释,赋予了同一故事新的面目。可见,同题创作追求的是同中之异,"同"为故事载体,"异"为生命精神,利用老树着新花的翻新方式,唤起观众既熟悉又陌生的审美感受。

同题创作的方式深为后世西方戏剧所推扬。例如,有关"安菲特律翁"故事的西方戏剧出现过三十八种,法国现代剧作家季洛杜为此专门写过《安菲特律翁38》一剧。有关"埃勒克特拉"的故事,也不断被各个戏剧时期的剧作家们所重构,其中不乏如法国伏尔泰、美国尤金·奥尼尔、挪威易卜生、法国萨特等著名剧作家。连从中国元杂剧移植过来的《赵氏孤儿》,见诸西方不同时期的戏剧改编本也有十余种,进入21世纪以来《赵氏孤儿》的西方戏剧改编仍在继续。跨时代的同题创作传统,使得不同历史阶段的作品相互映发,相互连贯,形成了一个统一的连续体。我们可以从古罗马泰伦提乌斯的杂糅剧本中,嗅到古希腊米南德的气息;可以从

---

① [古希腊]埃斯库罗斯:《古希腊悲剧喜剧全集》(1),王焕生译,南京:译林出版社,2015年,第386页。

② 索福克勒斯的《埃勒克特拉》演出于公元前419—公元前415年,欧里庇得斯的《埃勒克特拉》多数学者认为演出于公元前421—公元前413年,两部作品孰先孰后争论了百年而未有定论,被叹为"永恒的埃勒克特拉"。参见张竹明:《索福克勒斯悲剧·译序》,《古希腊悲剧喜剧全集》(2),张竹明译,南京:译林出版社,2015年,第5页。

③ [古希腊]欧里庇得斯:《古希腊悲剧喜剧全集》(4),张竹明译,南京:译林出版社,2015年,第150页。

17世纪法国古典主义悲剧、18世纪德国狂飙运动剧本中,找到与古希腊剧本从题材到主题的文本联系;可以从古希腊索福克勒斯、古罗马塞内加、法国高乃依、英国德莱顿、法国伏尔泰、法国科克托、俄国斯特拉文斯基等《俄狄浦斯王》的连续创作中,窥见塞加尔所说西方探寻"个人身份"与"文化身份"的文学传统。[①] 这是西方戏剧史乃至文学史内在传统形成的一种重要方式。更要看到的是,在接续前驱者的荣光同时,借助同一故事人物推陈出新,进行历史新语境的再创造、再阐释,是西方文学传统延续发展的一个重要生命精神。如果没有泰伦提乌斯在杂糅时的自我发挥,没有高乃依、伏尔泰等人改编《俄狄浦斯王》时有意识依据当时戏剧观念与方法,补救原剧中一些不适应于当时的"缺陷"[②],历时同题传统将因为缺乏新的生命力而僵化、衰竭。可以说,剧作家不论在共时竞争还是历时竞争中迸发出的个人原创力,是纵贯这条西方戏剧文学传统的真正的精神血脉。

中国戏剧的宴饮演剧与西方戏剧的竞争传统,是中西戏剧文化活动场域颇具代表性的传统形态之一。本章选择它们作为考察对象,厥为探求中西叙事传统形成的客观过程与历史原因提供个案。事实上,中西戏剧的演剧活动辐射面极为广泛,既包含脚色、音乐、伎艺、服饰、道具等多种内部元素的运作,还涉及了演员、观众、剧场等多层面的活动群体,并由此延伸入社会各个阶层、各种领域的生活风俗、经济活动与信仰仪式等种种方面。这些演剧内外因素之间,发生了千丝万缕的联系,彼此交互作用,相互渗透,合力促成了中西戏剧叙事传统的形成。基于传统戏剧文化场域的丰富性,我们的考察还远远没有结束。诸如祭祀活动、民俗活动、宫廷活动、商业活动,以及中外戏剧交流等,每一种文化活动领域的背后,都蕴藏着戏剧叙事传统的生长肌理。返回历史现场,描述它们的运作过程,分析它们的交互作用,这些都有待更为细致、更多方面的洞察。我们冀望有更多交叉学科研究者的支持,投入这一广阔的研究领域。

---

① Charles Segal, *Oedipus Tyrannus: Tragic Heroism and the Limits of Knowledge*, New York: Macmillan Publishing Company, 1993, p. 13.
② 耿幼壮:《永远的神话——索福克勒斯〈俄狄浦斯王〉的批评、阐释与接受》,《外国文学研究》2006年第5期,第161页。

第八章
中国戏剧叙事传统考察

中西戏剧叙事传统对读的一个重要目的,是从差异性中发现本民族的特性,全书最后一章,我们将重点放在了发掘中国戏剧具有鲜明特征的叙事传统上。美国人类学家罗伯特·芮德菲尔德曾提出"大传统"与"小传统"的文明结构概念,"大传统"指由官方权力阶层、知识分子阶层掌握的书写文化传统,而"小传统"代表了乡村的、民众的,以口传为主的大众文化传统。① 按照这种二元文明结构的划分方式,中国戏剧主要归属于民间大众文化的"小传统"。前文研究已经提供了丰富的证据,证明了中国戏剧叙事的民间性、大众性特质。这决定了我们对于中国戏剧叙事传统的考察,需要秉持民众戏剧史与通俗文化史观,从丰富的"小传统"文化资源中寻绎或隐或显的脉络。我们还要把握一个基点,即戏剧的表演叙事。广义上,表演叙事是指戏剧用代言体的方式演出故事,赵毅衡把它归为"演示类叙述"②,世界上任何一个戏剧种类皆具有表演叙事的属性,但具体到每个剧种怎么演事,表演与故事怎么结合,却各有不同。中国戏剧具有鲜明的表演属性,积聚了丰富的演艺经验,呈现出以表演为主导的演事形态。本章也将专门考察这一传统影响下中国戏剧叙事的独特形式。

---

① [美]罗伯特·芮德菲尔德:《农民社会与文化》,王莹译,北京:中国社会科学出版社,2013年。
② 赵毅衡:《广义叙述学》,成都:四川大学出版社,2013年,第37页。

第一节 中国戏剧"无名氏"创作传统

中国戏剧史上,一些业已常识化的现象背后,总隐藏着很多令人深思的问题。籍籍无名的戏剧作家就是一个容易为人忽视的"盲点"。盖因"尊经崇典"的心态,人们习惯关注诸如关汉卿、王实甫、汤显祖、洪昇等名家名剧,即便二三流剧作家,若有幸存名,学者亦苦搜冥讨,考证其详。相较而下,"无名氏"剧作家们则"可怜"得多,因集体失名,没有发言权,遑论引起研究热潮。然而,他们一直潜伏在戏剧底层,宛如静水之下暗流涌动,宏声回响。如果将这些"无名氏"的创作视为一种整体"现象",剖析他们的创作活动和方法,也许能对中国古代戏剧发展的认识获得不同的理解。

一、古代戏剧创作的"无名氏"现象及其原因

剧本出现之前,中国古代戏剧极少留有创作者姓名。现存最早剧目《官本杂剧段数》载宋金杂剧名目280种、《院本名目》载院本名目690种,均不存剧本,亦无作者名。宋元时期,戏剧剧本形成,历代"无名氏"创作现象仍十分普遍。笔者依据庄一拂《古典戏曲存目汇考》[①],将历代存名作家与阙名作家的剧本数量,对比如下:

历代剧种	阙名作品数量	存名作品数量	阙名比率
宋元南戏	187 种	24 种	89%
明代南戏	89 种	35 种	72%
元明杂剧	451 种	902 种	33%
清代杂剧	20 种	319 种	6%
明清传奇	782 种	1778 种	31%

表中,历代"无名氏"剧作所占比例各有起伏,总平均比率达33%。

---

① 庄一拂:《古典戏曲存目汇考》,上海:上海古籍出版社,1982年。

不过,这还只是从有无存名的表面依据而判断。如果进一步深入考察存名作家群体,"无名氏"比例还会大大提高。很多剧作者于史无证,徒留名字、名号或里籍,甚者连名字也残阙了,如明传奇《珍珠衫》作者柳□□、清传奇《幻缘记》作者周□□,等等,实与"无名氏"作家无甚差别。另外,一些作家所作之剧乃翻改旧作,如系为嘉靖名流李开先的《宝剑记》《登坛记》,皆是改其乡先辈的作品,而真正原作者已湮没无闻。这样的情况,历代戏剧比比皆是,无不凸出一个事实:即"无名氏"剧作家实为古代戏剧创作的主力军。

古代剧作家集体失名,盖可从主客观两方面求其因。客观上,古代戏剧历经漫长发展,因各种天灾、战乱、禁毁、删汰等外界因素,散佚放失,在所难免,剧作家亦因之失名。文献散佚本是流传过程中难以规避的现象,且历时愈久,愈为严重,正如四库馆臣所云"古书亡佚,愈远愈稀"。上表中阙名最多者为宋元南戏,无名氏总比率高达89%,与宋元南戏距时最远,埋没尘野不无关系。

主观上,则需要结合创作主体予以甄辨。有的可能地位较高,"恐以轻狎损贤,不妨托无名子",有的"寓感慨于歌场者,多自隐其名",[①]情况不一而足。然而,就整体而言,古代戏剧著者失传与戏剧文体地位低下有关。相比经史子集之正统文献,戏剧被斥为"俳优之作",极大受限于自身"小道""末技"的地位,难入著录者的法眼。像南戏托体卑微,无名氏最多,而清代杂剧作为"写心"之体,颇为文人重视,故记名最全。元末钟嗣成《录鬼簿》曾针对杂剧作家"门第卑微,职位不振"的不平现状,发愤辑录,保存百余名曲家。戏曲史上,这类"吾党且啖蛤蜊"的有识者,[②]如果再多一些,能够记名传世的剧作家也许会更多。

当然,完全引咎历代文人之偏见,亦非公允之论。不少文人所辑曲录,还是体现了清晰的良史意识,如明徐渭惜"南戏无人选集,亦无表其名目者"[③],乃作《南词叙录》,明祁彪佳有顾误之癖,旁搜广罗,不废杂调,因

---

① (清)笠阁渔翁:《笠阁批评旧戏目》,(清)黄文旸原编,无名氏重订:《重订曲海总目》,《中国古典戏曲论著集成》(七),北京:中国戏剧出版社,1959年,第310页、第317页。
② (元)钟嗣成:《录鬼簿》,《中国古典戏曲论著集成》(二),北京:中国戏剧出版社,1959年,第101页。
③ (明)徐渭:《南词叙录》,《中国古典戏曲论著集成》(三),北京:中国戏剧出版社,1959年,第239页。

成《远山堂曲品》。然《南词叙录》仅录宋元明南戏作者8人,《远山堂曲品》亦多无名曲作,此又显非文人不屑记之。一方面,作者如林,著录者闻见有限,抑或各有去取,汰滤不一,故难以备载作者姓字;另一方面,某些剧作可能根本无名可系。一些现存坊间戏曲刊本、选曲本,则没有记载剧作者姓名,例如,《元刊杂剧三十种》不著作者或编者,《风月锦囊》《八能奏锦》《缀白裘》之类明清选曲本亦不载作者,《永乐大典戏文三种》只题"九山书会""古杭才人""古杭书会"的集体名称等等。这充分说明,古代戏剧存在众多无名可载的曲作,或者说本身就没有署名的习惯。

戏剧不署名的方式,亦是民间文学艺术创作的共通现象。两周《诗》、两汉俗赋、六朝乐府、唐五代敦煌变文、两宋词、明代民歌等民间创作,都普遍存在作者失名的情况。徐朔方认为,这种创作实际属于"世代累积型的民间艺人集体创作","它没有单一的作者","在长期的流传过程中得到丰富提高"。[①] 作品大多来自桑间陌上,阎间街巷,呈现口头传诵的大众传播方式,而在相互传播的过程中,谁也不关心作者的著作权,即便原作者本人,也恐怕随兴作之,出口成诵,故而原作者逐渐湮没在难以计数的传述者与受众者之中,令人徒叹"只是当时已惘然"。

二、"无名氏"的身份构成

中国古代剧本出现之前,早期戏剧编创是以舞台表演为主。从零散资料看,编创者基本从属优人群体,像《樊哙排君难》系唐昭宗"命伶官作"之,崔公铉府演剧"俾乐工集其家僮,教以诸戏",都是伶人作戏。南宋岳珂《桯史》卷十三载:"蜀伶多能文,俳语率杂以经史,凡制帅幕府之燕集,多用之。"[②] 说明宋杂剧伶人还会参读经史,制作优语。吴自牧《梦粱录》卷二十"妓乐"又载:"向者汴京教坊大使孟角球曾做杂剧本子。"[③] 这是一则清楚保留剧作者姓名的文献,孟角球出身教坊优人,所做本子主要承应京城教坊演出。总体来看,优伶编剧没有留下太多姓名信息,如朱权《太

---

① 徐朔方:《南戏的艺术特征和它的流行地区》,《徐朔方集》(第一卷),杭州:浙江古籍出版社,1999年,第250—267页。
② 转引自王国维:《宋元戏曲史》,上海:上海古籍出版社,2011年,第10页、第12页、第23页。
③ (宋)吴自牧:《梦粱录》,杭州:浙江人民出版社,1980年,第191页。

和正音谱》所云:"娼夫自春秋之世有之,异类托姓,有名无字",①除去一二名优记载了乐名外,绝大多数含混于"优人"统称之中。

宋元时期,南戏、杂剧剧本走向成熟,记名编著者开始浮出水面,然无名氏还是占据了半壁江山。据《录鬼簿》载,元杂剧作家多为"书会才人",钱南扬指出,宋元南戏也一般多出"书会才人"之手。② 他们大多数履历不明,徐朔方认为既有演员,也有社会地位低落的文人。③ 例如,贾仲明《荆楚臣重对玉梳记》云:"见了那名公丈夫书会先生每来呵,嫌的是张秀才李秀才,见那公子舍人上门呵,爱的是王舍人刘舍人。"④揭示了"书会才人"穷酸书生的身份。而花李郎、红字李二、铁叫郎、贯头缠等剧作者,显系伶人艺名,则是来自戏剧界的"圈内人"。入明之后,"书会"组织渐渐无闻,但"无名氏"多被称为"村塾""优人"之流,实际身份没有太大变化。如《鸾钗记》"传为吴下一优人所作"、《古城记》"真村儿信口胡嘲者"、《跃鲤记》"经村塾改撺者"等等。⑤ 清代"无名氏"群体仍保持了此种身份构成。齐如山谈及清代京剧创作,说:"乾嘉以前,编戏诸君的姓名,大多数都无法查考了。""那么这些剧本,都是由什么样的人改编的呢?我问过许多老辈,都说不知,可是都说大约是本界人改编的,也可一定有学界人帮助。"⑥"本界人"即戏曲艺人,"学界人"则为萧长华所说"那些落第的文人、老学究们"。⑦ 由是观之,自古代剧本成熟之后,历代"无名氏"作家主要由优伶群体和底层文人组成。

我们知道,古代戏剧创作大略分为场上之剧、案头之剧两大类。案头剧纯属文人写心明志,或藏之名山,或拍桌自娱,"岂效优人伎俩",不必受限于场上搬演,个人自由创作的空间最大;场上之剧,则需要考虑剧本与舞台之间的相互关系。一般来说,优人所作场上之剧以舞台为本,服务于

---

① (明)朱权:《太和正音谱》,《中国古典戏曲论著集成》(三),北京:中国戏剧出版社,1959年,第44页。
② 钱南扬:《戏文概论 谜史》,北京:中华书局,2009年,第192页。
③ 徐朔方:《论书会才人——关于世代累积型集体创作的编著写定者的身份》,《浙江学刊》1999年第4期,第116页。
④ (明)贾仲明:《荆楚臣重对玉梳记》,《古本戏曲丛刊》四集,上海:商务印书馆,1958年。
⑤ (明)祁彪佳:《远山堂曲品》,《中国古典戏曲论著集成》(六),北京:中国戏剧出版社,1959年,第26页、第112页、第122页。
⑥ 齐如山:《五十年来的国剧》,《齐如山全集》(五),台北:台湾联经出版有限公司,1979年,第3387页。
⑦ 萧长华述,钮骠记:《萧长华戏曲谈丛》,北京:中国戏剧出版社,1980年,第135页。

表演;文人之作则倾向剧本中心,舞台需要接受剧本调度,演员按本摹演。朱权曾引赵子昂之语,云:"杂剧出于鸿儒硕士、骚人墨客所作,皆良人也。若非我辈所作,娼优岂能扮乎?"①指出文人剧本是演员表演的根本。这种俯视舞台的创作姿态,显示了文人身份上的优越感。

"无名氏"作家中的优伶群体,以舞台为自家生活,自然编制场上之剧。所需要辨清的是"无名文人"群体。与精英知识阶层不同,无名文人多数来自社会底层,固有一二消愁解闷之作,但从整体而言,还是视创作为谋生之具,求食赢利。因此,他们普遍降低姿态,向优人靠拢,以便了解舞台作剧之法。最早有关文人与艺人创作关系的记载,为唐代参军戏作者陆羽。其人学赡辞逸,后"卷衣诣伶党","以身为伶正",才创立"韶州参军戏"。② 到了元代,大量文人沦入底层,出入行院,躬践粉墨。明初朱有燉有《风流秀才》一曲,专咏此类无名文人:

> 论文章在舞台,赴考试在花街。束修钱统金镘似使将来,把《西厢记》注解,演乐厅捏下个酸丁怪,教学堂赊下些勤儿债。看书帏苦下个女裙钗,是一个风流秀才。③

他们既能注解西厢,又会编舞台"文章",还能在演乐厅内打一两个院本,可见对舞台的熟悉程度。书会才人普遍与艺人之间形成了良性合作的创作关系。他们主要提供艺人演出底本,元佚名杂剧《汉钟离度脱蓝采和》中,杂剧艺人蓝采和"依着这书会社恩官求些好本令"④,向书会才人求戏本。此外,书会才人还与艺人联手创作,像杂剧《黄粱梦》,乃元贞书会李时中、马致远、花李郎、红字公,四人各作一折,合为一剧。

这种深入演艺圈子的创作活动,对后世影响深远,一些地方剧种至今保留了这种活动方式。广西南宁邕剧的编剧旧称为"开戏师爷","往往由退居幕后而又有一定文化的老艺人担当,或者由熟悉戏班演出活动的中小知识分子充当。开戏师爷不能只管编剧本、抄提纲、写海报,必须既是

---

① (明)朱权:《太和正音谱》,《中国古典戏曲论著集成》(三),北京:中国戏剧出版社,1959年,第24页。
② (唐)陆羽:《陆文学自传》,《全唐文》卷四百三十三,上海:上海古籍出版社,1990年,第1957页。
③ 谢伯阳:《全明散曲》(一),济南:齐鲁书社,1994年,第336页。
④ 隋树森:《元曲选外编》(三),北京:中华书局,1959年,第974页。

编剧,又是导演,有时还兼舞台调度。"①广东粤剧、河南豫剧早期也都由类似的"说戏先生"编戏。京剧史上,还出现过专为名角量身打造的文人创作,是与艺人合作模式的一种发展。佼佼者像齐如山、罗瘿公、金仲荪、翁偶虹等,专为梅兰芳、程砚秋编剧。齐如山说:"我常对人说,戏之好坏,编的时候,自然也很重要,但大部分的关系,还在演者。"②说明此类剧本对艺人表演的依附关系。考虑到清末民国时期京剧创作的繁荣,这里面恐怕也隐匿了不少名角制下的无名编剧者。

三、以"表演程式"为中心的创作模式

"无名氏"艺人和底层文人的民间身份,决定了他们剧本为舞台而作,需要投向演剧市场,适应各类场合的演出,满足形形色色的观众需求。为了能在演剧市场多分一杯羹,就必须节约演出成本,提高演剧和创作效率,既快且省地完成戏剧创作,而不可能像文人剧作一样精打细磨。由此,历代无名氏摸索出一套以"表演程式"为中心的创作模式。

中国早期戏剧没有形成剧本,主要表现为"动作"和"语言"表演为主的舞台创作。编创者即无名优人们,通过长期舞台的实践,积累经验,提炼方法,逐渐探索出围绕"动作程式"和"语言程式"编剧的方式。动作类戏剧中,秦汉角抵戏"两两相抵"的动作冲突,构成了一个中心表演程式,人物故事均根据这个动作程式而布置。例如蚩尤黄帝之戏、东海黄公之搏、许慈胡潜之斗、二桃杀三士之逐,都是通过双方徒手或器械的互搏表演,展现人物冲突。隋唐歌舞戏中,动作冲突的程式延续下来,"代面"状兰陵王击刺之容,"拨头"舞胡人子"求兽杀之","樊哙排君难"演樊哙勇闯鸿门宴,仍然将双方对抗作为故事表演的核心,突出了"动作有节"的力量美。

语言类戏剧中,唐宋优场盛行滑稽科诨剧,优人们依据身边人事之不同,应场发语,逗笑观众,诨语是整个表演的核心。看起来,这样的语言王国维说"除一时一地外,不容施于他处"③,具有口头性、现场性和变化性,但它的编创还是有模式可循的。即注重"打猛诨入,打猛诨出",用冷不丁

---

① 洪琪、洪珏:《邕剧"提纲戏"初探》,《南宁职业技术学院学报》2012年第4期,第41页。
② 齐如山:《齐如山回忆录》,沈阳:辽宁教育出版社,2005年,第158页。
③ 王国维:《宋元戏曲史》,上海:上海古籍出版社,2011年,第13页。

的诨话,出其不意,哄笑观众。这种语言程式源出先秦"优谏"之传统,优人"谈言微中,亦可解纷"。唐宋优人沿而用之,磨练出正话反说、谐音双关、隐喻讽刺、先扬后抑、埋扣子、抖包袱等语言套路,借以掌控不同场景,用以达到一言笑场、一座失色的效果。后世戏曲中,优人们仍沿用了"猛诨"的语言程式,如元优人赵文益"以新巧而易拙,出于众人之不意,世俗之所未尝见闻者,一时观听者多爱悦焉",[①]舞台效果极佳。

可见,"程式"提供了戏剧创作的基本核心,如同一个套子,笼罩着戏剧人物、行为和语言的基本形状。编创者只需结合不同场合,在套子里做"七十二般变化",便可快速创作出新的作品,应付各类纷沓而至、因事而变的演剧。

不过,仅仅围绕某类动作、语言程式的早期编创方式还比较简单,只适合场景简短的戏剧,一旦步入剧本创作阶段,面对丰富的人物故事,不免捉襟见肘。宋金杂剧时期,优人编创者们反复推衍,散枝开叶,分别发展出"千字文""家门""打三教"等表演套语、套路,"末""副末""副净""引戏""装孤""捷讥"等脚色类型表演,以及"爨""艳""打略""淡""酸"等戏剧类型表演。这些舞台程式经过艺人们递相传承,融入戏剧故事演述之中,进而发展出唱念、身段、脚色、音乐、排场、结构等一系列表演程式。我们可以通过一些戏剧剧本形态,考察表演程式对于无名氏编写剧本的重要作用。

(一)提纲本。《中国戏曲曲艺词典》释为"旧时戏曲班社编演新剧目时,详列每场应出场的演员及其所扮剧中人物姓名,以及武戏所用的开打套子等,张贴于后台的上场门侧,供演员及后台人员参照,习称提纲。"[②]这是一种抽干文词,只搭纲目的戏剧文本,是由历代艺人创造的、极端简易却又极为实用的创作模式。明代宣德本南戏《金钗记》附有"媒婆""黄门""太公"字样的残页,《六十种曲》有"考试照常"标目,俱不写具体内容,实属明代剧本中的"提纲"形态的遗存。广西牛娘剧有"戏桥本":"写出戏

---

① (元)胡祇遹:《优伶赵文益诗序》,俞为民、孙蓉蓉编:《历代曲话汇编·唐宋元编》,合肥:黄山书社,2006年,第216页。
② 上海艺术研究所、中国戏剧家协会上海分会编:《中国戏曲曲艺词典》,上海:上海辞书出版社,1981年,第86页。

主要情节,演出时,按照戏桥,随演随编。"①也是提纲戏的创作。由于无需文词,这种方式极度简化了剧本创作的任务,演员只需按照故事基本框架走,省去了艺人写手不擅文墨之累。但是,编剧者一定要熟悉演剧格套,包括脚色行当的配置、表演类型的穿插、结构排场的安排等。朱文相指出,旧戏班班社有"抱总讲先生",略通文墨,舞台经验丰富,要负责"攒戏""搭架子",即确定每个演员的上、下场式和舞台调度的程式身段、锣鼓点子,②以此依据情节线路,将这些程式化的表演,有条不紊地编入提纲架子,迅速组织一场演出。

（二）肉子本。属于"提纲戏"的一种,一般先搭一个演剧提纲,演员上场拼凑唱念文词,不过核心唱白因为长期传唱,已经定型。比如,越剧《梁山伯与祝英台》路头戏演唱中,"十八相送""楼台会"两场戏是经过艺人们反复推敲、记录而稳定下来的"肉子",不能随意改变唱词,而其他场次可以现场编词。傅谨认为,肉子戏最能证明艺人集体创作的特征。它可能是某位优秀演员灵机一动创编的好词,也有很多来自定型的文人剧本,通过戏班演员之间的传唱或传抄,不断揉入情境重复的不同剧目之中。③

（三）排场本。属于"提纲戏"的一种。指在某个类型场景的表演上,已经形成了特定的表演程式,编剧者只要在相同片段中,套用固有排场即可。例如,广西南宁邕剧"从经典剧目中提取出普遍适用的某个片段,称之为'××排场',如'水战排场'、'会阵排场'等等,再运用到含有类似情节的其他剧目中去。"④粤剧则形成了特定情节的排场,例如"教子"源自大戏《三娘教子》中的一出,具有完整丰富的二簧板式唱腔,亦称"教子腔",可以移用其他教子场景的戏;又如"长亭别",是从《北西厢》中来,整个行当表演、板式唱腔也已形成格套,同样可以挪到其他男女别离的抒情戏。⑤ 还有的形成了特定人物或场景的唱念套语,例如人物家门套语、收场套语、开场套语等。各种不同的套语、排场,依据需要可随时穿插应用

---

① 王其鹏.:《牛娘剧初探》,《广西戏剧史论文集》(下册),广西壮族自治区戏剧研究室、中国戏剧家协会广西分会编,内部刊物,1981年,第233页。
② 张庚主编:《当代中国戏曲》,北京:当代中国出版社,1994年,第352页。
③ 傅谨:《草根的力量——台州戏班的田野调查与研究》,南宁:广西人民出版社,2001年,第260页。
④ 洪琪、洪钰:《邕剧提纲戏初探》,《南宁职业技术学院》2012年第4期,第41页。
⑤ 王馗:《排场、提纲戏与粤剧表演艺术》,《学术研究》2013年第1期,第144页。

于不同戏剧之中,为编剧带来了极大的方便。

(四)唱词本。只写定唱词,而不编撰念白、科介。《元刊杂剧三十种》中,几乎均为唱词本,没有留下什么宾白、动作,以致学界产生了元杂剧"有曲无白"与"曲白相生"的争论。这其实反映了元杂剧写本的一种形态,剧作者的任务,恐怕只在于编定唱词,而念白、动作表演则交由演员现编现演。至今"湖南衡州花鼓戏早期传统剧目亦多无固定脚本,小戏只有小调唱词固定,白口全凭演员即兴发挥"[①]。前提是,剧作家一定要熟悉戏剧排场,不然也无从配合脚色、场景、剧本等程式,编写唱词。

上面整理的四种剧本形态,都属于半剧本、半舞台性质的民间艺人手抄本,没有形成规范的定本文字,或者说,是戏剧非文字文本向戏剧文字文本过渡的一种产物,但它们却是民间编剧们创作的制胜法宝。其中,"表演程式"发挥核心运作的作用,既笼括了整个戏剧的结构大纲,铺设排场顺序,又在类型场景、核心唱段、特定套语上形成了稳定的套路表演,仿佛一条有序、有效的基因链条,组构了千变万化的戏剧内容。粤剧现存三百余套表演排场,发展出了一万多种剧目,便是依靠了排场强大的组套能力,的确体现了民间无名编剧们的集体智慧。而一旦抽去了表演程式、演剧排场的主心骨,戏剧创作恐怕就是"皮之不存,毛将附焉"的状态。编剧者本身就是艺人,或者熟悉表演的底层文人,反过来又会促进表演程式的形成、运用和传承。历代无名氏剧作家始终没有脱离以"表演程式"为核心的创作模式,并且一以贯之地沿用下去,不但促成了定本戏剧的形成,同时也波及了文人戏剧程式化的创作。清代戏曲家李渔曾提炼传奇剧本的"格套",包含开场、冲场、脚色出场、小收煞、大收煞等,为传奇创作提供了方便法门,即便不太熟悉舞台排场的文人作家,也可以按部就班,不至于太过走样。

四、改编——无名氏戏剧创作的重要手法

如果将"改编"定义为采撷前代事迹典故的创作,一部中国古代戏剧史,庶几为改编史,改编历史、改编传说、改编旧闻……不过,此处所要研讨之"改编",是指剧作之间的狭义改编。它是无名氏戏剧最为重要的创

---

① 郑劭荣:《论中国传统戏曲口头剧本的定型书写——兼谈建国后传统戏整理的得失》,《中南大学学报(社会科学版)》2014年第5期,第211页。

作手法。孙崇涛曾将明代近两百年的南戏创作,称为"明人改本创作","改前朝旧本,改本朝新编,文人改民间,民间改文人,南北改西东,西东再去改南北……"①其实又何止南戏!元杂剧存在"二本""次本"的改编,明代弋阳腔最擅"改调歌之",清代中叶之后地方剧种更大量相互移植其他声腔剧目。

  无名氏作家之所以热衷改编前作,一方面可以享有既定的创作内容,加快戏剧的生产效率,另一方面在继承前代戏剧的基础上,融合新鲜的表演内容,满足不同时代观众的观演需求。以"赵氏孤儿"戏剧为例,元代纪君祥杂剧一出,名标剧坛,几乎同时期又出现无名氏南戏《赵氏孤儿》,惜已散佚。明代佚名南戏《赵氏孤儿报冤记》参照这两个本子,在原有的人物故事中,加入了副线人物,扩大了戏剧表现内容。车王府早期阙名京剧剧本《搜孤救孤》又适当参取了南戏本,删去赵盾被害、孤儿复仇等情节,集中写搜孤救孤的过程,矛盾更加突出,这个本子后来成为余派老生的看家底本。新编豫剧《赵氏孤儿》则又往前推进一步,它与京剧比起来,有相同的情节段落,却又自铸造新词,添加了大量的人物内心戏。可见,不断翻新的改编,推动了剧作的历时流变,使得同一故事的舞台演述千姿百态,气象万千。接下来具体探讨无名氏们改编剧作的手法。

  (一)旧本改编

  旧本改编是指直接采掇原作的改编,改本与原本之间存在明显的承袭关系。改编手法包括:

  1. 删减。主要因演出时地之限制,缩短原剧内容,加快演剧节奏,此改编本可称为"台本""节本"。例如,元末无名氏南戏《白兔记》现存版本分为两种系统:一为汲古阁本、成化本之古本系统;一为锦囊本、富春堂本之时本系统。成化本之于汲本,锦本之于富本,便属于台本与墨本的关系。汲本33出,成化本较之少报社、迎春、保襁、途叹、求乳、寇反、讨贼、凯回八出;富本39折,锦本系节选本,只有逢友、夫妻游赏、逼写休书、三娘送水饭、夫妻相别、小姐绣楼赏玩、三娘挨磨、庆赏元宵、三娘汲水、咬脐遇母、打破磨房、夫妻叙12出情节。台本、节本主要删去王兴章反叛、窦老行程之类过场人物情节,大幅节约了演剧时间。

  2. 改调。古代戏剧声腔流变始自明代,逮至清代中叶花部乱弹勃兴,

---

① 孙崇涛:《明人改本戏文通论》,《文学遗产》1998年第5期,第66页。

声腔剧种纷繁芜杂,遍地开花。一个剧作如果广为流传,势必会依据时代与地方声腔的不同,改变原有的唱法,改编旧词,以合新腔,是之为"改调"。拿最擅长"改调歌之"的弋阳腔来说,几乎没有移植不了的剧目。它的演唱"不分调名,亦无板眼",①相当随意,唱词的改编也没有遵守严谨的格律格范。考诸明代选曲本所选的弋阳腔剧目,常常不变动正规曲牌唱词,往其中注入大量念白、滚白、滚唱、叠词重唱等,用以渲染奔放的声情。明代文人斥之为"谬音相传""杜撰百端","妖魔化"得厉害,可这正是弋阳腔"改调"的特色,不但受到了底层百姓的追捧,也因此衍生出青阳腔、四平调、徽调等"高腔"系统的地方声腔,极大地推动了同一剧本的流传。

3.增加、改动原剧内容的改编。剧本往往依据特定的时代、场合、仪式、观众趣味之需求,有所增饰或变动。增加内容者,例如目连戏,源自北宋杂剧,是一种特殊的宗教仪式剧,既难寻最初作手,且各地演剧本非常之多,亦无具体撰者。明代文人郑之珍曾有整理本《目连救母劝善记》,然地方演剧不受其剧本之束缚。湖南辰河目连就增加了很多的内容,艺人们经过长期累积,建构起一个庞大的目连戏体系,《前目连》《梁传》《香山》以及花目连等一系列戏,合称"四十八本目连戏"。这个戏的上演,也成为辰河地区最为盛大的民俗仪式活动。改动剧情者,例如宋元南戏流行众多的婚变戏,讲述书生负心的悲剧故事,反映了两宋寒门取士制度对家庭生活的冲击。可是到了元代,时异势殊,改编本在沿袭原剧的基础上,纷纷易悲为喜,改为团圆收尾。类似例子不胜枚举,比如,旧昆曲演出本《西厢记》增加大段红娘与书童的玩笑科诨,成化本《白兔记》增入婚礼撒帐拜堂的热闹场面,凌刻本《琵琶记》添加赵五娘拜五方的表演,清代昆班《对金牌》本源元代南戏《祖杰》,却糅杂了元明两代人物,宋元南戏的《沉香》在不同地域流传,男主人公拥有了不同的地方乡籍。这些增添或改动,都是为了迎合不同时代、不同场合的观众趣味而变,体现出剧本流传因时、因地制宜的灵活性。

(二)他本仿作

仿作,属于一种特殊的改编手法。其并非撰写同题故事,而是在创作

---

① (明)王骥德:《曲律》,《中国古典戏曲论著集成》(四),北京:中国戏剧出版社,1959年,第117页。

过程中,直接摹仿或截取前剧的情节内容,撰入自己的题材故事之中。仿作的对象,既有经典剧作,也有同类型剧作。

1. 经典仿作。经典剧作因为拥有深厚的群众基础,仿作者只要直接"山寨"其中的情节,便能起到举一反三、推广已作的轻松效应。历代无名氏对经典剧作的摹仿之什层出不穷。其手法有:(1)直接摹仿主干情节,如明阙名《葵花记》前半全袭《琵琶记》,阙名《高文举还魂记》别妻赶考、勒入相府、书馆相逢等情节大要亦类《琵琶记》,浙江和剧艺人口述本《黑蛇记》稍易人名,添上了些神魔色彩,其他首尾几乎照搬了《琵琶记》关目。(2)袭套散段情节,锦囊本《姜女寒衣记》借用了《乐昌公主破镜重圆》"破镜"一节;明阙名杂剧《女姑姑》梅香送柬约会、书生张端甫跳墙,效仿了《西厢记》的精彩片段;京剧《红娘》移用了《打樱桃》中秋水与书童的戏份。(3)采用捏合、拼凑之法。无名氏《双红记》,系合《红线》《红绡》而成,词多剿袭;名号欣欣客的《还魂记》,杂取了元人杂剧《生金阁》《鲁斋郎》的情节。(4)直接钞录原剧,穿插己用。明吾邱瑞生平不详,其《合钗记》"内游月宫一出,全钞《彩毫记》",明阙名《赤松记》"钞《千金记》中夜宴曲",明阙名《试剑记》"内一折,全抄《碧莲会》剧"。①

值得注意,无名氏剧作中标名为"赛""翻""续""后"的作品。"赛"意为比肩原作,"翻"指翻案原作,"续""后"则为接续原作。三类剧作中,有的部分沿用了原作的人物,此为同题改编。一旦人物故事跳出原作摹本,另立新篇,则属于经典仿作的范畴。如《赛五伦》是熊概子孙记其祖事、《续邯郸梦》写宋天保事、《续会真》演溧水张存、崔小莺事,三剧俱为明清无名氏作,人物故事全为另作,不过借了经典名剧的名头或摹仿名剧的写法,为己作张本。

2. 同类型互仿。同类型剧作之间也存在相互摹仿、剿袭的创作行为。这些剧本,明明讲述不同的故事,却仿佛从一个套子塑出,没有太大差别,致有"千戏一面"之感。例如,南戏科举题材戏,按照统一步调,安排举子们备考、赶考、科考、中试、游街等出目,其情节结构的程式化现象极为突出;元代神仙道化剧,开场布置度脱全局,中场劝化不从、恶境加身、顿悟解脱,最后众仙献乐,剧与剧之间叙事结构几出一辙。由于共处于一个戏

---

① (明)吕天成:《曲品》,(明)祁彪佳:《远山堂曲品》,《中国古典戏曲论著集成》(六),北京:中国戏剧出版社,1959年,第247页、第249页、第85页。

剧文化的空间,艺人们依靠口述本、记录本与手抄本,互通戏剧故事,分享表演套路。因此,在相互转抄的过程中,同一类型作品难免会搬钞情节,借用出目,遂而彼此肖似,出现高度程式化的情节模式。

五、传承与创新:无名氏"模式化戏剧"创作的双重性

上文我们考察了中国古代戏剧无名氏创作现象、创作队伍、创作活动、创作模式和创作方法,可知,无名氏戏剧主要采用以"表演程式"为中心的创作模式,喜欢改编前人剧作,这使得他们的创作照搬前人方法,沿用惯有的模式,作品重复雷同,模式化现象突出,由此招致了人们的诟责。对此,我们有必要站在传承与创新的高度,进一步审视无名氏模式化戏剧的价值。

首先,无名氏创作以继承前代为基础,注重传统模式的传承。这里面,固然有大众化的趋从心理,但同时也是因为前人方法包含了合理便利的因素。爱德华·希尔斯《论传统》中说:"绝大多数人都没有足够的想象力可以想出一种替代既定事物的办法;在身边已经存在某种现存的范型的时候,他们也不会感到迫切需要设想出某种新事物。在合乎既定范型的行动已经显示出其功用的时候,这种情况就更为明显。"[①]前人方法提供了可以伸手即取的创作范型,而且当这种范型行而有效时,它就会更加行之久远,积淀成为一种隔代传承的创作传统。改编也好,表演程式也罢,历代无名氏享受到了这些方法带来的巨大便利,经济、快捷、适用,高效率生产大批量流水作业的产品,输送给舞台演出。因此,他们不但自己乐于吸收,并且主动向下一代传递。以往,我们总是低估这种创作的价值,以之为抄袭雷同,缺乏创造力,但这背后其实沉淀了一种集体的经验智慧。传统模式存储了前代戏剧的共同记忆、行为和心理,联接了戏剧的过去、现在和未来,是构成戏剧持久生命体的核心要素。

举个例子,在"西厢故事"戏剧创作中,王实甫《西厢记》提供了后来改编者的经典摹本,身份等同于无名氏的明人李日华,是众多改编者之一。他的改本传承性强,变异性弱,情节主旨忠于王西厢,文词也大量承袭原著,只是为了易于南曲体制的演唱,做了不少割裂、剪拼曲词的工作。可是,明清文人深为鄙视,斥为"点金成铁"之手。有意思的是,骂归骂,却阻

---

① [美]爱德华·希尔斯:《论传统》,傅铿、吕乐译,上海:上海人民出版社,2014年,第215页。

拦不了李日华"南西厢"流行于明清舞台,很多演出本又是在李本基础上衍生出来的。相反,明代文人陆采力脱王西厢,自铸新词,可他的改编本最终反遭舞台淘汰。戏剧传承中,前代模式沉淀了已有的舞台规范,代表大众认可的文化经验,便于编创者、表演者和接受者共同理解,因此构成了一种集体性的文化选择。所以,文人评价是一回事,大众选择又是另一回事,就像王西厢所创造的经典模式,李西厢沿之,陆西厢弃之,结果大相径庭。大多数无名氏文化水平不高,创新性不强,喜欢跟风而动。但是,他们同时也成为维护传统模式的重要载体,如同一个个惰性十足,却平稳坚固的微小细胞,保持古代戏剧母体历久生存。

扩大来看,我国古代戏剧对行业模式的沿袭,不仅仅体现在创作模式上,还延伸至舞台之外的集体规约,比如戏神崇拜、演剧仪式、戏班班规、艺人行为等等,乃至观众层面也会形成模式化的接受方式。它们共同组成了一个稳定的戏剧文化圈,维护了戏剧传统的生成、积存和发展。所以,尽管时代在变,社会成员也在不停更换,以无名氏为主体的创作者、表演者们,始终没有中止对古代戏剧传统模式的承传。

其次,我们也不能忽视潜藏在传统创作模式中的活性因素。它们虽然累积了前人的合理经验,为大多数人所认同,并被不断重复实施,但这种"不变"的文化基因中,还是会活跃、孕育、分裂出新的活性细胞,给戏剧输送新鲜的血液。

以剧本模式来看,无名氏创作"提纲本",提供了排场框架、表演套路,但它不是完全固定的"铁"本,里面弹性空间非常大,充满了各种各样的活性因素,唱白可以现场组织,表演可以临时夹塞。艺人称之为"水戏","水"意味着流动、变化和不可拘束,反映了无名氏剧本口头语言、身体表演的善变性。乾隆四十六年,江西巡抚郝硕所上奏折云:"查江右所有高腔等班,其词曲悉皆方言俗语,鄙俚无文,大半乡愚随口演唱,任意更改,非比昆腔传奇出自文人之手,剞劂成本,遐迩流传。是以曲本无几,其缴到者亦系破烂不全钞本。"[①]郝硕发现,艺人"曲本无几"的原因出于"随口演唱,任意更改"的创作方式,但他完全没有意识到,他所鄙视的"随心所欲"之创作,恰恰是民间戏曲保持生命力的源头活水,即随时依据演剧本

---

① 王利器辑录:《元明清三代禁毁小说戏曲史料》(增订本),上海:上海古籍出版社,1981年,第116页。

身和观众需求,调整戏剧表演。当然,无名氏也有定本剧作,即便如此,舞台改编也是常态,情节视场合增删,文词可改调歌之,很少字字句句全部照搬定本,更勿言出现像汤显祖"余意所至,不妨拗折天下人嗓子"的维护文字权的剧作者。所以,从戏曲发展的宏观视野看,古代戏剧始终在向前演进,从杂剧四折体到传奇悲欢离合的长剧体,从南北曲牌体到板腔体,这背后"曲无定本"的活性因素,起到了不可忽视的推动作用,它决定了戏剧出入格套内外,在不变中求变,从不断更新的演剧场域,获得汩汩无穷的生命力。

传统模式化创作也是孕育天才作家的土壤。人们总是关注天才迥异前人,不甘受缚,充满想象力的原创精神,可是忽视了天才也是从传统中起步,必须借助已有的传统模式脱茧化蝶。例如,汤显祖《牡丹亭》采用了南戏旧有体制,曲律未严,结构冷热相参,穿插了不少战争场面、科诨闹戏,剧本叙述显得冗长。他生活在南方地区,接触到南戏既有的表演模式,不可能完全背离这一传统。但是,天才创作在于"进入这一秩序时改变了这一秩序"。同为"讲书",旧南戏模式为"众友会讲"的科诨套路,《牡丹亭》改为"闺塾",将科诨表演与人物性格紧密结合,刻画出杜丽娘之沉稳、陈最良之迂腐、春香之俏皮。同为"科考",旧南戏模式为"考试照常"的科诨陈套,《牡丹亭》改为"耽试",以抑扬曲折之法,突出柳梦梅才论胆识高拔众流。可见,汤显祖吸收了传统剧作的基本经验和套路,却能够凭借自己的创造力,别出机杼。前者是基础,后者是新变,没有众多无名氏的量的累积,也就不可能出现改变传统、引领风向的天才。

同样不可忽视的是,传统创作模式还会导向对演员个体的倚重。当内容模式化,表演套路化,甚至剧目也同一化了,戏剧靠什么来吸引观众?很大程度上,演员对于传统模式起到点石成金之用。作为不同气质、不同禀赋的新鲜个体,哪怕表演同一本戏剧、同一个角色、同一套程式,都会赋予人们不同的视听感受。法国文艺批评家罗兰·巴特曾用"微粒"(grain)一词,描述艺术欣赏中对个体质感的审美追求,"微粒"是"在歌唱的嗓音之中,在写字的手之中,在做事的胳膊之中","微粒"是属于个人性的审美特质。这一点中西戏剧皆然,而我国古代无名氏戏剧,由于注重传统模式,又将演员表演置于重中之重的地位。他们代表了演剧传统中

---

① [法]罗兰·巴特:《显义与晦义》,怀宇译,天津:百花文艺出版社,2005年,第282页。

的活跃因子，可以将各种程式打磨至舞台表演的极致，也可以临场"爆肚"，灵活机变。越是优秀的演员，越能够发挥艺术才能，赋予程式套路灵动的个体生命，历代戏剧名角纷出，表演流派纷呈，正折射出这种戏剧传统中演员个体的无可替代的独特性。

综上所述，"无名氏"是中国传统戏剧创作不容忽视的主力军，以一种庞大的隐性的力量，创立和推动了中国戏剧的创作传统。无论以演员身体为媒介的舞台编创，还是以文字剧本为手段的剧本编创，无名氏创作始终立足为舞台服务，致力实现戏剧文本公共空间的展演意义。他们身隶演艺群体，或者来自向演艺群体靠拢的底层文人，熟悉演剧行业的操作规范，探索出动作、语言、脚色、身段、排场等表演程式，并以之为黏合剂，使剧本和表演结合为一个整体，合宜有效地呈现在舞台之上。他们还大力倡导、实践改编的创作手段，彼此摹仿相因，推动历代戏剧沿着同题材、同剧本、同形态的方向发展。可以说，历代无名氏以他们的创作智慧和方法，深刻影响了中国戏剧的发展形态，对于他们的创作价值，完全有必要进行更加深入、更加全面的研究。

第二节　中国戏剧中的"隔听"叙事

21世纪以来，针对现代社会视听失衡的状况，听觉文化现象受到了人文学科的普遍重视。傅修延先生敏锐地觉察到中国人的听觉文化特性，积极将听觉叙事研究引入到中国文学之中，认为听觉叙事"指向文学的感性层面，这一层面貌似浅薄实则内蕴深厚，迄今为止尚未获得本应有之的深度耕耘"，是"一个前景广阔的领域"。[①]

中国古代戏剧表演具有极为突出的听觉属性，形成了"曲唱"传统和"听戏"传统。在"无声不歌"的表演形式影响下，古代戏剧文本的听觉书写亦十分丰富。其中，"隔墙有耳""传声入耳"的情节尤为引人注目，像《西厢记》中的"隔墙酬韵"，《玉簪记》中的"夜下听琴"，《连环计》中的"烧香闻声"，《牡丹亭》中的"窃听传声"，《长生殿》中的"墙外偷曲"，等等。在这类情节之中，听者与发声者之间存在有形或无形的空间区隔，双方因传

---

① 傅修延：《中国叙事学》，北京：北京大学出版社，2015年，第239—262页。

声与听声发生了互动联系,我们可统一称为"隔听"。聆察古代戏剧文本中的"隔听"现象,不仅可以丰富对中国古代戏曲听觉叙事的认知,或许还可以进一步窥探中国戏剧叙事的特质。

一、同台"隔听"与不同台"隔听"

听,是人们接受声音传递的自然生理方式。人类的耳朵不像眼睛那样有"耳睑",它可以随时随地站岗,广泛接收与处理各种听觉信息,由是滋生出"言听""共听""幻听""偷听""偶听"等多种多样的听觉方式。"隔听",就是指被听者与听者分别处在不同空间而产生的一种有距离的听声。

我们先来看看古代戏剧"隔听"的表现形式。依照舞台空间的布置,"隔听"形式可分为两大类型:一类为同台"隔听",指听觉双方同时在舞台上现身表演,但根据故事情节,双方虽为同台,中间实际存在隔物或隔距,无法直接会面,只能通过听声发生联系。在故事文本中,"隔物"通常为门、墙、帘、窗、房间等实物,像《西厢记》张生隔着花园粉墙偷听莺莺烧香,《长生殿》李谟隔着宫墙偷听霓裳羽衣新曲,《牡丹亭》两个道姑隔着书房之门偷听房内人说话,门、墙、窗等形成了封闭性的隔断,将听者与说者分处在两个独立的空间,相互见不着面。借"物"藏身则是一种特殊形态的阻隔,元杂剧《连环计》王允"掩在湖山石这边",明南戏《幽闺记》蒋瑞莲在"花荫深处遮藏了",虽说听、说双方同在一个敞开空间,可湖山石、花荫化成了另一种形态的门墙,提供了听者隐身之所,得以窥听对方。以上都是有形之隔,"同台隔听"还可以是无形之隔,双方中间没有出现实物隔断,但因存在一定的空间距离,听声行为发生时彼此也没有照面。例如,元杂剧《刘行首》中王重阳正在树下打盹,忽听有人吟唱【柳梢青】,明传奇《玉簪记》中潘必正闲步庭中,忽而听到凄凄楚楚的琴声传来。此类"空中传声"式的"隔听",不强调双方中间有无阻隔物,更着意于听者与声音的不期而遇。

在同台"隔听"的两种形式中,由于听者未获被听者的允许,却又听获了对方信息,实际皆属于一种"偷听"行为,带有一定负面道德的意义。我们常常看到叙事作品借用"偷听"暗寓褒贬的价值判断,例如,《金瓶梅》中四处耸立的"耳朵",《红楼梦》薛宝钗滴翠亭窃听,《三国演义》蔡夫人隔屏闻密语,都清晰流露了小说作者对偷听人物的伦理批评。但"偷听"行为的道德针砭又不可一概而论。声音作为一种物理现象,可以在不同介质中传播,覆盖面极广,听者总是在随时随地接收来自四面的声音,不可能主观中止声音的传播。对于那些无意偷听,抑或怀着善良动机的主动偷听者,我们是不能轻易用道德标准加以否定批评。古代剧作中便写到了不少正面的偷听人物,例如《西厢记》偷听莺莺烧香的张生,《长生殿》偷听霓裳羽衣新曲的李谟,《连环记》偷听貂蝉月下祷词的王允,《十五贯》潜听娄阿鼠与陶朱公对话的况钟,《琵琶记》偶听丈夫心事的牛小姐等,这些人物"偷听"行为的发生,是为了爱情、国事、案件、个人兴趣等积极正向的原因,显然不能与恶意偷听的负面行径一视同仁。所以,对于同台隔听的两类"偷听",超越伦理角度的批评,更多探究听声对于人物情节、舞台表演的叙事功能,会显得更为切实合宜。

再来看另一类不同台的隔听,指在场人物与内场之间的听声互动。这里,以清浣霞子《雨蝶痕》传奇为例进行论析。① 该剧中的"不同台隔听"有两种形式:一是在场人物听到内场声效,如:

第 16 出"(内起更介)",旦听唱"呀,又早听漏声初点"
第 18 出"(内传鼓介)",外惊问"为何急于传鼓"
第 23 出"(内喊杀介)",众人"闻之心崩胆碎,仓皇没处藏"
第 25 出"(内鸡鸣介)",生闻云"好也,天明了,作速去罢"

以上四则材料,都是内场制造出更声、鼓声、喊声、鸡鸣等声效,在场人物听闻之后,做出各自情境内的反应。另一种是内场应答在场人物的传声,如:

第 4 出末"(向内介)妈妈,我迎候夫人来也。(内应介)"
第 9 出"(众执旗向内招介)墨娥与桂小姐,随我指挥者。"
第 23 出杂向内场传令,"(内各应介)"

这些例子则是在场人物发声,内场人员应答。这两种不同台的"隔听",主要用于背景音乐的烘托、外部环境的展示,以及人物的相互呼应,在古代剧本中使用率都很高,体现出古代戏剧舞台对于听觉艺术的灵活处理。需要指出的是,在故事文本内,"隔听"双方人物未必真的处在分隔

---

① (清)浣霞子:《雨蝶痕》,《古本戏曲丛刊》五集,上海:上海古籍出版社,1985 年。

状态,像"内应介",呼叫者与应答者更有可能处身于同一空间,进行面对面的交流。但就舞台空间而言,传声者和听声者,一在舞台外场上,为观众所见;一在舞台内场,为观众所听,彼此分属内与外、显与隐的两个独立区域,存在事实上舞台空间的分隔,故而我们纳之为一种特殊形态的舞台"隔听"。与同台"隔听"的偷听性质不同,不同台"隔听"属于一种人物倾听,听者没有主动听的愿望,所听到的声音都是自然的传入,背后没有包裹什么秘密信息。尤其内外场应答,基本只是舞台场面人员的一种调配方式,类似当面应答,所以叙事意义有限。对于不同台"隔听",我们将主要关注"内场声效"的倾听,探讨声效形成的音景对于听声者的叙事意涵。

二、"隔听"中的空间分隔与人物关系

"隔听"概念的提出,一个重要原因是为了凸出"隔"的意义。"隔",本指以土隔断,自成一室。"隔听"取重于此种空间概念,强调空间被分隔后彼此的封闭性与独立性,人物由此也被分置两边,活动在各自的空间内。这样的空间处理具有较强的叙事意义,喻示了人物双方正处在一种分离的、隔阂的关系状态,要么彼此存在对抗性的矛盾,要么没有根本冲突,只是暂时误会或分离,却有着从隔阂到携手,从分离到相聚的趋同性愿望,而具体人物关系的差异,主要依随不同意图的听觉者而定。

有意偷听者,一般抱有探听对方隐私的明确目的,会主动借助各种实体隔断空间,为偷听行为打掩护。舞台常用一个潜伏的"听科"表演,划分出明与暗、显与隐的两个对立空间:一边是发声空间,常常处在室内或敞开的地方,有灯光照明或月光笼罩,呈现明亮开放的空间形态;另一边是听觉空间,窃听者潜躲在墙外、窗外或某个隐蔽处,有意要屏障对方视线,所以空间形态隐蔽幽暗。这种空间分隔出来的人物双方,总是呈现紧张对立的矛盾关系。发声者落在被动地位,因不知晓对方正在进行听觉活动,不经意导致了自我信息的传递或泄漏;而偷听者则占据着主动地位,在空间阻隔的掩护下,捕捉对方声音信息。古代公案剧经常用这样的"隔听"表现犯罪者与受害者、审案官与凶犯之间的激烈冲突。例如,元杂剧《冯玉兰夜月泣江舟》中,巡江官屠世雄抢夺了冯太守的妻子,想知道冯太守下一步打算,于是趁夜色隐身船舱外"试听他说甚么言语";元水浒杂剧《争报恩》中花荣与李千娇的叙话,被与李千娇一直有矛盾的王腊梅、丁都管"做听科";①清传奇《十五贯》太守况钟藏身城隍庙外,"暗听"了真凶娄阿鼠的谈话。② 这些例子中,被听者空间敞开,窃听者空间隐蔽,彼此对比强烈,揭示出窃听者与被听者的尖锐矛盾,也预示被听者的厄境即将到来。上举三例中,冯太守倒在了屠世雄的屠刀下,李千娇被王腊梅诬陷入狱,况钟也成功锁定了凶犯娄阿鼠。

空间分隔有时因为门、墙的实物阻隔,或是隔距太远,导致所听信息的模糊化。窃听者因没有置身对方的语言情境,不能理解所听声音或言语的涵义,于是自己加工声音碎片,进行便于自己理解的"二次叙述"③,而围绕声音的再叙述,有可能会违背事实,导致人物双方的冲突与误会。小说《三国演义》中,曹操错会了磨刀霍霍的声音,提刀杀死了吕伯奢一家,便是曹操"二次叙述"还原事实形态的失败。传统剧目《捉放曹》沿用了这个"隔听"的精彩故事,展现了人物关系的冲突与决裂。《牡丹亭》中,柳梦梅房间内"唧唧哝哝"的女人声,也被石道姑错误读为游方小道姑与柳梦梅的暗夜幽会,引发了两人一番激烈对辩。当然,如果听觉者愿意纠正自己"二次叙述"的错误,那么随着双方语言交流的明朗化,人物关系又会发生动态性变化。元杂剧《连环计》第二折中,貂蝉在"芍药阑那边"烧香祷语,司徒王允特意隐藏"湖山石这边"偷听,两个分立空间,暗明对比强烈,反映出双方最初的对抗状态。当王允听到貂蝉祝祷"则愿夫妻每早早团圆",更起了疑心,直接走出来,斥责貂蝉"色胆从来大似天","花言巧语将咱骗",甚至要将她打死。因为"隔听"获得信息的不完整、不明晰,两人冲突至此十分激烈。可随着貂蝉一番跪诉折辩,王允终于明白了她的心意,不觉停嗔息怒,"天意随人转",④心生连环计,将两人的对抗转为了联手关系。

如果"隔听"者没有敌意,而是怀有关心对方的好意,抑或为了一时满足窥人隐私的好奇心,那么通常情况下,听觉双方属于同一立场,没有对抗性的矛盾,此时空间分隔只是人物隔阂状态的暂时性反映,而听觉人物张开"热情的耳朵"偷听,也是寻求化解隔阂状态的积极行为方式之一。

---

① (明)臧懋循:《元曲选》,杭州:浙江古籍出版社,1998年,第784页、第88页。
② (清)朱素臣:《十五贯校注》,张燕瑾、弥松颐校注,上海:上海古籍出版社,1983年,第124页。
③ 赵毅衡:《广义叙述学》,成都:四川大学出版社,2013年,第109页。
④ (明)臧懋循:《元曲选》,杭州:浙江古籍出版社,1998年,第697—698页。

王实甫《西厢记》是一个很典型的例子。因老夫人反对,张生与莺莺分居两处,中间隔着一道花园粉墙。"隔墙酬韵"一折中,张生努力侧着耳朵探听莺莺一举一动,感叹着"粉墙儿高似青天";"隔窗听琴"一折中,莺莺则被一层窗户纸"隔着云山几万重",阻拦了前进的脚步,"隔墙儿险化做了望夫山"。①墙也罢,窗也好,令崔、张之间相闻而不相及,这些空间阻隔隐喻了两人爱情遭受的巨大阻力。但这种分隔是暂时的,因为双方观念利益一致,主观意愿相同,总会借助各种契机与努力,化"隔"为"连",变"塞"为通。"隔听"是崔张两人传情表意,探知对方内心的一种重要方式。隔着粉墙,张生听到了莺莺的叹息声、祝祷声、吟诗声;隔着书窗,莺莺听到了张生"凤求凰"的琴乐歌声,"隔听"打破了两人无法相见的壁垒,将两颗心越拉越近,其后红娘传书,张生跳墙,莺莺入室,崔张等人开始用实际行动冲破"隔"物,迎来有情人终成眷属的美好结局。

再来看无心"偶听"的空间布置与人物关系的表达。当听觉者没有主观窃听的愿望,却又无意间被卷入了对方的声音空间,空间布局常常不那么突出"隔"的存在,亦不凸显两个空间的性质对比,这就意味着人物之间处于较为和缓、松弛的状态,可能彼此并不太熟悉,需要借助声音跨越两个空间的交流。《玉簪记》第十六出,潘必正月夜下闲步芳庭,环境闲雅静谧。当听到陈妙常的琴声飘来,不觉行至陈姑堂外,细细品味琴声。两人所处空间虽有"帘栊"相隔,但令人感觉不到"隔"的存在,琴声弱化了空间分隔的明暗对比,使得两个空间因为琴声的弥满,贯连成为一个空间整体。这场戏可以说是推进潘、陈二人关系的重点场次。有的无心"隔听",则是让听者独自享有一个单独的开放空间,而将发声者的空间位置放到幕后,这样的话,两个空间对比转换为单个空间展示,刻画重点放在了听觉人物对声音的感触上。《牡丹亭》第二十七出,柳梦梅的叫画声是从内场发出,场上完全交给了杜丽娘游魂"听介"的表演。作者安排了三次"内叫介",充满深情的声音吸引了杜丽娘的注意,唤出了有情人的伤心泪,暗示了两个人物终于要跨越生死,第一次走到一起了。

内场声效的"隔听",也主要展示为单独的听觉空间,声音是作为时空背景的标志音,从舞台内部传出,用以标识、烘托、渲染各种场景。譬如

---

① (元)王实甫:《西厢记》,王季思注,上海:上海古籍出版社,1978年,第8页、第88页、第106页。

说,内场"打更声"表示夜已深了,"厮杀声"表示激烈的战斗,"鸟啼声"表示花鸟生机盎然。这类"隔听"大多传达听觉者"我在听"的单向感觉,对于人物互动关系的表现不甚鲜明。"我在听"的声音,因为听觉者本诸内心,将外在声音内在化了,融合为一种契合自我心灵期待的回声。罗兰·巴特认为这种倾听,"被认为形成于一种跨主观的空间,而在这种空间里,'我听'也意味着'请听我'"①,也就是说,内心空间消融了外在空间,贯通为与主观相连的一体空间,此时我听到的实际是我想听到的。比如,《牡丹亭》杜丽娘游园时听见"生生燕语明如翦,呖呖莺歌溜的圆"②,其实是经过丽娘主观意识筛选出来的声音,鸟儿成双成对的欢叫,映射的是这位少女自身生命力的勃发,以及内心的对人情人欲的深切向往。马致远《汉宫秋》杂剧中,汉元帝夜来梦会昭君,忽被雁叫声唤醒。五次"雁叫科"的声音,"伤感似替昭君思汉主,哀怨似作《薤露》哭田横,凄怆似和半夜楚歌声,悲切似唱三叠阳关令",③也都被人情化了,这哪里是雁叫,分明是汉元帝内心幽梦破碎、孤雁失伴的凄然哀鸣。所以,这种"隔听"实质是一种自我倾听,所呈现的空间人物关系,也是我与内心之"我"的倾听与对话。

三、"隔听"中的声音与事件

隔听之"隔"造成人物的空间距离,隔听之"听"却连接了分隔的空间。人物听觉的对象是声音,而在文学作品中,声音是丰富多彩的,它可以是与形状、色彩、构图相结合的声音图画描写,也可以参与事件的制造。"隔听"主要属于后一类的声音事件。"隔听"的两大类型中,不同台"隔听"的声音通常作为某个物的指代符号,标示特定场景,虽然也有叙事意义表达,却并没有卷入事件发展的行动过程,类同于描述性的声音文本。同台"隔听"中的声音则不一样,不同于一般背景声响,它会引起人物的关注,刺激人物的欲望,推动人物的交流,是事件行动序列中不可或缺的关键环节,那么,这种声音究竟具备什么样的声音特质?

首先,声音内容的隐秘性。正常情况下,平平常常的语言内容,如秋风过耳,引起不了听者的关注;隐秘内容则不一样,包含了鲜为人知的信

---

① [法]罗兰·巴特:《显义与晦义》,怀宇译,天津:百花文艺出版社,2005年,第252页。
② (明)汤显祖:《牡丹亭》,徐朔方、杨笑梅校注,北京:人民文学出版社,1963年,第43页。
③ (元)马致远:《马致远全集校注》,傅丽英、马恒君校注,北京:语文出版社,2002年,第24页。

息,刺激人们窥探隐私的欲望,令人忍不住"竖起耳朵"来注意。古代戏剧"隔听"的声音,有很多是不能与外人道的秘密,或者是难以言传的情感,皆在利用声音内容的隐秘性产生叙事动力,激发"隔听"者追踪下去,窥听对方更多的秘密。南戏《幽闺记》"幽闺拜月"一出中,瑞兰心事重重,引起了瑞莲的怀疑,有意"潜上听科",①听听瑞兰烧香到底说些什么;陆采《明珠记》"吐衷"一出,古押司对王仙客终日愁眉苦脸,充满好奇和猜疑,于是"虚下潜听介",②想知道王仙客内心的秘密。隐秘的声音内容形成一个个做戏的包袱点,蕴含着隐瞒与泄密、压抑与倾泻、秘密与真相的戏剧张力。南戏作家高明是擅写隐情戏的高手。《琵琶记》中,蔡伯喈与牛小姐结婚三年,始终不敢说出自己已婚的真相。这好比埋下了一个秘密的包袱,两人几次三番在遮掩与猜测中拉锯。"瞷询衷情"一出,双方围绕秘密进入最后的攻坚战。牛氏再也忍耐不住,直接询问蔡伯喈何以成天"临乐不叹,无事而戚",蔡伯喈继续推挡不说,牛氏只好"虚下潜听",③这个"潜听"揭秘的手法,一举戳穿了蔡伯喈深藏三年,欲吐还休的心事,使得最核心的矛盾得以解决。知道隐情之后的牛氏,成功说服了父亲牛相,帮助蔡伯喈返乡祭亲。

　　有意思的是,声音内容的隐秘还呈现出性别叙事的一定差异。女性隐秘多为情感之事,常用烧香祈祷的情节模式,将平日不敢表露的心底话,向神灵倾诉,不料隔墙有耳,为人暗中听了去。《西厢记》《拜月亭》《连环计》《东墙记》皆是女主角烧夜香,"一炷心香诉怨怀,对月深深拜"④,将满腔相思爱恋,埋入月下祷语。男性隐秘则涉及面较广,如《琵琶记》蔡伯喈吐露思亲之情,《千金记》韩信诉说落魄失志,《琴心记》司马相如表白对卓文君的爱慕,《祝发记》徐孝克表达奉母鬻妻的难处。这些剧作皆采用了隔听独白的情节模式,男性独白者于无人处,喃喃自语,吐露心底秘密,被隔听者听到了隐情,引起情节的变化。男女倾诉隐秘的方式差异,体现了双方社会性角色的不同,女性更多局限于狭小的家庭空间,而男性表现出更为广阔的生活面。

---

① 俞为民:《宋元四大戏文读本》,南京:江苏古籍出版社,1988年,第366页。
② (明)陆采:《明珠记》,张树英点校,北京:中华书局2000年,第82页。
③ (明)毛晋:《六十种曲·琵琶记》(1),北京:文学古籍刊行社,1955年,第118页。
④ (明)毛晋:《六十种曲·幽闺记》(3),北京:文学古籍刊行社,1955年,第95页。

其次,声音表现的艺术性。能够从杂沓众声中突围出来,引起人们特别关注的,还有一类充满诱惑力的艺术声音。古典诗人们喜欢用"忽闻岸上踏歌声""忽闻水上琵琶声"的诗歌句式,描述他们与艺术声音忽然相逢的欣然悸动。"隔听"中最为常见的情节便是"夜闻琴声",艺术化声音发挥了动人的魅力,催动与深化了各类事情的发展。"声音"本身成为文本刻画的重点,但不是浅层次的悦耳描写,而是因声入情,沿着音乐的密纹,层层深入人物内心情感的细腻摹写。我们仍以《西厢记》的经典场面为例。"莺莺夜听琴"一折中,崔张爱情因老夫人赖婚几乎断了前路,张生不知莺莺究竟是何想法,欲用琴声试探。是夜鼓琴,"凄凄然入鹤唳天",莺莺听之,"不觉泪下"。王实甫站在听觉者的视角,极富层次地描写琴声带给莺莺的心理变化。一开始莺莺连用八个"莫不是"的疑问句,急切追寻究竟是什么声音,等知道是张生在抚弄丝琴,不觉潜身东墙,趋近书窗,更加凝神细听。她沉浸于琴声壮、幽、高、低的变化中,待张生一支《凤求凰》歌声送来,整个身心都在震颤,对张生"意已通""意转浓"。此时此刻,在音乐深情的感召声中,舞台上听者与弹者同频共振,心灵互融在了一起。元明戏剧中,像元杂剧《㑇梅香》《东墙记》明显效仿了西厢听琴的写法,一些散佚杂剧,诸如白朴《薛琼琼月夜银筝怨》、郑光祖《崔怀宝月夜闻筝》、孙子羽《杜秋娘夜月紫鸾箫》、张择《党金莲夜月瑶琴怨》等,睹其题名,皆有琴箫之声凄清哀怨地回荡月夜之下,恐怕亦用及"琴声"写情的叙事方式。明代高明《玉簪记》"寄弄"、孙柚《琴心记》"挑动琴心""私通侍者"也继承了琴乐传情的叙事精髓。

最后,声音识别的"独一性"。如果说,前两种声音关乎语言意义与表现力的性质,这里所说的声音,则属于发声的个人特性,它可以提供声音个体独有的身份识别。每个人声音都具有"独一性",是属于"这个人"的特有声音符码。卡尔维诺说:"一个声音就意味着一个活人用喉咙、胸臆和情感,将那个与众不同的声音送到空气中。"①当耳边传来某人熟悉的声音,听者立刻会从脑海中唤起声音主体的个人形象。元杂剧常见"三叫三应"的情节,就是将亲人之间呼名应答的独有声音,作为辨认离散或亡魂亲人的标识方式。不过这主要用于面对面的相认。"隔听"则是"听声辨人",人们在未照面的时候,依靠声音特质相认,这样写来,情节在合情

---

① [意大利]伊塔洛·卡尔维诺:《美洲豹阳光下》,魏怡译,南京:译林出版社,2015年,第67页。

合理的基础上又具有相当的传奇性。《桃花扇》第二十七出"逢舟"中,侯方域夜宿泊舟,听见隔壁船絮絮叨叨谈了一夜,"那汉子的声音,好似苏昆生,妇人的声音,也有些相熟;待我猛叫一声,看他如何?"①三人在兵荒马乱中,不意因声相会,这一夜浮在水波上呼唤声、密谈声,令人听来别有一番来之不易、聚散不定的悲喜情味。与个人"独一"声音相类的,是地方乡音的"独一性"。作为极难改变的声音印记,乡音可以迅速清晰地帮助人们辨识地域身份,戏剧"隔听"情节亦不乏利用乡音来"听声识人"。明代南戏《寻亲记》写孝子周瑞隆四处寻找离散二十年的父亲,在旅店中夜宿难眠,灯下喃喃自语,惊扰了睡梦中的同舍老客人。没料到此人听得是"河南开封府声音"②,忍不住攀谈起来,不说不知道,一说起竟发现是失散多年的父子。乡音在元杂剧《庞涓夜走马陵道》一剧也起到沟通联系的作用。齐人卜商想营救羊圈中装疯的孙膑,但苦于没有机会接近,趁夜色念了两句诗,一下子引起了孙膑的注意,"这言语不是我魏国的人"③,非魏国本土的口音使孙膑直接推断出卜商不是庞涓派来的人,并立刻回歌一曲,以明心志。

四、"隔听"的情节结构功能

上面分析了声音特质如何参与事件,形成几种典型代表的"隔听"情节。不过声音能够高频率地"制造"事件,最根本还是基于其波及面广,穿透力强的共通性质。与视觉物体对象相比,声音较少受到物体的阻碍,不必被看到或被触及,便能通过无形声波的传递,由一个空间进入另一个空间,为人所感知。依靠声音的这个基本属性,"隔听"事件体现出强大的结构能力,成为古代戏剧启动、承转与收合情节的重要方式之一。

"隔听"的结构能力,首先体现在牵引人物遇合的作用上。古代戏剧擅长讲述"悲欢离合"的故事,男女主人公因缘际会,分分合合,需要布置具有离合功能的情节线。"隔听"提供了人物相聚的奇妙机缘,如同一道绵密巧妙的针线,牵引人物行动轨迹发生交合。

---

① (清)孔尚任:《桃花扇》,王季思、苏寰中、杨德平合注,北京:人民文学出版社,1959年,第180页。
② (明)《周羽教子寻亲记》,万历富春堂刊本,《古本戏曲丛刊》初集,上海:商务印书馆,1954年。
③ (明)臧懋循:《元曲选》,杭州:浙江古籍出版社,1998年,第346页。

"隔听"置于始发情节,在元代爱情题材杂剧表现得最为突出。以《张生煮海》杂剧首折为例,龙女正与侍女畅游海面,忽听琴声悠悠传来,不由被深深吸引住,她依声寻去,窥得张生鸣琴。此时因有人窃听,突然弦断,张生也惊异地出外探看,两人由此见面。类似听声相遇的开端情节,元杂剧还有《竹坞听琴》第一折秦倩然闻琴遇郑彩鸾,《碧桃花》第一折徐碧桃魂夜闻张道南听琴,《㑇梅香》第一折小蛮月夜闻白敏中弹琴等。我们注意到,听声者常为女性,被听者常为男性,女性丰富细腻的主体情感使得她们对于这些艺术化声音,普遍表现出较男性更为丰盈的心灵感触,会不自觉地将声音联想为"一程程挥入相思境,一声声总是相思令,一星星尽诉相思病"的缠绵情感。① 这是将人物听声感怀的内心情感,作为故事发生的第一引擎。明清传奇剧作篇幅长,人物多,副线人物与主线人物的交合,副线人物之间的际会,也多有赖"隔听"接榫、过脉,《长生殿》中永新、念奴听见李龟年祭哭声,《桃花扇》中侯方域听见苏昆生、李贞丽的谈话声,《牡丹亭》中陈最良听见柳梦梅的呼救声,都是用"隔听"衔接各线人物,为情节上下转场。

戏剧的尾幕阶段,同样常用无巧不奇的"隔听"方式,汇拢人物,收束剧情,将故事带入大团圆的终局。元杂剧《泣江舟》尾折中,冯玉兰沿江唤母,引来冯母闻声而出;明杂剧《广陵月》剧末张红红羁旅漂泊,客舟放歌,引出韦青闻声相认。汤显祖《牡丹亭》渐近尾声时,更是多次运用"隔听"收拢各条线上的人物。第50出杜宝听到柳梦梅闯平章府动静后,翁婿终于见面,第53出郭驼听到平章府内柳梦梅呼救的声音后,主仆终于相聚。随着柳梦梅与杜宝来至京城,杜丽娘与母亲也来到金銮殿下,生旦双线至此汇合,步入最后的团圆。对于人物众多、线索纷繁的明清传奇剧作,此类巧合式的"隔听"如收散珠之线,深具合拢人物之功用。

"隔听"也是制造或解决某个难题的重要推手。从故事逻辑上看,声音是因,行动是果。不论听觉者听到的是隐情密事,还是深情美妙的音乐,当被声音所刺激或感召,内心产生强烈的行动愿望,那么故事便具备了发展下去的驱动力,这种驱动力会促使情节的下一步走向,发生震荡、变化与转向。这样的例子在古代剧本中不胜枚举。譬如隐秘事件的"隔听",当情节需要掀起风波时,它可以将听觉人物置于危机之中,使情节平

---

① (元)郑光祖:《㑇梅香》,臧懋循:《元曲选》,杭州:浙江古籍出版社,1998年,第522页。

地风雷,陡生波澜。元杂剧《金凤钗》中歹人李虎偷听了赵鹗与妻子九支金钗的私谈,趁夜盗走金钗,换上自己杀人越货的银匙箸,造成了赵鹗被误作凶手,缉拿入狱的冤案。当情节需要转向"柳暗花明又一村"的时候,它可以帮助人物解决难题,打破僵局,得以脱困解厄。元杂剧《襄阳会》中徐庶顾念母亲不愿意出山,情节至此无法行进。于是徐母隔壁"打听科",明白了儿子心事,力劝儿子放心辅佐刘备。明传奇《祝发记》中的徐克孝欲奉母鬻妻,可又于心不忍,这个两难选择的伦理困境也是依靠徐妻无意"隔听",用自鬻己身的方式消除。

在关键问题的解决上,"隔听"隐秘更是具有挽狂澜于既倒、一局定乾坤的作用。以公案剧叙事为例,"隔听"可以帮助主案者扫除迷雾,获得关键信息,使命案在山穷水尽之际,终得拨云见日。清传奇《十五贯》"廉访"一出中,太守况钟缺乏证据,始终破不了熊友兰杀人冤案。可一次城隍庙"隐隐听得十五贯三字"①,于是凑上前去,认真"暗听"了陶朱公与娄阿鼠的对话,让他找到了主要物证——"十五贯"的真实来源,最后"访鼠测字",突破娄阿鼠的心理防线,终于缉捕真凶归案。关汉卿杂剧《绯衣梦》中,钱大尹同样利用偷听,获得李庆安的梦中寐语,由是揭开了凶手"裴炎"与"井底巷"住所的谜底,准确定位,一举拿获凶犯,扭转命案。

还有一类"隔听",情节动力性没有那么强,却也是结构戏剧故事的重要环节。例如《西厢记》张生与莺莺隔墙联诗,《东墙记》马文辅与董秀英隔墙听琴,《长生殿》李谟隔墙偷听霓裳羽衣新曲等,它们不是核心情节,也没有牵引人物、推导情节的结构功能,用罗兰·巴特《叙事作品结构分析导论》对事件功能的划分,是属于核心事件的扩展,主要为核心事件"烘云托月",提供某种"迹象"。② 此类非核心的"隔听"事件,通常采用静态场景描写的方式,细腻刻画声音文本,深入听声者或传声者的内心情感,它们是主干情节的装饰,是人物情感层次的皴染。当我们激荡于戏剧故事的漩涡中,这些修饰性的事件场景,能够提供暂时宁静的休憩之所,令人怀着静静欣赏的、愉悦动人的心态,沉浸于诗声琴乐的美好之中。

---

① (清)朱素臣:《十五贯校注》,张燕瑾、弥松颐校注,上海:上海古籍出版社,1983年,第124页。
② [法]罗兰·巴特:《叙事作品结构分析导论》,张寅德编选:《叙述学研究》,北京:中国社会科学出版社,1989年,第2—42页。

五、"隔听"的舞台表演

"隔听"在古典戏剧中的广泛运用,一方面因为此类故事渊源有自,取材于历史本事者,如《千金记》第 35 出众闻楚歌,出自《史记·项羽本纪》"夜闻汉军四面皆楚歌",[①]明杂剧《广陵月》中张红红隔帘记曲,本事于《乐府杂录》"歌"部记曲娘子"于屏风后听之","乃以小豆数合记其拍";[②]沿用前代作品或民间传说者,如《西厢记》张生鼓琴系移植《董西厢》诸宫调,《连环计》貂蝉拜月也与同时代《全相三国志平话》几乎相同,《张生煮海》张生龙佛寺鸣琴,龙女出海闻之,亦颇有几分《太平广记》所载"江叟"圣善寺经楼吹笛龙飞的故事影子。当然更多的"隔听"情节实际上自出机杼,古代戏剧家将它们作为一种重要的戏剧手段加以广泛运用,除了上述戏剧文本层面的考虑之外,我们还应该结合戏剧文体的舞台属性进行探讨。

让我们先回到声音的属性。声音还有倏然灵动、便宜速捷的性质,"有如兔走鹰隼落,骏马下注千丈坡"(苏轼《百步洪》),可以劈空而来,可以戛然而止。这种属性与古代戏剧舞台开放灵活的空间性质十分契合。"隔听"的情节,正是将声音之灵动与舞台之开放两相联手,使得舞台场面突破了故事空间的诸多限制,呈现出简易明快的舞台调度特色。具体体现在以下几方面:

一是省去一些不必要的场面。比如内场的"隔听",可以将一些人物事件隐入幕后处理,不必出现专门的人物与场面。《千金记》中的楚歌四起,"众睡介内作楚歌唱介""众听介内又唱介",[③]内场声音既烘托出楚歌环绕的事件背景,也省去一幕汉兵楚歌的场次。

二是方便上下场面的衔接承转。比如听声寻人的情节,以声音为纽带,打破空间屏障,将人物从听声空间自然引入发声空间,呈现出舞台空间一体化的表演。《玉簪记》中潘必正就是沿着声音的轨迹,从月下庭院走入陈妙常内室,在同一舞台内完成两个空间场景的转换。

三是突破舞台空间的虚实界限。这主要体现在内心独白的"隔听"叙

---

① (汉)司马迁:《史记》,北京:中华书局,2009 年,第 68 页。
② (唐)段安节:《乐府杂录》,亓娟莉校注,上海:上海古籍出版社,2015 年,第 54 页。
③ (明)沈采:《千金记》,《古本戏曲丛刊》初集,上海:商务印书馆,1954 年。

事上。本来人物高声唱念内心活动,是戏剧舞台借助声音媒介,向场外观众表述在场人物所思所想的一种表演方式。现实生活中,有谁会这样大声说出自己的心事呢?但在"隔听"独白的情节中,戏剧将这种说给场外观众听的非写实化表演,变成了既说给场外观众听,又说给场内人物听,非写实与写实兼而有之的表演,并且形成一种某人内心独白,隔墙有耳,隐私泄漏的叙事套路。这种处理方式显然利用了声音的穿透性与舞台的公共敞开性,灵活打破了场上与场下的虚实界限,使剧内的听觉者与剧外的观众一样,同时享有人物声音的听觉权力,充分体现了古代戏剧舞台巧妙的调度技巧。

再从演员表演的层面考察,相当多的"隔听"情节围绕声音设戏,诸如琴乐声、唱曲声、吟诗声、独白念诵声、内场声效等,形成了众声环生,缭绕不尽的声音景观。这不仅仅是在对故事内听者放送声响,更是给予观众的美妙表演。比如《西厢记》崔张两人所吟两首五言绝句,不同剧种还原到舞台表演,皆化为了诗歌吟诵之调,婉转顿挫,各逞其妙。《西厢记》张生抚琴高唱"凤求凰",《玉簪记》潘生奏吟"雉朝飞",妙常弹唱"广寒游",这些情节搬到昆曲舞台上,演员一边虚拟轻拢慢挑的抚琴动作,一边配合后台琴乐加以吟唱,古雅之调与昆曲之腔,相互辉映,愈增舞台音声艺术的美感。一些剧本还会将"隔听"情节创造为一个专门的表演空间。像《长生殿》"闻铃"一折,是全剧四场生角独唱戏之一,所用【南大石调·武陵花】曲牌,在明清剧作中较为罕见,曲调沉雄悲凉,唱腔哀婉顿挫,王季烈《螾庐曲谈》归之为"悲伤细曲"①。该曲将铃声、雨声、风声交织在一起,舞台演唱深情绵渺,声情并茂。在实际演出过程中,还会强化人物声音表演的部分。晚清艺人殷溎深《牡丹亭曲谱》传本留下了《魂游》一出的舞台记录,就特别增加了柳梦梅叫画的白口:

> 汤显祖原本:(旦)想起爹娘何处,春香何处也?呀,那边厢有沉吟叫唤之声,听怎来?(内叫介)俺的姐姐呵!俺的美人呵!(旦惊介)谁叫谁也?再听。(内又叫介)(旦叹介)②
>
> 殷台本:"(旦)吓,想起俺爹娘在何处?春香在何处?(小生内)

---

① 王季烈:《螾庐曲谈》,黄天骥主编:《近代散佚戏曲文献集成·理论研究编》(12),太原:山西人民出版社,2018年,第150页。

② (明)汤显祖:《牡丹亭》,徐朔方、杨笑梅校注,北京:人民文学出版社,1963年,第135页。

俺的姐姐吓！（旦）呀，那里沉吟叫唤之声，待俺听来。（小生）俺的美人吓！（旦）谁叫谁也？（小生）俺的嫡嫡亲亲的姐姐吓！（旦）咳！【五韵美】（略）"

晚清台本将原本中柳生的呼唤声分成三次："俺的姐姐吓！""俺的美人吓！""俺的嫡嫡亲亲的姐姐吓！"，加强了声音表现的程度与层次，一次比一次强劲地冲击着丽娘，尤其最后一声将柳生声音表演推向了高潮。下面旦唱【五韵美】一曲中，还夹有"（小生介）俺的美人吓！"的叫白，对此吴新雷认为："'小生介'的'介'不是指'科介'，而是指'介白''介口'（在主角演唱过程中插入另一角色的念白）。从这里可以看出，台本比文学本加重了柳梦梅叫画的份量，凸显了艺人二度创作的舞台功能。"[①]我们在听觉叙事分析中，不可忽视舞台实践中声音表演对于人物情节叙事的重要性。

六、结语

如果广泛聆听叙事作品，我们会发现，文学艺术作品编织了各种声音图景与事件。古希腊诗人荷马用"有翼的语言"，比喻话语长了一双灵活翅膀，被迅速引向了它的目的地——接受者的耳朵，这个有趣的比喻，生动描述出人类对于包括话语在内的一切声音信息的强大的捕捉能力。"隔听"只是人类听觉的类型之一，却也是叙事文本中普遍存在的听觉类型，尤其在中国古代戏剧有着异常丰富的表现。所以，以古代戏剧"隔听"为考察对象，可以为听觉叙事文本研究提供一个典型范本。

通过考察，我们认为，古代戏剧高度挖掘了"隔听"在情节层面与舞台层面的叙事功能。作为空间概念，"隔听"运用不同的空间形态，表达出对立、分散、趋同的多元人物关系；作为听觉概念，"隔听"贴合隐秘、艺术、独一等声音特质，制造出相应的听觉事件，并且在各个叙事节点上，聚合人物，制造困局或解决问题，显示出强大的整体结构功能；作为舞台表演概念，"隔听"融声音之自由与舞台之开放于一体，成为调度舞台场面与展示演员表演的一种高妙技巧。

我们知道，古代戏剧因剧体体制不一，叙事侧重互有差异，但不论杂

[①] 吴新雷：《〈牡丹亭〉台本〈道场〉和〈魂游〉的探究》，《东南大学学报》2012年第1期，第90页。

剧"一事颠末"也好,传奇"一人始终"也罢,①戏剧故事总体都需要压缩在一部戏里面完成,相较小说、宝卷等长篇叙事文体,情节相对集中很多。"隔听"主要利用声音,在听者与被听者之间传递消息,声音弥散性广,穿透性强,灵活度高,对于情节叙事而言,仿佛有天然便利之用,有助于故事突兀起伏,快速收放,承转人物,省去一些枝枝蔓蔓的细节,节省叙事的篇幅。当然大量使用"隔听",直接引发人物会面或者情节突转,难免也会造成古代戏剧情节奇巧、叙事生硬之嫌,这或许是古代戏剧"无奇不传"的审美风格的体现,我们也不能因此过于苛责。总之,"隔听"作为一种轻松灵便的戏剧叙事手段,仍然值得我们进一步深入探讨。

第三节 中国戏剧的博艺叙事

"博艺"是指一剧之中,汇集了讲唱、歌舞、诨话、游戏、竞技、杂剧、院本、民俗、祭仪等众多伎艺表演,如临潼斗宝,炫人眼目,又如十八般武艺,轮番登场。它是中国戏剧传统表演的突出形态,大量伎艺汇聚一戏,自然会产生一个问题:各种各样的伎艺穿梭其中,会不会使戏剧故事叙述脱离正常轨道,变形走味呢?我们将在梳理中国古典戏剧"博艺"表演传统的基础上,探讨戏剧叙事与伎艺表演之间的关系。

一、博艺叙事的历史溯源

讲述故事的艺术形式,可远溯至上古祭祀仪式。先民们为祷谢神灵,载歌载舞,模拟某次狩猎丰收的场景,某场部落战争的胜利。这种简单质朴的仪式演事影响到先秦艺术叙事的方式,像《诗经·生民》歌诗颂扬后稷创业之伟绩,《九歌·湘君湘夫人》歌舞演绎神灵之恋情,《荀子·成相》赋诵往事贤愚之是非,无不托以歌舞唱诵,演述往事。

我们知道,伎艺表演属于即时的在场艺术。当叙述者用口头语言或身体行为现场向接受者讲述故事,其所呈现的便是一种"演事"方式。《晏子春秋·外篇》中,晏子谏景公罢长庥之役之事:

---

① (明)吕天成:《曲品》,《中国古典戏曲论著集成》(六),北京:中国戏剧出版社,1959年,第209页。

> 景公筑长庲之台,晏子侍坐。觞三行,晏子起舞曰:"岁已暮矣,而禾不获,忽忽矣若之何!岁已寒矣,而役不罢,惙惙矣如之何!"舞三,而涕下沾襟。景公惭焉,为之罢长庲之役。①

晏子的言行举止类似先秦宫廷劝谏的优人,采用当场歌咏、舞蹈的伎艺方式,成功地为君王谏。此处晏子所谏表现为诗语,而非故事。《史记·滑稽列传》淳于髡为了进谏,则向齐威王讲述了一个小故事。齐威王给了菲薄的资金,派他到赵国搬救兵:

> 淳于髡仰天大笑,冠缨索绝。王曰:"先生少之乎?"髡曰:"何敢!"王曰:"笑岂有说乎?"髡曰:"今者臣从东方来,见道傍有禳田者,操一豚蹄,酒一盂,祝曰:'瓯窭满篝,汙邪满车,五谷蕃熟,穰穰满家。'臣见其所持者狭而所欲者奢,故笑之。"②

淳于髡叙述了路旁禳田者所欲者奢,所给者狭的故事。为了丰富禳田者祝词的表演,还惟妙惟肖地融入角色诵读的方式,此即为一种伎艺演事。

两汉时期,"大角抵"艺术形态的出现,极大地推动了各类伎艺的发展。由于没有文本故事,最初"大角抵"的表演,一味追求磅礴的视觉冲击,根本不具备表意性。但这种广场集合式的表演,促使了各类伎艺的融汇互渗,其中孕育出《东海黄公》之类的角抵戏剧雏形。至此,伎艺与故事的结合呈现了新的面貌。《东海黄公》的"演事",包括了黄公与老虎的角斗搏击、角色装扮,还有黄公"粤祝"的语言念诵,综合了不同种类的艺术形态,它将单纯的伎艺享受,变成了角色伎艺演事的新方式。

南北朝、隋唐时期,角色、伎艺、故事三者的结合形式变得多样起来。以《踏谣娘》为例,杜佑《通典》卷一四六记载这个小戏的演出:"河朔演其曲而被之管弦,因写其妻之容。妻悲诉,每摇其身,故号'踏摇'云。"③强调了妻子痛诉丈夫殴打的声乐表演;《乐府杂录》写作《苏中郎》:"后周士人苏葩,嗜酒落魄,自号中郎,每有歌场,辄入独舞。今为戏者,著绯袍,戴席帽,面正赤,盖状其醉也。"④又以男子独舞为主。《教坊记》的描写最为

---

① 李万寿译注:《晏子春秋全译》,贵阳:贵州人民出版社,1993年,第350页。
② (汉)司马迁:《史记》,北京:中华书局,2009年,第727页。
③ (唐)杜佑:《通典》卷一四六,北京:中华书局,1988年,第3730页。
④ (唐)段安节:《乐府杂录》,亓娟莉校注,上海:上海古籍出版社,2015年,第32页。

详细:"丈夫著妇人衣,徐行入场,行歌。每一叠,傍人齐声和之云:踏谣和来,踏谣娘苦和来。以其且步且歌,故谓之踏谣;以其称冤,故言苦。及其夫至,则作殴斗之状,以为笑乐。"①不但有妻子歌唱的表演,后面还拼接了一段夫妻斗殴的"笑乐"伎艺。《踏谣娘》的例子说明,同一故事可以用不同的伎艺形式展现,风格悲喜各异。此时故事内容不是重点,重要的是采用什么伎艺方式,呈现这个广为人知的"打老婆"故事。

宋金杂剧阶段,角色演事的伎艺手段多种多样,并且得以进一步综合,形成不同类型的表演形式。例如,《莺莺六幺》《王子高六幺》《崔护六幺》《郑生遇龙女薄媚》《裴少俊伊州》等,用大曲、舞蹈演事;《论淡》《打淡》《医淡》《照淡》等,用风言趣话演事;《秀才下酸擂》《急慢酸》《眼药酸》《食药酸》等,则注重科诨调笑,还融入了"苍鹘打参军"之类表演;《人参脑子爨》《变二郎爨》《讲百果爨》《断朱温爨》等,用"爨"演事,爨弄的伎艺手段更为丰富,采用足部踏爨、以歌伴舞、念诵诙谐的诗词歌赋,甚至融合幻术。② 鉴于此,戏剧研究者主张宋金"杂剧"的得名,缘于其表演形态的驳杂。周贻白指出:"所谓杂,当系指其兼具各项表演形式,或所包含事物至为繁杂之故。"③黄天骥亦认为:"两宋时代演出的杂剧,包括口技、杂耍、说唱、滑稽小戏等等,它们同台演出,杂七杂八,称之为杂剧,那是名符其实的。"④

然而,宋金杂剧、院本的叙事缺乏应有的故事容量,长于爨弄而短于情事。到了宋元南戏、元杂剧阶段,开始注重"讲故事",故事种类、故事内容都丰富起来。元人胡祗遹以此判断元杂剧何以称"杂":

> 乐音与政通,而伎剧亦随时所尚而变,近代教坊院本之外,再变而为杂剧。既谓之杂,上则朝廷君臣政治之得失,下则闾里市井父子兄弟夫妇朋友之厚薄,以至医药卜筮释道商贾之人情物理,殊方异域

---

① (唐)崔令钦:《教坊记》,《中国古典戏曲论著集成》(一),北京:中国戏剧出版社,1959年,第18页。
② 参见黄天骥:《"爨弄"辨析——兼谈戏曲文化渊源的多元性问题》,《文学遗产》2001年第1期,第63—73页;刘晓明:《杂剧形成史》,北京:中华书局,2007年,第308—310页。
③ 周贻白:《中国戏剧的形成和发展》,《戏剧论丛》1957年第1辑,北京:中国戏剧出版社,第21页。
④ 黄天骥:《元剧的"杂"及其审美特征》,《文学遗产》1998年第3期,第40页。

风俗语言之不同,无一物不得其情,不穷其态。①

不过,宋元南戏、元杂剧仍然惯性延续了角色综合多种伎艺演事的方式。元杂剧采用一人主唱的方式,为便于主唱演员歇息休场或换装改扮,不得不在"每折戏、每套曲的间场以及人物的登场方式"②,插空表演诸类伎艺。臧懋循《还魂记》第25折眉批云:"盖见北剧四折,只旦末供唱,故临川于生旦等皆接踵登场,不知北剧每折间以曩弄、队舞、吹打,故旦末当有余力。"③《客座赘语》云:"若大席,则用教坊打院本,乃北曲大四套者,中间错以撮垫圈、舞观音,或百丈旗,或跳队子。"④足证北杂剧每折穿插伎艺表演的事实。此外,正剧之中也夹杂不少伎艺表演,如《降桑椹蔡顺奉母》中的"双斗医"院本、《飞刀对箭》中的"针儿线"院本、《刘千病打独角牛》中的对打摔跤、《刘玄德醉走黄鹤楼》中伴姑伴哥的《村田乐》歌舞,等等,都融在了故事情节之中。因此,黄天骥《元剧的"杂"及其审美特征》一文精妙地用"以故事演歌舞"概括元杂剧之"杂"的表演风貌,即认识到杂剧以情节展示歌舞表演,而非纯粹借助歌舞表演完成情节叙述。

南戏也脱不了这种伎艺演事的模式。现存的南戏剧本,不论民间编演,还是文人改作,几乎都高比例地充盈着各种伎艺的表演。我们再以元钞本《琵琶记》为例,说明南戏各类伎艺穿插表演的舞台风貌:

第2出——生赋说言志;第3出——末说太师富贵赋、娘子贤德赋、净丑舞唱【雁儿舞】、净丑末打秋千戏;第6出——净丑媒婆厮打科诨;第9出——丑说马赋、数马名、丑坠马科段;第11出——丑媒婆鞋秤绳科诨;第15出——末说黄门赋;第18出——末念【水调歌头】、敷说婚宴;第21出——净末打十三、生弹琴;第25出——拐子家门;第27出——贴净丑合念【酹江月】、敷说月景;第33出——末说道场赋、旦弹唱行孝曲、净丑破衣袄作诨;第35出——末说书馆赋;第41出——净丑末驿站分例鞍马科诨

---

① (元)胡祗遹:《赠宋氏序》,俞为民、孙蓉蓉编:《历代曲话汇编·唐宋元编》,合肥:黄山书社,2006年,第216页。
② 黄天骥:《元剧的"杂"及其审美特征》,《文学遗产》1998年第3期,第47页。
③ (明)臧懋循改订:《玉茗堂四种传奇·还魂记》,转引自黄天骥:《元剧之"杂"及其审美特征》,《文学遗产》1998年第3期,第42页。
④ (明)顾起元:《客座赘语》卷九,北京:中华书局,1987年,第303页。

这些表演包括念诵、歌唱、舞蹈、乐器、杂技、游戏、滑稽科诨等,有力说明了南戏演事伎艺"杂七杂八"的舞台状态。从艺术源流而言,这是角色综合伎艺演事的历史传统决定的,高明《琵琶记》开场云:"休论插科打诨,也不寻宫数调,只看子孝与妻贤。"成化本《白兔记》开场曰:"今日庆家子弟,扮演一本传奇,不插科,不打诨,不谓之传奇。"均视插科打诨为南戏表演的最主要特征,实质也是遵守了这种约定俗成的舞台成规。

二、戏剧穿插演艺的方式

对于传统戏剧各类伎艺杂戏的穿插表演,编创者或演出者究竟如何编排、组织它们,其具体方式如何呢?

1. 剧外补空

传统戏剧中,南戏、传奇以及连台本戏,篇幅体制都很长,全本戏演出很难一次性结束,所以分天分段的表演很是平常。这就有了一种可能,戏剧可以在开场、中场、终场隔断的时候,穿插伎艺表演。《金瓶梅》第74回,南戏子弟演《双忠记》两折,酒过数巡,"小优儿席前唱套【新水令】'玉鞭骄马出皇都'",后西门庆又令春鸿唱了一套"金门献罢平边表",第65回唱《裴晋公还带记》,"一折下来,……又有四员伶官,筝、箫、琵琶、箜篌,上来清弹小唱。"①这种戏外穿插与正剧既没有什么情节关联,也没有一定的表演成规,完全取决于演剧场合与观众的趣好。徐渭《南词叙录》载"打箱"条曰:"以别伎求赏也。"②说明确实存在演剧过程中穿插其他伎艺,向观众求赏的情况。《张协状元》开场也有生脚饶送观众的"【烛影摇红】踏场";宣德本《刘希必金钗记》剧本之外,附录了锣鼓谱【三棒鼓】和【得胜鼓】,陈历明推测是"作为广场演出的前奏,或演出中间休息时的插奏,对振奋观众情绪会起到一定作用",又附南曲【黑麻序】咏唱春夏秋冬,"用于演出间隙演唱,调整气氛";③清抄本《牧羊记》上半场结束时,还有用"提吼"一出以飨观众,表明清代戏班保存了剧外伎艺的方式。④ 这些

---

① (明)兰陵笑笑生:《皋鹤堂批评第一奇书金瓶梅》,王汝梅校注,长春:吉林大学出版社,1994年,第1207页、1037页。

② (明)徐渭:《南词叙录》,《中国古典戏曲论著集成》(三),北京:中国戏剧出版社,1959年,第246页。

③ 陈历明:《广东出土明本戏文》,广州:广东人民出版社,2009年,第44—45页。

④ (明)佚名:《牧羊记》(清钞本),《古本戏曲丛刊》初集,上海:商务印书馆,1954年。

"别伎求赏"与正剧表演毫无关系,属于戏剧艺人剧外招揽观众的方式。此外,像目连戏、孟戏等中断正常演出,插入现实科仪的方式,也属于一种特别的剧外补空,然所穿插的部分因承担了现实功能,已褪去了戏剧虚拟表演的成分。

2. 剧内展示

伎艺形式融入正戏之内,被安放在各个出目情节之中,其编排方式大致有:其一,片段穿插。是指一出之中,穿插某种伎艺表演。由于占据一定的舞台时间,构成了一个独立的表演片段,故谓之。举例言之。《宦门子弟错立身》第5出,旦王金榜因唤官身,来到生完颜寿马府上,为其表演传奇名目:

> (生)不妨,你带得掌记来,敷演一番。(旦)这里有分付。(净看门介)(旦唱)【排歌】听说因依,其中就里:一个负心王魁;孟姜女千里送寒衣;脱像云卿鬼做媒;鸳鸯会,卓氏女;郭华因为买胭脂,琼莲女,船浪举,临江驿内再相会。①

此段【排歌】之后,王金榜又连唱三曲,变换身段情态,敷演传奇名目。因为前有"敷演一番"的提示语,旦脚的载歌载舞就被清晰区隔成一个独立的伎艺表演片段。同样,本剧第12出也有相类似的例子。王金榜父云:"我孩儿要招个做杂剧的。"这个提示语后,完颜寿马按照王父的指示,边唱边舞,一一模拟杂剧、院本、掌记、鼓吹的功夫,最终考核过关。北方昆剧院2003年新编《错立身》,这场戏演起来满台生风,表演重点在于展示男主角高超的伎艺能力。

也有一些片段穿插没有专门的提示语,而与情节叙述粘连在一起,观众不知觉中才明白,这是演员所特意穿插的伎艺表演。例如,原刻本《荆钗记》第7出丑夸赞钱玉莲的美貌:

> 不是老身夸奖我侄女,其实标致。看他:他眉薄新月,髻挽乌云,脸衬朝霞,肌凝瑞雪,有沉鱼落雁之容,闭月羞花之貌。秋波滴沥,云鬟轻盈,淡扫蛾眉,薄施脂粉。舒玉指,露春笋,轻步下香阶,显金莲窄窄。②

---

① 钱南扬校注:《永乐大典戏文三种校注》,北京:中华书局,2009年,第231页。
② 原刻本《王状元荆钗记》,《古本戏曲丛刊》初集,上海:商务印书馆,1954年。

通篇为通俗明白的短赋,以四言为主,错综三、六言,其目的不止夸赞钱玉莲之美,更在于展示丑脚伶牙俐齿的嘴上功夫。

其二,过锦串演。是指一出之中,接连串接不同伎艺的表演,令观众应接不暇。"锦",胡忌释为"零碎、好玩",洛地认为过锦戏的结构形态为:"有一个头,即提出事由的由头或提供一个背景,接着是一串戏弄的段子,最后有收科。"① 《明宫史》记载"过锦戏"的形态:"过锦之戏,约有百回,每回十余人不拘,浓淡相间,雅俗并陈,全在结局有趣,如说笑话之类。又如杂剧故事之类,各有引旗一对,锣鼓送上,所装扮者,备极世间骗局俗态,并闺阃拙妇呆男,及市井商匠、刁赖词讼、杂耍把戏等项。"② 地方傩戏也保留了此类串戏的形态。据余秋雨《中国现存原始演剧形态美学特征初探》一文介绍,江西九江德安正月演出《潘太公游春》,以潘太公新春骑马踏青作为连贯,"中间展示出一个个技艺片断,有种种杂技、相扑、玩杠、耍蛇表演,也有滑稽的哑剧片断……潘太公和他的妻子分骑红马白马,以木偶形态出现,反复串络在这些片断中间,使之连成一体。"③ 笔者所获江西德安《潘太公游春》傩本,诸神陆续请上花棚,依次表演开山、走马、对打、捉蛇等伎艺,中间用"长吹一首唤打一遍"穿插,也清晰显示了过锦串演的痕迹。这种表演的特点就在于组接与串联形形色色的不同伎艺。例如,高石山房本《目连救母》"傅相济众"出:

净何有名、丑何有声:【吴小四】【半天飞】小曲

求棺孝妇:【味淡歌】

哑子背疯:【劝善歌】四支、哑子背疯的伎艺

净丑瘫子:四脚撑上和跳上的功夫,两人对打伎艺④

本出讲傅相开仓赈济,饥民们闻讯,一个个前来领粮。但"赈济"只是一个情节轴,目的是为了串连演员们轮番表演不同的伎艺,这是最典型的过锦戏形态。情节像一条线,贯穿其间,若有若无,而真正璀璨的是颗颗穿线而过的伎艺珍珠。万历文林阁刊本《高文举珍珠记》第4出"施财"也

---

① 洛地:《戏弄辨类》,《洛地文集·戏剧卷》卷一,西雅图:艺术与人文科学出版社,2001年,第119页。
② (明)吕毖:《明宫史》,文渊阁《四库全书》第651册,上海:上海古籍出版社,1989年,第628页。
③ 余秋雨:《中国现存原始演剧形态美学特征初探》,《戏曲研究》第27辑,1988年,第15页。
④ (明)郑之珍:《目连救母》,《古本戏曲丛刊》初集,上海:商务印书馆,1954年。

有赈济放粮的串演,净丑分别演唱【赛苏州歌】【警世歌】,最后用一段净丑末的诨闹戏下场。① 明代传奇中,"赈济""劝农""游春"等出目常见这样的过锦形式。陈与郊《樱桃梦》第2出"游寺",演生末丑控驴游寺所见之景象,有捉蛇、傀儡等戏,亦是过锦之戏。② 汤显祖《牡丹亭》第8出"劝农",串演净农夫唱田歌、丑牧童唱牧歌、旦老旦唱采桑歌、老旦丑唱采茶歌,各自插花饮酒。

洛地《戏弄辨类》还提出过锦有单本过锦剧的类别,如陈大声杂剧《太平乐事》写元宵观灯,以灯市为各种行业的人的活动背景,分十五出(不含开场),每出表演一个或几个行业者的滑稽段落,最后由末念八句应景诗收场。万历时期林章传奇《观灯记》也是这种结构手法。从这个角度看,连台大戏《目连救母》的表演伎艺纷呈,某种程度也类似一个整台单本的过锦戏。

其三,专门表演出目。是指整出内容都专门为了呈现伎艺或仪式表演,情节叙事性不强。比如"科考""讲学""看医""圆梦"等,主要围绕净丑的科诨戏而展开,是南戏常见的科诨程式出目;又如,"超度""祭亡"等,不少剧本详细铺展了仪式过程,可以充当专门的仪式出目。

由于经过长期舞台实践的提炼与整饰,此类出目逐渐形成了相对固定的表演套路。举个例子,行令、猜谜游戏,一般穿插酒宴、行路、讲学之中,以生、末为正,净丑为反,用谐音、误解或隐语的游戏方式滑稽取乐。《张协状元》第2出讲学已初露端倪,元钞本《琵琶记》"行路"出,生末净丑唱【甘州歌】四曲下,则还没有问白、游戏,风月锦囊本亦如是,说明游戏套路的表演还不够稳定。至嘉靖写本《琵琶记》出现了问姓名的说白,再至李评本、汲古阁本《琵琶记》,又增加了问志的行令游戏。凌刻臞仙本《琵琶记》第7折眉批云:"诸本此词后,妄增入姓字、问志等白,而反诡云古本所有,可恨!徽本又以易、书、春秋、礼记为题,各唱一曲,益可笑!"③民间演出本已演习成风,还另外添加了唱经书的游戏。再看《荆钗记》,原刻本"讲学"一出没有讲解四书的游戏,屠评本、汲古阁本后添之。继志斋刻本

---

① (明)佚名:《高文举珍珠记》,吴书荫点校,北京:中华书局,1988年,第5—8页。
② (明)陈与郊:《樱桃记》,《古本戏曲丛刊》二集,上海:商务印书馆,1955年。
③ 胡雪冈校录:《凌刻臞仙本琵琶记》,孙崇涛主编:《古本琵琶记汇编》册六,北京:中华书局,2007年,第14页。

《香囊记》第6出途叙也有行令猜谜的游戏,《五伦全备记》第7出登程穿插了问姓名的笑耍,说明此类伎艺穿插已成为明代南戏的表演套路了。

以上三种伎艺表演的穿插方式,没有严格意义的形态区分,彼此也有重叠交合。比如,"赈济""劝农"的过锦串戏,整出都在串演各类伎艺,实际也属于专门出目的插演;而某些伎艺的片段穿插,因为连续组接在某出之内,某种程度上也属于伎艺过锦的表演模式。例如,《琵琶记》第3出前半部以花园游玩为情节背景,接连表演了末念诵富贵赋、贤德赋、净丑【雁儿舞】的歌舞、净丑末打秋千的游戏,之后才转入牛小姐登场,训说婢仆的中心情节。

三、伎艺穿插与情节叙事的关系

伎艺杂戏的穿插表演,重在演员的伎艺表演。这么多穿插性的表演汇聚一戏,会不会影响传统戏剧"悲欢离合"故事的正常叙述,其与情节叙述究竟呈现怎样的关系?

美国学者浦安迪认为,故事叙述侧重表现时间流中的人生履历,"某一事件从某一点开始,经过一道规定的时间流程,而到某一点结束"①,是一个充满变化的动态过程。而对这个动态历程的叙述,不同文体会有不同的叙述特点。传统小说叙事强调事件的发生发展,以情节变化为主体内容,即便有景物、状貌、心理等静态叙述的成分穿插出现,但整体节奏比较快;杂剧、南戏等古典戏剧,则是用舞台表演的方式完成故事叙述,固然故事的"悲欢离合"是剧本表现的重要内容,但形诸舞台之上,还需要借助舞台表演的艺术手段完成。也就是说,叙事时空必须放到舞台时空内呈现,一方面要照顾到事件的叙述流程,另一方面也需考虑表演的安排,此即王国维所云"以歌舞演一故事"。

各类"杂七杂八"的伎艺、仪式的穿插表演,正是建立在戏曲"演事"的基本特征之上。它占据的是舞台表演的时空,而非剧情叙述的时空。当舞台进入专门的伎艺表演时,情节叙述节奏变慢,或者暂时中止,或者沦为背景式的存在。上面三种剧内展示的伎艺穿插方式,都表现出与情节一定的疏离关系。常见的"戏中戏",就十分典型地体现了伎艺穿插的表演性特征。《五伦全备记》第14出"庆寿萱亲",弟兄三人为老夫人庆寿,

---

① [美]浦安迪:《中国叙事学》,北京:北京大学出版社,1996年,第6页。

特请戏班表演：

> （众）我众子弟每，今日老夫人华诞之日，欲呈个口号，……（中略）。（诗曰）高堂戏彩乐无垠，满座春风笑语频。王母蟠桃重结子，杜家慈母定生孙。登龙令子来天上，跨鹤仙人下海滨。硕兴儿孙长作主，年年此日贺生辰。俺众人呈个口号，奖贺老夫人，先当付净，后当付末。（净）先当付末，后当付净。（末）小人占先，休怪！老夫人是海上一座山。（丑）好好一座山。（末）山上树木千万般，也有松，也有柏，也有檀。□日花千朵，清风竹万竿。有时飞来候山千岁鹤，有飞来吹五色鸾。任从他地覆天翻，我这山儿千万岁屹立，立长在天地间。（众）好请，好请。①

这个穿插的"庆寿院本"表演，包含了念致语口号、曲舞相生的表演，还夹杂诨白，占去了相当的舞台篇幅。但它所表演的内容，与正剧情节本身关联不大，即便摘去也不影响故事情节的发展。

伎艺穿插是舞台楔入的、别于故事框架的另一层演出空间。某些时候为了突出所演伎艺，会用一些提示语作为分界线，分划出情节叙述与伎艺表演的不同空间。提示语提醒观众，开始跳出正常的故事叙述流，进入舞台表演的"秀"时间。例如《宦门子弟错立身》第5出中，王金榜应寿马要求，载歌载舞敷演传奇名目，旦云"这里有分付""听说因依"，作为提示语，再正式进入边唱边演的伎艺表演。富春堂本《玉玦记》第8出，"（占）大姐，舞一个儿，我也把古时几个美人比俺女儿，各位休要见笑。（旦舞介）【北醉扶归】（占唱）……"，②随着"各位休要见笑"的提示，转入载歌载舞的情境。这种由提示语构成的片段穿插，有效缓冲了观众对于正常情节叙述的心理期待，形成了另一层表演空间的边界框架。

程式化的表演套路也同样疏离了情节与表演的关系。由于舞台沿袭成套，观众也预先培养出舞台观赏经验，一到"科举考试"，便知道看的是

---

① （明）邱濬：《五伦全备记》，《古本戏曲丛刊》初集，上海：商务印书馆，1954年。净、丑也分别致呈口号庆寿，其中丑的口号随出诨语，逗人发笑，临了众人"齐舞个【蛾郎儿】喜乐老夫人"，末念庆寿词结束。这种以念口号致语为主的表演形式，与朱有燉《吕洞宾花月神仙会》的"长寿仙桃香添寿"院本比较类似。它不包含情节人物，有曲也有舞，也有诨语，最后同样是以末收住，笔者以为，此亦为一种院本形式，但脚色添上丑脚，应是受了南戏的影响。

② （明）郑若庸：《玉玦记》，《古本戏曲丛刊》初集，上海：商务印书馆，1954年。

对子、猜谜、错韵之类的游戏诨语;一看黄门或相府祇候登场,便预备听他们抑扬顿挫的赋赞念诵;一到"社火""灯节",便准备欣赏歌舞表演;一到"赈济""劝农",便要看过锦串戏的表演。此时,程式作为一道边框符号,区隔了情节与表演。当观众自觉开启程式表演的观看模式,便会毫不理会故事叙述该有的进程,他们悬置人物命运,暂搁情节发展,而一味沉浸在纯粹的表演氛围中。更不用说那些承担了现实科仪功能的"超度""荐亡"类出目,更是极大限度地打破了观众戏内与戏外的界限。可以说,专门性的表演程式套路,分离开情节与表演的空间,仿佛一种约定俗成的艺术规约,使得观众能自由出入于情节内外,而不至于陷入情节与表演的离心冲突中。

还有一些埋伏在情节叙述中,区隔标志并不清晰的伎艺表演,看似与情节有一定关联,实则似连似断,也是戏剧作者或戏班艺人着意穿插的舞台表演。举例说明,《张协状元》第48出"张协参见王德用被屏",中心情节讲王德用拒见张协,表演内容为:

堂候官:赋说百官候见的繁华景象。
柳屯田拜见王德用:射弩踢球。"净丑相踢倒介""净丑踢有介"。
谭节使拜见王德用:厮打。"净丑相踢倒介"。
张协拜见王德用:转入中心情节。

整出而言,中心情节只占三分之一。大半部分写两个地方官参拜王德用,重点放在了末诵赋、净射弩、净丑踢球、净丑白厮打等的舞台表演,属于过锦式的伎艺展演。看起来,这种穿插表演是依附中心及次要情节而生,但实质上捏合拼凑的痕迹十分严重。净扮的柳屯田全剧仅此一见,主要为了表演"浪子班头"的风流伎艺;另一个净扮的谭节使后面还有一次登场,但本出见面便与王德用厮打、踢倒,显然意不在刻画人物形象,纯粹是为了演示伎艺,科诨取乐。所以,尽管表演一定程度地依附情节存在,但因侧重舞台表演的成分,删之亦对情节叙述毫无影响,情节与表演仍呈现相当疏离的关系。

当然,判断是否与情节叙述相关,最主要应该审视伎艺杂戏的本身。如果所呈现的伎艺,与剧情人物无关或关联小,那么它主要强调的是舞台表演功能,对情节叙述作用不大;如果有一定关联,那么它就会具备一定的情节功能,加强情节叙述或凸显人物刻画。来看元本《琵琶记》第33

出,穿插了一段赵贞女弹唱行孝曲儿,四支【前腔】从十月怀胎、抚育成人,一直唱到春闱赴试、科考不回,无一不与蔡伯喈之事相关。最后所唱"常言养子,养子方知父慈。算五逆儿男,和孝顺爹娘之子,若无报应,果是乾坤有私",暗指了原南戏《赵贞女》"雷轰蔡伯喈"的命运结局。第21出蔡伯喈弹琴,更为自然地融合了伎艺与人物情感。蔡伯喈心中郁闷,不小心将【风入松】弹成了【思归引】,牛小姐追问缘故,蔡伯喈答"当原是旧弦,俺弹得惯。这是新弦,俺弹不惯。"他唱道:"危弦已断,新弦不惯。旧弦再上不能,我待撇了新弦难捺。一弹再鼓,又被宫商错乱。(贴白)你敢心变了?(生唱)非干心变。这般好凉天,正是此曲才堪听,又被风吹在别调间。"①曲白处处用新旧弦,关合新人与故妻,充满欲言又止的微妙情绪,巧妙运用琴曲隐喻了蔡伯喈自身的两难处境。

可见,伎艺与情节的融合,根本还在于伎艺能否为剧情服务。相对融合度比较高的表演,往往能打破伎艺与情节的区隔,淡化穿插表演的性质,艺含事中,艺事相合。这也成为明清传奇戏剧伎艺演事的发展方向。例如,《苏皇后鹦鹉记》今存富春堂本,第30折与第31折之间,夹有"新增潘葛下棋"出,盖为后续。本出写潘葛与周王的君臣共弈,首二曲描写对棋场面:

【驻马听】(周)散闷陶情,暂在闲中,叠,棋一秤。只见阵头摆列,兵卒纷纷,车马纵横。常言道举手不容情,又,若差一着难扶整。着手分明,着眼分明,神机妙算方全胜。

【前腔】(生)再决输赢,好似楚汉争雄无二形。须信道棋逢敌手,用尽机关,各逞奇谋。当头一炮破重营,又,更兼车马临边境。一个将军,再个将军,君王棋势将危困。②

棋枰纵横,车马相战,生动展现了君臣斗智斗勇的对弈情景。首战周王举手无情,全面胜出,再战潘葛施展奇谋,周王落败。此二曲明写棋盘游戏,暗指君王听信谗言,对苏皇后无情迫害,赞颂潘葛营救苏皇后的忠义奇谋。两曲之后,潘葛步步深入,劝说周王,最终点悟了君王。此处游戏与情节融为一体,制造出明松暗紧的场上气氛,很是扣人心弦。《南西厢记》"莺红下棋"也有异曲同工之妙。这个情节最早见于弘治金台岳氏

---

① (元)高明:《元本琵琶记校注》,钱南扬校注,上海:上海古籍出版社,1980年,第190页,第128页。

② (明)佚名:《苏英皇后鹦鹉记》,《古本戏曲丛刊》初集,上海:商务印书馆,1954年。

刻本附录上卷《围棋闯局》,注"此南吕一折,题《莺莺红娘着围棋》,所作接头卷第三折【越调】后"①,也属于明前中叶添加的游戏之笔。李日华改作《南西厢记》亦袭用之,红娘名为手谈,不过是"将言语探他,看他如何"②,意在试探莺莺之心。本出文词固平直,但棋内之戏,处处紧扣人物情节,给场上增添了不少看点,后世京昆《西厢记·跳墙着棋》一折都保留了这个出目。这两个例子中,伎艺表演开始融入人情事理的叙述,如同两股绳自然拧在一起,合力为"舞台演事"服务。

四、博艺叙事的传承与演变

整体而言,宋元戏剧阶段融杂伎艺的情况比较突出,博艺叙事中"艺"与"事"的融合度不高,故事情节十分松散。随着明清戏剧发展,博艺演事一方面仍然继承了诸多伎艺穿插的表演形态;另一方面,提高了伎艺表演与剧情的融合度,故事叙述渐趋紧凑起来。

我们先试对比明李开先的南戏《宝剑记》与明陈与郊《灵宝刀》,③后者是前者的传奇改本。首先,诸类杂戏所占比例,《灵宝刀》要远远低于《宝剑记》。后者51出,就有16处插科类的杂戏,而《灵宝刀》锐减至3处。这与《灵宝刀》的情节改编有关。这部戏只有35出,却在《宝剑记》林冲的单线故事上,又添加了宋江、李逵、一丈青的梁山戏。人物增多,情节扩增,剧本篇幅还又缩减,这就不得不加快演叙节奏,删除那些与情节没有太大关联的"杂"戏之流。《宝剑记》第12出、第25出、第41出等便因结构人物的调整,整出俱删。

其次,二剧相同出目对待"杂戏"表演上的变化:

《宝剑记》	《灵宝刀》
第5出 净丑数说子弟家风	第2出 改为浪子游春,唱两曲带过
第14出 禁子牢狱赋	第8出 删改字句,变得简短
第24出 "吏白作诨,末脱衣见官,换吏衣还解子"	第19出 改为"吏打发科"

---

① 弘治岳刻本《西厢记》,《古本戏曲丛刊》初集,上海:商务印书馆,1954年。
② 李日华《南西厢记》中,"莺红下棋"的情节出现在第二十四出中,但明刻本不取,此处参照的是富春堂刻本《南调西厢记》,《古本戏曲丛刊》初集,上海:商务印书馆,1954年。
③ 傅惜华编:《水浒戏曲集》(第二集),上海:上海古籍出版社,1985年。

第 26 出 净丑乔讲故事诨	第 3 出 删
第 27 出 净末诨白	第 22 出 同
第 28 出 赵太医看病	第 7 出 删
第 51 出 净尼姑思凡	第 35 出 缩短，删去后半的淫诨

《灵宝刀》删除了不少原有出目中的科诨杂戏。7个出目中，全删者2出，缩短者2出，改变表演形式者2出，而仅有1出保持不变。具体来看，"赵太医看病"的杂戏、"乔讲故事"的科诨，因脱离情节被彻底删除；《宝剑记》第5出净丑数说子弟家风，《灵宝刀》删之，净丑改为"众"扮，唱两曲浪子游春带过，笔力集中在高衙内的形象塑造上；《宝剑记》第24出一段末、吏作诨的科白小戏，《灵宝刀》改得仅剩下一个动作；《宝剑记》第14出末诵牢狱长赋，《灵宝刀》大幅删减，将其中描写牢狱之苦的七言、五言、十言、十六言对句，统以"古人有语道：业镜台前参太岁，森罗殿下聚游魂"两句概过；《宝剑记》第51出后半有诸多恶诨，《灵宝刀》删减之。

可见，任意偏离情节，蔓延杂戏的做法，到了传奇阶段有了很大的调整。戏剧着意加快演述的节奏，删除或缩短很多与情节无关的杂戏陈套，或者改变松散旁衍的表演方式，使博艺表演更加紧密地贴近情节人物的发展。一些旧的表演套路被传奇剧作家刀砍斧削。《宝剑记》第28出赵太医看病，其表演源自院本"医淡"，是南戏常见的科诨套路。世德堂本《拜月亭记》第28出请医看病，《跃鲤记》第16折姜母看病，净或丑要么数药名，要么说猥语，表现了脚色念说逗趣的功力。《灵宝刀》将此段表演删去，除了整肃情节的作用外，还有可能因为旧套表演已不太受时人欢迎了。高濂《玉簪记》演陈妙常生病一节，亦未沿用"医淡"之套，对此清高宗元还批评道："其精华在琴挑、问病、偷词、秋江等出，然词虽秀逸，诨嫌短少。兹每出增发其科，又加眕病、药诨二出足其诙谐。"[①]然而，高宗元特别添加的"眕病""药诨"，也并没有受到后世舞台的青睐。

明清传奇阶段，文人剧作家、剧评家们还普遍形成了一种新的创作观念，即反对机械套用科诨陈套，造成情节与表演的脱节。例如，《玉合记》第4出有丑行酒令的科诨套路，李卓吾眉批云："可厌，删！"[②]《李卓吾批

---

① （清）姚燮：《今乐考证》，《中国古典戏曲论著集成》（十），北京：中国戏剧出版社，1959年，第292页。

② 《李卓吾批评玉合记》，《古本戏曲丛刊》初集，上海：商务印书馆，1954年。

评幽闺记》第24出眉批净诨说药名:"到此则太烦,可厌,删!"第6出末净丑诨打,李卓吾眉批云:"删!"①《玉茗堂批评焚香记》第19出媒婆弄舌,眉批云:"可删!"后总评曰:"凡科诨亦须似真似假,方为绝妙。若作必无之诨,便为可厌。"②人们普遍认为科诨戏应与情节场面相融合,结合剧情人物进行有必要的喜剧性发挥,达到自然生发、妙趣横生的效果。王骥德说:"插科打诨,须作得极巧,又下得恰好。如善说笑话者,不动声色,而令人绝倒,方妙。大略曲冷不闹场处,得净、丑间插一科,可博人哄堂,亦是戏剧眼目。若略涉安排勉强,使人肌上生粟,不如安静过去。古戏科诨,皆优人穿插,传授为之。本子上无甚佳者。"③这是明末文人对早期戏剧杂伎表演窠臼所做出的理论反思。由此明清传奇中出现的伎艺杂戏,倾向深化剧作思想,烘托人物情感,助力情节结构的发展。例如,《吕真人黄粱梦境记》"蝴蝶梦"的戏中戏,将庄周化蝶与黄粱一梦交融起来,梦中设梦,打通了"戏中戏"的戏里戏外之情;清代洪昇《长生殿》"觅魂"一出,铺叙大段设坛开法、行法、作法画符、元神升天的道家建醮科仪过程,真切体现了明皇"上穷碧落下黄泉"的一片精诚,对于明皇与贵妃的重逢,实有情节承转之功。

  当然,明清传奇并没有中断博艺演事的传统。我们仍然可以在文人传奇剧本中找到不少博艺表演叙事的方式。例如,《荷花荡》插演"连环计",《麒麟罽》插演"王昭君",《红梅记》插演"打凤阳花鼓",冯梦龙《永团圆》改本"看生会嫌"穿插"社火队舞",是用戏中戏、社火的群体娱乐场面,烘托舞台表演的热闹氛围。有的伎艺表演则是为了投合文人的审美情调,例如《还魂记》"闹宴"之双人舞、《玉合记》"还玉"之歌舞、明刻本《鸳鸯绦》"忧愤"之舞蹈、《长生殿》杨贵妃之"翠盘舞"等,均为歌舞表演,无锣鼓之嘈杂,有歌舞之曼妙,很适合文人娱情观赏。

  相较明清文人传奇对于博艺表演叙事的整肃,民间戏剧则更多保留了这种方式。首先,一些古老的表演套路经艺人身口相传,留存下来。如

---

① 《李卓吾批评幽闺记》,《古本戏曲丛刊》初集,上海:商务印书馆,1954年。
② 《玉茗堂批评焚香记》,《古本戏曲丛刊》初集,上海:商务印书馆,1954年。
③ (明)王骥德:《曲律》,《中国古典戏曲论著集成》(四),北京:中国戏剧出版社,1959年,第141页。

晚明《春秋记》保留"参军打磕瓜"的古参军戏表演,①清方成培《雷峰塔》保留"说药名"的"医淡"表演,青阳腔抄本《水云亭》保留"赈济贫民"的过锦表演,清青阳腔抄本《白兔记》保存明成化本《白兔记》结婚仪式。其次,有的文人戏本经民间传承后,会额外增添一些新的伎艺内容。世德堂本《香囊记》属于晚明民间改本,②在原本基础之上,又新添了第 7 出渔翁唱两大段【山歌】、第 14 出"探子唱"表演、第 27 出草寇出场的闹诨。万历富春堂本《白兔记》在成化本、汲古阁本等古本系统的基础上,设置了刘知远赌钱的内容。富本概括为"赌介""输介"两个科介,还看不出具体场面,其后裔本青阳腔《白兔记》则仔细描写了赌钱的具体规则和过程,先各人放下注头,分押青黄钱,再掷骰子,喊口令"一流水、满盘空",这场穿插性的赌博游戏,不仅活跃了场面,也刻画出刘知远破落困窘却不失豪爽的英雄气度。再次,清中叶乱弹兴起后,一些民间小戏从地方歌舞、杂耍发展过来,比如"花鼓戏""采茶戏""竹马戏"等,形成了以表演为中心,以伎艺带叙事的艺术形式。像各地花鼓戏均有《夫妻观灯》一戏,为小丑、小旦的"二小戏",故事内容不过是元宵节夫妻两人要去观灯,没有太多的情节性,表演重点则放在了两人的载歌载舞,一问一答,用到了唱、跳、舞扇、甩帕等伎艺手段,中心唱段则用了对答体的数字串唱。这些伎艺杂戏的表演,体现出民间戏剧绵延不息、难以割断的博艺表演叙事传统。

第四节　中国戏剧的行步叙事

我们知道,"空间"是故事叙述的重要因素。戏剧人物因情节所需,会出入于各种空间,《长生殿》唐明皇从长安入栈道,奔赴巴蜀,《邯郸记》卢生从现实入梦枕中世界,《安天会》孙悟空上天入地,大闹天宫。这些"故

---

①　(明)祁彪佳:《远山堂曲品》,《中国古典戏曲论著集成》(六),北京:中国戏剧出版社,1959年,第 84 页。

②　笔者之所以有此推断,原因有二:1.该本脚色出现了"小净",系传奇新出脚色,为他本所无;2.该本第 18 出"姑媳忆成",为晚明选曲刊本《大明天下春》《乐府菁华》《乐府红珊》所收,亦为他本所无。此出必广为民间流唱,其曲词深情平实,恐非邱老原有的手笔。

事内人物移动和生活的环境"构成了最基本层面的叙事空间,①其空间指涉符号除了文本语言的参数外,还需要表演媒介的指示,如演员行动、舞台布景、服饰道具等。这是戏剧表演本质所决定的。"行步"也是舞台空间呈现的重要方式之一。古典戏剧文本常常出现"行介"的科介术语,指某个角色正在行走。它是演员的一种身体动作,传统戏剧归之为"手眼身法步"的身段五法之一,目前相关研究主要集中在脚色步法表演技艺的方面。然而,就戏剧叙事而言,我们不能仅仅将"行介"视为一种身段动作的表演,"行介"及未加舞台说明的行步表演与戏剧空间叙事的关联以及所形成的表演叙事传统,值得我们从新的视角深入探索。

一、行步与空间标识

与西方戏剧崇尚写实化舞台不同,中国传统戏剧舞台显得简单得多。空间程式基本表现为空的空间或一桌两椅的简化布置。那些戏剧故事内的自然或人类社会的空间,主要借助人物对空间的语言描述与身体动作,一则诉诸观众的听觉,一则联通观众的视觉,从而唤起观众对故事空间的虚拟想象。

行步是一种科介动作,有赖于演员的身体表演。传统戏曲舞台的基本做法是,通过一些拟态艺术步法,摹仿人们在特定空间中的行步姿态,达到场景空间的信息传递。因此,行步对于人物所处的空间形态,具有特征标识的作用。比如,旦脚"上楼步",模拟女性人物上楼的样子,屈腿提裙,前脚掌着地,先慢后快向前行进,当人物站定,即表明进入了楼上的空间;"磨步",演员脚跟先分开,脚尖相对,再脚跟并拢,脚尖分开,反复磨动,使身体横着移动,可以呈现人物行船或漫步云中的空间场景;"滑步",一脚迈出,另一脚跟上,顺势向前滑出,男女两式的身段步法互有不同,但均表现了人物在泥泞道路或艰险路途中行走。② 这些行步表演,无不是汲取了人们在生活中的步态特征,借助演员的动作摹仿,化无形为有形,标识了特定的空间场景。

步法属于身体动作的形式符号,然其符号所指往往不含明确信息,故

---

① [美]戴维·赫尔曼等:《劳特里奇叙事理论百科全书》,转引自陈德志:《隐喻与悖论:空间、空间形式与空间叙事学》,《江西社会科学》2009年第9期,第66页。
② 吴同宾:《京剧知识手册》,天津:天津教育出版社,2001年,第341—343页。

而表意内容存在有限性、模糊性,常常需要其他媒介的配合,才能共同指示人物的空间位置。例如,人物行船江面,仅用"磨步"不能尽意,须调度服装、道具、配乐等手段,合力营造出水面的空间感。元杂剧《竹叶舟》第3折"正末扮渔翁披着蓑衣摇船上开",清传奇《雷峰塔》第6出"丑摇船随生上",用蓑衣服饰、船桨道具,与演员行步一并充当了江面空间的表意符号。又如,与马形相关的道具,融入行步表演中,将人物所在空间明晰化了。元杂剧《萧何月下追韩信》"正末背剑踏竹马儿上",表明韩信正策马行鞭,身在羁旅;元南戏《琵琶记》第9出"生净丑骑马上唱",指三人科举高中,在天街骑马巡游;元明杂剧《虎牢关》中,各路诸侯率领人马与吕布对战,"袁绍同曹操净孙坚躧马儿领卒子上""刘表同孔融韩升躧马儿领卒子上"等,表示各方人马会集虎牢关战场前,一场恶战马上开始。这些道具是具体空间的高关联符号,可以通过观众的生活经验与想象,使故事内空间得到一定视觉化展现。京剧尚派旦角折子戏《昭君出塞》中有一段行路表演,马夫在前,昭君执马鞭随后,两人边走边说:

(王昭君、马夫同行)王昭君(白)这是哪里了?马夫(白)汉陵了。
王昭君:【楚江吟牌】汉陵云横雾迷,撇下朔风吹透征衣。
(王昭君、马夫同行)王昭君(白)又是哪里了?马夫(白)汾关了。
王昭君:【楚江吟牌】人到汾关珠泪淋,(白)马为何不行?马夫(白)南马不过北。王昭君(白)与我加鞭。马夫(白)咳。咳,咳。①

昭君每至一处,便有一段形容场景空间的骑马表演。旦角"文戏武唱",几乎运用了该行当所有的步法,用一系列大跨腿、大弓腿、急搓步、单足颠颤、垛泥等动作,突显身体对空间拟形写意的标示功能,为不同的地理空间赋形,也层层烘托出人物离乡去国、渐行渐远的伤感情绪。

当反复使用这类特定步法标识某一空间场景时,这些行步表演就逐渐被程式化,形成一套特定的行路动作,观众与演员也藉此达成双方共同认定的舞台契约。每当相应成规的行步身段一出现,观众便明白人物是否行舟水面,是否纵鞭郊外。也就是说,行步程式完成了同类空间场景的符号传达。而它们一旦与故事情节相互结合,便成为同类情节的标识性动作符号,可以运用在不同的戏剧故事之中。比如"走边",是由踢腿、飞

---

① 何夏寿主编:《中华戏曲文学读本》,南昌:二十一世纪出版社集团,2018年,第201页。

腿、旋子、蹦子以及各种"小排头"组合而成的行走动作套路,动作指示性很强,广泛用于展现夜行、巡营、秘密侦察等情节,表现人物奔跃、辨路、窥视、瞭望、隐蔽等行为状态。如林冲《夜奔》,石秀《探庄》的"单人走边",鹤童、鹿童《盗仙草》,李逵、燕青《清风寨》的"双走边",《雁荡山》《金山寺》之水战的"水边",《安天会》之孙悟空偷桃盗丹,《连环套》之朱光祖盗窃窦尔敦双钩的"响边"等。具体来看京剧《恶虎村》黄天霸的"走边",其中"飞天十响"的动作表示"整顿衣靴,收紧绦带,同时也表现了人物紧张急促的内心节奏",随后步行动作变化多端,"前踢迎面腿""曲膝侧踢腿""干拔飞腿""云手""抄带""踢带""扔带"等一系列动作,①刻画出黄天霸行走时复杂而矛盾的心情。最后边白边舞,动作与念白高度配合,展现出月黑风高、路途崎岖的环境。

二、行走与空间分隔

戏剧舞台表演受限于现实物理空间的局限,场景不宜变动频繁,每一出一般固定于单个空间。以明汤显祖《牡丹亭》为例。全剧共 55 出,除首出标目不入正戏外,共有 40 出人物没有做空间移动,皆活动于一个场所内,如南安杜宅、丽娘闺房、临安客店、梅花观、书房、营帐、金殿之类,约占全剧 73% 的比例。

人物在固定空间场景内的活动,按照所处空间位置来划分,存在两类行步方式。一类像见面、入座、取物、推搡等行为动作,虽然包含了一定步履移动,却不会造成不同空间的分隔或移位,原有空间是连续的、单一性,因此可以不视为专门的行步表演。另一类如从楼上到楼下、从门内到门外,虽仍处在原有空间,但空间内部有了细分,这类行步表演则被赋予空间表述的能力。来看关汉卿杂剧《诈妮子调风月》第 3 折中有一段表演:

(末、六儿上)(开门了)(末云)(旦唱)【梨花儿】……有劳长者车马,贵脚踏于贱地……

(云)你要我饶你,咱再对星月赌一个誓。(云了)(出门了)

【紫花儿序】你把遥天指定,指定那淡月疏星,再说一个海誓山盟。……(入房科)呼的关上栊门,铺的吹灭残灯。

---

① 张云溪:《向盖老学习〈恶虎村〉的表演》,《戏剧报》1962 年第 7 期,第 29 页。

(末告,不开门了)(末怒云了,下)①

该段空间场景分为门内、门外两个部分。先是小千户前来看望燕燕,旦扮燕燕"开门了",迎入房内。小千户向燕燕告饶,燕燕要小千户出外,指定星月赌誓,于是两人"出门了",置身户外。小千户大约赌誓不够"志诚",燕燕一生气,立刻返身"入房科",任小千户在外告饶也不开门,小千户最终愤愤而去。出门入户的行步表演早在元代杂剧中就已经形成了一定之科范。元代《青楼集》载杂剧艺人赛帘秀,双目失明,走起台来却"出门入户,步线行针,不差毫发,有目莫之及焉"②。这段戏中,旦脚通过开门—出门—入户的行步转换,在同一时空内切分出两个空间,而人物情节配合不同空间的移位,将燕燕的喜怒交织,小千户的恼羞成怒,叙述得淋漓尽致。

固定场景内的空间分隔还有一种重要方式,即"暗上""潜上""虚下"的上下场。它们是一种特殊的行步表演,指悄悄上场或假装下场。由于取消了人物上下的明场程式,没有造成明显的空间换位,像"虚下"之类的假装下场,甚至连实质性移动也没有,人物只是隐在一旁,制造下场了的假象,故可视之为固定场景的行步表演。其巧妙之处在于,人物通过悄来虚下的行走,在同一场景内制造出两个相互对应的明暗场。使用这种行步方式的人物,潜伏在场上一角,上场而未现,下场而未退,而场上其他人物又看不见此人,彼此之间仿佛隔了一堵无形的墙。

明暗场面的分隔,为戏剧叙事提供了很多的方便。其一,它可以用在窃听、偷窥的情节。潜伏暗场的人物,可以暗中观察明场人物,而明场人物丝毫没有察觉,继续敞开他们的行为活动。例如明传奇《红梨记》第17出"潜窥",女主角谢素秋对赵汝舟产生了疑虑,想来窥探。她先是"虚下","躲在太湖石畔",③即人物隐入到了暗场。而此时明场交给生角赵汝舟来表演。当谢素秋听到赵汝舟在月色之下吐露相思之情,又忍不住"虚上听介",表明她从暗场走向了半明半暗之场,虽与生角之间仍未见面,距离却在拉近,反映出她内心疑虑正在逐渐化解。其二,它可以用于

---

① (元)关汉卿:《关汉卿选集》,康保成、李树玲选注,北京:人民文学出版社,1998年,第95页。
② (元)夏庭芝:《青楼集》,《中国古典戏曲论著集成》(二),北京:中国戏剧出版社,1959年,第25—26页。
③ (明)徐复祚:《红梨记》,《古本戏曲丛刊》初集,上海:商务印书馆,1954年。

不宜中断的情节叙事,利用省叙之法,省略不必要的细节交代。元代杂剧《玉箫女两世姻缘》第2折卜儿"虚下",表示下去煎熬汤药,舞台留给身在明场的玉箫。随后复上,表明汤药已煎好,让玉箫饮下。整一折戏,中心场面始终稳定在玉箫的抒情唱曲上,回避了上下场程式带来的不必要的场面转换。类似的表演,元杂剧《河南府张鼎勘头巾》第3折中也有应用。正末命随从张千去买合酪:"(张千云)我下合酪去。(虚下复上,云)没了合酪也。(正末云)你这厮不中用,既没了合酪,就是馒头烧饼也买几个来可也好那。"①张千"虚下复上",用这种特定行步的方式省叙了张千外出购买合酪的行为,而此时舞台焦点仍稳定在明场人物张鼎身上。其三,它还可用于情节叙事的变化。当人物隐入暗场,实质代表了人物处境发生了改变,而利用明暗场的交换,上一情节场景被迅速推向了下一情节场景。元杂剧《李太白贬夜郎》第4折中,正末李白"(末虚下)(水府龙王一齐上,坐定了)(正末唱)【夜行船】画戟门开见醉仙,听龙神细说根源。向人鬼中间,轮回里面,又转生一遍。"②"虚下"意指李白下场,但人物实际并未落场,而是从中心位置退到一边,把场面交给了龙王一行上场,这就暗示了李白入水捉月而去,从此前在船上"举杯邀明月",进入到了水中龙宫的场景。

三、行走与空间转换

戏剧的场景安排虽然固定空间占比远高于空间转换,但有时因情节之需,在某出某折中,人物不得不跳出固定场景,进行大幅度的空间移动,以便进入另一个地理空间。唐五代戏剧中"拨头"一剧,演人子为父报仇,用山有八折、曲有八叠的方式,表示复仇者在曲曲折折的山路上行走,寻找噬父之虎。文本成熟的戏剧时代,涉及的故事内空间更多。仍以《牡丹亭》为例,全剧共有14出涉及或大或小的空间移动。像第10出杜丽娘从闺房行至后花园,游园之后又返回闺房;第24出柳梦梅从梅花观东房书馆,行至后花园,拾取画像后,返回书馆;第37出陈最良从云堂到书馆到后花园巡行一遍,发现杜丽娘墓被掘;第52出众人四下寻找状元柳梦梅,从会馆找到街市等。

---

① (明)臧懋循:《元曲选》,杭州:浙江古籍出版社,1998年,第445页,第317页。
② 《新校元刊杂剧三十种》(下),徐沁君校点,北京:中华书局,1980年,第461页。

对于这些故事内的空间移动,舞台常用"行介""行科"的科介说明,示意人物正从一个空间向另一空间的移动。我们看《牡丹亭》第10出"惊梦"中,用了三个"行介",①反映杜丽娘入后花园的游动过程。第一个"行介",丽娘"步香闺怎便把全身现",含羞带怯步出闺阁;第二个"行介",丽娘与春香同行至后花园,惊叹园林春色如许;第三个"行介",是丽娘赏遍十二亭台后,兴尽而返。这场游园戏始于"行介",收于"作到介",人物通过行走,贯穿游园情节,从走出香闺到返回香闺,移动所产生的空间位置感十分明确。《邯郸记》第4出,卢生跳入枕中世界,"(生转行介)呀,怎生有这一条齐整的官道?(行介)好座红粉高墙。"②前一个"转行介",人物通过转场行走,表明进入枕中梦乡,行走到官道之前;后一个"行介"则走上官道,来到一座深宅大院前。诸如此类的例子不胜枚举。可见,"行介"代表了人物行走在路上,主要通过演员的步伐移动,制造空间的移动感,用以展示人物正在从一个地点走向另一个地点。

"行介"表演中,人物依据情节需要,步伐疾慢不一。其与所经历的空间一般呈现两种关系:一种是人物关注于自己的行步空间,像《牡丹亭》游园、寻梦、拾画等出,杜丽娘、柳梦梅游园,怅触于所见之景,采用了舒缓的行步表演,放慢节奏,边行边唱,一步步深入刻画游步激发的内心情感。这种"行介"主要强调人物内心情感的刻画,借所见所闻之景,抒发内心情怀。

另一种是人物不关心所经历的空间景象,只是为了快速赶向另一个新地点,完成不同位置的转换。关汉卿《窦娥冤》第一折蔡婆婆要往城外赛卢医家索钱,"(做行科,云)蓦过隅头,转过屋角,早来到他家门首";关汉卿《三勘蝴蝶梦》第一折中,王母听见丈夫被人打死,"急忙忙过六街,穿三市,行行里挠腮撧耳,抹泪揉眵。(做行见尸科)",③两例中的人物专注于快节奏的行步表演,步如风行,所配合的语言如"蓦过隅头,转过屋角""过六街,穿三市""抹过大东路,投至小西门"等,好似一台快速移位的摄像机,晃动、虚化、省略处理所经过的景物,将人物快速推向主要的场景空

---

① (明)汤显祖:《牡丹亭》,徐朔方、杨笑梅校注,北京:人民文学出版社,1963年,第43页。
② 吴秀华:《汤显祖〈邯郸梦记〉校注》,石家庄:河北教育出版社,2004年,第41页。
③ (元)关汉卿:《关汉卿选集》,康保成、李树玲选注,北京:人民文学出版社,1998年,第5页、第259页。

间。这非常类似古典小说、评书中"一路无话""书说简短"的叙述话头,以疾风飘雨般的行步表演,省略或高度概括故事内容,加快叙述节奏。

有的剧中人物"行介"步法则没有那么急速,还会添加一两支唱曲。清洪昇传奇《长生殿》第 23 出"陷关"中,安禄山起兵从边塞进犯潼关:

> (发号行介)(净)【豹子令】只为奸臣酿大祸,(众)酿大祸。(净)致令边镇起干戈,(众)起干戈。(合)逢城攻打逢人剁,尸横遍野血流河,烧家劫舍抢娇娥。(喊杀下)(丑白须扮哥舒老将引二卒上)①

净带领众人的"行介",不似前两例高速行进,还唱了一支曲子。但这其实也是在省略叙述,将长距离的空间转移、沿途劫掠的众多事件、攻城杀戮的血腥场景,压缩为一支曲子,表现出叛兵的来势汹汹。曲唱过后,人马便完成了时间、空间以及事件的转移,进入更为重要的哥舒老潼关败战的情节场景。此类行步演唱承担起交代事件因果、承上启下的作用。元杂剧《倩女离魂》中,倩女离魂追赶王文举,配合【斗鹌鹑】【紫花儿序】两支唱曲转行至江边停舟之处,明许潮杂剧《兰亭会》王羲之行马至兰亭,唱了【懒画眉】四支曲,也都是在做这一类的行唱叙事,大大简省了故事内时空的实际耗费。

四、行步与情境营造

苏珊·朗格说:"艺术品本质就是一种表现情感的形式。"②行步表演属于表演者身体的艺术化舞蹈,是舞台展现人物情感内容的一种身体形式。用什么样的姿态步法行路,能够揭示出人物目前的情感状态,反映人物所处的戏剧情境。

早期戏剧时代,人们已经开始借用特定的行步表演传递人物内在情绪。唐五代戏弄"踏谣娘"中,被丈夫醉酒殴打的妻子采用"且步且歌""摇顿其身"的行步表演,任半塘释"踏"为"用踏步以应歌拍",③表演者踏地而歌,摇动身躯。笔者检读踏步、踏歌的材料,发现其中有两个特点值得

---

① (清)洪昇:《长生殿笺注》,[日]竹村则行、康保成笺注,郑州:中州古籍出版社,1999 年,第 168 页。
② [美]苏珊·朗格:《艺术问题》,滕守尧、朱疆源译,北京:中国社会科学出版社,1983 年,第 7 页。
③ 任半塘:《唐声诗》(上编),上海:上海古籍出版社,1982 年,第 308 页。

关注:1.踏地歌舞经常男女同踏,"士女踏歌""男女踏歌",一定程度表达了男女情爱的需求(桂馥《滇游续笔》);2.不少踏歌意态悲凉,或用在丧葬场合(《北史·流求传》),或表达失意的相思(《南史·王神念传》)。《踏摇娘》一戏中,妻子衔悲而歌,音声怨苦,所采用的"踏歌"步法应是吸收了此类"踏歌"的情爱内涵与悲剧情感。其行步应合歌声,表达了她对婚姻的失意与绝望。

传统戏曲舞台"醉步""鬼步"等行步方式,也属于此类揭示人物特定状态的专门步法。"醉步"体现出人物正处在醉酒的状态。明传奇《惊鸿记》第15出"学士醉挥"中,唐明皇诏李白进宫写【清平乐】三调,小生扮李白"作醉状"上场。① 这个"作醉状",昆曲舞台提炼为"醉步",专门表现人物醉酒行步、踉踉跄跄的姿态。昆曲名生俞振飞介绍这一出的"醉步",特别用到了"一顺边"的步法,②右手与右脚朝一个方向,同起同落,侧着身子走两步,到第三步转过身来亮相,再念两句定场诗。这种行步方式刻画出李白醉酒未醒的洒脱姿态,"天子呼来不上船,自谓臣是酒中仙",也为接下来脱靴吟诗的情节,做好了人物情绪的铺垫。

"鬼步"属于鬼魂人物的特定步法。在阳世观念中,鬼魂轻飘无物,当人死后变为鬼魂,步履与生前的稳重沉实不同,变得飘忽游移,闪动迅捷。古典戏剧文本多有涉鬼情节,尤其女性鬼魂,行步飘飘荡荡,凸显出鬼蜮异类的人物情态。《长生殿》第27出"冥追"中,杨贵妃刚刚自缢身亡,变为满含幽怨的鬼魂。此时人物改为"魂旦"装扮,白练系颈,一灵渺渺,前去追赶唐明皇,"俺悄魂轻似叶","俺只索虚趁云行,弱倩风驮",③人物扶风趁云,借助外力飘摇前行。清吴伟业《秣陵春》第30出"冥拒"中,黄展娘鬼魂上场:"(旦上)风吹云路白,树隐鬼灯青。一路行来,悠悠荡荡,不知走了多少路",④也是飘飘荡荡,宛若随风而行。这类行步舞台大多采用"搓步",上身挺直,收腹立腰,踮起脚跟,足尖触地,向不同方向快速移动,步子要匀要密。在《长生殿·冥追》的昆曲表演中,玉环魂魄即用到了搓步,背对观众,挺直身躯,踮足平移上场,表现了由人到鬼的情态变化。

---

① (明)佚名:《惊鸿记》,康保成点校,北京:中华书局,2004年,第32页。
② 俞振飞:《谈谈〈太白醉写〉的表演》,《上海戏剧》1979年第1期,第26页。
③ (清)洪昇:《长生殿笺注》,[日]竹村则行、康保成笺注,郑州:中州古籍出版社,1999年,第195页。
④ (清)吴伟业:《秣陵春》卷下,《古本戏曲丛刊》三集,上海:商务印书馆,1957年。

京剧名旦筱翠花演出《活捉三郎》一戏,扮演阎惜娇鬼魂也用到了搓步:"鬼步是左右画着S向前慢慢搓步,他能做到完全让人看不到脚的存在,速度由慢到快,到速度最快的时候身体能倾斜到45度甚至更多,但身体完全看不出抖动,即使是衣服也只能看出重量感垂直向下,都没有抖动的迹象。配合着乐队凄惨的伴奏,让人看着不禁毛骨悚然。"①筱翠花借助"S"形的搓步,加强了鬼魂晃晃悠悠,仿佛会随时被风吹去的形体感。而当人物踩着这样的步法登场,一下子便将观众带入特定的场面,营造出或阴森或幽冷的戏剧场景。

五、行路出目与情节场面的结构

"行"步可以将人物不断送到一个又一个新的地点、新的场景,如同一条传送带,促使故事时空在变动中持续性流动。正是这种流动特性,使得古代戏剧将它充分融入不同的情节故事中,去展现求功名者赶考行程,落难者一路颠簸,寻亲者风尘仆仆,为官者走马上任,郊游者游目骋怀等情节,乃至形成了专门的行路出目。麻国钧曾梳理过《六十种曲》,发现其中有四十余种"行"的出目。② 除此之外,宋元南戏、元杂剧,以及清代传奇、花部戏剧中,行路出目也比比皆是。

行走于路,是将人物从所熟悉的居室空间,推向一个广阔的、陌生的外在空间,在那里什么都有可能发生,遇见某人,遇见某事,这就为戏剧人物情节的开展提供了一种可能的、可信的契机与场合。常见写法是行路相逢,指在路上与故人、陌生人的不期见面。《六十种曲》中有不少"巧遇"型出目。③ 具体表现为:一类邂逅爱情,如《西厢记》崔张游殿时一见钟情,《幽闺记》瑞兰世隆逃难中旷野相遇,《飞丸记》易弘器游园时恰见玉英,《浣纱记》范蠡西施游春相遇等,往往作为爱情戏的发端,引动接下来的情节,同时也因"正撞见五百年前风流孽缘"的巧合,为爱情戏渲染上令人怦然心跳的浪漫色彩;一类巧遇亲友,如《牡丹亭》丽娘母女客中相遇,《绣襦记》父子邮亭不期相逢,《青衫记》裴兴奴逃难遇见小蛮、樊素等,一般表现人物离乱相遇,巧合团圆,出现在剧情收官阶段,用来收拢各条线

---

① 傅彬:《试论京剧花旦表演的多样性》,中国戏曲学院硕士学位论文,2015年,第10页。
② 麻国钧:《古典戏剧结构的重要特征》,《中华戏曲》2003年第2期,第203页。
③ 参见(明)毛晋:《六十种曲》,北京:文学古籍刊行社,1955年。

索上的人物，为最后的大团圆进行铺垫；一类结识新交，如《幽闺记》蒋兴隆与陀满兴福难中相识，结为兄弟，《牡丹亭》柳梦梅病倒于途，被陈最良搭救等，《鸾鎞记》温庭筠结识同去赶考的胡谈，两人言语交恶。它们常用在剧情中段，用以引入副线人物，推动或阻碍主人公的意愿行动，并由此导入下一步情节。

"巧遇"型出目为离合情节的展开提供了路上叙事的开放空间，用各种机缘巧合牵合不同线索上的人物，不仅发挥了对于全剧的结构作用，而且增强了无巧不成书的叙事效果。同样具有情节功能的，还有"历难"型的行路出目。它们不再是为主人公带来意外之喜，而是用盗劫、兵乱、灾险等方式，将行路者推入意想不到的困境。像元杂剧《临江驿》张翠鸾父女行舟落水，《张协状元》张协赶考路上被强盗打劫，落难古庙，《惊鸿记》杜甫、李白追赶唐明皇，被路上军人拘捕，《幽闺记》蒋世隆兄妹、王瑞兰母女被兵乱冲散，《玉合记》柳氏与轻娥干戈载道中失散等。汤显祖《邯郸记》"备苦"一出，是"历难"出目的典型代表。该出写卢生宦途失志，流配海南，一路遭遇瘴气、虎噬、盗杀、飓风、鲸鱼，几次濒临死境，终到鬼门关，将这段历难行程渲染到极致。不过，行人困境往往随着化解者或者化解方式的出现，如张翠鸾被渔翁搭救，张协被贫女收留，李杜被颜真卿释放，世隆瑞兰难中结缘，卢生大难不死等，使得行路人脱难而转入新的内容环节。像《邯郸记》的卢生行路，还隐喻了更深一层的题旨，即比喻宦海浮沉的万般险恶。

如果没有遇见什么人、什么事的话，行走过程实际枯燥而乏味。动作单调，过程重复，不具备太多情节动力因素。小说中常用"一路无话""闲言少叙"，一笔轻松掠过。放在舞台场面上，于此亦可不作交代，或者简单走个圆场，便示意走过了千山万水。这在古代戏剧中不为少见，上文已有所提及。但古代戏剧仍会在"无话"之中寻"话"，摇曳笔法，化枯燥为生动，将一路无事演得多姿多彩。

其一，写成抒情出目。行路者看似一路无事，却也因不受外事干扰，获得相对静止的空间，能够专注于内心的情感世界。古代戏剧据此写出以曲唱为主的抒情戏，其意不在接续后面的情节，而主要为了抒发行人在路中的各种情绪。如《临江驿》秋雨趱路、《宝剑记》林冲夜奔、《断发记》淑英走雪、《幽闺记》相泣路歧、《盐梅记》旅况萧条等。行路者因眼前景、心中事的触发，痛快歌哭，备述行路之苦，情怀之郁。这类出目中有不少因曲唱动听，情感真挚浓烈，成了全剧的重头场面，而且经历代艺人不断打磨，还传为经典折子戏。《宝剑记》"夜奔"就是典例。林冲被官兵追捕，"有家难回，有国难投"，行走时"怀揣着雪刃刀，行一步哭号咷"，①一路被愤怒、失志、惊吓、思家、复仇等各种情绪裹挟。表演者边走边唱，边叙边动，将曲唱、动作、情绪三者严丝合缝地贴合在一起，既富层次，又淋漓尽致地展现出林冲跌宕起伏的心情。这出戏演出难度较大，被视为昆曲生行的入门戏。

其二，写成诨闹出目。行路者结伴而行，成群结队，你一言我一语，会使得枯燥的行路过程变得喧闹起来。故科诨型行程出目多用在群场戏中，表演主角从生旦变为净丑，舞台充分利用净丑的滑稽特点，调动脚色身体语言的夸张表演，敷染场面，在静中生动，闲处取闹。例如《琵琶记》第10出蔡伯喈状元游街，在众人骑马行路的喧哗场面中，突出了净丑的诨闹表演，尤其丑骑马跌倒的科介动作十分抢眼。《张协状元》第8出无名客商赶路，末、净所扮客商遭遇丑扮强人打劫。这一出之所以没有划归"历难"型出目，是因为它与正剧情节全无关系，主要是为了诨闹而设。三个脚色彼此打诨，时而末净戏语耍闹，时而净耍拳弄棒，时而净丑对打棒子，场面既热闹又好笑。科诨型的行程出目意在"淡处做得浓，闲处做得热闹"②，属于热场戏的性质。其身段做出来好看，话语说出来好笑，尽管常游离于主干情节之外，却生动体现了古典戏剧"冷热相剂"的排场结构特色。

其三，写成过场出目。此类出目贴合了平平无奇的行路过程，大多篇幅简短，不含故事内容，简单用一两支行步唱曲作过场交代。曲子主叙所见之景，间夹行路之情，所抒之情率多套化内容。比如《张协状元》第37出贫女乞讨回乡，第40出张协行至五鸡山，第42出王德用启路登程，第44出王德用行至五鸡山；《琵琶记》第38出李旺从京都来到陈留，第40出又从陈留返回京都牛府相宅；明陆采《明珠记》第2出赴京等。从情节功能而言，这些"登程赶路"的出目，情节动力不强，即便删之，亦不影响下面的情节发展。但有意思的是，它们在南戏、传奇中比比皆是。究其因，

---

① 傅惜华编：《水浒戏曲集》（第二集），上海：上海古籍出版社，1985年，第66页。
② （明）吕天成：《曲品》，《中国古典戏曲论著集成》（六），北京：中国戏剧出版社，1959年，第223页。

它们的作用不在于讲述了什么,而在于具备了结构性功能,可以用人物之"行",示意空间的变动,方便接续上下情节,将人物推向下一个事件、下一个场所。

六、余论:"人在路上"的行走戏剧之思考

古代戏剧中的"行走",指发生在舞台故事表演之内的人物行走,包含了行走动作、行走场面和行走出目。它与今天所说"行走文学"并非同一概念,后者指向的是一种与书斋文学相对的写作行为方式,人在路上,边走边写,多用纪实之笔,描摹沿途见闻,抒发行路感怀,类似游记散文、行游诗等。如果将"人在路上"的写作形式融入虚构故事,则孕育出一类"路上叙事"的文学作品,古希腊史诗《奥德赛》、西方流浪小说《小赖子》、中国古代小说《西游记》《镜花缘》,以及现代电影中的公路电影等,都属于这一类以行走漂泊为叙事框架、用行走组织整体叙事的作品。行走题材最吸引人的地方,在于人物通过不停歇的脚步,推动情节变化,不断用迥异于常的新空间,将阅读者带向远方,带向陌生异域。

然而就戏剧而言,"路上叙事"的行走题材作品,似乎远不如故事、小说、游记那么发达。为什么在其他叙事文体可以枝繁叶茂的行走题材,到了戏剧中却很难"其叶沃若"呢?

我们说戏剧作为"场上"艺术,故事文本也好,演员表演也罢,主要为登台而设。舞台是一个兼容了虚拟与真实的空间,说小也小,说大也大。"小",是舞台实物的容量小;"大",是所演绎故事的储量大。一个剧本如果要将时光流转、地点变化、人物变迁、情节起伏,都压缩在巴掌大的舞台时空,势必暗含了物理空间与故事空间不可避免的矛盾。对于拥有蒙太奇剪辑的电影艺术来说,解决这个矛盾不成问题,剪切、拼接、跳跃、叠加、置换等后期制作手段,可以扫除一切空间障碍,让人物挣脱物理空间的制约,张开翅膀自由翱翔。但一旦打回到舞台原形,还是要面对如何在物理空间中有效切换故事空间的问题。路上行走题材是一种十分特殊的故事类型,人物一直在走,一直在换位,不停地处在陌生的、全新的环境中,实际是向舞台空间提出了更高的要求。随着一直流动的行走叙事线,场景营造务必跟上,空间转场务必衔接,指示空间的人物表演务必频繁,这些无疑都会增加舞台演出的压力,使得情节表演很大程度会让位于空间表演。

中国传统戏剧所受到的舞台空间掣肘还是有限的。上文可知,中国古代戏剧作品中存在大量的行走表演,不仅一本戏中空间的移位频繁,一场戏也可以分隔或移动几个空间,人物在其中不受限制地来回穿梭。这是因为传统戏剧表演的核心媒介在于演员身体,一抬脚千山万水,一转身异域他乡,故而空间演示能在虚拟写意之中,赋无形于有形,如弹丸流转,灵活流畅,自由地超越舞台空间的限制。不过我们发现,这些"行走"出目很少作为戏剧整体的结构形态,而主要作为一个个零部构件,分散融入为一部戏的某个场面或某段情节。当作为过场时,它们呈现为一条轴线,负责运行人物在空间中的换位;当作为重点场面时,它们停止下来,转化为一个面,一个充满表演性、情感性的展示面,凸显人物的喜怒哀乐。

元明间杨景贤的杂剧《西游记》,借了前代"西游取经"的故事蓝本,以唐僧西天取经为主线,串联了一个个行途的故事,算是一部典型的"人在路上"戏剧。除去第一本独立讲江流儿的故事外,从唐僧登程起算,路遇的故事分为收服悟空、收服沙僧、收服猪八戒、刘家庄、女儿国、铁扇公主、贫婆心印,再至灵鹫山证果朝元收束。为了方便组织众多小故事,这部作品长达六本二十四折,远远突破了元杂剧一本四折的规范体例,是现存元至明初杂剧中最长的一部。但在后世戏曲中,这种攒珠式行路叙事的长篇演法没有传承下去,西游故事大多数化为一个个独立故事剧目流行于现在的戏曲舞台,如《安天会》《三打白骨精》《大闹天宫》《盘丝洞》等。另有一部戏剧作品——明代郑之珍的戏文《目连救母》与西游故事有隐显的渊源,其中"遣将擒猿""白猿开路""过寒冰池""过火焰山""过烂沙河",从西游故事取材,仿用了行路方式结构了一部分剧情。目连戏是一种极为独特的宗教仪式戏剧,演出规模庞大,时间跨度长,《东京梦华录》载北宋东京构肆乐人自七夕至十五日止,搬演目连救母杂剧长达八九日,观者倍增,《陶庵梦忆》卷六也记载了明末徽州目连戏搬演三天三夜,万余人齐声呐喊的壮观场面。"人在路上"不拘情节内在逻辑,零散独立的故事形态,恰好有利于扩张目连戏庞大驳杂的内容。这当然是较为另类的剧本类型。常态上,中国古典戏剧鲜见行路叙事结构的长篇作品。绝大多数"人在路上"的戏剧,如《千里送京娘》《十八相送》《昭君出塞》等,都处理为精简的折子戏形态。它们表现的不是故事变化与陌生异域,而是将重点放在人物情感的刻画上,用人物情感统一行走空间。这样一来,空间只是枨触人物的媒介,为人物情感而服务,而观众沉浸在一体化的情境中,感受不到多空间带来的变动感与异质感。

传统戏剧行走题材欠发达,更有可能因为此类故事题材的取源匮乏。中国本土戏剧的故事主要来自历史本事、宗教故事、民间故事传说等,擅长讲述居家、苦守、等待与回归的故事类型,并不像西方具有流浪汉的叙事传统,盛产远行、流浪、历险之类的陌生异域故事。① 中国本土戏剧故事人物的游历,比如贞女寻夫、孝子寻亲、仕宦程途等,行走情节基本作为一个叙事环节,融进了苦守回归的大故事范畴。人物的出行远游也不太强调空间本身的特质,杂剧《西游记》唐僧师徒走过的远方异土大同小异,人物语言行事似乎都打上了本国乡邦的烙印。这种故事形态与特质根植于中国农耕文化、乡土文化的土壤。农耕生活依时守则,稳定平和,使得生长出来的故事主张向内走而非向外求,故事主人公执念于回归乡园,回归家庭,而不希望在外漂泊,浪荡无根。西方文化发源于海洋文明,故事主人公具有向外探索、敢于冒险的文化精神。如果说,西方缺少在路上的戏剧,是缘于西方戏剧舞台写实性、情节整一性的观念局限,那么中国戏剧则很大程度受限于农耕家园的叙事传统,难以生产出丰富的"流浪汉"式的远行故事。

第五节　元杂剧中的"三复"与中国戏剧叙事演进

"三复",又称"三迭"或"三叠",是中外民间文学一种常见的重复叙述模式,指同类型情节的三次反复。中国古典小说多有三复情节,诸如三顾茅庐(《三国演义》)、三打祝家庄(《水浒传》)、三打白骨精(《西游记》)、刘姥姥三进大观园(《红楼梦》)等,对此学界关注较早,研究颇丰。② 相比而言,古典戏剧亦含有大量的三复情节,迄今鲜见相关研究。作为早期戏剧的代表样式,元杂剧使用三复情节的剧本比比皆是。相当数量的作品直

---

① 傅修延:《论西方叙事传统》,《天津社会科学》2020年第1期,第114—115页。
② 关于古代小说中"三复"情节的研究,参见杜贵晨《古代数字"三"的观念与小说的"三复"情节》(《文学遗产》1997年第1期)、《中国古代小说"三复情节"的流变及其美学意义》(《齐鲁学刊》1997年第5期)、《〈儒林外史〉的"三复情节"及其意义》(《殷都学刊》2002年第1期),梁雁《论〈红楼梦〉的"三复情节"》(《泰安师专学报》2002年第4期),张文《浅论〈聊斋志异〉的'三复情节'》(《厦门教育学院学报》2003年第3期)等。

接以"三"题名,如《吕洞宾三醉岳阳楼》《马丹阳三度任风子》《争报恩三虎下山》之类,将"三复"奉为招揽观众的金字招牌。① 至于题目无"三",实际却包含三复内容的元杂剧作品,更是不胜枚举。同为民间文艺样式之一,古代戏剧与小说的三复情节肯定会有某些共通的形式,但舞台表演的本质属性,又决定了戏剧中的"三复"理应包含其他文体所无法取代的形式特征。因此,本节对于元杂剧中的"三复"研究,绝不是一次老调重弹,而是意图考察"三复"融入戏剧文体的表现形态与特征,进而站在戏剧发展史的角度,探究戏剧故事与演剧的融合。

一、元杂剧中的"三复"情节

杜贵晨根据对古代小说的研究,将"叙事作品写人物做一件事经三次重复才完成的情节设计",称为"三复情节"。② 其所重复的内容,既可扩展为一个较长的情节篇幅,像"三顾茅庐""三打祝家庄""三借芭蕉扇",纵跨数回章目,构成大段故事;也可浓缩为一个小节、细部,如《儒林外史》中的严监生临终三举、范进三笑成疯等。元杂剧中,三复情节同样融于大大小小的情节段落,呈现出与之相类的表现形式。

第一种,"框架式"三复情节,即以三复为纲,组构全部情节叙事。在元杂剧一本四折的篇幅中,此类三复情节约覆盖了一半乃至全部的内容,如同一人之骨骼、一屋之梁架,支撑起所有的故事情节。例如,《吕洞宾三度城南柳》《吕洞宾三醉岳阳楼》《鲁智深喜赏黄花峪》等剧中,三复情节覆盖了全剧。以《吕洞宾三醉岳阳楼》为例,该剧头两折与楔子写吕洞宾三次醉饮岳阳楼,欲引度前身为柳精的郭马儿。到了第三、四折,在重复之中起了变化,郭妻被杀,郭马儿被诬下狱,终于从红尘迷幻中醒悟过来,完

---

① 参见庄一拂:《古典戏曲存目汇考》(上海:上海古籍出版社,1982年)。该书所录元杂剧题名含"三"的剧目,存本者11种:《包待制三勘蝴蝶梦》《吕洞宾三度城南柳》《吕洞宾三醉岳阳楼》《马丹阳三度任风子》《争报恩三虎下山》《尉迟恭三夺槊》《虎牢关三战吕布》《吕翁三化邯郸店》《守贞节孟母三移》《张翼德三出小沛》《月明三度临歧柳》,皆采掇"三复"叙述形式。存目者因原本散佚,未可一律贴上"三复"标签。其中,除去明显与"三复"无关之题名,如《唐三藏西天取经》《狄梁公智斩武三思》《李三娘麻地捧印》等实为人名含"三"而已,余者68种,如《宋上皇三恨李师师》《韩湘子三度韩退之》《关大王三捉红衣怪》等的题名,包含同一施动人向同一对象做三次重复的动作,应该用到了三复形式。本节所引元杂剧俱出臧懋循《元曲选》(杭州:浙江古籍出版社,1998年),隋树森《元曲选外编》(北京:中华书局,1959年),《孤本元明杂剧》(北京:中国戏剧出版社,1958年),不另标注。

② 杜贵晨:《〈儒林外史〉的"三复情节"及其意义》,《殷都学刊》2002年第1期,第87页。

成了最后的度脱。

有的三复情节看似只占据了大约一半篇幅,如《张飞三出小沛》有两折加一个楔子,均在重复张飞为搬取救兵,三次单枪匹马奔出小沛,对战吕布的情节;《马丹阳三度任风子》后三折设了三次局,分用杀人局、亲情局、生死局,试探任风子的修行意志。但是,那些不在三复情节之内的部分,要么是布局三复的开始,要么是三复产生的结果,实际仍属于三复情节的组织叙述,应被纳入三复框架之内。像《张飞三出小沛》首折交代张飞杀死吕布手下,导致吕布围城的原因,而末折大加赏赐,相当于张飞大战吕布的回述性赞歌。

第二种,以三复为核,组织重要的情节叙事。其三复情节的篇幅,虽不若三复框架绵延全剧,然亦纵跨相当之情节长度,是全剧的重要组成。比如《争报恩三虎下山》一剧的首两折重点叙述李千娇三次搭救水浒好汉关胜、徐宁、花荣的故事,元明间无名氏杂剧《孟母三迁》的前半段围绕孟母迁居进行了三次重复,至定居学府,三复情节正式结束。此类占了"半壁江山"的三复情节,我们应注意其与三复框架之间的区别。后者整本戏剧均包容在三复结构系统之内,包括三复之因、三复过程、三复之果,结构整然有序;而前者只是全剧情节的重要组成,像《孟母三迁》到了第三折便转入孟母断机教子的另一事件,虽与三复情节有一定关联,但从内容与手法上看,已然属于新的事件,新的组织。

还有的三复情节只占据一折分量,却在全剧具有举足轻重的核心地位,往往作为画龙点睛之笔,被安排在全剧叙事的最高潮。关汉卿《窦娥冤》中,窦娥临斩前发下三桩誓愿,每发一桩,当场应验,最后一桩在第四折开首亦有说白验明,形成以三桩誓愿、三次应验为重复元素的三复情节。这场戏中,人心之激愤,精神之悲壮,天地之感动,交相辉映,制造了全剧最荡气回肠的一幕。

第三种,三复作为局部情节或者细节,穿插在一折之内的某个情节点上。所据内容篇幅有限,既非框架,也非核心,可视为整体情节中的一个片段、一节链条。例如《赵氏孤儿》第一折韩厥三次搜检药箱子,第三折屠岸贾三次逼迫程婴行杖;石君宝《李亚仙花酒曲江池》第一折郑元和三次惊艳于李亚仙的美貌;《李逵负荆》第三折李逵三次叫门;《刘弘嫁婢》第一折净扮王秀才三次拜别姑父姑姑,等等,不胜枚举。

这种三复情节或细节,星星点点,如盐入水,融于各个情节点,在承上启下、烘托人物、渲染场景等方面,起到了不可忽略的叙事作用。有的承担局部情节之关锁,如《窦娥冤》中,窦娥三次熄灯翻卷,是扭转冤案的重要一笔,如果没有三复引起的异状,主审官就很难产生追缉真凶的疑心。有的擅长营造各种戏剧场景,烘托人物形象,如《赵氏孤儿》程婴三次行杖公孙杵臼,第一次被屠岸贾疑心拿了细棍子,第二次又被屠岸贾疑心拿了粗棍子,第三次拿了不粗不细的中棍子,才遂了屠氏心意,这个情节制造出紧张矛盾的情境氛围,生动刻画出屠岸贾的狡诈、程婴的无奈。

总而言之,三复情节大大小小,或为框架,或为核心,或为片段,或为细节,在元代杂剧作品中的容量、作用和地位互有差别。但它们皆加强了杂剧的篇章组织,推动了戏剧情节,渲染了戏剧氛围,是元杂剧叙述人物故事的重要方式。

二、元杂剧中的"三复"表演

戏剧舞台表演的叙事能力,是有别于其他文本叙事的独特性所在。通过结合动作、脚色、音乐、道具等表演因素,元杂剧也催生了很多三复表演的形式。这是戏剧吸收"三复"的独特形式,也是我们尤需关注的部分。

三复动作是三复表演中最为常见的一类。它广泛附着于各个相应的人物故事之上,演员通过反复三次某个或某组动作的表演,发挥动作叙事的作用。关汉卿《杜蕊娘智赏金线池》中,杜蕊娘初次与韩辅臣见面,把盏"三科",双方重复三次斟酒与饮酒的动作,反映出彼此一见钟情、两相绸缪;《钱大尹智宠谢天香》中,钱大尹三次"将挂杖放在"谢天香左或右肩上,且三次"拨科",双方一放一拨,暗示了谢天香与钱大尹的冲突性关系;《陈州粜米》中,包公手执尚方宝剑"做三科",要在这上头"看觑"为非作歹的杨金吾,预伏了后面秉公执法、惩奸除恶的情节。

三复说白表演也常见于元杂剧之中,表现为连说三次相类似的话。通过语言往来覆去的重复渲染,产生特定的叙事意义。比如,《虎牢关三战吕布》第二折有一个"三科了",演刘备与张飞两人一问一答,三次重复不得入营的传令,刻画了人物进退失据、狼狈不堪的状态,表演风格滑稽;《双献功》首折喽啰"做三科",传了三遍宋江之令,为接下来李逵接令出山,蓄势待发。有的三复说白,并不写作"三科",但人物对答之间亦能看出三次重复的痕迹。《双献功》一剧中,正末扮李逵准备陪同孙孔目下山,宋江临行嘱咐万事忍耐:"(正末)哥也,假似有人骂您兄弟呢?(宋江云)

忍了。(正末云)有人唾在兄弟脸上呢？(宋江云)揩了。(正末)有人打你兄弟呵呢？(宋江云)你也还他些。"这三次问答语言结构相同，意思类似，属于三次重复性的说白表演。只到了最后一句，宋江答复有了变化，带出了对兄弟的关爱。舞台上，李逵角色在表演时应该会利用三次声口语气的变化，配合形体动作，加强表演的感染性，塑造出李逵可爱幽默的形象。

　　元杂剧的脚色布置也一定程度地吸收了三复手法。关汉卿《陈母教子》一剧安排了三个兄弟。大末、二末所饰人物气质端正，谈吐风雅，都一举夺魁，考中了状元，三末所扮小弟气性骄傲，语言滑稽，与两个兄弟形成表演上的反差。关汉卿《三勘蝴蝶梦》中，王氏三兄弟也采用了这类三复脚色的布置。老大、老二由冲末扮演，老三为丑行应工，脚色与人物的配置更为合理。此类三复脚色设置的关键点在于"老三"，他属于丑行的人物，承担了三复表演中最为重要的一环。表演与前两个正派角色背向而驰，端端正正的语言动作到"老三"这儿，复中生变，由冷转热，走向滑稽风格。

　　其他表演因素也吸收了三复手法。比如音乐排场的三复，《窦娥冤》第三折有"净扮公人，鼓三通、锣三下科"，"三通""三下"指后场乐队三次敲击锣、鼓乐器，表示公人法场开道，要押送窦娥问斩；三件道具的运用，《救风尘》中赵盼儿自带羊、酒、大红罗三样嫁妆，成功骗取了周舍人的信任；《桃园三结义》中刘关张三人分别演练剑、刀、矛三样兵器。剧本中的三样物什，可化为舞台上的三件道具，配合相应情节或者演员科介动作，往返构成三次的道具表演。

　　此外，我们还发现了同类情节的三复表演程式。当人物与被误认为亡故的亲人见面时，有一类"三叫三应"的表演。《桃花女》楔子中，石母以为儿子成了鬼，要试探叫三声，如果儿子应答一声高似一声，则是人；如果一声低似一声，则是鬼，结果石母与儿子三次叫答，一声比一声低，创造出舞台戏剧性的效果。这种三复叫答，在元杂剧《货郎旦》《合汗衫》《罗李郎》中都有应用，汤显祖《牡丹亭》杜丽娘重生见母亦沿用之，既表达了亲人见面既思又怯的情感，也造成似人似鬼的悬疑，深受观众的喜爱。其程式科范强，变化性小，意义自明，对于演员是一个按部就班的舞台套路，对于创作者是一个简明的情节交代，对于观众则是一段心照不宣的叙事印证。

三、元杂剧中"三复"的结构形态

阿克塞尔·奥尔里克认为,重复是一种重要的叙事结构,是使叙事丰满起来的有效手段,甚至"离开了重复,叙事就不能获得它的完整的形式"①。三复是重复叙事的一种特殊形式。它围绕某一共同元素,以三为步骤,形成一个整齐的序列结构,其中包含了"重复"与"三"两个要素。"重复"使事件要素汇聚在一根指挥棒下,围绕某个共同叙事单元,合奏共鸣,表达特殊的题旨意义,而"三"强化了重复的结构形态,使得重复的乐章浮现出一种寓变化于整齐的序列叙事结构。元杂剧出现的"三复",不论是贯穿全剧的三复框架,还是散缀于各个情节点的三复片段、三复表演,都呈现出这样的结构形态。

首先,三复的核心元素是重复,通过一而再、再而三的重复,强调彼此共通的一面,凸出连贯一体的、齐齐整整的独立结构。

重复可以分为"同相符素"与"异相符素"的两种重复类型。② 由于重复的符号元素相同,"同相符素"可以清楚提炼出所重复的元素是人物还是场景,是动作还是说唱,因此结构形态最为明晰。《李亚仙花酒曲江池》第一折中,郑元和惊艳于李亚仙的美貌,三次坠鞭,仆人张千三次拾起、三次打趣,行为语言完全相同,呈现出清晰整齐的"同相符素"重复的结构型态。"异相符素",即所重复的单元从外表看缺乏共同性,并构不成重复内容,但如果放入文本内进行合一性的对比,就能判断出重复的性质。《杜蕊娘智赏金线池》第三折写到韩辅臣拜见石府尹,韩生"唱喏""下跪""触阶",上演了三次拜礼,打动了石府尹。这三个科介形态全然不同,但对比一下,可以发现它们所指向的人物都是石府尹,包含了共同的人物关系、共同的动作目的,构成了一组"异相"重复的表演。

三复是从这些同相符素或异相符素的叙述元素中,有目的地提取某个行为、某个事件、某个场景或某种表演手段,进行重复性的横向聚合,而每一次重复数量的增加,聚拢为一种向心力,凸显出重复符号的意义,进

---

① [丹麦]阿克塞尔·奥尔里克:《民间故事的叙事规律》,[美]阿兰·邓迪斯:《世界民俗学》,陈建宪等译,上海:上海文艺出版社,1990年,第187页。
② 赵毅衡:《论重复:意义世界的符号构成方式》,《河南师范大学学报(哲学社会科学版)》2015年第1期,第122页。

而产生某种特定的象征内涵。比如元代度脱题材最喜欢采用三复情节，这不仅仅是某部剧作的特例现象，而是上升为一类题材剧作的集体结构形式，《三度城南柳》《三醉岳阳楼》《三度任风子》《三化刘行首》《三化邯郸店》等莫不用之。它从世人为何不愿出家的心理入手，提炼出"劝度—拒度"的核心情节，通过三次劝与拒的拉锯战，一层层加深这种矛盾心理的刻画。剧中不断迭现相同的人物、场地和情境，寓含了深刻的象征意味：人们对红尘的迷恋如此往往复复，无穷无尽，到底需要怎样的机缘才能勘破人生迷雾。可以说，三复形式赋予了重复情节深层的隐喻意义，加深了剧作主题的意图表达。

表演形式符号的重复，则会通过某个形式元素的重复渲染，强化形式本身的艺术质感。三复表演属于复合表演，表现为一组整齐有序的动作、说白或脚色表演，它们所占据的舞台时间远远大于被简化为"三科"的文本时间。演员会按照三复程序，舒展出优美饱满的表演形态。而且因为重复往返，三复表演还体现出对称与平衡的形式美，一来一去的动作，环环往复的话语，都稳稳把控在匀齐摆荡的节奏之中，增强了舞台形式的美学效果。《尉迟恭三夺槊》重点渲染"三夺槊"的竞技表演动作；《杜蕊娘智赏金线池》三个拜谒科介，演员重在展现许多的身段技巧。此时戏剧除了渲染人物与情节外，更侧重突出演员所呈现出的身段舞蹈、说唱技艺之美，这是基于重复而产生的舞台形式美。

其次，三复形式的奥秘，还在于"三"的变化，在重复之中制造差异，在差异之中推动变化，产生既流转回环又摇曳生姿的艺术美感，避免情节人物的板滞冗赘。

重复意味着同类元素的平行或叠加。古典戏剧情节基本表现为线性时间的叙事序列。如果三复始终围绕同一情节，重复同一向度的叙述，叙述将呈现平行状态，来回折返于三次机械重复，内容会显得枯燥复沓。因此，元杂剧三复情节大多处理为异相符素的重复，强调同中之变，每一次重复所包含的具体内容都不尽相同。如《三度任风子》设了三次度脱之"局"，一局戒财气，二局戒情色，三局戒六贼，三局三探，考验任风子是否尘缘已了；《三度城南柳》用吕洞宾三上岳阳楼贯穿三度，具体内容次次不同，一上欲度脱楼前城南柳，二上欲度脱柳树精，三上欲度脱胎为人的老柳。这些重复中的变化，使得三复在重复中具有新的变化、新的看点，并不令人觉得单调乏味。

在总体形式上,三复由三个重复序列组成,"某内容要素与另外一个与其同等重要的因素平行地发展并得到同等的体现"①,呈现出平行结构框架。然而其内部各个序列的构成并不一定为平行关系,"三叫三应"的表演,属于声音的逐级降低;韩辅臣的三次拜礼,属于动作幅度的逐级加大,它们都表现为递进结构,先后次序不能颠倒。一些优秀戏剧特别讲究这种内在序列的逻辑关系,一步一步踩准"三"的节奏,推动人物层次变化,将叙事表演推向高潮。《赵氏孤儿》中门将韩厥三次搜检程婴的一幕戏,便具有很强的层次感。第一次,韩厥询问药箱子有无夹带,程婴从容应对,气氛和缓;第二次,待婴欲走,韩厥忽然"叫科",再次追问箱内有什么夹带,此时气氛趋向紧张;第三次,程婴再次准备走脱,正末又高叫"程婴回来",此时紧张气氛瞬间冲向了顶点。这个三复片段紧紧扣住孤儿会不会被发现的悬念包袱,以三走三检三问为重复点,不断强化双方搜孤—救孤的冲突,一步步将气氛推向紧张的顶点。

重复也是有次数限度的,否则无休止地重复下去,不可能推动叙事表演的进程,产生故事人物的终局。三复的重复数量为"三",往往经历前两次的反复后,至第三次发生变化,促使人物故事跳出重复局面,走向"柳暗花明又一村"的新阶段。在元杂剧中,第三次变调会置换原有的重复元素,改变人物的行为轨迹,加剧情节波荡,增强情感的振幅,使故事导入新的方向。例如马致远《荐福碑》一剧中,范仲淹给了穷书生张镐三封荐书,投托三个人。第一封书刚投洛阳黄员外,此人害病死去;第二封书欲投黄州刘团练,中道又闻此人死去;到了第三封信,置换了人物的行为方式,张镐哀怨命薄,投也未投,便打道回府。至此挽住三复,转入雷轰荐福碑的情节。

四、"三复"与中国戏剧叙事演进

元杂剧的出现,标志着中国成熟戏剧时代的到来。其中一个重要指征是戏剧讲述故事的形式成熟起来。相较宋金杂剧院本,元杂剧引入了大量内容丰富的故事,其故事来源主要以历史与民间故事为巨大武库,从中选材进行改编或移植。由于三复形式在史书及传说、话本等民间口头艺术有着广泛的运用,元杂剧受益于这个沿传已久的史稗叙事传统,很自

---

① 辜正坤:《世界名诗鉴赏辞典》,北京:北京大学出版社,1990年,第1045页。

然也将三复纳入戏剧故事创作之中,如《守贞节孟母三移》出自《史记》、《尉迟恭三夺槊》出自《旧唐书》、《张飞三出小沛》出自《三国志平话》等,均源自史稗中三复类型的故事。

本质上,三复叙述结构是一种非写实化的口头诗学形式。它以重复为基调,三为步骤,合三成事,使叙事结构形式一目了然地外显出来,是重复叙事中一种极简洁、极清晰的结构形态。这种叙述结构产生于人类神话、传说或民间故事的口头叙述土壤,本身带有民间口头艺术的明朗形式与质朴美学风格。其追求的是均衡的叙述、一体的结构、鲜明的意义,而不习惯旁逸斜出,讲述复杂变化的内容,也不追求情节内部的精雕细琢。对于处在戏剧叙事形成初期的剧作家而言,这种结构形态简单、鲜明、有效,十分易于创作。因此,早期戏剧诸如宋金杂剧、院本、宋元南戏、元杂剧皆从中汲取了养料。

宋金杂剧院本中,三复主要与表演媒介相结合,出现了三个角色、三句话或者三个动作之类的三复表演。例如北宋宣和杂剧"三十六髻",演三婢梳不同头饰,一"朝天髻"讽喻家主人阿谀奉承,一"懒梳髻"讽喻主人懒怠朝政,一"三十六髻"讽喻主人败阵逃跑。① 此为异相三复,借三个角色、三种头饰隐语,辛辣地讽刺各类执政者。《武林旧事》"官本杂剧段数"、《南村辍耕录》"院本名目"所载标目为"三"的作品,数目众多。但此类戏剧随事而发,体制短小,叙事性弱,很难发挥三复的叙事功能。到了元杂剧,三复全面渗入元杂剧的故事创作与舞台表演,涌现出众多或纵贯全剧、或散缀细部的三复情节,促使戏剧脱离早期歌舞剧、滑稽科诨剧的短小体制,走向合歌舞以演事的剧本体制,戏剧叙事形态饱满起来。

元杂剧之所以对三复叙述结构有很高的受容度,一方面基于它是以故事为载体,孕育出以事为本的基本叙事形态,明曲家吕天成云:"杂剧但撷一事颠末,其境促;传奇备述一人始终,其味长。"② 另一方面相较其他早期戏剧样式,三复结构与元杂剧体制的契合度更高。元杂剧一本四折,一人主唱,叙事局限颇多,远不若南戏、传奇娓娓道来,汪洋恣肆。这样的演剧体制,极其需要寻找一种与之相应的简单结构,兼顾叙事与演剧的双

---

① 参见王国维:《宋元戏曲史》,上海:上海古籍出版社,2011年,第19页。
② (明)吕天成:《曲品》,《中国古典戏曲论著集成》(六),北京:中国戏剧出版社,1959年,第209页。

重需求。三复浑朴写意的结构形态,恰恰能与之一拍两合,三复与四折,聚焦渲染与曲体联唱,象征意蕴与抒情意味,如同天作之合般,彼此对应了各自的结构形式。我们不妨对比同时期流行的早期戏剧样式——南戏。宋元南戏迄今仅存 11 种题名含"三"的剧目,且多数局限于书生"三负心"的题材,而元杂剧标名为"三"的剧目便有近 80 种,庞涉了宗教度脱、绿林好汉、历史战争、公案剧等各类题材,使用三复叙述结构的现象十分突出。

三复叙述结构的融入,也铸造出元杂剧鲜明的写意化风格。来看一部戏——关汉卿《单刀会》,学界以往认为该剧情节重复,结构平行,缺乏张力。但重置三复视角之下,我们发现它实际是按照三复方式结构的:前两折围绕鲁肃该不该设宴,用第三方人物的口吻,两次重述关羽赫赫战绩,第三折情节复中求变,改为关羽该不该赴宴,由关羽自己唱述英雄事迹,实与前两折同调。重复是三复的应有之义,平行结构也是三复叙述的固定形态。这个戏的创作命意正是由三次重复中产生。它集中全剧的人物力量,从他赞到自赞,三次唱响了英雄的赞歌,烘托出一个伟大的战争英雄形象。《尉迟恭三夺槊》《鲁智深喜赏黄花峪》等剧,同样采用了这种平行叙述的三复结构,浓墨重彩地渲染了尉迟恭、水浒好汉的英雄形象,极具英雄诗剧的风采。可见,三复聚焦核心元素,反复渲染的结构方式,使得由它所构成的元杂剧作品,彰显出抒情写意的风格特征。

但这种戏剧结构风格,很大程度上不为后人认可。王国维肯定元杂剧意境自然,但批评其"关目之拙劣"[①]。戏剧史家洛地亦说元杂剧本质是"曲",是以"曲体结构为其结构"的一类戏剧,缺乏"有情节的,有矛盾的,有头有尾的故事",[②]不具备稳定的戏剧结构。这些认识都是基于元杂剧的四折联套曲体,没有考虑到元杂剧曲体与叙事的融合。我们说,戏剧的成熟某种程度是叙事体制的成熟。在这个过程中,戏剧一方面需要谋求从叙述体走向代言体的转变,另一方面需要推动演剧体制与故事的融合。三复以其简洁明快的结构方式,高度契合了元杂剧四折联唱的曲体结构,不仅方便了剧作者的故事创作,为元杂剧演事提供了有规则可循的方法、套路,也有利于观众掌握故事与舞台的核心要素,极大裨益了元

---

① 王国维:《宋元戏曲史》,上海:上海古籍出版社,2011 年,第 98 页。
② 洛地:《洛地文集·戏剧卷》,西雅图:艺术与人文科学出版社,2001 年,第 51 页、第 258 页。

杂剧叙事形态的成熟。就此而言，我们不能用逻辑性、写实性权其深浅，也无法用"精而微"的技巧衡其高下，诸如细节斗笋、过渡缜密、线索伏脉、人物照应，都不属于三复叙述的结构特征。当后人苛责元杂剧结构松散时，实际是忽视了元杂剧与民间叙事特定传统的密切关联。从戏剧史发展的角度看，三复叙述结构能在元杂剧中广泛使用，正是元杂剧自觉探索叙事形式的结晶，它推进了民间叙事结构与曲体结构的结合，发展出元杂剧自身美学结构形态，对于中国戏剧叙事体制的成熟，具有重要的促进作用。

参考文献

专著

1. 《明本潮州戏文五种(影印本)》,广州:广东人民出版社,1985年。
2. 《清人杂剧二集》,1934年影印本。
3. 《中国大百科全书:戏曲 曲艺》卷,北京:中国大百科全书出版社,1983年。
4. 《中国古典戏曲论著集成》(一—十),北京:中国戏剧出版社,1959年。
5. 蔡毅编著:《中国古典戏曲序跋汇编》,济南:齐鲁书社,1989年。
6. 曹广涛:《英语世界的中国传统戏剧研究与翻译》(第2版),广州:广东高等教育出版社,2011年。
7. 曹顺庆:《中西比较诗学》,北京:中国人民大学出版社,2010年。
8. 曹雪芹:《红楼梦》,中国艺术研究院红楼梦研究所校注,北京:人民文学出版社,2005年。
9. 车文明:《中国神庙剧场》,北京:文化艺术出版社,2005年。
10. 陈国球、王德威:《抒情之现代性:"抒情传统"论述与中国文学研究》,北京:生活·读书·新知三联书店,2014年。
11. 陈建森:《元杂剧演述形态探究》,海口:南方出版社,1999年。
12. 陈平原:《中国小说叙事模式的转变》(第2版),北京:北京大学出版社,2010年。
13. 陈世雄:《现代欧美戏剧史》(上、中、下),北京:文化艺术出版社,2010年。
14. 丁汝芹:《清代内廷演戏史话》,北京:紫禁城出版社,1999年。
15. 董健、马俊山:《戏剧艺术十五讲》,北京:北京大学出版社,2004年。
16. 董乃斌:《中国古典小说的文体独立》,北京:中国社会科学出版社,1994年。
17. 董乃斌主编:《中国文学叙事传统研究》,北京:中华书局,2012年。
18. 董上德:《古代戏曲小说叙事研究》,广州:广东高等教育出版社,2007年。
19. 杜佑:《通典》,北京:中华书局,1984年。

20. 冯梦龙:《墨憨斋定本传奇》,《冯梦龙全集》,上海:上海古籍出版社,1993年。
21. 傅谨:《草根的力量——台州戏班的田野调查与研究》,南宁:广西人民出版社,2001年。
22. 傅惜华编:《水浒戏曲集》,上海:上海古籍出版社,1985年。
23. 傅修延:《讲故事的奥秘——文学叙述论》,南昌:百花洲文艺出版社,1993年。
24. 傅修延:《先秦叙事研究:关于中国叙事传统的形成》,北京:东方出版社,1999年。
25. 傅修延:《中国叙事学》,北京:北京大学出版社,2015年。
26. 傅修延:《听觉叙事研究》,北京:北京大学出版社,2021年。
27. 高明:《元本琵琶记校注》,钱南扬校注,上海:上海古籍出版社,1980年。
28. 高小康:《市民、士人与故事:中国近古社会文化中的叙事》,北京:人民出版社,2001年。
29. 宫宝荣:《法国戏剧百年:1880—1980》,北京:生活·读书·新知三联书店,2001年。
30. 顾颉刚编著:《孟姜女故事研究集》,上海:上海古籍出版社,1984年。
31. 关汉卿:《关汉卿选集》,康保成、李树玲选注,北京:人民文学出版社,1998年。
32. 郭英德:《明清传奇综录》,石家庄:河北教育出版社,1997年。
33. 郭英德:《明清传奇戏曲文体研究》,北京:商务印书馆,2004年。
34. 郭英德:《优孟衣冠与酒神祭祀——中西戏剧文化比较研究》,合肥:安徽教育出版社,2014年。
35. 何辉斌:《戏剧性戏剧与抒情性戏剧:中西戏剧比较研究》,北京:中国社会科学出版社,2004年。
36. 何其莘:《英国戏剧史》,南京:译林出版社,1999年。
37. 洪昇:《长生殿笺注》,(日)竹村则行、康保成笺注,郑州:中州古籍出版社,1999年。
38. 洪昇著,吴仪一批评,明才校点:《吴仪一批评本〈长生殿〉》,南京:凤凰出版社,2011年。
39. 侯百朋:《〈琵琶记〉资料汇编》,北京:书目文献出版社,1989年。
40. 胡忌:《宋金杂剧考》,上海:古典文学出版社,1957年。
41. 胡忌、刘致中:《昆剧发展史》,北京:中国戏剧出版社,1989年。
42. 胡健生:《元杂剧与古希腊戏剧叙事技巧比较研究》,北京:中国社会出版社,2014年。
43. 胡亚敏:《叙事学》(第2版),武汉:华中师范大学出版社,2004年。
44. 胡一伟:《戏剧:演出的符号叙述学》,成都:四川大学出版社,2019年。
45. 黄嘉德:《萧伯纳研究》,济南:山东大学出版社,1989年。
46. 黄天骥、康保成:《中国古代戏剧形态研究》,郑州:河南人民出版社,2009年。
47. 黄天骥主编:《近代散佚戏曲文献集成》,太原:山西人民出版社,2018年。
48. 黄佐临:《我与写意戏剧观》,北京:中国戏剧出版社,1990年。
49. 纪蔚然:《现代戏剧叙事观》,台北:书林出版有限公司,2006年。
50. 姜文振:《文学何为:中西传统文学价值观比较研究》,北京:人民出版社,2014年。

51. 孔尚任:《桃花扇》,王季思、苏寰中、杨德平合注,北京:人民文学出版社,1959年。
52. 蓝凡:《中西戏剧比较论稿》,上海:学林出版社,1992年。
53. 兰陵笑笑生:《皋鹤堂批评第一奇书金瓶梅》,长春:吉林大学出版社,1994年。
54. 李达三、罗钢:《中外比较文学的里程碑》,北京:人民文学出版社,1997年。
55. 李昉等:《太平广记》,北京:中华书局,1961年。
56. 李静:《明清堂会演剧史》,上海:上海古籍出版社,2011年。
57. 李绿园:《歧路灯》,北京:大众文艺出版社,2002年。
58. 李万寿译注:《晏子春秋全译》,贵阳:贵州人民出版社,1993年。
59. 李修生主编:《古本戏曲剧目提要》,北京:文化艺术出版社,1997年。
60. 李幼蒸选编:《结构主义和符号学》,北京:生活·读书·新知三联书店,1987年。
61. 梁辰鱼:《浣纱记校注》,张忱石、钟文、刘尚荣、楼志伟校注,北京:中华书局,1994年。
62. 廖可兑:《西欧戏剧史》(第3版),北京:中国戏剧出版社,2001年。
63. 廖燕:《廖燕全集》,林子雄点校,上海:上海古籍出版社,2005年。
64. 刘茂生:《王尔德创作的伦理思想研究》,武汉:华中师范大学出版社,2008年。
65. 刘茂生:《社会与政治的伦理表达:萧伯纳戏剧研究》,北京:人民出版社,2019年。
66. 刘念兹:《南戏新证》,北京:文化艺术出版社,2014年。
67. 刘守华:《民间故事的比较研究》,北京:中国民间文艺出版社,1986年。
68. 刘守华:《比较故事学》,上海:上海文艺出版社,1995年。
69. 刘晓明:《杂剧形成史》,北京:中华书局,2007年。
70. 卢前:《明清戏曲史读曲小识》,北京:中华书局,2014年。
71. 陆粲、顾起元:《客座赘语》,北京:中华书局,1987年。
72. 陆萼庭:《昆剧演出史稿》,上海:上海文艺出版社,1980年。
73. 罗念生:《罗念生全集》,上海:上海人民出版社,2004年。
74. 罗湉:《18世纪法国戏剧中的中国形象研究》,北京:北京大学出版社,2014年。
75. 洛地:《洛地文集》"戏剧卷",西雅图:艺术与人文科学出版社,2001年。
76. 毛晋:《六十种曲》,北京:文学古籍刊行社,1955年。
77. 孟昭毅等:《印象:东方戏剧叙事》,北京:昆仑出版社,2006年。
78. 聂珍钊、王松林主编:《文学伦理学批评理论研究》,北京:北京大学出版社,2020年。
79. 聂珍钊:《文学伦理学批评导论》,北京:北京大学出版社,2014年。
80. 钮骠主编:《说谭鑫培》,北京:中国戏剧出版社,2010年。
81. 欧阳江琳:《南戏演剧形态研究》,广州:广东高等教育出版社,2019年。
82. 齐如山:《国剧艺术汇考》,沈阳:辽宁教育出版社,1998年。
83. 齐如山:《齐如山回忆录》,沈阳:辽宁教育出版社,2005年。
84. 齐森华、陈多、叶长海主编:《中国曲学大辞典》,杭州:浙江教育出版社,1997年。
85. 钱南扬:《宋元戏文辑佚》,上海:上海古典文学出版社,1956年。
86. 钱南扬校注:《永乐大典戏文三种校注》(第2版),北京:中华书局,2009年。

87. 秦学人、侯作卿:《中国古典编剧理论资料汇辑》,北京:中国戏剧出版社,1984年。
88. 冉东平:《西方现代戏剧叙事转型研究》,北京:北京大学出版社,2017年。
89. 饶芃子主编:《中西戏剧比较教程》,广州:广东高等教育出版社,1989年。
90. 任半塘:《唐戏弄》(全二册),上海:上海古籍出版社,1984年。
91. 阮炜等著:《20世纪英国文学史》,青岛:青岛出版社,2014年。
92. 申丹、韩加明、王丽亚:《英美小说叙事理论研究》,北京:北京大学出版社,2005年。
93. 沈泰:《盛明杂剧》,北京:中国书店,2012年。
94. 施蛰存、海岑编:《外国独幕剧选》(第一集),上海:上海文艺出版社,1981。
95. 司马迁:《史记》,北京:中华书局,2009年。
96. 苏永旭主编:《戏剧叙事学研究》,北京:中国戏剧出版社,2004年。
97. 隋树森:《元曲选外编》,北京:中华书局,1959年。
98. 孙崇涛、黄仕忠笺校:《风月锦囊笺校》,北京:中华书局,2000年。
99. 孙楷第:《也是园古今杂剧考》,上海:上杂出版社,1953年。
100. 谭帆、陆炜:《中国古典戏剧理论史》(修订版),上海:华东师范大学出版社,2005年。
101. 汤显祖:《汤显祖全集》,徐朔方笺校,北京:北京古籍出版社,1999。
102. 陶君起:《京剧剧目初探》,北京:中国戏剧出版社,1963年。
103. 陶宗仪:《南村辍耕录》,北京:中华书局,1959年。
104. 王国维:《宋元戏曲史》,上海:上海古籍出版社,2011年。
105. 王季烈编校:《孤本元明杂剧》,北京:中国戏剧出版社1958年。
106. 王利器辑录:《元明清三代禁毁小说戏曲史料》(增订本),上海:上海古籍出版社,1981年。
107. 王秋桂主编:《善本戏曲丛刊》(第一辑),台北:台湾学生书局,1984。
108. 王实甫:《西厢记》,王季思校注,上海:上海古籍出版社,1978年。
109. 王卫民:《吴梅戏曲论文集》,北京:中国戏剧出版社,1983年。
110. 王阳:《虚拟世界的空间与意义》,银川:宁夏人民出版社,2007年。
111. 王永梅:《本·琼森宫廷假面剧与自我作者化研究》,北京:科学出版社,2015年。
112. 王佐良、周珏良:《英国20世纪文学史》(第2版),北京:外语教学与研究出版社,2006年。
113. 翁偶虹:《翁偶虹编剧生涯》,北京:同心出版社,2008年。
114. 吴笛:《外国文学经典生成与传播研究》,北京:北京大学出版社,2019年。
115. 吴光耀:《西方演剧史论稿》(第2版),北京:中国戏剧出版社,2002年。
116. 吴光耀译:《西方演剧艺术》,上海:上海文化出版社,2002年。
117. 吴自牧:《梦粱录》,杭州:浙江人民出版社,1980年。
118. 伍蠡甫:《西方文论选》(上、下卷),上海:上海译文出版社,1979年。
119. 谢江南:《萧伯纳戏剧新论》,北京:外语教学与研究出版社,2013年。
120. 徐沁君校点:《新校元刊杂剧三十种》(全二册),北京:中华书局,1980年。

121. 徐渭:《徐渭集》(全四册),北京:中华书局,1983年。
122. 徐燨:《写心杂剧》,清梦生堂刊十八折本。
123. 许建中:《明清传奇结构研究》,郑州:中州古籍出版社,1999年。
124. 荀慧生:《荀慧生演剧散论》,上海:上海文艺出版社,1963年。
125. 荀慧生:《荀慧生演出剧本选》,上海:上海文艺出版社,1982年。
126. 杨义:《中国叙事学》,北京:中国社会科学出版社,2006年。
127. 叶明生:《福建傀儡戏史论》,北京:中国戏剧出版社,2004年。
128. 俞为民校点:《宋元四大戏文读本》,南京:江苏古籍出版社,1988年。
129. 俞为民:《南戏通论》,杭州:浙江人民出版社,2008年。
130. 俞为民、孙蓉蓉编:《历代曲话汇编:新编中国古典戏曲论著集成》,合肥:黄山书社,2009年。
131. 臧懋循:《元曲选》,杭州:浙江古籍出版社,1998年。
132. 张岱:《陶庵梦忆 西湖梦寻》,夏咸淳、程维荣校注,上海:上海古籍出版社,2001年。
133. 张发颖:《中国戏班史》,北京:学苑出版社,2003年。
134. 张敬:《明清传奇导论》,台北:华正书局,1986年。
135. 张寅德编选:《叙述学研究》,北京:中国社会科学出版社,1989年。
136. 赵毅衡:《符号学原理与推演》,南京:南京大学出版社,2011年。
137. 赵毅衡:《广义叙述学》,成都:四川大学出版社,2013年。
138. 郑振铎主编、《古本戏曲丛刊编辑》委员会:《古本戏曲丛刊》初集、二集、三集、四集、五集、九集,上海:商务印书馆,1954—2020年。
139. 中国戏曲志编辑委员会编:《中国戏曲志》,北京:中国ISBN中心,文化艺术出版社,1990—1995年。
140. 钟敬文:《钟敬文民间文学论集》(上),上海:上海文艺出版社,1982年。
141. 周传瑛口述,洛地整理:《昆剧生涯六十年》,上海:上海文艺出版社,1988年。
142. 周豹娣编著:《独幕剧名著选读》,上海:上海书店出版社,2011年。
143. 周宁:《比较戏剧学——中西戏剧话语模式研究》,上海:上海社会科学院出版社,1993年。
144. 周宁主编:《西方戏剧理论史》,厦门:厦门大学出版社,2008年。
145. 周世瑞、周攸:《周传瑛身段谱》,台北:台北国家出版社,2003年。
146. 朱素臣:《十五贯校注》,张燕瑾、弥松颐注,上海:上海古籍出版社,1983年。
147. 庄一拂编著:《古典戏曲存目汇考》(全三册),上海:上海古籍出版社,1982年。
148. 邹元江:《中西戏剧审美陌生化思维研究》,北京:人民出版社,2009年。

学术论文

1. 陈友峰:《从"模仿性"表达到"叙述性"渗入——人类学视野下的中国戏曲艺术的生

成》,《民族艺术》2010年第2期。
2. 杜贵晨:《〈儒林外史〉的"三复情节"及其意义》,《殷都学刊》2002年第1期。
3. 杜桂萍:《论"短剧完成"与〈吟风阁杂剧〉的艺术创获》,《文艺研究》2008年第9期。
4. 傅谨:《"三大戏剧体系"的政治与文化隐喻》,《艺术百家》2010年第1期。
5. 傅谨:《戏曲导演制的引进与得失平议》,《文艺研究》2020年第10期。
6. 傅修延:《为什么麦克卢汉说中国人是"听觉人"——中国文化的听觉传统及其对叙事的影响》,《文学评论》2016年第1期。
7. 傅修延:《中西叙事传统比较论纲》,《学术论坛》2017年第2期。
8. 傅修延:《论叙事传统》,《中国比较文学》2018年第2期。
9. 傅修延:《论西方叙事传统》,《天津社会科学》2020年第1期。
10. 耘耕:《"第四堵墙"索解偶记》,《艺术百家》1995年第4期。
11. 郭英德:《叙事性:古代小说与戏曲的双向渗透》,《文学遗产》1995年第4期。
12. 何萃:《文体结构与文化观念的双重视域——中国古典戏剧叙事研究引论》,《戏剧艺术》2018年第1期。
13. 黄天骥:《"旦"、"末"与外来文化》,《文学遗产》1986年第5期。
14. 黄天骥:《元剧的"杂"及其审美特征》,《文学遗产》1998年第3期。
15. 黄天骥、徐燕琳:《闹热的〈牡丹亭〉——论明代传奇的"俗"和"杂"》,《文学遗产》2004年第2期。
16. 黄旭涛:《中国民间小戏七十年研究述评》,《民间文化论坛》2019年第4期。
17. 黄佐临:《意大利即兴喜剧》,《戏剧艺术》1981年第3期。
18. 黄佐临:《梅兰芳、斯坦尼斯拉夫斯基和布莱希特》,《人民日报》1981年8月12日。
19. 解玉峰:《"脚色制"作为中国戏剧结构体制的根本性意义》,《文艺研究》2006年第5期。
20. 康保成:《20世纪的中国戏剧起源研究》,《戏史辨》2002年第3辑。
21. 康保成:《五十年的追问:什么是戏剧?什么是中国戏剧史?》,《文艺研究》2009第5期。
22. 康保成:《清朝昆班如何搬演〈牡丹亭〉——以〈缀白裘·叫画〉为中心》,《学术研究》2016年第10期。
23. 康保成、陈燕芳:《戏曲究竟是演人物还是演行当?——兼驳邹元江对梅兰芳的批评》,《文艺研究》2017年第7期。
24. 李连生:《"听戏"与"看戏"——中国戏剧的双重属性》,《戏剧艺术》2013年第6期。
25. 廖玉如:《空的空间:彼得·布鲁克的〈哈姆雷特的悲剧〉与吕柏伸的〈哈姆雷特〉研究》,《成大中文学报》2008年第23期。
26. 刘兴利:《"检场人"刍议》,《民族艺术》2012年第2期。
27. 刘彦君:《早期东西方戏剧的相近特性》,《艺术百家》2003年第1期。
28. 龙迪勇:《叙事学研究的空间转向》,《江西社会科学》2006年第10期。

29. 罗锦鳞:《谈东西方戏剧的交融》,"东西方戏剧比较研讨会"发言稿,北语比较文学整理,转自"戏剧传媒"公众号,2019年7月13日。

30. 洛地:《"一正众外""一角众脚"——元杂剧非脚色制论》,《戏剧艺术》1984年第3期。

31. 洛地:《观众是戏剧的上帝——说破·虚假·团圆:中国传统戏剧艺术表现三维》,《福建艺术》2009年第5期。

32. 麻国钧:《古典戏剧结构的重要特征》,《中华戏曲》2003年第2期。

33. 尚必武:《超越与走向:后经典叙事学存在之维论略》,《学术论坛》2008年第3期。

34. 尚必武:《西方文论关键词 叙事性》,《外国文学》2010年第6期。

35. 申丹:《叙事学研究在中国与西方》,《外国文学研究》2005年第4期。

36. 孙崇涛:《明人改本戏文通论》,《文学遗产》1998年第5期。

37. 王安祈:《"乾旦"传统、性别意识与台湾新编京剧》,《文艺研究》2007年第9期。

38. 吴光耀:《意大利假面喜剧》,《艺术百家》1987年第1期。

39. 吴新雷:《〈牡丹亭〉台本〈道场〉和〈魂游〉的探究》,《东南大学学报》2012年第1期。

40. 徐雪辉:《科举场面与戏剧效果》,《齐鲁学刊》2008年第2期。

41. 阎立峰:《论戏剧文本与舞台演出中的剧场性》,《浙江学刊》2002年第3期。

42. 张青:《明传奇中的定情信物》,《民俗研究》2003年第2期。

43. 赵毅衡:《"叙述转向"之后:广义叙述学的可能性与必要性》,《江西社会科学》2008年第9期。

44. 赵毅衡:《论重复:意义世界的符号构成方式》,《河南师范大学学报(哲学社会科学版)》2015年第1期。

45. 郑劭荣:《论中国传统戏曲口头剧本的定型书写——兼谈建国后传统戏整理的得失》,《中南大学学报(社会科学版)》2014年第5期。

46. 周宁:《叙述与代言:中西戏剧模式比较》,《外国文学研究》1991年第2期。

47. 朱伟华:《欧洲两种戏剧文本形态之比较》,《戏剧艺术》2004年第2期。

48. 朱颖辉:《张庚的"剧诗"说》,《文艺研究》1984年第1期。

49. 祝秀丽:《重释民间故事的重复律》,《民俗研究》2005年第3期。

50. 邹元江:《解释的错位:梅兰芳表演美学的困惑》,《艺术百家》2008年第2期。

51. 邹元江:《梅兰芳的"表情"与"京剧精神"》,《文艺研究》2009年第2期。

译著

1. [丹麦]阿克塞尔·奥尔里克:《民间故事的叙事规律》,[美]阿兰·邓迪斯编:《世界民俗学》,陈建宪等译,上海:上海文艺出版社,1990年。

2. [德]贝·布莱希特:《布莱希特论戏剧》,丁扬忠等译,北京:中国戏剧出版社,1990年。

3. [德]贝托尔特·布莱希特:《陌生化与中国戏剧》,张黎、丁扬忠译,北京:北京师范大学出版社,2015年。

4. [德]歌德:《歌德文集 浮士德》,钱春绮译,上海:上海译文出版社,1999年。
5. [德]黑格尔:《美学》(第一、二卷),朱光潜译,北京:商务印书馆,1979年。
6. [德]莱辛:《汉堡剧评》,张黎译,北京:华夏出版社,2017年。
7. [德]莱辛:《拉奥孔》,朱光潜译,北京:商务印书馆,2013年。
8. [德]席勒:《席勒文集》(1—6卷),张玉书等译,北京:人民文学出版社,2005年。
9. [俄]A.格拉特柯夫辑录:《梅耶荷德谈话录》,童道明译编,北京:中国戏剧出版社,1986年。
10. [俄]弗·雅·普罗普:《故事形态学》,贾放译,北京:中华书局,2006年。
11. [俄]契诃夫:《契诃夫论文学》,汝龙译,合肥:安徽文艺出版社,1997年。
12. [俄]斯坦尼斯拉夫斯基:《演员自我修养》,刘杰译,武汉:华中科技大学出版社,2015年。
13. [法]安托南·阿尔托:《残酷戏剧——戏剧及其重影》,桂裕芳译,北京:中国戏剧出版社,1993年。
14. [法]博马舍:《博马舍戏剧二种》,吴达元译,北京:人民文学出版社,1962年。
15. [法]布瓦洛:《诗的艺术》(增补本),范希衡译,北京:人民文学出版社,2010年。
16. [法]高乃依、拉辛:《高乃依 拉辛戏剧选》,张秋红等译,北京:人民文学出版社,2001年。
17. [法]亨利·勒费弗尔:《狄德罗的思想和著作》,张本译,北京:商务印书馆,1985年。
18. [法]罗兰·巴特:《S/Z》,屠友祥译,上海:上海人民出版社,2000年。
19. [法]莫里哀:《莫里哀喜剧六种》,李健吾译,上海:上海译文出版社,1978年。
20. [法]莫里哀:《莫里哀戏剧全集》,肖熹光译,北京:文化艺术出版社,1999年。
21. [法]普罗斯佩·梅里美:《梅里美全集》,郑永慧等译,长春:时代文艺出版社,1997年。
22. [法]乔治·蒙格雷迪安:《莫里哀时代演员的生活》,谭常轲译,济南:山东画报出版社,2005年。
23. [法]热拉尔·热奈特:《叙事话语 新叙事话语》,王文融译,北京:中国社会科学出版社,1990年。
24. [法]司汤达:《拉辛与莎士比亚》,王道乾译,上海:上海译文出版社,1979年。
25. [法]维克多·雨果:《雨果戏剧集》(第一、二卷),谭立德、许渊冲译,石家庄:河北教育出版社,1999年。
26. [法]于贝斯菲尔德:《戏剧符号学》,宫宝荣译,北京:中国戏剧出版社,2004年。
27. [古罗马]贺拉斯:《诗艺》,杨周翰译,北京:人民文学出版社,1962年。
28. [古罗马]普劳图斯等:《古罗马戏剧选》,杨宪益等译,北京:人民文学出版社,1991年。
29. [古罗马]泰伦提乌斯:《古罗马戏剧全集·泰伦提乌斯》,王焕生译,长春:吉林出版集团有限责任公司,2015年。
30. [古希腊]埃斯库罗斯等:《古希腊悲剧喜剧全集》(1—8),张竹明、王焕生译,南京:译林出版社,2015年。

31. [古希腊]埃斯库罗斯:《埃斯库罗斯悲剧》,王焕生译,南京:译林出版社,2007年。
32. [古希腊]包鲁克斯:《谈布景、机器和面具》,吴光耀译,《西方演剧艺术》,上海:上海文化出版社,2002年。
33. [古希腊]柏拉图:《柏拉图文艺对话集》,朱光潜译,北京:商务印书馆,2013年。
34. [古希腊]欧里庇得斯:《欧里庇得斯悲剧五种》,罗念生译,上海:上海人民出版社,2016年。
35. [古希腊]索福克勒斯:《索福克勒斯 悲剧二种》,罗念生译,北京:人民文学出版社,1961年。
36. [古希腊]亚里士多德:《诗学》,陈中梅译注,北京:商务印书馆,1996年。
37. [美]爱德华·希尔斯:《论传统》,傅铿、吕乐译,上海:上海人民出版社,2014年。
38. [美]戴卫·赫尔曼主编:《新叙事学》,马海良译,北京:北京大学出版社,2002年。
39. [美]丁乃通:《中国民间故事类型索引》,郑建威等译,武汉:华中师范大学出版社,2008年。
40. [美]丁乃通:《中西叙事文学比较研究》,陈建宪等译,武汉:华中师范大学出版社,2005年。
41. [美]H.波特·阿博特:《叙事的所有未来之未来》,申丹等编译:《当代叙事理论指南》,北京大学出版社,2007年。
42. [美]哈罗德·布鲁姆:《剧作家与戏剧》,刘志刚译,南京:译林出版社,2016年。
43. [美]杰拉德·普林斯:《叙述学词典》(修订版),乔国强、李孝弟译,上海:上海译文出版社,2011年。
44. [美]克莱顿·罗伯茨、戴维·罗伯茨等:《英国史》,潘兴明等译,北京:商务印书馆,2013年。
45. [美]理查德·谢克纳:《环境戏剧》,曹路生译,北京:中国戏剧出版社,2001年。
46. [美]罗伯特·芮德菲尔德:《农民社会与文化:人类学对文明的一种诠释》,王莹译,北京:中国社会科学出版社,2013年。
47. [美]罗伯特·斯科尔斯、詹姆斯·费伦、罗伯特·凯洛格:《叙事的本质》,于雷译,南京:南京大学出版社,2015年。
48. [美]玛丽-劳尔·瑞安:《跨媒介叙事》,张新军等译,成都:四川大学出版社,2019年。
49. [美]浦安迪:《中国叙事学》,北京:北京大学出版社,1996年。
50. [美]乔治·贝克:《戏剧技巧》,余上沅译,北京:中国戏剧出版社,2004年。
51. [美]苏珊·朗格:《艺术问题》,滕守尧、朱疆源译,北京:中国社会科学出版社,1983年。
52. [美]苏珊·朗格:《情感与形式》,刘大基、傅志强、周发祥译,中国社会科学出版社,1986年。
53. [美]W.C.布斯:《小说修辞学》,华明等译,北京:北京大学出版社,1987年。
54. [美]西利尔·白之:《白之比较文学论文集》,微周等译,长沙:湖南文艺出版社,

1987年。
55. [美]伊沛霞:《内闱——宋代的婚姻和妇女生活》,胡志宏译,南京:江苏人民出版社,2004年。
56. [美]约翰·费斯克:《理解大众文化》,王晓珏、宋伟杰译,北京:中央编译出版社,2001年。
57. [美]约翰·霍华德·劳逊:《戏剧与电影的剧作理论与技巧》,邵牧君、齐宙译,北京:中国电影出版社,1978年。
58. [美]詹姆斯·费伦主编:《当代叙事理论指南》,申丹等译,北京:北京大学出版社,2007年。
59. [挪威]易卜生:《易卜生戏剧集》,潘家洵、萧乾、成时译,北京:人民文学出版社,2006年。
60. [日]田仲一成:《中国戏剧史》,云贵彬、于允译,北京:北京广播学院出版社,2002。
61. [日]西村真志叶:《中国民间幻想故事的叙事技巧:重复与对比》,吕微、安德明编,《民间叙事的多样性》,北京:学苑出版社,2006年。
62. [瑞典]斯特林堡:《斯特林堡戏剧选》,北京:人民文学出版社,1981年。
63. [瑞士]雅各布·布克哈特:《意大利文艺复兴时期的文化》,何新译,北京:商务印书馆,2011年。
64. [苏联]格·尼·古里叶夫:《导演学概论》,王爱民等译,西安:陕西人民出版社,1983年。
65. [苏联]乌尔诺夫等著:《关于二十世纪文学的论争》,雷光译,北京:外国文学出版社,1991年。
66. [西班牙]卡尔德隆:《卡尔德隆戏剧选》,周访渔译,上海:上海译文出版社,1997年。
67. [西班牙]塞万提斯:《塞万提斯全集》,董燕生、刘玉树等译,北京:人民文学出版社,1996年。
68. [西班牙]维加:《园丁之犬》,朱葆光译,北京:中国戏剧出版社,1982年。
69. [西班牙]维加:《维加戏剧选》,胡真才、吕晨重译,北京:人民文学出版社,1998年。
70. [以色列]里蒙-凯南:《叙事虚构作品》,姚锦清等译,北京:生活·读书·新知三联书店,1989年。
71. [意大利]阿里奥斯托等:《文艺复兴喜剧选》,北京大学文艺复兴喜剧翻译组译,桂林:广西师范大学出版社,2009年。
72. [意大利]哥尔多尼:《哥尔多尼戏剧集》,孙维世、刘辽逸、焦菊隐译,北京:人民文学出版社,1999年。
73. [英]阿·尼柯尔:《西欧戏剧理论》,徐士瑚译,北京:中国戏剧出版社,1985年。
74. [英]丹尼尔·斯诺曼:《鎏金舞台:歌剧的社会史》(第2版),刘嫄、程任远译,上海:上海人民出版社,2016年。
75. [英]菲利斯·哈特诺、伊诺克·布雷特:《戏剧简史》(第三版),马楠、石可译,南宁:广西美术出版社,2015年。

76. [英]F. R. 利维斯：《伟大的传统》，袁伟译，北京：生活·读书·新知三联书店，2002年。
77. [英]哈特诺、方德：《牛津戏剧词典》，上海：上海外语教育出版社，2000年。
78. [英]马丁·艾斯林：《荒诞派戏剧》，华明译，石家庄：河北教育出版社，2003年。
79. [英]玛格丽特·A. 罗斯：《戏仿：古代、现代与后现代》，王海萌译，南京：南京大学出版社，2013年
80. [英]莎士比亚：《莎士比亚全集》，朱生豪、孙法理等译，南京：译林出版社，2016年。
81. [英]王尔德：《王尔德戏剧选》，钱之德译，广州：花城出版社，1983年。
82. [英]威廉·阿契尔：《剧作法》，吴均燮、聂文杞译，北京：中国戏剧出版社，2004年。
83. [英]西蒙·特拉斯勒：《剑桥插图英国戏剧史》，刘振前、李毅、康健主译，济南：山东画报出版社，2006年。
84. [英]萧伯纳：《萧伯纳戏剧三种》，潘家洵、朱光潜、林浩莊译，北京：人民文学出版社，1963年。
85. 杨周翰编选：《莎士比亚评论汇编》，北京：中国社会科学出版社，1979年。
86. [法]狄德罗：《关于演员的是非谈》，《戏剧论丛》1958年第3辑。
87. [美]詹姆斯·费伦：《文学叙事研究的修辞美学及其它论题》，尚必武译，《江西社会科学》2007年第7期。
88. [瑞典]威尔玛·梭特：《迈向戏剧事件——符号学、解释学在欧洲戏剧研究中的影响》，沈亮译，《戏剧艺术》1998年第2期。
89. Grene, N. *Bernard Shaw: A Critical View*. London: Macmillan, 1984.
90. Innes, Christopher, ed. *The Cambridge Companion to George Bernard Shaw*. Shanghai: Shanghai Foreign Language Education Press, 2001.
91. Marie-Laure Ryan. *Narrative across Media*: The Languages of Storytelling, Lincoln: University of Nebraska Press, 2004.
92. Markerras, Colin. *Chinese Drama: A Historical Survey*. Beijing: New World Press, 1990.
93. Murray Schafer. *The Soundscape: Our Sonic Environment and the Tuning of the World*. New York: Knopf, 1977.
94. Prince, Gerald. *Narratology: The Form and Functioning of Narrative*. New York: Mouton, 1982.
95. Propp, Vladimir. *The Morphology of the Folktale*. Austin: University of Texas Press, 1966.
96. Stevick, Philip. *The Chapter in Fiction: Theories of Narrative Division*. Syracuse: Syracuse University Press, 1970.
97. Suzanne Fleischman. *Tense and Narrativity: From Medieval Performance to Modern Fiction*. Austin: University of Texas Press, 1990.

98. West Stephen H. *Vaudeville and Narrative*: *Aspects of Chin Theater*. Franz Steiner Verlay Gmbh. Wiesbaden, 1977.
99. Li Mark, Lindy. The Role of Avocational Performers in the Preservation of Kunqu. Chinoperl Papers, 15(1990).《中国戏曲艺术国际学术讨论会论文集》,北京艺术研究院,1987年。
100. Sternberg, Meir. "How narrativity Makes a Difference". *Narrative*. 9. (2001).
101. Wixson, Christopher. "These Noxious Microbes: Pathological Dramaturgy in George Bernard Shaw's *Too True to Be Good*." *Modern Drama*, vol. 56, no. 4, Winter.

后 记

《中西叙事传统比较研究·戏剧卷》是江西师范大学傅修延先生主持的2016年国家社科基金重大项目"中西叙事传统比较研究"的子课题之一。课题组从资料检索到框架搭建,从确立专题方向到具体文本解读,历经五年多的时间,一直受到傅修延先生的指导与关怀。

本书的研究核心是叙事传统,研究对象覆盖中西戏剧萌芽之初至现代转型期间所出现林林总总的演事形态,为此我们认真总结了近三十年中国传统戏剧叙事研究,阅读了大量中西戏剧剧本、戏剧史与戏剧理论资料,如《古本戏曲丛刊》《善本戏曲丛刊》《中国古典戏曲论著集成》《古希腊喜剧悲剧全集》《古罗马戏剧全集》《莎士比亚戏剧全集》《文艺复兴时期戏剧选》等等,力图沉潜到戏剧史的各个阶段,从中提取中西戏剧叙事的研究信息,拾掇戏剧演出散落的经验碎片,同时沿波溯流,寻找风何以"起于青苹之末",梳理与考察戏剧演叙的发展脉络。按照预先拟定的研究思路,我们主要以西方戏剧叙事传统为参照,致力于中国戏剧叙事自身传统的发现与研究,发掘中西戏剧叙事传统之异同。

全书共分为八章,主要采用比较研究与专题研究的方法,核心内容体现在:1.站在中西戏剧对读的视角,比较中西戏剧叙事传统的不同特质。我们提炼出脚色制与角色制叙事传统、名角制与导演制叙事传统、中西戏剧的叙述者传统、中西戏剧的道德叙事传统、曲体叙事与话体叙事、单折剧与独幕剧叙事、宴饮演剧与戏剧竞争传统等专题,可知中国戏剧叙事传统是以表演为中心,故事为表演服务;西方戏剧叙事传统则是以故事为中心,表演为故事服务,双方叙事传统建构的出发点与立足点不同。2.除了注重差异性的比较外,我们还从符号学、文体学、叙述者的角度,阐述了中西戏剧共有的叙事现象,比如演出媒介符号叙事、三类伴随文本、人物哭诉叙事、开场词叙事、框架叙述者、报信人叙事等,可知双方同为戏剧文体,具有代言摹仿演事的共通性,在不少方面会表现出叙事形态的一致性。3.本书特别注重中国戏剧叙事自身特色的发掘,专门辟出一章考察中国戏剧叙事传统。我们提炼出中国戏剧具有特征性的听觉叙事传统、博艺演事传统、行走叙事传统、无名氏戏剧编创传统、元杂剧三复叙事等,擘肌分理地探讨了各个叙事传统的形式特征,深刻体察了中国戏剧叙事传统具有表演性、民间性、娱乐性的突出特质。

"中西戏剧叙事传统比较研究"是一片极有开放性的领域,既无指定的边岸,亦无前例可仿,我们的研究充满未确定性,却也因挑战而充满机遇。鉴于本书研究的对象极为广泛,涵括了中西多个时期、多个地域、多个语种的戏剧种类,我们的预期目标是从"演事"出发,拟对中西戏剧演出叙事的内部运作进行精密考察,但受限于时间、精力与自身学识,仍有相当一部分研究构想,如中西戏剧表演叙事传统的完整梳理、中西戏剧叙事理论的深入对比、戏剧文化环境动态对于中西叙事传统形成之影响等方面,未能全面展开,对于西方戏剧叙事传统的梳理亦殊欠深入。古人诗云:"苦心自僭僭,古道方悠悠。"也许对真理与真相的探寻是永远无法穷尽的,好在我们的主要观点已蕴含其中。至于付之阙如者,只能今后有机会再弥补,同时也期待更多同道者,加入研究队伍,推动该项研究工作全面、细致、深入地展开。

本书撰写是由欧阳江琳、刘茂生、胡一伟、邱宗珍合作完成。具体分工如下:

刘茂生(广东外语外贸大学):第六章第二节

胡一伟(南昌大学):第五章、绪论第二点

邱宗珍(江西省社会科学院):第四章第四节

其余各章节皆由欧阳江琳(江西师范大学)撰写。

全书由欧阳江琳负责统稿与编审。由于时间有限,思虑不周,本书结构与观点尚有诸多不完善、不缜密的地方,恳请各方专家的批评指正。

最后,我想要感谢引领我步入叙事学研究领域的傅修延先生。先生学术思维开放,学术意识敏锐,拙著撰写过程每每遇到困难,先生愤启悱发,常令我有拨云见日、涣若冰消之感。然拙著远未及先生之殷切期许,于心愧焉！江西师范大学陈茜、肖惠荣两位老师,为拙著出版付出了极大的努力,北京大学出版社编辑郝妮娜、刘虹两位老师,多少次不厌其烦,逐页逐条,认真校对书稿,在此一并表示衷心的感谢!

欧阳江琳
2023 年 1 月 18 日于江西师范大学